L'APPEL DU COUCOU

Robert Galbraith est le pseudonyme de J. K. Rowling, auteur de la série Harry Potter et d'*Une place à prendre*.

ROBERT GALBRAITH

L'Appel du Coucou

ROMAN TRADUIT DE L'ANGLAIS PAR FRANÇOIS ROSSO

GRASSET

Titre original :

THE CUCKOO'S CALLING
Publié par Sphere, an imprint
of Little, Brown Book Group à Londres, 2013.

Au vrai Deeby,
avec ma reconnaissance.

Pourquoi es-tu née quand tombait la neige ?
Tu aurais dû venir à l'appel du coucou,
Ou quand les raisins sont verts sur leurs grappes,
Ou, au moins, quand les sveltes hirondelles
    Se rassemblent pour leur long vol
    Loin de l'été qui se meurt.

Pourquoi es-tu morte quand paissaient les agneaux ?
Tu aurais dû mourir à la chute des pommes,
Quand le criquet vient troubler le silence,
Que les champs de blé sont de paille mouillée,
    Et que tous les vents soupirent
    Sur les douces choses mortes.

CHRISTINA G. ROSSETTI, *Chant funèbre*

Prologue

Is demum miser est, cujus nobilitas miserias nobilitat.

Malheureux celui dont la renommée ennoblit les malheurs.

Lucius Accius, Télèphe

La rue bruissait d'une agitation fébrile, comme envahie par un essaim de mouches bourdonnantes. Des photographes étaient massés derrière les barrières gardées par la police, tenant en équilibre leurs appareils au museau protubérant, leur souffle s'élevant dans l'air en une vapeur blanche. La neige tombait, dense et régulière, sur les couvre-chefs et sur les épaules, et des doigts gantés essuyaient les lentilles. De temps à autre ils tuaient le temps en faisant retentir quelques déclics, prenant un cliché de plus de la tente en toile blanche dressée au bord de la chaussée, de l'entrée du grand immeuble en brique rouge et du balcon au dernier étage d'où le corps était tombé.

Derrière les paparazzi pressés les uns contre les autres étaient stationnés des camions blancs surmontés d'énormes paraboles satellite, et des journalistes discutaient entre eux, certains dans des langues étrangères, tandis qu'autour d'eux s'affairaient des ingénieurs du son casqués. Entre deux prises, les reporters battaient la semelle en se réchauffant les mains autour de gobelets brûlants qui provenaient du café de la rue voisine. Pour patienter, les cadreurs armés de leurs caméras, coiffés de bonnets de laine, filmaient le dos des photographes, le balcon et la tente qui dissimulait le corps, puis se replaçaient pour des plans larges du chaos qui s'était emparé de la calme et neigeuse rue de Mayfair, avec ses rangées de portes peintes en noir brillant encadrées de portiques en pierre blanche. Un cordon de sécurité en plastique fluorescent interdisait l'accès au numéro 18, mais la porte du bâtiment était ouverte, et derrière, dans le hall, on entrevoyait des officiers de police, dont des experts de la Scientifique vêtus de combinaisons blanches.

Les chaînes de télévision avaient reçu la nouvelle depuis déjà plusieurs heures, et les badauds s'étaient attroupés aux deux bouts de la rue, contenus par d'autres policiers. Certains étaient venus exprès pour observer la scène, d'autres avaient fait halte en se rendant à leur travail. Beaucoup tenaient en l'air leur téléphone portable pour prendre des photos avant de s'éloigner. Un jeune homme, ignorant quel était le balcon fatidique, les photographiait tous l'un après l'autre, bien que celui du milieu fût si encombré de buissons sévèrement taillés – trois sphères de buis bien nettes et feuillues – qu'il n'aurait guère été possible à un être humain de s'y faufiler.

Un groupe de jeunes filles avait apporté des fleurs et se faisait filmer en train de les tendre aux policiers, qui n'avaient pas encore décidé où les déposer mais les plaçaient diligemment à l'arrière d'un de leurs véhicules, conscients que les objectifs suivaient chacun de leurs mouvements.

Les correspondants des chaînes d'information en continu débitaient un flot ininterrompu de commentaires et de supputations à partir des quelques faits sensationnels qu'ils connaissaient :

« … de l'appartement au dernier étage, cette nuit aux alentours de deux heures. La police a été alertée par le gardien de l'immeuble… »

« … aucun signe encore qu'on se dispose à emporter le corps, ce qui a conduit certains à se demander… »

« … on ignore pour le moment si elle était seule chez elle au moment de sa chute… »

« … des équipes techniques sont entrées dans le bâtiment pour conduire une fouille approfondie… »

La lumière froide du petit matin emplit l'intérieur de la tente. Deux hommes se tenaient accroupis près du corps, prêts à le glisser enfin dans le long sac noir de la morgue. La tête avait un peu saigné dans la neige. Le crâne était enfoncé et le visage enflé, un des yeux réduit à une fissure dans la peau, l'autre montrant un trait de blanc terne entre les paupières molles. Quand le corsage pailleté brilla sous l'effet du changement d'éclairage, il donna l'impression troublante que la morte avait bougé, comme si elle respirait encore ou tendait ses muscles pour se relever. La neige qui tombait dehors était pareille à des doigts tapotant doucement la toile au-dessus des têtes.

« Et cette foutue ambulance, elle est où ? »

L'irritation de l'inspecteur Roy Carver allait croissant. Rondouillard, le visage cramoisi et arborant des chemises le plus souvent tachées de sueur autour des aisselles, sa courte réserve de patience était épuisée depuis déjà plusieurs heures. Il était là depuis presque aussi longtemps que le cadavre ; il avait les pieds tellement gelés que c'était à peine s'il les sentait encore, et la tête lui tournait tant il avait faim.

« L'ambulance arrive dans deux minutes, annonça le sergent Eric Wardle, répondant sans le vouloir à la question de son chef en entrant à son tour dans la tente, son portable pressé contre l'oreille. On dégage les gens pour lui faire de la place. »

Carver poussa un grognement, sa mauvaise humeur exacerbée par la conviction que Wardle était excité par la présence des photographes. Beau garçon aux traits juvéniles et aux épais cheveux bruns et bouclés maintenant raidis par la neige, Wardle, estimait Carver, s'était tout exprès attardé sous les objectifs lors de leurs brèves sorties hors de la tente, et cette idée le mettait en colère.

« Au moins, ils déguerpiront tous une fois que le corps aura été emporté, dit Wardle, le regard toujours tourné vers les photographes.

— Ils ne partiront pas tant que nous continuerons à faire comme si nous étions sur une scène de crime », répliqua Carver d'un ton sec.

Wardle ne releva pas ce défi sous-entendu, mais Carver s'emporta quand même :

« Cette idiote s'est jetée de son balcon ! lança-t-il au sergent d'un ton définitif. Il n'y avait personne avec elle. Avec le cerbère posté dans le hall, personne ne pouvait entrer ou sortir. Quant à votre soi-disant témoin, elle était complètement défoncée à la coke et…

— L'ambulance arrive », coupa Wardle, et, au grand dam de Carver, il ressortit de la tente pour accueillir le véhicule en se plantant devant les caméras.

Sur les écrans de toutes les télévisions, l'histoire fit oublier l'actualité politique, les guerres et les catastrophes, et toutes les versions qui en furent diffusées s'agrémentèrent d'un flot d'images du visage parfait de la morte et de son long corps mince et sculptural. En moins d'une matinée, les quelques faits connus s'étaient propagés comme un virus dans la population : l'altercation publique avec le fiancé célèbre, le retour solitaire dans l'appartement de Mayfair, les cris qu'on avait entendus et la chute finale, fatale.

Le fiancé courut se cacher dans un centre de désintoxication, mais la police resta muette ; on fit la chasse aux personnes qui avaient accompagné la jeune femme au cours de sa dernière soirée ; des milliers d'articles parurent dans la presse, et les chaînes consacrèrent au drame des heures entières de programmes, cependant que la voisine qui jurait avoir entendu une seconde dispute quelques instants avant que le corps ne tombe dans le vide avait son moment de célébrité et apparaissait sur des photos plus petites, à côté de celles de la défunte dans toute sa beauté.

Mais ensuite, dans un grondement presque audible de déception populaire, il fut démontré que le témoin avait affabulé et ce fut son tour de disparaître en clinique, tandis que l'explication surgissait comme un coucou sortant de son nid à midi.

Tout compte fait, c'était bien un suicide, et, après un moment de stupeur, l'histoire connut un second souffle. On écrivit que la jeune femme était instable, déséquilibrée, incapable d'assumer le statut de superstar où l'avait enfermée sa sauvage beauté ; qu'elle avait évolué dans un monde trop riche et cynique, et que ces fréquentations avaient fini par la corrompre ;

que sa nouvelle vie dépravée avait ébranlé une personnalité déjà fragile et vulnérable. Elle devint l'héroïne d'une sorte de conte moral nourri de jubilation malveillante, et tant d'échotiers parlèrent de la chute d'Icare que *Private Eye* en fit un article satirique.

Enfin, enfin, la frénésie retomba et l'histoire s'usa à force d'être rebattue, si bien que même les journalistes des pires torchons people n'eurent plus rien à dire, sinon, justement, qu'on en avait déjà trop dit.

Trois mois plus tard

PREMIÈRE PARTIE

*Nam in omni adversitate fortunae infelicissimum
genus infortunii, fuisse felicem.*

Car dans toute adversité du sort, le plus malheureux
des infortunés est l'homme qui a été heureux.

Boèce, *La Consolation de la philosophie*

1

En vingt-cinq ans d'existence, Robin Ellacott avait certes connu son lot de drames et de hauts et de bas, mais jamais encore elle ne s'était réveillée avec la certitude qu'elle se rappellerait jusqu'à son dernier souffle le jour qui commençait.

Peu après minuit, son petit ami de longue date, Matthew, l'avait demandée en mariage sous la statue d'Éros, au milieu de Piccadilly Circus. Dans le soulagement vaguement étourdi qui avait suivi son acceptation, il lui avait avoué qu'il voulait déjà aborder la question dans le restaurant thaï où ils avaient dîné, mais qu'il y avait renoncé à cause du couple silencieux assis à la table voisine, qui avait écouté toute leur conversation. Aussi avait-il suggéré une promenade dans les rues pourtant sombres à cette heure, bien que Robin eût objecté que tous les deux devaient se lever tôt ; et, finalement, l'inspiration l'avait visité et il l'avait entraînée, de plus en plus déconcertée, sur les marches de la statue. Là, jetant la discrétion au vent glacé de la nuit (avec une désinvolture qui ne lui ressemblait guère), il lui avait fait sa proposition un genou en terre, devant trois jeunes clochards recroquevillés qui se partageaient ce qui avait l'air d'un flacon de speed.

Aux yeux de Robin, ç'avait été la plus parfaite des demandes en mariage de toute l'histoire des épousailles humaines. Il avait même apporté une bague, celle qu'elle portait maintenant : un saphir avec deux petits diamants, juste à la taille de son doigt. Durant tout le trajet en métro jusqu'au centre-ville, elle n'avait cessé de la regarder briller à sa main. Matthew et elle avaient maintenant une histoire à raconter, une amusante histoire de famille comme on les transmettait à ses enfants et petits-enfants, où son calcul s'effaçait (car elle était sûre qu'il avait tout calculé) et se transformait en une idée subite et spontanée. Elle avait adoré les trois marginaux drogués, et la lune dans son halo, et Matthew tout ému et tremblant devant elle, un genou posé sur le sol ; elle avait adoré Éros, et le vieux Piccadilly crasseux, et le taxi noir qu'ils avaient pris pour rentrer à Clapham. À vrai dire, elle n'était pas loin d'aimer tout Londres et sa périphérie, bien qu'elle n'eût guère été séduite par la vie dans la capitale depuis un mois qu'elle s'y était installée. Même les banlieusards blafards et chagrins qui se pressaient autour d'elle dans la rame de métro lui semblaient rayonner de l'éclat de sa bague, et, quand elle sortit dans la lumière froide de l'avant-dernier jour de mars à la station Tottenham Court Road, elle caressa l'anneau de platine avec son pouce et sentit une explosion de bonheur à la pensée d'acheter quelques revues de mariage à l'heure du déjeuner.

Des regards d'hommes s'attardèrent sur elle tandis qu'elle traversait la chaussée en chantier à l'extrémité d'Oxford Street, consultant un rectangle de papier dans sa main droite. Robin était sans conteste une jolie fille : grande, bien faite, avec de beaux cheveux blond vénitien secoués par la vivacité de son pas, des traits fins et des joues rosies par l'air encore hivernal. C'était le premier jour d'une mission de secrétariat pour une durée d'une semaine que lui avait trouvée l'agence d'intérim. Celle-ci lui avait procuré quelques emplois à très court terme depuis qu'elle était venue vivre avec Matthew à Londres, mais à présent s'annonçaient ce qu'elle appelait de « vrais » entretiens d'embauche.

Le plus compliqué dans ces peu exaltants petits boulots successifs était souvent de trouver où se cachaient les bureaux. Londres, après la petite ville du Yorkshire qu'elle avait quittée, lui semblait tentaculaire, nébuleux et impénétrable. Matthew lui avait conseillé de ne pas y circuler en gardant le nez dans son plan de la ville, car cela lui donnerait l'air d'une touriste et ferait d'elle une proie tout indiquée pour les pickpockets et autres voyous ; aussi se fiait-elle le plus souvent à des itinéraires que lui dessinait plus ou moins maladroitement un employé de l'agence. Elle n'était pas convaincue que cela lui donnât davantage l'apparence d'une Londonienne de naissance.

À cause des barrières en métal et des parois en plastique bleu qui entouraient les travaux, il lui fut plus difficile de trouver son chemin, car tout ce désordre urbain cachait la moitié des points de repère indiqués sur son papier. Elle traversa la chaussée éventrée devant un très haut immeuble dont le nom, Centre Point, était noté sur son plan crayonné et qui, avec son dense réseau de fenêtres carrées, ressemblait à une gigantesque gaufre en béton ; puis elle s'engagea dans la direction approximative de Denmark Street, où elle devait commencer son nouveau travail à neuf heures.

Elle trouva la rue presque par hasard, en suivant une étroite allée appelée Denmark Place jusqu'à une courte artère égayée par des devantures colorées : des vitrines pleines de guitares, de claviers et de toutes sortes de publications musicales. Des barrières rouges et blanches entouraient un autre trou béant dans le bitume, et des ouvriers en gilet fluorescent la saluèrent de sifflements matinaux que Robin fit semblant de ne pas entendre.

Elle regarda sa montre. Comme d'habitude, elle s'était accordé la marge de temps suffisante pour se perdre dans le quartier, de sorte qu'elle avait un bon quart d'heure d'avance. La banale porte noire du bureau qu'elle cherchait se trouvait juste à gauche d'un petit bar de nuit appelé simplement le Bar 12, et le nom de son employeur pour la semaine à venir était inscrit sur un bout de papier hâtivement scotché à côté de la sonnette du deuxième étage. S'il s'était agi d'un jour ordinaire et que sa bague neuve n'eût pas brillé à son doigt, l'aspect morne du lieu l'aurait peut-être rebutée ; mais aujourd'hui, le papier encrassé et la peinture écaillée de la porte, comme les clochards de la veille au soir, lui faisaient l'effet de détails pittoresques sur la toile de fond de sa grande histoire d'amour. Elle regarda de nouveau sa montre – un léger mouvement du poignet fit étinceler le saphir et le cœur de Robin fit un bond dans sa poitrine : elle verrait cette pierre scintiller jusqu'au dernier jour de sa vie – ; puis elle décida, dans un élan d'euphorie, de monter tout de suite pour montrer d'emblée son zèle à son employeur, bien que son nouveau job n'eût en vérité aucune importance.

Mais à l'instant où elle allait presser la sonnette, la porte noire s'ouvrit à la volée et une femme surgit en trombe du petit immeuble. L'espace d'un instant, elles se fixèrent des yeux, dans l'attente de l'inévitable collision. En ce matin enchanté, les sens de Robin étaient particulièrement réceptifs, et la fraction de seconde où elle fixa ce visage blême lui fit une telle impression qu'elle pensa ensuite, quand elles eurent réussi à s'éviter de justesse et que la femme eut disparu en toute hâte au coin de la rue, qu'elle aurait pu la dessiner de mémoire. Ce n'était pas seulement la rare beauté de ses traits qui s'était imprimée sur sa rétine, mais aussi leur expression : à la fois furieuse et étrangement exaltée.

Robin poussa la porte avant qu'elle se referme sur la cage d'escalier défraîchie. Des marches en métal à l'ancienne s'élevaient en spirale autour d'un ascenseur grillagé tout aussi vieillot. Se concentrant pour que ses hauts talons n'accrochent pas le bord des marches, elle monta jusqu'au premier étage et passa devant une porte ornée d'un sous-verre encadré annonçant *Jeremy Crowdy, Travaux graphiques*, puis poursuivit son ascension. Ce fut seulement quand elle se trouva devant la porte de verre au deuxième que Robin saisit enfin à quel genre de travail elle allait apporter son concours. Personne à l'agence ne le lui avait précisé. Le nom qu'elle avait lu sur la sonnette était gravé sur le panneau de verre : *C. B. Strike* ; avec en dessous, les mots *Détective privé*.

Robin se figea, la bouche entrouverte, dans une stupeur qu'aucun de ses proches n'aurait pu comprendre :

elle n'avait jamais confié à personne (pas même à Matthew) l'ambition qu'elle nourrissait en secret depuis sa plus tendre enfance. Une telle surprise, et un jour comme aujourd'hui ! C'était comme un clin d'œil de Dieu, et elle fut tentée de l'attribuer à la magie qui l'environnait depuis la veille, d'y voir un lien mystérieux avec Matthew et sa bague, bien qu'à la réflexion il n'y eût évidemment aucun rapport entre les deux.

Savourant ce moment, elle s'approcha de la porte et tendit sa main gauche où le saphir brillait d'un éclat sombre dans la pénombre du palier ; mais avant qu'elle ait le temps de saisir la poignée, ce fut au tour du battant en verre de s'ouvrir soudainement.

Cette fois, elle n'eut pas le temps de s'écarter. Les cent dix kilos d'un grand gaillard échevelé la heurtèrent violemment ; elle perdit l'équilibre et fut propulsée en arrière, battant l'air de ses bras comme un moulin à vent et lâchant son sac, avant de dégringoler dans la cage d'escalier.

Strike encaissa le choc, entendit le hurlement aigu et réagit instinctivement : lançant son bras vers l'avant, il referma sa main sur une poignée de tissu et de chair vivante. Un second cri, de douleur cette fois, résonna contre les murs de pierre du palier, puis, d'une traction, il parvint vaille que vaille à relever la jeune femme. Ses cris semblaient encore éveiller des échos et il prit conscience que lui-même avait poussé un juron.

Pliée en deux par la douleur contre la porte du bureau, la pauvre fille gémissait. À en juger par la façon dont elle était recroquevillée d'un côté et enfonçait sa main sous son manteau, Strike devina qu'il l'avait rattrapée en broyant dans son poing son sein gauche. Un épais rideau ondulant de cheveux blonds dissimulait la moitié de son visage empourpré, mais Strike voyait des larmes de souffrance couler de l'œil qui n'était pas caché.

« Zut ! Euh… Je suis désolé. » Sa voix sonore se répercuta contre les murs. « Je ne vous avais pas vue. Je ne pensais pas qu'il y avait quelqu'un… »

Sous leurs pieds, le graphiste solitaire qui occupait le bureau du premier cria : « Qu'est-ce qui se passe là-haut ? », et une seconde plus tard, une protestation étouffée retentit à l'étage supérieur, où le patron du bar du rez-de-chaussée, qui dormait dans un appartement mansardé au-dessus du bureau de Strike, avait été réveillé par le bruit.

« Venez par ici… »

Strike poussa la porte du bout des doigts pour éviter tout contact involontaire avec la jeune femme encore blottie contre le battant de verre et la fit entrer.

« Il y a un problème ? », lança du premier le graphiste d'un ton agacé.

Strike ne répondit pas et claqua la porte derrière lui.

« Ne vous inquiétez pas. Ça va aller », dit Robin d'une voix tremblante.

Elle était encore un peu penchée en avant et lui tournait le dos, la main pressée sur sa poitrine. Au bout de quelques secondes, elle se redressa et fit volte-face, le visage écarlate et les yeux encore mouillés.

Son assaillant accidentel était une sorte de colosse. Sa taille et son abondante pilosité, associées à une aimable bedaine, lui donnaient l'aspect d'un grizzly. Un de ses yeux était enflé et tuméfié, avec une entaille juste au-dessous du sourcil. Un peu de sang s'était coagulé autour de traces blanches de griffures sur sa joue gauche et sur le côté droit de son cou épais, révélé par sa chemise froissée au col ouvert.

« Vous êtes… vous êtes Mr Strike ?

— Oui.

— Je suis la secrétaire intérimaire.

— La quoi ?

« — L'intérimaire. C'est l'agence Temporary Solutions qui m'envoie… »

Le nom de l'officine n'effaça pas l'expression incrédule du visage las de Strike. Ils se regardèrent en chiens de faïence, l'air déconcerté.

Comme Robin, Cormoran Strike savait que jusqu'à son dernier jour il se souviendrait des douze dernières heures comme d'un changement d'époque. Maintenant, il semblait que le destin lui avait envoyé une émissaire en trench-coat beige pour le narguer en lui rappelant que son existence courait à la catastrophe. Il ne comptait pas engager d'intérimaire et considérait que le départ de celle qui avait précédé Robin mettait fin à son contrat avec l'agence.

« Ils vous envoient pour combien de temps ?

— Une… une semaine pour commencer », répondit Robin, qui n'avait jamais été accueillie avec aussi peu d'enthousiasme.

Strike fit un rapide calcul mental. Une semaine, au tarif exorbitant de l'agence, ferait grimper encore un peu plus son découvert ; ce pourrait même être la goutte qui ferait déborder le vase, celle dont son principal créancier avait plusieurs fois insinué qu'il n'attendait que ça pour le traîner en justice.

« Excusez-moi un instant. »

Il ressortit sur le palier et tourna aussitôt à droite pour entrer dans de minuscules toilettes aux murs moisis. Puis il poussa le verrou et se regarda dans le miroir craquelé et taché au-dessus du lavabo.

Le reflet qu'il lui renvoya n'était pas beau à regarder. Strike avait le front haut et proéminent, le nez épaté et les sourcils broussailleux d'un jeune

Beethoven qui se serait mis à la boxe, et cet effet était accentué par son œil au beurre noir. À l'école, ses cheveux épais et bouclés, pareils à une profusion noire de ressorts emmêlés, lui avaient valu le surnom de « Poil de cul ». Il paraissait plus âgé que ses trente-cinq ans.

Il plaça à tâtons le bouchon dans la bonde, remplit d'eau froide le lavabo fendillé et mal récuré, prit une profonde inspiration et y plongea sa tête traversée par les élancements d'une sourde migraine. L'eau déborda sur ses chaussures, mais il n'y fit pas attention et goûta dix secondes de tranquillité aveugle et glacée.

Des images disparates de la nuit précédente se bousculèrent dans son esprit : les trois tiroirs vidés de ses affaires, qu'il avait fourrées dans un sac de voyage pendant que Charlotte lui hurlait dessus ; le cendrier qu'il avait pris en plein sur l'arcade sourcilière en se retournant sur le seuil ; le trajet dans la ville obscure jusqu'ici, à son bureau, où il avait dormi une ou deux heures sur sa vieille chaise pivotante. Puis la scène finale, sordide : Charlotte qui surgissait brusquement ce matin pour lui planter dans la chair les dernières banderilles qu'elle avait gardées en réserve à son départ de chez elle ; sa décision de la laisser partir quand, après lui avoir griffé la figure et le cou, elle s'était précipitée dans l'escalier ; et pour finir, le moment de folie où il avait voulu courir derrière elle, une poursuite interrompue aussi vite qu'elle avait commencé par le choc contre cette fille insouciante et inutile qu'il avait dû sauver et ensuite apaiser.

Il sortit la tête de l'eau avec un hoquet, le visage agréablement anesthésié et piqueté par le froid, saisit la serviette rêche accrochée au dos de la porte pour se frictionner et observa de nouveau son morne reflet dans le miroir. Les griffures faisaient maintenant penser aux marques d'un oreiller mal repassé. Charlotte, à l'heure qu'il était, devait être dans le métro. Une des pensées démentes qui l'avaient poussé à la suivre était la crainte qu'elle ne se jette sur les rails : un jour, après une querelle particulièrement violente quand ils avaient vingt-cinq ou vingt-six ans, elle s'était hissée sur le toit où elle s'était dressée en chancelant comme une femme saoule, menaçant de sauter dans le vide. Peut-être devrait-il se réjouir que l'agence Temporary Solutions l'eût contraint à arrêter sa course, car il n'y avait pas moyen d'effacer la scène de cette nuit. Cette fois, c'était bien fini.

Tirant sur son col humide, Strike tourna le verrou rouillé, sortit des toilettes et franchit de nouveau la porte en verre.

Dans la rue, quelqu'un avait commencé d'actionner un marteau-piqueur. Robin se tenait près du bureau, dos à la porte. Quand il reparut, elle laissa tomber la main qui pressait sa poitrine à travers son manteau, et il comprit qu'elle avait massé son sein endolori.

« Est-ce que… vous vous sentez mieux ? demanda Strike, attentif à ne pas regarder l'endroit où elle avait mal.

— Oui, oui. Écoutez, si vous n'avez pas besoin de moi, je peux repartir, dit Robin avec dignité.

— Non… Non, sûrement pas, dit une voix qui sortait de la bouche de Strike et qu'il entendit avec irritation. Une semaine ? Oui, c'est bien. Euh… le courrier est là. » En parlant, il le ramassa sur le paillasson et le

répandit sur le bureau nu devant elle, en offrande pro-
pitiatoire. « Si vous pouviez l'ouvrir, répondre au téléphone, mettre un peu d'ordre... Le mot de passe de
l'ordinateur est Hatherill23, je vais vous l'écrire... » Il
prit un papier et le griffonna sous le regard méfiant,
dubitatif de la jeune femme. « Voilà. S'il vous faut
quelque chose, je suis à côté. »

Il retourna dans le bureau du fond, referma soigneusement la porte vitrée derrière lui et resta quelques instants immobile, fixant des yeux le sac à côté de la
chaise. Il contenait tout ce qu'il possédait désormais,
car il doutait qu'il reverrait un jour les neuf dixièmes
de ses affaires laissées chez Charlotte. Tout aurait probablement disparu dès l'heure du déjeuner, jeté au feu,
abandonné aux éboueurs, écrasé, déchiré, détrempé
dans l'eau de Javel. Dans la rue en contrebas, le
vacarme du marteau-piqueur était impitoyable.

Et maintenant, affronter l'impossibilité de payer sa
montagne de dettes, les sinistres conséquences de sa
faillite imminente et celles qui le menaçaient, incon-
nues mais forcément terribles, après sa rupture avec
Charlotte. Dans l'état d'épuisement où était Strike, les
éléments de ce désastre général lui semblaient tour-
noyer devant lui en un kaléidoscope de l'horreur.

À peine conscient qu'il s'était déplacé, il se retrouva
assis sur la chaise où il avait passé la fin de la nuit. De
l'autre côté de la mince cloison lui parvenaient des
bruits étouffés. Sans doute Miss Temporary Solutions
allumait-elle l'ordinateur, de sorte qu'elle ne tarderait
pas à constater qu'il n'avait pas reçu en trois semaines
le moindre mail en rapport avec une offre de travail.
Ensuite, à sa demande, elle ouvrirait les enveloppes de

mise en demeure. Exténué, endolori et affamé, Strike posa sa tête sur son bureau et l'entoura de ses bras pour se boucher les yeux et les oreilles et n'avoir pas à écouter de l'autre côté de la porte une étrangère découvrir toute l'étendue de son humiliation.

3

Cinq minutes plus tard, on toqua à la porte et Strike, qui était sur le point de s'endormir, se redressa brusquement sur sa chaise.

« Excusez-moi… »

Son subconscient s'était à nouveau laissé envahir par l'image de Charlotte, et ce fut une surprise de voir cette jeune inconnue entrer dans son bureau. Elle avait ôté son manteau et arborait un pull-over crème d'aspect douillet, qui moulait son corps de la plus séduisante façon.

« Oui ? dit Strike, s'adressant à son front.

— Un client pour vous. Je le fais entrer ?

— Un quoi ?

— Un client, Mr Strike. »

Il la regarda plusieurs secondes, s'efforçant d'assimiler l'information.

« Bon, d'accord. Ou plutôt non, donnez-moi deux minutes, Sandra. Ensuite, oui, faites-le entrer. »

Elle se retira sans faire de commentaire.

Strike ne prit qu'une seconde pour se demander pourquoi il l'avait appelée Sandra, avant de sauter sur ses pieds et de s'employer à chasser tant bien que mal l'aspect et l'odeur d'un homme qui avait dormi sans se changer ni se laver. Plongeant sous son bureau, il prit dans son sac de voyage un tube de dentifrice et s'en frictionna les dents et les gencives ; puis il remarqua que sa cravate était mouillée et que le devant de sa chemise portait des traces de sang ; aussi arracha-t-il l'une et l'autre, faisant gicler les boutons contre les murs et le grand fichier, il tira de son sac une chemise propre (bien que passablement froissée) et l'enfila, ses gros doigts tâtonnant fébrilement pour la boutonner en hâte. Après avoir fourré le sac sous le fichier vide pour le dérober aux regards, il se rassit aussi vite qu'il put et se frotta le coin des yeux pour en essuyer les sécrétions nocturnes, sans cesser de se demander si ce prétendu client avait vraiment une enquête à lui proposer et était disposé à le payer pour ses services. Au cours des dix-huit mois de sa dégringolade financière, Strike en était venu à se dire qu'il ne fallait tenir pour acquis ni l'un ni l'autre. Il bombardait de lettres deux messieurs pour qu'ils lui règlent leur facture, et un troisième avait refusé tout net de débourser un penny parce que les découvertes de Strike n'avaient pas été à son goût. Attendu qu'il s'était de plus en plus enfoncé dans les dettes et qu'une intervention de la société propriétaire de l'immeuble risquait de le chasser de ce bureau dans le centre de Londres qu'il avait été si content de louer, Strike n'avait pas les moyens de s'offrir un avocat. Récemment, l'idée de méthodes de recouvrement plus brutales était devenue récurrente dans ses songeries, et il aurait pris grand plaisir à regarder le plus hautain de ses mauvais payeurs reculer devant une batte de base-ball brandie au-dessus de sa tête.

La porte s'ouvrit de nouveau. Strike retira en hâte son index de sa narine et s'assit bien droit, s'efforçant d'avoir l'air frais et dispos sur sa chaise.

« Voici Mr Bristow, Mr Strike. »

Le client potentiel suivit Robin dans la pièce. L'impression immédiate fut favorable : l'inconnu avait, certes, un faciès de lapin, avec sa lèvre supérieure trop retroussée pour cacher ses longues incisives ; son teint était pâle comme du sable clair, et, à en juger par l'épaisseur de ses lunettes, il était affligé d'une forte myopie ; mais son costume anthracite était superbement coupé, et sa cravate d'un bleu glacier brillant, sa montre en or et ses bottines noires avaient dû coûter très cher.

La blancheur neigeuse de sa chemise impeccable rendit Strike doublement conscient des centaines de faux plis qui striaient ses propres vêtements. Il se leva pour tenter d'impressionner Mr Bristow avec son mètre quatre-vingt-douze, tendit sa grosse paluche au dos poilu et s'efforça de contrebalancer la supériorité vestimentaire du visiteur en prenant l'air d'un homme trop occupé pour se soucier de son linge.

« Cormoran Strike. Enchanté.

— John Bristow », dit l'autre en lui serrant la main.

Sa voix était agréable, cultivée et un peu hésitante. Son regard s'arrêta sur l'œil tuméfié de Strike.

« Messieurs, puis-je vous apporter du thé ou du café ? », proposa Robin.

Bristow accepta un café noir, mais Strike ne répondit pas : il venait d'apercevoir une jeune femme aux sourcils épais, vêtue d'un ensemble en tweed démodé, qui se tenait assise sur le sofa défoncé et usé jusqu'à la corde à côté de la porte du bureau donnant sur le palier. Il était invraisemblable que deux clients possibles se fussent présentés au même moment. Se pouvait-il qu'on lui eût envoyé une seconde intérimaire ?

« Et vous, Mr Strike ? demanda Robin.

— Quoi ? Ah, oui. Un café noir avec deux sucres, Sandra, s'il vous plaît », répondit-il sans même penser à ce qu'il disait.

Il vit la bouche de sa nouvelle secrétaire se tordre en une légère grimace au moment où elle refermait la porte, et il se rappela alors seulement qu'il n'avait ni café, ni sucre, ni même la moindre tasse.

À l'invitation de Strike, Bristow s'assit et parcourut du regard le bureau délabré avec des yeux dans lesquels Strike craignit de lire de la déception. Le client manifestait la nervosité gênée que le détective associait aux maris soupçonneux, et pourtant un air d'autorité se dégageait de sa personne : un effet, probablement, de l'élégance coûteuse de sa mise. Strike se demanda comment Bristow l'avait trouvé. Difficile de susciter un bouche-à-oreille efficace quand votre seule cliente (comme elle le sanglotait régulièrement au téléphone) était une femme qui n'avait aucun ami.

« Que puis-je faire pour vous, Mr Bristow ? demanda-t-il en se rasseyant.

— Eh bien… euh… Je me demandais si l'on pourrait vérifier… À vrai dire, Mr Strike, je crois que nous nous sommes déjà rencontrés.

— Vraiment ?

— Vous ne pouvez pas vous souvenir de moi, tout ça remonte à de nombreuses années... mais je pense que vous avez été l'ami de mon frère Charlie. Charlie Bristow, ça vous dit quelque chose ? Il est mort accidentellement, quand j'avais onze ans.

— Ça alors ! Charlie... Bien sûr que je me souviens ! », dit Strike.

Et, en effet, il se rappelait parfaitement. Charlie Bristow était un des nombreux amis que le détective s'était faits au cours d'une enfance compliquée et vagabonde. Magnétique, farouche, turbulent, chef de la bande la plus sympa de l'école de Strike à son arrivée à Londres, il avait suffi à Charlie de regarder une fois le jeune géant au fort accent de Cornouailles pour décider de faire de lui son acolyte et son lieutenant. S'étaient ensuivis deux mois tourbillonnants d'amitié passionnée et de forfaits pendables. Strike, fasciné depuis toujours par les mœurs douces et faciles des foyers des autres enfants, avec leurs familles raisonnables et bien élevées et les chambres qu'ils pouvaient conserver des années d'affilée, gardait un souvenir très vif de la maison de Charlie, vaste et luxueuse. Une longue pelouse éclairée de soleil, une cabane construite dans un arbre et de la citronnade bien glacée servie par la mère du garçon.

Puis était venue l'horreur sans précédent du premier jour de classe après les vacances de Pâques, quand le professeur principal avait annoncé aux élèves que Charlie ne reviendrait plus. Il était mort d'un accident de bicyclette, en pédalant au bord d'une carrière désaffectée pendant un séjour familial au Pays de Galles. C'était une vieille buse, ce prof, et elle n'avait pas résisté à la tentation d'ajouter que Charlie, qui, chacun s'en souviendrait, *désobéissait souvent aux grandes personnes*, avait bravé *l'interdiction expresse* de rouler à vélo autour de cette carrière, *peut-être pour se rendre intéressant* ; mais elle avait dû s'arrêter là, car, tandis qu'elle parlait, deux fillettes au premier rang avaient éclaté en sanglots.

À partir de ce jour, Strike avait vu le visage du jeune garçon rieur s'émietter en mille morceaux chaque fois qu'il regardait ou imaginait une carrière. Il n'aurait pas été surpris si tous les anciens élèves de la classe de Charlie Bristow avaient gardé la même terreur durable du grand trou obscur, de la chute soudaine et de la pierre impitoyable.

« Oui, je me souviens très bien de Charlie », dit-il.

La pomme d'Adam de Bristow saillit sous la peau de son cou.

« Bon. C'est votre nom qui m'a accroché, vous comprenez ? Je me rappelle très bien comment Charlie parlait de vous pendant ces vacances, quelques jours avant sa mort. "Mon ami Strike", "Cormoran Strike"… Un nom un peu insolite, vous ne trouvez pas ? Ça vient d'où, vous le savez ? Je n'ai jamais vu ce nom-là ailleurs. »

Ce n'était pas la première fois qu'un client de Strike se lançait dans des considérations dilatoires – sur le temps, sur les péages pour entrer dans le centre de Londres, sur sa préférence pour les boissons chaudes – pour retarder le moment d'aborder le motif de sa visite.

« On m'a dit qu'il avait quelque chose à voir avec le blé, répondit-il. La mesure du blé. »

— Vraiment ? Rien à voir avec les *strikes* du cricket ? Ha ha ha… Non. Voyez-vous, quand j'ai cherché quelqu'un qui pourrait m'aider dans cette affaire et que je suis tombé sur votre nom dans les pages jaunes… » Le genou de Bristow se mit à tressauter. « Vous ne pouvez imaginer comment j'ai… Enfin, ça m'a fait l'effet… C'était comme un signe. Un signe de Charlie, qui me soufflait que je faisais le bon choix. »

Il déglutit et sa pomme d'Adam monta et descendit de nouveau dans sa gorge.

« Je vois, dit prudemment Strike, espérant ne pas avoir été pris pour un médium.

— Il s'agit de ma sœur, vous comprenez ? poursuivit Bristow.

— Votre sœur, répéta Strike. Elle a des ennuis ?

— Elle est morte. »

Le détective se retint au dernier moment de dire : « Quoi, elle aussi ? »

« Ah. Toutes mes condoléances », murmura-t-il, toujours prudent.

Bristow le remercia d'un bref hochement de tête.

« Ce… ce n'est pas facile à expliquer. D'abord, je dois vous dire que ma sœur, c'est… c'était… Lula Landry. »

L'espoir qui, dans le cœur de Strike, s'était un moment réveillé à la nouvelle qu'il avait peut-être un client, retomba lentement comme une vieille stèle funéraire et s'aplatit avec un son décourageant. L'homme assis en face de lui était un affabulateur, sinon un déséquilibré. Impossible – aussi impossible que l'existence de deux flocons de neige identiques – que cet individu pâlichon, à face de Bugs Bunny, partageât le même patrimoine génétique que la déesse à la peau de bronze, aux airs de cavale sauvage et à la beauté ravageuse qu'avait été Lula Landry.

« Mes parents l'avaient adoptée, expliqua timidement Bristow, comme s'il avait lu dans les pensées du détective. Nous sommes tous des enfants adoptés.

— Je vois. »

Strike était doué d'une mémoire exceptionnelle, et, en repensant à cette immense maison toujours fraîche et bien rangée, avec ses hectares de jardin, il se rappelait une mère blonde et languide qui présidait aux pique-niques, la voix sonore et lointaine d'un père un peu intimidant, un frère aîné silencieux picorant des miettes de gâteau, Charlie lui-même qui faisait rire sa mère avec ses clowneries, mais aucune fillette dans les parages.

« Vous n'avez pas pu connaître Lula, poursuivit Bristow, de nouveau comme si Strike avait parlé tout haut. Mes parents ne l'ont adoptée qu'après la mort de Charlie. Elle avait quatre ans quand elle est arrivée chez nous, elle était placée depuis environ deux ans. Moi, j'en avais presque quinze. Je me rappelle encore le jour où j'attendais debout en haut du perron et où mon père l'a portée dans ses bras le long de l'allée. Elle avait un petit bonnet rouge en tricot. Ma mère l'a toujours. »

Et soudain, à la stupeur de Strike, John Bristow se mit à pleurer. Il sanglota dans ses mains jointes, les épaules courbées, tremblant, des larmes et un peu de mucus coulant entre ses doigts crispés. Chaque fois qu'il semblait reprendre contrôle de lui-même, une nouvelle crise le secouait.

« Je suis désolé... vraiment désolé... Oh, mon Dieu... »

Haletant et hoquetant, il essuya ses lunettes avec un mouchoir, s'efforçant de retrouver son calme.

La porte du bureau s'ouvrit et Robin reparut, portant un plateau avec deux tasses fumantes et une assiette de biscuits au chocolat, que Strike n'avait jamais vus. Il la remercia et elle eut un bref sourire professionnel, puis se disposa à quitter la pièce.

« Attendez un instant, Sandra, dit Strike. Pourriez-vous... »

Il prit un papier sur le bureau et le posa sur son genou. Puis, tandis que Bristow continuait de renifler et de sangloter, il écrivit rapidement et aussi lisiblement qu'il le put :

Cherchez « Lula Landry » sur Google et trouvez si elle a été adoptée, et, si c'est le cas, par qui. Ne parlez pas de ce que vous faites avec la femme qui attend (qu'est-ce qu'elle fait là ?). Écrivez les réponses et apportez-les-moi sans dire ce que vous avez trouvé.

Il tendit le papier à Robin, qui le prit sans rien dire et sortit.

« Excusez-moi. Je suis vraiment désolé, articula péniblement Bristow. C'est... d'habitude, je ne... j'ai repris mon travail, je rencontre des clients... »

Il respira profondément, plusieurs fois. Avec ses yeux rougis, il ressemblait encore plus à un lapin albinos. Son genou droit continuait de tressauter.

« Vous comprenez, les derniers mois ont été très durs, murmura-t-il en reprenant de nouveau son souffle. Lula… et ma mère qui est tout près de mourir aussi… »

Strike salivait en regardant les biscuits, il avait l'impression de n'avoir rien mangé depuis des jours ; mais il se retint, se disant que ce serait faire preuve d'une cruelle indélicatesse que de grignoter pendant que Bristow frissonnait, reniflait et se tamponnait les yeux avec son mouchoir. En bas, dans la rue, le marteau-piqueur continuait à forer la chaussée avec un bruit de mitraillette.

« Elle a complètement cessé de lutter contre la maladie après la mort de Lula. C'est une femme brisée. Son cancer était en rémission, mais il est reparti de plus belle, et les médecins ont dit qu'ils ne pouvaient rien faire de plus. Vous comprenez, c'est le deuxième enfant qu'elle perd. Elle avait eu une longue dépression après l'accident de Charlie, et mon père avait pensé qu'un autre enfant dans la maison lui ferait du bien. Ils avaient toujours désiré une fille. Ça n'a pas été simple de décrocher un agrément, mais Lula était métisse et donc plus difficile à placer. Alors, conclut-il avec un sanglot étouffé, ils ont fini par obtenir qu'on la leur confie. »

Il se tut quelques instants, puis reprit :

« Elle a toujours été très belle. C'est à la sortie d'un magasin d'Oxford Street qu'elle a été découverte, un jour qu'elle faisait des courses avec ma mère. Elle a été engagée par Athena, une des agences les plus prestigieuses. Dès ses dix-sept ans, elle travaillait à plein temps comme mannequin. À sa mort, elle pesait dans les dix millions de livres. Mais je ne sais pas pourquoi je vous raconte tout ça, vous le savez probablement déjà. Tout le monde savait tout sur Lula. Ou croyait le savoir. »

Il prit maladroitement sa tasse, ses mains tremblant si fort que du café tomba sur le pli parfait de son pantalon.

« Qu'attendez-vous de moi au juste ? », demanda Strike.

D'un geste toujours tremblant, John Bristow reposa sa tasse, puis serra ses mains l'une contre l'autre.

« Pour les autorités, ma sœur s'est suicidée. Mais moi, je n'y crois pas. »

Strike se remémora les images télévisées : le long sac noir sur un brancard qu'on chargeait dans une ambulance sous une tempête de flashes, les photographes attroupés derrière le véhicule qui démarrait, tendant leurs appareils vers ses vitres obscures, les lumières blanches réfléchies par le verre opaque. Sur la mort de Lula Landry, il en savait plus qu'il avait jamais désiré en savoir, comme à peu près tout *homo sapiens britannicus* à moins d'être sourd et aveugle. Bombardé d'articles et d'images, on finissait par s'intéresser à l'histoire sans le vouloir, et avant de s'en rendre compte on était si bien informé, si sûr de ses opinions sur les tenants et aboutissants du drame qu'on aurait été déclaré trop partial pour siéger dans un jury.

« Il y a eu une enquête, non ?

— Oui, mais le policier qui l'a menée était convaincu dès le début qu'il s'agissait d'un suicide, pour la seule et unique raison que Lula prenait du lithium. Il a négligé beaucoup de choses, des choses dont on discute même sur Internet. »

Bristow tapota absurdement du doigt sur le bureau de Strike, où aurait dû se trouver un ordinateur.

Un coup à la porte, et Robin entra de nouveau, tendant à Strike une feuille de papier avant de ressortir discrètement.

« Vous permettez ? Un message que j'attends depuis tout à l'heure », s'excusa le détective.

Il déplia le feuillet contre son genou pour que Bristow ne voie pas ce qui était écrit, et lut :

Lula Landry a été adoptée à l'âge de quatre ans par Sir Alec et Lady Yvette Bristow. Elle a grandi sous le nom de Lula Bristow, mais a pris le nom de jeune fille de sa mère quand elle a commencé sa carrière dans la mode. Un frère aîné, John, avocat. La jeune femme qui attend est la petite amie de Mr Bristow et travaille comme assistante au sein de son cabinet : Landry, May & Patterson, fondé par le grand-père maternel de Lula et John. La photo de John Bristow sur la page d'accueil du site du cabinet est bien celle de l'homme avec qui vous parlez.

Strike froissa le papier et le laissa tomber dans la corbeille à ses pieds. Il était un peu abasourdi : John Bristow, de toute évidence, n'avait rien d'un fantaisiste, et lui-même, Strike, semblait maintenant patron d'une intérimaire douée de plus d'initiative (et d'une meilleure ponctuation) que toutes celles qu'il avait employées par le passé.

« Excusez-moi. Continuez, dit-il à Bristow. Vous me disiez, au sujet de l'enquête ?

— Oui, dit Bristow, se tamponnant le bout du nez avec son mouchoir humide. Vous comprenez, je ne nie pas que Lula avait des problèmes. Pour ne rien vous cacher, notre mère en a vu de toutes les couleurs avec elle. Les ennuis ont commencé à la mort de notre père. Vous le savez probablement, Dieu sait si la presse en a fait ses choux gras… mais elle a été renvoyée de l'école pour des histoires de drogue, puis elle s'est enfuie de Londres et maman l'a retrouvée dans un squat avec une bande de toxicos. L'addiction a aggravé ses problèmes psychologiques. Il a fallu l'interner quelque temps, mais elle n'a pas tardé à fuguer de la clinique. Évidemment, tout ça créait des drames à n'en plus finir. Mais tout de même, on a fini par lui diagnostiquer des troubles bipolaires et on lui a prescrit les bonnes molécules pour la soigner. Ensuite, à partir du moment où elle prenait ses comprimés, elle était dans un état normal. Vous n'auriez jamais deviné qu'elle était maniaco-dépressive. Même le médecin légiste a reconnu qu'elle suivait son traitement. L'autopsie l'a prouvé.

« Mais ni la police ni lui n'ont voulu considérer autre chose que son passé de fille mentalement perturbée. Ils ont soutenu que Lula était dépressive ; or, moi, je peux vous assurer du contraire ! Je l'ai vue le matin avant sa mort et je l'ai trouvée en pleine forme. La vie la gâtait beaucoup, surtout professionnellement. On venait de lui proposer un contrat qui pouvait lui rapporter dans les cinq millions en deux ans. Elle m'a demandé de le relire et, honnêtement, elle faisait une sacrée bonne affaire. Le couturier était un grand ami à elle, Guy Somé. J'imagine que vous connaissez. Elle avait des engagements pour plusieurs mois, à commencer par des séances de photos au Maroc, et elle adorait voyager. Donc, vous voyez, elle n'avait pas la moindre raison de mettre fin à ses jours. »

Strike hocha la tête, mais il n'était pas convaincu. Non seulement le succès professionnel n'était pas un rempart contre les souffrances secrètes, mais il savait par expérience que les suicidaires étaient tout à fait capables de feindre un vif intérêt pour un futur qu'ils n'avaient pas l'intention de vivre. Au cours de la journée et de la soirée qui avaient précédé sa mort, l'humeur matinale allègre de Miss Landry avait très bien pu se transformer en désespoir. De telles chutes psychologiques n'étaient pas inhabituelles chez les sujets fragiles, et Strike se rappelait le lieutenant du King's Royal Rifle Corps qui s'était relevé dans la nuit après sa fête d'anniversaire – que, selon tous les témoignages, il avait animée de sa gaieté et de son insouciance – pour écrire à sa famille en lui disant d'appeler la police et de ne pas entrer dans le garage. Ce même garage où son fils de quinze ans, qui n'avait pas lu le billet, l'avait trouvé pendu en allant chercher sa bicyclette.

« Ce n'est pas tout, dit Bristow. Il y a des preuves, des preuves solides. Tansy Bestigui, pour commencer.

— La voisine qui a déclaré avoir entendu une dispute à l'étage au-dessus ?

— Exactement. Elle a clairement entendu un homme crier dans l'appartement, juste avant que Lula ne tombe du balcon ! La police a dénigré son témoignage, pour la seule raison qu'elle… Enfin, elle avait pris de la cocaïne. Mais ça ne veut pas dire qu'elle ne savait plus ce qu'elle entendait ou non. Aujourd'hui encore, Tansy maintient que Lula avait une altercation avec un homme quelques instants avant de mourir. Je le sais, parce que j'en ai parlé avec elle encore tout récemment. Notre cabinet s'occupe de son divorce. Je suis sûr que je pourrais la convaincre de vous rencontrer.

« Et puis, continua Bristow, observant Strike et guettant anxieusement ses réactions, il y a les vidéos des caméras de surveillance. Un homme qui marche vers Kentigern Gardens une vingtaine de minutes avant la chute de Lula, puis le même homme qui s'enfuit dans la direction opposée comme s'il avait le diable à ses trousses. On n'a jamais su qui c'était, on n'a jamais retrouvé sa trace. »

Bristow tira de la poche intérieure de sa veste une enveloppe blanche légèrement froissée et la tendit à Strike.

« J'ai tout noté. Les heures et tout le reste. Tout est là. Vous verrez que tout concorde. »

L'apparition de l'enveloppe n'augmenta en rien la confiance de Strike dans le jugement de Bristow. On lui avait déjà remis ce genre de document : fruit d'obsessions solitaires, ruminations de théories tendancieuses, horaires inconsciemment distordus pour coller tant bien que mal avec des suppositions fantaisistes. La paupière gauche de l'avocat palpitait, son genou continuait à tressauter et ses doigts tremblaient.

Pendant quelques secondes, le détective mit en balance ces signes de tension nerveuse avec les bottines de l'homme, de toute évidence cousues main, et la montre Vacheron Constantin qui brillait à son poignet pâle. Un client qui pouvait payer et paierait sans se faire prier, peut-être assez longtemps pour permettre à Strike d'acquitter une ou deux échéances de l'emprunt qui était sa dette la plus pressante. Pourtant, avec un soupir et une grimace intérieure adressée à sa conscience, le détective se décida à dire :

« Mr Bristow…

— Appelez-moi John.

— Eh bien, John… Je vais être franc avec vous. Je crois qu'il serait malhonnête d'accepter votre proposition et votre argent. »

Des taches rouges apparurent sur le cou blanchâtre et le visage de l'avocat. Il continuait de tendre l'enveloppe.

« Comment ça, malhonnête ?

— La mort de votre sœur a probablement fait l'objet d'une enquête aussi approfondie que possible. Des millions de gens et les médias du monde entier ont observé les moindres actions de la police. Dans ces conditions, elle a dû se montrer deux fois plus consciencieuse qu'à l'ordinaire. Le suicide est quelque chose de difficile à accepter…

— Et je ne l'accepte pas. Je ne l'accepterai jamais. Ma sœur ne s'est pas tuée. Quelqu'un l'a poussée du balcon. »

Dans la rue, le marteau-piqueur cessa brusquement son fracas, si bien que la voix de Bristow sembla résonner plus fort dans la pièce. L'explosion de fureur qui suivit fut celle d'un homme réservé subitement poussé à bout.

« Je vois. J'ai compris. Vous êtes comme tous les autres, pas vrai ? Un autre pseudo-psy à la mords-moi-le-nœud ! Charlie est mort, mon père est mort, Lula est morte et ma mère est mourante. J'ai perdu tout le monde, donc j'ai besoin d'une aide pour surmonter mes deuils, pas d'un foutu détective. Vous croyez que je n'ai pas entendu ça au moins cent fois ? »

Bristow se leva, assez impressionnant malgré ses dents de lapin et les taches de fièvre sur sa peau.

« Je suis un homme riche, Strike. Désolé si vous me trouvez vulgaire, mais c'est comme ça. Mon père m'a laissé des fonds fiduciaires pour un montant assez considérable. Je me suis renseigné sur les tarifs des enquêteurs privés et je vous aurais volontiers payé le double de vos honoraires habituels. »

Le double. La conscience de Strike, jadis ferme et rigoureuse, avait été affaiblie par les aléas de la vie, et la proposition de Bristow lui portait le coup de grâce. Son imagination s'emballait déjà : un mois de travail lui rapporterait de quoi payer l'agence d'intérim et quelques loyers de retard ; deux mois, assez pour acquitter ses dettes les plus pressantes ; trois mois, de quoi solder une partie de son découvert ; quatre mois…

Mais John Bristow parlait par-dessus son épaule et se dirigeait vers la porte, serrant et froissant l'enveloppe dont Strike n'avait pas voulu.

« Je voulais que ce soit vous à cause de Charlie, mais je me suis aussi renseigné sur votre compte, parce que je ne suis pas complètement idiot. Brigade spéciale d'investigation, Police militaire, c'est ça ? Et décoré, en plus. Je n'ai pas été impressionné par vos locaux… » Bristow criait presque maintenant, et Strike se rendit compte que dans le bureau d'à côté les voix féminines étouffées s'étaient tues. « … mais apparemment, j'ai eu tort : vous pouvez vous permettre de refuser du travail. Soit ! N'en parlons plus. Je trouverai facilement quelqu'un d'autre. Navré de vous avoir dérangé ! »

4

Depuis une ou deux minutes, le son de la conversation de ces messieurs traversait la cloison mince qui séparait les deux bureaux, et, maintenant que le marteau-piqueur avait enfin fait silence, les mots de John Bristow étaient clairement distincts.

Uniquement pour s'amuser, dans la belle humeur de ce jour heureux, Robin s'était efforcée de jouer de manière convaincante le rôle de la secrétaire habituelle de Cormoran Strike et de cacher à la petite amie de Bristow qu'elle ne travaillait pour un détective privé que depuis une demi-heure. En entendant les éclats de voix, elle contint du mieux qu'elle put tout signe de surprise ou même d'intérêt, mais, quelle que fût la cause du conflit, elle se sentait instinctivement du côté du visiteur. Le métier de Strike et son œil poché exerçaient certes une espèce de charme sinistre, mais son comportement envers elle se révélait déplorable et son sein gauche lui faisait encore mal.

La petite amie de Bristow regardait fixement la porte fermée depuis que les voix des deux hommes étaient devenues audibles. Trapue, la peau mate, avec une coiffure au bol et des sourcils qui auraient pu se rejoindre si elle ne les avait épilés, la jeune femme affichait un air grincheux. Robin avait remarqué que dans les couples, les deux partenaires avaient souvent le même degré de séduction (ou de non-séduction), même si, bien sûr, des facteurs comme l'argent permettaient parfois de s'attacher un partenaire beaucoup plus agréable à regarder que soi-même. Elle trouvait attendrissant que Bristow, qui, à en juger par sa mise coûteuse et le prestige de son cabinet, aurait pu jeter son dévolu sur une personne beaucoup plus affriolante, ait justement choisi cette fille. Sans doute avait-elle un caractère plus aimable que son apparence le laissait supposer.

« Vous êtes sûre que vous n'avez pas envie d'un café, Alison ? », demanda-t-elle.

La jeune femme regarda autour d'elle comme si elle était surprise qu'on s'adresse à elle et avait oublié que Robin était dans la pièce.

« Non merci, dit-elle d'une voix grave étonnamment mélodieuse. Je savais d'avance que ça ne se passerait pas bien, ajouta-t-elle avec un curieux air de satisfaction. J'ai essayé de le dissuader de venir, mais il n'a pas voulu m'écouter. On dirait que ce soi-disant détective ne veut pas de son affaire. Tant mieux. »

La surprise de Robin devait être visible, car Alison poursuivit avec un peu d'impatience :

« Il vaudrait mieux pour John qu'il accepte la vérité. Elle s'est suicidée, un point c'est tout. D'ailleurs, le reste de la famille en a pris son parti. Mais lui n'y arrive pas, je ne sais pas pourquoi. »

Inutile de faire semblant de ne pas comprendre de quoi elle parlait. Tout le monde savait comment avait fini Lula Landry. Robin se rappelait exactement où elle se trouvait quand elle avait appris que le célèbre top model s'était jeté de son balcon, par une nuit de janvier où la température était tombée en dessous de zéro : debout devant l'évier, dans la cuisine de ses parents. Elle avait entendu la nouvelle à la radio et laissé échapper un petit cri de surprise, puis couru hors de la pièce en chemise de nuit pour l'annoncer à Matthew, qui était là pour le week-end. Comment pouvait-on être aussi affecté par la mort d'une personne qu'on n'avait jamais rencontrée ? Robin avait toujours admiré la beauté de Lula. Elle-même n'aimait guère son teint laiteux d'Anglaise sage, alors que le mannequin avait une peau de bronze, éclatante et lumineuse, une fine ossature aux proportions parfaites et un air sauvage, presque animal.

« Ça ne fait pas très longtemps qu'elle est morte.

— Presque trois mois, dit Alison, secouant son *Daily Express*. Il est bon à quelque chose, votre patron ? »

Robin avait relevé l'expression dédaigneuse d'Alison quand elle avait constaté l'état de délabrement et de saleté du petit bureau qui faisait office de salle d'attente, d'autant qu'elle avait vu un peu plus tard sur Internet une photo du somptueux cabinet d'avocat où la jeune femme travaillait. Sa réponse lui fut donc dictée par l'orgueil plus que par le désir de prendre la défense de Strike :

« Oh, oui. C'est un des meilleurs. »

Elle ouvrit une enveloppe rose, ornée d'un chaton, avec l'air d'une femme qui devait répondre tous les jours à des exigences beaucoup plus compliquées qu'Alison aurait jamais pu l'imaginer.

Au même moment, Strike et Bristow se faisaient face dans le bureau d'à côté, celui-ci très en colère, celui-là cherchant le moyen de reprendre en main la situation sans passer pour un mendiant.

« Tout ce que je veux, Strike, dit Bristow d'une voix rauque, son visage maigre empourpré, c'est la *justice* ! »

Ce fut comme s'il avait fait vibrer un diapason divin : le mot résonna dans la pièce minable, éveillant un écho inaudible mais qui atteignit Strike en plein cœur. Bristow avait touché son point sensible, celui qui réagissait avec une force intacte même quand tout le reste allait à vau-l'eau. Certes, il avait désespérément besoin d'argent, mais l'avocat venait de lui donner une autre raison, plus noble, de faire taire ses scrupules.

« D'accord. Je vous comprends. Je suis sincère, John. Je vous comprends. Revenez vous asseoir et, si vous avez toujours besoin de mon aide, je suis prêt à faire ce que vous me demanderez. »

Bristow lui lança un regard mauvais. On n'entendait plus aucun bruit, à part les exclamations lointaines des ouvriers en contrebas.

« Voulez-vous que votre, euh… que votre épouse participe à la conversation ? suggéra le détective.

— Non, dit Bristow, toujours tendu, sa main sur la poignée de la porte. Alison n'est pas d'accord pour rouvrir l'enquête. À vrai dire, je ne sais pas pourquoi elle a voulu venir. Probablement dans l'espoir que vous refuseriez.

— Je vous en prie, asseyez-vous. Parlons de tout cela plus en détail. »

Bristow hésita un instant, puis revint vers la chaise qu'il avait abandonnée.

La tentation était trop forte et Strike prit enfin un biscuit, qu'il fourra tout entier dans sa bouche ; puis il tira un bloc-notes neuf du tiroir de son bureau, l'ouvrit, saisit un stylo et parvint à avaler le biscuit dans le temps qu'il fallut à Bristow pour se rasseoir.

« Je peux ? », dit-il en désignant l'enveloppe que Bristow avait toujours à la main.

Bristow la lui tendit comme s'il n'était pas sûr de pouvoir la lui confier. Strike, qui ne souhaitait pas en lire le contenu en sa présence, la posa de côté en la tapotant légèrement avec le bout de ses doigts pour signifier qu'il la considérait maintenant comme un élément important de son enquête, puis ôta le capuchon de son stylo.

« John, si vous pouviez commencer par me faire un résumé de ce qui s'est passé le jour de la mort de votre sœur, je pense que ça m'aiderait beaucoup. »

Méthodique et minutieux par nature, Strike avait coutume de mener ses enquêtes avec un maximum de rigueur. D'abord, permettre au témoin de raconter son histoire comme il l'entendait : au cours d'un récit que rien ne venait interrompre surgissaient souvent des détails, des incohérences apparentes qui, par la suite, pouvaient se révéler d'une importance insoupçonnée. Une fois qu'on avait fait le tri dans le premier flot d'impressions et de souvenirs venait le moment de creuser les faits avec discernement et précision : les protagonistes, les lieux, les intérêts…

« Oh… » Bristow, après son explosion de véhémence, ne semblait pas savoir par où commencer. « À vrai dire, je ne… Voyons…

— Quand avez-vous vu votre sœur pour la dernière fois ? souffla Strike.

— C'était… le matin de sa mort. Nous nous sommes disputés, pour ne rien vous cacher, mais grâce à Dieu nous nous sommes quittés en bons termes.

— Il était quelle heure ?

— Encore tôt. Avant neuf heures. J'en suis sûr, parce que j'étais en route pour le cabinet. Environ neuf heures moins le quart.

— Et à quel sujet vous êtes-vous disputés ?

— Son petit ami, Evan Duffield. Ils venaient de se remettre ensemble. Toute la famille pensait que c'était fini entre eux, et c'était un grand soulagement. Un type horrible, imbu de lui-même, drogué jusqu'à la moelle, avec une mentalité de mercenaire, la pire influence sur Lula qu'on puisse imaginer. Seulement, je… je me suis peut-être montré un peu lourd, j'en ai conscience maintenant. Vous comprenez, j'ai onze ans de plus que Lula et j'avais tendance à jouer les grands frères protecteurs. Au point d'être un peu trop autoritaire à l'occasion. Elle me disait toujours que je ne comprenais pas.

— Que vous ne compreniez pas quoi ?

— Eh bien… tout. Lula avait pas mal de problèmes existentiels. Être une enfant adoptée. Être noire dans une famille de Blancs. Elle disait toujours que pour moi, la vie avait été facile. Je ne sais pas. Elle avait peut-être raison. » Il cligna rapidement des yeux derrière ses lunettes. « À vrai dire, notre dispute était la continuation d'un premier accrochage que nous avions eu au téléphone la veille au soir. Je n'arrivais pas à croire qu'elle était assez bête pour se remettre avec Duffield. Nous étions tous tellement contents qu'elle ait rompu… Je veux dire, compte tenu de son passé, se mettre en couple avec un junkie… » Il prit sa respiration. « Mais elle n'a rien voulu entendre. Comme toujours. Et elle était furieuse. Elle a même ordonné au gardien de l'immeuble de ne pas me laisser entrer le lendemain matin, mais ce brave Wilson m'a laissé monter quand même. »

Humiliant, pensa Strike, de devoir compter sur la pitié d'un vigile.

« Je n'y serais pas allé, dit Bristow tristement, des taches rosées réapparaissant sur son cou, mais j'avais à lui rendre le contrat avec Somé. Comme je vous l'ai dit, elle m'avait demandé de le relire et elle devait le signer… Pour ce genre de chose, elle pouvait se montrer assez insouciante, pour ne pas dire désinvolte. Quoi qu'il en soit, elle n'était pas contente qu'on m'ait permis de monter et nous avons recommencé à nous engueuler, mais ça n'a pas duré longtemps. Elle s'est calmée. Alors, je lui ai dit que maman serait heureuse qu'elle lui rende visite. Elle venait de sortir de l'hôpital, après une hystérectomie. Lula m'a répondu qu'elle passerait peut-être la voir plus tard, mais elle n'était pas sûre. Elle avait des choses à faire. »

De nouveau, Bristow inspira profondément ; son genou droit se remit à tressauter et il frotta ses mains noueuses l'une contre l'autre, comme s'il les lavait.

« Je ne voudrais pas que vous vous fassiez une mauvaise opinion de Lula. Beaucoup de gens la trouvaient égoïste, mais c'était la petite dernière de la famille et mes parents l'avaient trop gâtée. Et puis, elle avait été malade et, naturellement, tout le monde était aux petits soins pour elle. Mais surtout, elle était plongée dans cette vie incroyable où on la traitait comme le centre du monde, sans parler des paparazzi qui la pourchassaient partout. Ce n'était pas une existence normale.

— Non, acquiesça Strike.

— Donc, après cette discussion, je suis parti, et j'ai fait un saut au cabinet pour prendre quelques dossiers qu'Alison m'avait préparés, parce que je voulais travailler chez maman et lui tenir compagnie. C'est là que j'ai revu Lula, plus tard dans la matinée. Elle est restée avec maman un moment, dans sa chambre, jusqu'à ce que notre oncle arrive pour lui rendre visite. Avant de partir, elle est entrée dans le bureau où je travaillais, pour me dire au revoir. Elle m'a serré dans ses bras avant de… »

La voix de Bristow se brisa et il baissa les yeux vers ses genoux.

« Un autre café ? », proposa Strike.

Il secoua la tête. Pour lui donner le temps de se ressaisir, Strike prit le plateau et passa dans l'autre bureau. L'amie de Bristow leva les yeux de son journal, fronçant les sourcils.

« Vous n'avez pas encore fini ? interrogea-t-elle sèchement.

— Non, comme vous voyez », répliqua Strike sans se donner la peine de sourire.

Elle le regarda se tourner vers Robin et lui demander :

« Pourrais-je avoir un autre café… ? »

Robin se leva et lui prit le plateau en silence.

« John est attendu au cabinet à dix heures et demie, dit la femme d'une voix plus forte. Nous devons partir dans dix minutes au plus tard.

— C'est noté », promit Strike d'une voix neutre, avant de retourner dans son bureau où Bristow semblait en prière, la tête inclinée au-dessus de ses mains jointes.

« Excusez-moi, murmura-t-il tandis que le détective se rasseyait. C'est encore difficile d'en parler.

— Ne vous inquiétez pas, dit Strike en reprenant son bloc-notes. Donc, Lula est passée voir votre mère. À quelle heure ?

— Vers onze heures. On en a parlé le jour de l'enquête devant le médecin légiste. De cette visite, et de ce qu'elle a fait ensuite. Elle a demandé à son chauffeur de la conduire à une boutique où elle allait souvent, puis elle est rentrée chez elle. Elle avait rendez-vous avec une maquilleuse qu'elle connaissait, et par la suite son amie Ciara Porter l'a rejointe. Vous devez la connaître, c'est un autre top model. Très blonde. On les a photographiées ensemble sous l'apparence de deux anges, vous avez dû voir ça : nues, à part des sacs à main et des ailes. Somé s'est servi de la photo après la mort de Lula et beaucoup de gens ont trouvé que c'était de mauvais goût.

« Lula et Ciara ont passé l'après-midi ensemble, à l'appartement. Puis elles sont sorties dîner et elles ont retrouvé Duffield et d'autres personnes. Toute la bande a fini la soirée au Magnum, un night-club assez sélect. Ils y sont restés jusque bien après minuit.

« Duffield et Lula se sont disputés. Plusieurs personnes les ont vus. Il l'a même un peu malmenée en insistant pour qu'elle reste, mais elle a quitté la boîte toute seule. Par la suite, on l'a soupçonné de l'avoir tuée, mais il a présenté un alibi en béton.

— Le témoignage de son dealer, c'est bien ça ? demanda Strike sans cesser de prendre des notes.

— Exactement. Donc, Lula est arrivée chez elle vers une heure vingt. On l'a photographiée au moment où elle rentrait. Vous avez sûrement vu cette photo, tous les journaux l'ont publiée. »

Strike s'en souvenait : une des femmes les plus photographiées du monde, les épaules courbées, les yeux gonflés, les bras serrés autour du torse, détournant la tête de l'objectif. Après que le suicide avait été clairement établi, le cliché avait pris quelque chose de macabre : on y voyait une jeune femme sublime et richissime, moins d'une heure avant sa mort, tentant de cacher son désarroi aux photographes qu'elle avait tant courtisés et qui l'avaient adorée.

« Il y avait souvent des photographes à sa porte ?

— Oui, surtout quand ils savaient qu'elle était avec Duffield ou qu'ils voulaient la prendre en flagrant délit d'ébriété. Mais cette nuit là, ce n'était pas seulement elle qu'ils guettaient. Un rappeur américain devait débarquer pour passer la nuit à la même adresse, un nommé Deeby Macc. Sa maison de disques avait loué l'appartement juste en dessous de celui de Lula. Pour finir, il n'est pas venu, parce qu'avec tous les policiers dans la maison il a préféré descendre à l'hôtel. Mais les paparazzi qui avaient suivi la voiture de Lula quand elle est partie du Magnum ont rejoint ceux qui attendaient Macc dans la rue, si bien qu'il y en avait tout un groupe devant l'entrée de l'immeuble. Vingt ou trente. Mais quand elle a disparu dans le hall, ils ont déguerpi les uns après les autres, parce qu'on les avait avertis que Macc ne se montrerait pas avant le petit matin. »

Il fit une pause avant d'ajouter :

« Il faisait un froid de canard cette nuit-là. Il neigeait, la chaussée était verglacée. Ce qui explique que la rue était vide au moment où elle est tombée. »

Il cligna de nouveau des yeux et avala une gorgée de café froid, tandis que Strike pensait aux reporters qui avaient quitté les lieux avant que Lula Landry ne tombe de son balcon. À combien, se demanda-t-il, mi-rêveur, mi-dégoûté, se serait négocié un cliché de la chute mortelle de la superstar des podiums ? Assez cher, sans doute, pour permettre à son auteur de prendre sa retraite.

« John, votre amie dit que vous êtes attendu à dix heures et demie.

— Quoi ? »

Bristow sembla revenir sur terre. Il regarda sa montre en or et resta un instant bouche bée.

« Mon Dieu ! Je ne me doutais pas que je parlais depuis si longtemps. Qu'est-ce que… qu'est-ce que vous comptez faire maintenant ? demanda-t-il d'un air un peu perdu. Vous allez lire mes notes ?

— Oui, bien sûr, promit Strike. Ensuite, je vous appellerai. Dans quelques jours, quand j'aurai fait quelques vérifications préliminaires. J'aurai probablement d'autres questions à vous poser.

— Bon. » Bristow se leva en chancelant un peu. « Tenez, prenez ma carte. Comment procédons-nous, pour vos honoraires ?

— Un mois d'avance, ce serait parfait. »

Faisant fi des derniers bourdonnements de honte dans sa tête et se rappelant que Bristow lui-même lui avait proposé de le payer double tarif, il énonça une somme exorbitante et, à sa grande joie, son client ne cilla pas. Il s'abstint de lui demander s'il acceptait les cartes de crédit, ou de promettre de passer plus tard, et sortit de sa poche intérieure un vrai chéquier et un vrai stylo.

« Si, disons, un quart du montant pouvait être en espèces… », ajouta Strike, tentant sa chance ; et pour la seconde fois de la matinée, il fut ébahi d'entendre Bristow lui répondre : « Oui, je me demandais si vous ne préféreriez pas… », et de le voir compter une liasse de billets de cinquante livres, qu'il posa par-dessus le chèque.

Ils passèrent dans l'autre bureau au moment même où Robin s'apprêtait à entrer avec le café de Strike. La petite amie de Bristow se leva et replia son journal avec l'expression d'une femme excédée d'attendre. Elle était presque aussi grande que lui, large d'épaules, avec de grandes mains masculines et un air franchement revêche.

« Alors, vous avez accepté ? », demanda-t-elle à Strike avec aigreur.

Il eut le sentiment qu'elle le soupçonnait de profiter de son riche ami. Et elle n'avait pas tout à fait tort.

« Oui, John m'a confié son affaire, répondit-il.

— Bon, bon, dit-elle avec un soupir. Je suppose que tu es content, John ? »

L'avocat lui sourit et elle lui tapota le bras en soupirant de nouveau, comme une mère tolérante mais un peu exaspérée. John Bristow leva la main pour dire au revoir, puis suivit la jeune femme sur le palier et leurs pas résonnèrent sur les marches métalliques.

5

Strike se tourna vers Robin, de nouveau assise devant son ordinateur. Son café était posé à côté de piles de courrier soigneusement trié sur le bureau.

« Merci, dit-il en avalant une gorgée bien chaude. Et merci aussi pour votre petite recherche. Pourquoi êtes-vous intérimaire ?

— Que voulez-vous dire ? demanda-t-elle, soupçonneuse.

— Vous maîtrisez l'orthographe et la ponctuation. Vous comprenez tout de suite ce qu'on vous demande. Et vous faites preuve d'initiative. À propos, d'où viennent ces tasses et ce plateau ? Et le café et les biscuits ?

— J'ai tout emprunté à Mr Crowdy. Je lui ai promis de les lui rapporter à l'heure du déjeuner.

— Mr qui ?

— Jeremy Crowdy, le monsieur à l'étage au-dessous. Le graphiste.

— Et il vous les a prêtés sans problème ?

— Oui, dit-elle, sur la défensive. J'ai pensé qu'après avoir proposé un café, nous devions le servir. »

Ce « nous » lui mit un peu de baume au cœur.

« Eh bien, vous êtes de loin la plus efficace de toutes les secrétaires que Temporary Solutions m'a envoyées, vous pouvez me croire. Désolé de vous avoir appelée Sandra, c'était le prénom de la précédente. Vous vous appelez comment ?

— Robin.

— Robin, répéta-t-il. C'est facile à retenir. »

L'idée le traversa de faire une allusion badine à Batman et à son fidèle acolyte, mais la boutade, franchement pas très drôle, mourut sur ses lèvres quand il vit le visage de la jeune femme tourner soudain au rose vif. Trop tard, il prit conscience que sa remarque innocente pouvait donner lieu à une interprétation malheureuse. *Robin*, « allumeuse » en argot. Sa nouvelle secrétaire fit tourner sa chaise pivotante pour fixer de nouveau l'écran de l'ordinateur, et Strike ne vit plus qu'une joue gauche empourprée. Dans un moment immobile de gêne partagée, la pièce sembla devenir aussi étroite qu'une cabine téléphonique.

« Je descends faire un tour, dit Strike, reposant sa tasse encore presque pleine et se dirigeant d'une démarche de crabe vers le pardessus accroché à la porte. Si quelqu'un téléphone…

— Mr Strike… Avant de sortir, je pense qu'il faut que vous voyiez ceci. »

Le visage toujours rouge, Robin prit sur une pile de courrier ouvert une feuille de papier rose et une enveloppe assortie, qu'elle avait glissées dans une pochette en plastique transparent. Quand elle la lui tendit, Strike remarqua la bague de fiançailles à sa main.

« C'est une menace de mort, dit-elle.

66

— Oh, oui, dit Strike. Pas de quoi s'inquiéter. J'en reçois environ une par semaine.

— Mais…

— C'est un ancien client mécontent. Un peu siphonné. Il croit me prendre par surprise en utilisant ce papier.

— Tout de même… il faudrait en parler à la police, non ?

— Pour qu'ils se fichent de moi, vous voulez dire ?

— Ce n'est pas drôle, c'est une menace de mort », insista-t-elle, et Strike comprit pourquoi elle avait placé la missive dans une pochette en plastique. Il en fut touché.

« Classez-la avec les autres, dit-il en désignant un fichier dans le coin. S'il voulait vraiment me tuer, il serait passé à l'acte depuis longtemps. Là-dedans, vous trouverez à peu près six mois de lettres semblables. Vous pourrez garder la forteresse en mon absence ?

— Je me débrouillerai », répondit-elle, et il fut amusé par la note de contrariété dans sa voix, et par son évidente déception à l'idée que personne ne relèverait d'empreintes digitales sur la menace de mort ornée d'un chaton sur fond rose.

« Si vous avez besoin de moi, mon numéro de portable se trouve sur les cartes professionnelles, dans le tiroir du haut.

— Très bien, dit-elle, sans regarder ni lui ni le tiroir.

— Et si vous voulez sortir pour déjeuner, n'hésitez pas. Il y a un double de la clef quelque part sur le bureau.

— Merci.

— À tout à l'heure. »

Avant de descendre, il jeta un regard vers les minuscules toilettes moisies. La pression dans son bas-ventre devenait douloureuse, mais il pensa que l'efficacité de la jeune femme, son inquiétude pour sa sécurité, méritaient qu'on lui accorde une certaine considération. Il décida d'attendre d'arriver au pub et descendit l'escalier.

Dans la rue, il alluma une cigarette, tourna à gauche et dépassa le Bar 12, encore fermé à cette heure, puis s'engagea dans l'étroite allée appelée Denmark Place en laissant derrière lui une vitrine pleine de guitares multicolores, couverte d'affichettes pour des concerts, et le vacarme du marteau-piqueur qui était reparti de plus belle. Contournant les gravats du chantier sous Centre Point, il détourna la tête d'une grande statue dorée de Freddie Mercury de l'autre côté de la rue, front penché et poing levé à l'entrée du Dominion Theatre, comme un dieu païen du chaos.

La façade dix-neuvième ornée du Tottenham s'élevait de l'autre côté de la chaussée en travaux, et Strike, sentant avec plaisir le poids d'une grosse liasse d'argent dans sa poche intérieure, poussa la porte et entra dans la sereine atmosphère victorienne de l'établissement, faite de bois sombre et bien astiqué et de cuivres étincelants. Les cloisons en verre dépoli entre les tables, les vieilles banquettes en cuir, les miroirs avec leurs dorures, les chérubins et les cornes d'abondance parlaient d'un monde ordonné et rassurant, en agréable contraste avec le tumulte de la rue dévastée. Strike commanda une pinte de Doom Bar et l'emporta au fond du pub presque désert, où il posa son verre sur une haute table circulaire juste au-dessous de la criarde coupole surplombant le plafond ; puis il se dirigea tout droit vers les toilettes, qui empestaient l'urine.

Dix minutes plus tard, beaucoup plus à son aise, Strike avait avalé un tiers de sa pinte, ce qui accentua la sensation de somnolence causée par son épuisement. L'excellente *ale* de Cornouailles avait le goût de sa province, la saveur d'une paix et d'une sécurité depuis longtemps évanouies. Juste en face de lui, un grand tableau aux contours flous montrait une demoiselle victorienne dansant avec des roses dans les bras. Batifolant d'un air timide et prude dans une nuée de pétales, ses seins plantureux drapés de mousseline blanche, elle semblait le regarder fixement, mais ressemblait aussi peu à une femme réelle que la table sur laquelle était posé son verre de bière, ou que l'homme ventripotent à la maigre queue de cheval qui officiait derrière le bar.

Et soudain, à nouveau, l'esprit de Strike fut assailli par les images de Charlotte, une femme bien réelle pour le coup : belle, dangereuse comme une louve aux abois, maligne, parfois drôle et, selon les termes du plus vieil ami de Strike, « complètement azimutée ». Était-ce fini, vraiment fini cette fois ? Alangui par la fatigue, Strike se remémora les scènes de la nuit et du début de matinée. Elle avait fait quelque chose d'impardonnable, et, quand l'effet anesthésiant de sa torpeur se serait dissipé, la douleur qu'il en éprouverait serait terrible ; mais pour le moment, il lui fallait affronter certains problèmes pratiques. Jusqu'à cette nuit, il avait vécu chez Charlotte, dans son grand appartement au rez-de-chaussée d'une élégante petite maison de Holland Park Avenue ; il s'ensuivait que depuis deux heures du matin, il était volontairement sans domicile fixe.

(« Mon petit cœur, viens donc t'installer chez moi. Bon Dieu, tu vois bien que c'est la meilleure solution ! Tu pourras économiser de l'argent pour monter ton affaire et je m'occuperai de toi. Il ne faut pas rester seul pendant ta convalescence. Mon petit cœur, ne sois pas bête… »

Mais personne ne l'appellerait plus jamais « mon petit cœur ». « Mon petit cœur » était mort.)

C'était la première fois, depuis le début de leur longue et turbulente liaison, que Strike se décidait à la quitter. Auparavant, à trois reprises, c'était Charlotte qui avait pris ses cliques et ses claques ; mais tous deux, depuis toujours, étaient conscients sans se le dire que si jamais c'était lui qui partait, s'il décidait qu'il en avait assez, la séparation serait d'une nature tout à fait différente de celles qu'elle avait imposées, et dont aucune, bien que douloureuse et orageuse, n'avait jamais présenté un caractère définitif.

Charlotte n'aurait pas de repos tant qu'elle ne lui aurait pas fait tout le mal dont elle était capable, par mesure de représailles. La scène de ce matin, quand elle l'avait rejoint toutes griffes dehors (au sens propre) dans son bureau de Denmark Street, n'avait sans doute été qu'un avant-goût de ce qu'elle lui réservait dans les mois et peut-être les années à venir. C'était l'être le plus assoiffé de vengeance qu'il eût jamais rencontré.

Strike boitilla jusqu'au bar, commanda une deuxième pinte et revint vers sa table pour y poursuivre ses ruminations moroses. En quittant Charlotte, il avait fait un grand pas de plus vers l'indigence. Il était si criblé de dettes que la seule chose qui le préservait pour le moment de dormir sous les porches emmitouflé dans un sac de couchage était la générosité de John Bristow. Et si Gillespie exigeait l'argent qui lui avait permis de payer ses premiers loyers et sa caution, Strike serait à la rue.

(« Je vous appelle pour savoir où vous en êtes, Mr Strike, parce que l'échéance de ce mois est restée impayée. Pouvons-nous espérer un règlement dans les jours qui viennent ? »)

Et puis, maintenant qu'il avait commencé d'inventorier tout ce qui allait à la dérive dans sa vie, pourquoi ne pas compléter le bilan ? Parce qu'il y avait aussi les dix bons kilos qu'il avait pris ces derniers mois. Non seulement il se sentait gros, gras et en piteuse forme, mais ce surpoids exerçait une pression supplémentaire sur sa prothèse de jambe, cette jambe qu'il reposait maintenant sur la barre en cuivre au bas de la table. Strike marchait depuis peu avec une légère claudication, à cause du frottement provoqué par ses kilos en trop. Le long trajet à travers Londres aux petites heures du matin, sac à l'épaule, n'avait pas arrangé les choses ; mais, conscient que la misère le guettait, il n'avait pas voulu se payer un taxi.

Il retourna au bar commander une troisième pinte. De retour à sa table sous la coupole, il prit son portable et appela un ami de Scotland Yard : un homme qu'il ne connaissait que depuis quelques années, mais avec qui des liens s'étaient tissés dans des circonstances exceptionnelles.

De même que Charlotte était la seule à l'appeler « mon petit cœur », l'inspecteur Richard Anstis était le seul à nommer Strike « Mystic Bob », et ce fut ce surnom qu'il cria en reconnaissant la voix de son ami.

« J'ai besoin d'un renseignement, lui dit Strike.

— Je t'écoute.

— Qui s'est occupé de l'affaire Lula Landry ? »

Tout en cherchant la réponse, Anstis demanda à Strike comment allaient ses affaires, et sa jambe, et sa fiancée. Aux trois questions, le détective répondit par un mensonge.

« Les nouvelles sont bonnes, alors, dit gaiement l'inspecteur. Voilà, j'ai trouvé. Mon collègue Ray Carver, assisté du sergent Eric Wardle. Je vais te filer le numéro de Wardle. Il est plutôt sympa. Il a une très haute opinion de lui-même, mais il vaut mieux avoir affaire à lui qu'à Carver : lui, c'est un con. Si tu veux, je peux glisser un mot à Eric pour préparer le terrain. Je vais lui passer un coup de fil tout de suite. »

Strike prit un prospectus touristique sur un présentoir accroché au mur et nota le numéro sous une photo des Horse Guards.

« Si tu passais à la maison un de ces soirs ? proposa Anstis. Tu pourrais amener Charlotte.

— Oui, bonne idée. Je te rappellerai, parce que pour le moment j'ai beaucoup à faire. »

Après avoir raccroché, Strike s'assit, plongé dans ses pensées, puis appela une autre connaissance, beaucoup plus ancienne qu'Anstis, dont la vie avait pris un chemin à peu près opposé.

« Besoin d'un service, mon vieux. D'une information, plutôt.

— Sur quoi ?

— À toi de me le dire. Un moyen de faire pression sur un flic. »

La conversation dura vingt-cinq minutes, entrecoupée de plusieurs pauses, de plus en plus longues et de plus en plus pesantes. Enfin, son correspondant communiqua à Strike une adresse approximative et deux noms, qu'il copia aussi sous la photo des Horse Guards, ainsi qu'un avertissement, qu'il s'abstint de noter mais qu'il savait bien intentionné. L'entretien s'acheva sur un ton amical ; puis Strike, qui ne pouvait s'empêcher de bâiller, composa le numéro du sergent Eric Wardle et fut presque aussitôt accueilli par une voix brusque et sonore :

« Ici Wardle.

— Oui, bonjour. Je m'appelle Cormoran Strike et je…

— Vous vous appelez comment ?

— Cormoran Strike, répéta le détective.

— Ah, oui, dit le sergent. Anstis vient de m'appeler. Vous êtes le privé ? Anstis me dit que vous voulez discuter de Lula Landry.

— Exact. » Strike réprima un nouveau bâillement et leva les yeux vers les panneaux peints du plafond, une sorte de bacchanale : *Le Songe d'une nuit d'été*, avec un homme à tête d'âne. « Mais ce que je voudrais surtout, c'est consulter le dossier. »

Wardle se mit à rire.

« Eh, l'ami, vous ne m'avez pas sauvé la vie, que je sache !

— Mais j'ai des informations qui devraient vous intéresser. Nous pourrions procéder à un échange, non ? »

Une brève pause. Puis :

« Je suppose que vous ne voulez pas d'un échange par téléphone ?

— En effet, dit Strike. Il y a un endroit où vous accepteriez une pinte de bière après une dure journée de labeur ? »

Ayant noté le nom d'un pub près de Scotland Yard, et déclaré qu'un rendez-vous dans une semaine (faute de mieux) lui conviendrait, le détective raccrocha en soupirant.

Sa vie avait été différente autrefois. Deux ans et demi plus tôt, c'était lui qui imposait sa loi aux témoins et aux suspects ; il était comme Wardle : un homme dont le temps était plus précieux que celui de toutes les personnes qui l'approchaient et qui pouvait choisir où, quand et comment se dérouleraient les entretiens. Comme Wardle, il n'avait pas besoin d'uniforme, son statut et son prestige suffisaient à son autorité. Maintenant, il n'était plus qu'un boiteux en chemise fripée, arrachant des faveurs à de vieilles connaissances, négociant avec des flics qui, jadis, auraient été flattés de répondre à ses appels.

« Pauvre type », lança Strike à voix haute à son reflet trouble au fond du verre (la troisième pinte était descendue si vite qu'il n'en restait plus que deux centimètres).

Son portable sonna. Il jeta un coup d'œil à l'écran et vit s'afficher le numéro de son bureau. Sans doute Robin voulait-elle le prévenir que Peter Gillespie réclamait son argent. Il laissa la messagerie prendre l'appel, finit son verre et sortit.

La rue était claire et froide, le trottoir humide, les flaques argentées par intermittence quand les nuages dévoilaient le soleil. Sur le seuil, Strike alluma une autre cigarette et resta un moment debout, fumant dans l'encadrement de la porte du Tottenham et observant les ouvriers qui s'activaient autour du grand trou dans l'asphalte. Sa cigarette finie, il flâna le long d'Oxford Street, pour tuer le temps en attendant l'heure où Miss Temporary Solutions aurait quitté son bureau et où il pourrait dormir en paix.

6

Robin avait attendu dix minutes pour être sûre que Strike ne reviendrait pas sur ses pas, puis elle avait passé plusieurs coups de fil joyeux. Ses amis avaient accueilli la nouvelle de ses fiançailles soit par des clameurs d'enthousiasme, soit par des commentaires envieux, qui lui avaient procuré le même plaisir. À l'heure du déjeuner, elle s'accorda une heure de pause, acheta trois revues de mariage et un paquet de barres vitaminées, puis remonta dans le bureau vide et griffonna sur un papier une note de frais pour quarante-deux pence, qu'elle glissa dans la boîte en fer à cet effet : un vieux récipient à bonbons portant une étiquette. Ensuite, elle passa quarante minutes euphoriques à examiner des robes et des bouquets de mariée, toute frémissante d'excitation.

Quand sa pause fut terminée, Robin lava les tasses et le plateau de Mr Crowdy et descendit les lui rendre avec son paquet de biscuits à peine entamé. Consciente de l'empressement avec lequel il essayait de prolonger la conversation et de ses regards gourmands qui couraient de sa bouche à sa poitrine, elle décida de l'éviter pour le reste de la semaine.

Strike ne revenait toujours pas. Faute d'avoir mieux à faire, Robin tria le contenu des tiroirs de son bureau, jetant dans la corbeille ce qu'elle identifia comme les détritus laissés par les précédentes intérimaires : deux carrés de chocolat, une lime à ongles usagée et de nombreux bouts de papier où étaient notés des numéros de téléphone anonymes ou des noms et des messages obsolètes. Il y avait aussi une boîte de vieux trombones, et un nombre considérable de petits calepins bleus qui, bien que dépourvus de toute inscription, avaient un je ne sais quoi d'officiel. Robin, avec son expérience de l'univers des bureaux, eut l'impression qu'ils avaient été dérobés dans les placards d'une administration quelconque.

De temps en temps, le téléphone sonnait. Son nouvel employeur semblait connu sous de nombreux noms ou surnoms : un homme demanda « Oggy » ; un autre, « Monkey Boy » ; un troisième, en revanche, insista d'une voix sèche et pincée pour que « Mr Strike » rappelle au plus vite Mr Peter Gillespie, pour affaire urgente. Chaque fois, Robin composa le numéro du portable de Strike, mais chaque fois elle tomba sur la boîte vocale ; elle lui laissa donc plusieurs messages et nota le nom et le numéro des personnes qui avaient téléphoné sur des Post-it qu'elle alla coller sur le bureau de son patron.

Dans la rue, le marteau-piqueur ne cessait pas de vrombir. Vers deux heures, elle entendit des grincements au plafond : l'occupant de l'appartement au-dessus avait commencé d'aller et venir ; sinon, Robin aurait pu se croire seule dans le bâtiment. Peu à peu, cette solitude, associée à la joie qui menaçait de faire éclater sa cage thoracique chaque fois que ses yeux tombaient sur sa bague, la rendit plus hardie dans ses initiatives, et elle commença à ranger de fond en comble la petite pièce qui lui avait été allouée.

Malgré le délabrement et la saleté du lieu, Robin découvrit bientôt que les documents y étaient conservés de façon ordonnée, ce qui plut à sa nature méthodique. Les classeurs en carton brun (curieusement désuets à l'époque du plastique fluo) s'alignaient sur les étagères par ordre d'ancienneté, et chacun portait un numéro de série inscrit à la main sur une étiquette au dos. Elle en ouvrit un et vit que les trombones du tiroir servaient à attacher ensemble des feuilles volantes à l'intérieur de chaque dossier. La plupart de ceux-ci comportaient surtout des comptes rendus peu compréhensibles, rédigés d'une écriture difficile à déchiffrer. C'était peut-être ainsi que la police travaillait ; peut-être Strike était-il un ancien policier.

Robin découvrit la pile de menaces de mort sur papier rose dans le tiroir du milieu du fichier, à côté d'une mince liasse de formulaires de confidentialité. Elle en lut un : un document simple, exigeant du signataire qu'il s'abstînt de révéler en dehors du bureau les noms et les informations qui pourraient lui être communiqués pendant ses heures de travail. Robin réfléchit un moment, puis signa et data un des formulaires et alla le déposer sur le bureau de Strike. Ce vœu de secret solitaire lui fit ressentir un peu du mystère et du charme de film noir qu'elle avait pensé trouver derrière la porte en verre gravé du bureau de Cormoran

Strike, avant qu'elle s'ouvre brusquement et que le détective manque de la faire dégringoler dans la cage d'escalier.

C'est en ressortant qu'elle aperçut le sac de voyage fourré derrière le grand fichier. Le bord de la chemise sale de son patron, un réveil et une trousse de toilette dépassaient entre les crans de la fermeture Éclair. Robin referma la porte entre les deux pièces comme si elle avait été témoin involontaire d'une scène intime et gênante. Elle repensa à la superbe brune qui avait failli la bousculer ce matin quand elle était en bas de l'immeuble, au visage griffé et à l'œil tuméfié de Strike, et à ce qui ressemblait fort à une course poursuite, même si le détective avait un temps de retard. Dans son nouveau statut de fiancée, Robin était encline à se sentir désespérément triste pour toute personne dont la vie amoureuse était moins bénie des dieux que la sienne, à supposer que l'expression « tristesse désespérée » pût décrire le ravissement dans lequel la plongeait la pensée du bonheur qui était le sien en comparaison.

À cinq heures, en l'absence prolongée de son employeur, Robin estima qu'elle pouvait se permettre de partir. Elle fredonna toute seule en remplissant sa feuille de présence et chanta même tout haut en boutonnant son trench-coat ; puis elle sortit sur le palier, verrouilla la porte du bureau, glissa la clef dans la boîte aux lettres et descendit avec précaution les marches métalliques pour rentrer chez elle et retrouver Matthew.

7

Strike avait passé le début de l'après-midi dans le bâtiment du syndicat des étudiants de l'université de Londres, où, en dépassant d'un pas décidé le bureau de la réception, les sourcils froncés et l'air concentré, il avait réussi à monter à l'étage des douches sans que personne l'arrête ou lui demande sa carte de membre. Une fois lavé, il avait mangé un sandwich au jambon trop mou et une barre chocolatée à la cafétéria, puis il avait fait des courses, les yeux vides à force de fatigue, s'arrêtant pour fumer entre deux visites à des boutiques bon marché où il avait acheté, en puisant dans l'argent de Bristow, quelques objets dont il avait impérativement besoin maintenant qu'il était privé de gîte et de couvert. En début de soirée, il était entré dans un café-restaurant italien, empilant tous ses paquets à côté du bar, et avait siroté sa bière assez lentement pour oublier à moitié pourquoi il tuait le temps.

Il était presque huit heures quand il regagna son bureau. C'était le moment où Londres l'enchantait le plus : la plupart des gens avaient fini leur journée, les fenêtres des pubs étaient brillamment éclairées, les rues grouillaient de vie, et l'inlassable permanence des vieux édifices de la capitale, aux angles adoucis par la clarté des réverbères, devenait rassurante. Nous en avons vu passer beaucoup qui étaient comme toi, semblaient-ils murmurer d'une voix pacifique tandis qu'il boitillait sur le large trottoir d'Oxford Street, portant un lit de camp emballé dans du plastique. Sept millions et demi de cœurs battaient tout autour de lui dans la vieille cité frémissante, et bon nombre, après tout, devaient être plus affligés que le sien. Marchant devant les boutiques qui fermaient l'une après l'autre et regardant le ciel qui se teintait d'indigo, Strike trouvait la consolation dans l'immensité et l'anonymat.

Ce fut presque un exploit de hisser le lit de camp par l'étroite cage d'escalier jusqu'à l'étage de son bureau, et, quand il fut arrivé devant la porte gravée à son nom, il souffrait affreusement de la jambe droite, celle qui portait sa prothèse. Debout sur le palier, il s'appuya quelques instants de tout son poids sur son pied gauche, haletant contre le battant en verre et le regardant s'embuer.

« Gros con ventru, s'injuria-t-il à voix haute. Foutu vieux dinosaure essoufflé. »

Essuyant la sueur sur son front, il tourna la clef dans la serrure et entra. Il poussa son bureau et installa son lit sur lequel il déroula le sac de couchage. Puis il sortit remplir sa vieille bouilloire au robinet des toilettes.

Pour son dîner, il avait acheté un pot de nouilles déshydratées, parce que cette nourriture rudimentaire lui rappelait les rations qu'il emportait autrefois dans son paquetage : une association dans son cerveau reptilien entre les plats à réchauffer et les habitations de fortune avait dicté son choix dans le supermarché. Quand l'eau fut bouillante, il la versa dans le pot et mangea ses pâtes réhydratées avec une fourchette en plastique prise à la cafétéria des étudiants, assis sur sa chaise pivotante et regardant la rue presque déserte en contrebas. Au bout de Denmark Street, la circulation était encore dense dans le soir tombant, et le martèlement obstiné d'une musique techno montait du Bar 12, deux étages plus bas.

Dans sa vie, il avait dormi dans des endroits beaucoup moins accueillants : sur le sol cimenté d'un parking en sous-sol dans une ville d'Angola, ou dans une usine métallurgique bombardée en banlieue de Kaboul, où ses camarades et lui avaient dû monter leurs tentes et se réveillaient le matin en crachant de la suie. Mais son pire souvenir était celui du dortoir humide et malodorant d'une communauté dans la campagne du Norfolk où sa mère l'avait traîné avec une de ses demi-sœurs. Il se rappelait aussi l'inconfort des lits d'hôpital où il avait passé des mois, ainsi que plusieurs squats (toujours avec sa mère), plus crasseux les uns que les autres, sans oublier les bois glacés où il avait dû camper à l'occasion d'exercices militaires. Si sommaire que lui parût son lit de camp dressé sous l'unique ampoule nue, il était luxueux comparé à tout cela.

Avoir acheté le strict nécessaire, puis aménagé son campement improvisé, avait remis Strike dans un état d'esprit qui lui était familier : celui d'un soldat qui fait ce qu'il a à faire sans poser de question ni se plaindre. Il jeta le pot de nouilles vide et s'assit au bureau où Robin avait passé la plus grande partie de la journée.

En réunissant ce qu'il fallait pour composer un nouveau dossier – le classeur brun à dos cartonné, les feuilles de papier vierges attachées par un trombone, le bloc-notes où il avait transcrit les déclarations de Bristow, le prospectus du Tottenham, la carte de l'avocat –, il remarqua la propreté inusitée des tiroirs, ainsi que l'absence de poussière sur l'ordinateur et de gobelets vides ou autres détritus, et sentit même une légère odeur de produit ménager. Un peu intrigué, il ouvrit la boîte en fer des notes de frais et y trouva, tracé de l'écriture ronde et claire de Robin, un billet indiquant qu'il lui devait quarante-deux pence pour un paquet de barres vitaminées. Strike prit quarante livres dans la liasse que lui avait remise Bristow et les plaça dans la boîte ; puis, après réflexion, il compta quarante-deux pence en petites pièces et les posa au-dessus.

Ensuite, prenant un des stylos à bille que Robin avait soigneusement attachés ensemble avec un élastique, Strike se mit à écrire, en lignes rapides et fluides, en commençant par la date. Il déchira du bloc les notes de l'entretien avec Bristow, puis inscrivit ce qu'il avait fait jusqu'ici, en particulier ses appels téléphoniques à Anstis et à Wardle, avec leurs numéros. (Mais sur sa conversation avec son autre ami, celui qui lui avait fourni des noms et des adresses utiles, il s'abstint de garder la moindre note.)

Ensuite, il donna à sa nouvelle affaire un numéro de série, qu'il écrivit sur le dos du classeur avec la légende « Mort soudaine de Lula Landry », avant de ranger le dossier au bout de l'étagère.

Enfin, il se décida à ouvrir l'enveloppe qui, selon l'avocat, contenait des indices cruciaux que la police avait négligés. L'écriture nette de John Bristow, légèrement penchée vers la droite, apparaissait en lignes denses. Comme il l'avait annoncé, ses remarques portaient surtout sur les faits et gestes d'un homme qu'il appelait « le Coureur ».

Celui-ci était un Noir de haute taille, au visage caché par une écharpe, et qu'on voyait sur la vidéo de la caméra de surveillance d'un bus de nuit reliant Islington au centre de Londres. Il était monté dans ce bus environ cinquante minutes avant la mort de Lula Landry. Il avait ensuite été filmé par une autre caméra de surveillance, près de l'immeuble de Miss Landry à Mayfair, marchant vers le 18, Kentigern Gardens à une heure trente-neuf du matin. Il s'était arrêté pour consulter un papier (« une adresse ou un itinéraire ? » suggérait assez inutilement Bristow), avant de disparaître du champ de la caméra.

Par la suite, le film montrait en une séquence rapide le Coureur filer à toutes jambes, à deux heures douze, pour disparaître de nouveau hors champ. « Un autre Noir s'est enfui juste après. Peut-être un complice qui faisait le guet ? Ou peut-être dérangé pendant qu'il volait une voiture ? Une alarme s'est déclenchée à la même heure au coin de la rue », avait écrit le frère de la défunte.

Enfin, il existait une vidéo d'un Noir ressemblant de façon frappante au Coureur, marchant dans une rue près de Gray's Inn Square (autrement dit à plusieurs kilomètres), dans l'heure qui avait suivi la mort de Lula. « Visage toujours caché », avait observé Bristow.

Strike fit une pause pour se frotter les yeux et ce geste le fit grimacer, car il avait oublié que le gauche était tuméfié. Il était maintenant dans l'état de léger vertige et d'hypersensibilité caractéristique de l'épuisement total. Avec un long soupir, il considéra un instant les notes de l'avocat avant de prendre un stylo dans sa grosse main poilue, prêt à ajouter ses propres remarques.

À l'intérieur du cabinet qui lui avait fourni son impressionnante carte gravée, Bristow interprétait probablement la loi de manière objective et dépassionnée ; mais le contenu de l'enveloppe ne faisait que confirmer la première impression de Strike : dans cette affaire qui le touchait peut-être de trop près, l'homme au faciès de lapin se laissait dominer par une obsession que rien de solide ne fondait. Quelle que fût l'origine de sa fixation sur le Coureur – qu'il s'agît de la peur secrète de ce croquemitaine des grandes villes, le Noir prêt à tous les forfaits, ou de quelque motivation plus profonde et plus personnelle –, il était impensable que la police n'eût pas conduit une investigation sérieuse sur ce personnage, de même que sur son compagnon (peut-être complice, peut-être voleur de voitures… ou peut-être rien du tout) ; et sûr et certain que si les deux hommes avaient échappé aux soupçons, c'était pour de bonnes raisons.

Bâillant à s'en décrocher la mâchoire, le détective parcourut le deuxième feuillet.

À 1 h 45, Derrick Wilson, le gardien de l'immeuble, a été pris d'un soudain mal de ventre et il est allé aux toilettes où il est resté environ un quart d'heure. Par conséquent, pendant les quinze minutes qui ont précédé la mort de Lula, le hall était désert et n'importe qui pouvait entrer et sortir sans être vu. Wilson n'est ressorti des toilettes qu'après la chute de Lula, en entendant Tansy Bestigui crier.

Ce laps de temps où la voie était libre correspond très exactement à celui où le Coureur se trouvait devant le 18, Kentigern Gardens, puisqu'il a été filmé à 1 h 39 par la caméra de surveillance placée au coin d'Alderbrook Road et de Bellamy Street.

« Et comment, murmura Strike en se massant l'arcade sourcilière, ton fameux Coureur a-t-il pu savoir que le cerbère était aux goguenots ? »

J'ai parlé à Derrick Wilson et il serait ravi de répondre à vos questions.

Et je parie que tu l'as payé pour ça, pensa Strike. Mais il nota en marge le numéro de téléphone du vigile.

Il posa le stylo avec lequel il comptait inscrire ses propres commentaires et rangea les feuillets dans le dossier. Puis il éteignit la lampe de bureau et boitilla jusqu'à ses toilettes moisies pour uriner. Après s'être brossé les dents au-dessus du lavabo craquelé, il régla son réveil et se déshabilla.

À la lumière du réverbère, il défit les attaches qui maintenaient sa prothèse, l'ôta de son genou douloureux, la posa à côté de son portable branché à recharger et se glissa dans le sac de couchage. Allongé les mains derrière la tête, il fixa longuement le plafond. Mais comme il l'avait redouté, la terrible fatigue de son corps ne suffisait pas à calmer son esprit tourmenté. La vieille infection se réveillait, lancinante, torturante.

Que faisait-elle en ce moment ?

Hier soir, dans un univers parallèle, il vivait dans une belle maison située dans un quartier huppé de

Londres, avec une femme qui suscitait une espèce d'envie incrédule à l'égard de Strike chez tous ceux qui posaient les yeux sur elle.

« Mon petit cœur, viens donc t'installer chez moi. Bon Dieu, tu vois bien que c'est la meilleure solution ! »

Il avait su d'emblée que c'était une erreur. Ils avaient déjà essayé et réessayé, et chacune de ces tentatives s'était révélée plus calamiteuse que la précédente.

« Nous sommes fiancés, bon sang ! C'est dans l'ordre des choses que tu viennes vivre chez moi. »

Ses paroles étaient censées lui prouver qu'en étant à deux doigts de le perdre pour toujours, elle avait changé aussi irrévocablement que lui, avec sa jambe et demie.

« Je n'ai pas besoin de bague de fiançailles. Ne sois pas bête, mon petit cœur. Tu as besoin de ton argent pour monter ta nouvelle affaire. »

Il ferma les yeux. Impossible de revenir sur ce qui s'était passé cette nuit. Elle lui avait menti une fois de trop, et sur un sujet trop grave. Pourtant, il repassa toute la scène dans sa tête, comme une équation résolue depuis longtemps mais dans laquelle il craignait d'avoir fait une erreur élémentaire. Péniblement, il additionna les dates toujours changeantes, le refus d'aller consulter le pharmacien ou le médecin, la fureur avec laquelle elle avait réagi à toutes ses demandes d'explications, et pour finir son cri déterminé : c'était fini, sans moyen de savoir si ses soupçons étaient fondés. Restait la certitude, comme en bien d'autres circonstances douteuses, de sa manie de mentir, de provoquer, de narguer.

« Je t'interdis, tu m'entends, je t'interdis d'*enquêter* sur moi ! De me traiter comme un de tes *suspects* ! Je ne suis pas une affaire à résoudre, pauvre con, pauvre minable ! Tu prétends que tu m'aimes et même là-dessus, tu refuses de me croire... »

Mais ses mensonges étaient tissés dans l'étoffe même de son être, dans sa substance, dans sa vie, de sorte que vivre avec elle et la chérir revenait à s'y laisser emprisonner jour après jour, à lutter sans fin contre elle pour obtenir la vérité, à se battre pour garder un pied dans la réalité. Lui qui depuis sa prime jeunesse éprouvait le besoin d'interroger jusqu'aux faits les plus simples, de savoir de façon sûre, de faire jaillir le vrai des plus minuscules énigmes, comment avait-il pu tomber si violemment amoureux – et pour si longtemps – d'une femme qui mentait comme elle respirait ?

« C'est fini, se dit-il. Ça devait arriver. »

Pourtant, il n'avait pas voulu en parler à Anstis et ne pouvait envisager d'en parler à qui que ce soit, pas encore. Il avait des amis dans tout Londres qui l'auraient accueilli avec joie, hébergé et nourri comme un frère, compatissant à son malheur et enchantés de lui venir en aide. Mais le prix à payer pour tous ces lits confortables et tous ces repas préparés avec affection aurait été, le soir, de s'asseoir dans la cuisine, une fois les enfants au lit dans leurs pyjamas bien propres, et de revivre en paroles le sordide affrontement final avec Charlotte, en s'offrant à la commisération outragée des femmes et des compagnes. À cela, il préférait sa morne solitude, une portion de nouilles déshydratées et un lit de camp.

Il sentait toujours son pied manquant, arraché à sa

jambe deux ans et demi plus tôt. Il était là, au fond du sac de couchage, il pouvait courber ses orteils disparus s'il le voulait. Malgré sa fatigue, Strike eut du mal à trouver le sommeil, et, quand il y parvint enfin, Charlotte ne cessa d'entrer et sortir de ses rêves, splendide, vitupérante et hantée.

DEUXIÈME PARTIE

Non ignara mali miseris succurrere disco.

Je n'ignore pas la souffrance et j'apprends
à venir en aide aux malheureux.

VIRGILE, *Énéide*, Livre I

1

« "Malgré les flots d'encre et les heures de programmes consacrés à la mort de Lula Landry, une question n'a pas beaucoup été posée : *Qu'est-ce qui nous touche dans cette histoire ?*

"Bien sûr, c'était une beauté, et les belles femmes ont aidé à vendre du papier depuis l'époque où les grandes cocottes du début du siècle dernier défrayaient la chronique mondaine.

"Et puis elle était noire, ou plutôt d'une ravissante nuance café au lait ; de sorte que sa fulgurante carrière, on nous l'a assez dit et répété, illustrait un progrès des mentalités dans une industrie de la mode où ne compte que l'apparence. (Mais je m'interroge : n'avons-nous pas observé cette saison que la négritude connaît une sorte de vogue ? Ne voyons-nous pas soudain une cohorte de femmes de couleur suivre les pas de Lula Landry ? Notre idée de la beauté féminine a-t-elle été chamboulée par son succès ? Vend-on désormais plus de Barbie noires que de blanches ?)

"Les proches de la vraie Lula sont évidemment dans la peine, et je compatis sincèrement avec eux. Mais nous, lecteurs, téléspectateurs, ne sommes en rien touchés personnellement. Qu'est-ce qui justifie ces débordements d'émotion ? Des jeunes femmes meurent tous les jours dans des circonstances `tragiques' (ce qui veut dire ailleurs que dans leur lit) : accidents de la route, overdoses, ou parfois parce qu'elles ont refusé de s'alimenter pour se conformer à l'idéal morphologique représenté par Miss Landry et ses congénères. Leur accordons-nous plus qu'une pensée fugace avant de passer à la page suivante et d'oublier leur visage ordinaire ?" »

Robin s'interrompit pour boire une gorgée de café et s'éclaircir la voix.

« Jusqu'ici, une bonne vieille leçon de morale », marmonna Strike.

Il était assis sur le bout du bureau et collait des photos dans un dossier cartonné, en les numérotant et en notant une description du sujet sur un index à la fin. Robin continua où elle s'était arrêtée, lisant sur l'écran de son ordinateur.

« "Notre intérêt disproportionné (pour ne pas dire notre chagrin) exige un examen rationnel. Jusqu'à ce que Lula se jette du troisième étage, il ne fait pas de doute que des dizaines de milliers de femmes auraient volontiers échangé leur sort contre le sien. Aussitôt son corps emporté, des jeunes filles éplorées ont déposé des fleurs sous le balcon de son appartement de quatre millions et demi de livres. Un seul aspirant top model a-t-il été découragé dans sa poursuite de la célébrité dans les pages des tabloïds par l'ascension et la chute brutale de Lula Landry ?"

— Continue, ma vieille, qu'on en finisse, dit Strike. C'est à l'auteur que je parle, pas à vous, se hâta-t-il d'ajouter. Je suppose que c'est une femme qui écrit, n'est-ce pas ?

— Oui, une certaine Melanie Telford, dit Robin en remontant en haut de la page pour lui montrer le visage d'une sexagénaire blonde au menton en galoche. Vous voulez que je saute le reste ?

— Non, non. Je vous écoute. »

Robin s'éclaircit de nouveau la voix et reprit sa lecture.

« "La réponse est sûrement non." Elle vient de parler des filles qui veulent devenir mannequins.

— Oui, j'avais compris.

— Bon. "Un siècle après les suffragettes, toute une génération d'adolescentes à peine pubères ne s'imagine pas de destin plus enviable que d'être réduites au statut de poupées qu'on découpe dans les magazines. De tristes créatures dont les aventures romancées cachent tant de désordre mental et de détresse qu'une des plus célèbres et des plus fêtées d'entre elles a préféré mettre fin à ses jours en sautant de son balcon. L'apparence est tout : le couturier Guy Somé n'a pas tardé à informer la presse que Miss Landry s'était tuée en portant une de ses robes, dont les boutiques ont vendu tous les modèles en vingt-quatre heures. Quelle meilleure publicité que d'annoncer à la population admirative que la star des top models avait choisi de partir pour l'au-delà en portant du Somé ?

"Non, ce n'est pas une jeune femme en chair et en os que nous pleurons, car, pour la plupart d'entre nous, elle n'était pas plus réelle que le monde des grandes cocottes d'autrefois. Ce que nous pleurons est une image qui brillait en première page des magazines, une image qui faisait vendre des vêtements, des sacs et des parfums, et surtout une idée de la célébrité dont la fin de l'histoire a montré qu'elle était fugitive et creuse comme une bulle de savon. Ce qui nous manque, soyons honnêtes, ce sont les frasques extravagantes d'une petite bambocheuse à taille de guêpe, dont l'existence de pacotille – faite de drogues, de débauche, de paillettes et de fiancés intermittents et peu recommandables – ne peut plus nous distraire de nos soucis quotidiens.

"Dans les publications tapageuses qui font leur miel des excentricités des vedettes de tout acabit (et dont les propriétaires pleureront sans doute sa mort plus amèrement que nous), les obsèques de Lula Landry ont fait l'objet d'une couverture aussi démesurée qu'un mariage royal. Nous avons pu apercevoir maintes célébrités en larmes, mais sa famille, elle, n'a eu droit qu'à un minuscule cliché. Pas assez photogénique.

"Pourtant, les mots d'une jeune femme qui venait d'assister à la cérémonie m'ont touchée. Une autre Noire, mais pauvre. En réponse à la question d'un homme dont elle n'avait peut être pas compris qu'il était journaliste, elle a confié qu'elle avait connu Lula dans une clinique psychiatrique et qu'elles étaient devenues très amies. Elle s'était assise au fond de l'église pour lui dire adieu avant de s'éclipser discrètement. Elle n'avait pas vendu son histoire, contrairement à tant d'autres membres de la coterie de la défunte. Qu'elle ait pu inspirer une affection authentique chez une fille ordinaire nous dit peut-être quelque chose d'émouvant sur ce qu'était la vraie Lula Landry. Mais nous, tous les autres…"

— Elle n'a pas de nom, cette fille ordinaire ? »,
interrompit Strike.

Robin parcourut en silence la fin de l'article.

« Non.

— Bristow n'a pas parlé d'une amie connue en clinique.

— Vous pensez qu'elle pourrait vous apprendre
quelque chose ? demanda Robin, en faisant pivoter sa
chaise vers le détective.

— Ce serait intéressant de parler à quelqu'un qui a
connu Lula en thérapie plutôt que dans une boîte de
nuit. »

Si Strike avait prié Robin de rechercher sur Internet
les papiers sur Lula Landry, c'était surtout à défaut
d'autre travail à lui confier. Elle avait déjà pris contact
avec Derrick Wilson, le portier-vigile de l'immeuble
de Mayfair, et arrangé un rendez-vous avec Strike pour
vendredi à trois heures, dans un café de Brixton, le
Phoenix Cafe. Le courrier du matin ne consistait qu'en
deux circulaires et une mise en demeure. Personne
n'avait téléphoné, et elle avait déjà rangé tout ce qui
pouvait l'être, par ordre alphabétique, par type ou par
couleur.

Se souvenant que la veille elle avait tiré le meilleur
parti de Google, Strike lui avait donc assigné cette
tâche assez inutile. Depuis un peu plus d'une heure,
elle lui lisait des articles et de vieux reportages sur Lula
et son entourage d'amis plus ou moins connus, tandis
que Strike mettait de l'ordre dans une pile de reçus, de
factures de téléphone et d'instantanés liés à sa seule
autre affaire en cours.

« Vous voulez que je cherche à en savoir plus sur cette fille ? proposa Robin.

— Oui, j'aimerais bien », dit-il d'un ton absent, se penchant pour examiner la photo d'un homme trapu, dégarni, en complet-veston, accompagné d'une rouquine sexy en jean moulant. L'homme en complet était Mr Geoffrey Hook ; mais la rouquine ne ressemblait en rien à Mrs Hook, sa légitime, qui, avant le passage de John Bristow dans son bureau, était la seule cliente de Strike. Celui-ci colla le cliché dans le dossier de Mrs Hook et lui donna le numéro 12, tandis que Robin refaisait pivoter sa chaise pour faire face à l'ordinateur.

Durant quelques instants, le silence s'installa, ponctué seulement du cliquetis des ongles de Robin sur le clavier. La porte de l'autre bureau était bien fermée pour dérober à ses regards le lit de camp et les autres signes que la pièce était habitée, et dans l'air flottait une odeur citronnée et chimique, Strike ayant vaporisé un désodorisant bon marché avant l'arrivée de son employée. Pour qu'elle n'interprète pas comme un intérêt sexuel son idée de s'asseoir au bout de son bureau, il avait fait semblant de remarquer pour la première fois la bague qui brillait à son doigt, puis avait entamé une conversation courtoise et impersonnelle au sujet de son fiancé. En quelques minutes, il avait appris que celui-ci venait d'obtenir son diplôme d'expert-comptable et se prénommait Matthew ; que c'était pour vivre avec lui que Robin avait quitté le Yorkshire et s'était installée à Londres le mois précédent ; et que les missions d'intérim étaient une solution provisoire en attendant de décrocher un emploi stable.

« Vous pensez qu'on pourrait la trouver sur ces photos ? demanda Robin au bout d'un moment. La fille de la clinique. »

Elle avait fait apparaître sur l'écran une série de clichés de presse, tous de même dimension, dont chacun montrait une ou plusieurs personnes vêtues de sombre, attendant de se joindre au cortège funèbre. Des barrières en métal et les visages flous d'une foule de badauds formaient l'arrière-plan de chaque photo.

La plus frappante était celle d'une jeune femme pâle, immense, dont les cheveux d'un blond très clair étaient réunis en chignon et qui portait, perché sur le sommet du crâne, un étrange couvre-chef à voilette avec des plumes noires. Strike la reconnut tout de suite : Ciara Porter, l'autre star des podiums avec qui Lula Landry avait passé une grande partie de sa dernière journée sur cette terre, l'amie qui avait posé avec elle pour une des plus fameuses photos de sa carrière. Miss Porter était belle et triste sur ce cliché qui la montrait se dirigeant vers l'entrée de l'église. Elle semblait être venue seule ; aucune main n'était posée sur son bras mince ou sur son dos interminable.

Sur la photo à droite de celle de Ciara apparaissait un couple, avec la légende *Le producteur de cinéma Freddie Bestigui et son épouse Tansy*. Bestigui était bâti comme un taureau : jambes courtes, large poitrine et cou épais. Sous ses cheveux gris coupés en brosse, son visage se réduisait à un amas informe de plis, de poches et de loupes, d'où le nez charnu faisait saillie comme une tumeur. Mais il avait une silhouette imposante dans son élégant manteau noir. On ne distinguait presque rien des traits de Tansy derrière son col en fourrure relevé et ses énormes lunettes noires.

Le dernier instantané de la rangée du haut montrait *Guy Somé, le grand couturier* : un Noir à la taille mince, sanglé dans une sorte de redingote bleu nuit à la coupe hyper-cintrée. Sa tête était penchée et son expression indistincte, malgré les trois diamants piqués dans le lobe de son oreille gauche, qui avaient accroché la lumière des flashes et brillaient comme des étoiles. De même que Ciara Porter, il semblait être venu seul, bien qu'un petit groupe qu'on avait jugé indigne d'une légende apparût dans le cadre de la photo.

Strike approcha sa chaise de l'écran, tout en maintenant une distance d'un bras avec le corps de Robin. Un des visages non identifiés, à moitié coupé sur le bord du cliché, était celui de John Bristow, reconnaissable à ses dents de lapin. Sa main soutenait une femme d'un certain âge, aux cheveux gris sous son chapeau de deuil, visiblement accablée de chagrin ; son visage était maigre et hagard, la nudité de sa douleur émouvante. Derrière eux se tenait un homme grand, à l'air hautain, qui semblait curieusement gêné de se trouver là.

« Je ne vois personne qui pourrait être la "fille ordinaire", dit Robin, en descendant plus bas sur l'écran pour scruter d'autres images de célébrités à la mine éplorée. Oh, regardez… Evan Duffield. »

Il portait une chemise noire à col ouvert, un jean noir et un manteau noir épaulé, de style militaire. Même ses cheveux étaient noirs. Dans son beau visage à la Michel-Ange, le regard bleu fixait directement l'objectif. Bien qu'il fût plus grand qu'eux, il avait quelque chose de fragile à côté des deux compagnons qui le flanquaient : un gros homme en complet gris foncé et une femme mûre, à l'expression anxieuse, bouche ouverte et faisant un geste comme pour dégager le chemin. On aurait dit des parents entourant un enfant malade. Strike remarqua que Duffield, malgré son air perdu et affligé, avait soigneusement souligné ses yeux turquoise d'un mince trait de khôl.

« Regardez-moi ces fleurs ! »

Duffield disparut en haut de l'écran et Robin s'arrêta sur une énorme couronne qui semblait en forme de cœur, mais Strike s'aperçut bientôt qu'elle représentait en réalité deux ailes d'ange en roses blanches. Une petite photo montrait un gros plan de la carte attachée au bouquet.

« "Repose en paix, Lula, cher ange. Signé : Deeby Macc", lut Robin.

— Deeby Macc ? Le rappeur ? Alors, ils se connaissaient ?

— Non, je ne crois pas. Mais les journaux ont fait toute une histoire du fait qu'il avait loué un appartement dans le même immeuble. Et puis, il parle d'elle dans une ou deux de ses chansons, si je me souviens bien. La presse était tout excitée qu'il ait voulu passer la nuit juste en dessous de chez elle…

— Vous êtes rudement bien informée.

— Oh, vous savez, ce sont les magazines qu'on feuillette chez le coiffeur, dit vaguement Robin, revenant aux photos du cortège funèbre.

— Qu'est-ce que c'est que ce prénom, "Deeby" ? s'interrogea Strike tout haut.

« — Ce sont ses initiales, ça pourrait s'écrire "D. B.",
expliqua-t-elle. Son vrai nom est Daryl Brandon Macdonald.

— Vous êtes fan de rap ?

— Pas du tout, répondit Robin, les yeux toujours
fixés sur son écran. C'est le genre de détail que je me
rappelle. »

Elle cliqua pour faire disparaître les images et se
remit à tapoter sur son clavier. Strike revint aux documents touchant à son autre affaire. Un des clichés montrait Mr Geoffrey Hook embrassant sur la bouche son
amie aux cheveux roux, sa main palpant une fesse
dodue sous le jean tendu à craquer, devant la station
de métro Ealing Broadway.

« Il y a une vidéo sur YouTube, regardez, dit Robin.
Deeby Macc qui parle de Lula après sa mort.

— Voyons ça », dit Strike en approchant sa chaise
d'une trentaine de centimètres, puis, à la réflexion, la
reculant un peu.

La petite vidéo graineuse s'anima avec un clic. Un
grand gaillard noir portant un sweat-shirt à capuche
orné sur la poitrine d'un poing fermé en têtes de clous
était assis dans un fauteuil en cuir, face à un interviewer invisible. Tête rasée, lunettes noires.

« … le suicide de Lula Landry ? demandait l'interviewer.

— Putain, ça m'a fait flipper, mec. Flipper grave ! »,
répondit Deeby en passant sa main sur son crâne lisse.
Sa voix était douce, profonde, un peu rauque, avec un
léger zézaiement. « C'est comme ça qu'ils te bou-
sillent, ces fils de pute, quand t'as du succès. Je te jure,
ils te lâchent jamais la grappe, ils te collent au cul jour

et nuit, tout ça pour te casser dans leurs canards de merde. Résultat : toi, t'as l'angoisse, t'es complètement à l'ouest, et à la fin t'en peux plus. Par jalousie, mec. La jalousie des losers. C'est ces enculés de journalistes qui l'ont poussée de ce balcon. Moi, tout ce que je dis, c'est : qu'elle repose en paix, Lula. Elle est en paix, maintenant.

— Un drôle d'accueil pour votre arrivée à Londres, non ? suggéra l'interviewer. Une femme qui tombe en passant devant votre fenêtre... »

Deeby Macc ne répondit pas tout de suite. Il resta immobile, fixant son interlocuteur à travers ses lunettes opaques. Puis :

« J'étais pas là. T'as quelqu'un qui dit le contraire ? »

L'interviewer étouffa un rire nerveux, qui détonnait dans la conversation.

« Non, non, sûrement pas. Je... »

Subitement, Deeby tourna la tête et s'adressa à quelqu'un hors du champ de la caméra :

« Tu crois que j'aurais dû faire venir mes avocats ? »

L'interviewer brailla un rire flagorneur. Deeby posa de nouveau le regard sur lui, toujours sans sourire.

« Deeby Macc, dit l'interviewer un peu essoufflé, merci de nous avoir accordé un peu de votre temps. »

Une main tendue s'approcha de la caméra, et Deeby Macc serra le poing, puis cogna ses phalanges contre celles de l'autre homme. La vidéo s'acheva sur cette image.

« "C'est ces enculés de journalistes qui l'ont poussée de ce balcon", répéta Strike en reculant sa chaise. Un langage fleuri, mais un point de vue intéressant. »

Il sentit son portable vibrer et le tira de sa poche. La vue du nom de Charlotte attaché à un texto provoqua dans son corps une montée d'adrénaline, comme s'il venait d'apercevoir un fauve tapi pour bondir.

Vendredi matin entre 9 heures et midi, je dois m'absenter. Profites-en pour venir chercher tes affaires.

« Quoi ? »

Il avait l'impression que Robin lui avait parlé.

« J'ai dit : il y a un article horrible sur sa mère biologique.

— Ah. Lisez, je vous écoute. »

Il remit son téléphone dans sa poche. Penchant de nouveau sa grosse tête sur le dossier de Mrs Hook, il eut la sensation que ses pensées résonnaient, comme si on avait frappé un gong dans son crâne.

Charlotte se comportait avec un sang-froid sinistre, feignant un calme de personne raisonnable. Elle avait élevé leur duel interminablement compliqué à un niveau supérieur, où ils n'étaient jamais montés : « Maintenant, essayons de réagir comme deux adultes. » Quand il entrerait chez elle, peut-être un couteau s'enfoncerait-il entre ses omoplates, à moins qu'il ne découvre son corps sur le sol de sa chambre, les poignets tailladés, dans une grande flaque de sang coagulé.

La voix de Robin était un fond sonore pareil au ronronnement d'un aspirateur. Avec un effort, Strike se concentra.

« "... vendu l'histoire très romantique de sa liaison avec un jeune Noir à tous les tabloïds disposés à la payer. Mais il n'y a rien de tel dans l'histoire de Marlene Higson selon les souvenirs de ses anciens voisins.

" 'Une vraie roulure, témoigne Vivian Cranfield, qui habitait l'appartement au-dessus à l'époque où Miss Higson est tombée enceinte de Lula. Il y avait des hommes qui entraient et sortaient de chez elle à toute heure du jour et de la nuit. Elle n'a jamais su qui était le père de l'enfant, ç'aurait pu être n'importe qui. Elle n'a jamais voulu de ce bébé. Je me souviens d'elle, toute petite, qui pleurait toute seule dans le hall pendant que sa mère était occupée avec un de ces types. Une minuscule petite fille dans ses langes, qui marchait à peine… Quelqu'un a dû alerter les services sociaux, et à juste titre. C'était la meilleure chose qui pouvait arriver à cette gamine : se faire adopter.'

"La vérité choquera certainement Lula Landry, qui a longuement parlé à la presse de ses retrouvailles avec sa mère biologique…" L'article a été écrit avant la mort de Lula, expliqua Robin.

— Je vois, dit Strike en refermant le dossier de Mrs Hook. Une petite promenade, ça vous dirait ? »

Perchées en haut de leur poteau, les caméras de la ville de Londres ressemblaient à des boîtes à chaussures malveillantes avec leur œil de cyclope noir et impénétrable. Pointées dans des directions opposées, elles épiaient les allées et venues sur toute la longueur d'Alderbrook Road, grouillante de voitures et de piétons à cette heure. Sur les deux trottoirs s'alignaient des boutiques, des cafés et des pubs, et des bus à impériale vrombissaient dans les deux sens dans leurs couloirs au bord de la chaussée.

« C'est à ce croisement que le Coureur de Bristow a été filmé », dit Strike en se tournant vers la plus tranquille Bellamy Street, qui, bordée de grandes maisons élégantes, conduisait au cœur résidentiel de Mayfair. « Il est passé ici douze minutes avant la mort de Lula. C'est le plus rapide pour rejoindre Kentigern Gardens. Les bus de nuit s'arrêtent, et il y a des taxis à toute heure. Même si prendre un taxi n'est pas la meilleure idée si on vient de tuer une femme. »

Une nouvelle fois, il pencha le nez sur un plan de Londres, extrêmement fatigué, sans se soucier qu'on le prît pour un touriste. Vu sa taille, il ne risquerait pas grand-chose, pensa Robin.

Au cours de sa brève carrière d'intérimaire, on lui avait deux ou trois fois demandé certaines prestations qui n'entraient pas dans le cadre d'une mission de secrétariat ; aussi s'était-elle un peu alarmée quand Strike lui avait proposé une promenade. Par bonheur, elle n'avait pas à lui reprocher la moindre tentative de drague. Le long trajet jusqu'à ce carrefour s'était déroulé presque en silence : Strike était plongé dans ses pensées et consultait de temps en temps son plan.

Pourtant, en arrivant au croisement des deux rues, il avait dit :

« Si vous repérez quoi que ce soit ou si vous pensez à quelque chose qui m'aurait échappé, dites-le-moi. Je compte sur vous. »

C'était assez excitant : Robin se vantait d'être une fine observatrice, et c'était, entre autres, en raison de ce talent qu'elle nourrissait en secret depuis l'enfance l'ambition que l'homme grand et fort à côté d'elle avait concrétisée. Elle observa pensivement la rue, à droite, puis à gauche, et tenta de se représenter ce qu'une personne avait pu venir faire dans ce quartier, par une nuit de neige, à deux heures du matin, alors que la température était tombée bien en dessous de zéro.

« Par ici », dit Strike avant que la moindre idée eût le temps de lui venir, et ils s'engagèrent côte à côte dans Bellamy Street.

La rue s'incurvait légèrement sur la gauche et s'étendait le long d'une soixantaine de maisons, presque identiques avec leurs portes peintes en noir brillant, leurs rampes de part et d'autre de perrons blancs bien nettoyés et leurs étroits jardinets aux buissons taillés. Ici et là, des lions en marbre avançaient leur museau immobile et des plaques de cuivre indiquaient des noms et des accréditations professionnelles. Des lustres à pendeloques étincelaient aux fenêtres des étages, et une porte ouverte laissait voir un dallage en damier, des tableaux dans des cadres dorés et un escalier géorgien.

En marchant, Strike réfléchissait aux informations trouvées ce matin par Robin sur Internet. Comme il l'avait soupçonné, c'était à tort que Bristow avait accusé la police de n'avoir rien fait pour retrouver la trace du Coureur et de son acolyte. Enfouis dans la volumineuse et bavarde couverture de presse qui avait survécu en ligne, il y avait des appels adressés aux deux hommes pour qu'ils se fassent connaître, mais ils semblaient n'avoir donné aucun résultat.

À la différence de Bristow, Strike n'y voyait aucune preuve de l'incompétence de la police, ni d'une absence d'enquête sur un suspect d'assassinat plausible. Le fait qu'une alarme de voiture se fût soudain déclenchée à l'heure où les deux hommes s'étaient enfuis du quartier expliquait leur réticence à se présenter dans un commissariat. De surcroît, Strike ignorait si l'avocat était conscient de la qualité parfois douteuse des bandes des caméras de surveillance, mais lui avait une longue expérience d'images en noir et blanc qui défilaient, brouillées, frustrantes, et où il était impossible d'identifier qui que ce fût.

Strike avait aussi observé que Bristow n'avait pas dit un mot, ni en personne ni dans ses notes, des analyses ADN réalisées à partir des prélèvements dans l'appartement de sa sœur. Puisque la police avait renoncé à enquêter plus longuement sur le Coureur et son ami, il soupçonnait fortement qu'aucune trace d'un ADN étranger n'avait été relevée. Pour autant, le détective savait que les esprits biaisés et trop sûrs de leur fait balayaient souvent d'un revers de main certaines trivialités comme les preuves scientifiques et parlaient volontiers de contamination ou de complot. Ils ne voyaient que ce qu'ils voulaient voir, aveugles à toute vérité implacable, mais dérangeante.

Au demeurant, les recherches de Robin sur Google avaient suggéré une explication possible à la fixation de John Bristow sur le Coureur. Sa sœur, en quête de ses origines, était parvenue à retrouver sa mère biologique, qui, même en tenant compte du sensationnalisme de la presse à scandale, faisait l'effet d'un personnage peu fréquentable. Aucun doute : des révélations comme celles que Robin lui avait lues sur son écran avaient dû déplaire non seulement à Lula, mais à toute sa famille adoptive. Était-ce la marque de l'instabilité mentale de Bristow (car Strike avait bien compris qu'il n'avait pas affaire à un homme très équilibré) s'il estimait que sa cadette, si chanceuse à beaucoup d'égards, avait cette fois tenté le destin ? Qu'elle avait cherché les ennuis en voulant remonter au secret de sa naissance, et réveillé un démon surgi d'un passé lointain ? Un démon qui l'avait tuée ? Était-ce pour cette raison que la présence d'un Noir près de chez elle la nuit de son décès lui semblait si inquiétante ?

S'enfonçant dans l'enclave pour millionnaires que formait cette partie de Mayfair, Strike et Robin arrivèrent au coin de Kentigern Gardens. Comme Bellamy

Street, la rue dégageait une atmosphère de prospérité discrète mais intimidante. Les maisons étaient de hauts bâtiments victoriens, en brique rouge à parements de pierre, percés de fenêtres aux lourds frontons dont chacune possédait un balcon. Chaque entrée était précédée d'un portique en marbre blanc, et les trois marches des perrons conduisaient à de nouvelles portes noires brillantes. Tout ici semblait ordonné, d'une propreté impeccable et entretenu à grands frais. Seules quelques voitures étaient garées le long des trottoirs, et un écriteau indiquait qu'un permis en bonne et due forme était exigé pour jouir de ce privilège.

Le numéro 18 n'était plus protégé par un cordon de police, ni assiégé par une nuée de photographes surexcités.

« Le balcon d'où elle est tombée est celui-là, au dernier étage, dit le détective en levant la main. Donc, à un peu plus de quinze mètres du sol. »

Il contempla l'élégante façade. Le balcon au troisième était presque ornemental, avec tout juste assez de place pour se tenir debout entre la balustrade et la haute fenêtre.

« Le problème, dit Strike à Robin en gardant les yeux levés, c'est qu'en poussant quelqu'un de cette hauteur, on n'est pas sûr de le tuer.

— Vous croyez vraiment ? s'étonna Robin, en mesurant la distance effrayante entre le balcon et la chaussée.

— Vous seriez surprise. J'ai passé un mois dans un lit à côté d'un Gallois qui était tombé du toit d'une usine à peu près de la même hauteur. Il avait les jambes et le bassin fracassés, il avait fait une grosse hémorragie interne, mais il est toujours de ce monde. »

Robin lui jeta un regard en coin, se demandant pourquoi il avait passé un mois au fond d'un lit ; mais le détective s'abstint de toute explication et, sourcils froncés, se mit à scruter la porte d'entrée.

« Un digicode, marmonna-t-il en remarquant le carré de métal garni de plusieurs boutons. Et une caméra au-dessus de la porte. Bristow n'a pas parlé de cette caméra. Installée récemment, peut-être. »

Il resta un moment sans bouger, échafaudant diverses hypothèses devant l'imposante façade de ces forteresses au prix astronomique. Pourquoi Lula Landry avait-elle choisi d'habiter ici ? Calme, traditionnel, vieillot, le quartier était probablement le domaine naturel d'un autre genre de privilégiés : oligarques russes, princes du pétrole arabes ; géants de la finance partageant leur temps entre leur résidence de Londres et leur manoir à la campagne ; vieilles filles issues du grand monde, se desséchant doucement parmi leurs tableaux de maîtres. Il trouvait étrange qu'une fille de vingt-trois ans qui, d'après tout ce que Robin lui avait lu ce matin, évoluait dans le milieu des créateurs les plus branchés – une bohème dorée et turbulente qui trouvait son inspiration dans le monde de la rue et non des salons feutrés –, eût décidé de s'installer dans une de ces demeures pour rupins casaniers et rassis.

« Ça a l'air très bien protégé, observa Robin.

— Plutôt, oui. Sans compter la foule des paparazzi qui montaient la garde cette nuit-là. »

Strike s'appuya à la rampe du numéro 23 et continua d'observer attentivement le 18. Les fenêtres de l'ancien appartement de Lula étaient plus hautes que celles des étages inférieurs, et son balcon, à la différence des autres, n'était pas décoré d'arbustes. Il tira de sa poche un paquet de cigarettes et en offrit une à Robin, mais elle secoua la tête, surprise, car elle ne l'avait pas vu fumer au bureau. Quand il eut allumé la sienne et inhalé une longue bouffée, il dit, les yeux fixés sur la porte :

« Bristow pense que quelqu'un est entré et sorti sans être vu. »

Robin, qui avait déjà décidé que le bâtiment était aussi hermétique qu'un coffre-fort, pensa que Strike allait rejeter cette théorie, mais elle se trompait.

« S'il a raison, poursuivit-il, l'intrusion était préparée, et même très bien préparée. Personne n'aurait pu traverser une nuée de photographes, passer par une porte protégée par un digicode et un hall gardé par un vigile, s'introduire dans un appartement fermé, puis refaire le même chemin en sens inverse, tout ça en comptant seulement sur la chance. Le problème, ajouta-t-il en se grattant le menton, c'est qu'une soigneuse préméditation ne cadre pas avec un meurtre comme celui-ci, commis à la va-vite. »

Robin jugea l'expression un peu hardie ; mais Strike précisa sa pensée :

« Balancer quelqu'un du balcon, dit-il comme s'il avait perçu sa réaction, c'est quelque chose d'impulsif. Un geste pulsionnel, dicté par une fureur aveugle. »

Il trouvait la compagnie de Robin agréable et reposante, non seulement parce qu'elle était suspendue à ses lèvres et s'abstenait de parler quand il réfléchissait en silence, mais parce que le saphir à son annulaire était comme un point final : jusqu'ici, et pas plus loin. Cela lui convenait à merveille. Il était libre de fanfaronner discrètement, ce qui était un des rares plaisirs qui lui restaient.

« Mais si le meurtrier était déjà à l'intérieur ?

— C'est beaucoup plus plausible, admit Strike (et Robin rosit de plaisir). Mais si un assassin était déjà dans la maison, nous avons le choix entre le gardien, Derrick Wilson, Mr ou Mrs Bestigui, ou les deux ensemble, ou alors un inconnu qui avait réussi à se cacher. Si c'est Freddie ou Tansy Bestigui, ou Wilson, le problème pour entrer et sortir disparaît. Bien sûr, il y avait le risque qu'elle survive à sa chute, qu'elle soit blessée mais en état de les dénoncer, mais un meurtre commis dans un accès de rage et sans préméditation est beaucoup plus vraisemblable si c'est un de ces trois-là. Une altercation, et vlan ! je te pousse dans le vide. »

Strike, fumant sa cigarette, continua de scruter l'entrée de l'immeuble et en particulier l'espace entre les fenêtres du premier et celles du troisième. Il pensait surtout à Freddie Bestigui, le producteur de cinéma. D'après ce que Robin avait trouvé sur Internet, l'homme dormait dans le lit conjugal au moment où Lula Landry était tombée de son balcon. Le fait que sa propre femme ait donné l'alerte, puis affirmé en présence de son mari que l'assassin n'avait pas quitté le dernier étage, impliquait qu'elle ne le pensait pas coupable. Néanmoins, Bestigui se trouvait physiquement à proximité de Lula au moment de sa chute mortelle. Les policiers du civil, Strike le savait par expérience, étaient le plus souvent obsédés par le mobile ; mais lui, en tant qu'enquêteur formé dans l'armée, pensait d'abord à l'opportunité.

Sans le vouloir, Robin lui rappela qu'il n'avait plus de statut militaire :

« Mais pourquoi venir au beau milieu de la nuit se disputer avec elle ? Et puis, il n'a jamais été question nulle part d'une mésentente avec ses voisins. À mon avis, ça ne peut pas être Tansy Bestigui. Pourquoi aurait-elle couru au rez-de-chaussée pour alerter le gardien si elle venait d'assassiner Lula ? »

Strike ne répondit pas directement ; il semblait suivre une idée à lui, et, au bout de quelques instants, se tourna vers la jeune femme.

« Bristow fait une fixation sur le quart d'heure qui a suivi le retour de sa sœur, quand les photographes étaient repartis et que le gardien avait quitté son poste parce qu'il ne se sentait pas bien. Il a raison de dire que pendant une quinzaine de minutes on pouvait traverser le hall sans être vu, mais comment une personne embusquée à l'extérieur aurait-elle pu savoir que Wilson n'était plus là ? La porte n'est pas transparente.

— Sans compter qu'il aurait fallu connaître le code pour entrer, observa Robin.

— Vous savez, les gens sont souvent négligents. Si la sécurité ne le change pas régulièrement, beaucoup d'indésirables peuvent connaître un code. Marchons un peu plus loin, vous voulez bien ? »

Il la précéda jusqu'au bout de la rue, où ils trouvèrent une allée qui passait derrière le pâté de maisons. Strike remarqua avec amusement qu'elle s'appelait Serf's Way, l'allée du Serf. Juste assez large pour laisser passer une voiture, elle était très éclairée et sans aucun recoin pour se cacher : de part et d'autre de sa chaussée pavée s'élevaient des murs de brique d'environ deux mètres de haut, sans le moindre renfoncement. Après avoir marché quelques instants, ils arrivèrent devant une large double porte de garage, uniquement manœuvrable avec une télécommande et portant un grand écriteau marqué PRIVÉ, qui, de toute évidence, protégeait le parking en sous-sol des riverains fortunés de Kentigern Gardens.

Quand il jugea qu'ils s'étaient avancés jusqu'à hauteur du numéro 18, Strike posa les mains sur le mur et se hissa au-dessus, pour découvrir derrière une longue rangée de petits jardins soigneusement entretenus. Entre chaque pelouse tondue et la maison à laquelle elle appartenait, une cage d'escalier obscure descendait au niveau des caves. Pour escalader l'immeuble, il aurait fallu une échelle, pensa Strike, ou une corde bien solide.

Il se laissa retomber et émit un petit grognement de douleur quand sa prothèse heurta le sol.

« Ce n'est rien », dit-il en voyant le regard inquiet de Robin, qui avait remarqué sa discrète claudication et se demandait s'il ne s'était pas foulé la cheville.

Le frottement de la prothèse contre son genou était aggravé par la chaussée pavée, car il lui était beaucoup plus difficile, en raison de la raideur de la cheville artificielle, de marcher sur un sol inégal. Strike se demanda mélancoliquement s'il avait bien fait de se hisser sur ce mur. Quant à Robin, c'était une jolie fille, mais elle ne soutenait pas un instant la comparaison avec la femme qu'il venait de quitter.

3

« Et tu es sûre qu'il est vraiment détective ? Parce que ça, n'importe qui peut le faire. Chercher un nom sur Google, c'est à la portée du premier venu. »

Matthew était de mauvaise humeur après une longue journée fatigante, un client mal embouché et un entretien décevant avec son nouveau patron. Et il n'appréciait pas l'admiration, à son avis naïve et déplacée, que sa fiancée semblait éprouver pour un autre homme que lui.

« Ce n'est pas lui qui a cherché sur Google, rétorqua Robin. C'est moi. Pendant ce temps, il s'occupait d'une autre affaire.

— En tout cas, je n'aime pas ce que tu me décris. Il dort dans son bureau, Robin. Tu ne trouves pas ça louche ?

— Je te l'ai dit, je crois qu'il sort tout juste d'une rupture.

— Pas étonnant », marmonna Matthew.

Robin posa son assiette vide sur la sienne et marcha dignement vers la cuisine. Elle était en colère contre Matthew, mais aussi, vaguement, contre Strike. Elle avait pris plaisir à enquêter à travers le cyberespace sur l'entourage de Lula Landry ; mais si elle considérait cette scène rétrospectivement, à travers les yeux de Matthew, elle avait maintenant l'impression que son employeur l'avait chargée d'une besogne futile, peut-être pour tuer le temps.

« Écoute, moi, je n'affirme rien, dit Matthew, debout dans l'encadrement de la porte. Sauf que tout ça me semble assez bizarre. Et votre petite promenade de l'après-midi ?

— Ce n'était pas une "petite promenade de l'après-midi", Matt ! Nous nous sommes rendus sur le lieu du… à l'endroit où le client pense qu'il s'est passé quelque chose.

— Robin, ce n'est pas la peine de faire tant de mystère !

— J'ai signé un contrat de confidentialité, dit-elle sèchement par-dessus son épaule. Je ne peux pas te parler de l'affaire.

— *L'affaire* ! Comme tu y vas ! »

Il eut un petit rire dédaigneux.

Robin allait et venait dans la minuscule cuisine, rangeant des ingrédients, claquant les portes des placards. En la voyant s'agiter, Matthew comprit qu'il avait vexé sa fiancée. Il s'approcha d'elle par-derrière au moment où elle jetait les restes dans la poubelle, lui passa les bras autour du torse, enfouit son visage dans son cou et caressa son sein endolori, dont les bleus avaient irrévocablement biaisé son opinion sur Strike. Il murmura des phrases conciliantes dans les cheveux couleur de miel de la jeune femme, mais elle se dégagea et posa brusquement les assiettes dans l'évier.

Robin avait l'impression qu'il dénigrait ses capacités. Strike s'était montré intéressé par ses recherches, et l'avait remerciée pour son efficacité et son sens de l'initiative.

« Tu as combien de vrais entretiens d'embauche la semaine prochaine ? demanda Matthew tandis qu'elle faisait couler le robinet d'eau froide.

— Trois », répondit-t-elle, élevant la voix par-dessus le bruit de l'eau tout en récurant agressivement la première assiette.

Elle attendit qu'il soit retourné dans le salon pour fermer le robinet. Ce faisant, elle remarqua qu'un fragment de petit pois s'était accroché au chaton de sa bague.

4

Le vendredi matin, Strike arriva devant chez Charlotte peu avant neuf heures et demie, pour être bien sûr qu'elle serait partie quand il entrerait… à supposer qu'elle eût vraiment l'intention de s'absenter et non de l'attendre pour reprendre les hostilités. Les gracieux bâtiments blancs bordant Holland Park Avenue, les platanes, la boucherie qui semblait dater des années cinquante, les cafés grouillant d'une clientèle à l'abri du besoin et les restaurants élégants avaient toujours fait à Strike l'effet d'un décor de cinéma. Peut-être pressentait-il qu'il n'était là que pour un temps et n'appartenait pas à ce monde.

Jusqu'à l'instant où il poussa la porte de la maison, il s'attendit à se trouver nez à nez avec elle ; mais dès qu'il eut traversé le hall et ouvert la porte de l'appartement du fond, il comprit qu'il n'y avait personne. Le silence d'eau stagnante parlait de l'indifférence de pièces inhabitées et ses pas lourds dans l'entrée étaient ceux d'un étranger.

Sur le sol du salon étaient posées quatre grandes boîtes en carton, ouvertes pour lui laisser en inspecter le contenu. Il y trouva ses affaires, un tas de bricoles, pratiques et résistantes, empilées les unes sur les autres comme pour un vide-grenier. Il souleva quelques objets pour vérifier ce qu'il y avait dessous, mais rien ne semblait avoir été fracassé, déchiré ou couvert de peinture. À son âge, certains hommes possédaient une maison et des appareils ménagers, une voiture et un écran plasma, des meubles, un vélo tout-terrain, un jardin, une tondeuse à gazon ; son patrimoine à lui se résumait à quelques cartons remplis de vieux machins de quatre sous, et à un trésor inestimable de souvenirs.

La pièce où il se tenait témoignait d'un bon goût assuré, avec son tapis ancien et ses murs peints en rose pâle, couleur peau de bébé, ses beaux meubles en bois sombre et ses étagères débordantes de livres. Le seul changement qu'il remarqua depuis dimanche soir apparaissait sur la table basse en verre poli, près du grand sofa en chintz incarnat : quelques jours plus tôt y était posée une photo de Charlotte et de lui, riant sur la plage de St Mawes, sa petite ville natale dans les Cornouailles. Maintenant, un portrait de studio en noir et blanc du défunt père de Charlotte souriait à Strike avec bienveillance dans le même cadre argenté.

Au-dessus de la cheminée était accroché un tableau représentant Charlotte à dix-huit ans. Son visage rappelait celui d'un ange florentin dans un nuage de longs cheveux noirs. Sa famille était de celles qui passent commande à des peintres pour qu'ils immortalisent leur progéniture : un milieu complètement étranger à Strike, et qu'il avait découvert comme on explore un pays dangereux. À travers Charlotte, il avait appris que la naissance et la fortune pouvaient coexister avec la cruauté et le malheur. Sa parentèle, en dépit de ses manières délicates, de son parler suave et de son chic, de son érudition et de sa prodigalité, était encore plus détraquée et plus étrange que la sienne. Dès les premiers jours, ce point commun les avait rapprochés plus que tout autre.

Une idée bizarre le traversa tandis qu'il contemplait ce portrait : n'était-ce pas pour cette circonstance même qu'il avait été peint ? Pour qu'un jour ses grands yeux verts mouchetés de brun le regardent partir ? Charlotte avait-elle su ce qu'il ressentirait en arpentant son salon vide sous son regard de jeune beauté en fleur ? Avait-elle deviné que le tableau lui ferait plus de mal que sa présence physique ?

Il se détourna et visita les autres pièces, mais n'y trouva rien qui lui appartînt : toute trace de son passage entre ces murs, de son rouleau de fil dentaire à ses bottes de l'armée, avait été remisée dans les cartons. Il observa la chambre avec une attention particulière, et la pièce, calme et sereine avec son parquet sombre, ses rideaux blancs et son élégante coiffeuse en bois de rose, sembla lui rendre son regard. Le lit, comme le portrait, lui fit l'effet d'une personne vivante, qui respirait. *Rappelle-toi ce que tu as vécu ici, entre ces draps, et que tu ne revivras jamais plus.*

Il porta les cartons un à un dans le hall et, au dernier voyage, tomba sur un voisin au sourire satisfait, qui verrouillait son propre appartement. L'homme portait le plus souvent des maillots de rugbyman et riait toujours à gorge déployée aux plaisanteries de Charlotte.

« C'est le grand débarras ? », demanda-t-il.

Strike lui ferma la porte au nez.

Avant de partir, il s'arrêta devant le miroir de l'entrée, ôta sa clef de son trousseau et la posa soigneusement sur la table en demi-lune, à côté du bol de pot-pourri. Son visage dans la glace semblait crevassé et sale, et son œil poché était toujours enflé. Jaune et mauve. Il crut entendre une voix dans le silence, qui remontait à dix-sept ans : « Avec ta gueule de troglodyte hirsute, comment tu t'es démerdé pour qu'une fille comme ça s'intéresse à toi ? » Et en effet, cela semblait incroyable. Debout, immobile, il parcourut des yeux ce hall qu'il ne reverrait plus.

Dans un dernier moment de folie, qui dura le temps d'un battement de cœur, comme cinq jours plus tôt quand il avait voulu la poursuivre dans l'escalier, il songea à rester là, pour attendre son retour et prendre son beau visage dans ses mains en lui disant : « Essayons de nouveau. »

Mais ils avaient déjà essayé et réessayé, encore et encore ; et, chaque fois que la fièvre érotique des retrouvailles retombait, les ruines hideuses du passé resurgissaient entre eux et projetaient leur ombre noire sur tout ce qu'ils tentaient de reconstruire.

Il sortit dans la rue et ferma la porte derrière lui pour la dernière fois. Le voisin jovial avait disparu. Strike souleva un à un les quatre cartons, les porta sur le trottoir et attendit un taxi.

Strike avait prévenu Robin que, pour son dernier jour, il arriverait plus tard que d'habitude au bureau. Il lui avait remis le double de la clef pour qu'elle pût entrer sans l'attendre.

Elle avait été un peu vexée qu'il parle avec tant de désinvolture de son « dernier jour » : cela voulait dire que malgré leur bonne entente (même si leurs rapports étaient restés strictement professionnels), et bien que son bureau fût incomparablement mieux rangé et ses horribles toilettes incomparablement plus propres ; bien qu'elle eût remplacé le bout de papier griffonné près de la sonnette par un rectangle de bristol clairement dactylographié glissé sous la protection en plastique (ce qui lui avait pris une demi-heure et coûté deux ongles cassés) ; bien qu'elle eût fait preuve d'une indéniable efficacité dans ses tâches de secrétariat et répondu avec intelligence quand ils avaient discuté du meurtrier hypothétique de Lula Landry, Strike avait compté les jours en attendant celui où elle débarrasserait le plancher.

Qu'il n'eût pas les moyens de se payer une secrétaire, intérimaire ou non, cela sautait aux yeux : il n'avait que deux clients, et il semblait (ainsi que Matthew ne cessait de le rappeler, comme si dormir dans un bureau était un signe de dépravation) qu'il n'avait pas de domicile. Aussi Robin comprenait-elle que, de son point de vue, la garder n'avait aucun sens. Pour autant, elle n'attendait pas le lundi suivant avec impatience. Elle découvrirait un nouveau bureau (Temporary Solutions lui avait déjà transmis l'adresse), qui serait sans doute un endroit bien propre et bien éclairé, plein de gens affairés et surtout de femmes bavardes, où l'on s'occuperait de choses dépourvues du moindre intérêt. Robin ne croyait pas vraiment à l'existence d'un assassin, et elle savait que Strike n'y croyait pas non plus ; mais les démarches entamées pour prouver l'absence de réalité de ce personnage l'avaient d'emblée passionnée.

Pour Robin, toute cette semaine avait été plus captivante qu'elle l'aurait jamais avoué à Matthew. Chaque tâche que le détective lui avait confiée – même appeler deux fois par jour la société de production de Freddie Bestigui, Bestfilms, pour s'entendre chaque fois répondre que le grand patron était injoignable – l'avait remplie d'une sensation d'importance qu'elle avait rarement éprouvée au cours de sa vie professionnelle. Robin était fascinée par ce qui se passait dans la tête d'autrui, et avait fait deux ans d'études de psycho avant qu'un incident imprévu ne la contraigne à interrompre son cursus universitaire.

Dix heures et demie, et Strike n'arrivait toujours pas ; mais une forte femme au sourire nerveux, en manteau orange et béret tricoté violet, était là depuis un bon quart d'heure. Il s'agissait de Mrs Hook, un nom familier à Robin, car c'était celui de la seule autre cliente de son employeur. La jeune femme l'avait installée dans le vieux sofa et lui avait préparé une tasse de thé. (Après que Robin lui avait décrit l'attitude lubrique de Mr Crowdy, le graphiste, Strike s'était décidé à acheter quelques tasses bon marché et une boîte de Darjeeling en sachets.)

« Je sais que je suis en avance, dit Mrs Hook pour la troisième fois en trempant les lèvres dans son thé brûlant. Je ne vous avais jamais vue, vous êtes nouvelle ?

— Je suis intérimaire, répondit Robin.

— Comme vous l'avez sûrement deviné, c'est mon mari qui me cause du souci, continua Mrs Hook sans l'écouter. J'imagine que vous en voyez tout le temps, des femmes comme moi, non ? Prêtes à découvrir le pire. Que voulez-vous, il y a trop longtemps que je fais l'autruche. C'est mieux de savoir, vous ne croyez pas ? Mais je pensais que Cormoran serait arrivé. Il est sur une autre affaire ?

— Oui », dit Robin d'un ton évasif.

En réalité, elle soupçonnait que Strike était retenu par une obligation liée à sa mystérieuse vie privée, car il avait manifesté une sorte de gêne quand il lui avait annoncé qu'il serait en retard.

« Vous savez qui est son père ? demanda Mrs Hook tout à trac.

— Non, je ne sais pas, dit Robin, pensant qu'elle lui parlait de son mari.

— Jonny Rokeby ! révéla Mrs Hook avec une jubilation théâtrale.

— Jonny Roke... »

Robin eut le souffle coupé en prenant simultanément conscience que Mrs Hook parlait de Strike et que la silhouette massive de celui-ci venait d'apparaître derrière la porte en verre. Elle vit qu'il était chargé de quelque chose de très gros.

« Un instant, Mrs Hook, dit-elle en se levant.

— Qu'est-ce qui se passe ? demanda Strike en inclinant la tête de côté tandis que Robin le rejoignait sur le palier et refermait la porte derrière elle.

— Mrs Hook est ici.

— Oh, bon Dieu de bon Dieu ! Elle a une heure d'avance.

— Je sais. J'ai pensé que vous voudriez, euh, mettre un peu d'ordre dans votre bureau avant de la recevoir. »

Strike posa son fardeau sur le sol métallique.

« J'ai trois autres cartons à monter. Ils sont dans la rue.

— Je vais vous aider.

— Non, allez plutôt lui faire poliment la conversation. Elle prend des cours de poterie et elle croit que son mari couche avec sa comptable. »

Strike redescendit l'escalier en boitillant, laissant le carton devant la porte.

Jonny Rokeby. Était-ce possible ?

« Il arrive dans une minute, dit-elle d'un ton léger à Mrs Hook en se rasseyant à son bureau. Mr Strike me dit que vous faites de la poterie. Il y a longtemps que j'ai envie d'essayer… »

Pendant cinq minutes, Robin écouta distraitement la description des exploits de Mrs Hook en apprentie potière et du sympathique jeune homme qui était son professeur. Puis la porte s'ouvrit et le détective entra, les mains libres et souriant aimablement à Mrs Hook, qui bondit sur ses pieds pour l'accueillir.

« Oh, Cormoran, votre œil ! s'écria-t-elle. Quelqu'un vous a donné un coup de poing ?

— Non, non, dit Strike. Un petit accident. Accordez-moi un instant, Mrs Hook, que je prenne votre dossier.

— Je sais que je suis en avance, Cormoran, excusez-moi… mais je n'ai pas pu fermer l'œil de la nuit…

— Donnez-moi votre tasse, Mrs Hook », dit Robin, réussissant à distraire la cliente quelques secondes pendant que Strike se glissait dans le bureau adjacent pour cacher le lit de camp, le sac de couchage et la bouilloire.

Deux ou trois minutes plus tard, le détective reparut dans des effluves de citron artificiel et Mrs Hook entra dans son bureau en jetant un regard terrifié à Robin. La porte se referma.

De nouveau, la jeune femme se rassit sur sa chaise pivotante. Elle avait déjà ouvert le courrier du matin et s'approcha de l'ordinateur, puis, tapotant sur son clavier, alla sur Wikipedia. D'un air dégagé, comme si elle ignorait ce que faisaient ses doigts, elle tapa deux noms dans la fenêtre de recherche : *Rokeby* et *Strike*.

L'article apparut aussitôt, avec la photo en noir et blanc d'un homme immédiatement reconnaissable, car célèbre depuis quatre décennies. Il avait le visage étroit d'un Arlequin famélique et des yeux fardés flamboyants, faciles à caricaturer, car le gauche regardait un peu de côté en raison d'un léger strabisme. Sa bouche était grande ouverte, sa longue tignasse ébouriffée et il ruisselait de sueur en hurlant dans un micro.

Jonathan Leonard « Jonny » Rokeby, né le 1er août 1948 à Londres, est le chanteur du groupe de rock des années soixante-dix The Deadbeats, membre du Rock'n'Roll Hall of Fame. Il a remporté plusieurs Grammy Awards…

Strike ne lui ressemblait pas le moins du monde, à part la différence entre les deux yeux, qui, chez le détective, était un état provisoire.

Faisant défiler l'article sur son écran, Robin lut un peu plus bas :

… disque de platine pour l'album *Hold It Back* en 1975. La même année, une tournée du groupe aux États-Unis a battu tous les records d'affluence, mais a été interrompue par une perquisition de la Brigade des stupéfiants de Los Angeles à l'hôtel où séjournaient les quatre musiciens et l'arrestation du guitariste David Carr, avec qui…

Elle descendit jusqu'au paragraphe « Vie privée » :

Rokeby s'est marié trois fois : avec sa petite amie de la faculté de musique Shirley Mullens (1969-1973), dont il a eu une fille, Maimie ; avec le mannequin, actrice et militante des droits de l'homme Carla Astolfi (1975-1979), dont il a eu deux filles : la présentatrice de télévision Gabriella Rokeby et la créatrice de bijoux Daniella Rokeby ; et (1981) avec la productrice de cinéma Jenny Graham, dont il a eu deux fils, Edward et Al. Il est aussi le père d'une fille, Prudence Donleavy, née de sa liaison avec l'actrice Lindsey Farnthrope, et d'un fils, Cormoran, né de sa liaison avec sa supergroupie des années soixante-dix Leda Strike.

Un cri perçant et prolongé s'éleva dans le bureau d'à côté, et Robin sauta sur ses pieds en faisant grincer les roulettes de sa chaise. Le cri continua, de plus en plus strident, et elle courut ouvrir la porte.

Mrs Hook, sans son manteau orange et son béret violet et portant une espèce de tunique fleurie par-dessus un jean, s'était jetée contre la poitrine de Strike et le bourrait de coups de poing, sans cesser d'émettre un son suraigu comme le sifflement d'une bouilloire. Sa clameur monocorde ne s'interrompit qu'au moment où il lui fallut choisir entre reprendre son souffle ou suffoquer.

« Mrs Hook ! », cria Robin en attrapant ses bras flasques par-derrière. Mais Mrs Hook était beaucoup plus vigoureuse qu'elle n'en avait l'air, et, bien qu'elle eût cessé de crier pour respirer, elle continua de marteler la poitrine de Strike avec ses poings, jusqu'à ce que celui-ci, n'ayant pas d'autre choix, la saisisse par les poignets.

Mrs Hook s'immobilisa une seconde, puis se dégagea avec force et se jeta sur Robin en hurlant comme une possédée.

Tandis qu'elle sanglotait sur son épaule, la jeune femme lui tapota le dos et, pas à pas, réussit à l'entraîner dans l'autre bureau.

« Ça va aller, Mrs Hook, ça va aller, dit-elle d'une voix apaisante en la conduisant jusqu'au sofa grinçant. Je vais vous apporter une tasse de thé. Ça va aller.

« — Je suis sincèrement désolé, Mrs Hook, dit Strike d'un ton solennel dans l'encadrement de la porte. Ce n'est jamais facile d'apprendre ce genre de nouvelle.

— J'étais sûre que c'était Valerie, gémit Mrs Hook, la tête entre les mains, se balançant d'avant en arrière sur le sofa. J'étais sûre que c'était Valerie, pas ma... pas ma propre sœur !

— Je vais faire le thé », murmura Robin horrifiée, avant de sortir sur le palier.

Elle était sur le point d'entrer dans les toilettes, la bouilloire à la main, quand elle se rappela que la biographie en ligne de Jonny Rokeby était toujours sur son écran. Il aurait semblé bizarre qu'elle rebrousse chemin pour la faire disparaître ; aussi remplit-elle la bouilloire en toute hâte, espérant que Strike serait trop occupé à réconforter Mrs Hook pour la remarquer.

Il fallut encore quarante minutes à la malheureuse pour boire sa seconde tasse de thé et tremper de larmes la moitié d'un rouleau de papier hygiénique que Robin avait rapporté des toilettes. Enfin, elle partit, serrant dans sa main le dossier bourré de photos accusatrices, avec le lieu et l'heure où chacune avait été prise, encore haletante et se tamponnant les yeux.

Strike attendit à la fenêtre qu'elle eût disparu au coin de la rue, puis, fredonnant gaiement, sortit acheter des sandwiches pour Robin et pour lui, qu'ils mangèrent à son bureau. C'était son geste le plus amical depuis le début de la semaine, et Robin était certaine que c'était parce qu'il se savait à quelques heures d'être débarrassé d'elle.

« Cet après-midi, j'ai rendez-vous avec Derrick Wilson, vous vous rappelez ? demanda-t-il.

— Le gardien qui avait la colique ? Oui, je me rappelle.

— Puisque vous serez partie quand je reviendrai, je vais signer votre feuille de présence tout de suite. Et puis, merci d'avoir… »

Il fit un signe du menton vers le sofa maintenant vide.

« Oh, je vous en prie, dit Robin. Pauvre femme.

— Oui. Enfin, elle a les preuves qu'elle voulait, maintenant. Et puis, reprit-il, merci pour toute la peine que vous vous êtes donnée cette semaine.

— C'est mon travail, dit Robin d'un ton léger.

— Si je pouvais me payer une secrétaire… Mais vous n'allez pas tarder à trouver un excellent job comme assistante de direction d'un gros bonnet de la finance, ou quelque chose comme ça. Avec le salaire qui va avec. »

Robin, sans trop savoir pourquoi, se sentit vexée.

« Ce n'est pas le genre de travail que je cherche », répliqua-t-elle.

Un silence un peu tendu s'installa quelques instants. Strike vivait une petite bataille intérieure. La perspective que le bureau de Robin fût vide la semaine prochaine n'était pas sans l'attrister : il trouvait sa compagnie agréable et facile, et son efficacité spontanée rafraîchissante ; mais il serait pathétique (et financièrement extravagant) de payer une employée pour qu'elle lui tînt compagnie comme faisaient les vieilles dames riches au temps de la reine Victoria. Temporary Solutions était une agence rapace, et Robin un luxe qu'il ne pouvait se permettre. Le fait qu'elle ne lui eût posé aucune question sur son père (car Strike avait remarqué la biographie de Jonny Rokeby sur l'écran de l'ordinateur) la lui avait rendue encore plus sympathique, car c'était la preuve d'une discrétion inhabituelle ; or, il avait de la gratitude pour ses nouvelles connaissances quand elles s'abstenaient de l'interroger sur son célèbre géniteur. Mais cela ne changeait rien aux problèmes froidement pécuniaires que posait la situation : rien à faire, elle devait partir.

Pourtant, il n'était pas loin d'avoir pour elle les mêmes sentiments que pour la couleuvre qu'il avait capturée dans les bois de Trevaylor, quand il avait dix ou onze ans, et pour laquelle il avait supplié sa tante Joan : « *S'il te plaît*, laisse-moi la garder... *s'il te plaît...* »

« Il faut que je file, dit-il après avoir signé la feuille de présence de Robin et jeté à la corbeille les emballages des sandwiches et la bouteille d'eau vide. Merci encore pour tout, Robin. Et bonne chance pour la suite. »

Il prit son pardessus et sortit sur le palier. Mais au moment de poser le pied sur la première marche, à l'endroit précis où il l'avait bousculée le premier jour, il s'immobilisa. Son instinct le harcelait comme un roquet importun.

La porte en verre s'ouvrit brusquement derrière lui et il fit volte-face. Robin le regardait, les pommettes enflammées.

« Écoutez, dit-elle, il y a peut-être moyen de nous arranger entre nous. Nous pourrions oublier Temporary Solutions et vous me paieriez directement. »

Il hésita.

« Les agences d'intérim n'aiment pas ça, vous savez ? Vous seriez radiée.

— Ça n'a pas d'importance. J'ai trois entretiens pour des emplois stables la semaine prochaine. Si vous me laissez quelques heures de liberté pour me présenter aux rendez-vous…

— Oui, naturellement, laissa-t-il échapper malgré lui.

— Alors, je peux rester encore une semaine ou deux. »

Un silence. Le bon sens livra une brève bataille contre l'instinct et l'inclination, et fut vaincu.

« Oui… c'est parfait. Bon, dans ce cas, pouvez-vous réessayer de joindre Freddie Bestigui ?

— Bien sûr, dit Robin, cachant sa joie sous un air de calme efficacité.

— Alors, à lundi. »

Pour la première fois, il osa lui adresser un vrai sourire. En descendant les marches, il pensa qu'il aurait dû s'en vouloir de sa légèreté, mais il sortit dans l'air frais du début d'après-midi sans éprouver de regret. Plutôt un curieux sentiment d'optimisme.

6

Strike avait essayé un jour de compter combien d'écoles il avait fréquentées dans sa jeunesse, et il était arrivé au nombre de dix-sept en soupçonnant d'en avoir oublié une ou deux. Son calcul n'incluait pas la brève période des cours à la maison que sa mère lui avait dispensés vaille que vaille, et qui correspondait aux deux mois qu'il avait passés avec elle et sa demi-sœur dans un squat d'Atlantic Road, au cœur de Brixton, le quartier noir du sud de Londres. Le compagnon de sa mère à l'époque (un musicien rasta blanc qui s'était rebaptisé Shumba) estimait que le système scolaire renforçait les valeurs patriarcales et matérialistes, qui ne devaient pas influencer ses beaux-enfants *de facto*. La principale leçon que Strike avait retenue de ces deux mois d'enseignement à domicile était que le cannabis, même administré à des fins spirituelles, pouvait rendre le fumeur à la fois somnolent et gravement paranoïaque.

En route pour le café où l'attendait Derrick Wilson, il fit un détour inutile par le grand marché de Brixton. L'odeur de poisson frais sous les arcades couvertes de verrières, les devantures multicolores des supérettes, les parfums insolites des fruits et des légumes d'Afrique ou des Caraïbes, les boucheries halal, les vitrines des coiffeurs avec leurs photos de coiffures afro et leurs rangées de têtes emperruquées… tout cela ramena Strike un quart de siècle en arrière : au temps où il vagabondait dans les rues de ce quartier avec Lucy, sa jeune demi-sœur, pendant que sa mère et Shumba berçaient leur torpeur contre les coussins sales du squat en discutant des idéaux mystiques dans lesquels les enfants devaient être élevés.

La petite Lucy, du haut de ses sept ans, rêvait d'une coiffure comme celles des fillettes caribéennes, et, au cours du long trajet en voiture jusqu'à St Mawes qui avait mis un terme à leur séjour brixtonien, elle avait réclamé, à l'arrière de la Morris d'oncle Ted et de tante Joan, qu'on lui tresse les cheveux avec des perles de couleur. Strike se rappelait que tante Joan avait calmement reconnu que cette mode était très jolie, sans que disparût pour autant le pli de contrariété entre ses sourcils renvoyé par le rétroviseur. Joan avait tenté, avec un succès décroissant au fil des années, de s'abstenir devant les enfants de tout commentaire désobligeant à l'égard de leur mère. Strike n'avait jamais su comment oncle Ted avait découvert où ils habitaient ; tout ce qu'il savait, c'était qu'en regagnant le squat un après-midi, Lucy et lui avaient trouvé l'imposant frère de leur mère debout au milieu de la pièce et menaçant Shumba de lui envoyer son poing dans la figure. Deux jours plus tard, Lucy et lui étaient de retour à St Mawes et retrouvaient l'école primaire qu'ils fréquentaient par intermittence depuis des années, renouant avec de vieux camarades comme s'ils n'étaient jamais partis et perdant rapidement les accents qu'ils avaient pris dans les différentes régions où Leda Strike les avait traînés.

Il n'avait pas besoin des indications que Wilson avait dictées à Robin par téléphone, car il se souvenait très bien du Phoenix Cafe, au coin de Coldharbour Lane : de temps à autre, Shumba et sa mère l'y avaient emmené avec Lucy. Un petit établissement peint en marron, à l'aspect campagnard, où l'on pouvait (si l'on n'était pas végétarien comme Shumba et sa mère) déguster d'énormes petits déjeuners cuits sur le fourneau : des piles de saucisses, de tartines beurrées et d'œufs au bacon avec de grandes tasses de thé couleur de tek. L'endroit n'avait presque pas changé : un peu déglingué, mais chaud et accueillant. Les miroirs sur les murs reflétaient les tables en formica imitant le bois, le sol en carrelage taché et le plafond recouvert d'un papier gaufré beige. La serveuse, une grosse femme entre deux âges qui portait des boucles d'oreille en plastique orange, s'écarta pour laisser passer Strike.

Sous une pendule publicitaire portant l'inscription *Pukka Pies*, un Noir baraqué assis seul à une table lisait le *Sun*.

« Derrick Wilson ?

— Oui. Vous êtes Strike ? »

Le détective serra la grande main sèche de l'homme et s'assit en face de lui. Debout, Wilson devait faire à peu près la même taille que lui et ses gros bras gonflaient les manches de son sweat-shirt gris ; ses cheveux étaient coupés ras, son menton rasé de près et il avait de beaux yeux en amande. Ayant jeté un coup d'œil au menu griffonné à la craie sur une ardoise pendue au mur du fond, Strike commanda un *steak and kidney pie* avec de la purée en se disant avec plaisir que les quatre livres soixante-quinze iraient sur sa note de frais payée par Bristow.

« Bon choix. Le *steak and kidney pie* est excellent ici », dit Wilson.

Il avait un accent jamaïcain, mêlé à celui des faubourgs. Sa voix était profonde, calme et mesurée. Sa présence devait être rassurante quand il portait son uniforme.

« Merci d'avoir accepté ce rendez-vous. Comme vous l'avez sûrement compris, John Bristow n'est pas satisfait des résultats de l'enquête sur la mort de sa sœur et il m'a engagé pour mener une deuxième investigation.

— Oui, dit Wilson. Je sais.

— Combien vous a-t-il payé pour répondre à mes questions ? »

Wilson cligna des paupières, puis partit d'un petit rire coupable.

« Cinquante, dit-il. Mais si ça peut le rassurer, vous comprenez… Moi, je sais que ça changera rien. Elle s'est suicidée, et c'est tout. Mais allez-y, je vous écoute. »

Il replia son journal, dont la première page montrait une photo de Gordon Brown, le Premier Ministre, les yeux cernés et l'air exténué.

« Vous avez déjà dû tout raconter à la police, dit Strike, ouvrant son carnet et le posant à côté de son assiette vide, mais j'aimerais bien réentendre de votre bouche ce qui s'est passé cette nuit-là.

— Oui, pas de problème. Et Kieran Kolovas-Jones doit nous rejoindre tout à l'heure. »

Il semblait penser que Strike savait de qui il parlait. « Qui ça ?

— Kieran Kolovas-Jones. Le chauffeur habituel de Lula. Lui aussi, il veut vous parler.

— Parfait, dit Strike. Il arrive à quelle heure ?

— Sais pas. Il viendra s'il a le temps. »

La serveuse posa une grande tasse de thé noir devant le détective, qui la remercia et ôta le capuchon de son stylo. Avant qu'il eût le temps de rien dire, Wilson reprit :

« Vous êtes un ancien de l'armée, à ce que dit Mr Bristow ?

— Oui.

— Un de mes neveux est en Afghanistan. » Wilson prit le temps d'avaler une gorgée de thé, avant de préciser : « Province du Helmand.

— Quel régiment ?

— Royal Signals.

— Ça fait combien de temps qu'il est là-bas ?

— Quatre mois, dit Wilson. Sa mère ne dort plus la nuit tellement elle se fait du mauvais sang pour lui. Pourquoi vous avez quitté l'armée ?

— J'ai eu la moitié d'une jambe arrachée », répondit Strike avec une franchise qui n'était pas dans ses habitudes quand on abordait ce sujet.

Ce n'était qu'une partie de la vérité, mais la plus facile à confier à un étranger. À vrai dire, il aurait pu rester, c'était d'ailleurs le désir de ses supérieurs ; mais la perte de son mollet et de son pied n'avait fait que précipiter une décision qui mûrissait depuis deux ans.

Il savait qu'il approchait du point de non-retour : le moment où, s'il ne partait pas, il ne lui serait plus possible de se réadapter à la vie civile. Au fil des ans, le statut de soldat façonnait un homme ; il le conditionnait assez fort pour qu'il se laisse porter par le puissant courant de la vie militaire. Strike ne s'était jamais laissé complètement submerger, et avait choisi de s'en aller pendant qu'il en était encore temps. Pourtant, il se rappelait ses années passées au sein de la Brigade spéciale d'investigation, la Police militaire britannique, avec une affection que n'entamait en rien la perte de la moitié d'un membre, et il aurait aimé pouvoir repenser à Charlotte avec la même tendresse univoque.

Wilson accueillit son explication avec un lent hochement de tête.

« Dur dur, dit-il de sa voix profonde.

— Je ne m'en suis pas si mal sorti, comparé à d'autres.

— Oui. Y a trois semaines, un copain à mon neveu s'est fait exploser la tête. »

Wilson porta de nouveau sa tasse à ses lèvres.

« Vous vous entendiez comment avec Lula Landry ? demanda Strike, son stylo en l'air. Vous la voyiez souvent ?

— Quand elle sortait ou qu'elle rentrait. Elle disait toujours bonjour, s'il vous plaît et merci, pas comme certains de ces gros cons pourris de fric, dit Wilson laconiquement. Notre plus longue conversation, ç'a été sur la Jamaïque. Il était question qu'elle y aille pour des photos et elle m'a demandé à quoi ça ressemblait, ce qu'elle devait visiter, tout ça. Et elle m'a signé un autographe pour Jason. Mon neveu. Pour son anniversaire.

Je lui ai envoyé la carte en Afghanistan. C'était trois semaines avant sa mort. Ensuite, chaque fois qu'elle passait, elle me demandait des nouvelles de Jason, elle se souvenait de son nom. C'est pour ça que je l'aimais bien, vous comprenez ? Je bosse dans la sécurité depuis pas mal d'années, et il y a des gens qui trouveraient normal que vous preniez un pruneau à leur place, mais qui se donnent même pas la peine de se rappeler votre nom. »

Le *steak and kidney pie* de Strike arriva, avec sa portion de purée fumante. Les yeux sur l'assiette copieusement garnie, les deux hommes lui accordèrent un instant de silence respectueux. Salivant, Strike prit sa fourchette et son couteau, puis demanda :

« Vous pouvez me raconter ce qui s'est passé la nuit où Lula est morte ? Je sais qu'elle est sortie, mais vers quelle heure ? »

Le gardien se gratta pensivement l'avant-bras, en relevant la manche de son sweat-shirt. Strike vit qu'il avait la peau tatouée de croix et d'initiales.

« Ça devait être un peu après sept heures. Elle était avec sa grande copine, Ciara Porter. Au moment où elles sont descendues, Mr Bestigui est entré dans le hall. Je m'en souviens, parce qu'il a dit quelque chose à Lula. J'ai pas entendu quoi, mais j'ai compris qu'elle était pas contente. Ça se voyait sur son visage.

— Qu'est-ce que vous avez vu sur son visage ?

— Elle était fâchée, dit Wilson. Ensuite, je les ai suivies sur mon écran, Lula et Miss Porter, quand elles sont montées en voiture. On a une caméra au-dessus de la porte. Reliée à l'ordinateur sur le bureau. Comme ça, on voit qui sonne.

— Il y a une vidéo que je pourrais visionner ? »

Wilson secoua la tête.

« Mr Bestigui veut pas de ça à la porte. Pas d'enregistrements. C'est le premier à avoir acheté un appart' dans l'immeuble, avant qu'ils soient tous rénovés. Alors, il décide de pas mal de choses.

— En somme, la caméra est comme un œilleton, mais en version high-tech ? »

Wilson opina. Une fine cicatrice courait du coin de son œil gauche à sa pommette.

« C'est un peu ça, oui. Donc, comme je vous disais, elles sont montées en voiture, mais ce soir-là c'était pas Kieran qui conduisait. Je parle du gars qui doit nous rejoindre. Il devait aller chercher Deeby Macc à l'aéroport.

— Qui était le chauffeur ce soir-là ?

— Mick, d'Execars. Il l'avait déjà conduite. J'ai aussi vu tous les photographes qui se bousculaient autour de la voiture quand elle a démarré. Ils étaient plantés devant la maison depuis le début de la semaine, parce qu'ils savaient qu'elle s'était remise avec Evan Duffield.

— Et Bestigui, qu'est-ce qu'il a fait après le départ de Lula et Ciara ?

— Il a pris son courrier et il est monté chez lui. »

Entre deux bouchées, Strike posait sa fourchette pour prendre des notes.

« D'autres personnes sont entrées ou sorties ?

— Oui, les employés du traiteur. Ils sont montés chez les Bestigui parce qu'ils avaient des invités ce soir-là. Un couple d'Américains. Ils sont arrivés vers huit heures, ils sont montés à l'appartement 1, et ensuite j'ai plus vu personne jusqu'à leur départ, un peu avant minuit. Personne jusqu'au retour de Lula, vers une heure et demie.

« J'ai entendu les paparazzi qui criaient son nom dehors. Un vrai troupeau : ceux qui l'avaient suivie à sa sortie de boîte et ceux qui étaient déjà là parce qu'ils guettaient Deeby Macc. Il devait arriver vers minuit et demi. Lula a sonné et je lui ai ouvert.

— Elle ne s'est pas servie du digicode ?

— Non, pas avec tous ces types sur le trottoir. Elle voulait rentrer le plus vite possible. Ils gueulaient, ils l'entouraient…

— Elle n'aurait pas pu rentrer en passant par le parking souterrain pour les éviter ?

— Oui, elle faisait ça parfois, quand Kieran la ramenait. Elle lui avait donné une télécommande pour la porte du garage. Mais Mick en avait pas, alors elle a dû passer par l'entrée sur la rue.

« Je lui ai dit bonjour et je lui ai parlé de la neige, parce qu'elle en avait dans les cheveux. Elle frissonnait, elle avait presque rien sur le dos. Elle m'a répondu qu'il devait faire moins huit ou moins dix. Puis elle m'a dit : "Qu'ils aillent tous se faire foutre. Ils vont rester là toute la nuit ?" Elle parlait des paparazzi. Je lui ai dit qu'ils attendaient Deeby Macc et qu'il était en retard. Elle m'a regardé avec un air contrarié. Ensuite, elle a pris l'ascenseur et elle est montée chez elle.

— Elle avait l'air contrarié ?

— Oui. Très.

— Comme quelqu'un qui a des idées noires ?

— Non, comme quelqu'un d'énervé.

— Qu'est-ce qui s'est passé ensuite ?

— Ensuite, dit Wilson, j'ai dû courir fissa aux toilettes. Depuis une heure ou deux, ça n'allait pas, j'avais un de ces mal au bide ! Il fallait que je… enfin, vous comprenez. Urgent. J'avais chopé le microbe de Robson, je crois. Il avait pris sa journée parce qu'il avait une espèce de gastro. Je suis resté enfermé pendant une quinzaine de minutes. Bien obligé. Jamais eu une chiasse pareille.

« J'étais encore dedans quand j'ai entendu crier. Non, se corrigea-t-il, la première chose que j'ai entendue, c'est un bruit de choc. Un gros bruit de choc, à distance. J'ai compris plus tard que ça devait être le corps de Lula, quand elle est tombée.

« Ensuite, les cris ont commencé, de plus en plus forts, dans l'escalier. Alors, j'ai remonté mon pantalon et je me suis précipité dans le hall, et là, j'ai vu Mrs Bestigui. Elle était en nuisette et elle hurlait comme une folle, en tremblant comme une feuille. Elle disait que Lula était morte, qu'un homme l'avait poussée de son balcon.

« Je lui ai dit de rester où elle était, je suis sorti dans la rue et… elle était là. Allongée près du caniveau, à plat ventre, la tête dans la neige. »

Wilson remua son thé et serra sa tasse dans sa grande main, puis ajouta :

« Elle avait la moitié du crâne enfoncée. La neige était rouge tout autour. Son cou était de travers, j'ai compris qu'il était cassé. Et il y avait… hmm… »

Strike eut la sensation que l'odeur de cerveau humain, douceâtre et reconnaissable entre mille, lui emplissait les narines. Il l'avait respirée plusieurs fois, et on ne l'oubliait jamais.

« Je suis rentré en courant. Bestigui avait rejoint sa femme dans le hall, il voulait la faire remonter, au moins pour qu'elle s'habille, mais elle continuait à hurler. Je leur ai dit d'appeler la police et de garder un œil sur l'ascenseur, au cas où le type dont elle avait parlé essaierait de s'enfuir par là.

« J'ai pris mon passe et je suis monté. Personne dans l'escalier. J'ai ouvert la porte de l'appartement de Lula…

— Vous n'avez pas pensé à emporter quelque chose pour vous défendre ? interrompit Strike. Si vous pensiez qu'il y avait quelqu'un, un homme qui venait de commettre un meurtre… »

Un silence. Le plus long depuis qu'ils avaient commencé à parler.

« J'avais besoin de rien, marmonna Wilson. J'ai pensé que je pourrais le maîtriser sans problème.

— Maîtriser qui ?

— Duffield, répondit-il calmement. Je croyais que c'était lui qui était là-haut.

— Pourquoi ?

— Parce qu'il aurait pu entrer pendant que j'étais aux toilettes. Il connaissait le code, vous comprenez ? J'ai pensé qu'il était monté et qu'elle lui avait ouvert. Je les avais déjà entendus s'engueuler, je savais ce que ça donnait quand il disjonctait. J'ai cru que c'était lui qui l'avait poussée.

« Mais quand je suis entré, l'appart' était vide. J'ai regardé dans toutes les pièces. Personne. J'ai même ouvert les armoires, mais rien. Les fenêtres du salon

étaient grandes ouvertes, alors qu'on se pelait le cul.
Je les ai pas fermées, j'ai touché à rien. Je suis ressorti, j'ai appuyé sur le bouton de l'ascenseur et les
portes se sont ouvertes tout de suite. La cabine était
encore là, au troisième. Vide.

« Je suis redescendu, toujours en courant. Les Bestigui étaient rentrés chez eux, je les ai entendus en passant devant leur porte. Elle hurlait toujours et lui aussi,
il lui criait dessus. À ce moment-là, je savais pas s'ils
avaient appelé la police. J'ai pris mon portable sur le
bureau et je suis ressorti dans la rue, près de Lula,
parce que… Enfin, ça me plaisait pas de la laisser toute
seule dans la neige. Je voulais appeler les flics depuis
la rue, pour être sûr qu'ils arrivaient, mais j'ai entendu
la sirène avant d'avoir le temps de faire le numéro. Ils
sont venus très vite.

— Donc, Mr ou Mrs Bestigui les avait appelés ?

— Oui. Lui. Deux bobbies en uniforme, dans une
voiture de patrouille.

— Bon, dit Strike. Il y a un point dont je voudrais
être sûr : quand Mrs Bestigui vous a dit qu'il y avait
un homme au troisième, vous l'avez crue ?

— Oui. Bien sûr que je l'ai crue.

— Pourquoi ? »

Wilson fronça légèrement les sourcils, réfléchissant,
les yeux fixés sur la rue par-dessus l'épaule de Strike.

« Elle ne vous a donné aucun détail, n'est-ce pas ?
insista celui-ci. Rien sur ce qu'elle faisait quand elle a
entendu cet homme ? Rien pour expliquer pourquoi
elle était réveillée à deux heures du matin ?

— Non, reconnut le gardien. Mais vous savez, elle
est pas du genre à s'expliquer, la mère Bestigui. Je l'ai

crue à cause de l'état où elle était. Hystérique. Trem-blant comme un chien mouillé. Elle arrêtait pas de gueu-ler : "Y a un homme là-haut, y a un homme là-haut, il l'a poussée du balcon !" Elle était morte de trouille.

« Seulement, y avait personne. Je vous le jure sur la vie de mes mômes. L'appart' était vide, l'ascenseur aussi, l'escalier aussi. S'il y avait quelqu'un, il était passé où ?

— Donc, la police est arrivée, dit le détective, reve-nant mentalement à la rue sombre et enneigée et au corps disloqué près du trottoir. Qu'est-ce qui s'est passé à ce moment-là ?

— Quand Mrs Bestigui a vu la voiture de patrouille par sa fenêtre, elle est redescendue, en robe de chambre, avec son mari qui lui courait derrière. Elle est sortie dans la rue, en pantoufles dans la neige, et elle a crié aux flics qu'il y avait un assassin dans l'immeuble.

« Les lumières s'allumaient un peu partout, y avait des têtes aux fenêtres, des gens sur les trottoirs. La moitié de la rue était réveillée. Un des bobbies est resté près du corps, il a appelé des renforts par radio pen-dant que l'autre entrait avec nous. Moi et les Bestigui. Il leur a dit de retourner chez eux et d'attendre, puis il m'a demandé de lui faire visiter la maison. Nous sommes remontés au troisième, j'ai ouvert la porte de Lula et je lui ai montré l'appart', avec les fenêtres ouvertes. Il a regardé partout. Ensuite, je lui ai montré l'ascenseur, qui avait toujours pas bougé. Il m'a demandé ce qu'il y avait au deuxième et je lui ai ouvert le 2 avec mon passe.

« Il faisait noir et l'alarme s'est déclenchée. Avant que j'aie le temps d'allumer la lumière ou de trouver le bouton de l'alarme, le flic est entré, il a buté contre une table au milieu du hall et il a fait tomber un gros vase de fleurs. Cassé en mille morceaux, il y avait du verre et de l'eau partout. Plus tard, cette histoire de fleurs a causé pas mal de grabuge.

« Tout était vide, les pièces, les placards. Fenêtres fermées et verrouillées. Nous sommes redescendus dans le hall. Des flics en civil étaient arrivés, ils voulaient les clefs pour la salle de gym et la piscine au sous-sol. Et le parking. L'un d'entre eux est monté interroger Mrs Bestigui, un autre est sorti appeler une autre équipe, parce qu'il y avait de plus en plus de gens dans la rue. Ils téléphonaient, ils prenaient des photos. Les deux bobbies en uniforme ont essayé de les faire rentrer chez eux, mais la plupart sont restés quand même. Pourtant, il neigeait de plus en plus fort, presque une tempête.

« Quand les gars de la Scientifique sont arrivés, ils ont monté une tente au-dessus du corps. Les journalistes ont rappliqué à peu près au même moment. Les flics ont installé un cordon de sécurité et ils ont bloqué la rue avec leurs voitures. »

Strike avait vidé son assiette. Il la poussa de côté, commanda deux autres thés et reprit son stylo.

« Combien de personnes travaillent au numéro 18 ?

— Trois gardiens : moi, Colin McLeod et Ian Robson. On se relaie pour qu'il y ait toujours quelqu'un, vingt-quatre heures sur vingt-quatre. Ça devait pas être moi ce soir-là, mais Robson m'a appelé dans l'après-midi pour me dire qu'il avait trop mal au ventre pour venir, il était vraiment mal en point. Alors, j'ai accepté de rester pour la nuit. Il m'avait remplacé le mois d'avant, un jour où j'avais des affaires à régler. Je lui ai rendu la pareille. Mais normalement, j'aurais pas dû être là. »

Il soupira, et pendant un moment il se tut, pensant au tour qu'auraient pu prendre les événements.

« Les autres gardiens s'entendaient bien avec Lula ? demanda le détective.

— Oui, ils vous diraient la même chose que moi. Une fille sympa.

— Qui d'autre travaille dans la maison ?

— Deux femmes de ménage polonaises, mais elles vous diront pas grand-chose, c'est à peine si elles connaissent trois mots d'anglais. »

Le témoignage de Wilson, pensa Strike en griffonnant dans un des carnets bleus qu'il avait chapardés lors d'une de ses dernières visites sur la base militaire d'Aldershot, était d'une qualité inhabituelle : précis, concis et exhaustif. Peu de gens répondaient vraiment aux questions qu'on leur posait, et moins encore savaient mettre leurs pensées suffisamment en ordre pour qu'il fût inutile de leur demander un supplément d'explications. Le détective était accoutumé à jouer les archéologues parmi des ruines de souvenirs traumatiques. Il avait appris à se montrer autoritaire avec les brutes, rassurant avec les peureux, prudent avec les dangereux et retors avec les fourbes ; mais aucun de ces talents n'était nécessaire avec Derrick Wilson, à qui il avait l'impression de faire perdre son après-midi à cause de la paranoïa de Bristow.

Pourtant, Strike avait la manie de ne rien laisser au hasard, et, pas plus qu'il n'aurait eu l'idée de passer la journée en caleçon sur son lit de camp et de tuer le temps en fumant, il ne lui serait venu à l'esprit de bâcler son entretien. Tant par inclination que par entraînement, et par respect pour son client comme pour lui-même, il continua avec la méticulosité qui, à l'armée, lui avait valu autant d'estime que d'hostilité.

« Pouvons-nous revenir brièvement au jour qui a précédé la mort de Lula ? Vous avez pris votre service à quelle heure ?

— Huit heures et demie, comme d'habitude, répondit le vigile. J'ai pris la suite de Colin.

— Vous notez les noms des personnes qui entrent et qui sortent ?

— Oui. De tout le monde sauf des résidents. Nous avons un registre pour ça.

— Vous vous rappelez qui est venu ce jour-là ? »

Wilson hésita.

« John Bristow est passé voir sa sœur en début de matinée, n'est-ce pas ? souffla Strike. Mais elle ne vous avait pas dit de ne pas le laisser monter ?

— Il vous en a parlé ? dit le gardien, l'air un peu soulagé. Oui, c'est vrai. Mais il a insisté. Il avait un contrat à lui rendre, vous comprenez ? Ça l'inquiétait beaucoup. Alors, je l'ai laissé passer.

— Avant lui, quelqu'un était entré dans l'immeuble ?

— Oui, Lechsinka était là. Une des Polonaises. Elle arrive à sept heures tous les matins et elle passait la serpillière dans l'escalier. Ensuite, plus personne jusqu'au type de la sécurité, pour vérifier les alarmes. La compagnie envoie quelqu'un tous les six mois. Il a dû arriver vers neuf heures et demie, dix heures moins vingt.

— Vous le connaissiez ?

— Non, c'était un nouveau. Très jeune. Ils envoient toujours un mec différent. Mrs Bestigui et Lula étaient encore chez elles, donc je l'ai fait entrer au 2 et je lui ai montré le panneau de contrôle. Lula est descendue à ce moment-là, pendant que j'expliquais où étaient les fusibles et le bouton de l'alarme.

— Vous l'avez vue descendre ?

— Oui, la porte était ouverte.

— Elle vous a dit bonjour ?

— Non.

— Pourtant, c'était son habitude, non ?

— Je crois pas qu'elle m'ait vu. Elle avait l'air pressée. Elle allait voir sa mère malade.

— Comment savez-vous ça, si elle ne vous a pas parlé ?

— L'enquête, dit Wilson. Quand j'ai laissé l'employé de la sécurité travailler, je suis redescendu et j'ai vu Mrs Bestigui sortir, donc je suis remonté un peu plus tard pour lui ouvrir son appart'. Il a pas eu besoin que je reste, parce que les systèmes sont les mêmes à tous les étages. Les fusibles et les boutons au même endroit.

— Et Mr Bestigui, où était-il ?

— À son travail. Il part à huit heures, tous les jours. »

Trois hommes en gilet fluo et coiffés de casques de chantier entrèrent dans le café et s'assirent à une table, leur journal sous le bras, leurs bottes crottées.

« Pendant combien de temps diriez-vous que vous avez quitté le hall pour renseigner le jeune homme de la sécurité ?

— Peut-être cinq minutes la première fois, au deuxième, répondit le vigile. Ensuite, une minute chaque fois, pas plus.

— Il est parti à quelle heure ?

— En fin de matinée. Je sais plus exactement.

— Mais vous êtes sûr qu'il est parti ?

— Oh, oui.

— D'autres visiteurs ?

— Deux ou trois livreurs, mais c'était une journée tranquille comparée au début de la semaine.

— Il y avait eu beaucoup de monde en début de semaine ?

— Oui, beaucoup d'allées et venues, à cause de Deeby Macc qui arrivait de Los Angeles. Des gens de sa maison de disques arrêtaient pas d'entrer et de sortir du 2, pour voir si tout était bien installé, remplir le frigo, tout ça.

— Vous vous rappelez ce qui a été livré ce jour-là ?

— Des colis pour Macc et pour Lula. Et des roses. J'ai aidé le livreur à les monter, parce que c'était un bouquet énorme. Assez pour remplir un vase grand comme ça ! dit Wilson en écartant les bras. Nous les avons montées au 2, sur la table du hall. C'est le bouquet que le flic a renversé.

— Vous m'avez dit qu'elles avaient causé du grabuge, ces fleurs renversées. Qu'est-ce que vous vouliez dire ?

— C'est Mr Bestigui qui les avait envoyées pour Deeby Macc, et quand il a su qu'elles étaient par terre il a piqué une colère. Il m'a gueulé dessus.

— C'était quand ?

— Quand la police était là. Pendant qu'ils interrogeaient sa femme.

— Sa voisine venait de s'écraser sous ses fenêtres et il criait pour des fleurs ?

— Oui, dit Wilson en haussant les épaules. Il est comme ça.

— Il connaît Deeby Macc ? »

De nouveau, le gardien haussa les épaules, sans répondre.

« Il est arrivé plus tard, ce rappeur ?

— Non, parce que avec tout ce bordel il a préféré aller à l'hôtel.

— Quand vous avez aidé à mettre les fleurs dans le vase, vous vous êtes absenté du hall pendant combien de temps ?

— Hmm… Sais pas. Cinq minutes peut-être, à tout casser. Ensuite, j'ai plus quitté mon bureau.

— Vous avez parlé de colis pour Macc et pour Lula.

— Oui, deux gros colis, envoyés par je ne sais plus quelle maison de couture. Je les ai donnés à Lechsinka pour qu'elle les monte dans les appart'. Des fringues pour lui, des sacs à main pour elle.

— Et pour autant que vous sachiez, tous les gens qui sont entrés dans l'immeuble sont repartis ?

— Oh, oui, dit Wilson. Tout ça est noté dans mon registre.

— Le code est changé tous les combien ?

— On l'a changé après la mort de Lula, parce que la moitié de Scotland Yard le connaissait. Mais jamais pendant les trois mois où elle a habité dans la maison.

— Vous vous en souvenez, de ce code ?

152

— Oui. Trente-neuf quarante-cinq.

— Comme la guerre ? »

Wilson acquiesça, avant d'ajouter :

« McLeod trouvait ça sinistre. Il voulait qu'on le change.

— À votre avis, combien de gens connaissaient ce code avant la mort de Lula ?

— Hmm… Pas beaucoup.

— Des livreurs ? La poste ? L'employé du gaz ?

— Non. Ils sonnent et c'est nous qui les faisons entrer. Normalement, les résidents se servent pas du code, parce que nous les voyons arriver sur l'écran et nous leur ouvrons la porte. Il sert quand le gardien n'est pas là, par exemple quand il monte aider quelqu'un dans les étages.

— L'alarme de Lula était branchée la nuit où elle est morte ?

— Non.

— Et la piscine et la salle de gym ? Protégées par des alarmes ?

— Non, seulement fermées à clef. On en donne un jeu à tous les nouveaux résidents avec leurs clefs d'appartement. Celle du parking, aussi. La porte du parking a une alarme.

— Elle était branchée ?

— Sais pas, j'étais pas là quand on a vérifié. En principe, oui. Le gars de la sécurité avait contrôlé toutes les alarmes dans la matinée.

— Toutes ces portes étaient fermées cette fameuse nuit ? »

Wilson hésita. Puis :

« Pas toutes, dit-il. Celle de la piscine était ouverte.

153

— Vous vous souvenez si quelqu'un y est allé ce jour-là ?

— Non, je me souviens pas.

— Combien de temps est-elle restée ouverte ?

— Sais pas non plus. La nuit d'avant, c'est Colin qui était de service. Il aurait dû vérifier.

— Bon, dit Strike. Autre chose : vous dites avoir cru que l'homme qu'avait entendu Mrs Bestigui était Duffield, parce que vous l'aviez déjà entendu se disputer avec Lula. C'était quand ?

— Pas longtemps avant leur rupture, à peu près deux mois avant sa mort. Elle l'avait foutu dehors et il cognait sur la porte, avec les poings et les pieds. Il voulait carrément l'enfoncer, et il lui braillait des obscénités à travers. Fou furieux. Je suis monté pour le faire sortir.

— Vous avez dû employer la force ?

— Non, parce que dès qu'il m'a vu il a ramassé ses affaires – sa veste et ses chaussures qu'elle avait balancées sur le palier – et il est descendu en passant devant moi sans rien dire. Il était défoncé, ajouta Wilson. Les yeux vitreux, vous voyez ? En sueur. Avec un T-shirt plein de vomi. J'ai jamais compris ce qu'elle lui trouvait ! » Une pause. Il leva les yeux vers la rue. « Tiens, voilà Kieran, dit-il d'un ton plus léger. Le chauffeur de Lula. »

7

L'homme qui venait d'entrer dans le café avait dans les vingt-cinq ans. Il était de stature frêle, mais d'une beauté à couper le souffle.

« Salut, Derrick ! », dit-il, et ils se claquèrent dans la main pour se saluer. Après quoi Kolovas-Jones s'assit à côté de Wilson.

Chef-d'œuvre produit par un indéchiffrable cocktail de races, Kolovas-Jones avait une peau d'un exquis bronze olivâtre, des pommettes comme ciselées par le plus délicat des sculpteurs, un nez fin et un peu aquilin, des yeux d'un brun sombre et intense entre ses longs cils recourbés, et des cheveux noirs brillants qu'il rejetait en arrière. Son charme dévastateur était mis en relief par sa veste de coupe classique et sa cravate élégante, et il souriait avec une modestie étudiée comme s'il cherchait à désarmer et prévenir l'envie qu'il suscitait chez d'autres hommes.

« Où est la voiture ? demanda Wilson.

— Electric Lane. » Le jeune homme désigna la rue derrière lui d'un geste du pouce. « J'ai une vingtaine de minutes, il faut que je sois dans le West End à quatre heures et demie. Enchanté, ajouta-t-il en tendant la main à Strike. Kieran Kolovas-Jones. Vous êtes… ?

— Cormoran Strike. Derrick me dit que vous avez…

— Oui, oui, dit le chauffeur. Je ne sais pas si c'est important, probablement pas, mais… Ces cons de flics n'en avaient rien à foutre et j'avais envie d'en parler quand même à quelqu'un, vous comprenez ? Bien sûr, je ne prétends pas qu'elle ne s'est pas suicidée, ajouta-t-il, mais j'aimerais bien qu'on tire au clair ce que… Enfin, je vais vous expliquer. Un café, s'il vous plaît ! lança-t-il à la serveuse quinquagénaire, qui sembla rester imperméable à son sex-appeal.

— Qu'est-ce qui vous tracasse ? demanda Strike.

— Eh bien… C'était presque toujours moi qui la conduisais, commença Kolovas-Jones, se lançant dans son histoire comme s'il l'avait répétée. C'était moi qu'elle demandait.

— Elle avait un contrat avec votre société ?

— Oui… enfin…

— C'est nous qui gérons ça, intervint Wilson. Ça fait partie des prestations. Si quelqu'un a besoin d'une voiture, le gardien de service téléphone à Execars, la société de Kieran.

— Oui, mais c'était toujours moi qu'elle demandait, insista Kolovas-Jones.

— Donc, vous vous entendiez bien avec elle ?

— Oh oui, super-bien ! dit le jeune homme avec un grand sourire. Nous étions devenus… je ne vais pas dire amis, mais tout de même un peu copains, d'une certaine façon. Une relation qui allait au-delà de celles que j'ai d'habitude avec une cliente, vous voyez ?

— Ah oui ? Au-delà jusqu'où ?

— Pas ce que vous pensez, dit Kolovas-Jones en clignant de l'œil. Pas du tout. »

Mais Strike devina que le jeune chauffeur n'était pas mécontent qu'il eût considéré cette possibilité comme plausible.

« Je la conduisais depuis plus d'un an. Et nous nous parlions beaucoup. Nous avions beaucoup en commun. Le même passé.

— En quel sens ?

— Le mélange de races, expliqua Kolovas-Jones. Et puis, les choses ne se passaient pas au mieux dans ma famille, alors je savais d'où elle venait. Elle ne fréquentait pas beaucoup de gens comme elle. Pas depuis qu'elle était célèbre. Personne à qui parler à cœur ouvert.

— C'était un problème pour elle d'être métisse ?

— Une Noire dans une famille de Blancs, qu'est-ce que vous croyez ?

— Et vous avez eu le même genre d'enfance ?

— Mon père est moitié trinidadien moitié gallois, et du côté de ma mère c'est moitié Liverpool et moitié le Sri Lanka. Lula disait qu'elle m'enviait. » Il se redressa sur sa chaise. « Elle disait : "Toi, au moins, tu sais d'où tu viens, même si c'est d'un peu partout." Et pour mon anniversaire, ajouta-t-il comme s'il tenait à ce que ça se sache, elle m'a offert une veste Guy Somé, un truc qui doit valoir dans les huit ou neuf cents livres ! »

De toute évidence, il attendait une réaction et Strike sourit, se demandant si Kolovas-Jones n'était venu que pour dire à quelqu'un combien Lula Landry l'appréciait. Satisfait, le chauffeur poursuivit :

« Donc, le jour de sa mort, ou plutôt la veille, je l'ai conduite chez sa mère dans la matinée. Elle n'était pas gaie, parce que ce n'était jamais une partie de plaisir d'aller voir sa mère.

— Pourquoi ?

— Parce qu'elle est tordue ! dit Kolovas-Jones. Je les ai conduites toutes les deux, une fois. Je crois que c'était pour l'anniversaire de sa mère. Elle est trop spé, Lady Yvette. "Chérie, ma chérie", elle lui disait tous les trois mots. Accrochée à elle comme une sangsue. Possessive, collante. Franchement craignos, la vieille.

« Bon, ce jour-là, elle venait de sortir de l'hosto et ça n'allait pas être drôle, vous comprenez ? Lula appréhendait de la voir, je suppose, parce que je ne l'avais jamais vue aussi nerveuse. Je lui ai dit que je ne pourrais pas la conduire dans la soirée, parce que j'étais pris, je devais aller chercher Deeby Macc. Ça aussi, ça lui a foutu les boules.

— Pourquoi ?

— Parce qu'elle préférait que ce soit moi, vous n'avez pas compris ? répondit le chauffeur comme si Strike était obtus. Je l'aidais à échapper aux paparazzi, je faisais un peu le garde du corps pour qu'elle puisse entrer et sortir sans trop se faire emmerder partout où elle allait. »

Le visage de Wilson se crispa, trahissant ses doutes quant aux dispositions de Kolovas-Jones à jouer les gros bras.

« Vous n'auriez pas pu vous arranger avec un autre chauffeur et aller la chercher au lieu d'attendre à l'aéroport ?

158

— J'aurais pu, mais je n'ai pas voulu, avoua Kolovas-Jones. Je suis fan de Deeby et je voulais le rencontrer, vous comprenez ? C'est pour ça que Lula était fâchée ! Mais le matin, je l'ai emmenée chez sa mère à Chelsea et je l'ai attendue devant la maison. C'est juste après que… que s'est passé ce que je voulais vous raconter.

« Elle est sortie de chez sa mère, et elle n'était pas comme d'habitude. Fermée. Et silencieuse, complètement silencieuse. Comme si elle était en état de choc, ou quelque chose comme ça. Ensuite, elle m'a demandé un stylo et elle a commencé à gribouiller je ne sais quoi sur un bout de papier bleu. Sans dire un mot. Sans lever la tête de sa feuille.

« Je l'ai emmenée chez Vashti, parce qu'elle avait rendez-vous avec une copine pour déjeuner, et…

— Qu'est-ce que c'est, Vashti ? interrompit Strike. Et qui est-ce, cette copine ?

— Vashti, c'est une boutique de mode à Notting Hill. Ultrachic. Avec un restaurant à l'étage. Et la copine, c'était… » Kolovas-Jones leva la tête et claqua plusieurs fois dans ses doigts. « Une copine qu'elle s'était faite en clinique, quand elle se faisait soigner pour ses problèmes mentaux. Putain, elle s'appelle comment ? Je les ai conduites plusieurs fois, toutes les deux. Ruby ? Roxy ? Raquel ? Quelque chose comme ça. Une Black. Elle vivait au foyer St Elmo, à Hammersmith, parce qu'elle était sans domicile.

« Donc, Lula m'avait dit en allant chez sa mère que c'était là qu'elle devait déjeuner. Elle est entrée dans la boutique, mais elle est restée à peine un quart d'heure. Elle est ressortie seule et elle m'a dit de la ramener chez elle. Bizarre, non ? Et cette fille, Raquel ou je ne sais quoi – son nom me reviendra – n'était pas avec elle. En général, quand elles avaient passé une ou deux heures ensemble, nous la reconduisions chez elle… enfin, devant son foyer. Quant au papier bleu, je ne l'ai plus revu. Et Lula n'a pas ouvert la bouche pendant tout le trajet jusqu'à Mayfair.

— Vous avez parlé de ce papier à la police ?

— Oui. Mais ils s'en foutaient, dit Kolovas-Jones. Ils ont dit que c'était sûrement une liste de courses.

— Il ressemblait à quoi, ce papier, vous vous en souvenez ?

— Une petite feuille bleu clair. Fine. Comme pour une lettre par avion. »

Il regarda sa montre.

« Il faut que je file dans dix minutes, dit-il.

— Ce matin-là, c'est la dernière fois que vous avez vu Lula ?

— Oui, malheureusement. »

Il se mordilla un ongle.

« Qu'est-ce que vous avez pensé quand vous avez appris qu'elle était morte ?

— Je ne sais plus, répondit le jeune chauffeur, mâchonnant le bout d'ongle qu'il s'était arraché. Ça m'a fait un choc, évidemment. » Il soupira. « On ne s'attend pas à ça, pas vrai ? Surtout quand on a vu la personne quelques heures plus tôt. Tous les journaux disaient que c'était Duffield, parce qu'ils s'étaient engueulés dans la boîte. Moi aussi, j'ai pensé que c'était peut-être lui. Un sale type.

— Vous le connaissiez ?

— Je les ai conduits deux ou trois fois. »

160

Ses narines frémirent et les coins de sa bouche se contractèrent comme s'il venait de respirer une mauvaise odeur.

« Qu'est-ce que vous pensiez de lui ?

— Un branleur. Sans aucun talent. » Avec une virtuosité inattendue, il prit une voix traînante. « "Nous aurons besoin de lui plus tard, Lu, tu ne crois pas ? Il vaudrait mieux qu'il attende." » Kolovas-Jones pinça les lèvres avec une exaspération rétrospective. « Jamais il ne s'est adressé à moi directement. Un bon à rien sans manières. »

Wilson intervint, *sotto voce* :

« Kieran est acteur, dit-il.

— Seulement des petits rôles, précisa le chauffeur. Jusqu'à maintenant. »

Et il se lança dans une brève digression sur les quelques téléfilms et feuilletons où il était apparu, manifestant, estima Strike, le vif désir d'une plus grande considération que celle dont il jouissait en tant que simple chauffeur : de toute évidence, il aspirait au statut privilégié (mais aussi imprévisible, dangereux et incertain) que confère la célébrité. Avoir vu si souvent des vedettes occuper la banquette arrière de sa voiture avait eu de quoi le frustrer et, peut-être, le mettre en fureur.

« Kieran a auditionné pour Freddie Bestigui, dit Wilson. Pas vrai ?

— Oui, dit Kolovas-Jones, avec un manque d'enthousiasme qui ne laissait aucun doute sur l'issue de cette tentative.

— C'est arrivé comment ? demanda le détective.

— Comme d'habitude. » Le jeune homme leva le menton avec un peu de hauteur. « Par mon agent.

— Et il n'en est rien sorti ?

— Ils ont décidé de modifier le scénario et ils ont supprimé le rôle.

— Ah. Mais revenons à cette fameuse soirée. Vous êtes allé chercher Deeby Macc à… à Heathrow, je suppose ?

— Oui. Terminal 5, répondit Kolovas-Jones, apparemment ramené à la réalité et jetant un coup d'œil à sa montre. Dites, je suis désolé, mais il faut que je me tire.

— Ça ne vous ennuie pas si je vous raccompagne à votre voiture ?

— Non, pas du tout. »

Wilson voulut venir avec eux. Strike paya l'addition pour tout le monde et ils sortirent du café. Sur le trottoir, le détective tendit son paquet de cigarettes aux deux hommes ; Wilson déclina, mais Kolovas-Jones en prit une.

Une grosse Mercedes gris métallisé était garée non loin de là, juste au coin d'Electric Lane.

« Où avez-vous emmené Deeby quand il est arrivé ? demanda Strike au jeune homme tandis qu'ils approchaient du véhicule.

— Il voulait faire un tour en boîte. Je l'ai emmené au Barrack's.

— À quelle heure l'avez-vous déposé ?

— Je ne sais pas… Onze heures et demie, peut-être ? Minuit moins le quart ? Il avait sniffé de la coke, il n'avait pas envie de dormir.

— Pourquoi le Barrack's ?

— Parce que le vendredi soir, au Barrack's, ça déchire ! C'est la grande nuit hip-hop, ce qui se fait de plus chaud dans tout Londres, expliqua le chauffeur avec un petit rire, comme s'il était impensable qu'un habitant de la capitale ignorât ce rendez-vous. Et la musique a dû lui plaire, parce qu'il n'est pas ressorti avant trois heures passées.

— Ensuite, vous l'avez emmené à Kentigern Gardens et vous êtes tombés sur la police, ou… ?

— J'avais déjà entendu la nouvelle à la radio, dit Kolovas-Jones. Je l'ai annoncée à Deeby quand il est revenu. Les types qui l'accompagnaient ont sorti leurs téléphones et ils ont réveillé tout le monde à sa maison de disques, pour organiser autre chose. Ils lui ont réservé une suite au Claridge et c'est là que je l'ai conduit. Il était plus de cinq heures quand je suis rentré chez moi, mais je ne me suis pas couché. J'ai allumé les infos et j'ai regardé toute cette histoire sur SkyNews. J'avais du mal à y croire.

— Ce que je voudrais bien savoir, dit le détective, c'est comment les paparazzi qui faisaient le siège du 18, Kentigern Gardens ont appris que Deeby ne se montrerait pas avant plusieurs heures. Quelqu'un a dû leur refiler le tuyau. C'est pour ça qu'ils étaient partis au moment où Lula est morte.

— Ah oui ? Je ne sais pas », dit Kolovas-Jones.

Il accéléra légèrement le pas et atteignit la Mercedes avant les deux autres ; il tournait déjà la clef dans la serrure quand Strike lui demanda :

« Macc avait beaucoup de bagages ? Vous les avez chargés dans la voiture ?

— Non, tout avait été expédié en avance. C'est la maison de disques qui s'en était occupée. Quand il est descendu de l'avion, il n'avait qu'un sac de voyage. Et une bonne dizaine de gardes du corps.

— Donc, vous n'étiez pas le seul chauffeur à l'attendre ?

— Il y avait quatre voitures, dit le jeune homme. Mais Deeby est monté avec moi.

— Vous l'avez attendu où pendant qu'il était dans la boîte ?

— Je me suis garé dans Glasshouse Street et j'ai glandé pendant trois bonnes heures.

— Et les autres voitures ? Vous étiez tous ensemble ?

— On ne trouve pas quatre places côte à côte en plein centre de Londres, mec ! dit Kolovas-Jones. Surtout un vendredi soir. Je ne sais pas où les autres se sont garés. »

La main posée sur la portière ouverte, il jeta un coup d'œil à Wilson, puis au détective, et demanda :

« C'est important ?

— Je suis seulement curieux de savoir comment les choses se passent quand vous êtes avec un client.

— Vous savez quoi ? Je m'emmerde ! dit le beau métis avec une soudaine irritation. Être chauffeur, ça consiste surtout à poireauter pendant des heures au volant d'une bagnole, ou à la rigueur au bistrot du coin.

— Vous avez encore la télécommande du garage souterrain ? Celle que Lula vous a donnée ?

— Quoi ? »

Mais Strike aurait juré que le jeune chauffeur avait parfaitement compris. Dans ses yeux, la lueur d'animosité n'était plus déguisée, et elle semblait s'adresser non seulement au détective, mais aussi à Derrick Wilson, qui avait écouté sans faire de commentaire après avoir glissé dans la conversation que Kolovas-Jones était acteur.

« Vous avez encore…

— Oui, je l'ai encore, coupa-t-il. Je continue à conduire le père Bestigui, vous comprenez ? Bon, cette fois, il faut vraiment que je file. Salut, Derrick ! »

Il jeta sa cigarette à moitié consumée dans le caniveau et monta en voiture.

« Si vous vous rappelez autre chose, dit Strike, comme le nom de cette amie que Lula devait retrouver chez Vashti, vous voulez bien me passer un coup de fil ? »

Il tendit sa carte à Kolovas-Jones, mais celui-ci, qui accrochait sa ceinture de sécurité, la prit sans la regarder.

« Je vais être en retard », marmonna-t-il.

Wilson le salua d'un geste de la main. Le chauffeur referma la portière, fit rugir le moteur et amorça la marche arrière pour quitter sa place de stationnement, sourcils froncés.

« Il a un peu un cœur de midinette. Complètement fasciné par les gens qu'on voit dans les magazines, dit Wilson comme pour excuser son cadet tandis que la Mercedes démarrait et s'éloignait. Il adorait conduire Lula, comme toutes les vedettes à la mode. Ça fait deux ans qu'il espère que Bestigui lui offre un rôle. Il était dégoûté que son audition ait pas marché.

— Qu'est-ce que c'était, ce rôle ?

— Un dealer, dans je ne sais plus quel film. »

Côte à côte, ils se dirigèrent vers la station de métro Brixton, en croisant un groupe d'écolières noires en uniforme à jupe bleue écossaise. L'une d'entre elles avait de longs cheveux tressés avec des perles, et Strike, une fois de plus, pensa à sa sœur Lucy.

« Bestigui habite toujours au numéro 18 ? demanda-t-il.

— Oh, oui, répondit le gardien.

— Et les deux autres appartements ?

— Pour le moment, un courtier ukrainien en minerais loue le 2 avec sa femme. Un Russe s'intéresse au 3, mais il n'a pas encore fait d'offre.

— Serait-il possible, demanda Strike, tandis que la voie leur était momentanément barrée par un petit homme encapuchonné et barbu comme un prophète de l'Ancien Testament, qui s'était planté devant eux et leur tira la langue, serait-il possible que je passe un de ces jours pour jeter un coup d'œil à l'intérieur ?

— Hmm... Bon, d'accord, répondit Wilson, après un regard furtif sur le bas des jambes de Strike. Téléphonez-moi. Mais il faudra que ce soit quand Mr Bestigui est pas là. C'est le genre à faire des histoires pour tout et n'importe quoi, et moi, je tiens à mon boulot. »

8

Savoir que lundi il y aurait de nouveau quelqu'un dans le petit bureau donnant sur le palier égaya la solitude de Strike pendant la fin de semaine et la rendit moins déprimante, plus productive. Le lit de camp pouvait rester déplié ; la porte séparant les deux pièces, ouverte ; et il lui était loisible de faire ses besoins sans importuner personne. Fatigué de l'odeur de citron artificiel, il parvint à ouvrir de force les fenêtres collées par la peinture et permit ainsi à une brise froide et purifiante de balayer les coins et recoins des deux petites pièces. Il évita tous les disques qui pouvaient le ramener aux périodes de bonheur tourmenté où il avait vécu avec Charlotte et choisit de passer à plein volume du Tom Waits sur la petite chaîne hi-fi qu'il avait pensé ne jamais revoir, et qu'il avait pourtant retrouvée intacte au fond d'un des cartons rapportés de Holland Park Avenue. Il installa son téléviseur portatif, avec sa minuscule antenne intérieure ; entassa ses vêtements sales dans un grand sac-poubelle en plastique et les emporta à la laverie automatique la plus proche ; et, une fois de retour, accrocha ses chemises et ses sous-vêtements à une corde à linge qu'il tendit dans le bureau de Robin. Après quoi, il regarda le match de l'après-midi, entre Arsenal et les Spurs.

En accomplissant ces actes banals, il avait l'impression d'être accompagné par le spectre qui l'avait hanté durant ses mois d'hospitalisation. Il était embusqué quelque part dans le bureau délabré, et il l'entendait chaque fois que son attention aux tâches qu'il s'était assignées faiblissait. Ce spectre le poussait à sonder la profondeur de sa déchéance : son âge et sa pauvreté ; sa vie amoureuse en miettes ; sa situation déplorable de sans-abri. *Trente-cinq ans*, murmurait-il, *et toutes tes années d'efforts ne t'ont rien rapporté, à part quatre cartons et des dettes colossales*. Il obligea Strike à porter les yeux sur des canettes de bière ramenées du supermarché où le détective achetait de nouveau des pots de nouilles déshydratées, et se moqua de lui en le voyant repasser ses chemises à même le sol. À mesure que la journée s'écoulait, il railla l'habitude qu'il s'était imposée de descendre fumer dans la rue, comme s'il était encore dans l'armée et que cette discipline futile pouvait conférer une forme et un ordre à son présent désastreux. Le détective se décida à fumer dans son bureau, et les mégots s'entassèrent dans le cendrier en métal qu'il avait rapporté, bien des années plus tôt, d'un bar en Allemagne.

Pourtant, il avait du travail, se rappela-t-il pour se réconforter, et du travail bien payé, encore. Arsenal battit les Spurs, et Strike s'en réjouit ; il éteignit le petit téléviseur et, défiant le spectre, s'assit à son bureau et se replongea dans son enquête.

Libre de rassembler et confronter les indices à sa guise, Strike n'en continuait pas moins de se conformer strictement au protocole de la loi sur les procédures et investigations criminelles. Même si l'assassin qu'il poursuivait était des plus hypothétiques, fruit de l'imagination dérangée de John Bristow, il mit à jour les notes prises au cours de ses entretiens avec l'avocat, Wilson et Kolovas-Jones avec sa minutie habituelle.

Lucy lui téléphona à six heures du soir, alors qu'il était plongé dans son travail. Bien qu'elle eût trois ans de moins que lui, sa sœur se comportait comme si elle était son aînée : chargée tôt dans sa vie de traites immobilières, d'un mari flegmatique, de trois enfants remuants et d'un métier astreignant, Lucy donnait l'impression d'être affamée de responsabilités, comme si elle n'avait jamais assez de fils à la patte. Strike soupçonnait qu'elle voulait se prouver – et prouver à la terre entière – qu'elle était l'exact contraire de leur imprévisible et inconstante mère, qui les avait traînés tous deux à travers le pays, d'école en école, de maison en squat et en campement, pour courir derrière ses passions nouvelles et ses nouveaux hommes. Lucy était la seule de ses huit demi-frères et demi-sœurs avec qui Strike avait partagé son enfance, et il avait plus d'affection pour elle que pour quiconque ; pourtant, leurs rapports étaient souvent difficiles, gâtés par la curiosité inquiète de la jeune femme et par les querelles incessantes. Lucy ne pouvait cacher que son frère lui causait du souci et, pire, la décevait. En conséquence, Strike était moins enclin à lui parler franchement de sa situation présente qu'il ne l'aurait été avec la plupart de ses amis.

« Oui, ça va bien, très bien, même, lui dit-il, fumant à la fenêtre et regardant les passants en contrebas. La quantité de boulot a doublé ces derniers temps.

— Où es-tu ? J'entends des voitures.

— Au bureau. Je m'occupe de la paperasse.

— Un samedi ? Et Charlotte, qu'est-ce qu'elle en pense ?

— Elle n'est pas là, elle passe le week-end chez sa mère.

— Ça va bien entre vous ?

— Mieux que bien, dit Strike.

— Tu es sûr ?

— Oui, je suis sûr. Et Greg, il est en forme ? »

Elle lui parla succinctement de son mari surchargé de travail, puis repassa à l'attaque :

« Gillespie est toujours sur ton dos pour que tu rembourses ?

— Non. Il me fiche la paix en ce moment.

— Parce que tu sais, Stick (son surnom d'enfance était le signe qu'elle voulait faire passer une pilule amère), je me suis renseignée. Tu pourrais faire appel à la Légion britannique pour…

— Bon sang, Lucy ! cria-t-il sans pouvoir se retenir.

— Quoi ? »

Son ton vexé et indigné n'était que trop familier. Il ferma les yeux.

« Je n'ai pas besoin d'aide de la Légion britannique, Lucy, d'accord ?

— Pas la peine de faire le fier et…

— Comment vont les garçons ?

— Bien. Écoute, Stick, je trouve que c'est une honte que Rokeby te fasse harceler par son avocat alors qu'il ne t'a jamais donné un penny. Ç'aurait dû être un cadeau, compte tenu de tout ce que tu as traversé et de ce que lui...

— Les affaires sont les affaires. Je rembourserai », dit Strike.

Un couple d'adolescents se disputait au coin de la rue.

« Tu es sûr que tout va bien entre Charlotte et toi ? Pourquoi est-elle partie chez sa mère ? Je croyais qu'elles se détestaient.

— Elles se sont rabibochées, dit-il, regardant la jeune fille gesticuler avec fureur, taper du pied et planter là son compagnon.

— Est-ce que tu t'es décidé à lui acheter une bague de fiançailles ? interrogea Lucy.

— Je croyais que tu voulais que Gillespie me lâche la grappe.

— Ça ne lui fait rien d'être une fiancée sans bague ?

— Non, elle prend ça très bien, dit Strike. Elle dit qu'elle n'en veut pas. Que j'ai besoin de tout mon argent pour mon affaire.

— Vraiment ? » La jeune femme se croyait habile en dissimulant son antipathie pour Charlotte. « Tu viendras à l'anniversaire de Jack ?

— C'est quand ?

— Je t'ai envoyé une invitation il y a plus d'une semaine, Stick ! »

Il se demanda si Charlotte l'avait glissée dans un des cartons qu'il avait laissés sur le palier sans les ouvrir, faute d'avoir assez de place dans son bureau pour toutes ses affaires.

« D'accord, je viendrai », dit-il, bien qu'il n'en eût aucune envie.

La conversation terminée, il retourna à son ordinateur pour reprendre son travail. Il eut bientôt fini de compléter les notes de ses entretiens, mais un sentiment de frustration ne le quittait pas. Depuis son départ de l'armée, c'était sa première affaire exigeant autre chose qu'un travail de surveillance, et elle aurait pu lui rappeler jour après jour qu'il était désormais privé de tout pouvoir et de toute autorité. Le producteur Freddie Bestigui, l'homme qui se trouvait à proximité de Lula au moment où elle était morte, restait injoignable derrière ses sous-fifres sans visage, et, bien que Bristow lui eût affirmé qu'il persuaderait sans peine Tansy Bestigui de s'entretenir avec Strike, il n'avait pas encore de rendez-vous avec elle.

Avec un léger sentiment d'impuissance, et presque autant de mépris pour ce genre d'activité qu'en manifestait le fiancé de Robin, le détective combattit sa morosité en entreprenant de nouvelles recherches sur Internet. Il trouva quelques références à Kieran Kolovas-Jones : le chauffeur avait dit vrai quand il lui avait parlé de l'épisode de la série *The Bill* où il avait eu un rôle de deux lignes (*Gangster n° 2 : Kieran Kolovas-Jones*). Il avait aussi un agent artistique, dont le site Web montrait une petite photo de Kieran accompagnée d'une liste de brèves participations à *Eastenders* et à *Casualty*. Sur la page d'accueil de la société Execars, le portrait de Kieran était beaucoup plus grand : on l'y voyait debout en uniforme et casquette, posant comme un jeune premier de cinéma. De toute évidence, c'était le plus beau chauffeur de la compagnie.

Le soir tombait sur Londres, et, tandis que Tom Waits grondait et gémissait dans les enceintes de la petite chaîne portative, Strike poursuivit l'ombre de Lula Landry à travers le cyberespace, ajoutant de temps à autre une remarque aux notes qu'il avait prises en parlant avec Bristow, Wilson et Kolovas-Jones.

La défunte n'avait pas de page Facebook, ni de compte Twitter. Son refus de nourrir l'appétit insatiable de ses fans pour les confidences intimes semblait avoir incité nombre d'entre eux à combler ce vide : le détective trouva une foule de sites dédiés à la reproduction de ses photos et à des commentaires sur sa vie privée. Si la moitié des informations qu'il découvrit avait un fondement, Bristow n'avait fourni à Strike qu'une version partielle et expurgée de la course folle de sa sœur vers l'autodestruction, entamée dès l'adolescence, quand son père adoptif, Sir Alec, un barbu à l'air ingénu qui avait créé Albris, une importante société de composants électroniques, était décédé d'un infarctus foudroyant. Par la suite, Lula avait fugué de deux écoles et été renvoyée d'une troisième (des établissements privés pour enfants de nantis), puis vécu à la dure avec des bandes de drogués avant d'être retrouvée dans un squat par la police. Un site de fan appelé LulaMyInspirationForever.com, dont le webmestre était une personne de sexe inconnu, affirmait qu'à cette époque, la belle métisse avait pendant un temps subvenu à ses besoins en se livrant à la prostitution.

Puis étaient venus l'internement selon les termes de la loi sur le traitement des maladies mentales, dans une clinique pour mineurs atteints de troubles importants, et le diagnostic de sévère bipolarité. À peine un an plus tard, alors que la jeune Lula sortait d'un grand magasin d'Oxford Street avec sa mère, elle avait été abordée par un découvreur de talents de la prestigieuse agence Athena et sa fulgurante carrière avait commencé.

Les photos anciennes de Lula montraient une fille de seize ans au visage de Néfertiti, qui projetait déjà sur l'objectif une extraordinaire combinaison de gourmandise et de vulnérabilité. Elle exhibait de longues jambes minces comme celles d'une girafe et une cicatrice en dents de scie à l'intérieur du bras gauche, dont les photographes de mode avaient apparemment jugé qu'elle complétait à merveille son physique spectaculaire, car elle était en évidence sur beaucoup de leurs clichés. Au vrai, la beauté hallucinante de la jeune femme confinait à l'absurde ou au surnaturel ; mais la séduction inégalable qui l'avait rendue si célèbre allait de pair (tant dans les articles nécrologiques que dans les blogs d'admirateurs hystériques) avec une réputation d'irascibilité violente et de dangereuse instabilité. La presse et le public semblaient l'avoir adorée, et avoir adoré la haïr. Une femme journaliste la décrivait comme « étrangement douce et empreinte d'une naïveté inattendue », tandis qu'une de ses consœurs parlait d'« une petite diva calculatrice, aussi roublarde que dure ».

À neuf heures, Strike fit un saut jusqu'au quartier chinois tout proche et y dîna en un quart d'heure d'une portion de bœuf au saté ; puis il revint à son bureau, remplaça Tom Waits par le groupe Elbow et se mit en quête d'informations en ligne sur Evan Duffield, le douteux fiancé qui – tout le monde en convenait, même Bristow malgré son aversion – n'avait pas tué Lula.

Jusqu'à ce que Kieran Kolovas-Jones eût manifesté sa jalousie professionnelle à son égard, Strike aurait été incapable de dire pourquoi Duffield était célèbre. Il découvrit qu'il avait été arraché à l'obscurité grâce à sa prestation dans un film indépendant acclamé par la critique, où il interprétait un personnage difficile à distinguer de lui-même : celui d'un musicien héroïnomane qui volait pour satisfaire son addiction.

Le groupe de rock de Duffield avait peu après sorti un album dont la nouvelle renommée du chanteur avait assuré le succès, avant de se séparer dans la discorde à l'époque où Duffield avait rencontré Lula. Comme celle-ci, il était exceptionnellement photogénique, même sur les clichés au téléobjectif où on le voyait traîner dans les rues dans des tenues débraillées, et aussi sur ceux (il y en avait plusieurs) où il se jetait avec fureur sur les photographes. Côte à côte, cet homme et cette femme magnifiques et cabossés se mettaient mutuellement en valeur : la beauté de l'un semblait s'exalter au contact de celle de l'autre, dans une sorte de mouvement perpétuel qui accroissait la fascination exercée par tous les deux.

La mort du top model dont il partageait l'intimité avait plus que jamais installé Evan Duffield au firmament des stars idolâtrées, vilipendées et déifiées. Le personnage dégageait une aura sombre et fatale, et ses plus fervents admirateurs comme ses détracteurs les plus acharnés semblaient prendre plaisir à l'idée qu'il avait déjà un pied dans l'autre monde ; que sa descente dans les tréfonds du désespoir et de l'oubli était pour ainsi dire inscrite dans les astres. Il semblait faire parade de ses fragilités et de ses tendances morbides, et Strike s'attarda un moment sur une de ses vidéos tressautantes de YouTube où Duffield, de toute évidence sous l'emprise de la drogue, parlait pendant cinq bonnes minutes, avec la voix traînante que Kieran Kolovas-Jones avait si bien parodiée, de la mort qui, à ses yeux, était comme un départ au terme d'une soirée de bringue, et de la bêtise qu'il y avait selon lui à pleurer et se lamenter si l'on devait s'en aller de bonne heure.

La nuit où Lula était morte, selon une multitude de sources, Duffield avait quitté la boîte de nuit peu après sa fiancée, portant – et Strike y vit une autre marque de son goût du cabotinage – un masque de loup sur le visage. Son récit de ce qu'il avait fait ensuite n'avait sans doute pas satisfait les internautes adeptes des théories du complot, mais il avait convaincu la police que Duffield était étranger au drame de Kentigern Gardens.

Continuant sur le terrain accidenté des blogs et des sites, Strike se laissa emporter par le courant de ses pensées. De temps en temps, il tombait sur des poches de spéculations fiévreuses et de théories compliquées sur la mort de Lula Landry ; leurs auteurs se fondaient sur les indices dont la police n'avait pas voulu tenir compte, et qui semblaient avoir nourri la conviction de Bristow sur l'existence d'un meurtrier. LulaMyInspirationForever présentait une longue liste de « Questions sans réponse » : numéro 5, « Qui a fait partir les paparazzi quelques minutes avant le drame ? » ;

numéro 9, « Pourquoi les deux hommes au visage dissimulé qui se sont enfuis du quartier peu après deux heures du matin n'ont-ils jamais été identifiés ? » ; numéro 13, « Pourquoi, au moment de sa chute, Lula portait-elle une autre tenue qu'en rentrant chez elle ? ».

À minuit, Strike buvait une canette de bière blonde en lisant les comptes rendus de la controverse qui avait suivi la fin tragique de la jeune femme, et dont il avait vaguement entendu parler sans beaucoup s'y intéresser. Une semaine après que le coroner eut rendu son verdict de suicide, un tollé avait éclaté au sujet d'une photo publicitaire vantant les créations du couturier Guy Somé. Elle représentait deux femmes posant dans une impasse sordide, nues, à part leurs sacs à main stratégiquement placés, leurs écharpes et leurs bijoux. Lula Landry était perchée sur une poubelle mal fermée, Ciara Porter allongée sur le sol. Toutes deux portaient dans le dos d'immenses ailes d'ange déployées : celles de Ciara blanches comme les plumes d'un cygne, celles de Lula vert bronze et bordées de noir.

Strike examina cette image plusieurs minutes, tentant de comprendre pourquoi au juste le visage de la morte attirait si irrésistiblement le regard et dominait à ce point la photo. Pour incongrue et factice que fût cette mise en scène, Lula, comme par magie, parvenait à la rendre crédible : elle donnait réellement l'impression d'avoir été chassée du paradis parce qu'elle était trop vénale et avait trop avidement convoité les luxueux accessoires qu'elle serrait contre son corps. Ciara Porter, malgré sa beauté d'albâtre, n'était guère plus qu'un faire-valoir ; dans sa pâleur et sa passivité, elle avait l'air d'une statue couchée.

Après avoir publié ce cliché, Somé s'était attiré de nombreuses critiques, parfois très virulentes : beaucoup l'avaient accusé de vouloir tirer bénéfice de la disparition récente de son mannequin vedette, et raillaient les proclamations d'affection pour la défunte que son porte-parole avait répandues en son nom. Mais LulaMyInspirationForever estimait que Miss Landry aurait voulu que la photo fût utilisée, et que Somé et elle nourrissaient vraiment l'un pour l'autre la plus profonde amitié : *Lula l'aimait comme un frère et aurait été heureuse qu'il rende ce dernier hommage à son travail et à sa beauté. Ce magnifique portrait à deux restera une photo culte et gardera vivant le souvenir de Lula dans notre mémoire à tous, nous qui l'avons tant aimée.*

Strike finit sa bière et réfléchit un moment aux derniers mots de la phrase. Il n'avait jamais compris la passion des fans pour des personnes qu'ils n'avaient jamais rencontrées, et encore moins leur sentiment de proximité avec elles. En sa présence, des gens avaient parfois parlé de son père en le désignant comme « ce vieux Jonny », avec la même exaltation que s'ils évoquaient un ami commun particulièrement cher, et répétant des anecdotes journalistiques rebattues comme si ces histoires les avaient personnellement impliqués. Un homme lui avait dit un soir, dans un pub de Trescothick : « Tu sais, mec, ton vieux, je le connais mieux que toi ! », parce qu'il était capable de nommer un ingénieur du son qui avait travaillé sur l'album le plus vendu des Deadbeats et à qui Rokeby, comme tout le monde le savait, avait cassé une dent dans un accès de colère.

Il était une heure du matin et Strike était maintenant presque sourd au martèlement de la basse qui montait du rez-de-chaussée et aux grincements intermittents du plancher dans l'appartement mansardé du troisième étage, où le propriétaire du Bar 12 jouissait de luxes improbables, comme une douche et un fourneau pour se préparer ses repas. Fatigué, mais pas encore prêt à se glisser dans son sac de couchage, le détective continua d'interroger Internet pour trouver l'adresse de Guy Somé, et remarqua que Charles Street, où le couturier semblait demeurer, n'était qu'à un peu plus d'un kilomètre de Kentigern Gardens. Ensuite, il tapa en haut de l'écran l'adresse www.arrse.co.uk comme un homme qui se dirige d'un pas automatique vers le pub de son quartier après une longue journée de travail.

Il n'avait pas visité le site de l'Army Rumour Service, consacré aux nouvelles intéressant les militaires, depuis le soir où Charlotte l'avait trouvé en train d'y lire les dernières informations et avait réagi comme une femme qui surprend son homme devant du porno en ligne. Une longue dispute avait éclaté, en raison de ce qu'elle interprétait comme de la nostalgie pour son ancienne vie et du mépris pour celle qu'il partageait avec elle.

Il y retrouva l'esprit de l'armée, ses préoccupations rédigées dans un langage qui lui était familier : les acronymes qu'il connaissait par cœur, les blagues qu'un civil n'aurait jamais comprises, les inquiétudes de la vie militaire, du père dont le fils se faisait rudoyer dans sa caserne de Chypre aux colères rétrospectives contre les propos du Premier Ministre sur la conduite des soldats en Irak. Strike se promena de forum en forum, souriant parfois des boutades d'anciens troupiers, mais sans jamais ignorer qu'il ébranlait ainsi sa résistance au spectre dont il sentait, de plus en plus, le souffle froid sur sa nuque.

Ç'avait été son monde, et il y avait été heureux. Malgré toutes les duretés de la vie sous les drapeaux, et bien qu'elle lui eût coûté la moitié d'un membre inférieur, il ne regrettait pas un jour des années qu'il avait passées dans la Police militaire. Pourtant, il n'avait jamais été vraiment accepté : les autres engagés l'avaient d'abord considéré comme un grand singe perdu au milieu d'eux, puis comme un flic qu'ils voyaient d'un sale œil.

Si la Brigade spéciale d'investigation vient vous interroger, répondez : « Pas de commentaire, je ne parlerai qu'en présence de mon avocat. » Sinon, dites : « Merci de vous soucier de moi » et rien d'autre, c'est suffisant.

Strike partit d'un dernier petit rire, puis quitta le site et éteignit l'ordinateur. Il était si fatigué qu'ôter sa prothèse lui prit deux fois plus de temps que d'habitude.

9

Le dimanche matin, sous un ciel bleu et dégagé, Strike retourna faire sa toilette au syndicat des étudiants. Une fois de plus, en adoptant une démarche qui soulignait son apparence massive et en fronçant ses épais sourcils d'un air concentré et bourru, il parvint à se rendre assez intimidant pour décourager toute question importune et, les yeux baissés, dépasser le bureau de la réception sans encombre. Dans le vestiaire, il attendit d'être seul pour ne pas avoir à se doucher devant des étudiants qui se changeaient, car il n'avait aucune envie d'infliger à qui que ce soit le spectacle de son moignon.

Propre et rasé, il prit le métro jusqu'à Hammersmith Broadway et, quand il sortit, observa avec bonne humeur le pâle soleil qui brillait à travers la verrière du centre commercial qu'il traversa pour atteindre la rue. À quelques pas de là, les boutiques de King Street grouillaient de monde comme un samedi. Aux alentours s'étendait un quartier commerçant populeux, mais sans âme ; pourtant, Strike savait qu'en dix minutes à pied, on pouvait rejoindre les rives de la

Tamise, qui par ici avaient une atmosphère somnolente et presque campagnarde.

Tout en marchant le long de la chaussée où vrombissaient les voitures, il se rappela les dimanches de son enfance en Cornouailles, quand tout était fermé à part l'église et la plage. En ce temps-là, le dimanche avait une qualité particulière, faite d'une quiétude murmurante et pleine d'échos, de l'odeur du jus de viande, du cliquetis de la porcelaine où l'on servait le thé l'après-midi, du son de la télévision, presque aussi silencieuse que la grand-rue désertée, et du flux inlassable des vagues sur la plage où Lucy et lui couraient sur les galets, heureux de se contenter des distractions les plus simples.

Un jour, sa mère avait dit : « Si Joan a raison et que je finis en enfer, ma punition sera un dimanche éternel à St Mawes. »

Strike, se dirigeant vers le fleuve, sortit son portable pour appeler son client.

« Ici John Bristow.

— Oui, désolé de vous déranger pendant le week-end, John…

— Cormoran ? » La voix de Bristow était amicale. « Vous ne me dérangez pas, vous pouvez m'appeler n'importe quand ! Comment ça s'est passé avec Wilson ?

— Bien, très bien, c'était très utile, merci. Je me demandais si vous pourriez m'aider à retrouver une amie de Lula. C'est une fille qu'elle a rencontrée en thérapie. Son prénom commence par un R, quelque chose comme Rachel ou Raquel. À la mort de votre sœur, elle vivait au foyer St Elmo, à Hammersmith. Ça vous rappelle quelque chose ? »

Un moment de silence. Quand Bristow reprit la parole, la déception dans sa voix frisait l'exaspération.

« Qu'est-ce que vous attendez d'elle ? Tansy a été très claire : la voix qu'elle a entendue était celle d'un homme.

— Elle ne m'intéresse pas en tant que suspecte, mais comme témoin. Lula avait rendez-vous avec elle dans une boutique appelée Vashti, juste après vous avoir vu chez votre mère.

— Oui, je sais, on en a parlé pendant l'enquête. Mais je veux dire… bien sûr, vous connaissez votre travail, mais… je ne vois vraiment pas comment elle pourrait savoir quelque chose sur ce qui s'est passé. Écoutez, Cormoran, je suis à Chelsea, chez ma mère, et il y a des gens autour de moi. Donnez-moi trente secondes pour trouver un endroit tranquille… »

Strike entendit des bruits de mouvement, un « Excusez-moi » murmuré, puis Bristow reprit la communication.

« Pardon, je ne voulais pas parler de tout ça devant l'infirmière. À vrai dire, quand vous avez appelé, j'ai pensé que c'était encore quelqu'un qui voulait me parler de Duffield. Tout le monde me téléphone pour m'avertir.

— Vous avertir de quoi ?

— On voit que vous ne lisez pas les torchons people. Tout est dans le *News of the World* d'aujourd'hui, photo à l'appui : Duffield est venu rendre visite à ma mère hier après-midi, sans crier gare. Il y avait une meute de photographes devant la maison, et

183

ça n'a pas plu du tout aux voisins. J'étais sorti avec Alison, sinon je ne l'aurais jamais laissé entrer.

— Qu'est-ce qu'il voulait ?

— Bonne question. Tony, mon oncle, pense que c'était de l'argent, mais Tony pense toujours que les gens courent après notre argent. De toute façon, j'ai un mandat sur les biens de ma mère, donc il n'était pas question qu'il touche un penny. Dieu seul sait pourquoi il est venu. Heureusement, maman ne semble pas avoir compris qui c'était. Elle est sous antalgiques.

— Comment les journalistes ont-ils su qu'il venait ?

— Autre excellente question, dit Bristow. Tony pense qu'il leur a téléphoné lui-même.

— Comment va votre mère ?

— Mal. Les médecins disent qu'elle pourrait durer encore plusieurs semaines, mais que… que ça pourrait arriver à n'importe quel moment.

— Je suis désolé, dit Strike, élevant la voix en passant sous un pont autoroutier où la circulation était dense et bruyante. Bon, si par hasard vous vous rappelez le nom de l'amie de Lula…

— Franchement, je ne vois toujours pas pourquoi vous vous intéressez tant à elle.

— Lula lui a fait faire trois quarts d'heure en métro de Hammersmith à Notting Hill, puis elle a passé au maximum quinze minutes avec elle avant de la planter là. Pourquoi n'est-elle pas restée plus longtemps ? Pourquoi un rendez-vous si court ? Elles étaient censées déjeuner ensemble. Est-ce qu'elles se sont disputées ? Tous les événements insolites entourant une mort violente peuvent avoir leur importance.

— Je vois, dit Bristow d'un ton sceptique. Mais…
vous savez, ce genre de comportement n'était pas vraiment insolite de la part de Lula. Je vous ai dit qu'elle
pouvait se montrer un peu… un peu égoïste. Ça lui
ressemblerait assez d'avoir pensé qu'une apparition
pour la forme suffirait à contenter cette fille. Ça lui
arrivait souvent de s'enthousiasmer pour quelqu'un,
puis de le laisser tomber. »

De toute évidence, il était très déçu que le détective
eût choisi de suivre cette piste, et celui-ci sentit qu'il
serait de bonne politique de glisser un semblant de jus-
tification des honoraires énormes que son client lui
payait.

« L'autre raison pour laquelle je vous appelle, c'est
pour vous annoncer que demain en début de soirée,
j'ai rendez-vous avec un des officiers de la Brigade
criminelle qui ont couvert l'affaire, un nommé Eric
Wardle. J'espère qu'il me donnera accès au dossier.

— Formidable ! » Bristow semblait impressionné.
« Vous avez fait vite.

— Oui, enfin, j'ai quelques bons contacts à Scotland Yard.

— Alors, vous pourrez obtenir des éclaircissements
au sujet du Coureur ! Vous avez lu mes notes ?

— Oui. Très utiles, dit Strike.

— Je suis aussi en train d'organiser un déjeuner
avec Tansy Bestigui dans le courant de la semaine,
pour que vous puissiez la rencontrer et écouter son
témoignage de vive voix. Quand la date sera fixée, je
passerai un coup de fil à votre secrétaire, d'accord ?

— Parfait. »

Il raccrocha, et se dit qu'employer une secrétaire, même inutile (et même sans pouvoir la payer), avait cet avantage que sa présence donnait aux clients l'impression d'avoir affaire à un vrai professionnel.

Il trouva le foyer St Elmo pour les personnes sans abri un peu au-delà du bruyant pont autoroutier. Édifié à la fin du dix-neuvième siècle, le bâtiment était le cousin pauvre et mal proportionné de la maison de Lula à Mayfair : une façade de brique rouge à parements blancs encrassés ; ni perron de pierre, ni jardin, ni environnement élégant, mais une porte ébréchée s'ouvrant sur la rue ; des encadrements de fenêtres à la peinture écaillée ; et, de manière générale, un air de négligence, de vétusté et d'abandon. Isolé parmi les constructions modernes qui ne cessaient de gagner du terrain, il semblait recroquevillé misérablement sur lui-même, jurant avec le reste du quartier ; situé à quelque vingt mètres du pont, les fenêtres du haut donnaient sur le parapet en béton et la circulation incessante de l'autoroute. À tous les coups, c'était un établissement géré par la municipalité : cela se devinait au large interphone carré avec son vilain poussoir en plastique et à la caméra, noire et d'une laideur sans égal, qui était accrochée au linteau, câbles pendants, dans une cage grillagée.

Une fille émaciée avec un bouton sur la lèvre se tenait près de la porte, tirant sur sa cigarette. Appuyée au mur, regardant avec des yeux vides dans la direction du centre commercial à cinq minutes de là, elle portait un chandail d'homme, assez sale, qui flottait sur son corps maigre, et, quand Strike pressa la sonnette, elle posa sur lui un regard calculateur, comme si elle évaluait ses potentialités.

De l'autre côté de la porte, Strike découvrit un petit hall décrépit, au sol carrelé mal lavé et aux murs couverts de lambris abîmés, qui sentait un peu le moisi. À droite et à gauche, deux battants vitrés lui permirent d'entrevoir une salle vide et une autre meublée de quelques chaises dépareillées et d'une table couverte de brochures, au fond de laquelle était suspendue une vieille cible de fléchettes sur un mur criblé de petits trous. En face du détective, le bureau de la réception ressemblait, avec son grillage, à un guichet postal à l'ancienne.

Derrière le bureau, une femme sans âge mâchait du chewing-gum en lisant un journal. Quand Strike s'approcha, elle leva sur lui un regard sans aménité ; mais il prit un air candide pour lui demander s'il pouvait parler à une jeune femme de couleur dont le prénom était quelque chose comme Rachel, et qui avait été une amie de Lula Landry.

« Vous êtes journaliste ?

— Non. L'ami d'un ami.

— Alors, vous devriez savoir comment elle s'appelle, non ?

— Rachel ou Raquel. Quelque chose comme ça. »

Un homme au crâne largement dégarni apparut de profil derrière la femme.

« Je suis détective privé, dit Strike d'une voix plus forte, et le chauve tourna la tête, intéressé. Voici ma carte. J'ai été engagé par le frère de Lula Landry, et j'ai besoin de parler à...

— C'est Rochelle que vous cherchez ? demanda le chauve en s'approchant du grillage. Elle n'est plus là, mon vieux. Elle a quitté le foyer. »

Sa collègue, non sans irritation, lui céda sa place derrière le bureau.

« Quand est-elle partie ?

— Oh, ça fait plusieurs semaines. Peut-être deux mois.

— Vous avez une idée de l'endroit où elle est allée ?

— Aucune. M'est avis qu'elle a dû recommencer à dormir dans la rue. Ça fait pas mal de fois qu'elle vient et qu'elle repart, vous savez... Un caractère difficile, Rochelle. Elle ne va pas très bien dans sa tête. Mais Carry-Ann est peut-être au courant de quelque chose, attendez une seconde. Carry-Ann ! Hé ! Carry-Ann ! »

La fille blafarde au bouton de fièvre entra en plissant les yeux.

« Quoi ?

— Rochelle, tu sais où elle est passée ?

— Pourquoi je saurais où elle est, cette salope ?

— Donc, tu ne l'as pas vue ?

— Non. » Elle se tourna vers Strike. « Z'auriez pas une clope ? »

Il lui en donna une, qu'elle glissa derrière son oreille.

« Elle est toujours dans le coin, parce que Janine l'a vue, dit Carry-Ann. Rochelle lui aurait dit qu'elle a un appart', maintenant. Mais elle ment comme d'hab', cette mytho. Et aussi que Lula Landry lui aurait tout laissé. Mon cul, oui ! » Elle regarda fixement Strike. « Vous lui voulez quoi, à Rochelle ? »

Il était clair qu'elle se demandait s'il y avait de l'argent à se faire dans cette histoire, et si cet argent pourrait atterrir dans sa poche.

« Juste lui poser quelques questions, répondit le détective.

188

— Sur quoi ?

— Sur Lula Landry.

— Ah ouais ? dit Carry-Ann, et elle cligna de ses petits yeux sournois. Lula Landry. Pfff ! Elles étaient pas si copines que ça. Faut pas croire tout ce qu'elle raconte, Rochelle ! Une sale menteuse, je vous dis.

— À quel sujet mentait-elle ? demanda Strike.

— Tout. Elle montrait des fringues en disant que c'était "son amie Lula" qui les lui avait payées, mais à mon avis elle les avait volées.

— Tu exagères, Carry-Ann, dit le chauve. Elles étaient vraiment amies, ajouta-t-il en se tournant vers Strike. Miss Landry passait de temps en temps la prendre en voiture. Forcément, ça causait quelques tensions. »

Et il jeta un regard en coin à Carry-Ann.

« Si ça causait des tensions, moi, j'y suis pour rien ! protesta celle-ci. La Landry, de toute façon, c'était qu'une pouffiasse pétée de thune. Et pas si belle que ça.

— Rochelle m'a dit qu'elle avait une tante à Kilburn, dit le chauve.

— Ouais, sauf qu'elles peuvent pas se voir, grommela la fille.

— Vous avez le nom de la tante ? Son adresse ? » Mais ils secouèrent la tête. « Quel est le nom de famille de Rochelle ?

— Je ne sais pas. Tu le sais, Carry-Ann ? Souvent, nous ne connaissons les pensionnaires que par leur prénom. »

Il n'y avait guère d'autres renseignements à glaner là. Rochelle avait quitté le foyer deux mois plus tôt.

Le chauve savait qu'elle avait fréquenté un service de jour dépendant de l'hôpital St Thomas, mais il ignorait si elle s'y rendait encore.

« Elle a eu des épisodes psychotiques, vous savez ? Elle prend beaucoup de médicaments.

— Elle s'en foutait, que Lula soit morte, dit soudain Carry-Ann. Elle s'en foutait complètement. »

Les deux hommes la regardèrent et elle haussa les épaules, comme quelqu'un qui vient de donner voix à une vérité déplaisante.

« Écoutez, si Rochelle repasse, pourriez-vous lui donner mon nom et mon numéro et lui demander de m'appeler ? »

Strike leur tendit une carte à chacun, qu'ils examinèrent avec intérêt. Il profita de ce que leur attention était distraite pour passer sa main sous la grille, chiper prestement le *News of the World* de la femme au chewing-gum et le glisser sous son bras. Puis il leur dit au revoir d'un ton allègre et ressortit du bâtiment.

C'était un bel après-midi de printemps et la température était douce. Strike marcha d'un pas de promenade jusqu'au pont de Hammersmith, beau et pittoresque sous le ciel clair avec sa structure métallique peinte en vert amande et ses dorures qui brillaient au soleil. Non loin de la rive, un cygne solitaire glissait sur la Tamise. Les boutiques et les bureaux semblaient à des dizaines de kilomètres. Tournant à droite, le détective s'engagea dans l'étroite allée bordée d'un côté par le fleuve et, de l'autre, par une rangée de maisons à balcon ou aux façades couvertes de glycine.

Au Blue Anchor, il commanda une pinte de blonde et s'assit en terrasse, sur un banc en face de l'eau, dos au mur blanc et aux fenêtres encadrées de bleu pimpant. Puis il alluma une cigarette et ouvrit le journal à la page 4, où une photo en couleurs d'Evan Duffield (tête baissée, gros bouquet de fleurs à la main, dans un long manteau noir dont les pans claquaient derrière lui) était surmontée de la manchette : DUFFIELD REND VISITE À LA MÈRE DE LULA SUR SON LIT DE MORT.

Le contenu de l'article était assez anodin et ne faisait que développer le titre. Le trait de khôl sous les yeux et le manteau claquant au vent, l'expression planante et vaguement hantée, rappelaient l'autre photo, celle qui montrait Duffield dans le cortège funèbre. Les quelques lignes imprimées sous le cliché parlaient de « l'acteur-musicien tourmenté Evan Duffield ».

Le portable de Strike vibra et il le tira de sa poche. C'était un texto d'un numéro qu'il ne connaissait pas.

News of the World page 4 : Evan Duffield. Bonne journée. Robin.

Il sourit à l'écran, puis remit l'appareil dans sa poche. Le soleil lui chauffait la tête et les épaules, des mouettes criaient et tournoyaient dans le ciel, et Strike, heureux de savoir qu'il n'avait plus rien à faire aujourd'hui et qu'on ne l'attendait nulle part, entreprit de lire le journal d'un bout à l'autre en sirotant sa pinte de bière fraîche.

10

Debout dans le métro bondé sur la ligne Bakerloo, Robin était secouée au milieu des autres banlieusards, qui arboraient tous la mine renfrognée des lundis matin. Elle sentit son portable vibrer et le tira avec difficulté de la poche de son trench-coat, le coude désagréablement enfoncé dans une partie flasque et indéterminée du corps de l'homme à la mauvaise haleine qui se balançait à côté d'elle. Quand elle vit que le texto venait de Strike, elle se sentit un instant presque aussi excitée que la veille, quand elle avait vu l'article sur Duffield dans le journal. Puis elle lut :

Absent pour la journée. Clef derrière la chasse d'eau. Strike.

Elle ne remit pas l'appareil dans sa poche et le garda dans sa main gauche tandis que le wagon tressautait sur ses rails en traversant des tunnels plongés dans l'obscurité. Détournant la tête de son malodorant voisin, elle remâcha sa déception. La veille, Matthew l'avait emmenée déjeuner avec quelques amis de l'université dans son bar-restaurant préféré, le Wind-mill on the Common, en bordure du parc de Clapham. Quand elle avait aperçu la photo d'Evan Duffield sur un exemplaire ouvert du *News of the World* à une table voisine, elle s'était vaguement excusée et, en plein milieu d'une histoire que racontait Matthew, précipi-tée dehors pour envoyer un message à Strike.

De retour à l'appartement, le jeune homme lui avait reproché son impolitesse, d'autant plus caractérisée qu'elle n'avait même pas pris la peine d'expliquer pour quelle raison elle était sortie en trombe et avait affiché un air de mystère ridicule.

Robin serra plus fort la poignée au-dessus de sa tête, et, tandis que le métro ralentissait brusquement et que son gros voisin lui tombait presque dessus, elle se sen-tit un peu folle, mais aussi fâchée contre les deux hommes, en particulier le détective qui, de toute évi-dence, ne s'intéressait pas aux démarches insolites de l'ex-fiancé de Lula Landry.

Après avoir contourné le bruyant chantier d'Oxford Street et celui de Denmark Street, monté l'escalier en métal et trouvé la clef derrière la chasse d'eau, puis essuyé une nouvelle rebuffade de la part d'une employée au ton condescendant des bureaux de Fred-die Bestigui, Robin se sentait de fort mauvaise humeur.

Sans le savoir, Strike passait au même instant devant le théâtre du moment le plus romantique de la vie de sa secrétaire. Les marches sous la statue d'Éros grouil-laient ce matin d'adolescents italiens, que le détective observa un instant avant de se diriger plus au sud, vers Glasshouse Street, parmi les bars de nuit et les boîtes de Soho.

L'entrée du Barrack's, le night-club à la mode qui avait tellement plu à Deeby Macc qu'il y était resté jusqu'au petit matin dès son arrivée de Los Angeles, n'était qu'à cinq minutes à pied de Piccadilly Circus. La façade semblait faite de béton industriel et le nom apparaissait en lettres noires brillantes, disposées à la verticale. La boîte comportait quatre étages, et, comme Strike l'avait prévu, sa porte était surmontée de caméras de surveillance dont le champ, supposa-t-il, devait englober la plus grande partie de la rue. Il contourna le bâtiment, remarquant les issues de secours et mémorisant un plan approximatif des alentours.

Après une nouvelle séance de recherches sur Internet la veille au soir, Strike pensait à peu près tout savoir de l'intérêt publiquement déclaré de Deeby Macc pour Lula Landry. Le rappeur avait mentionné le nom du top model dans trois de ses chansons, sur deux albums différents, et, dans plusieurs interviews, parlé de Lula comme de la femme idéale, en l'appelant son « âme sœur ». Difficile de savoir dans quelle mesure il fallait prendre au sérieux ces propos passionnés. Il fallait compter, dans les entretiens de presse que Strike avait parcourus, avec le sens de l'humour du musicien californien (du genre finaud et pince-sans-rire), et aussi l'espèce de crainte respectueuse qu'il semblait inspirer à tous ceux qui l'interviewaient.

Ancien membre d'un gang bien connu, emprisonné deux fois pour des délits liés à la drogue et à l'usage d'armes à feu, le rappeur était maintenant multimillionnaire, car, à côté de sa carrière musicale, il était à la tête de plusieurs entreprises extrêmement lucratives. Nul doute que la presse avait été « excitée », pour reprendre le terme de Robin, quand des fuites avaient révélé que sa maison de disques lui avait loué un appartement juste en dessous de celui de Lula. On avait furieusement spéculé sur ce qui pourrait se passer quand Deeby ne serait plus séparé que par un plafond de celle qu'il décrivait comme la femme de ses rêves, et sur les conséquences possibles de sa présence sur la relation explosive entre celle-ci et Duffield. Ces conjectures avaient été épicées de commentaires, certainement imaginaires, des amis de l'une et de l'autre : « Il lui a déjà téléphoné pour l'inviter à dîner », « Elle lui prépare une petite fête chez elle pour son arrivée à Londres », et ainsi de suite. Ces commérages avaient presque éclipsé les protestations outragées de divers éditorialistes, qui trouvaient scandaleux que Macc, condamné à deux reprises et dont les textes (estimaient-ils) glorifiaient le passé criminel, eût été autorisé à fouler le sol britannique.

Quand il eut décidé que les rues entourant le Barrack's n'avaient rien de plus à lui dire, Strike continua de déambuler dans le quartier, remarquant les lignes jaunes le long des trottoirs et les restrictions de stationnement le vendredi soir, ainsi que les établissements du voisinage qui étaient eux aussi équipés de caméras. Ayant noté tous ces détails, il jugea qu'il avait mérité un bon thé et un sandwich (à mettre sur sa note de frais), qu'il dégusta dans un petit bistrot en feuilletant un exemplaire abandonné du *Daily Mail*.

Il venait de commander un autre thé et lisait un compte rendu de la gaffe du Premier Ministre, qui avait traité une électrice âgée de « vieille taupe » sans se rendre compte que son micro était encore branché, quand son portable sonna.

Une semaine plus tôt, Strike avait laissé sa messagerie prendre les appels de son intérimaire, mais cette fois il répondit.

« Ça va, Robin ?

— Très bien. J'ai quelques messages pour vous.

— Allez-y, je suis prêt à tout, dit Strike en prenant son stylo.

— Alison Cresswell vient d'appeler. La secrétaire de John Bristow. Il a réservé une table au Cipriani pour demain à treize heures pour vous présenter Tansy Bestigui.

— Parfait.

— J'ai encore essayé la société de Freddie Bestigui. Mes appels commencent à les énerver. Ils me disent qu'il est à Los Angeles, mais j'ai de nouveau demandé qu'il vous rappelle.

— Bien.

— Il y a aussi Peter Gillespie, qui a retéléphoné il y a une heure.

— Hmm…, marmonna Strike.

— Il dit que c'est urgent. Qu'il attend votre appel le plus vite possible. »

Strike songea à lui demander de rappeler Gillespie elle-même, pour lui dire d'aller se faire foutre.

« OK, j'y penserai. Dites, vous pourriez m'envoyer par texto l'adresse d'une boîte de nuit qui s'appelle le Magnum ?

— Oui, bien sûr.

— Si possible, trouvez-moi aussi le numéro d'un nommé Guy Somé. C'est un couturier ami de Lula.

196

— Je m'en occupe, dit Robin.

— Demandez-lui s'il est d'accord pour me rencontrer. Dites-lui qui je suis et pour qui je travaille.

— Bon. »

Strike sentit une certaine froideur dans la voix de la jeune femme. Il réfléchit quelques secondes et se dit qu'il en devinait probablement la raison.

« À propos, merci pour votre message d'hier, reprit-il. Pardon de ne pas vous avoir répondu. Là où j'étais, ç'aurait été bizarre que je commence à taper un texto. Mais vous pourriez passer un coup de fil à Nigel Clements, l'agent de Duffield, et lui demander un rendez-vous. Vous voulez bien ? »

La rancune de Robin se dissipa aussitôt, comme il le souhaitait, et quand elle répondit sa voix était beaucoup plus chaleureuse, presque excitée.

« Mais Duffield ne peut pas avoir tué Lula, n'est-ce pas ? Il avait un alibi en béton armé !

— C'est ce que nous verrons, dit Strike d'un ton qui se voulait sinistre. Dites, Robin, si une autre menace de mort arrive au courrier... parce que en général, je les reçois le lundi...

— Oui ? dit-elle.

— Classez-la avec les autres. »

Il ne pouvait en être sûr, et ce n'était pas vraisemblable tant elle lui paraissait bien élevée et presque collet monté, mais il eut l'impression qu'en raccrochant elle avait murmuré : « Va te faire mettre. »

Strike consacra le reste de l'après-midi à d'autres tâches préliminaires, ennuyeuses mais nécessaires. Quand il eut reçu le texto de Robin avec l'adresse demandée, il visita son second night-club de la journée, le Magnum, cette fois au cœur de South Kensington. Le contraste avec le Barrack's n'aurait pu être plus marqué : la discrète entrée de l'établissement aurait pu passer pour celle d'une élégante maison particulière. Là aussi, des caméras de surveillance surmontaient la porte. Strike prit ensuite un bus qui le conduisit à Charles Street, où il était à peu près sûr que demeurait Guy Somé, et emprunta la route qui lui semblait la plus directe entre l'adresse du couturier et la rue où Lula Landry était morte.

Vers la fin de l'après-midi, sa jambe lui faisait très mal et il fit une pause pour se reposer et manger un autre sandwich avant de se diriger vers le Feathers, près de Scotland Yard, où il avait rendez-vous avec le sergent Eric Wardle.

C'était un autre pub au décor victorien, mais celui-ci avait d'immenses fenêtres qui s'élevaient presque jusqu'au plafond et donnaient sur un bâtiment des années vingt, décoré de statues en pierre de Jacob Epstein. La plus proche était juchée au-dessus de la porte et semblait regarder à l'intérieur du pub : un dieu à l'air farouche, qu'embrassait un enfant au corps bizarrement cambré pour mettre en valeur ses parties génitales. Le temps avait érodé ce que cette vision pouvait avoir de choquant.

Des flippers cliquetaient, sonnaient et projetaient des éclairs de couleurs vives, le téléviseur à écran plasma accroché au mur montrait un match entre Chelsea et West Bromwich Albion, sans le son, et la voix d'Amy Winehouse râlait et gémissait en fond sonore. Les noms des bières étaient peints sur le mur crème derrière le long comptoir, face à un escalier en bois sombre, aux marches incurvées et à la rampe en cuivre soigneusement astiquée, qui montait au premier étage.

Strike dut attendre pour être servi, ce qui lui donna le temps de regarder autour de lui. Le pub était rempli d'hommes dont la plupart avaient les cheveux coupés très court, dans le style militaire ; mais un trio de filles bronzées se tenait debout autour d'une table haute, rejetant en arrière leur chevelure raide et peroxydée, se balançant dans leurs robes trop courtes et chancelant à chaque mouvement sur leurs dix centimètres de talons. Elles faisaient semblant de ne pas avoir remarqué que le seul buveur solitaire, un beau gars en blouson de cuir assis sur un haut tabouret, les observait et les détaillait avec un œil exercé. Strike commanda une Doom Bar au barman, puis, son verre à la main, s'approcha de cet expert en sex-appeal féminin.

« Cormoran Strike », se présenta-t-il en arrivant à sa table.

Wardle avait le genre de cheveux doucement ondulés qui faisaient l'envie de Strike.

« Oui, je pensais bien que c'était vous, dit le policier en lui serrant la main. Anstis m'a prévenu que vous étiez un grand costaud. »

Strike tira un tabouret à lui et Wardle demanda sans préambule :

« Alors, qu'est-ce que vous m'apportez comme infos ?

— Un type s'est fait tuer d'un coup de couteau à la gorge du côté d'Ealing Broadway, à la fin du mois dernier. Un nommé Liam Yates. Un de vos indics, pas vrai ?

— Oui, il a eu la carotide sectionnée. Mais nous savons déjà qui a fait ça, dit Wardle avec un sourire condescendant. Comme tous les truands de Londres et de sa banlieue. Si c'est tout ce que vous avez à m'offrir…

— Hmm… Vous savez peut-être qui c'est, mais vous ne savez pas où il se planque. Je me trompe ? »

Avec un nouveau coup d'œil aux trois donzelles faussement indifférentes, Wardle tira un calepin de sa poche.

« Je vous écoute.

— J'ai entendu parler d'une fille qui travaille pour un bookmaker de Hackney Road, une certaine Sheila Holland. La boutique s'appelle Betbusters. Elle habite à deux rues de là et, en ce moment, elle héberge un hôte un peu indésirable. Le type s'appelle Brett Fearney. Il a vécu quelque temps avec sa sœur, et il la battait. Apparemment, ce n'est pas le genre de client à qui on dit non quand il vous demande un service.

— Vous avez l'adresse complète ? demanda Wardle en écrivant rapidement dans son calepin.

— Je vous ai déjà donné le nom de la fille et assez d'indications pour vous repérer dans le quartier. À vous de faire votre boulot.

— Vous m'avez dit que vous le teniez d'où, ce tuyau ? »

Wardle prenait toujours des notes sur son calepin posé sur son genou.

« Je ne vous l'ai pas dit, répondit tranquillement Strike en sirotant sa bière.

— Si je comprends bien, vous avez des amis intéressants ?

— Très intéressants. Maintenant, dans un esprit d'équité... »

Le jeune sergent, remettant son calepin dans sa poche, partit d'un petit rire méfiant.

« Hé là ! C'est peut-être une vaste blague, votre info ! se récria-t-il.

— Mais ça ne l'est pas. Soyez sport, Wardle. »

Le policier regarda Strike quelques secondes, apparemment partagé entre l'amusement et la suspicion.

« Qu'est-ce que vous cherchez ?

— Je vous l'ai dit au téléphone. Ce que les initiés savent de l'affaire Lula Landry.

— Vous n'avez pas lu les journaux ?

— J'ai parlé de ce que savent les initiés, insista Strike. Mon client pense que sa mort n'est pas claire.

— J'imagine que c'est un tabloïd qui vous a engagé ?

— Non, dit Strike. Son frère.

— John Bristow ? »

Wardle but une longue gorgée de sa pinte, les yeux fixés sur le haut des cuisses de la fille la plus proche. Son alliance reflétait la lumière rouge d'un des flippers.

« Il fait toujours une fixette sur les vidéos ?

— Il m'en a parlé, reconnut Strike.

— Nous avons essayé de les retrouver, ces deux Blacks. Nous avons lancé un appel. Mais ils ne se sont pas montrés. Pas étonnant : l'alarme d'une bagnole s'est déclenchée juste à l'heure où ils passaient devant, ou essayaient de forcer la portière. Une Maserati. Plutôt tentante.

— Des voleurs de voitures, alors ?

— Je ne dis pas qu'ils étaient dans le coin pour ça, mais ils ont pu avoir envie de saisir une bonne occasion en la voyant garée là. Faut être con pour laisser une Maserati garée dans la rue, non ? En tout cas, il était deux heures du matin, il gelait à pierre fendre, et je ne vois pas beaucoup de raisons innocentes pour que deux types aient rendez-vous à une heure pareille dans une rue de Mayfair, alors que d'après nos recherches ni l'un ni l'autre n'habitait le quartier.

— Aucune idée d'où ils venaient ? Ni de là où ils sont allés ensuite ?

— Nous sommes à peu près sûrs que celui qui obsède Bristow – celui qui marchait vers l'immeuble de sa sœur juste avant qu'elle se jette du balcon – est monté à bord du bus de nuit 38 à l'arrêt de Wilton Street, à onze heures dix-huit minutes. Impossible de dire ce qu'il a fait jusqu'au moment où il est passé devant la caméra de Bellamy Road, deux heures un quart plus tard. Il est repassé devant environ dix minutes après la mort de Lula, il a remonté Bellamy Road en courant comme un dératé et il a probablement tourné à droite dans Weldon Street. Une autre caméra a filmé un type qui correspond à peu près à sa description – grand, black, avec une capuche et une écharpe devant le visage – en bas de Theobold Road, environ vingt minutes plus tard.

— Il a dû courir très vite pour atteindre Theobold Road en vingt minutes, observa Strike. C'est du côté de Clerkenwell, non ? Donc, à trois bons kilomètres de là. Et les trottoirs étaient verglacés.

— Oui, bon, ce n'était peut-être pas lui. La vidéo était merdique. Bristow trouvait très suspect qu'il ait le visage couvert, mais il faisait moins dix cette nuit-là. Moi, j'ai même mis un passe-montagne pour sortir bosser ! De toute façon, qu'il s'agisse du même type ou non, personne n'est venu dire qu'il l'avait reconnu.

— Et l'autre ?

— Il a filé par Halliwell Street, à peu près deux cents mètres après le croisement. Aucune idée de ce qu'il a fait ensuite.

— Ni de l'heure à laquelle il est arrivé dans le quartier ?

— Il pouvait venir de n'importe où. Il n'apparaît sur aucune autre vidéo.

— Je croyais qu'il y avait dix mille caméras dans l'agglomération de Londres. Je me trompe ?

— Non, mais il n'y en a pas encore partout. Les caméras ne répondent pas à tous nos problèmes, sauf si elles sont entretenues et qu'il y a assez de personnel pour faire des recoupements. Celle de Garriman Street était en panne, et il n'y en a ni dans Meadowfield Road ni dans Hartley Street. Vous êtes comme tout le monde, Strike : vous gueulez contre Big Brother quand vous avez dit à madame que vous aviez une réunion alors que vous passez la soirée dans une boîte de strip, mais vous voulez une surveillance vingt-quatre heures sur vingt-quatre quand il y a des cambriolages dans votre quartier. On ne peut pas tout avoir.

— Oh, moi, je ne veux rien, dit Strike. Je vous demande seulement ce que vous savez sur le Coureur numéro deux.

— Emmitouflé jusqu'aux yeux, comme son copain. On ne voyait que ses mains. Si j'avais été à sa place et que j'avais tenté de voler la Maserati, je me serais planqué dans un bar en attendant de ressortir discrètement au milieu d'un groupe. Il y en a un qui s'appelle le Bojo, dans Halliwell Street, toujours plein à craquer le vendredi soir. Il n'avait qu'à y entrer pour se fondre parmi les clients. Nous avons vérifié, ajouta Wardle, prévenant la question de Strike. Personne n'a reconnu le gars de la vidéo. »

Pendant quelques instants, ils burent leur bière en silence. Puis :

« Même si nous les avions retrouvés, reprit Wardle en reposant son verre, tout ce que nous aurions pu en tirer, c'est un témoignage oculaire de Lula en train de sauter. Dans l'appart', on n'a relevé aucun ADN étranger. Aucune trace d'un intrus.

— Ce ne sont pas seulement les vidéos qui ont donné des idées à Bristow, dit le détective. Il a aussi discuté avec Tansy Bestigui.

— Ne me parlez pas de Tansy Bestigui, grommela Wardle avec irritation.

— Il faut bien que je vous en parle, parce que mon client pense qu'elle dit la vérité.

— Elle n'en démord pas, hein ? Si vous voulez, je vais vous dire ce que j'en pense, de Mrs Bestigui.

— Je vous écoute, dit Strike, une main autour de son verre.

— Carver et moi, nous sommes arrivés sur les lieux vingt ou vingt-cinq minutes après la mort de Landry. Deux gardiens en uniforme étaient déjà dans l'immeuble. Quand nous avons vu Tansy Bestigui, elle était encore en pleine crise d'hystérie. Elle tremblait, elle bégayait, elle braillait qu'il y avait un assassin dans la maison. Son histoire, c'était qu'elle s'était levée à deux heures du matin, juste pour aller aux toilettes, qu'elle avait entendu des cris deux étages au-dessus et qu'elle avait vu Lula tomber devant sa fenêtre.

« Sauf que dans cette baraque, toutes les fenêtres ont un triple vitrage, pour le chauffage l'hiver et l'air conditionné l'été, et pour qu'on n'entende pas le bruit des gens du commun. Quand nous avons pris sa déposition, la rue grouillait de curieux et de voitures de patrouille, mais personne ne s'en serait aperçu s'il n'y avait pas eu la lumière des gyrophares. Franchement, malgré tout ce raffut, on se serait cru à l'intérieur d'une pyramide !

« Alors, je lui ai demandé : "Vous êtes sûre que vous avez entendu crier, Mrs Bestigui ? Parce que votre appartement est rudement bien insonorisé." Mais rien à faire, elle s'est entêtée et elle m'a répondu qu'elle avait même parfaitement distingué ce qui se disait au-dessus. Selon elle, Lula a crié quelque chose comme "C'est trop tard !" et l'homme l'a traitée de "sale menteuse". Des hallucinations auditives, on appelle ça. Quand on a sniffé tellement de coke qu'on a le cerveau qui vous dégouline par le nez, on finit par entendre des choses, vous savez ? »

Il but une autre longue gorgée de bière.

« En tout cas, nous avons prouvé sans l'ombre d'un doute qu'elle n'avait rien pu entendre. Le lendemain, les Bestigui se sont réfugiés chez des amis pour échapper à la presse et nous avons posté quelques-uns de nos gars chez eux, et un autre sur le balcon du troisième, en lui demandant de hurler aussi fort qu'il pouvait. Ceux du premier n'ont pas entendu un mot ! Pourtant, je vous assure qu'ils ont tendu l'oreille.

« Mais pendant que nous prouvions qu'elle avait raconté des bobards, Mrs Bestigui téléphonait à la moitié de Londres pour dire à qui voulait l'entendre qu'elle était le seul témoin du meurtre de Lula Landry. La presse avait déjà mordu à l'hameçon, parce que les voisins avaient rapporté qu'ils l'avaient entendue crier à l'assassin. Les journaux avaient jugé et condamné Evan Duffield avant même que nous ayons pu reparler à Mrs Bestigui.

« Quand elle est revenue, nous lui avons fait remarquer qu'elle ne pouvait pas avoir entendu quoi que ce soit, mais elle n'a jamais voulu reconnaître que tout ça se passait dans sa tête. Elle en avait déjà beaucoup trop dit, et tous les paparazzi faisaient le siège devant chez elle comme si elle était Lula Landry ressuscitée. Alors, elle nous a répondu : "Oh, je ne vous l'avais pas dit ? Elles étaient ouvertes. Oui, j'avais ouvert les fenêtres pour faire entrer un peu d'air frais." » Wardle eut un petit rire acerbe, avant d'ajouter : « Par moins dix, et avec cette neige !

— Sans compter qu'elle était en nuisette, si je me souviens bien.

— Oui. On aurait dit un échalas avec deux mandarines attachées, dit Wardle, et son sourire immédiat convainquit Strike que sa plaisanterie n'était pas nouvelle. Nous avons quand même vérifié sa seconde version. Nous avons cherché des empreintes, et naturellement elle ne s'était pas approchée de la fenêtre. Aucune empreinte sur la poignée ou sur le bois. La femme de ménage avait tout astiqué dans la matinée, et elle n'était pas revenue. Puisque les fenêtres étaient fermées et verrouillées quand nous sommes arrivés, il n'y a qu'une conclusion possible : Mrs Bestigui est une menteuse ! »

Wardle finit son verre.

« Je vous en offre une autre ? », proposa Strike.

Et, sans attendre la réponse, il se dirigea vers le bar. Quand il revint, il remarqua le regard curieux du sergent qui s'attardait sur le bas de ses jambes. En d'autres circonstances, il aurait peut-être cogné sa prothèse contre le pied de la table en disant « C'est celle-ci », mais il préféra poser les deux pintes entre eux, avec une assiette de rondelles de saucisson, et reprendre l'entretien là où Wardle s'était interrompu.

« Pourtant, dit-il, Tansy Bestigui a bel et bien dû voir Lula tomber. Wilson affirme avoir entendu un bruit de chute juste avant qu'elle se mette à crier.

— Elle l'a peut-être vue, mais alors elle n'était pas aux toilettes. Elle se faisait une ou deux lignes de coke dans sa salle de bains. Nous en avons trouvé, toute prête à la consommation.

— Elle en a laissé ?

— Oui. Sans doute que le corps qui tombait lui a fait passer son envie.

— La fenêtre est visible par la porte de la salle de bains ?

— Oui. Enfin, tout juste.

— Vous êtes arrivés très vite, n'est-ce pas ?

— Une patrouille était là en huit minutes. Carver et moi, nous sommes arrivés environ un quart d'heure après eux. »

Wardle leva son verre, comme s'il portait un toast à l'efficacité des forces de police.

« J'ai parlé à Wilson, dit Strike. Le gardien.

— Ah oui ? Il n'a pas mal réagi, estima Wardle, non sans un brin de condescendance. On ne peut pas lui en vouloir d'avoir eu la colique. Mais il n'a touché à rien et il a fouillé partout. Oui, il s'est bien débrouillé.

— Ses collègues et lui ont été un peu négligents avec le digicode.

— Comme tout le monde, non ? On a trop de codes et de mots de passe à retenir. Je connais ça.

— Bristow s'interroge sur ce qui a pu se passer pendant le quart d'heure où Wilson est resté enfermé dans les toilettes.

— Nous aussi, pendant cinq minutes, jusqu'à ce que nous ayons la conviction que Mrs Bestigui avait seulement envie de se rendre intéressante.

— Wilson dit que la porte de la piscine n'était pas fermée.

— Exact. Seulement, est-ce qu'il s'explique comment un meurtrier aurait pu s'y cacher sans passer devant lui ? » Il secoua la tête d'un air scandalisé. « Une piscine, vous vous rendez compte ? Et plus grande que celle de mon club de sport. Pour trois personnes ! Et une salle de gym au rez-de-chaussée. Et un parking souterrain. Vous n'avez pas vu les appart' ? Tout a été refait en marbre. On se croirait dans… dans un hôtel cinq étoiles ! »

Il continua de secouer la tête, semblant méditer sur les injustices de ce monde.

« C'est une vie qu'on n'imagine même pas », murmura-t-il.

Le silence s'installa quelques secondes. Puis :

« Je m'intéresse aussi à l'appartement du deuxième, dit Strike.

— Celui de Deeby Macc ? » Le détective eut la surprise de voir une expression de sincère enthousiasme se peindre sur le visage du policier. « Qu'est-ce que vous voulez savoir ?

— Vous y êtes entré ?

— Oui, j'ai jeté un coup d'œil, mais Bryant l'avait déjà fouillé. Vide. Fenêtres verrouillées, alarme en état de marche et branchée.

— Bryant, c'est celui qui a heurté la table et renversé un grand bouquet de roses ? »

Wardle renifla dédaigneusement.

« Ça aussi, on vous en a parlé ? Mr Bestigui n'était pas content. Oh, non. Deux cents roses blanches dans un vase en cristal de la taille d'une poubelle. Apparemment, il avait lu que Deeby Macc exige des roses blanches partout où il va. C'est dans son contrat. Une clause. » Le jeune policier regarda Strike, comme si son silence sous-entendait qu'il ignorait ce mot. « J'aurais cru que vous sauriez ce que c'est », ajouta-t-il avec un peu d'ironie.

Strike ignora cette insinuation. Anstis le décevait.

« Vous avez découvert pourquoi Bestigui avait envoyé ces roses ?

— Oh, juste une façon de cirer les pompes de Deeby. Je suppose qu'il voulait le faire tourner dans un film. Mais il a piqué une sacrée colère quand il a su que Bryant avait renversé le bouquet. Il s'est mis à gueuler comme un âne.

— Personne n'a trouvé bizarre qu'il fasse toute une

histoire pour des fleurs alors que sa voisine gisait près du caniveau avec la tête écrasée ?

— Pfff ! C'est un sale con, ce Bestigui, dit Wardle avec conviction. Il a l'habitude que tout le monde se mette au garde-à-vous dès qu'il ouvre la bouche, vous comprenez ? D'ailleurs, il a essayé de nous traiter comme des larbins, mais il a vite compris qu'il ferait mieux de changer de ton.

« Mais s'il faisait tant de bruit, ce n'était pas vraiment à cause des roses. Je crois qu'il voulait surtout couvrir la voix de sa femme, lui donner le temps de se reprendre. Il n'arrêtait pas de se planter entre elle et tous ceux qui s'approchaient pour lui poser des questions. Lui aussi, c'est un costaud.

— Qu'est-ce qui l'inquiétait ?

— Plus elle continuait à crier comme un putois, en tremblant des pieds à la tête, plus il devenait évident qu'elle était défoncée. Il devait se douter qu'elle avait laissé de la coke traîner dans l'appartement. Ça n'a pas dû lui faire plaisir que la police fouille la maison. Alors, il a essayé de distraire tout le monde en faisant un scandale pour sa foutue composition florale à cinq cents livres.

« J'ai lu quelque part qu'ils sont en instance de divorce. Pas étonnant. Il a l'habitude que la presse marche sur des œufs quand il s'agit de lui, parce qu'il est du genre à intenter des procès pour tout et n'importe quoi, et il n'a sûrement pas apprécié d'attirer l'attention des journaux à scandale à cause des boniments de sa femme. Son passé n'est pas tout blanc, et les gazettes en ont fait leurs choux gras tant qu'elles ont pu. Elles ont ressorti de vieilles histoires d'assiettes jetées à la figure des garçons de restaurant et de coups de poing dans la gueule des subordonnés. On a dit qu'il avait payé une somme énorme à sa femme précédente pour qu'elle arrête de parler de leur vie sexuelle au tribunal. Mais tout le monde sait que c'est une brute.

— Et comme suspect, il ne vous plaisait pas ?

— Oh, si, il nous plaisait beaucoup ! Il était sur les lieux et il a cette solide réputation de violence. Seulement, ça ne collait pas. Si sa femme savait qu'il avait tué Lula, ou du moins qu'il était sorti de l'appartement au moment où elle est tombée, je suis sûr qu'elle nous l'aurait dit, parce qu'elle ne se contrôlait plus. Mais elle nous a affirmé qu'il était au lit. Nous sommes allés voir dans la chambre : les draps étaient froissés, on voyait bien qu'on avait dormi dedans.

« Et puis, même en imaginant qu'il ait réussi à monter chez Lula sans que Tansy s'en aperçoive, le problème reste entier, parce que en redescendant il aurait forcément croisé Wilson dans l'escalier. Il n'a pas pris l'ascenseur, puisque la cabine n'a pas bougé du troisième.

— Donc, il n'a pas pu la tuer faute de temps ? »

Wardle hésita.

« Hmm… C'est quand même possible, reconnut-il. Tout juste. Mais il faudrait supposer que Bestigui se déplace plus vite que la plupart des hommes de son âge et de son poids, et qu'il a dévalé l'escalier aussitôt après l'avoir balancée du balcon. Reste qu'on n'a pas trouvé son ADN sur les lieux. Et aussi une autre petite question : pourquoi Lula l'aurait-elle laissé entrer ? Tous ses amis sont d'accord : elle le détestait. De toute façon, conclut Wardle en finissant sa bière,

Bestigui est plutôt du genre à engager un tueur s'il voulait la mort de quelqu'un. Un type comme lui ne se salit pas les mains. »

Strike baissa les yeux sur le verre vide.

« Une dernière ? », proposa-t-il.

Wardle regarda sa montre.

« C'est mon tour », dit-il.

Il se dirigea vers le bar, et les trois filles court-vêtues se turent pour le regarder passer avec convoitise. En revenant, il leur adressa un petit sourire en coin et elles le suivirent des yeux jusqu'à ce qu'il eût regagné son tabouret.

« Qu'est-ce que vous pensez de Wilson comme tueur possible ? lui demanda le détective.

— Wilson ? Je n'y crois pas. Il n'aurait jamais pu monter et redescendre assez vite pour que Tansy Bestigui le trouve dans le hall. Remarquez, son CV raconte un peu n'importe quoi. Il s'est fait embaucher en se faisant passer pour un ancien flic, mais c'est du pipeau.

Intéressant. Qu'est-ce qu'il faisait avant ?

Videur de boîte, vigile dans les grandes surfaces, ce genre de chose. Il a reconnu qu'il s'était inventé une carrière de flic pour décrocher son premier job de gardien, il y a une dizaine d'années, et qu'il avait laissé cette histoire sur son CV.

— Apparemment, il aimait bien Lula.

— Oui. Il est plus vieux qu'il n'en a l'air, ajouta Wardle. Vous saviez qu'il est déjà grand-père ? Quand les Blacks vieillissent, ça se voit moins, vous ne trouvez pas ? Je ne l'aurais pas cru beaucoup plus âgé que vous. »

Strike se demanda quel âge le jeune sergent lui donnait.

« La Scientifique a inspecté l'appartement ?

— Oui, mais seulement parce que la hiérarchie ne voulait laisser planer aucun doute. Au bout de vingt-quatre heures, nous savions que c'était un suicide. Mais nous en avons fait plus qu'il n'était nécessaire, parce que le monde entier nous regardait. »

Il parlait avec une fierté mal déguisée.

« La femme de ménage avait fait le grand nettoyage, poursuivit-il. Une Polonaise joliment bien roulée, qui parle un anglais de merde, mais qui fait la chasse au moindre grain de poussière. Donc, les empreintes laissées dans la journée étaient faciles à relever. Rien d'anormal.

— Il y avait celles de Wilson, je suppose ? Il avait fouillé l'appartement.

— Oui, mais aucune dans des endroits suspects.

— Donc, pour autant que vous sachiez, il n'y avait que trois personnes dans l'immeuble à part Lula. Deeby Macc aurait dû être là, mais…

— … il est allé tout droit de l'aéroport à une boîte de Soho, exact. » De nouveau, un grand sourire apparemment involontaire éclaira le visage de Wardle. « Je suis allé lui parler au Claridge le lendemain de la mort de Lula. Un vrai colosse. Comme vous, dit-il avec un regard pour le torse massif de Strike, sauf qu'il travaille sa musculature. » Strike encaissa le coup sans broncher. « Un vrai physique d'ex-gangster. Il a fait plusieurs fois de la taule à Los Angeles. On a même failli lui refuser son visa pour entrer au Royaume-Uni.

« Il avait toute une armée de gorilles autour de lui. Des armoires à glace avec des bagues à tous les doigts et des tatouages sur le cou. Mais c'est lui le plus baraqué. On doit avoir les jetons si on le rencontre au coin d'un bois, Deeby ! Mais cent fois plus poli que Bestigui. Il m'a demandé comment c'était possible de faire un boulot comme le mien sans porter une arme. »

Le jeune flic rayonnait, et Strike en tira la conclusion que le sergent Eric Wardle, de la Brigade criminelle, avait en présence de sa star préférée le même cœur de midinette que Kieran Kolovas-Jones.

« L'entretien n'a pas été long, puisqu'il n'avait pas mis les pieds dans Kentigern Gardens. Quelques questions de routine. À la fin, je lui ai demandé de me signer son dernier CD, ajouta Wardle comme s'il ne pouvait s'en empêcher. Il était tout content, vous savez ? Ma femme voulait le mettre aux enchères sur eBay, mais moi, je préfère le… »

Le policier s'interrompit, comme s'il prenait conscience de s'être un peu trop livré. Amusé, Strike mâchonna une rondelle de saucisson.

« Et Evan Duffield ? demanda-t-il.

— Oh, lui… » La poussière d'étoiles qui brillait dans les yeux de Wardle quelques instants plus tôt avait disparu, et il fronça les sourcils. « Un petit junkie minable. Il nous a baladés du début à la fin. Le lendemain de la mort de Lula, il était déjà planqué dans un centre de désintox.

— J'ai lu ça. Où est-il allé ?

— Au Priory, où voulez-vous qu'il aille ? On ne fait pas plus chic.

— Alors, quand l'avez-vous interrogé ?

214

— Quand nous avons pu lui mettre le grappin dessus ! Son entourage nous faisait barrage. Même chose que pour les Bestigui : ils ne voulaient pas qu'on sache où il s'était tiré. » Il fronça plus fort les sourcils. « Dire que ma femme le trouve sexy ! Vous êtes marié ?

— Non, dit Strike.

— Pourtant, Anstis m'a dit que vous aviez quitté l'armée pour épouser une nana de la haute qui est belle à tomber par terre. »

Le détective préféra changer de sujet.

« Qu'est-ce qu'il vous a dit, Duffield, quand vous l'avez retrouvé ?

— Dans cette boîte, le Magnum, Lula et lui s'étaient méchamment engueulés. Nous avons plusieurs témoins. Elle est partie, et il raconte qu'il est parti aussi, cinq minutes après elle, avec son masque de loup à la con. Un truc qui couvre toute la tête, poilu, comme un animal vivant. Il nous a dit qu'un jour on lui avait filé ça pour des photos de mode. »

Wardle ne cherchait pas à dissimuler son mépris.

« Il aime le porter la nuit pour entrer et sortir des boîtes en trompant la vigilance des paparazzi. Quand Lula a quitté le Magnum, il a marché jusqu'à sa voiture – il avait un chauffeur qui l'attendait – et il s'est fait conduire jusque chez elle. Le chauffeur a confirmé. Ou plutôt non, se reprit Wardle. Il confirme qu'il a conduit un homme à tête de loup et qu'il a considéré que c'était Duffield, parce qu'il avait la même taille et la même silhouette que Duffield, qu'il portait des vêtements pareils à ceux de Duffield et qu'il parlait avec la voix de Duffield.

— Il n'a pas enlevé son masque pendant le trajet ?

— Il faut seulement un quart d'heure en voiture pour aller du Magnum à Kentigern Gardens. Non, il ne l'a pas enlevé. À croire qu'il a six ans d'âge mental, ce petit branleur !

« À ce qu'il dit, il a vu les paparazzi massés devant la maison et il a décidé de repartir. Il a dit au chauffeur de l'emmener à Soho, et c'est là qu'il l'a déposé. Duffield a disparu au coin d'une rue pour aller trouver son dealer, dans D'Arblay Street. Il est monté chez lui et il s'est fait un shoot.

— Toujours avec son masque de loup ? demanda Strike.

— Non, il avait fini par l'enlever. Le dealer est un dénommé Whycliff. Un ancien des meilleures écoles, mais encore plus accro que Duffield, si c'est possible. Il nous a déclaré qu'il était arrivé vers deux heures et demie du matin. Il n'y avait qu'eux dans l'appartement, et je mettrais ma main à couper que Whycliff n'hésiterait pas à faire un faux témoignage pour protéger son copain et client, mais une femme au rez-de-chaussée a entendu la sonnette et elle affirme qu'elle a bien vu Duffield dans l'escalier.

« Il dit qu'il est reparti vers quatre heures, de nouveau masqué, et qu'il a marché jusqu'à l'endroit où il pensait retrouver sa voiture. Sauf que le chauffeur était parti sans l'attendre. Il prétend qu'ils s'étaient mal compris. Pour lui, Duffield est un connard, il ne nous l'a pas caché quand nous avons pris sa déposition. Il ne le payait même pas, la voiture était sur le compte de Lula.

« Donc, voilà Duffield dans la rue, et sans un sou en poche. Il dit qu'il a marché jusqu'à la maison de

Ciara Porter, à Notting Hill. Nous avons trouvé des gens qui avaient croisé un homme à tête de loup, dans les bonnes rues, et une caméra l'a filmé en train de quémander une boîte d'allumettes à une pompiste, dans un garage ouvert la nuit.

— On distingue son visage ?

— Non, parce qu'il n'a soulevé son masque que pour s'adresser à cette fille et on ne voit que le museau du loup. Mais elle dit qu'elle a bien reconnu Duffield.

« Il est arrivé chez Ciara vers quatre heures et demie. Elle l'a laissé dormir sur le sofa du salon, et environ une heure plus tard elle a appris la mort de Lula à la radio. Elle l'a réveillé pour lui annoncer la nouvelle. Ensuite, il a filé se réfugier dans sa foutue clinique.

— Vous avez cherché une lettre laissée par Lula ?

— Oui. Rien dans l'appart', rien sur son ordi. Pas étonnant. Si elle s'est tuée en se jetant du balcon, elle a fait ça sans beaucoup réfléchir, pas vrai ? Elle était bipolaire, elle venait de se faire insulter par ce con et ça a fait boum dans sa tête. Si j'ose dire. »

Wardle regarda de nouveau sa montre et but d'un trait le reste de sa pinte.

« Il faut que je me grouille, dit-il. Ma femme va râler, je lui avais dit que j'en avais pour une demi-heure au plus. »

Les filles bronzées étaient parties sans que ni l'un ni l'autre s'en aperçût. Sur le trottoir, tous les deux allumèrent une cigarette.

« C'est emmerdant, cette interdiction de fumer à l'intérieur ! grommela le sergent en remontant la fermeture Éclair de son blouson.

— C'est toujours OK pour notre marché ? »,
demanda Strike.

Sa cigarette entre les lèvres, Wardle enfila une paire
de gants.

« Hmm… Sais pas.

— Restez fair-play, Wardle ! dit Strike en tendant
sa carte au policier, que celui-ci accepta comme si
c'était une carte à jouer. Je vous ai donné Brett Fearney. »

Wardle éclata de rire.

« Minute ! Nous ne l'avons pas encore coffré. »

Il glissa la carte dans sa poche, inhala une bouffée,
souffla la fumée vers le ciel et jeta au détective un
regard où se mêlaient la curiosité et une certaine admiration.

« Bon, d'accord. Si nous chopons Fearney, je vous
passerai le dossier. »

11

« L'agent de Duffield dit que son client ne prend plus aucun appel et n'accorde plus d'interviews en rapport avec la mort de Lula Landry, annonça Robin le lendemain matin. J'ai expliqué que vous n'étiez pas journaliste, mais il n'a rien voulu savoir. Et les employés du bureau de Guy Somé sont encore plus désagréables que ceux de Freddie Bestigui. On aurait cru que je sollicitais une audience avec le pape !

— Bon, dit Strike. Je verrai si je peux le joindre en passant par Bristow. »

C'était la première fois que Robin voyait Strike en costume, et il lui faisait penser à un joueur de rugby en route pour une rencontre internationale : grand, fort et d'une élégance conventionnelle avec sa veste sombre et sa cravate bordeaux rayée de bleu. Il était à genoux et fouillait dans un des cartons rapportés de chez Charlotte. Robin détourna le regard de son bric-à-brac. Ils évitaient toujours toute allusion au fait que Strike vivait dans son bureau.

« Victoire ! », dit-il, découvrant enfin une enveloppe bleu vif parmi une liasse de lettres : l'invitation à l'anniversaire de son neveu. « Et merde, ajouta-t-il en l'ouvrant.

— Quelque chose ne va pas ?

— Ça ne dit pas quel âge il a. Je parle de mon neveu. »

Robin était curieuse d'en savoir plus sur les relations de Strike avec sa famille. Mais faute d'avoir été officiellement informée que son patron avait une ribambelle de demi-frères et de demi-sœurs, un père célèbre et une mère douteuse, elle ravala ses questions et continua d'ouvrir le courrier insignifiant qu'elle avait trouvé sur le paillasson.

Strike se releva, poussa le carton dans un coin et se tourna vers Robin.

« Qu'est-ce que c'est ? demanda-t-il en montrant la photocopie d'un article de presse sur le bureau.

— Je l'ai mis de côté pour vous, dit-elle timidement. Comme vous étiez content que je vous signale le papier sur Evan Duffield, j'ai pensé que celui-ci pourrait vous intéresser, si vous ne l'avez pas encore lu. »

C'était un article sur le producteur de films Freddie Bestigui, paru dans l'*Evening Standard* de la veille.

« Excellent. Je le lirai en allant déjeuner avec sa femme.

— Bientôt ex-femme, observa Robin. On en parle dans l'article. Il n'est pas très heureux en amour, Mr Bestigui.

— D'après ce que Wardle m'a dit, ce n'est pas vraiment le genre d'homme qu'on a envie d'aimer, dit Strike.

— Comment vous y êtes-vous pris pour que ce

policier accepte de vous parler ? », demanda Robin, incapable de refréner sa curiosité.

Elle brûlait d'en savoir plus sur les méthodes de Strike et les progrès de l'enquête.

« Nous avons un ami commun, dit le détective. Un type que j'ai connu en Afghanistan. Officier dans l'armée territoriale.

— Vous êtes allé en Afghanistan ?

— Oui. »

La coupure de l'*Evening Standard* et le carton d'invitation entre les dents, Strike enfilait son pardessus.

« Qu'est-ce que vous êtes allé faire en Afghanistan ?

— Une enquête sur un gradé tué au combat, dit Strike. Police militaire.

— Oh... »

Un passé dans la Police militaire cadrait mal avec l'opinion que Matthew se faisait du détective : un charlatan ou un fainéant.

« Pourquoi êtes-vous parti ?

— Une blessure », dit laconiquement Strike.

Il en avait parlé en termes crus avec Wilson, mais craignait de montrer la même franchise à l'égard de Robin : il imaginait son expression horrifiée et redoutait sa compassion.

« N'oubliez pas de rappeler Peter Gillespie », lui lança la jeune femme en le voyant partir.

Il lut l'article dans le métro entre Tottenham Court Road et Bond Street. Freddie Bestigui avait hérité sa première fortune d'un père qui s'était enrichi dans les transports routiers ; puis il en avait amassé une seconde en produisant des films grand public que la critique sérieuse traitait avec dédain. Bestigui était en procès avec deux journaux qui l'avaient accusé d'attentat à la pudeur envers une jeune employée, dont, semblait-il, il avait acheté le silence. Ces allégations, rapportées avec beaucoup de « présumé » et de « supposé », faisaient état d'avances sexuelles agressives et d'un certain degré de violence physique. Elles se fondaient sur le témoignage d'« une source proche de la victime supposée », celle-ci ayant refusé de porter plainte ou de parler à la presse. Le fait que le producteur était en instance de divorce avec sa plus récente épouse, Tansy, apparaissait dans la conclusion, qui mentionnait au passage que le couple se trouvait dans l'immeuble fatidique la nuit où Lula Landry s'était suicidée. Le lecteur restait sur l'impression étrange que la mésentente conjugale des Bestigui pouvait avoir influencé Lula dans sa décision de mettre fin à ses jours.

Strike n'avait jamais évolué dans le genre de monde qui se donnait rendez-vous au Cipriani. Ce n'est qu'en s'engageant dans Davies Street, le dos chauffé par le soleil de printemps qui éclairait le bâtiment de brique rouge un peu plus loin, qu'il se prit à songer combien il serait bizarre — mais pas invraisemblable — de tomber en entrant sur un de ses demi-frères ou une de ses demi-sœurs. Les déjeuners et les dîners dans ce genre de restaurant faisaient partie de l'existence normale des enfants légitimes de son père. Il n'avait aucune nouvelle d'eux depuis son séjour au Selly Oak Hospital, pour sa rééducation : Gabi et Danni lui avaient envoyé des fleurs et Al était passé lui rendre visite une fois, riant trop fort et sans oser regarder au bout du lit. Après son départ, Charlotte avait imité ses braiments hilares et ses mines gênées. Son ex-compagne était un excellent mime. Personne ne s'attendait à ce qu'une femme aussi belle fût aussi drôle, et pourtant Charlotte l'était.

L'intérieur de l'établissement était de style Art déco, avec un bar et des chaises en bois poli, des nappes jaune pâle sur des tables rondes fleuries et un personnel en veste blanche et nœud papillon. Strike repéra aussitôt son client parmi les convives bavards ; il était assis à une table pour quatre et, à sa surprise, parlait non pas à une mais à deux femmes, aux longs cheveux bruns et brillants. La face de lapin de Bristow exprimait le désir de plaire, ou peut-être d'amadouer ; il parlait vite, avec nervosité.

Dès qu'il aperçut Strike, l'avocat bondit sur ses pieds pour l'accueillir et lui présenta Tansy Bestigui, qui lui tendit une main maigre et froide, sans sourire, et sa sœur Ursula May, qui, elle, ne daigna même pas lui tendre la main. Aussitôt achevés les préliminaires de la distribution des menus et de la commande des boissons, sous la direction d'un Bristow qui, décidément, parlait trop et se montrait fébrile, les deux sœurs soumirent Strike aux regards scrutateurs et impudemment critiques que seuls s'autorisent les membres d'une certaine classe sociale.

Toutes deux étaient aussi lisses, impeccables et immaculées que des poupées à taille humaine fraîchement extraites de leur emballage en cellophane : d'une minceur de femmes riches, presque dépourvues de hanches dans leurs jeans serrés, elles étaient hâlées, luisantes, et presque cireuses (surtout au front), arborant une abondante chevelure sombre divisée par une raie bien droite au milieu, les pointes coupées avec une précision millimétrique.

Quand Strike se décida à lever les yeux de son menu, Tansy lui demanda sans préambule :

« Vous êtes vraiment le fils de Jonny Rokeby ?

— C'est ce que dit l'ADN », répondit-il.

Elle sembla se demander si c'était un trait d'humour ou une insolence. Ses yeux bruns étaient légèrement trop rapprochés, et ni le Botox ni la fausse pulpe des lèvres n'avaient effacé l'âpreté de son expression.

« Écoutez, commença-t-elle d'un ton autoritaire, comme je le disais à John, il n'est pas question que mes propos soient connus du public, compris ? Plus jamais. Je suis prête à vous dire ce que j'ai entendu, parce que je serais ravie que vous prouviez que j'avais raison, mais personne ne doit savoir que je vous ai parlé. »

Le col ouvert de son chemisier en soie révélait un triangle de peau caramel tendu sur son sternum osseux, dont les nodosités étaient assez vilaines à regarder ; mais deux seins bien ronds et bien fermes étaient suspendus à sa cage thoracique comme si elle les avait empruntés pour la journée à une amie plus en chair.

« Nous aurions pu nous donner rendez-vous dans un endroit plus discret, observa Strike.

— Non, c'est très bien, parce que ici personne ne sait qui vous êtes. Vous ne ressemblez pas du tout à votre père, n'est-ce pas ? Je l'ai rencontré l'été dernier chez Elton. Et Freddie le connaît. Vous le voyez souvent ?

— Je l'ai rencontré deux fois.

— Oh… »

Ce monosyllabe contenait un égal mélange de surprise et de dédain.

Tansy Bestigui rappelait à Strike certaines amies de Charlotte : des femmes aux cheveux soyeux, éduquées et habillées à grands frais et plus effarées les unes que les autres par son étrange passion pour un homme aux airs de yeti fatigué. Il les avait pratiquées pendant des années, en personne ou au téléphone, avec leurs inflexions traînantes, leurs maris agents de change et leur dureté impérieuse que Charlotte, malgré ses talents, n'avait jamais pu imiter.

« À mon avis, Tansy ne devrait pas vous parler du tout », dit abruptement Ursula. Son ton et son expression auraient été les mêmes si Strike avait été un serveur venu tout à coup s'asseoir à leur table sans y avoir été convié. Elle se tourna vers sa sœur. « Je pense que tu commets une grosse erreur, Tansy. »

Le visage crispé par l'anxiété, Bristow intervint :

« Ursula, Tansy veut simplement…

— C'est à moi d'en décider, répliqua d'un ton sec Tansy à sa sœur comme si Bristow n'avait pas parlé. Je veux juste répéter ce que j'ai entendu. Tout ce que je dirai restera confidentiel, John l'a promis. »

Il était clair qu'elle aussi rangeait Strike dans la catégorie de la valetaille. Il était agacé non seulement par leur ton, mais aussi par le fait que Bristow faisait des promesses aux témoins sans l'avoir consulté d'abord. Comment les allégations de Tansy, qui ne pouvaient venir que d'elle, auraient-elles pu rester confidentielles ?

Durant quelques instants, tous les quatre parcoururent en silence le menu. Ursula fut la première à reposer le sien. Elle avait déjà bu un verre de vin et s'en servit un autre, sans cesser de regarder avec inquiétude autour d'elle. Ses yeux s'attardèrent une seconde sur une cousine éloignée de la famille royale, puis se posèrent tour à tour sur les trois autres convives.

« Il n'y a pas si longtemps, dit-elle, on croisait ici des gens fabuleux, même au déjeuner. Mais Cyprian ne veut aller qu'au Wiltons, avec tous les autres pingouins...

— Cyprian est votre mari, Mrs May ? », s'enquit Strike.

Il avait compris qu'elle serait piquée s'il osait franchir ce que, de toute évidence, elle considérait comme une frontière invisible entre eux, car elle ne jugeait pas qu'être assis en face d'elle à sa table lui donnât le droit de profiter de sa conversation. Elle fronça les sourcils, et Bristow se hâta de rompre ce silence inconfortable :

« Oui, Ursula est mariée à Cyprian May, notre plus ancien associé.

— Ce qui me vaudra peut-être une ristourne sur les frais de mon divorce, dit Tansy avec un sourire amer.

— Et son ex sera furieux si la presse recommence à se mêler de leur vie à cause d'elle, dit Ursula, ses yeux sombres fixant ceux de Strike. Ils essaient tant bien que mal d'aboutir à un accord, et sa pension alimentaire pourrait être compromise si toute cette histoire refait la une des gazettes. Dans ces conditions, vous seriez bien inspiré de rester discret. »

Avec un sourire neutre, le détective se tourna vers Tansy.

« Donc, Mrs Bestigui, vous aviez un lien avec Lula Landry. Votre beau-frère travaille avec John.

— Nous n'en avons jamais parlé », dit Tansy d'un air ennuyé.

Le maître d'hôtel revint pour prendre la commande. Quand il se fut éloigné, Strike tira de sa poche son carnet et son stylo.

« Qu'est-ce que vous faites ? protesta Tansy, soudain paniquée. Je ne veux aucune trace écrite de ce que je dis ! John ? »

Elle se tourna vers Bristow d'un air outragé, et celui-ci regarda Strike avec une expression penaude.

« Vous pourriez vous contenter d'écouter, Cormoran, et… euh… vous abstenir de prendre des notes ?

— Pas de problème », dit Strike. Il rempocha carnet et stylo et en profita pour poser son portable à côté de son assiette. « Alors, Mrs Bestigui…

— Vous pouvez m'appeler Tansy, dit-elle comme si cette concession compensait son refus de le laisser écrire.

— Merci beaucoup, dit Strike avec un soupçon d'ironie. Vous connaissiez bien Lula ?

— Non, à peine. Elle n'a habité la maison que trois mois. "Bonjour" ou "quelle belle journée", rien de plus. Elle se fichait pas mal de nous, nous n'étions pas assez branchés pour elle. Pour être franche, c'était empoisonnant de l'avoir comme voisine, avec tous ces paparazzi à la porte de jour comme de nuit. J'étais obligée de me remaquiller même pour aller à ma salle de gym.

— Il n'y en a pas dans l'immeuble ?

— Je fais du pilates avec Lindsey Parr, dit Tansy d'une voix irritée. Vous parlez comme Freddie. Il se plaignait toujours que je ne me serve pas des équipements de l'immeuble.

— Et lui, il connaissait bien Lula ?

— Comme moi, à peine, mais ce n'était pas faute d'essayer. Il avait en tête de la faire tourner dans un de ses films, il n'arrêtait pas de l'inviter. Mais elle n'est jamais venue. Il l'a même suivie dans la maison de campagne de Dickie Carbury, le week-end avant sa mort, pendant que j'étais en voyage avec Ursula.

— Tiens ? Je ne savais pas », dit Bristow d'un air étonné.

Strike remarqua la fugace mimique d'Ursula, tournée vers sa sœur ; il eut l'impression qu'elle cherchait un regard complice, mais Tansy ne réagit pas.

« Je ne l'ai appris que plus tard, expliqua celle-ci à Bristow. Freddie s'était procuré une invitation chez Dickie et ils étaient toute une bande : Lula, Evan Duffield, Ciara Porter, toute cette clique de drogués à la mode qu'on voit dans les tabloïds. Freddie devait faire tache au milieu d'eux. Je sais qu'il n'est pas beaucoup plus vieux que Dickie, mais plus les années passent et plus il a l'air d'une ruine humaine, ajouta-t-elle fielleusement.

— Qu'est-ce que votre mari vous a raconté sur ce week-end ?

— Rien. Je ne l'ai su que des semaines plus tard, à cause d'une gaffe de Dickie. Mais je suis sûre que Freddie a essayé d'approcher Lula.

— Vous voulez dire, demanda Strike, qu'il s'intéressait à elle sexuellement, ou…

— Oh, oui, c'est sûr ! Il a toujours eu un faible pour les Noires. Mais ce qui lui plaît, c'est surtout d'avoir des célébrités dans ses films. Il rend fous les metteurs en scène, avec sa manie d'engager des chanteurs ou des mannequins qui ne savent pas jouer la comédie, tout ça pour allécher la presse people. Je suis certaine qu'il lui a proposé un contrat juteux. Et je ne serais pas surprise, poursuivit-elle avec une sagacité inattendue, qu'il ait eu le projet de l'associer à Deeby Macc. Vous imaginez les couvertures des magazines, avec tout le battage qu'il y avait déjà autour d'eux ? Freddie a du génie pour ce genre de coup. Il adore la publicité. Mais seulement pour ses films, parce que autour de lui, il a horreur de ça.

— Il connaît Deeby Macc ?

— Non, à moins qu'ils se soient rencontrés depuis notre séparation. Ils ne s'étaient jamais vus avant la mort de Lula. Ce qu'il pouvait être excité que Macc vienne habiter la maison ! À la minute où il l'a appris, il a parlé de lui trouver un rôle.

— Quel genre de rôle ?

— Je ne sais pas, dit-elle, agacée. N'importe quoi. Macc est une star très commerciale, et Freddie n'allait pas laisser passer cette occasion. Il lui aurait probablement fait écrire un rôle sur mesure, si l'idée l'avait intéressé. Oh, il aurait été sur son dos du matin au soir. Pour le flatter et l'appâter. En lui parlant de sa prétendue grand-mère noire, je suppose. C'est ce qu'il fait toujours, Freddie, quand il rencontre des Blacks célèbres : il leur raconte qu'il a un quart de sang guyanais. Il dirait n'importe quoi.

— Et il n'a pas d'origines guyanaises ? »

Elle eut un petit rire sarcastique.

« Je n'en sais rien, vous croyez que j'ai connu ses grands-parents ? Il aura bientôt cent ans ! Mais je sais qu'il est prêt à inventer tout ce qu'on voudra s'il pense que ça peut lui rapporter du fric.

— Pour autant que vous sachiez, est-ce qu'il en est sorti quelque chose, de cette idée d'associer Lula et Macc dans un film ?

— Oh, je suis sûre que Lula a été flattée qu'il le lui propose. Toutes ces filles meurent d'envie de prouver qu'elles peuvent faire autre chose que poser devant un objectif. Mais elle n'a jamais rien signé, n'est-ce pas, John ?

— Pas que je sache, dit Bristow. Encore que… mais c'était autre chose », marmonna-t-il, des taches roses réapparaissant sur son visage. Il hésita, puis, répondant au regard interrogateur de Strike, déclara : « Mr Bestigui a rendu visite à ma mère il y a deux semaines, sans crier gare. Elle est en phase terminale, et… Enfin, je ne voudrais pas… »

Il se tourna vers Tansy avec une expression gênée.

« Dites ce que vous voulez, ça m'est égal », dit celle-ci avec ce qui ressemblait à une authentique indifférence.

Bristow fit un bruit de succion avec ses lèvres, et sa grimace fit disparaître un instant ses incisives trop longues.

« Il voulait parler à ma mère d'un film sur la vie de Lula, expliqua-t-il. Il a, euh… présenté sa venue comme une démarche courtoise et attentionnée. Comme s'il éprouvait le besoin d'avoir la bénédiction de la famille, son approbation officielle, vous voyez ? Lula était morte depuis à peine trois mois, et… maman a été complètement atterrée. Malheureusement, je n'étais pas là quand il est passé, ajouta Bristow, d'un ton qui donnait à entendre qu'il protégeait la maison de sa mère comme un chien de garde. J'aurais préféré. En un sens, ça m'aurait intéressé de l'écouter. Je veux dire, s'il a des gens qui font des recherches sur le passé de Lula, aussi détestable que soit cette idée, il a pu découvrir quelque chose, non ?

— Quel genre de chose ? interrogea Strike.

— Je ne sais pas. Quelque chose sur sa petite enfance, peut-être. Avant son adoption par mes parents. »

Un serveur arriva avec les entrées, et Strike attendit qu'il se fût éloigné pour demander à l'avocat :

« Vous n'avez pas essayé de parler à Mr Bestigui, pour savoir s'il avait découvert des événements de la vie de Lula que la famille ignorait ?

— Hmm… C'est très problématique, dit Bristow. Quand Tony, mon oncle, a su ce qui s'était passé, il a téléphoné à Mr Bestigui pour lui reprocher d'avoir tourmenté ma mère, et, d'après ce que j'ai su, la conversation a sévèrement dégénéré. Du coup, je doute que Mr Bestigui soit disposé à répondre aux questions d'un autre membre de la famille. Sans compter que c'est notre cabinet qui s'occupe des intérêts de Tansy, maintenant qu'ils divorcent. Même si c'était tout à fait prévisible, bien sûr : nous avons une grande réputation pour ce genre d'affaire, et, puisque Ursula est mariée à Cyprian, il était tout naturel que Tansy s'adresse à nous, mais… ça ne doit pas nous rendre plus sympathiques à Mr Bestigui. »

Bien qu'il n'eût cessé de fixer Bristow pendant qu'il parlait, Strike avait remarqué du coin de l'œil qu'Ursula jetait un autre regard de connivence à sa sœur. Il se demanda ce qui l'amusait. Sans doute cette embellie de son humeur n'était-elle pas sans rapport avec le fait qu'elle en était à son quatrième verre de vin.

Strike finit son entrée et se tourna vers Tansy, qui n'avait presque pas touché à la sienne.

« Depuis combien de temps votre mari et vous viviez-vous au 18, Kentigern Gardens avant l'arrivée de Lula ?

— Environ un an.

— Quelqu'un habitait l'appartement du deuxième quand elle a emménagé ?

— Oui, dit Tansy. Un couple d'Américains avec un petit garçon, mais ils sont repartis aux États-Unis peu de temps après son arrivée. Ensuite, la société qui possède l'immeuble n'a plus trouvé personne. La récession, vous comprenez ? Ils coûtent les yeux de la tête, ces appartements. Donc, il est resté vide jusqu'à ce que la maison de disques de Deeby Macc le loue pour la durée de son séjour. »

Ursula et elle furent un instant distraites par une femme qui passait près de leur table, portant ce qui, aux yeux de Strike, ressemblait à un manteau crocheté par une vieille tante maladroite.

« Un trois-quarts Daumier-Cross, apprécia Ursula en plissant les yeux au-dessus de son verre de vin. Ils ont une liste d'attente d'au moins six mois.

— C'est Pansy Marks-Dillon, dit Tansy. Pas difficile d'être une des femmes les mieux habillées de Londres quand on a un mari qui pèse dans les cinquante millions ! Freddie est l'homme riche le plus radin de la terre. J'étais obligée de lui cacher tous mes trucs neufs, ou de lui raconter que c'était du dégriffé.

— Vous êtes toujours splendide », protesta Bristow, tout rose.

Le serveur s'approcha pour emporter les assiettes.

« De quoi parlions-nous ? demanda Tansy quand il fut reparti. Ah, oui, les appartements. Je vous disais que le 2 avait été loué pour Deeby, mais comme vous savez il n'est jamais venu. Freddie était furieux, parce qu'il lui avait fait livrer des roses pour rien. Vieux pingre.

— Vous connaissez bien Derrick Wilson ? », demanda Strike.

Elle cligna des yeux.

« Oh, vous savez, c'est l'homme de la sécurité, je ne le connais pas. Il a l'air consciencieux. Freddie disait que c'était le meilleur des trois.

— Ah oui ? Pourquoi ? »

Elle haussa les épaules.

« Il faudrait que vous demandiez à Freddie. Et si vous avez envie de tenter votre chance, je vous souhaite bien du plaisir, ajouta-t-elle, parce qu'il vous recevra quand les poules auront des dents !

— Tansy, dit Bristow en se penchant un peu vers elle, si vous racontiez à Cormoran ce que vous avez entendu cette fameuse nuit ? »

Strike aurait préféré qu'il s'abstînt d'intervenir.

« Eh bien, commença Tansy, il était un peu moins de deux heures du matin et je me suis levée parce que j'avais besoin d'un verre d'eau. »

Son ton était neutre et sans expression. Strike remarqua que dès cette petite phrase introductive, elle modifiait le récit qu'elle avait fait à la police.

« Je suis allée boire à la salle de bains, et je

traversais le salon pour retourner me coucher quand j'ai entendu des cris au-dessus. Elle disait : "C'est trop tard, je l'ai déjà fait !" Et un homme répondait : "Tu mens, espèce de salope !" Puis un autre cri inarticulé, et ensuite... eh bien, ensuite, il l'a jetée du haut du balcon. J'étais tournée vers la fenêtre et je l'ai vue tomber de mes yeux. »

Elle fit un petit mouvement avec ses mains pour mimer des battements de bras.

Bristow posa son verre, l'air écœuré. Le plat principal arriva et Ursula se resservit du vin. Ni Tansy ni l'avocat ne touchèrent à leur assiette. Strike prit sa fourchette et mangea, s'efforçant de ne pas montrer combien il se régalait avec ses *puntarelle* aux anchois.

« J'ai hurlé, murmura Tansy. Je ne pouvais plus m'arrêter. J'ai couru hors de l'appartement, en plantant là Freddie, et je me suis précipitée dans le hall. Je voulais dire au gardien qu'il y avait un assassin là-haut, pour qu'il monte lui barrer la route.

« Wilson est sorti des toilettes du rez-de-chaussée comme un diable de sa boîte. Je lui ai dit ce qui s'était passé, et au lieu de monter il a couru dehors, pour voir le corps. Quel idiot ! S'il avait foncé dans l'escalier au lieu de sortir, il aurait pu l'arrêter. Ensuite, Freddie est descendu derrière moi et a voulu me faire remonter dans l'appartement, parce que je n'étais pas habillée. Wilson est revenu et nous a dit qu'elle était morte. Il a demandé à Freddie d'appeler la police. Freddie m'a pratiquement traînée au premier, parce que j'étais en pleine crise de nerfs, et a téléphoné du salon. Puis les flics sont arrivés. Mais personne n'a voulu croire un mot de ce que je disais. »

Elle but une gorgée de vin, reposa son verre et ajouta à mi-voix :

« Si Freddie entendait ce que je vous dis, il serait fou de rage.

— Mais vous êtes tout à fait sûre, Tansy, insista Bristow, que vous avez entendu un homme avec Lula ?

— Évidemment, j'en suis sûre ! Je viens de le dire. Il y avait quelqu'un. »

Le portable de Bristow sonna.

« Excusez-moi », murmura-t-il, l'air anxieux. Il jeta un coup d'œil à l'écran et prit la communication. « Oui, Alison ? »

Strike entendit la voix profonde de son assistante, sans distinguer les mots qu'elle prononçait.

« Excusez-moi un instant », répéta l'avocat.

Il quitta la table, visiblement préoccupé. Une expression d'amusement malveillant apparut sur le visage lisse et pommadé des deux sœurs. De nouveau, elles se regardèrent et, à la surprise de Strike, Ursula lui demanda :

« Vous avez déjà rencontré Alison ?

— Oui. Brièvement.

— Vous savez qu'ils sont ensemble ?

— Oui.

— Franchement, c'est assez pathétique, commenta Tansy. Elle est avec John, mais celui qui l'obsède, c'est Tony. Vous connaissez Tony ?

— Non, dit Strike.

— Un autre des associés du cabinet. L'oncle de John. Très bel homme, mais il se fiche pas mal d'Alison. Je suppose qu'elle voit John comme un lot de consolation. »

La pensée de l'amour impossible d'Alison semblait beaucoup réjouir les deux sœurs.

« J'imagine qu'au cabinet, tout le monde est au courant ? s'enquit Strike.

— Bien sûr ! dit Ursula avec délectation. Cyprian dit qu'on a presque honte pour elle. Dès que Tony apparaît, elle sautille comme un petit chien autour de lui. »

Son antipathie pour Strike semblait s'être évanouie, et le détective ne s'en étonnait pas, car c'était un phénomène qu'il avait souvent constaté : les gens aimaient parler ; peu faisaient exception à cette règle, et l'important était de trouver la méthode pour les y amener. Certains (Ursula en faisait manifestement partie) devenaient loquaces après quelques verres d'alcool ; d'autres attendaient d'être sous les feux des projecteurs ; et il y avait aussi ceux qui se réjouissaient de la présence attentive d'un autre être humain. Une petite proportion de l'humanité ne se décidait à parler que si l'on abordait un sujet particulier : ce pouvait être leur innocence, ou la culpabilité d'un autre, ou leur collection de boîtes à biscuits d'avant-guerre. Ou, comme dans le cas d'Ursula May, la passion sans espoir d'une secrétaire au physique ingrat.

Ursula regardait Bristow par la fenêtre. Il allait et venait sur le trottoir en parlant dans son téléphone. La langue complètement déliée, elle déclara :

« Je devine de quoi ils parlent. Les exécuteurs testamentaires de Conway Oates sont furieux de la façon dont le cabinet a géré ses affaires. Le financier américain, vous savez ? Cyprian et Tony sont très embêtés à cause de cette histoire, et ils obligent John à se démener pour essayer de calmer les choses. C'est toujours John qui écope du sale boulot. »

Son ton était plus sarcastique que compatissant.

Bristow revint, toujours aussi nerveux.

« Désolé, dit-il. Alison avait quelques messages à me communiquer. »

Le serveur vint ramasser les assiettes. Strike était le seul à avoir vidé la sienne. Puis il reprit la parole :

« Tansy, les policiers n'ont pas pris en compte votre témoignage parce qu'ils estimaient que vous n'aviez pas pu entendre ce que vous leur avez rapporté.

— Eh bien, ils se sont trompés ! répliqua-t-elle sèchement, sa bonne humeur envolée d'un coup. J'ai tout entendu.

— À travers la fenêtre fermée ? insista Strike.

— Elle était ouverte. » Elle détourna le regard. « On étouffait dans l'appartement. J'ai ouvert une des fenêtres en allant boire mon verre d'eau.

— Ils disent aussi que vous aviez pris de la cocaïne. »

Tansy eut un petit hoquet d'impatience.

« Écoutez, dit-elle, j'en avais pris plus tôt dans la soirée, pendant le dîner, c'est vrai, et ils en ont trouvé un reste dans la salle de bains. Les Dunnes sont tellement barbants ! Tout le monde se serait fait une ligne pour supporter les histoires interminables de Benjy Dunnes. Mais les voix, je ne les ai pas imaginées. Un homme était là-haut. Et il l'a tuée. *Il l'a tuée !* répéta-t-elle en lançant à Strike un regard agressif.

— Et où pensez-vous qu'il se soit enfui ensuite ?

— Je ne sais pas, comment voulez-vous que je le sache ? John vous paie pour le découvrir, non ? Il a filé quelque part. Il est descendu par la fenêtre de derrière. Il s'est caché dans l'ascenseur. Il est passé par le parking. Je ne sais pas comment il s'est échappé. Tout ce que je sais, c'est qu'il était là.

— Nous vous croyons, intervint Bristow. Nous vous croyons, Tansy. Cormoran doit vous poser ces questions parce que… parce qu'il a besoin de se faire une image précise de ce qui s'est passé.

— Les flics ont tout fait pour me ridiculiser, continua Tansy sans lui prêter attention. Ils sont arrivés trop tard, il était déjà parti. Alors, naturellement, ils ont voulu se couvrir. Si on ne l'a pas vécu, on ne peut pas imaginer ce que j'ai enduré avec la presse. Un enfer. J'ai fini par être obligée de me réfugier en clinique. J'ai du mal à croire que ce soit légal, ce que certains journalistes se permettent d'infliger aux gens dans ce pays. D'une certaine façon, c'est presque comique. J'aurais mieux fait de la boucler, non ? C'est ce que j'aurais fait si j'avais eu la moindre idée de ce qui m'attendait. »

Elle fit tourner sa bague en diamant autour de son doigt maigre.

« Freddie dormait au moment de la chute de Lula, n'est-ce pas ?

— Oui. »

Elle porta la main à son front pour en écarter une mèche de cheveux imaginaire. Le serveur revint avec les menus, et Strike dut retenir ses questions jusqu'à ce que tout le monde eût commandé. Il fut le seul à prendre un dessert, les autres se contentèrent d'un café.

« Quand Freddie a-t-il quitté votre lit ? », demanda-t-il.

Elle sembla ne pas comprendre, et Strike insista :

« Vous m'avez dit qu'il était couché. À quel moment s'est-il levé ?

— Quand il m'a entendue hurler, répondit-elle comme si c'était l'évidence. Ça l'a réveillé, forcément.

— Il a été très rapide, alors.

— Pourquoi ?

— Vous avez dit : "J'ai couru hors de l'appartement, en plantant là Freddie, et je me suis précipitée dans le hall." Donc, il était déjà debout quand vous êtes descendue prévenir Wilson. »

Un bref silence. De nouveau, elle fit mine de rejeter ses cheveux en arrière.

« C'est bien ça, dit-elle.

— Il dormait profondément dans votre lit, et en quelques secondes il était assez réveillé pour être debout devant vous dans le salon ? Parce que si je vous ai bien comprise, vous vous êtes mise à hurler et à courir à peu près au même moment, non ? »

Un autre silence imperceptible.

« Oui, dit-elle. Enfin… je ne sais plus. Je pense que j'ai hurlé quelques secondes en restant pétrifiée sur place, tellement j'étais sous le choc, que Freddie est sorti en courant de la chambre, et qu'*ensuite* je me suis ruée dans l'escalier.

— Vous vous êtes arrêtée pour lui dire ce que vous aviez vu ?

— Je ne m'en souviens plus. »

Bristow semblait prêt pour une de ses interventions intempestives, et Strike leva la main pour lui imposer silence ; mais Tansy fit dévier la conversation, pressée, devina-t-il, de mettre un terme aux questions sur son mari.

« J'ai beaucoup réfléchi à la façon dont le tueur a pu s'introduire chez Lula, et je suis sûre qu'il l'a suivie quand elle est rentrée, en profitant de ce que Wilson avait quitté son bureau pour s'enfermer dans les toilettes. Franchement, je trouve qu'on aurait dû le virer, parce qu'à mon avis il avait surtout envie de piquer un petit somme. Je ne sais pas comment l'autre connaissait le code, mais je suis sûre que c'est à ce moment-là qu'il est entré.

— Vous pensez que vous pourriez reconnaître sa voix ? Celle qui criait au-dessus de votre tête ?

— J'en doute beaucoup, dit-elle. Une voix d'homme, c'est tout ce que je sais. Ç'aurait pu être n'importe qui. Bien sûr, ensuite, je me suis quand même demandé : *Est-ce que c'était Duffield ?* » Elle regardait Strike fixement. « Un jour, j'avais déjà entendu Duffield crier sur le palier du troisième. Wilson a dû le flanquer dehors, parce qu'il voulait fracasser la porte à coups de pied. Je n'ai jamais compris ce qu'une beauté comme Lula faisait avec une racaille comme Duffield, ajouta-t-elle, comme entre parenthèses.

— Certaines femmes le trouvent sexy, reconnut Ursula en vidant le fond de la bouteille dans son verre, mais moi, je ne vois pas ce qu'il a d'attirant. Plutôt repoussant, je dirais.

— On comprendrait s'il était riche, dit Tansy en faisant de nouveau tourner sa bague. Mais non, même pas.

— Mais ce n'était pas sa voix cette nuit-là ?

— Comme je vous l'ai dit, c'est possible, dit-elle en haussant les épaules avec impatience. Mais il a un alibi, non ? Des tas de gens ont témoigné qu'il n'était pas dans le quartier la nuit où Lula est morte. Il dormait chez Ciara Porter. Une vraie salope, celle-là, ajouta Tansy avec un sourire pincé. Coucher avec le fiancé de sa meilleure amie !

— Ils couchaient ensemble ? demanda Strike.

— Ha ha ! Qu'est-ce que vous croyez ? ricana Ursula comme si la question était d'une naïveté puérile. Je la connais, Ciara Porter, elle faisait partie de ce défilé de charité que j'ai aidé à organiser. Une cruche et une traînée. »

Les cafés étaient arrivés, avec le lourd gâteau au caramel de Strike.

« Désolée de vous le dire, John, mais Lula n'avait pas beaucoup de goût dans le choix de ses amis, dit Tansy en sirotant son espresso. Duffield, Ciara, et aussi cette Bryony Radford. Pas exactement une amie, je sais, mais le genre de bonne femme qui ne m'inspire aucune confiance.

— Qui est-ce, Bryony Radford ? demanda Strike avec une fausse candeur, car il se rappelait très bien qui était la dame.

— Une maquilleuse. Elle se fait payer des fortunes, dit Ursula, et elle aussi, c'est une salope. Je l'ai fait venir une fois, avant un bal de la Fondation Gorbatchev, mais ensuite elle est allée raconter à tout le… »

Ursula s'interrompit brusquement, posa son verre et prit sa tasse. Strike, bien que la question n'eût guère de rapport avec son enquête, aurait été curieux d'apprendre ce que Bryony avait raconté à tout le monde, et il ouvrit la bouche pour le demander, mais Tansy s'écria :

« Oh, et il y avait aussi cette fille atroce que Lula ramenait chez elle ! Vous vous souvenez, John ? »

De nouveau, elle se tourna vers Bristow, mais il la regarda d'un air un peu hébété.

« Mais si, vous savez bien ! Cette petite horreur noire comme la suie, qu'elle faisait monter jusque dans son appartement. Une espèce de demi-clocharde. Elle… elle puait littéralement ! Quand on prenait l'ascenseur après elle, ça sentait. Elle l'a même emmenée à la piscine. Je ne savais pas que les Blacks savaient nager. »

Bristow cligna des yeux en rougissant.

« Dieu sait ce que Lula fichait avec une créature pareille, continua Tansy. Vous devez vous souvenir, John. Grosse. Dépenaillée. L'air un peu débile.

— Je ne…, marmonna Bristow.

— Vous parlez de Rochelle ? demanda Strike.

— Oui, je crois que c'était ça. Elle était aux obsèques, je l'ai remarquée. Assise tout au fond. » De nouveau, elle fixa Strike avec intensité. « Bon, je crois que nous en avons terminé, dit-elle. Mais j'insiste : tout ça doit rester strictement confidentiel. Je ne veux pas que Freddie apprenne que je vous ai parlé. Et pas question que je revive ce cauchemar avec la presse. L'addition ! », aboya-t-elle en direction du serveur.

Quand l'addition arriva, elle la passa sans commentaire à Bristow.

Les deux sœurs se préparaient à partir, lissant leurs cheveux brillants et enfilant leurs luxueux manteaux, quand la porte du restaurant s'ouvrit ; un homme d'une soixantaine d'années fit son entrée, grand, mince, en complet-veston, un manteau jeté sur les épaules ; il regarda un instant autour de lui, puis se dirigea tout droit vers leur table. Très distingué avec ses cheveux argentés et son costume bien coupé, Strike remarqua une certaine froideur dans ses yeux bleu pâle. Son pas était vif et décidé.

« Quelle surprise ! », dit-il en s'arrêtant entre les chaises des deux femmes.

Ni l'une ni l'autre ne l'avait vu arriver, et dans les yeux de tout le monde, sauf Strike, apparut une expression de stupeur mêlée d'un vif déplaisir. L'espace d'une seconde, Tansy et Ursula restèrent pétrifiées. Ce fut Tansy qui se ressaisit la première.

« Cyprian ! s'exclama-t-elle en lui tendant la joue. En effet, c'est une très jolie surprise.

— Ursula, ma chérie, je pensais que tu faisais des courses ? dit-il, les yeux sur sa femme tandis qu'il embrassait distraitement Tansy.

— Nous nous sommes arrêtées pour déjeuner, Cyppie », répondit Ursula avec nonchalance.

Mais ses joues s'étaient un peu empourprées et Strike sentit de l'hostilité dans l'air. Les yeux clairs de l'homme l'ignorèrent et s'arrêtèrent sur Bristow.

« Je pensais que c'était Tony qui s'occupait de ton divorce, Tansy ?

— Oui, dit Tansy. Ce n'est pas un déjeuner d'affaires, Cyppie, c'est juste pour le plaisir. »

L'homme eut un sourire glacé.

« Dans ce cas, laissez-moi vous escorter, belles dames », dit-il avec une galanterie légèrement ironique.

Après un rapide au revoir à Bristow, et sans un mot pour Strike, les deux sœurs suivirent le mari d'Ursula. Quand la porte se fut refermée derrière eux, le détective demanda :

« Vous pouvez m'expliquer ?

— C'était Cyprian », dit Bristow. Agité, il tira sa carte de crédit de son portefeuille. « Cyprian May. Le mari d'Ursula. Un des patrons du cabinet. Ça ne va pas lui plaire que Tansy vous ait parlé. Je me demande comment il a su que nous étions là. Peut-être Alison.

— Pourquoi pensez-vous qu'il ne sera pas content ?

— Tansy est sa belle-sœur, dit Bristow, enfilant son manteau. Il n'a pas envie qu'elle se ridiculise de nouveau, parce qu'à ses yeux ses confidences ne peuvent conduire à rien d'autre. Je vais sûrement prendre un bon savon pour l'avoir persuadée de vous rencontrer. Je suppose qu'en ce moment même, il téléphone à mon oncle pour se plaindre de moi. »

Strike remarqua que les mains de l'avocat tremblaient.

Bristow partit dans un taxi appelé par le maître d'hôtel. Le détective quitta le restaurant à pied, desserrant sa cravate en marchant. Profondément plongé dans ses pensées, il ne fut tiré de sa rêverie que par le klaxon d'une voiture qui faillit le renverser alors qu'il traversait Grosvenor Street.

Après ce rappel salutaire à la prudence, Strike s'appuya au mur du spa Elizabeth Arden, alluma une cigarette et prit son téléphone dans sa poche. Il le porta à son oreille, pressa deux ou trois fois les touches et parvint à isoler la partie du témoignage enregistré de Tansy où elle racontait les instants qui avaient immédiatement précédé la mort de Lula.

« … *pour retourner me coucher quand j'ai entendu des cris au-dessus. Elle disait : "C'est trop tard, je l'ai déjà fait !" Et un homme répondait : "Tu mens, espèce*

244

de salope !" Puis un autre cri inarticulé, et ensuite... eh bien, ensuite, il l'a jetée du haut du balcon. J'étais tournée vers la fenêtre et je l'ai vue tomber de mes yeux. »

Il entendit vaguement le léger tintement du verre que Bristow posait sur la table. Il revint en arrière et écouta de nouveau.

« ... disait : "C'est trop tard, je l'ai déjà fait !" Et un homme répondait : "Tu mens, espèce de salope !" Puis un autre cri inarticulé, et ensuite... eh bien, ensuite, il l'a jetée du haut du balcon. J'étais tournée vers la fenêtre et je l'ai vue tomber de mes yeux. »

Il se rappela la mimique de Tansy pour imiter les bras de Lula battant dans le vide, et l'horreur sur son visage quand elle avait fait ce geste. Rempochant l'appareil, il prit son carnet et se mit à écrire.

Strike avait rencontré de nombreux menteurs dans sa vie ; il les repérait presque à l'odeur, et savait parfaitement que Tansy Bestigui faisait partie du lot. De son appartement, elle n'avait pas pu entendre la scène qu'elle décrivait, et la police en avait conclu qu'elle n'avait rien entendu du tout. Pourtant, contre toute attente, et bien que tout ce qu'il avait découvert jusqu'ici lui suggérât que Lula Landry s'était bel et bien suicidée, Strike se prit à penser que Tansy était réellement convaincue d'avoir entendu une altercation. C'était la seule partie de son histoire qui sonnait authentique, et cette authenticité jetait une lumière crue sur les mensonges dont elle avait par ailleurs truffé son témoignage.

Strike s'éloigna du mur et continua dans Grosvenor Street, attentif à la circulation, cette fois, mais sans cesser de se remémorer l'expression, le ton et les manières de Tansy quand elle lui avait relaté les derniers moments de la belle métisse.

Pourquoi avait-elle dit la vérité sur l'essentiel en l'entourant de bobards si faciles à contredire ? Pourquoi avait-elle menti sur ce qu'elle faisait vraiment quand elle avait entendu les cris ? Strike se rappela la maxime d'Adler : « Un mensonge n'a de sens que si la vérité est perçue comme dangereuse. » Tansy Bestigui avait fait une dernière tentative pour trouver quelqu'un qui la crût et avalât du même coup les affabulations dont elle enveloppait son récit.

Il marchait vite, à peine conscient que son genou droit lui faisait de plus en plus mal. Finalement, il se rendit compte qu'il avait remonté Maddox Street d'un bout à l'autre et se trouvait maintenant à l'entrée de Regent Street. Les stores rouges du grand magasin de jouets Hamleys étaient en vue, et Strike se souvint qu'il avait prévu d'acheter un cadeau pour son neveu avant de rentrer au bureau.

C'est à peine si ses sens enregistrèrent le maelström de bruits et de couleurs dans lequel il se retrouva plongé. Presque à tâtons, il passa d'un étage à l'autre sans se laisser troubler par les clameurs des enfants, les ronronnements des hélicoptères miniatures et les couinements des cochons mécaniques qu'il enjambait en marchant. Enfin, au bout d'une vingtaine de minutes, il s'arrêta devant les figurines en uniforme des forces armées de Sa Majesté et resta immobile, les yeux fixés sur les rangées de marins et de parachutistes en modèle réduit, quasiment sans les voir et sourd aux murmures des parents qui poussaient leurs gamins autour de lui, trop intimidé pour appeler le vendeur.

TROISIÈME PARTIE

Forsan et haec olim meminisse juvabit.

Il se pourrait qu'un jour, tout cela soit un bon souvenir.

VIRGILE, *Énéide,* Livre I

1

Il avait commencé à pleuvoir le mercredi : un temps bien londonien, gris et mouillé, dont la vieille cité s'accommodait avec son flegme habituel. Les visages étaient pâles sous les parapluies noirs, les rues sentaient les vêtements humides et, le soir, des filets d'eau ruisselaient avec obstination sur la fenêtre de Strike.

La pluie en Cornouailles était différente, et le détective se rappelait le vacarme qu'elle faisait en fouettant les carreaux de sa chambre, dans la maison d'oncle Ted et tante Joan ; mais la modeste demeure, toujours proprette et bien rangée, sentait les fleurs coupées et la brioche chaude. C'était l'époque où il fréquentait la petite école primaire de St Mawes, et ces souvenirs refaisaient surface chaque fois qu'il s'apprêtait à rencontrer Lucy.

Le vendredi après-midi, les gouttes continuaient de rebondir avec exubérance sur le rebord de la fenêtre. À un bout du bureau, Robin enveloppait le parachutiste en plastique destiné à Jack, tandis qu'à l'autre Strike rédigeait un chèque dont le montant correspondait à une semaine de travail, moins la commission de l'agence. Robin devait se rendre au troisième de ses « vrais » entretiens d'embauche, correcte et soignée dans son tailleur noir qui rehaussait les reflets de son chignon de cheveux blonds.

« Voilà », dirent-ils en même temps, et Robin poussa sur le bureau un petit paquet bien net dans un papier orné d'aéronefs de dessin animé, tandis que Strike lui tendait son chèque.

« Parfait ! dit le détective. Je n'ai jamais su emballer un cadeau.

— J'espère que ça lui plaira, répondit la jeune femme en glissant le chèque dans son sac.

— Oui. Et bonne chance pour votre entretien. Vous le voulez, ce boulot ?

— C'est un job intéressant. Assistante du DRH dans une boîte de conseil aux médias, en plein centre-ville, dit-elle sans enthousiasme. Amusez-vous bien avec votre neveu. » Elle se retourna sur le seuil. « À lundi. »

La pénitence qu'il s'était imposée de descendre dans la rue pour fumer était encore plus pesante sous la pluie continue. Strike resta debout sur le trottoir, mal abrité par l'auvent du Bar 12, et se demanda quand il se déciderait à arrêter la cigarette et à se mettre au travail pour retrouver la forme physique qu'il avait perdue en même temps que sa solvabilité. Au moment où il allait remonter, son portable sonna.

« Strike ? Je vous confirme que votre tuyau était bon ! », dit Wardle d'une voix triomphante.

Strike entendit en fond sonore un moteur de voiture et deux hommes qui discutaient.

« Vous avez fait vite, commenta-t-il.

— Oh, vous savez, nous n'avons pas l'habitude de traîner.

— Donc, vous allez me donner ce que je vous ai demandé ?

— C'est aussi pour ça que j'appelle. Aujourd'hui, c'est un peu tard, mais je peux vous l'apporter lundi en quelques coups de pédale.

— Le plus tôt sera le mieux. Je peux vous attendre. »

Wardle eut un petit rire vexant.

« Vous êtes payé à l'heure, pas vrai ? Et vous avez envie d'en facturer quelques-unes de plus ?

— Aujourd'hui, ce serait préférable, insista Strike. Si vous pouvez me le faire passer dans la soirée, vous serez le premier à savoir si mon vieux copain a d'autres tuyaux. Promis. »

Dans le bref silence qui suivit, le détective entendit un des hommes dans la voiture dire : « ... *ce salopard de Fearney* ».

« Bon, d'accord, dit Wardle. Je vous envoie un coursier tout à l'heure. Mais je ne pourrai pas avant sept heures. Vous serez encore là ?

— Je m'arrangerai », répondit Strike.

Le dossier arriva trois heures plus tard, pendant qu'il mangeait un *fish and chips* dans une boîte en polystyrène posée sur ses genoux et regardait les nouvelles du soir sur son téléviseur portatif. Le coursier lui fit signer sa feuille et lui remit un gros paquet rectangulaire envoyé de Scotland Yard, qui contenait un épais classeur gris rempli de documents photocopiés. Strike le posa sur le bureau de Robin et entreprit d'en assimiler le contenu, conscient qu'il en aurait pour une grande partie de la soirée.

C'étaient les dépositions des personnes qui avaient vu Lula Landry au cours de sa dernière journée ; le compte rendu des analyses ADN effectuées dans son appartement ; les photocopies du registre des visiteurs annoté par le personnel de sécurité du 18, Kentigern Gardens ; le détail du traitement prescrit à Lula pour ses troubles bipolaires ; son dossier médical couvrant l'année précédente ; le rapport d'autopsie ; les fadettes de son téléphone fixe et de son mobile ; et l'exposé de ce qu'on avait découvert dans l'ordinateur portable de la défunte. Il y avait aussi un DVD, sur lequel Wardle avait griffonné : *Vidéo 2 Coureurs*.

Le lecteur de DVD de la vieille bécane d'occasion sur laquelle travaillait Strike n'avait jamais fonctionné, même quand il l'avait achetée, et il glissa le disque dans la poche de son pardessus accroché à la porte. Puis, son carnet ouvert à côté de lui, il reprit son examen du matériel contenu dans le classeur.

La nuit descendait sur Londres, et une flaque de lumière jaune pâle tombait de la lampe de bureau sur les documents que Strike lisait méthodiquement, et dont la teneur avait amené le médecin légiste à conclure au suicide. Parmi les rapports rédigés sans fioritures, les horaires précis et les photos des étiquettes des flacons de médicaments trouvés dans l'armoire à pharmacie du top model, il entreprit de traquer la vérité qu'il avait pressentie derrière les mensonges de Tansy Bestigui.

L'autopsie indiquait que Lula était décédée sur le coup, en heurtant la chaussée, d'une fracture des cervicales doublée d'une hémorragie intracrânienne. Son crâne était défoncé, et on avait aussi constaté des ecchymoses en haut de ses bras. Elle ne portait qu'une chaussure quand elle était tombée, et les clichés du corps confirmaient l'affirmation du site LulaMyInspirationForever : elle s'était changée en rentrant du Magnum, car, au lieu de la robe rouge dans laquelle les paparazzi l'avaient photographiée à sa descente de voiture, son cadavre portait un pantalon noir moulant et un corsage blanc pailleté.

Strike passa aux deux dépositions légèrement dissemblables que Tansy avait faites aux policiers. La première ne parlait que d'un trajet de sa chambre aux toilettes, la seconde ajoutait l'ouverture d'une des fenêtres du salon. Freddie, affirmait-elle, était endormi dans le lit conjugal quand le drame s'était produit. La police avait trouvé une demi-ligne de cocaïne sur le rebord en marbre de la baignoire, et un sachet de la même substance caché dans une boîte de tampons dans l'armoire de toilette au-dessus du lavabo.

Les déclarations de Freddie confirmaient qu'il dormait au moment où Lula était tombée, et avait été réveillé par les cris de sa femme ; il disait s'être levé juste à temps pour voir Tansy s'élancer du salon sur le palier, puis dans l'escalier, vêtue d'une nuisette. Les roses qu'il avait fait livrer à Deeby Macc, et qu'un policier maladroit avait renversées, devaient être un geste de bienvenue et une façon de faire connaissance avec le nouveau locataire : oui, il aurait été content de nouer contact avec le rappeur, et oui, l'idée lui avait traversé l'esprit de proposer un rôle à Macc dans un film de gangsters que ses studios produisaient. Le choc de la mort de sa voisine l'avait indéniablement conduit à surréagir quand il avait appris qu'on avait renversé ses fleurs. Il avait d'abord cru sa femme quand elle avait déclaré avoir entendu une altercation au troisième étage ; mais par la suite, il s'était rangé, non sans réticence, à l'avis de la police, qui estimait que les affirmations de Tansy étaient le produit d'une hallucination causée par la drogue. Son addiction à la cocaïne avait provoqué de fortes tensions dans le couple, et Freddie reconnaissait être au courant du fait que son épouse en consommait régulièrement, même s'il ignorait qu'elle en avait en sa possession ce soir-là.

Le producteur précisait qu'il n'était jamais entré dans l'appartement de Lula Landry, ni elle dans le sien, et qu'au cours du week-end chez Dickie Carbury (dont la police avait apparemment eu vent plus tard, car Freddie avait été réentendu après son témoignage initial), la jeune femme et lui s'étaient à peine parlé. « Elle a passé la plus grande partie du séjour avec les invités de son âge, alors que je suis resté la plupart du temps avec Mr Carbury, qui est de ma génération. » La déposition de Bestigui semblait aussi inattaquable que la face nord du Cervin pour un alpiniste sans crampons.

Après avoir lu le compte rendu de ce qui s'était passé au domicile des Bestigui, Strike ajouta plusieurs phrases à ses notes. Il s'interrogeait sur la demi-ligne de cocaïne trouvée sur le rebord de la baignoire, et plus encore sur les quelques secondes qui avaient suivi l'instant où Tansy avait vu le corps tomber devant sa fenêtre. Beaucoup dépendait, bien sûr, de la disposition de l'appartement (et il n'y avait dans le dossier ni plan ni croquis), mais Strike était troublé par une constante dans les déclarations opportunistes de Tansy :

elle insistait sur le fait que son mari était couché et dormait à l'heure du drame. Il la revoyait détourner le regard en faisant mine d'arranger ses cheveux quand il l'avait questionnée sur ce point. Tout bien pesé, et quoi qu'en pense la police, il jugea qu'au moment où Lula était tombée, la place exacte de l'un et de l'autre était loin d'être établie.

Il poursuivit sa lecture attentive des documents. La déposition d'Evan Duffield était, pour l'essentiel, conforme à ce que Wardle lui avait rapporté. Il reconnaissait avoir tenté d'empêcher sa fiancée de quitter le Magnum en la saisissant par les bras. Elle s'était dégagée, était sortie seule du night-club, et il l'avait suivie quelques minutes plus tard. Une phrase mentionnait le fameux masque de loup, dans le langage dénué d'émotion du policier qui avait interrogé le rocker-acteur : « J'ai l'habitude de porter un masque de loup qui me couvre toute la tête quand je veux échapper à l'attention des photographes. » Un bref témoignage du chauffeur qui avait conduit Duffield après son départ du Magnum confirmait les déclarations de celui-ci : ils avaient roulé jusqu'à Kentigern Gardens, puis étaient repartis pour D'Arblay Street, où il avait déposé son passager avant de rentrer au garage. L'antipathie supposée du chauffeur pour son client n'était pas perceptible dans le récit strictement factuel que la police lui avait fait signer.

D'autres dépositions appuyaient celle de Duffield : celle d'une femme qui disait l'avoir vu monter l'escalier pour aller retrouver son dealer, et celle du dealer lui-même, le dénommé Nathan Whycliff. Strike se rappelait que, d'après Wardle, Whycliff aurait été prêt à mentir pour protéger Duffield ; quant à la femme du rez-de-chaussée, il était possible qu'il l'ait soudoyée. Tout ce que pouvaient affirmer les autres témoins qui avaient vu Duffield marcher dans les rues de Londres, c'était qu'ils avaient croisé un homme portant un masque de loup, mais la fille de la station-service confirmait l'avoir reconnu.

Strike alluma une cigarette et relut la déposition de l'acteur. C'était un jeune homme au tempérament violent, qui reconnaissait avoir voulu forcer Lula, *manu militari*, à rester dans la boîte de nuit. Les ecchymoses en haut des bras du cadavre étaient certainement son œuvre. Au demeurant, s'il s'était shooté à l'héroïne avec Whycliff, la probabilité pour qu'il eût été en état de s'introduire au 18, Kentigern Gardens, puis d'être pris d'un accès de fureur meurtrière, était quasi négligeable. Strike avait rencontré beaucoup d'héroïnomanes dans le dernier squat où il avait vécu avec sa mère et connaissait bien leur comportement : la drogue rendait ses esclaves passifs et dociles, à l'opposé des alcooliques, prompts aux cris et à la violence, ou des consommateurs de cocaïne, excités et paranoïaques. Strike avait connu des accros à toutes les substances possibles, dans l'armée et hors de l'armée. La glorification du vice d'Evan Duffield dans les pages de certains journaux lui inspirait du dégoût. Il n'y avait rien de chic dans la toxicomanie. La mère de Strike était morte sur un matelas crasseux, et personne ne s'en était aperçu pendant six heures.

Il se leva pour aller ouvrir la fenêtre, sombre et ruisselante de pluie, et le martèlement de basse qui montait du Bar 12 résonna plus fort que jamais à ses oreilles. Cigarette aux lèvres, il se pencha et regarda vers l'extrémité de la courte rue. Au croisement, Charing Cross Road brillait de flaques et de phares, et, sous leurs parapluies fouettés par l'averse, les fêtards du vendredi soir marchaient à longues enjambées ou s'esclaffaient à grand bruit par-dessus le ronronnement des voitures. Quand ressortirait-il boire une pinte avec des amis pour célébrer le début du week-end ? Cette idée lui semblait appartenir à un univers différent, à une existence qu'il avait quittée. L'étrange limbe où il vivait, avec Robin pour seul contact humain véritable, ne pourrait l'enfermer toujours ; mais il n'était pas prêt à reprendre une vie sociale, pas encore. Il avait perdu son statut militaire, et la moitié d'une jambe, et Charlotte ; il éprouvait le besoin de s'accoutumer à l'homme qu'il était devenu avant de s'exposer à la surprise et à la compassion des autres. Son mégot, avec sa braise orange, tomba dans la rue obscure et s'éteignit dans l'eau du caniveau. Strike referma la fenêtre, retourna à son bureau et, d'un geste ferme, replaça le dossier devant lui.

La déposition de Derrick Wilson ne lui apprit rien qu'il ne sût déjà, et il n'était question nulle part ni de Kieran Kolovas-Jones, ni du mystérieux feuillet bleu. Ensuite, non sans curiosité, Strike se pencha sur les déclarations des deux femmes avec qui Lula avait passé son dernier après-midi, Bryony Radford et Ciara Porter.

La maquilleuse se rappelait une Lula d'excellente humeur ce jour-là, tout excitée à la perspective de l'arrivée imminente de Deeby Macc. Miss Porter, en revanche, déclarait que son amie « n'était pas comme d'habitude » et qu'elle lui avait paru « abattue et anxieuse », bien qu'elle ne lui eût pas dit ce qui la tracassait. Elle rapportait un détail intrigant que personne n'avait mentionné devant Strike : cet après-midi-là, Lula avait fait part au top model blond de son intention de « tout laisser » à son frère. La phrase n'était placée dans aucun contexte qui aurait pu l'expliquer, mais on restait sur l'impression que la belle métisse était dans un état d'esprit assez morbide.

Strike se demanda pourquoi son client ne lui avait pas parlé des projets testamentaires de sa sœur. Mais Bristow était déjà à la tête d'une fortune en fonds fiduciaires, de sorte que l'idée d'hériter d'une forte somme d'argent ne lui semblait peut-être pas aussi importante qu'à Strike, à qui personne n'avait jamais légué un penny.

Bâillant, le détective alluma une autre cigarette pour rester éveillé, et passa à la déposition de la mère de Lula. Aux dires de Lady Yvette Bristow, sa récente opération l'avait laissée mal en point et encore assez sonnée à cause des médicaments, mais elle insistait sur le fait que sa fille était « tout à fait heureuse » quand elle lui avait rendu visite ce fameux vendredi matin ; elle n'avait manifesté d'autre préoccupation que la santé de sa mère et les espérances d'amélioration de son état après son hystérectomie. Peut-être la prose abrupte et sans nuances du policier qui avait noté ses souvenirs y était-elle pour quelque chose, mais Strike eut le sentiment que Lady Bristow était dans le déni de la réalité : elle était la seule à croire que la mort de Lula était accidentelle, et que, d'une manière ou d'une autre, sa fille avait glissé sur son balcon et était tombée sans le vouloir. Cette nuit-là, observait-elle, il y avait du verglas partout.

Strike parcourut les déclarations de Bristow, conformes à tous égards à ce qu'il lui avait exposé de vive voix, puis se pencha sur celles de Tony Landry, l'oncle de John et de Lula. Il était arrivé chez Yvette Bristow en milieu de matinée et avait trouvé sa nièce à son chevet. La jeune femme, disait-il, lui avait paru « normale ». Ensuite, il s'était rendu en voiture à Oxford, où il avait assisté à un colloque sur l'évolution internationale du droit en matière d'affaires familiales, puis y avait passé la nuit à l'hôtel Malmaison. Suivaient quelques remarques assez incompréhensibles à propos d'appels téléphoniques, que Strike décida d'élucider en se penchant sur les fadettes.

Lula ne s'était pratiquement pas servie de son téléphone fixe dans la semaine qui avait précédé sa mort, et pas du tout le jour fatidique. Mais depuis son mobile, elle avait effectué pas moins de quarante-six appels au cours de la dernière journée de sa vie. Le premier, à neuf heures quinze, était destiné à Evan Duffield ; le deuxième, à neuf heures trente-cinq, à Ciara Porter. Suivait un silence de quelques heures, où les relevés n'enregistraient aucune communication, puis, à partir de treize heures vingt et une, la jeune femme semblait avoir été prise d'une véritable frénésie et n'avait plus cessé d'appeler deux numéros, presque en alternance. Le premier était celui de Duffield ; le second, d'après une note griffonnée dans la marge à l'heure de sa première apparition, appartenait à Tony Landry. Tout l'après-midi, elle avait appelé les deux hommes continuellement. Ici et là, les fadettes notaient une pause d'une vingtaine de minutes, puis elle avait recommencé, sans doute en appuyant sur le bouton BIS de son appareil. Cette téléphonite aiguë avait dû s'emparer d'elle à son retour de la boutique Vashti, estima le détective, autrement dit quand elle se trouvait dans son appartement en compagnie de Bryony et de Ciara, bien que ni l'une ni l'autre n'eût parlé à la police de coups de fil à répétition.

Strike relut les dernières lignes de la déposition de Tony Landry, qui ne jetaient aucune lumière sur la raison pour laquelle sa nièce avait tant tenu à le joindre ce jour-là. Il avait, affirmait-il, réglé son appareil en mode silencieux au début du colloque, et ne s'était aperçu qu'en fin de soirée que la jeune femme lui avait téléphoné à de nombreuses reprises au cours de l'après-midi. Il n'avait aucune idée du motif de ces appels et ne l'avait pas rappelée, arguant qu'à l'heure où il avait consulté son portable, elle avait cessé de lui téléphoner et il avait supposé – comme la suite l'avait confirmé – qu'elle devait être sortie dans une boîte de nuit quelconque.

Strike bâillait maintenant toutes les deux minutes. L'idée le traversa de se faire un café bien fort, mais il n'en trouva pas l'énergie. Il avait surtout envie de se coucher, mais, poussé par l'habitude d'achever le travail entrepris, il étudia les copies des pages du registre où étaient notées les entrées et les sorties au 18, Kentigern Gardens le jour qui avait précédé la mort de Lula. Une lecture attentive des signatures et des initiales lui révéla que Wilson ne s'était pas montré aussi minutieux que ses employeurs auraient pu l'attendre de lui. Comme il l'avait dit à Strike, les allées et venues des résidents n'étaient pas enregistrées, de sorte que celles des Bestigui et de Lula n'apparaissaient pas dans son livre. La première visite était celle du facteur, à neuf heures dix ; puis, à neuf heures vingt-deux, le gardien avait noté *Livraison fleurs appt. 2* ; et enfin, à neuf heures cinquante, *Technicien Securibell*. L'heure de départ du jeune homme venu vérifier les alarmes n'était pas indiquée.

Par la suite, comme Wilson le lui avait déclaré, ce vendredi avait été une journée tranquille. Ciara Porter était arrivée à douze heures cinquante, et Bryony Radford à treize heures vingt. Le départ de la maquilleuse était noté à seize heures quarante, avec sa signature, et Wilson avait ajouté l'arrivée des employés du traiteur, qui étaient montés chez les Bestigui à dix-neuf heures, le départ de Lula avec Ciara à dix-neuf heures vingt-cinq et celui des employés du traiteur à vingt et une heures quinze.

Il était presque minuit quand le détective se pencha sur le contenu de l'ordinateur portable du top model. Le rapport de la police indiquait qu'on avait principalement cherché des mails révélant une humeur ou des intentions suicidaires, et que les recherches en ce sens s'étaient révélées infructueuses. Strike parcourut les mails que la défunte avait envoyés et reçus au cours des deux dernières semaines de sa vie.

Paradoxalement, les innombrables photos de la beauté surnaturelle de Lula Landry l'avaient presque rendue irréelle aux yeux de Strike. L'omniprésence de son visage, en dépit de la fascination qu'il exerçait, l'avait rendu abstrait, presque générique. Mais à présent, de ces caractères imprimés sur le papier, de ces messages à l'orthographe parfois hasardeuse et semés de plaisanteries et de surnoms affectueux, s'élevait dans le bureau obscur le fantôme de la jeune femme. Ses mails apportèrent à Strike ce que la multitude des photos n'avait pu lui communiquer : la compréhension, charnelle plus que cérébrale, qu'un être humain bien réel et bien vivant, qui avait ri et pleuré, était mort le crâne fracassé dans une rue enneigée de Londres. En tournant les pages du dossier, il avait espéré découvrir l'ombre furtive d'un meurtrier, mais c'était celle de la belle métisse qui en surgissait maintenant, et elle semblait soudain le regarder fixement, comme le faisaient parfois les victimes de crimes à travers les vestiges de leur vie interrompue.

Il voyait maintenant pourquoi John Bristow soutenait que sa sœur n'était en aucune façon prête à mettre fin à ses jours. L'auteur des messages apparaissait comme une fille pleine de gaieté, une amie chaleureuse, sociable et impulsive, très occupée et ravie de l'être, adorant son travail et, comme Bristow le lui avait rapporté, folle de joie à la perspective d'un prochain voyage au Maroc.

La plupart des mails étaient adressés au couturier Guy Somé et ne contenaient rien d'intéressant hormis un ton de joyeuse complicité, et, une fois, un témoignage de l'amitié la plus incongrue de Lula :

Chéri, peux-tu s'il te plaît s'il te plaît fabriquer quelque chose de joli pour Rochelle ? C'est bientôt son anniversaire. Je paierai, naturellement. Mais j'insiste : quelque chose de JOLI, pas une de tes horreurs ! Pour le 21 février. S'il te plaît S'il te plaît S'il te plaît ! Bisous. Ton Coucou.

Strike se rappela ce qu'il avait lu sur le site Lula-MyInspirationForever : Lula avait aimé Guy Somé « comme un frère ». Sa déposition était la plus courte de tout le dossier ; il avait passé une semaine au Japon et était rentré le soir de la mort de son mannequin préféré. Strike savait que le couturier habitait à quelques minutes à pied de chez Lula, mais la police semblait s'être satisfaite de sa déclaration selon laquelle, une fois rentré chez lui, il était simplement allé se coucher. Strike avait cependant remarqué que toute personne partant de Charles Street se serait approchée de Kentigern Gardens en venant de la direction opposée à celle des caméras de surveillance d'Alderbrook Road.

Enfin, Strike referma le classeur gris. Laborieusement, il se déshabilla, déplia son lit de camp et enleva sa prothèse, tellement épuisé qu'il était incapable de réfléchir. Il s'endormit très vite, bercé par le ronronnement de la circulation, le son régulier de la pluie contre les carreaux et la respiration éternelle de la ville.

2

Devant la maison de Lucy, à Bromley, dans la banlieue sud de la capitale, se dressait un grand magnolia. Vers la fin du printemps, il couvrirait la pelouse de pétales semblables à des mouchoirs en papier chiffonnés ; mais en ce début d'avril, il était pareil à un nuage de fleurs blanches et cireuses. Strike n'était venu ici qu'en de rares occasions, car il préférait rencontrer Lucy ailleurs que chez elle, dans des endroits où elle semblait moins stressée et où il ne risquait pas de tomber sur son beau-frère, pour qui ses sentiments n'étaient pas des plus chaleureux.

Attachés au portail, des ballons gonflés à l'hélium s'agitaient dans la brise légère de ce samedi. En gravissant cahin-caha la pente qui menait à la porte, le cadeau emballé par Robin sous le bras, Strike se réconfortait en se disant que la petite fête ne durerait pas bien longtemps et qu'il serait vite libéré.

« Où est Charlotte ? », demanda Lucy, petite femme blonde au visage rond, dès qu'elle répondit à son coup de sonnette.

D'autres gros ballons, ceux-là en forme de chiffre sept, emplissaient le hall derrière elle. Des clameurs aiguës, dont il aurait été difficile de dire si elles exprimaient la joie ou la douleur, arrivaient d'une région invisible et dérangeaient la tranquillité banlieusarde du quartier.

« Elle a dû repartir passer le week-end à Ayr, mentit Strike.

— Pourquoi ? interrogea-t-elle en s'écartant pour le laisser entrer.

— Une autre crise avec sa sœur.

— Tout le monde est de l'autre côté. Heureusement, il ne pleut plus, ou nous aurions dû les faire jouer dans la maison », dit Lucy en le précédant vers le grand jardin de derrière.

Ils trouvèrent ses neveux en train de faire le diable à quatre sur la pelouse fraîchement tondue, avec une vingtaine de garçonnets et de fillettes habillés pour l'occasion. Cette petite foule enfantine criait à tue-tête en courant entre des piquets de cricket ornés d'images de fruits. Autour du terrain se tenaient des parents, debout sous le pâle soleil et buvant du vin dans des gobelets en carton, tandis que Greg, le mari de Lucy, manipulait un iPod calé sur une petite table faite d'une planche et de deux tréteaux. Lucy tendit à Strike une canette de bière blonde, puis se précipita au secours d'un de ses trois fils, qui était tombé et hurlait à pleins poumons.

Strike n'avait jamais voulu d'enfants ; c'était un des sujets sur lesquels Charlotte et lui étaient entièrement d'accord, et un des motifs pour lesquels ses autres liaisons avaient fini par des ruptures. Lucy déplorait ce refus de paternité, et les raisons qu'il en donnait ; mais à vrai dire, Lucy se fâchait presque toujours quand il faisait part de priorités dans la vie qui différaient des siennes, comme s'il attaquait ses décisions et ses choix.

« Ça va, Corm ? », demanda Greg, qui avait passé les commandes de la musique à un autre père. Le beau-frère de Strike, qui était métreur vérificateur, ne semblait jamais très sûr du ton qu'il devait adopter avec lui, et optait en général pour un mélange de condescendance et d'agressivité que le détective trouvait exaspérant. « Où est la belle Charlotte ? Vous n'avez pas rompu une fois de plus, j'espère ? Ha ha ha. Parce que vous êtes difficiles à suivre, tous les deux ! »

Une petite fille avait été poussée au sol, et Greg se rua pour aider une des mères à calmer ses pleurs et nettoyer les taches d'herbe sur sa robe. Au milieu de piaillements de plus en plus assourdissants, le jeu tournait au chaos. Enfin, un des enfants fut déclaré vainqueur, ce qui provoqua d'autres larmes de la part du finaliste, qu'il fallut apaiser avec un prix de consolation tiré du grand sac-poubelle à côté des hydrangeas. Une seconde partie du même jeu fut ensuite annoncée.

« Bonjour ! dit une matrone entre deux âges en se plantant à côté de Strike. Vous êtes bien le frère de Lucy ?

— Oui.

— Nous sommes au courant, pour votre pauvre jambe, dit-elle en fixant les chaussures du détective. Lucy nous a tout expliqué en long et en large. Franchement, on ne s'en rend même pas compte, pas vrai ? Je ne vous ai même pas vu boiter quand vous êtes arrivé. Incroyable, ce que la médecine est capable de faire de nos jours ! Je parie que vous courez plus vite qu'avant. »

Peut-être s'imaginait-elle qu'il avait une lame en fibre de carbone sous son pantalon, comme un athlète paralympique. Il but quelques gorgées de sa bière et la regarda avec un sourire sans gaieté.

« Dites, c'est vrai ? demanda-t-elle soudain, le lorgnant avec des yeux luisants de curiosité. Vous êtes vraiment le fils de Jonny Rokeby ? »

Le fil de sa patience, sans qu'il l'ait vu venir, craqua brusquement.

« Possible, puisqu'il paraît qu'il a baisé ma mère, dit-il. Si vous alliez lui poser la question ? »

Elle parut abasourdie. Au bout de quelques secondes, elle s'éloigna en silence et il la vit parler à voix basse à une autre femme, qui leva un instant les yeux vers lui, puis les détourna. Un autre enfant trébucha, se cogna la tête contre un piquet de cricket orné d'une fraise géante et poussa un vagissement à faire éclater les tympans. Profitant de ce que l'attention générale était focalisée sur ce nouvel accident, Strike rentra discrètement dans la maison.

Le salon donnait sur la rue et affichait un confort un peu fade, avec son long sofa beige et ses deux fauteuils assortis, sa reproduction d'un tableau impressionniste au-dessus de la cheminée et, sur une étagère, les photos des trois neveux de Strike portant l'uniforme vert bouteille de leur école. Il ferma soigneusement la porte sur le vacarme du jardin, prit dans sa poche le DVD que Wardle lui avait envoyé, l'inséra dans le lecteur et alluma le téléviseur.

Une photo encadrée était posée sur le poste, prise le jour du trentième anniversaire de Lucy. On y voyait son père, Rick, accompagné de sa seconde épouse. Strike était debout dans le fond, la place qu'on lui assignait sur les photos de groupe depuis l'âge de cinq ans. À l'époque, il était en possession de ses deux jambes. Tracey, un autre officier de la Police militaire, dont Lucy avait espéré qu'elle épouserait son frère, se tenait à côté de lui. Elle s'était ensuite mariée avec un de leurs amis communs et avait récemment donné naissance à une petite fille. Strike avait eu l'intention de lui envoyer des fleurs, puis il avait oublié.

La télécommande à la main, il baissa les yeux sur l'écran et appuya sur PLAY.

La vidéo graineuse en noir et blanc commença aussitôt à défiler. Une rue toute blanche, et de lourds flocons de neige qui tombaient devant l'objectif. La vue à cent quatre-vingts degrés montrait l'intersection d'Alderbrook Road et de Bellamy Street.

Du côté droit de l'écran apparut un homme qui marchait seul sur le trottoir. Grand, les mains enfoncées dans les poches, en blouson apparemment noir, une capuche sur la tête par-dessus un bonnet. Son visage était indistinct sur le film, et Strike eut l'impression de voir le bas d'une tête très blanche avec un bandeau sombre sur les yeux, jusqu'à ce que la raison lui souffle qu'il observait en réalité le haut d'une tête noire et une écharpe blanche cachant le menton, la bouche et le nez. Sous le blouson entrouvert, sur le devant du sweat-shirt, il entrevoyait un dessin flou, peut-être le logo d'une marque ; sinon, les vêtements ne présentaient aucun signe distinctif.

Tout en s'approchant de la caméra, le marcheur baissa la tête pour consulter quelque chose qu'il avait tiré de sa poche. Quelques secondes plus tard, il tourna dans Bellamy Street et disparut hors du champ. L'horloge en bas à droite de l'écran indiquait une heure trente-neuf.

Puis le film sauta et montra de nouveau l'image brouillée du même carrefour, apparemment désert, les mêmes flocons obscurcissant la vue, mais à présent l'horloge marquait deux heures douze.

Les deux Coureurs apparurent brusquement. Le premier était reconnaissable à son écharpe blanche sur le visage, et il filait aussi vite qu'il pouvait sur ses longues jambes puissantes, en balançant les bras. Strike le vit détaler tout droit dans Alderbrook Road. Le second était plus petit, moins athlétique ; lui aussi portait une capuche, un bonnet et une écharpe devant le visage et Strike remarqua ses poings noirs, qu'il serrait en tentant de ne pas se laisser distancer par son camarade, mais il perdait rapidement du terrain. Lui, malgré le froid, ne portait pas de blouson, et, alors qu'il passait sous un réverbère, une inscription au dos de son sweat-shirt fut brièvement éclairée ; puis, à mi-chemin du bout de la rue, il tourna soudain dans une artère perpendiculaire et disparut.

Strike se repassa la courte vidéo, une première fois, puis une autre. Il n'observa aucun signe de communication entre les deux hommes, aucun geste indiquant qu'ils se parlaient ou même se regardaient tandis qu'ils s'éloignaient à toutes jambes de la caméra. Apparemment, c'était chacun pour soi.

Il fit défiler le film une quatrième fois et, après plusieurs tentatives, l'arrêta sur l'image où l'inscription dans le dos du plus lent des deux Coureurs était visible à la clarté du réverbère. Plissant les yeux, il examina l'écran et se rapprocha de l'image brouillée. Au bout d'une minute de scrutation attentive, il était presque sûr que le premier mot finissait par CK et que le second commençait par un J. Le reste était indéchiffrable.

Il appuya sur PLAY et laissa la vidéo continuer, tentant de distinguer quelle rue le second homme avait empruntée. Par trois fois, il le regarda se séparer de son compagnon, et, bien que le nom sur la pancarte fût indistinct, il se rappela, parce que Wardle le lui avait dit, qu'il s'agissait probablement de Halliwell Street. Au moment où il tournait, un logo apparut sur le devant de sa poitrine et Strike crut distinguer les lettres GS stylisées. Puis il disparut.

Aux yeux de la police, le fait que le premier homme eût retrouvé un ami hors du champ de la caméra faisait de lui un suspect moins plausible. Encore fallait-il supposer que les deux étaient vraiment amis ; mais Strike devait reconnaître que leur apparition l'un derrière l'autre devant l'objectif, par un temps pareil et à une heure aussi avancée de la nuit, se comportant de la même façon, suggérait bel et bien une complicité.

Le film sauta de nouveau, puis montra l'intérieur d'un bus plus tôt dans la soirée, à vingt-trois heures dix-huit minutes. Une jeune femme y montait, prise par une caméra située au-dessus du chauffeur ; son visage était déformé et plongé dans l'ombre, et tout ce qu'on distinguait était une queue de cheval blonde.

L'homme qui la suivait, pour autant qu'on pût voir, présentait une forte ressemblance avec le sujet filmé au croisement de Bellamy Street, au moment où il tournait pour se diriger vers Kentigern Gardens : grand, encapuchonné, écharpe blanche sur le visage. Ses yeux et son front étaient indistincts.

La vidéo tressauta quelques secondes, puis Strike vit apparaître Theobold Road, à deux heures trente-trois minutes. Si l'individu qui marchait d'un pas rapide sur le trottoir était le Coureur numéro un, il avait ôté son écharpe ; mais sa taille et son allure donnaient en effet à penser qu'il s'agissait bien du même homme. Cette fois, Strike eut l'impression qu'il faisait un effort conscient pour garder la tête baissée.

Enfin, le film ne montra plus qu'un écran noir, que Strike contempla un moment, plongé dans ses pensées. Quand il se rappela où il se trouvait, il fut surpris de voir que la pièce était colorée et illuminée de soleil.

Il tira son portable de sa poche et appela John Bristow, mais tomba sur sa boîte vocale. Il lui laissa un message pour lui dire qu'il avait visionné les vidéos et lu le dossier de la police, qu'il avait plusieurs questions à lui poser, et aimerait le rencontrer dans le courant de la semaine.

Puis il tenta de joindre Derrick Wilson, mais, de nouveau, tomba sur la boîte vocale. À lui aussi, il laissa un message, pour réitérer sa requête de visiter l'intérieur du 18, Kentigern Gardens.

Strike venait de rempocher son appareil quand la porte du salon s'ouvrit sur son neveu Jack. Il était tout rouge et semblait épuisé.

« Je t'ai entendu parler au téléphone, dit-il en refermant la porte aussi soigneusement que l'avait fait son oncle.

— Tu ne devrais pas être dans le jardin, Jack ?

— J'avais envie de faire pipi, expliqua le garçon. Dis, tu m'as apporté un cadeau, oncle Cormoran ? »

Strike, qui avait gardé sur lui le paquet emballé, le tendit à Jack et regarda son neveu détruire le délicat travail de Robin avec ses petits doigts impatients.

« Génial ! s'écria-t-il joyeusement. Un soldat !

— Oui, dit Strike.

— Avec un fusil et tout !

— Exact.

— Tu avais un fusil quand tu étais soldat ? demanda Jack en retournant la boîte pour voir la description de son contenu.

— Un fusil-mitrailleur et un pistolet, répondit Strike.

— Tu les as encore ?

— Non. J'ai dû les rendre.

— Dommage, commenta Jack d'un ton pragmatique.

— Tu ne crois pas que tu devrais retourner jouer ? suggéra le détective en entendant de nouveaux cris dans le jardin.

— J'ai plus envie, dit Jack. Je peux enlever le plastique ?

— Oui, bien sûr. »

Tandis que Jack arrachait fiévreusement l'emballage de son parachutiste en Celluloïd, Strike, à la dérobée, éjecta le DVD du lecteur et le glissa dans sa poche. Puis il aida son neveu à dégager son cadeau des attaches qui le fixaient à la boîte et à placer le fusil dans sa main.

Dix minutes plus tard, Lucy les trouva assis sur le sofa. Jack faisait tirer son soldat en l'embusquant derrière l'accoudoir, et Strike faisait semblant de recevoir une balle dans l'abdomen.

« Pour l'amour du Ciel, Corm, c'est *sa* fête d'anniversaire, il doit retourner jouer avec les autres ! Jack, je t'ai dit de ne pas ouvrir tes cadeaux tout de suite. Range ce soldat. Non, laisse-le ici. *Non*, Jack, tu joueras avec ça plus tard ! De toute façon, c'est presque l'heure du goûter et… »

Mécontente, irritée, Lucy traîna son fils hors du salon, non sans lancer à Strike un regard noir pardessus son épaule. Quand ses lèvres se pinçaient, Lucy ressemblait beaucoup à leur tante Joan, bien que celle-ci n'eût aucun lien de sang avec l'un ni avec l'autre.

Cette ressemblance passagère éveilla chez Strike une volonté de coopération qui n'était pas dans ses habitudes quand il rencontrait sa demi-sœur et sa famille. Il se conduisit « bien », comme aurait dit Lucy, jusqu'à la fin de la fête, se consacrant pour l'essentiel à calmer les disputes qui éclataient entre tel ou tel des enfants surexcités, puis se barricadant derrière une table à tréteaux couverte de pots de confiture et de jattes de crème glacée, décourageant ainsi la curiosité intrusive des mères qui rôdaient alentour.

3

Le dimanche matin, Strike fut réveillé de bonne heure par la sonnerie de son portable, qui se rechargeait sur le sol à côté de son lit de camp. C'était Bristow. Sa voix était tendue.

« J'ai écouté votre message d'hier, mais maman va de plus en plus mal et nous n'avons pas d'infirmière pour cet après-midi. Alison va venir me tenir compagnie. Nous pourrions nous voir demain à l'heure du déjeuner, si vous êtes libre. Il y a du nouveau ? ajouta-t-il avec espoir.

— Un peu, répondit Strike prudemment. Dites-moi, où est l'ordinateur portable de votre sœur ?

— Ici, chez maman. Pourquoi ?

— Vous verriez un inconvénient à ce que j'y jette un coup d'œil ?

— Pas de problème, dit Bristow. Je l'apporterai demain, d'accord ?

— Excellente idée. »

Après lui avoir donné le nom et l'adresse de l'endroit près de son cabinet où il avait l'habitude de déjeuner, Bristow raccrocha. Strike tendit la main vers son paquet de cigarettes, en alluma une et resta allongé un moment, à fumer et contempler le motif que dessinaient les rayons du soleil sur le plafond entre les lamelles du store et à savourer le silence et la solitude, loin des braillements d'enfants et des questions de Lucy. Plein d'un sentiment presque affectueux pour son bureau paisible, il écrasa son mégot, se leva et partit prendre sa douche au syndicat des étudiants.

Après plusieurs essais infructueux, il réussit à joindre Derrick Wilson dans la soirée.

« Il vaudrait mieux éviter de passer cette semaine, lui dit le gardien. Mr Bestigui est là presque tout le temps et j'ai pas envie de perdre mon boulot, vous comprenez ? S'il s'absente, je vous passerai un coup de fil. »

Strike entendit le bruit de la sonnette à distance.

« Vous êtes au travail ? », demanda-t-il avant que Wilson eût le temps de raccrocher.

Il l'entendit dire à quelqu'un, loin de l'appareil : (« *Signe là, s'il te plaît, mon vieux.*) Quoi ? ajouta-t-il plus fort à l'intention du détective.

— Si vous êtes à votre travail, j'aimerais bien que vous cherchiez le nom d'une amie qui rendait visite à Lula de temps en temps. Il doit être dans votre registre.

— Quelle amie ? demanda Wilson. (*Oui, au revoir.*)

— Celle dont Kieran a parlé, la fille de la clinique. Rochelle. J'aurais besoin de son nom de famille.

— Oh, elle ! dit Wilson. D'accord, je regarde et je vous rapp…

— Vous pourriez jeter un coup d'œil tout de suite ? »

Il entendit Wilson pousser un soupir.

« Entendu. Attendez une minute. »

Des bruits indistincts, un cliquetis, le frottement d'un objet contre le bois. Puis le son de pages qu'on feuilletait. En attendant, Strike observait des vêtements dessinés par Guy Somé qui s'étalaient sur l'écran de son ordinateur.

« Voilà, je l'ai trouvée, dit la voix de Wilson dans son oreille. Elle s'appelle Rochelle… je n'arrive pas à lire… quelque chose comme Onifade.

— Vous pouvez épeler ? »

Wilson s'exécuta, et Strike nota le nom sur un papier.

« Vous vous rappelez quand elle est passée pour la dernière fois ?

— Hmm… Je dirais début novembre, dit le gardien. (*Oui, bonne soirée.*) Il faut que je vous laisse. »

Il raccrocha avant que Strike eût fini de le remercier, et le détective reprit sa canette de Tennents et son examen de vêtements de jour tels que les concevait Guy Somé, en particulier un sweat-shirt à capuche orné sur le devant des lettres GS stylisées, en doré sur fond noir. Ce logo était en évidence sur tous les articles de prêt-à-porter masculin visibles sur le site Internet du couturier. Strike n'avait pas une idée très claire du sens de l'expression « prêt-à-porter » ; elle lui semblait souligner une évidence, même si, en dehors de toutes ses autres connotations, il se rendait compte qu'elle signifiait aussi « moins cher ». L'autre partie du site, intitulée simplement « Guy Somé », montrait d'étonnantes défroques dont la plupart coûtaient plusieurs milliers de livres. Malgré les efforts de Robin, le personnel du styliste qui avait inventé ces costumes sans col d'un curieux bistre rouge, ces étroites cravates tricotées, ces minirobes brodées de fragments de miroir et ces chapeaux mous en cuir continuait de faire la sourde oreille à toutes les demandes d'entretien concernant la mort du mannequin vedette de la maison.

4

Tu t'imagines peut-être que je vais laisser tomber, mais tu te fourres le doigt dans l'œil, sale connard. Je t'aurai ! Je t'ai fait confiance et voilà comment tu me remercies. Je vais t'arracher la bite et les couilles et te les enfoncer dans la gorge, pour que t'étouffes et que tu en crèves, fumier. Quand j'en aurai fini avec toi, même ta propre mère ne te reconnaîtra pas. Je vais te buter, Strike, parce que tu es la pire des ordures et le pire des saligauds.

« Il fait vraiment très bon dehors, dit le détective avec un sourire.

— Vous voulez bien lire ça ? S'il vous plaît ? »

En ce lundi matin, Strike venait de fumer une cigarette dans la rue ensoleillée en bavardant avec la vendeuse du disquaire d'en face. Les cheveux de Robin étaient de nouveau dénoués ; apparemment, elle n'avait pas d'autre entretien d'embauche aujourd'hui. Cette déduction, et l'effet du soleil après de longs jours de pluie, se combinaient pour mettre Strike de bonne humeur, mais Robin semblait nerveuse. Elle était debout derrière son bureau et lui tendait une feuille de papier rose, décorée des chatons habituels.

« Il continue, alors ? »

Strike prit la lettre et la parcourut, souriant toujours.

« Je ne comprends pas pourquoi vous n'allez pas en parler à la police, dit Robin. Ce qu'il vous dit est…

— Classez-la avec les autres, dit Strike d'un ton désinvolte, reposant la lettre et jetant un coup d'œil aux autres enveloppes empilées.

— Bon. Mais ce n'est pas tout, dit Robin, visiblement mécontente de tant d'imprudence. Temporary Solutions vient d'appeler.

— Ah oui ? Qu'est-ce qu'ils veulent ?

— Savoir où je suis passée, répondit Robin. De toute évidence, ils soupçonnent que je travaille toujours pour vous.

— Qu'est-ce que vous leur avez dit ?

— J'ai fait semblant d'être quelqu'un d'autre.

— Bon réflexe. Qui ?

— J'ai dit que je m'appelais Annabel.

— En général, les gens pressés de donner un faux nom en choisissent un qui commence par un A. Vous saviez ça ?

— Mais s'ils envoient quelqu'un pour contrôler ?

— Oui ?

— C'est à vous qu'ils réclameront de l'argent, pas à moi ! Ils voudront vous faire payer la commission pour mon recrutement ! »

Il sourit devant son angoisse à l'idée qu'il doive s'acquitter d'une somme au-dessus de ses moyens. Il avait prévu de lui demander de rappeler les bureaux de Freddie Bestigui, puis d'entamer une recherche sur les annuaires en ligne pour trouver la tante de Rochelle Onifade à Kilburn ; mais il y renonça et lui dit :

« Bon, je pense que le mieux, ce serait d'évacuer les lieux. Avant d'aller déjeuner avec Bristow, je voulais faire un saut à un endroit qui s'appelle Vashti. Ce serait plus naturel si nous nous présentions ensemble.

— Vashti ? La boutique ? dit Robin aussitôt.

— Oui. Vous connaissez ? »

Ce fut au tour de Robin de sourire. Les magazines lui avaient tout appris sur Vashti, qui, à ses yeux, était le top du chic londonien : un endroit où se pressaient les chroniqueurs de mode à la recherche de vêtements et d'accessoires qui feraient rêver leurs lectrices, et qui auraient coûté à Robin six mois de salaire.

« J'en ai entendu parler », dit-elle.

Il décrocha son trench-coat et le lui tendit.

« Nous ferons comme si vous étiez ma sœur, Annabel. Vous m'accompagnez pour m'aider à choisir un cadeau pour ma femme.

— Quel est son problème, à ce type qui vous envoie des menaces de mort ? interrogea Robin quand ils furent assis côte à côte dans le métro. Qui est-ce ? »

Elle avait réprimé sa curiosité au sujet de Jonny Rokeby, et de la beauté brune qui était sortie en trombe de l'immeuble de Strike le matin de son arrivée, et du lit de camp dont ils ne parlaient jamais ; mais au sujet des menaces de mort hebdomadaires sur papier rose, elle se sentait en droit de poser des questions. Après tout, c'était elle qui ouvrait les enveloppes et lisait les divagations ordurières griffonnées entre les chatons folâtrant dans les marges. Strike ne leur accordait aucun intérêt.

« Il s'appelle Brian Mathers, dit Strike. Il est venu me voir en juin dernier parce qu'il s'était mis en tête que sa femme couchait avec un autre. Il voulait que je la suive. Alors, je l'ai placée sous surveillance pendant un mois. Une femme très ordinaire : plutôt moche, mal fagotée, avec une permanente ratée. Elle travaillait comme comptable dans un grand entrepôt de moquettes. En semaine, elle passait ses journées dans un petit bureau mal éclairé, avec trois collègues. Elle allait jouer au bingo tous les jeudis soir, se rendait au supermarché le vendredi pour faire les courses de la semaine, et le samedi elle accompagnait son mari au Rotary Club du coin.

— Quel jour pensait-il donc qu'elle couchait avec un autre ? », s'enquit Robin.

Leur reflet pâle tanguait contre la fenêtre noire et opaque, vidée de toute couleur par la lumière crue au-dessus de leur tête. Robin semblait plus âgée, mais éthérée ; Strike, plus granitique et plus laid.

« Le jeudi soir, dit-il.

— Et c'était vrai ?

— Non, elle allait vraiment jouer au bingo avec sa copine Maggie, mais tous les jeudis où je l'ai suivie, elle se débrouillait pour rentrer en retard. Après avoir quitté Maggie, elle faisait un grand tour en voiture. Une fois, je l'ai vue entrer dans un pub, se commander un jus de tomate et s'asseoir toute seule dans un coin, d'un air timide, comme si elle avait peur qu'on fasse attention à elle. Une autre fois, elle a attendu au coin de leur rue dans sa voiture, et elle n'est pas rentrée avant trois quarts d'heure.

— Mais pourquoi ? demanda Robin tandis que la rame grinçait bruyamment en passant dans un long tunnel.

— C'est la question, n'est-ce pas ? Pour prouver quelque chose ? L'inquiéter ? Se moquer de lui ? Le punir ? Ajouter un peu de piment à leur vie de couple ennuyeuse ? Tous les jeudis, une plage de temps inexpliquée.

« C'est un anxieux par nature et il a tout de suite mordu à l'hameçon. Ça le rendait fou, ces retards. Il était sûr qu'une fois par semaine, elle avait rendez-vous avec un amant et que son amie Maggie la couvrait. Il a essayé de la suivre lui-même, mais il s'est fourré dans le crâne que si elle allait jouer au bingo ces jeudis-là, c'était parce qu'elle savait qu'il la surveillait.

— Vous lui avez dit la vérité ?

— Oui. Seulement, il n'a pas voulu me croire. Il s'est mis à hurler, à dire que tout le monde était de mèche contre lui. Il a refusé de me payer.

« J'avais peur qu'il ne finisse par la brutaliser, et c'est là que j'ai commis une grosse erreur. J'ai téléphoné à cette femme, je lui ai dit que son mari m'avait payé pour la filer, que je savais ce qu'elle faisait le jeudi et que son bonhomme était tout près du point de rupture. Pour sa propre sécurité, je lui ai conseillé de ne pas pousser le bouchon trop loin. Elle n'a pas dit un mot, elle m'a raccroché au nez.

« Mais il regardait régulièrement le portable de son épouse, pour voir qui l'avait appelée. Il a trouvé mon numéro et il en a tiré la conclusion évidente.

— Que vous aviez dit à sa femme qu'il vous avait payé pour la surveiller ?

— Non. Que j'avais été sensible à ses charmes et que j'étais son nouvel amant. »

Robin se couvrit la bouche avec les deux mains, et Strike se mit à rire.

« C'est fréquent que vos clients soient un peu dérangés ? demanda-t-elle quand elle eut reposé ses mains sur ses genoux.

— Lui l'est, c'est certain, mais en général ils sont seulement angoissés.

— Je pensais à John Bristow, dit Robin d'un ton hésitant. Sa petite amie Alison est sûre qu'il se fait des idées. Et vous-même, vous avez pensé qu'il était peut-être un peu… enfin, vous voyez. Non ? Nous vous avons entendus à travers la porte, ajouta-t-elle d'une voix gênée. La phrase sur les "pseudo-psys à la mords-moi-le-nœud".

— Exact, dit Strike. Seulement, je… il se pourrait que j'aie changé d'avis.

— Qu'est-ce que vous voulez dire ? », demanda Robin, ses yeux gris-bleu soudain grands ouverts. Le métro ralentissait avec des grincements et des secousses, et des silhouettes défilaient à la fenêtre, de moins en moins brouillées. « Est-ce que… vous êtes en train de dire qu'il n'est pas… qu'il pourrait avoir raison et… qu'elle a vraiment été…

— Nous sommes arrivés. »

La boutique à façade blanche qu'ils cherchaient se trouvait dans une des zones les plus huppées de Londres, dans Conduit Street, près du croisement avec New Bond Street. Aux yeux de Strike, ses trois vitrines colorées exhibaient un fouillis d'objets parfaitement superflus : coussins brodés de sequins et bougies parfumées dans des pots en argent, pans de mousseline artistement drapés, caftans criards portés par des mannequins sans visage, gros sacs d'une difformité ostentatoire, étalés ou pendus devant un arrière-plan de style Pop Art, dans une célébration du consumérisme qui lui irritait la rétine et l'humeur. Il imaginait Tansy Bestigui et Ursula May arpentant le magasin, étudiant les prix d'un œil exercé et choisissant des sacs en alligator à plusieurs milliers de livres, bien déterminées à tirer au moins un bénéfice matériel de leurs mariages sans amour.

De son côté, Robin aussi examinait la triple vitrine, mais sans prêter grande attention aux articles exposés. Ce matin, pendant que Strike était descendu fumer et avant l'appel de Temporary Solutions, on lui avait téléphoné pour lui proposer un emploi. Chaque fois qu'elle pensait à cette offre, qu'elle devait accepter ou décliner dans les quarante-huit heures, elle sentait une émotion lui crisper l'estomac et tentait de se persuader que c'était du plaisir, tout en étant de plus en plus consciente qu'en réalité c'était de l'appréhension.

Il fallait dire oui, sauter sur l'occasion. La proposition présentait de nombreux avantages. Le salaire était supérieur à tout ce que Matthew et elle auraient pu espérer, les bureaux étaient élégants et situés en plein centre de Londres, de sorte que son fiancé et elle pourraient déjeuner ensemble tous les jours s'ils en avaient envie. Sans compter que ces temps-ci, le marché de l'emploi était tout sauf dynamique. En somme, elle aurait dû être ravie.

« Ça s'est passé comment, votre entretien de vendredi ? demanda Strike en observant un manteau pailleté qu'il trouvait d'une laideur obscène.

— Plutôt bien, je crois », dit Robin d'un ton évasif.

Elle se remémora l'excitation qu'elle avait ressentie quelques minutes plus tôt, quand Strike lui avait suggéré que Lula Landry avait peut-être été assassinée. Était-il sérieux ? Robin remarqua qu'il observait l'étalage de vêtements extravagants comme s'ils pouvaient lui révéler quelque chose d'important. C'était sûrement (l'espace d'un instant, elle vit la scène avec les yeux de Matthew, pensa avec la voix de Matthew) une pose qu'il adoptait pour se rendre intéressant. Matthew ne cessait de faire des allusions au fait que selon lui, Strike, d'une manière ou d'une autre, était un truqueur et un imposteur. À ses yeux, détective privé était une profession farfelue, comme dompteur de lions ou astronaute. Les gens réels faisaient d'autres métiers.

Robin songea que si elle acceptait ce job d'assistante dans un service de ressources humaines, elle ne saurait jamais à quoi l'enquête avait abouti (sauf peut-être un jour, par le journal télévisé). Prouver, résoudre, capturer, protéger : c'étaient des activités vraiment importantes, fascinantes. Dignes qu'on s'y consacre. Robin savait que Matthew la jugeait naïve et puérile d'avoir ce genre de pensées, mais elle ne pouvait s'en empêcher.

Strike avait tourné le dos à la vitrine de Vashti et regardait quelque chose au croisement de New Bond Street. Robin vit qu'il avait les yeux fixés sur la grande boîte aux lettres rouge qui se dressait devant la maroquinerie Russell & Bromley, avec sa large bouche rectangulaire qui semblait grimacer de l'autre côté de la rue.

« Bon, allons-y, dit-il en se tournant vers elle. N'oubliez pas : vous êtes ma sœur et nous faisons les boutiques pour trouver un cadeau pour ma femme.

— Mais qu'est-ce que nous cherchons vraiment ?

— Ce que Lula Landry et son amie Rochelle Onifade sont venues faire ici la veille de la mort de Lula. Elles sont restées ensemble environ un quart d'heure, puis Lula est repartie. Je n'ai pas beaucoup d'espoir : tout ça remonte à trois mois et il est très possible que personne n'ait rien remarqué. Mais ça vaut la peine d'essayer. »

Le rez-de-chaussée de Vashti était réservé aux vêtements ; un écriteau au bas d'un escalier en bois indiquait qu'au premier étage se trouvaient un café-restaurant et le rayon « Style de vie ». Des femmes faisaient glisser des cintres chargés d'articles multicolores sur les rails des présentoirs, bronzées, arborant de longues chevelures au brushing impeccable. Les vendeuses formaient une petite troupe hétéroclite, aux tenues excentriques et aux coiffures extravagantes. L'une d'elles, qui portait un tutu flottant et des bas résilles, arrangeait un étalage de chapeaux.

À la surprise de Strike, Robin marcha tout droit vers elle.

« Bonjour ! dit-elle gaiement. J'ai vu un fabuleux manteau pailleté dans la vitrine du milieu. Je pourrais l'essayer ? »

La vendeuse avait une masse de cheveux blancs pelucheux, de la texture de la barbe à papa.

« Oui, aucun problème », dit-elle avec un sourire mécanique.

Mais il s'avéra qu'elle n'avait pas dit la vérité : extraire le manteau de la vitrine se révéla extrêmement problématique. Il fallait l'enlever du mannequin qui le portait et le débarrasser de son antivol électronique. Dix minutes plus tard, le manteau n'était toujours pas prêt pour l'essayage et la première vendeuse avait appelé deux de ses collègues pour lui prêter main-forte. Robin, cependant, flânait dans la boutique sans parler à Strike, empilant sur son bras tout un assortiment de robes et de chemisiers. Quand, enfin, le manteau pailleté fut porté en procession par les trois filles, toutes semblaient personnellement investies dans son avenir ; elles accompagnèrent Robin jusqu'aux cabines d'essayage, l'une d'entre elles se portant volontaire pour se charger des autres articles qu'elle avait sélectionnés, tandis que les deux autres transportaient le manteau.

Les cabines, spacieuses, consistaient en plusieurs structures en ferronnerie sur lesquelles étaient drapées d'épaisses tentures de soie crème. En se postant assez près pour entendre ce qui se disait à l'intérieur, Strike eut l'impression de découvrir pour la première fois toute l'étendue des talents de sa secrétaire intérimaire.

Dans la cabine, Robin avait emporté pour dix mille livres de vêtements ; à lui seul, le manteau pailleté en valait à peu près la moitié. Dans des circonstances normales, elle n'en aurait jamais eu l'audace, mais une humeur particulière s'était emparée d'elle ce matin, faite de témérité et de bravade. Elle voulait se prouver quelque chose à elle-même, mais aussi à Matthew et même à Strike. Les trois vendeuses s'affairaient autour d'elle, suspendant des robes aux patères, lissant les plis du manteau, et Robin n'éprouvait aucune honte à l'idée qu'elle n'aurait pu s'offrir ne fût-ce que le moins cher des chemisiers qui pendaient maintenant au bras d'une vendeuse aux cheveux roses et couverte de tatouages, et qu'aucune de ces filles ne recevrait la commission que, de toute évidence, elles convoitaient. Elle demanda même à Cheveux-Roses d'aller lui chercher une veste en lamé vieil or dont celle-ci lui avait affirmé qu'elle lui irait admirablement et s'assortirait à merveille avec la robe verte qu'elle avait prise avec elle.

Robin était plus grande que les trois filles, et, quand elle eut ôté son trench-coat pour enfiler le manteau pailleté, toutes les trois roucoulèrent d'enthousiasme.

« Il faut que je montre ça à mon frère, leur dit-elle après avoir observé d'un œil critique son reflet dans le miroir. Ce n'est pas pour moi, vous comprenez, c'est pour sa femme. »

Et elle sortit de la cabine, les trois vendeuses papillonnant autour d'elle. Les femmes riches près des présentoirs levèrent la tête vers elle et la fixèrent en plissant les yeux.

« Qu'est-ce que tu en penses ? », demanda Robin avec effronterie.

Strike devait reconnaître que le manteau qu'il avait trouvé si vilain était plus beau sur Robin que sur le mannequin. Elle tournoya sur elle-même, et le vêtement scintilla comme une plaque de mica.

« Pas mal, dit-il avec une prudence bien masculine, et les vendeuses sourirent avec indulgence. Oui, c'est même assez joli. Combien ?

— Pour toi, pas grand-chose, répondit Robin avec un regard espiègle à son trio d'habilleuses. Je suis sûre que Sandra serait ravie, ajouta-t-elle d'un ton ferme, et Strike, pris au dépourvu, sourit un peu bêtement. Et puis, on n'a pas quarante ans tous les jours !

— C'est un modèle qui va avec tout, assura Barbe-à-Papa en regardant ardemment le détective. Parfait sur un jean comme sur une robe du soir.

— Bon, je vais essayer la robe Cavalli, dit Robin avec allégresse en retournant vers la cabine. Sandra m'a demandé de l'accompagner, expliqua-t-elle aux vendeuses qui l'aidaient à ôter le manteau et préparaient la robe qu'elle avait désignée, pour lui éviter une bourde de plus. Le jour de ses trente-cinq ans, il lui a offert les boucles d'oreille les plus affreuses qu'on ait jamais vues. Elles lui ont coûté les yeux de la tête et elle ne les a jamais sorties du coffre. »

Robin ne savait pas d'où elle tirait ces inventions, mais elle se sentait inspirée. Elle retira son pull-over et sa jupe et enfila une robe moulante, couleur vert poison. À mesure qu'elle parlait, Sandra acquérait une existence réelle : une femme un peu gâtée, un peu blasée, qui avait confié à sa belle-sœur par-dessus un verre de bordeaux que son mari (un banquier, décida Robin, bien que Strike ne correspondît guère à l'image qu'elle se faisait d'un banquier) manquait terriblement de goût.

« Elle m'a dit : emmène-le chez Vashti et arrange-toi pour qu'il fasse chauffer sa carte de crédit. Oh, oui, très joli ! »

Le mot était faible. Robin contempla son reflet, et dut admettre en son for intérieur qu'elle n'avait jamais rien porté d'aussi beau. La robe verte lui faisait une taille de guêpe, sculptant sa silhouette en courbes suaves et allongeant son cou pâle pour le rendre pareil à celui d'une sylphide. Elle était transformée en déesse au corps d'émeraude, et les vendeuses ne purent réprimer des murmures d'admiration.

« Combien ? demanda Robin à Cheveux-Roses.

— Deux mille huit cent quatre-vingt-dix-neuf, répondit celle-ci.

— C'est-à-dire rien du tout, pour lui », dit Robin avec désinvolture, et elle franchit les rideaux crème pour se montrer à Strike, qui examinait des paires de gants sur une table circulaire.

Son seul commentaire sur la robe verte fut un bref « oui » marmonné ; il l'avait à peine regardée.

« À la réflexion, ce n'est peut-être pas la couleur de Sandra », dit Robin, avec un soudain sentiment d'embarras, car Strike n'était ni son frère ni son petit ami et il lui semblait pousser la plaisanterie un peu loin en s'exhibant devant lui dans une robe qui lui collait presque à la peau. Elle battit en retraite dans la cabine.

De nouveau en culotte et soutien-gorge, elle dit aux vendeuses :

« La dernière fois que Sandra est venue, elle a croisé Lula Landry dans le magasin. Elle m'a dit qu'elle était sublime, encore plus belle que sur les photos.

— Oh, oui ! dit Cheveux-Roses en serrant contre sa poitrine la veste en lamé or qu'elle était allée chercher. Elle venait très régulièrement, nous la voyions presque toutes les semaines. Vous voulez essayer ça ?

— Elle était ici la veille de sa mort, se souvint Barbe-à-Papa en aidant Robin à se glisser dans la veste en lamé. Dans cette même cabine.

— Vraiment ? dit Robin.

— Elle ne fermera pas sur le buste, mais on peut aussi bien la laisser ouverte, dit Cheveux-Roses.

— Non, ça n'ira pas. Sandra est un peu plus forte que moi, dit Robin, dénigrant sans vergogne la silhouette de sa belle-sœur fictive. Je vais essayer la robe noire. Vous dites que Lula Landry était ici la veille de sa mort ?

— Oh, oui, répondit Cheveux-Roses. C'est tellement triste qu'elle ait fini comme ça ! Tu l'as entendue parler au téléphone, n'est-ce pas, Mel ? »

La troisième vendeuse, une petite boulotte avec un piercing dans le nez qui tenait une robe noire à insertions de dentelle, émit un grognement vague. En la regardant dans le miroir, Robin ne vit sur son visage aucun désir de répéter la conversation qu'elle avait surprise, fortuitement ou non.

« Elle parlait avec Evan Duffield, pas vrai ? », insista Cheveux-Roses, la plus bavarde du trio.

Robin vit Mel froncer les sourcils. Malgré sa petite taille, elle eut l'impression que Mel était la vendeuse en chef, et considérait que la discrétion sur ce qui se passait dans ces tentes en soie crème faisait partie des exigences de son métier, alors que les deux autres mouraient d'envie de partager des cancans, surtout avec une femme visiblement si décidée à claquer l'argent de son frère.

« Ce doit être impossible de ne pas entendre ce qui se dit là-dedans, à travers ces cloisons en soie », commenta Robin, un peu haletante, sous la pression des trois filles qui s'efforçaient de la faire entrer dans la robe noire à dentelle.

Mel se détendit légèrement.

« C'est vrai. Et quand les clientes sont au téléphone, elles ne se gênent pas pour dire tout ce qui leur passe par la tête. Nous, on entend tout, c'est obligé. »

Serrée dans une camisole de force en cuir et en dentelle, Robin observa :

« Pourtant, j'aurais cru qu'une célébrité comme Lula Landry aurait fait plus attention, avec la presse qui la suivait partout.

— Oui. Moi aussi, j'aurais cru, dit la vendeuse. Bien sûr, en ce qui me concerne, je ne répéterais jamais rien de ce que j'entends, mais certaines personnes n'hésiteraient pas. »

Sans s'arrêter au fait que, de toute évidence, elle l'avait quand même répété à ses collègues, Robin hocha la tête pour approuver ce rare sens des convenances.

« Mais je suppose que vous avez dû en parler à la police ? ajouta-t-elle en ajustant la robe et en s'apprêtant à remonter la fermeture Éclair.

— La police n'est jamais venue ici, dit Barbe-à-Papa, avec du regret dans la voix. J'ai dit à Mel qu'elle devrait aller raconter ce qu'elle a entendu, mais elle n'a pas voulu.

— Elle n'a pas dit grand-chose, répliqua Mel. Ça n'aurait rien changé. Il n'était pas à Mayfair, pas vrai ? L'enquête l'a prouvé. »

Strike s'était approché autant qu'il l'osait de la cabine, sans éveiller les soupçons des clientes et des autres vendeuses. À l'intérieur, Cheveux-Roses se débattait avec la fermeture Éclair, comprimant la cage thoracique de Robin à l'en étouffer.

« Vous voulez dire qu'Evan Duffield n'a pas été vu près de chez elle quand elle est morte ? demanda-t-elle d'une voix pantelante.

— Oui, dit Mel. Donc, peu importe ce qu'elle lui a dit plus tôt dans la journée, pas vrai ? Duffield n'est pour rien dans sa mort. »

Robin et les trois vendeuses observèrent un moment le miroir.

« Non, ça n'ira pas non plus, dit la pseudo-cliente, les deux tiers inférieurs de ses seins aplatis par le tissu tendu à se rompre et le tiers supérieur lui remontant vers les clavicules. Sandra ne rentrera jamais là-dedans. Mais vous ne croyez pas, poursuivit-elle en respirant plus librement à mesure que Barbe-à-Papa baissait la fermeture Éclair, que vous auriez dû parler de cette conversation à la police et la laisser décider si c'était important ou non ?

— C'est ce que j'ai dit, Mel, tu te souviens ? », piailla Cheveux-Roses.

Mel fut aussitôt sur la défensive.

« Mais puisqu'il n'était pas là ! Il n'est pas monté chez elle de la soirée ! Il devait lui expliquer qu'il était pris et qu'il ne pouvait pas la voir, parce qu'elle disait : "Viens plus tard, alors, je t'attendrai. De toute façon, je ne serai pas rentrée avant une heure du matin. Je t'en prie, je t'en prie, viens !" Comme si elle le suppliait. Mais son amie était avec elle dans la cabine, et elle a tout entendu. Elle a dû se charger d'en parler à la police, vous ne croyez pas ? »

Robin enfilait de nouveau le manteau pailleté, pour se donner une contenance. Tournant sur elle-même devant le miroir, elle demanda, l'air de rien :

« Et vous êtes sûre que c'était à Duffield qu'elle parlait ?

— C'est évident, dit Mel comme si Robin avait insulté son intelligence. À qui voulez-vous qu'elle demande de passer chez elle en pleine nuit ? C'est clair, elle avait absolument besoin de le voir.

— Les yeux qu'il a ! se pâma Barbe-à-Papa. Le plus bel homme que j'aie jamais vu. Et le charisme qu'il dégage quand on le voit en vrai ! Il est venu avec elle une fois. Il est tellement sexy ! »

Dix minutes plus tard, quand Robin eut essayé deux autres modèles et décidé avec Strike, devant les vendeuses, que le manteau pailleté était le plus beau de la série, tous deux résolurent, avec l'accord des trois filles, que le plus sage serait de revenir avec Sandra le lendemain. Strike réserva le manteau à cinq mille livres sous le nom d'Andrew Atkinson, dicta un numéro de portable inventé et quitta la boutique avec Robin sous une pluie d'au revoir chaleureux, comme s'il avait déjà payé.

Ils parcoururent une cinquantaine de mètres en silence. Le détective alluma une cigarette, puis se tourna vers la jeune femme et dit :

« Très impressionnant, votre numéro. »

Robin rayonna de fierté.

5

Strike et Robin se séparèrent devant la station Bond Street. La jeune femme prit le métro pour rentrer au bureau, appeler de nouveau les studios Bestfilms, chercher sur les annuaires en ligne l'adresse de la tante de Rochelle Onifade et déjouer les contrôles éventuels de Temporary Solutions. (« Fermez bien la porte à clef », lui conseilla Strike.)

Le détective acheta un journal et prit le métro jusqu'à Knightsbridge, puis continua à pied – car il avait tout son temps – jusqu'au Serpentine Bar & Kitchen, que Bristow avait choisi pour déjeuner.

Il traversa le sud de Hyde Park par des allées feuillues, puis par la piste cavalière qui menait au lac. Dans le métro, il avait noté l'essentiel du témoignage de la fille nommée Mel, et à présent, dans la verdure ensoleillée, il laissait libre cours à ses pensées, non sans s'attarder sur le souvenir de Robin dans la robe verte moulante.

Sa réaction indifférente l'avait déconcertée, et il le savait ; mais il y avait eu une étrange intimité durant ce moment, et l'intimité était ce qu'il désirait le moins, surtout avec Robin, malgré son intelligence, son professionnalisme et sa prévenance. Il appréciait sa compagnie et son respect pour sa vie privée. Dieu sait, pensa-t-il en s'écartant pour éviter un cycliste, qu'une telle discrétion était rare, surtout de la part des femmes. Mais le fait que Robin doive bientôt partir pour d'autres horizons faisait partie intégrante du plaisir que lui procurait sa présence ; comme sa bague de fiançailles, cette perspective imposait une barrière bienvenue. Il aimait bien Robin, il lui était reconnaissant et, depuis ce matin, il pouvait même dire qu'elle l'impressionnait ; mais il avait de bons yeux et une bonne libido, de sorte que chaque jour, quand il la voyait se pencher sur son ordinateur, il ne lui échappait pas qu'elle était très attirante. Pas d'une beauté exceptionnelle (rien à voir avec Charlotte), mais d'un charme et d'une séduction qui ne lui étaient jamais apparus avec autant d'évidence qu'à l'instant où elle avait surgi de la cabine d'essayage dans la robe vert poison ajustée comme une seconde peau. C'était pour cette raison qu'il avait détourné les yeux. Certes, il ne la soupçonnait d'aucune provocation délibérée, mais il considérait avec réalisme l'équilibre précaire qu'il devait maintenir pour préserver sa santé mentale. Elle était le seul être humain avec qui il fût en contact régulier, et il se savait sensible au sex-appeal féminin. Et puis, il avait compris à certaines hésitations et à certaines dérobades que son fiancé désapprouvait la décision qu'elle avait prise d'abandonner l'agence d'intérim pour continuer de travailler pour lui. Mieux valait pour tout le monde ne pas laisser cette amitié naissante s'égarer vers autre chose, et donc s'abstenir d'admirer ouvertement sa sil-houette drapée dans le satin.

Strike n'était jamais venu au Serpentine Bar & Kitchen, un grand bar-restaurant donnant sur le lac et qui ressemblait à une pagode futuriste. Son épais toit blanc avait la forme d'un livre retourné sur un support de verre plissé en accordéon. Un immense saule pleureur caressait le mur de droite et ses branches frôlaient la surface de l'eau.

Bien que la journée fût fraîche et venteuse, la vue sur le lac était splendide sous le soleil et Strike choisit une table en terrasse, tout près de l'eau. Puis il commanda une Doom Bar et ouvrit son journal.

Bristow avait déjà dix minutes de retard quand un homme grand et bien bâti, en élégant complet-veston sous un manteau jeté sur ses épaules, s'arrêta devant la table du détective.

« Mr Strike ? »

Il devait approcher de la soixantaine, mais c'était un homme séduisant, à la chevelure encore bien fournie. Avec sa mâchoire ferme et ses pommettes saillantes, il avait l'air d'un acteur jouant un homme d'affaires dans une série télévisée. Strike le reconnut aussitôt pour l'avoir vu sur une des photos que Robin avait trouvées sur Internet : c'était le personnage à l'air hautain qui semblait mal à l'aise de se trouver dans le cortège funèbre aux obsèques de Lula.

« Tony Landry, dit-il. L'oncle de John et Lula. Vous permettez ? »

Son sourire était un parfait exemple de rictus mondain insincère : une brève crispation des commissures des lèvres, dévoilant des dents blanches et régulières.

Landry posa son manteau sur le dossier de la chaise en face de celle de Strike, puis s'assit.

« John a été retardé au cabinet », poursuivit-il. La brise souleva ses cheveux, montrant qu'il était légèrement dégarni aux tempes. « Il a demandé à Alison de vous appeler pour vous prévenir. Comme je passais à ce moment-là, j'ai eu l'idée de venir vous apporter le message moi-même. C'est une occasion d'échanger quelques mots avec vous, en privé. Je pensais que vous me demanderiez rendez-vous un de ces jours ; à ce que j'ai compris, vous rencontrez tout l'entourage de ma nièce. »

Il prit dans la poche de son veston une paire de lunettes cerclées d'acier, les chaussa et consulta quelques instants le menu. Buvant sa bière à petites gorgées, Strike attendit.

« On m'a dit que vous aviez parlé avec Mrs Bestigui ? dit Landry, reposant le menu, puis remettant ses lunettes dans sa poche.

— Exact, dit Strike.

— Hmm... Tansy est certainement animée des meilleures intentions, mais elle se fait du tort en répétant une histoire dont la police a prouvé qu'elle ne pouvait pas être vraie. Beaucoup de tort, répéta-t-il avec insistance. C'est ce que j'ai dit à John, évidemment. Son premier souci devrait être notre cliente, et ce qui va dans le sens de son intérêt.

« Je prendrai la terrine de jarret, lança-t-il à une serveuse qui passait. Avec une demi-bouteille d'eau minérale. Plate. Bon, reprit-il, s'adressant de nouveau à Strike, le mieux est sans doute que j'aille droit au but.

« Pour de nombreuses raisons, toutes excellentes, je

298

ne suis pas favorable à ce qu'on remue de nouveau les circonstances de la mort de Lula. Vous ne serez sûrement pas d'accord avec moi, vous qui gagnez votre beurre en allant fouiller dans les tragédies familiales, à la recherche du moindre détail louche. »

De nouveau, un bref sourire agressif et sans gaieté.

« Je ne vous blâme pas entièrement : nous devons tous travailler pour vivre, et d'ailleurs beaucoup de gens n'hésiteraient pas à dire que ma profession est aussi parasitaire que la vôtre. Mais il serait bon, pour vous comme pour moi, que je vous mette certains faits sous les yeux. Des faits dont je doute que John vous les ait révélés.

— Avant que vous ne commenciez, dit Strike, qu'est-ce qui retient John au cabinet ? S'il ne peut pas venir, je prendrai rendez-vous avec lui pour un autre jour, parce que j'ai d'autres personnes à voir cet après-midi. Il essaie encore de régler le problème Conway Oates ? »

Il n'en savait que ce qu'Ursula May en avait dit : Conway Oates était un financier américain ; mais la mention du nom du défunt client du cabinet produisit l'effet désiré : la superbe de Landry, son désir de contrôler l'entretien, son air de supériorité et de suffisance s'évanouirent, et son visage n'exprima plus que le scandale et la fureur.

« John ne vous a pas… est-ce qu'il a vraiment eu le… Ce sont des affaires strictement confidentielles !

— Ce n'est pas John, dit Strike. Sur le patrimoine de Mr Oates, c'est Mrs Ursula May qui a fait allusion à certaines difficultés. »

Visiblement stupéfait, Landry bredouilla :

« Je suis… très surpris. Je n'aurais jamais cru qu'Ursula… que Mrs May…

— Alors, est-ce que John viendra ? Ou lui avez-vous donné quelque chose à faire pour l'empêcher de se libérer ? »

Il prit plaisir à voir Landry lutter contre sa propre colère et s'efforcer de reprendre le contrôle de lui-même et de l'entretien.

« John ne devrait pas tarder, dit-il. Mais comme je vous l'ai dit, je voulais vous mettre certains faits sous les yeux, en privé.

— Bon. Dans ce cas, si vous permettez… »

Le détective tira de sa poche son carnet et son stylo, et Landry parut aussi alarmé de voir ces objets que l'avait été Tansy Bestigui.

« Inutile de noter quoi que ce soit, dit-il. Ce que je vais vous dire n'a aucun rapport, en tout cas aucun rapport direct, avec la mort de Lula. J'entends par là, ajouta-t-il d'un ton pédant, que mes propos ne nourriront aucune théorie autre que celle du suicide.

— Je préfère quand même m'appuyer sur mon petit aide-mémoire », insista Strike.

Landry parut sur le point de protester, mais y renonça.

« Comme vous voudrez. D'abord, vous devez savoir que mon neveu John a été profondément affecté par la perte de sa sœur adoptive.

— C'est compréhensible, commenta Strike, redressant son carnet pour que l'avocat ne puisse pas voir ce qu'il écrivait et notant les mots "profondément affecté" pour le seul plaisir de l'ennuyer.

— Oui, c'est naturel. Et, même si je n'irais pas jusqu'à prétendre qu'un détective privé doive refuser un client sous prétexte qu'il est psychologiquement perturbé – comme je l'ai dit, tout le monde a besoin de gagner sa vie –, j'estime tout de même que dans le cas présent...

— Vous pensez qu'il s'est fait un film ?

— Ce ne sont pas les mots que j'aurais employés, mais, en gros, oui, c'est ce que je pense. À son âge, John a subi plus de deuils que la plupart des gens dans toute une vie. Vous ne savez peut-être pas qu'il avait déjà perdu un frère...

— Si, je suis au courant. Je suis allé à l'école avec Charlie. C'est même pour cette raison que John m'a engagé. »

Landry observa Strike avec ce qui ressemblait à un mélange de surprise et de désapprobation.

« Vous étiez à Blakeyfield Prep ?

— Pour une courte période. Jusqu'à ce que ma mère se rende compte que c'était trop cher pour elle.

— Je vois. Je l'ignorais. Pour autant, vous n'êtes peut-être pas conscient que... John a toujours été, pour reprendre les termes de ma sœur, un garçon aux nerfs fragiles. Après la mort de Charlie, ses parents ont dû l'emmener consulter plusieurs psychiatres. Je ne prétends pas être un expert en santé mentale, mais j'ai le sentiment que la fin tragique de Lula l'a fait basculer dans...

— L'expression est malheureuse, mais je vois ce que vous voulez dire, murmura Strike, en écrivant "Bristow délirant". À quoi avez-vous constaté que votre neveu commençait à déraisonner ?

— Eh bien, beaucoup de gens diraient que l'idée même de diligenter une nouvelle enquête est irrationnelle et aberrante », dit Landry.

Strike garda son stylo levé au-dessus de son carnet. Durant quelques instants, les mâchoires de Landry bougèrent comme s'il mastiquait quelque chose ; puis il déclara avec force :

« Lula était maniaco-dépressive et elle s'est jetée de son balcon après une violente querelle avec son petit ami junkie. Il n'y a aucun mystère ! C'est affreux pour nous tous, surtout pour sa pauvre mère, mais, si déplaisants soient-ils, tels sont les faits. Je suis obligé de conclure que John est en proie à une sorte de dépression, et, si vous me permettez de parler franchement…

— Allez-y.

— … votre caution professionnelle ne fait que le conforter dans son refus malsain d'accepter la vérité.

— À savoir que Lula s'est suicidée ?

— Une opinion partagée par la police et le médecin légiste. John, pour des raisons qui m'échappent, est déterminé à prouver qu'il y a eu meurtre. En quoi cela nous réconforterait, je suis incapable de vous le dire.

— Vous savez, dit Strike, les personnes confrontées au suicide d'un proche se sentent souvent coupables. À tort ou à raison, elles pensent qu'elles auraient pu faire quelque chose pour empêcher cette issue. Une preuve de meurtre exonérerait la famille de toute responsabilité.

— Aucun de nous n'a la moindre raison de se sentir coupable de quoi que ce soit, répliqua Landry d'un ton cassant. Lula a été soignée par les meilleurs médecins depuis son adolescence, et elle a profité de tous les avantages matériels que sa famille adoptive pouvait lui donner. "Pourrie gâtée" : voilà la meilleure expression pour décrire ma nièce, Mr Strike. Sa mère se serait littéralement fait tuer pour elle, et elle n'a guère été payée de retour.

— Selon vous, Lula était une ingrate ?

— Inutile d'écrire ça, s'il vous plaît. À moins que ces notes ne soient destinées à je ne sais quel torchon à scandale ? »

Strike était frappé de constater combien Landry avait abandonné l'air aimable avec lequel il était venu s'asseoir à sa table. La serveuse arriva avec sa terrine, et il ne prit pas la peine de la remercier, les yeux fixés sur Strike jusqu'à ce qu'elle eût disparu. Puis il dit :

« Votre obstination à fureter dans nos affaires ne peut que réveiller de vieilles blessures. J'ai été abasourdi de découvrir ce que John s'était mis en tête de faire. Abasourdi.

— Il n'avait jamais exprimé de doutes sur la théorie du suicide ?

— Il était sous le choc, naturellement, comme nous tous, mais je n'ai aucun souvenir qu'il ait parlé de meurtre.

— Vous vous entendez bien avec votre neveu, Mr Landry ?

— Quel rapport avec ce dont nous parlons ?

— Une froideur entre vous pourrait expliquer pourquoi il ne vous a pas dit ce qu'il pensait.

— John et moi entretenons une relation professionnelle parfaitement amicale.

— Une "relation professionnelle" ?

— Oui, Mr Strike. Nous travaillons ensemble. Sommes-nous comme larrons en foire en dehors du cabinet ? Non. Mais nous sommes tous les deux très inquiets de l'état de ma sœur, Lady Bristow, la mère de John, qui est en phase terminale de cancer. Nos conversations hors des heures de bureau concernent généralement Yvette.

— John me fait l'effet d'un fils attentionné.

— Yvette est tout ce qui lui reste, et la perspective de sa mort prochaine n'est pas faite non plus pour renforcer son équilibre.

— Tout ce qui lui reste ? Il a aussi Alison, non ?

— Je doute qu'il s'agisse d'une relation très sérieuse.

— Peut-être une des motivations de John est-elle de faire connaître la vérité à sa mère avant qu'elle meure ?

— Cette prétendue vérité ne ferait aucun bien à Yvette. Personne n'aime avoir la confirmation qu'il a récolté ce qu'il a semé. »

Strike ne fit aucun commentaire. Comme il s'y attendait, l'avocat ne put résister à la tentation de clarifier son propos, et, au bout d'un instant, il reprit :

« Chez Yvette, la fibre maternelle a toujours confiné au morbide. Elle raffole des bébés. » Il parlait comme si cette inclination était répréhensible, une sorte de perversion. « Elle est de ces femmes qui auraient voulu vingt enfants si elles avaient pu trouver un homme suffisamment viril. Par chance, Alec était stérile. Mais John ne vous en a probablement pas parlé ?

— Il m'a dit que Sir Alec Bristow n'était pas son père biologique. »

Si Landry était contrarié de ne pas être le premier à fournir cette information, il n'en laissa rien paraître :

« Yvette et Alec ont adopté les deux garçons, mais elle n'avait aucune idée de la façon de les éduquer. Ma sœur est tout simplement une mère épouvantable.

Aucun contrôle, aucune discipline. Une faiblesse totale, et un refus tout aussi total de voir ce qui se passait sous son nez. Je ne dis pas que son absence d'autorité est la cause de tout – l'hérédité a indubitablement joué son rôle –, mais John était pleurnichard, hyperémotif et collant, et Charlie a montré dès son plus jeune âge une propension à l'insoumission et à la délinquance, avec le résultat… »

Landry se tut soudain, et ses pommettes se colorèrent.

« Avec le résultat qu'il s'est tué en tombant au fond d'une carrière ? », souffla Strike.

Il avait dit ces mots pour voir la réaction de son interlocuteur, et ne fut pas déçu : il eut l'impression qu'un tunnel se resserrait, qu'une porte se fermait.

« Pour dire les choses sans nuances, oui. Et il était un peu tard pour qu'elle se torde les mains de désespoir, se jette en sanglotant dans les bras d'Alec et tombe évanouie sur le parquet. Si elle avait eu un iota d'ascendant sur lui, le gamin n'aurait pas osé lui désobéir avec cet aplomb. J'étais présent, ajouta Landry, impassible. Pour le week-end de Pâques. J'étais sorti faire un tour au village, et quand je suis rentré tout le monde le cherchait. Je suis allé tout droit à la carrière. Je savais, vous comprenez ? C'était l'endroit où on lui avait interdit d'aller, donc c'était là qu'il devait être.

— C'est vous qui avez trouvé le corps ?

— Oui.

— Un moment très pénible, je suppose ?

— Oui, dit Landry, ses lèvres remuant à peine. Très.

— Et si je me souviens bien, c'est après la mort de Charlie que votre sœur et Sir Alec ont adopté Lula ?

— Ce qui est probablement l'idée la plus stupide qu'Alec Bristow ait eue de toute sa vie, dit Landry. Yvette avait déjà montré qu'en temps normal, elle était une mère désastreuse. Pouvait-on imaginer qu'elle réussirait mieux alors qu'elle pleurait son fils ? Bien sûr, elle avait toujours désiré une fille, un bébé à habiller en rose, et Alec a pensé lui faire plaisir. Il faisait toujours les quatre volontés d'Yvette. Il est tombé fou amoureux d'elle dès le premier jour où elle est entrée à son service comme secrétaire, alors que lui n'était encore qu'un plouc sans manières. Yvette a toujours eu un faible pour les hommes un peu rustres. »

Strike se demanda quelle était la vraie raison du ressentiment de Landry.

« Vous ne vous entendez pas avec votre sœur, Mr Landry ? demanda-t-il.

— Nous nous entendons très bien. Mais je ne suis pas aveugle, je ne méconnais pas les faiblesses d'Yvette, Mr Strike, ni le fait que son malheur est entièrement de sa faute.

— Ils ont rencontré des difficultés pour obtenir un agrément en vue d'une troisième adoption après la mort de Charlie ?

— Ils en auraient rencontré si Alec n'avait pas été multimillionnaire, répondit Landry d'un ton dédaigneux. Je sais que les autorités avaient des doutes sur la santé mentale d'Yvette, sans compter qu'ils n'étaient plus tout jeunes. C'est bien dommage qu'on ne leur ait pas refusé. Mais Alec était un homme plein de ressources, et il avait gardé de nombreux contacts assez douteux de l'époque où il vendait sa camelote sur les marchés. Je ne connais pas les détails, mais je parierais que des sommes d'argent importantes ont changé de main. Malgré tout, il n'a pas pu obtenir qu'on leur confie une Blanche. Il a donc fait entrer dans la famille une gamine d'origine totalement inconnue, qui s'est retrouvée élevée par une mère déprimée, hystérique et dénuée du moindre jugement. Je n'ai pas été surpris que le résultat soit catastrophique. Lula était aussi instable que John et aussi réfractaire à l'autorité que Charlie, et Yvette n'avait pas plus d'idées sur la façon de l'éduquer. »

Tout en continuant de griffonner des notes, Strike se demanda si la croyance de Landry dans le déterminisme génétique expliquait que Bristow fût aussi préoccupé par l'ascendance noire de Lula. Au fil des ans, son client avait sans doute entendu son oncle exprimer sa façon de voir à de nombreuses reprises ; or, les enfants absorbaient les opinions de leurs proches à un niveau profond et viscéral. Lui-même avait toujours su, bien avant que quiconque l'eût déclaré devant lui, que sa mère n'était pas comme les autres, et que – s'il se fiait au code tacite que partageaient les adultes autour de lui – elle attirait une sorte de honte sur toute sa parentèle.

« Vous avez vu Lula le jour de sa mort, n'est-ce pas ? »

Les cils de Landry étaient si clairs qu'ils semblaient argentés.

« Pardon ?

— Oui… » Strike feuilleta ostensiblement son carnet et s'arrêta à une page entièrement vierge. « … vous l'avez rencontrée au domicile de votre sœur, à ce qu'on

307

m'a rapporté. Quand Lula est passée rendre visite à Lady Bristow.

— Qui vous en a parlé ? John ?

— C'est dans le dossier de la police. Ce n'est pas vrai ?

— Si, c'est vrai, mais je ne vois pas le rapport avec notre conversation.

— Excusez-moi. Quand vous êtes arrivé, vous m'avez dit que vous vous attendiez à ce que je vous demande un rendez-vous, et j'ai eu l'impression que vous étiez disposé à répondre à mes questions. »

Landry eut l'air d'un homme qui, contre toute attente, venait de perdre une partie de billard.

« Je n'ai rien à ajouter à la déposition que j'ai faite à la police, dit-il enfin.

— Une déposition selon laquelle, poursuivit Strike en feuilletant d'autres pages blanches, vous avez rendu visite à votre sœur dans la matinée, vous avez trouvé votre nièce chez elle, puis vous avez pris votre voiture pour vous rendre à un colloque international qui se tenait à Oxford. C'est bien ça ? »

De nouveau, Landry sembla mâchonner de l'air.

« Exact, dit-il.

— À quelle heure diriez-vous que vous êtes arrivé chez votre sœur ?

— Aux alentours de dix heures, répondit Landry après un bref silence.

— Et combien de temps êtes-vous resté ?

— Une demi-heure, peut-être. Ou un peu plus. Je ne me rappelle pas.

— Ensuite, vous êtes parti directement pour Oxford ? »

308

Par-dessus l'épaule de Landry, Strike vit John Bristow interroger une serveuse ; il était essoufflé et décoiffé, comme s'il avait couru, et tenait à la main une mince sacoche en cuir. Il regarda autour de lui, haletant, et, quand il reconnut la nuque de son oncle, Strike crut voir passer sur son visage une expression de frayeur.

6

« John, dit Strike quand son client s'approcha de leur table.

— Bonjour, Cormoran. »

Landry ne regarda pas son neveu et prit sa fourchette et son couteau pour entamer sa terrine. Strike se déplaça sur son banc pour permettre à Bristow de s'asseoir en face de son oncle.

« Tu as parlé à Reuben ? lui demanda froidement celui-ci après avoir avalé une première bouchée.

— Oui. Je lui ai dit que je passerai cet après-midi pour lui rendre compte des dépôts et retraits.

— Je parlais avec votre oncle de la matinée qui a précédé la mort de Lula, dit Strike. Et en particulier de l'heure où il a rendu visite à votre mère. »

Bristow lança un regard à Landry.

« Je m'intéresse à ce qui s'est passé au cours de cette visite, poursuivit le détective, parce que, selon le chauffeur qui l'a conduite ce matin-là, Lula est sortie de chez sa mère assez abattue.

— Naturellement, elle était abattue, dit Landry d'un ton sec. Sa mère est en train de mourir d'un cancer.

« — Mais l'opération qu'elle venait de subir aurait dû la guérir, non ?

— On venait de lui enlever l'utérus. Elle souffrait beaucoup. Rien d'étonnant si Lula était triste de voir sa mère dans cet état.

— Vous lui avez beaucoup parlé ce matin-là ? »

Une minuscule hésitation.

« Non, seulement quelques banalités.

— Et vous deux, vous vous êtes parlé ? »

Bristow et Landry ne se regardèrent pas et le silence s'installa plusieurs secondes, après quoi le plus jeune déclara :

« Je travaillais dans le bureau. J'ai entendu Tony arriver, puis parler avec ma mère et avec Lula.

— Vous n'êtes pas entré dans le bureau pour dire bonjour ? », demanda Strike à Landry.

L'homme le fixa un instant de ses yeux pâles.

« Êtes-vous conscient, Mr Strike, que personne ici n'est tenu de répondre à vos questions ?

— Bien sûr », dit Strike en gribouillant une petite note incompréhensible dans son carnet.

Bristow regardait son oncle, et celui-ci sembla changer d'avis.

« J'ai vu par la porte ouverte du bureau que John était plongé dans son travail, et je n'ai pas voulu le déranger. Je suis resté un moment avec Yvette, dans sa chambre, mais elle était assommée par les antalgiques et je l'ai laissée avec Lula. Je savais, ajouta-t-il avec un soupçon de ressentiment dans la voix, qu'elle préférait la compagnie de Lula à celle de n'importe qui.

— Les relevés téléphoniques de votre nièce montrent qu'elle a tenté de vous joindre sur votre portable à de nombreuses reprises après son départ de chez Lady Bristow. »

Landry rougit légèrement.

« Vous lui avez parlé au téléphone ? insista Strike.

— Non. Mon appareil était réglé en mode silencieux. J'étais en retard pour la première session du colloque.

— Mais le vibreur aurait pu vous alerter ? »

Il se demanda jusqu'où il pourrait aller sans que Landry se lève et parte. Il était sûr qu'il n'en était pas loin.

« J'ai jeté un coup d'œil à mon téléphone, j'ai vu que c'était Lula et j'ai décidé que cela pouvait attendre, dit-il d'un ton glacial.

— Vous ne l'avez pas rappelée ?

— Non.

— Et elle ne vous a laissé aucun message pour vous dire pourquoi elle vous téléphonait ?

— Non.

— C'est curieux, vous ne trouvez pas ? Vous veniez de la voir chez votre sœur, et vous dites que vous vous êtes à peine parlé ; et pourtant, elle a passé la plus grande partie de l'après-midi à essayer de vous joindre. Ça ne vous donne pas l'impression qu'elle avait quelque chose d'urgent à vous dire ? Ou qu'elle voulait continuer une conversation commencée chez Lady Bristow ?

— Lula était du genre à appeler les gens trente fois de suite sous le prétexte le plus futile. Je vous l'ai dit, c'était une enfant gâtée. Elle trouvait normal que tout le monde se mette au garde-à-vous dès qu'elle avait besoin de quelque chose. »

312

Strike regarda Bristow.

« Elle pouvait… parfois… être un peu comme ça, oui, reconnut celui-ci.

— Pensez-vous que la tristesse de votre sœur était seulement motivée par l'état de santé de votre mère, John ? demanda le détective. Son chauffeur, Kieran Kolovas-Jones, affirme qu'en sortant de chez elle, son humeur avait changé du tout au tout. »

Avant que Bristow ait eu le temps de répondre, Landry, abandonnant son assiette encore aux trois quarts pleine, se leva et commença d'enfiler son manteau.

« Kieran Kolovas-Jones, c'est ce garçon à la peau d'une couleur bizarre ? demanda-t-il en baissant les yeux sur Strike et sur son neveu. Celui qui voulait que Lula lui trouve du travail comme mannequin et comme acteur ?

— Il est acteur, oui, confirma le détective.

— Je vois. Le soir de l'anniversaire d'Yvette, le dernier avant qu'elle tombe malade, ma voiture était en panne et Lula et ce type sont venus me prendre chez moi. Votre Kolovas-Jones a passé la plus grande partie du trajet à harceler Lula pour qu'elle lui obtienne une audition devant Freddie Bestigui, sous prétexte qu'ils étaient voisins. Un jeune homme assez effronté. Très familier dans ses manières. Bien sûr, ajouta-t-il, moins j'en savais sur la vie amoureuse de ma nièce adoptive, mieux je me portais. »

Landry laissa tomber un billet de dix livres sur la table.

« Je suppose que tu ne tarderas pas, John ? »

Il attendait une réponse, mais Bristow ne lui prêtait pas attention. Il fixait, en ouvrant de grands yeux, la

photo en première page du journal que Strike feuilletait quand Landry était arrivé, et qui montrait un jeune
soldat noir portant l'uniforme du IIe bataillon du régiment royal des fusiliers.

« Pardon ? Oui, je rentre au plus vite, dit-il d'un ton
distrait à son oncle, qui le regardait froidement. Excusez-moi, ajouta-t-il à l'adresse de Strike tandis que
Landry s'éloignait. Je regardais cette photo, parce que
Wilson… vous savez, Derrick Wilson, le gardien… il
a un neveu en Afghanistan. Pendant un instant, j'ai
cru… mais non, ce n'est pas lui. Le nom ne correspond pas. Affreuse histoire, n'est-ce pas ? Est-ce que
tout ça mérite vraiment qu'on sacrifie des vies ? »

Strike souleva un moment son pied droit, car la
marche à travers le parc avait enflammé le bout de sa
jambe mutilée, et répondit par un grognement qui n'exprimait aucune opinion.

« J'aimerais mieux rentrer à pied, dit Bristow quand
ils eurent fini de manger. J'ai besoin d'un peu d'air
frais. »

Il opta pour le trajet le plus direct, qui les força à
traverser des étendues d'herbe sur lesquelles Strike,
s'il avait été seul, n'aurait jamais choisi de s'aventu-
rer, l'inégalité du sol lui demandant beaucoup plus
d'efforts qu'un chemin asphalté. Au moment où ils
dépassaient la fontaine à la mémoire de la princesse
Diana, où l'eau murmurait dans son long canal en gra-
nit de Cornouailles, Bristow déclara soudain, comme
si Strike l'avait questionné :

« Tony ne m'a jamais beaucoup aimé. Il préférait
Charlie. Les gens disaient que Charlie ressemblait à
Tony enfant.

— Pourtant, avant votre arrivée, il ne m'a pas parlé de Charlie en termes très affectueux, objecta Strike. Ni de Lula, d'ailleurs.

— Il vous a fait part de ses vues sur l'hérédité ?

— De façon indirecte.

— En général, il en parle ouvertement. C'était un lien de plus entre Lula et moi, le fait qu'oncle Tony nous considérait comme deux canards boiteux. C'était pire pour Lula : au moins, mes parents biologiques étaient blancs. Tony a pas mal de préjugés. L'année dernière, nous avons employé une stagiaire pakistanaise, une des meilleures que nous ayons eues, mais il a refusé de la garder.

— Qu'est-ce qui vous a poussé à travailler avec lui ?

— Le cabinet m'a fait une offre alléchante. Et puis, c'est l'entreprise familiale, fondée par mon grand-père, même si ce n'est pas ça qui m'a convaincu, parce que personne n'a envie d'être accusé de népotisme. Mais c'est un des cabinets les plus réputés de Londres en matière d'affaires familiales, et ma mère était heureuse que je suive la voie de son père. Tony vous a parlé de papa ?

— Pas vraiment. Il a laissé entendre que Sir Alec avait dû graisser quelques pattes pour l'adoption de Lula.

— Vraiment ? » Bristow semblait surpris. « Je ne crois pas que ce soit vrai. Lula avait été placée. Je suis sûr qu'on a suivi la procédure habituelle. »

Le silence s'installa quelques instants, puis Bristow remarqua, un peu timidement :

« Vous, euh… Vous ne ressemblez pas du tout à votre père, n'est-ce pas ? »

C'était la première fois qu'il reconnaissait avoir peut-être jeté un coup d'œil à Wikipedia en cherchant un détective privé.

« Non, dit Strike. Je suis le portrait craché de mon oncle Ted. Le frère de ma mère.

— J'ai l'impression que votre père et vous n'êtes pas, euh… Vous ne portez pas son nom ? »

Strike ne ressentait aucune irritation devant la curiosité d'un homme dont l'histoire familiale était aussi singulière et mouvementée que la sienne.

« Je ne l'ai jamais porté, dit-il. Je suis un accident extraconjugal qui a coûté à Jonny son mariage et plusieurs millions de livres de pension alimentaire. Nous ne nous voyons pas.

— Je vous admire, dit Bristow, d'avoir su tracer votre chemin tout seul. De ne jamais vous être reposé sur lui. » Voyant que Strike ne répondait pas, il ajouta, anxieux : « J'espère que vous ne m'en voulez pas d'avoir dit à Tansy qui est votre père ? C'était… c'était un bon argument pour la persuader de vous parler. Les gens célèbres l'impressionnent.

— Tout est bon pour obtenir un témoignage, dit Strike avec un sourire. Vous me dites que Lula n'aimait pas Tony. Pourtant, elle a pris son nom quand elle a commencé sa carrière ?

— Oh, non, elle a choisi Landry parce que c'était le nom de jeune fille de maman. Rien à voir avec Tony. Maman était toute contente. Je crois qu'il y a un autre mannequin qui s'appelle Bristow, et Lula n'avait pas envie qu'on les confonde. »

Ils avançaient entre des cyclistes, des pique-niqueurs sur les bancs, des promeneurs de chiens et des

316

adolescents en rollers, et Strike s'efforçait de déguiser sa claudication.

« Je doute que Tony ait jamais aimé qui que ce soit, dit soudain Bristow tandis qu'ils s'écartaient pour laisser passer un enfant casqué qui filait sur son skateboard. Alors que ma mère est une personne débordante d'amour. Elle a adoré ses trois enfants, et j'ai parfois l'impression que Tony n'aimait pas ça. Je ne sais pas pourquoi. Quelque chose dans sa nature.

« Mes parents et lui se sont brouillés après la mort de Charlie. Je n'étais pas censé savoir pourquoi, mais j'en ai assez entendu. Tony s'est montré très dur, il a carrément dit à maman que l'accident de Charlie était sa faute, qu'à force de faiblesse elle avait laissé Charlie devenir incontrôlable. Mon père l'a mis à la porte. Maman et Tony ne se sont réconciliés qu'après la mort de papa. »

Au grand soulagement de Strike, ils avaient atteint Exhibition Road, la grande artère en bordure du parc, et sa boiterie devint moins perceptible.

« Vous pensez qu'il y a eu quelque chose entre Lula et Kieran Kolovas-Jones ? demanda-t-il tandis qu'ils traversaient la rue.

— Non, c'est seulement une idée de Tony, qui prend plaisir à tirer des conclusions déplaisantes. Il pensait toujours au pire quand il s'agissait de Lula. Oh, je suis sûr que Kieran n'aurait pas demandé mieux, mais Lula était folle de Duffield. Malheureusement. »

Ils s'engagèrent dans Kensington Road, le parc feuillu sur leur gauche, puis dans le territoire aux façades ornées de stucs des ambassades et des académies des beaux-arts.

« Pourquoi pensez-vous que votre oncle n'est pas entré vous dire bonjour quand il est passé voir votre mère à sa sortie de l'hôpital ? »

Bristow parut mal à l'aise.

« Vous vous étiez disputés ? insista Strike.

— Non… pas exactement, dit Bristow. Mais c'était un moment très tendu au cabinet. Je… je ne peux pas vous en parler. Secret professionnel.

— L'héritage de Conway Oates ?

— Comment savez-vous ça ? demanda Bristow d'un ton sec. C'est Ursula qui vous en a parlé ?

— Elle y a fait allusion, oui.

— Mon Dieu. Aucun sens de la discrétion. Aucun.

— Votre oncle avait du mal à croire que Mrs May ait pu tenir des propos inconsidérés.

— Ça ne m'étonne pas de lui, dit Bristow avec un petit rire méprisant. C'est… bon, j'imagine que je peux vous faire confiance. Une affaire comme celle-là est très sensible pour un cabinet comme le nôtre, parce que avec la clientèle que nous attirons – c'est-à-dire l'élite financière –, tout soupçon de malversation peut être fatal à notre réputation. Conway Oates avait un compte client chez nous, pour un montant considérable. Tout l'argent est là, il n'y a rien de suspect, mais ses héritiers sont du genre cupide et pinailleur et ils prétendent que nous l'avons mal géré. Si l'on considère combien le marché est instable et combien les instructions de Conway étaient devenues incohérentes vers la fin de sa vie, ils devraient nous être reconnaissants qu'il reste quelque chose de sa fortune. Tony se met en colère dès qu'on aborde ce sujet, et… c'est un homme qui aime faire porter le chapeau à tout le monde. Il y a eu des scènes. Et j'ai reçu ma part de critiques. Comme toujours, avec Tony. »

Bristow semblait marcher un peu plus pesamment, et Strike devina qu'ils n'étaient plus loin de son bureau.

« Il y a deux témoins importants que je n'arrive pas à joindre, John. Pensez-vous que vous pourriez m'obtenir un rendez-vous avec Guy Somé ? Ses employés semblent très réticents à laisser quelqu'un l'approcher.

— Je peux essayer. Je lui passerai un coup de fil cet après-midi. Il adorait Lula, il devrait se montrer disposé à vous aider.

— Il y a aussi la mère biologique de Lula.

— Oh, elle, soupira Bristow. J'ai son adresse et son téléphone quelque part. Horrible bonne femme.

— Vous l'avez rencontrée ?

— Non, j'en crois ce que m'a dit Lula, et tout ce que j'ai lu dans les journaux. Lula était décidée à découvrir d'où elle venait, et je crois que Duffield l'y encourageait. Je le soupçonne même fortement d'avoir divulgué cette histoire à la presse, bien qu'elle l'ait toujours nié… Quoi qu'il en soit, elle a réussi à remonter jusqu'à cette dénommée Higson, qui lui a dit que son père était un étudiant africain. Je ne sais pas si c'est vrai ou non, mais c'était ce que Lula avait envie d'entendre. Son imagination est partie à bride abattue : je crois qu'elle se voyait déjà comme la fille d'un politicien de haut rang, ou comme une princesse tribale.

— Mais elle n'a jamais retrouvé son père ?

— Pas que je sache, mais… » L'expression de Bristow était empreinte d'enthousiasme, comme chaque fois que Strike s'intéressait à une piste pouvant expliquer pourquoi un homme de couleur avait été filmé près de l'appartement de sa sœur. « … mais si ç'avait été le cas, j'aurais été la dernière personne à qui elle en aurait parlé.

— Pourquoi ?

— Parce que nous nous étions disputés à plusieurs reprises au sujet de toute cette affaire. Quand Lula s'est lancée à la recherche de cette Marlene Higson, maman allait déjà très mal et on venait de lui diagnostiquer un cancer de l'utérus. J'ai dit à Lula qu'elle n'aurait pas pu choisir pire moment pour se mettre en quête de sa mère biologique, mais… franchement, elle avait des œillères quand elle était décidée à satisfaire un de ses caprices. Nous nous adorions, ajouta Bristow en se passant une main lasse sur le visage, mais notre différence d'âge était un obstacle entre nous. Malgré tout, je suis sûr qu'elle a recherché qui était son père, parce que c'était ce qu'elle désirait plus que tout : retrouver ses racines noires, un sentiment d'identité.

— À sa mort, Lula était toujours en contact avec Marlene Higson ?

— Par intermittence. Mais j'ai l'impression qu'elle voulait couper les ponts. Cette Higson est un personnage épouvantable, prête à tout pour de l'argent. Elle a vendu son histoire à tous ceux qui voulaient bien la payer, c'est-à-dire à beaucoup de gens, malheureusement. Ma mère était atterrée.

— J'ai encore une ou deux questions à vous poser. »

L'avocat ralentit le pas.

« Je vous écoute, dit-il.

— Quand vous avez rendu visite à Lula ce fameux vendredi matin, pour lui rendre son contrat avec Somé, est-ce que vous avez vu quelqu'un qui aurait pu être un technicien de la sécurité ? Un homme qui aurait été là pour vérifier les alarmes ?

— Comme un réparateur ?

— Ou un électricien. Peut-être en salopette, ou en bleu de travail. »

Bristow réfléchit et plissa le visage, faisant saillir plus que jamais ses incisives de lapin.

« Je ne me rappelle pas… attendez une seconde… Quand je suis passé devant l'appartement du deuxième, oui… il y avait un type dans le hall, qui arrangeait quelque chose dans le mur. C'est de lui que vous parlez ?

— Probablement. Vous pourriez le décrire ?

— Il me tournait le dos. Je n'ai pas vu son visage.

— Wilson était avec lui ? »

Bristow s'arrêta sur le trottoir, visiblement déconcerté. Trois hommes en complet-veston et une femme en tailleur les croisèrent d'un pas rapide, portant des dossiers sous le bras.

« Je crois, oui, dit-il d'un ton hésitant. Je crois que je les ai vus tous les deux, de dos. En descendant l'escalier. Pourquoi ? C'est important ?

— Pas forcément, dit Strike. Mais vous vous souvenez de quelque chose ? La couleur de ses cheveux, ou de sa peau ?

— Je n'ai pas fait attention. Je suppose… » De nouveau, il plissa le visage sous l'effet de la concentration. « Je crois me souvenir qu'il était en bleu. Peut-être un bleu de travail, comme vous avez dit. Et je pense qu'il était blanc. Mais je n'en jurerais pas.

— Personne ne vous le demandera, dit Strike, mais c'est quand même intéressant de le savoir. »

Il prit son carnet dans sa poche pour se rappeler les questions qu'il voulait poser à Bristow.

« Ah, oui. Dans sa déposition, Ciara Porter a déclaré que, ce vendredi-là, Lula lui avait dit vouloir tout vous laisser.

— Oh, ça… », marmonna l'avocat sans enthousiasme.

Il se remit à marcher et Strike lui emboîta le pas.

« Un des policiers chargés de l'affaire m'en a parlé, expliqua Bristow. Un certain inspecteur Carver. Il était convaincu dès le début qu'il s'agissait d'un suicide et il semblait penser que cette prétendue phrase de Lula à Ciara montrait qu'elle avait décidé d'en finir. Drôle de raisonnement, je trouve. Est-ce que les suicidaires se soucient de leur succession ?

— Donc, vous pensez que Ciara Porter a tout inventé ?

— Inventé, pas nécessairement, mais peut-être exagéré, dit Bristow. À mon avis, il est beaucoup plus probable que Lula lui ait dit quelque chose de gentil sur moi, parce que nous venions de nous réconcilier après nous être disputés, et que Ciara, rétrospectivement et en pensant que Lula songeait déjà au suicide, ait transformé ce qu'elle a dit en une histoire d'héritage. C'est une fille un peu… un peu évaporée, qui parle parfois à tort et à travers.

— Mais on a cherché un testament, n'est-ce pas ?

— Oui, bien sûr, la police a fouillé partout. Mais nous, la famille, nous étions à peu près sûrs qu'elle n'en avait jamais fait. Ses avocats n'étaient au courant de rien, mais naturellement ils ont consulté toutes leurs archives. Sans rien trouver.

— Pourtant, supposons un instant que les souvenirs de Ciara Porter soient exacts. Est-ce que…

— Lula ne m'aurait jamais laissé tous ses biens, coupa Bristow. Jamais.

— Pourquoi ?

— Parce que dans ce cas, elle aurait explicitement déshérité ma mère, ce qui lui aurait fait une peine immense. Pas pour l'argent – papa avait amplement pourvu à ses besoins –, mais à cause du message qu'elle lui aurait envoyé *post mortem* en faisant de moi son seul héritier. Les testaments peuvent faire beaucoup de mal.

— Et votre mère ? Elle a fait un testament ? », demanda Strike.

Bristow parut pris au dépourvu.

« Je… oui, je crois.

— Puis-je vous demander qui sont ses héritiers ?

— Je ne l'ai pas lu, dit Bristow, un peu froidement. Mais en quoi… ?

— Tout peut être important, John. Vous m'avez dit que votre sœur pesait dans les dix millions de livres. C'est beaucoup, beaucoup d'argent. »

Bristow semblait se demander si le détective se montrait cruel ou impoli. Finalement, il déclara :

« Puisque maman n'a plus d'autre famille, j'imagine que Tony et moi sommes les principaux bénéficiaires. Avec une ou deux œuvres de charité, probablement. Maman a toujours été généreuse avec les pauvres. Mais comme vous le comprendrez… » Une fois de plus, des taches rouges apparurent sur le cou maigre de l'avocat. « … je ne suis pas pressé de connaître les dernières volontés de ma mère. Mon vœu le plus cher, c'est qu'elle reste en vie aussi longtemps que possible.

— Naturellement », dit Strike.

Ils étaient arrivés au pied des bureaux de Bristow, un austère bâtiment gris de huit étages où l'on entrait par un grand porche sombre. L'avocat s'arrêta sur le seuil et se tourna vers Strike.

« Vous pensez toujours que je me fais des idées ? demanda-t-il tandis que deux femmes en tenue stricte passaient à côté de lui.

— Non, dit Strike. Non, je ne le pense plus. »

Le visage ingrat de l'avocat s'éclaira quelque peu.

« Je vous appellerai, pour Somé et Marlene Higson. Oh, et puis… j'ai failli oublier. L'ordinateur de Lula. Je l'ai chargé, mais il y a un mot de passe. Les policiers l'ont trouvé, ils l'ont dit à ma mère, mais elle ne s'en souvient plus et moi, je ne l'ai jamais su. Il est peut-être dans le dossier ? ajouta-t-il avec espoir.

— Pas que je me souvienne, répondit le détective, mais ça ne devrait pas poser de problème. Où était-il depuis la mort de Lula ?

— La police l'a conservé quelque temps, puis elle l'a remis à ma mère. Presque toutes les affaires de Lula sont chez elle. Maman n'a pas encore décidé ce qu'elle veut en faire. »

Bristow tendit à Strike la sacoche contenant l'appareil, le salua, puis, rentrant la tête dans les épaules comme s'il allait affronter un orage, monta les marches et disparut derrière la double porte du cabinet familial.

7

Tandis que Strike se dirigeait vers Kensington Gore, le frottement de sa jambe amputée contre sa prothèse se faisait plus douloureux à chaque pas. Transpirant dans son pardessus sous le pâle soleil d'avril qui éclairait les frondaisons verdoyantes du parc au bout de la rue, le détective se demanda si l'étrange soupçon qui s'était emparé de lui était autre chose qu'une ombre aperçue dans les profondeurs d'un étang boueux, une simple illusion d'optique ou un banal jeu de lumière sur la surface ondoyant sous l'effet du vent. Cette imperceptible agitation de la vase était-elle causée par une bête visqueuse, ou par les gaz dégagés par les algues ? Quelque chose était-il enfoui dans la fange, caché, furtif, que les autres filets avaient tenté en vain d'amener à la surface ?

Boitillant vers la station Kensington, il s'arrêta un instant devant le portail de la Reine par lequel on entrait dans Hyde Park du côté sud, orné des insignes royaux. Avec son redoutable sens de l'observation, il remarqua, sur une colonne, la sculpture d'une biche et d'un faon, et, sur l'autre, celle d'un cerf. Les gens croyaient souvent voir de la symétrie et de la similitude là où elles n'existaient pas. Les choses semblaient pareilles, mais, à bien regarder, elles étaient si différentes... Il repartit, l'ordinateur portable de Lula Landry cognant de plus en plus fort contre sa jambe à mesure que sa claudication s'accentuait.

Quand il regagna enfin son bureau, à cinq heures moins dix, endolori, les bras chargés et frustré, il trouva quelque chose de tristement prévisible dans la double annonce de Robin, qui lui déclara que le personnel de Freddie Bestigui se montrait moins coopératif que jamais et qu'elle n'avait trouvé aucun numéro de téléphone correspondant à un abonné du nom d'Onifade dans le quartier de Kilburn.

« Bien sûr, si c'est la tante de Rochelle, elle ne s'appelle pas forcément comme elle », observa Robin en boutonnant son trench-coat pour partir.

Strike hocha la tête avec lassitude. Dès qu'il avait passé la porte, il s'était laissé tomber sur le vieux sofa, ce que Robin ne lui avait jamais vu faire. Il avait l'air harassé.

« Vous vous sentez bien ? demanda-t-elle.

— Ça va. Temporary Solutions ne s'est pas manifesté ?

— Non, dit Robin en serrant sa ceinture. Ils m'ont peut-être crue quand je leur ai dit que je m'appelais Annabel. J'ai pris l'accent australien. »

Il sourit. Robin ferma le rapport d'intérim qu'elle avait lu en l'attendant, le replaça sur l'étagère et sortit en souhaitant à son patron une bonne soirée, le laissant affalé sur le sofa, l'ordinateur posé à côté de lui sur les coussins usés.

Quand il n'entendit plus le bruit de ses pas sur les marches, Strike tendit son bras pour fermer la porte en verre, puis enfreignit la consigne qu'il s'était imposée de ne pas fumer au bureau et, cigarette aux lèvres, remonta la jambe droite de son pantalon, défit les attaches qui retenaient sa prothèse à son genou, ôta le manchon en silicone et examina l'extrémité de son moignon.

Il était censé le surveiller tous les jours, pour voir si la peau était irritée. Après sa longue marche dans Hyde Park, le tissu cicatriciel était enflammé. Dans l'armoire de toilette de Charlotte se trouvaient des poudres et des crèmes destinées au soin de cette plaque d'épiderme, soumise depuis quelques jours à des frottements qu'elle n'était pas à même de supporter. Peut-être avait-elle glissé le tube d'Oilatum dans un des cartons qu'il n'avait pas encore ouverts ; mais il fut incapable de rassembler assez d'énergie pour se lever et aller voir, et il n'avait pas envie de remettre sa prothèse tout de suite. Il resta assis, à fumer sur le sofa, la jambe de son pantalon pendant au-dessus du sol, plongé dans ses pensées.

Son esprit se mit à dériver. Il songea aux familles, et aux noms, et aux similitudes entre son enfance et celle de John Bristow, pourtant si différentes en apparence. Dans la famille de Strike comme dans celle de l'avocat, plusieurs personnes manquaient à l'appel : le premier mari de sa mère, par exemple, dont elle ne lui avait presque jamais parlé, sinon pour lui dire qu'elle avait d'emblée détesté être mariée. Tante Joan, dont la mémoire était aussi affûtée que celle de Leda était vague, lui avait dit qu'à dix-huit ans, celle-ci s'était enfuie de la maison de son nouvel époux deux semaines après la cérémonie, et qu'elle n'avait épousé Strike Senior (lequel, toujours selon tante Joan, était arrivé à St Mawes avec la foire) que pour porter une robe neuve et changer de nom. Assurément, Leda était restée plus fidèle à ce patronyme insolite qu'à aucun des hommes avec qui elle avait vécu. Elle l'avait transmis à son fils, bien qu'il n'eût jamais rencontré celui qui le portait à l'origine et qui avait disparu de la circulation bien avant sa conception des œuvres de Jonny Rokeby. Strike, toujours perdu dans ses pensées, fuma jusqu'à la tombée de la nuit. Enfin, il se dressa sur sa jambe gauche, saisissant la poignée de la porte pour ne pas perdre l'équilibre, puis sautilla sur le palier pour examiner les cartons empilés. Au fond du premier, il trouva les produits dermatologiques destinés à soulager la brûlure au bout de son moignon, et entreprit de remédier aux dommages causés par son périple à travers Londres.

Il était déjà huit heures, mais les jours s'étaient allongés et il faisait encore assez clair quand Strike, pour la deuxième fois en dix jours, s'attabla chez Wong Kei, le restaurant chinois à façade blanche dont les fenêtres donnaient sur une galerie de jeux électroniques appelée Play To Win. Il avait été particulièrement douloureux de rattacher sa prothèse à sa jambe, et plus encore de descendre Charing Cross Road jusqu'à l'entrée de Chinatown, mais il n'avait pas voulu utiliser les deux béquilles en métal qu'il avait aussi trouvées dans le carton, reliques de son séjour au Selly Oak Hospital.

Tout en mangeant d'une main un grand bol de nouilles de Singapour, il examina l'ordinateur portable de Lula Landry, ouvert sur la table à côté de son verre de bière. L'appareil rose fuchsia était orné de fleurs de cerisier, mais il ne vint pas à l'esprit du détective qu'il devait offrir un spectacle incongru, grand et velu comme il était, penché sur cette machine d'allure si féminine ; pourtant, il n'avait pas manqué de susciter des sourires amusés de la part des deux serveurs asiatiques en T-shirt noir.

« Comment ça va, Cormie ? », lui demanda un jeune homme pâle aux cheveux ébouriffés en arrivant à huit heures et demie.

Le nouveau venu se laissa tomber sur la chaise en face de lui. Longiligne et fluet, il portait un jean déchiré aux genoux, un T-shirt psychédélique et des Converse blanches aux pieds, ainsi qu'un sac en bandoulière.

« Pas mal, grommela Strike. Et toi ? Tu bois quelque chose ?

— Oui. Une blonde. »

Strike commanda la bière pour son invité. Spanner était un des meilleurs experts en informatique de la capitale, et son métier lui rapportait beaucoup plus d'argent que son look de petit lascar de banlieue le laissait supposer.

« Je n'ai pas tellement faim, j'ai mangé un hamburger en sortant du boulot, dit Spanner en jetant un coup d'œil au menu. Une soupe, ça suffira. » Il leva les yeux vers le serveur. « Une soupe Won-Ton, s'il vous plaît. »

Le Chinois s'éloigna, et le jeune homme regarda Strike.

« Très joli, ton nouvel ordi.

— Il n'est pas à moi, dit le détective.

« — Une pièce à conviction ?

— Oui. »

Il tourna l'ordinateur vers Spanner, qui l'observa avec le mélange d'intérêt et de mépris caractéristique de ceux pour qui la technologie n'est pas un mal nécessaire, mais l'étoffe même de la vie.

« De la camelote, dit-il. Tu étais passé où ? Tout le monde s'est fait du souci.

— C'est gentil, dit Strike en avalant une bouchée de nouilles. Mais ce n'était pas la peine.

— L'autre soir, je suis passé chez Nick et Ilsa et on n'a parlé que de toi. Ils disaient que tu avais disparu de la surface du globe. Merci, dit-il en voyant le serveur poser sa soupe sur la table. Oui, ils ont appelé plusieurs fois chez toi, mais ils sont tombés sur le répondeur. Ilsa pense que tu as des problèmes avec une dame. »

Strike songea tout à coup que la meilleure façon d'annoncer la rupture de ses fiançailles serait peut-être de passer par l'insouciant Spanner. Frère cadet d'un des plus vieux amis de Strike, le jeune homme ne savait pas grand-chose de la longue histoire tourmentée de celui-ci et de son ex-compagne, et d'ailleurs il s'en moquait. Puisque c'étaient les manifestations de compassion que le détective désirait éviter, et qu'il ne comptait pas faire indéfiniment comme si Charlotte et lui n'étaient pas séparés, il reconnut qu'Ilsa avait deviné juste et que, désormais, ses amis feraient mieux de ne plus l'appeler à Holland Park Avenue.

« La tuile », commenta Spanner, laconique. Puis, avec l'incuriosité pour les peines humaines qui le caractérisait dès l'instant où se présentait un défi technologique, il tendit l'index vers l'ordinateur et demanda : « Qu'est-ce que tu veux que j'en fasse, de ton truc ?

— La police l'a déjà fouillé, dit Strike, baissant la voix comme si Spanner et lui n'étaient pas les seules personnes alentour à ne pas parler cantonais, mais je voudrais une seconde opinion.

— Ils ont d'excellents techniciens, à Scotland Yard. S'ils n'ont rien trouvé, je ne trouverai rien non plus.

— Il se pourrait qu'ils n'aient pas cherché ce qu'il fallait, dit Strike, ou qu'ils n'aient pas compris que c'était important. Ils se sont surtout intéressés aux mails les plus récents, et je les ai déjà lus.

— Qu'est-ce que je dois chercher, alors ?

— Toutes les traces d'utilisation dans les jours qui ont précédé le 8 janvier. Les recherches sur Internet, les téléchargements, ce genre de chose. Je n'ai pas le mot de passe et je préférerais ne pas être obligé de le demander aux flics.

— Pas de problème », dit Spanner. Il n'écrivait pas ces instructions, mais les tapait à toute vitesse sur le clavier de son iPhone. Spanner avait dix ans de moins que Strike, et il se servait rarement d'un stylo. « Elle est à qui, cette petite bécane ? »

Quand Strike lui eut répondu, le jeune expert ouvrit de grands yeux.

« Le top model ? Ouah ! »

Mais l'intérêt de Spanner pour les êtres humains, même célèbres et même disparus dans des circonstances tragiques, n'était rien comparé à sa passion pour les bandes dessinées collector, les innovations technologiques et certains groupes de rock alternatif dont le détective n'avait jamais entendu parler. Après avoir avalé plusieurs cuillerées de soupe, il rompit le silence pour demander à celui-ci, d'un air gourmand, combien il était disposé à le payer pour ses services.

Quand Spanner fut reparti, l'ordinateur rose sous le bras, Strike, boitant de plus en plus, retourna à son bureau. Ce soir-là, il lava soigneusement le bout de son moignon et appliqua de la crème sur la peau irritée. Pour la première fois depuis plusieurs mois, il prit des antalgiques avant de se coucher. Étendu dans son sac de couchage, il attendait que la douleur se calme, et se demanda s'il ne devrait pas prendre rendez-vous avec le spécialiste qui était censé surveiller l'état de sa jambe. Les symptômes du syndrome de Choke, terreur de tous les amputés, lui avaient été décrits à maintes reprises : suppuration, ulcération, enflure. Il avait peur d'en manifester les signes avant-coureurs, mais redoutait de retourner dans des couloirs d'hôpital empestant le désinfectant, pour s'offrir à l'intérêt détaché des médecins penchés sur son membre mutilé et subir de nouveaux ajustements de sa prothèse, qui nécessiteraient d'autres visites dans ce monde confiné des blouses blanches qu'il avait espéré quitter pour toujours. Il craignait qu'on ne lui conseille de reposer sa jambe et de renoncer à se déplacer normalement, de reprendre ses béquilles, d'endurer les regards des passants quand ils le verraient trottiner avec sa jambe de pantalon épinglée au niveau du genou, et de devoir répondre aux questions des petits enfants.

Son portable, en train de se recharger sur le sol à côté du lit de camp, émit le bref bourdonnement qui annonçait l'arrivée d'un texto. Content de tout ce qui pouvait le distraire des élancements au bout de son moignon, Strike tâtonna dans l'obscurité et saisit l'appareil.

S'il te plaît, peux-tu me passer un rapide coup de fil quand tu auras un moment ? Charlotte.

Strike ne croyait ni à la voyance, ni à la télépathie, mais sa réaction immédiate et irrationnelle fut de penser que Charlotte, d'une manière ou d'une autre, avait entendu ce qu'il avait dit tout à l'heure à Spanner et qu'il avait fait vibrer la corde invisible qui restait tendue entre eux en annonçant officiellement leur rupture.

Il regarda fixement le message comme si c'était le visage de Charlotte, comme s'il pouvait déchiffrer son expression sur le petit écran gris.

S'il te plaît. (Je sais que tu n'es pas obligé, mais je te le demande poliment.) *Un rapide coup de fil.* (J'ai une bonne raison de vouloir te parler, et rondement, sans atermoyer.) *Quand tu auras un moment.* (Je te fais la grâce de penser que tu as des journées très occupées, même sans moi.)

Ou, peut-être… *S'il te plaît.* (Refuser, ce serait te comporter comme un salaud, et tu m'as déjà fait assez de mal.) *Un rapide coup de fil.* (Je sais que tu t'attends à une scène, mais sois tranquille : la dernière, qui m'a montré quelle ordure tu étais, m'a définitivement dégoûtée de toi.) *Quand tu auras un moment.* (Parce que, franchement, je suis toujours passée après l'armée et toutes les autres conneries auxquelles tu donnais la priorité.)

Avait-il un moment maintenant, et était-ce le bon, alors qu'il était tourmenté par une douleur que les comprimés n'avaient pas encore soulagée ? Il regarda l'heure au coin de l'écran : minuit moins vingt. De toute évidence, elle était encore debout.

Il reposa son téléphone et leva son grand bras poilu devant ses yeux, pour ne pas voir les rais de lumière sur le plafond, projetés par les réverbères à travers les lamelles du store. Sans pouvoir s'en empêcher, il revit Charlotte telle qu'il l'avait vue la première fois, seize ans plus tôt, assise toute seule sur le rebord d'une fenêtre, au cours d'une soirée d'étudiants à Oxford. De toute sa vie, il n'avait jamais posé les yeux sur une créature aussi éblouissante, et, à en juger par les regards en coin des invités de sexe masculin, les voix et les rires trop forts et les gestes exagérés vers sa silhouette silencieuse, il n'était pas le seul dans ce cas.

En la regardant ainsi de l'autre bout de la pièce, le jeune Strike s'était senti habité par le même désir qui s'emparait de lui dans son enfance, quand la neige était tombée pendant la nuit et recouvrait le jardin d'oncle Ted et de tante Joan : il voulait imprimer le premier sa marque sombre dans la couche lisse et immaculée. La troubler, la déranger.

« Tu es bourré ! », l'avait averti un ami, quand Strike avait annoncé son intention d'aller lui parler.

Strike l'avait admis, mais il avait avalé les dernières gorgées de sa septième pinte de bière et marché d'un pas décidé vers la fenêtre où elle était assise. Il était vaguement conscient de la présence autour de lui de plusieurs personnes qui l'observaient avec curiosité, se préparant peut-être à éclater de rire, parce qu'il était immense et velu, ressemblait à un Beethoven boxeur et avait des taches de sauce au curry sur sa chemise.

À son approche, elle l'avait regardé avec de grands yeux, et les siens s'étaient arrêtés sur sa chevelure sombre et soyeuse, puis sur la naissance de ses seins qui apparaissait sous son corsage entrouvert.

L'étrange enfance nomade de Strike, avec ses déracinements constants et ses greffages répétés à des groupes d'enfants et d'adolescents disparates, avait forgé en lui des talents hors du commun pour se faire accepter dans tous les milieux sociaux ; il savait comment s'insérer, avec drôlerie et bonne humeur, et se rendre aimable à presque tout le monde. Ce soir-là, sa bouche était pâteuse et il se rappelait qu'il titubait un peu.

« Je peux faire quelque chose pour toi ? lui avait-elle demandé de sa voix grave et distinguée.

— Oui. » Il avait soulevé sa chemise et lui avait montré les taches de curry. « Tu connais la meilleure façon de nettoyer ça ? »

Sans le vouloir (car il l'avait vue tenter de se retenir), elle avait pouffé de rire.

Un peu plus tard, un adonis qu'on appelait l'Honorable Jago Ross, et que Strike connaissait de vue et de réputation, avait surgi dans la pièce avec un groupe d'étudiants aussi aristocratiques que lui, pour découvrir Charlotte et Strike assis côte à côte sur le rebord de la fenêtre, bavardant avec un air de joyeuse familiarité.

« Tu n'es pas dans la bonne salle, Charlotte chérie, avait lancé Jago à la jeune fille, affirmant ses droits par l'arrogance caressante de son ton. La soirée de Ritchie, c'est au premier.

— Je n'y vais pas, avait-elle répondu en tournant vers lui son visage souriant. Il faut que j'aide Cormoran à laver sa chemise. »

Ainsi avait-elle plaqué publiquement son petit ami sorti de Harrow, au bénéfice d'un grand ours du nom de Cormoran Strike. Ç'avait été l'heure la plus glorieuse des dix-neuf années de vie du futur détective : il avait enlevé Hélène de Troie au nez et à la barbe de Pâris, avec une telle jubilation stupéfaite (et une telle montée de testostérone) qu'il ne s'était pas interrogé sur ce miracle et s'était borné à l'accepter.

Il n'avait compris que beaucoup plus tard que ce qu'il avait pris pour un hasard, ou le doigt du destin, avait été entièrement manigancé par elle. Charlotte l'avait reconnu elle-même, mais seulement au bout de plusieurs mois : pour punir Jago d'une vexation quelconque, elle était volontairement entrée dans la mauvaise salle et avait attendu qu'un garçon, n'importe lequel, l'aborde ; Strike n'avait été qu'un instrument pour tourmenter le jeune homme au sang bleu qui avait osé lui déplaire, et si elle avait couché avec lui cette nuit-là, c'était dans un état d'esprit de vengeance qu'il avait pris pour un coup de foudre.

Au cours de cette première nuit, il avait pressenti tout ce qui, par la suite, les ferait passer par tant de ruptures et de réconciliations : ses colères incontrôlables, son orgueil implacable, sa cruauté mentale ; son penchant maladif pour l'autodestruction ; son attirance involontaire, mais réelle et puissante, pour lui, Strike, qui aurait dû rester une aventure d'un soir ; et son sentiment d'avoir toujours une retraite sûre dans le petit monde cloîtré où elle avait grandi et dont elle épousait les valeurs en même temps qu'elle les méprisait. Ainsi avait commencé une liaison de seize ans, qui avait fini par conduire Strike où il se trouvait maintenant, souffrant sur son lit de camp, torturé par une douleur qui n'était qu'en partie physique, et se demandant s'il pourrait un jour l'effacer de sa mémoire.

8

Quand Robin arriva le lendemain matin, elle trouva pour la deuxième fois porte close. Elle entra en se servant du double que Strike avait fini par lui confier, s'approcha de la porte séparant les deux bureaux et resta immobile, tendant l'oreille. Au bout de quelques secondes, elle entendit le son étouffé mais reconnaissable entre mille d'un ronflement.

Le problème était délicat, en raison de leur accord tacite pour ne jamais mentionner le lit de camp, ni aucun des signes que le bureau de Strike lui servait également de chambre à coucher. Mais d'un autre côté, Robin avait une information urgente à communiquer à son employeur. Elle hésita, soupesant les options qui s'offraient à elle. La plus simple consistait à tenter de le réveiller en faisant du bruit dans son propre bureau, ce qui lui donnerait le temps de se lever et de s'organiser, mais cela risquait de prendre trop de temps : sa nouvelle ne pouvait pas attendre. Aussi Robin inspirat-elle profondément, puis frappa à la porte.

Strike se réveilla aussitôt. Durant quelques secondes de complète désorientation, il resta allongé, prenant conscience de la lumière du jour qui tombait de la fenêtre et semblait chargée de reproches. Puis il se rappela avoir reposé son portable après avoir lu le texto de Charlotte, et comprit qu'il avait oublié de régler la sonnerie.

« N'entrez pas ! cria-t-il.

— Vous voulez du thé ? proposa Robin à travers le battant.

— Euh… Oui, bonne idée. Je vous rejoins dans une minute », dit Strike d'une voix forte, regrettant de n'avoir jamais installé une serrure sur la porte de séparation, car sa fausse jambe était appuyée au mur et il était en caleçon.

Robin se hâta d'aller remplir la bouilloire, et Strike s'extirpa à grand-peine de son sac de couchage. Il fixa laborieusement sa prothèse à son moignon, s'habilla aussi vite qu'il put et replia le lit de camp, qu'il poussa dans un coin avant de remettre le bureau à sa place. Dix minutes après que la jeune femme eut toqué à la porte, il l'ouvrit et apparut devant elle, claudiquant dans des effluves de déodorant. Robin était assise devant son ordinateur et semblait très excitée.

« Votre thé, dit-elle en lui indiquant sa tasse fumante.

— Merci. Juste une seconde », dit-il, et il sortit pour uriner dans les toilettes sur le palier.

En remontant sa braguette, il aperçut son visage dans le miroir, fripé, bouffi de sommeil, avec sa barbe de la veille. Pour la millième fois, il se consola en se disant que ses cheveux avaient la même apparence, brossés ou non.

« J'ai des nouvelles, annonça Robin quand il réapparut dans le bureau et saisit sa tasse de thé.

— Oui ?

— J'ai trouvé Rochelle Onifade ! »

Il reposa sa tasse.

« Vous plaisantez. Comment diable… ?

— J'ai lu dans le dossier qu'elle était censée fréquenter un service de jour à St Thomas, dit Robin, les joues rouges et parlant précipitamment. Alors, je les ai appelés hier soir, en me faisant passer pour elle, et j'ai prétendu que j'avais oublié l'heure de mon rendez-vous. Ils m'ont dit : jeudi, dix heures trente. Vous avez… » Elle jeta un coup d'œil à l'écran. « … exactement cinquante-cinq minutes. »

Comment n'avait-il pas pensé à le lui demander ?

« Robin, vous êtes un génie ! »

Il avait renversé du thé brûlant sur sa main et posa sa tasse sur le bureau pour la secouer.

« Vous savez exactement où… ?

— C'est le département de psychiatrie, en contournant le bâtiment principal, dit Robin, euphorique. Vous voyez ? Vous quittez Grantley Road, vous prenez l'allée D, vous tombez sur le second parking… »

Elle avait tourné l'écran vers lui, pour lui montrer le plan de St Thomas. Il regarda son poignet, mais sa montre était restée dans l'autre bureau.

« Vous avez le temps si vous partez tout de suite, le pressa Robin.

— Oui, oui, je prends mes affaires. »

Strike se hâta d'aller chercher sa montre, son portefeuille, son téléphone et ses cigarettes. Il était déjà sur le seuil, enfonçant le portefeuille dans sa poche, quand Robin le rappela en disant :

« Euh… Cormoran… »

Il fit volte-face. C'était la première fois qu'elle l'appelait par son prénom, ce qui, pensa-t-il, expliquait peut-être son air subitement gêné ; puis il vit qu'elle désignait de la main son nombril. Baissant les yeux, il constata qu'il avait mal boutonné sa chemise et offrait aux regards une portion de ventre si poilue qu'elle ressemblait à la surface d'une noix de coco.

« Oh… oui… merci. »

Robin détourna poliment les yeux vers son écran pendant qu'il se reboutonnait.

« À plus tard !

— Oui, à tout à l'heure », dit-elle en lui souriant.

Elle entendit ses pas sur les marches, mais au bout de quelques secondes il était de retour, haletant légèrement.

« Robin, j'ai besoin de vérifier quelque chose. »

Elle avait déjà pris un stylo et attendait.

« Le 7 janvier, un colloque juridique s'est tenu à Oxford. Tony Landry y assistait. Sur le droit international en matière d'affaires familiales. Trouvez tout ce que vous pourrez. Et surtout, s'il était bien là.

— Compris, dit-elle en écrivant.

— Et merci encore. Vous êtes un génie ! »

Il disparut, boitillant dans l'escalier métallique.

Bien qu'elle fredonnât tout bas en prenant sa tasse de thé, un peu de la gaieté de Robin s'évanouit tandis qu'elle buvait à petites gorgées. Elle n'avait pu s'empêcher d'espérer que Strike l'emmènerait rencontrer Rochelle Onifade, dont elle pourchassait l'ombre depuis deux semaines.

L'heure de pointe était passée, la foule moins dense dans le métro, et Strike, dont la jambe était toujours douloureuse, se réjouit de trouver facilement une place assise. Il avait acheté une boîte de pastilles de menthe extra-fortes au kiosque près de la station et en suçait quatre à la fois, pour tenter de dissimuler qu'il n'avait pas eu le temps de se brosser les dents. Sa brosse et son dentifrice étaient cachés dans son sac de voyage, bien qu'il eût été plus pratique de les laisser sur le rebord du lavabo. Apercevant de nouveau son visage dans la fenêtre sombre du wagon, avec ses poils de barbe noirs et son apparence négligée, il se demanda pourquoi, alors qu'il était évident que Robin savait où il dormait, il s'obstinait à entretenir la fiction qu'il disposait d'un autre domicile.

Les souvenirs de Strike et son sens de l'orientation l'aidèrent à repérer l'entrée du département de psychiatrie de l'hôpital St Thomas, et il y arriva sans se tromper un peu après dix heures. Il passa quelques minutes à vérifier si la double porte automatique était le seul accès quand on venait de Grantley Road, avant de s'asseoir sur le parapet en ciment qui entourait le parking, à une vingtaine de mètres des deux battants vitrés, de manière à bien voir qui entrait et qui sortait.

Sachant que la jeune femme qu'il guettait était noire et probablement sans domicile fixe, il avait réfléchi dans le métro à la stratégie pour l'identifier, et conclu qu'il n'y avait qu'une façon de s'y prendre ; ainsi, à dix heures dix, quand il vit apparaître une Noire grande et mince qui se dirigeait d'un pas rapide vers la porte (et bien qu'elle lui parût trop bien habillée et trop soignée), il cria dans sa direction :

« Rochelle ! »

La jeune femme leva les yeux pour voir d'où venait la voix, mais continua de marcher sans donner signe qu'elle avait reconnu son nom et disparut dans le bâtiment. Puis arriva un couple, mais tous les deux étaient blancs ; puis un groupe de personnes d'âges et d'ethnies mêlés, dont Strike supposa qu'il s'agissait d'employés de l'hôpital ; mais, à tout hasard, il appela de nouveau :

« Rochelle ! »

Deux ou trois membres du groupe tournèrent la tête vers lui, puis reprirent leur conversation. Se consolant à la pensée que les gens qui fréquentaient ces lieux étaient certainement habitués à un certain degré d'excentricité de la part de ceux qu'ils croisaient dans les parages, Strike alluma une cigarette et attendit.

À dix heures et demie, toujours pas de Rochelle. Ou bien elle avait manqué son rendez-vous, ou bien elle était passée par une autre porte. Il resta aux aguets, fumant, la nuque chatouillée par la brise comme par une plume. L'hôpital était immense : un parallélépipède en béton d'au moins quinze étages, aux fenêtres rectangulaires, qui devait comporter de nombreux accès.

Strike tendit sa jambe mutilée, toujours douloureuse, et pensa de nouveau qu'il devrait consulter son médecin. Attendre devant un hôpital lui semblait assez déprimant. Il soupira, et son estomac gargouilla. En arrivant, il était passé devant un fast-food ; si la jeune femme n'apparaissait pas avant midi, il irait y manger quelque chose.

Deux fois encore, il cria « Rochelle ! » à des femmes à la peau plus ou moins foncée qui entraient ou sortaient, mais, les deux fois, elles se contentèrent de tourner la tête dans sa direction pour voir qui appelait, et l'une d'elles lui lança un regard dédaigneux.

Puis, peu après onze heures, une jeune Noire, de petite taille et grassouillette, émergea de la double porte et s'avança vers le parking en se dandinant. Le détective savait qu'il ne l'avait pas vue entrer, non seulement à cause de sa démarche, mais parce qu'elle portait un manteau trois-quarts en fausse fourrure d'un mauve agressif, qui ne flattait pas sa silhouette courtaude.

« Rochelle ! »

La fille s'arrêta et regarda autour d'elle, sourcils froncés, cherchant qui l'avait hélée en l'appelant par son prénom. Strike boitilla vers elle, et elle le fixa des yeux avec une méfiance compréhensible.

« Rochelle ? Rochelle Onifade ? Bonjour. Je m'appelle Cormoran Strike. Je peux vous parler quelques instants ?

— Je passe toujours par l'entrée sur Redbourne Street, lui expliqua-t-elle cinq minutes plus tard, quand il l'eut gratifiée d'un récit aussi embrouillé que fictif de ce qu'il avait entrepris pour la trouver. Je suis ressortie de ce côté, parce que j'ai faim et qu'il y a un McDo. »

Ce fut là que Strike l'emmena. Il acheta au comptoir deux gobelets de café et deux gros beignets à la crème, et les apporta à la table près de la fenêtre où Rochelle attendait, intriguée et soupçonneuse.

C'était tout sauf une jolie fille. Sa peau grasse, couleur terre brûlée, était grêlée de cicatrices d'acné, elle avait de petits yeux enfoncés dans leurs orbites et des dents jaunes plantées de travers. Ses cheveux, défrisés et teints d'un vilain ton rouge cuivré, laissaient voir plusieurs centimètres de racines noires. Son jean serré et trop court, son sac en skaï gris et ses chaussures de sport blanches sortaient certainement d'un supermarché quelconque. En revanche, son manteau mauve en fausse fourrure, quoique d'assez mauvais goût, était d'une tout autre qualité : quand elle l'avait ôté avant de s'asseoir, le détective avait remarqué que la doublure était en soie et portait la griffe non de Guy Somé (comme il s'y était attendu, en se souvenant du mail que Lula Landry avait envoyé), mais d'un styliste italien dont même lui avait entendu parler.

« Vous êtes sûr que vous êtes pas journaliste ? », demanda-t-elle de sa voix grave un peu éraillée.

Strike avait déjà passé plusieurs minutes sur le parking de l'hôpital à établir sa bonne foi sur ce point.

« Non, je ne suis pas journaliste. Comme je vous l'ai dit, je connais le frère de Lula, John Bristow.

— C'est un pote à vous ?

— Oui. Enfin, pas exactement. Je travaille pour lui. Je suis détective privé. »

Elle fut tout de suite terrifiée.

« Pourquoi vous voulez me parler ? lâcha-t-elle d'un trait.

— Vous n'avez aucune raison de vous inquiéter.

— Oui, mais pourquoi vous voulez me parler ?

— Tranquillisez-vous. John n'est pas convaincu que Lula se soit suicidée, c'est tout. »

Il devina que la seule raison qui la retenait de partir était sa crainte des conclusions qu'il pourrait tirer de sa fuite. Pourtant, ses propos étaient des plus modérés. Sa peur paraissait disproportionnée.

« Il ne faut pas vous inquiéter, répéta-t-il. John veut juste que j'enquête sur les circonst…

— Il dit que j'ai quelque chose à voir avec sa mort ?

— Non, bien sûr que non. J'espère simplement que vous pourrez me parler de son état d'esprit, de ce qu'elle a fait dans les semaines qui ont précédé. Vous la voyiez souvent, n'est-ce pas ? J'ai pensé que vous pourriez me dire ce qui se passait dans sa vie. »

Rochelle ouvrit la bouche comme pour répondre, puis changea d'avis et tenta d'avaler une gorgée de café brûlant.

« Qu'est-ce qu'il veut, son frère ? Montrer qu'elle s'est pas tuée ? Que quelqu'un l'a poussée, c'est ça ?

— Il pense que c'est possible. »

Elle sembla réfléchir à quelque chose, tenter de le formuler dans sa tête.

« Je suis pas obligée de vous parler. Vous êtes pas vraiment flic.

— Non, c'est exact. Mais vous n'avez pas envie de m'aider à découvrir… ?

— Elle s'est jetée toute seule, coupa court Rochelle.

— Comment en êtes-vous si sûre ?

— Je le sais, c'est tout.

— Ç'a sûrement été un gros choc pour tous ceux qui la connaissaient.

— Elle avait des crises. Elle prenait des trucs pour ça. Comme moi. Parfois, ça vous prend et on y peut rien. C'est une maladie. »

Il était sûr que s'il sortait son carnet, elle se fermerait comme une huître, ou le planterait là. Aussi continua-t-il à la questionner sur le ton le plus naturel possible, en lui demandant comment elle en était venue à fréquenter St Thomas et à faire la connaissance de Lula.

Terriblement soupçonneuse, elle lui répondit d'abord par monosyllabes, puis, progressivement, elle devint plus loquace. Son histoire personnelle était à pleurer : un enchaînement de mauvais traitements, de placements dans des foyers, de graves troubles mentaux, de familles d'accueil plus ou moins douteuses et d'explosions de violence, qui avait fini, à seize ans, par la jeter dans la rue. Si elle était maintenant bien soignée, c'était le résultat indirect d'une collision avec une voiture, un jour que, prise de boisson, elle avait traversé sans regarder. Hospitalisée, on avait appelé un psychiatre à son chevet, car son comportement de forcenée empêchait le personnel de traiter ses blessures physiques. À présent, elle était sous médicaments, et, du moment qu'elle prenait régulièrement ses comprimés, elle se sentait beaucoup mieux. Strike trouva triste et touchant que les visites au service de jour où elle avait rencontré Lula Landry soient, pour Rochelle, le grand moment de la semaine. Elle parla avec une certaine affection du jeune thérapeute qui animait son groupe de parole.

« Alors, c'est là que vous avez connu Lula ?

— Son frère vous l'a pas dit ?

— Il ne m'a pas donné de détails.

— Oui, elle participait au groupe. Un psy l'avait envoyée.

— Et vous vous êtes parlé ?

— Oui.

— Vous êtes devenues amies ?

— Oui.

« — Vous êtes allée chez elle ? Vous vous êtes baignée dans la piscine ?

— Et alors ? C'est mal ?

— Pas du tout. C'est juste une question. »

Elle se détendit un peu.

« Nager, j'aime pas ça, dit-elle. Je coule tout le temps, et j'aime pas avoir la figure mouillée. Je restais dans le jacuzzi. Et puis, on faisait du shopping, on allait boire des cocktails, tout ça.

— Elle vous a parlé de ses voisins ? Les autres résidents de l'immeuble ?

— Les Bestigui ? Un peu. Elle les aimait pas. Cette femme, c'est une vraie salope, dit Rochelle avec une soudaine férocité.

— Pourquoi dites-vous ça ?

— Vous l'avez pas rencontrée ? Elle me regardait comme si j'étais de la merde.

— Qu'est-ce que Lula pensait d'elle ?

— Elle les aimait pas non plus, elle et son mari. Lui, c'est un faux-cul.

— Dans quel sens ?

— Comme je vous dis, un faux-cul », répéta Rochelle avec impatience. Puis, voyant que Strike se taisait, elle ajouta : « Il essayait toujours d'attirer Lula chez lui quand sa femme était pas là.

— Et elle acceptait ses invitations ?

— Sûrement pas, qu'est-ce que vous croyez ? s'indigna Rochelle.

— Vous vous parliez beaucoup, Lula et vous, n'est-ce pas ?

— Oui, au dé… Oui. »

Elle regarda par la fenêtre. Une soudaine averse avait pris les passants par surprise, et de petites ellipses transparentes se formaient sur le carreau.

« Au début ? dit Strike. Vous vous êtes moins parlé au fil du temps ?

— Faut que j'y aille, dit Rochelle avec hauteur. J'ai pas mal de trucs à faire.

— Les gens comme Lula, poursuivit Strike, tâtant le terrain, peuvent se conduire en enfants gâtés, parfois. Ne pas bien traiter les autres. Ils ont l'habitude d'obtenir ce que…

— Je suis la bonniche de personne, coupa Rochelle farouchement.

— C'est peut-être pour ça qu'elle vous aimait ? Parce qu'elle vous voyait comme une égale, pas comme une flatteuse ?

— Exactement, dit Rochelle, radoucie. Elle le savait, qu'elle m'impressionnait pas.

— Donc, c'est pour ça qu'elle vous avait choisie comme amie. Parce que vous ne vous laissiez pas éblouir…

— Oui.

— … et aussi, vous aviez votre maladie en commun, n'est-ce pas ? Donc, vous pouviez la comprendre mieux que d'autres.

— Oui, et puis je suis black, dit Rochelle. Elle voulait se sentir vraiment black.

— Elle vous en a parlé ?

— Oui, bien sûr. Elle voulait savoir d'où elle venait. Son vrai monde.

— Elle vous a dit qu'elle recherchait la moitié noire de sa famille ?

— Oui, elle en parlait. Et elle… Oui. »

Sa phrase était restée en suspens.

« Elle a retrouvé quelqu'un ? Son père, peut-être ?

— Son père ? Non. Pas moyen.

— Vraiment ?

— Oui, *vraiment*. »

Elle se mit à manger rapidement son beignet, et Strike sentit qu'elle risquait de s'en aller dès qu'elle aurait terminé.

« Est-ce que Lula était déprimée quand vous l'avez vue chez Vashti, la veille de sa mort ?

— Oui. C'était clair.

— Elle vous a dit pourquoi ?

— Pas besoin. C'est une maladie, je vous dis.

— Mais elle vous a dit qu'elle se sentait mal ?

— Oui, répondit Rochelle après une seconde d'hésitation.

— Vous aviez prévu de déjeuner ensemble, non ? demanda Strike. C'est Kieran qui m'a dit qu'il l'avait conduite à la boutique. Vous connaissez Kieran, n'est-ce pas ? Kieran Kolovas-Jones ? »

Son expression se fit soudain moins dure, et les coins de ses lèvres esquissèrent un sourire.

« Oui, je le connais. Oui, on avait rendez-vous chez Vashti.

— Mais elle n'a pas pris le temps de déjeuner avec vous ?

— Non. Elle était pressée », dit Rochelle.

Elle baissa la tête pour boire son café, cachant son visage.

« Pourquoi ne vous a-t-elle pas téléphoné ? Vous avez un portable ?

— Évidemment, dit-elle d'un ton sec, et elle tira de la poche de son manteau en fausse fourrure un petit Nokia bas de gamme, à la coque incrustée de verrote-rie rose.

— Alors, pourquoi pensez-vous qu'elle ne vous a pas appelée pour reporter le rendez-vous ? »

Rochelle le foudroya du regard.

« Elle aimait pas téléphoner. Y avait trop de gens qui l'écoutaient.

— Les journalistes ?

— Oui. »

Elle avait presque fini son beignet.

« Mais ça ne les aurait pas beaucoup intéressés de l'entendre dire qu'elle ne viendrait pas chez Vashti, pas vrai ?

— Hmm… Sais pas, grommela Rochelle en masti-quant.

— Vous n'avez pas trouvé curieux, ce matin-là, qu'elle soit venue en voiture jusqu'à la boutique, uni-quement pour vous dire qu'elle ne pouvait pas rester déjeuner ?

— Oui. Non », dit Rochelle. Puis, avec une sou-daine volubilité : « Qu'est-ce que ça peut faire, quand on a un chauffeur ? On va où on veut et ça coûte pas plus cher, pas vrai ? Y a qu'à dire au mec où on a envie d'aller. Elle passait, et elle est entrée pour me dire qu'elle avait pas le temps de rester parce qu'elle devait voir cette conne de Ciara Porter. »

Rochelle sembla regretter aussitôt d'avoir laissé échappé une parole qui trahissait sa jalousie, et pinça les lèvres comme pour s'assurer qu'elle ne prononce-rait plus d'autre gros mot.

« Et c'est ce qu'elle a fait ? Elle est entrée, elle vous a dit "Je ne peux pas rester, j'ai rendez-vous avec Ciara", et elle est partie ?

— Oui. Plus ou moins.

— Kieran dit que d'habitude, quand vous voyiez Lula, ils vous raccompagnaient chez vous.

— Oui. Mais ce jour-là, elle était trop pressée. »

Rochelle fit un effort pour cacher sa rancune, sans y parvenir.

« Racontez-moi ce qui s'est passé dans la boutique. Vous avez essayé des vêtements ?

— Oui, dit Rochelle après un bref silence. Pas moi. Elle. » Une autre hésitation. « Une longue robe Alexander McQueen. Lui aussi, il s'est tué, ajouta-t-elle d'une voix distante.

— Vous êtes entrée avec elle dans la cabine d'essayage ?

— Oui.

— Qu'est-ce qui s'est passé dans cette cabine ? »

Ses yeux rappelaient à Strike ceux d'un taureau avec lequel il s'était un jour trouvé face à face ; enfoncés, d'une placidité trompeuse, indéchiffrables.

« Rien. Elle a enfilé la robe.

— Elle n'a rien fait d'autre ? Elle n'a pas téléphoné ?

— Non. Si. Peut-être.

— Vous savez qui elle a appelé ?

— Hmm… Me souviens plus. »

Elle but quelques gorgées de café, plongeant de nouveau le nez dans son gobelet en carton.

« Evan Duffield, peut-être ? souffla Strike.

— Possible.

352

« — Vous vous rappelez ce qu'elle a dit ?

— Non.

— Une des vendeuses l'a entendue pendant qu'elle parlait au téléphone. Apparemment, elle fixait rendez-vous à quelqu'un chez elle, tard dans la soirée. Ou plutôt dans la nuit, d'après ce que dit cette fille.

— Ah oui ?

— Si c'est vrai, ça ne pouvait pas être Duffield, puisqu'ils devaient déjà se retrouver au Magnum.

— Vous en savez, des choses, hein ? ironisa Rochelle.

— Tout le monde sait qu'ils étaient au Magnum ce soir-là, dit Strike. C'était dans tous les journaux. »

Les dilatations et les contractions des pupilles de Rochelle étaient presque impossibles à discerner, tant ses iris étaient foncés.

« Oui, je suppose, admit-elle.

— C'était Deeby Macc ?

— Non ! aboya-t-elle avec une ébauche de rire étranglé. D'abord, elle avait pas son numéro, à Deeby Macc.

— Les gens célèbres se débrouillent pour obtenir assez facilement les numéros les uns des autres », observa le détective.

L'expression de Rochelle s'assombrit. Elle fixa des yeux l'écran de son portable rose.

« Je crois pas qu'elle avait le sien, dit-elle.

— Mais vous l'avez entendue demander à quelqu'un de passer la voir dans la nuit ?

— Non », dit Rochelle, évitant son regard. Elle but avidement le reste de son café. « Je me souviens pas de ça. Pas du tout.

— Vous comprenez combien ça pourrait être important ? insista Strike, prenant soin de parler d'un ton dénué de menace. Ce que ça pourrait vouloir dire, si Lula avait rendez-vous avec quelqu'un à l'heure de sa mort ? La police ne l'a jamais su, n'est-ce pas ? Vous n'en avez jamais parlé ?

— Faut que je parte », dit-elle d'un ton sec.

Elle termina son beignet, saisit l'anse de son sac et se leva en lui jetant un regard agressif.

« C'est presque l'heure du déjeuner, dit Strike. Vous voulez manger autre chose ?

— Non. »

Mais elle resta debout près de la table, et Strike se demanda si elle n'était pas encore plus pauvre qu'il l'avait cru. Mangeait-elle tous les jours à sa faim ? Derrière sa maussaderie, il y avait quelque chose en elle qui le touchait : une fierté farouche, une vulnérabilité.

« Bon, d'accord, dit-elle, posant son sac et se laissant retomber sur la chaise en plastique. Je veux bien un Big Mac. »

Il craignit qu'elle ne s'éclipse pendant qu'il était au comptoir, mais quand il revint avec les deux plateaux, elle était toujours là et le remercia de mauvaise grâce.

Il tenta une nouvelle tactique.

« Vous connaissez bien Kieran, n'est-ce pas ? demanda-t-il, cherchant à faire reparaître le sourire qui l'avait éclairée tout à l'heure en entendant le nom du jeune chauffeur.

— Oui, dit-elle presque timidement. Je l'ai vu souvent, quand je sortais avec Lula. C'était toujours lui qui la conduisait.

— Il dit que Lula écrivait quelque chose à l'arrière

354

de la voiture, avant d'arriver chez Vashti. Elle vous l'a montré ?

— Non, dit-elle en avalant quelques frites. Pourquoi, qu'est-ce que c'était ?

— Je ne sais pas.

— Comme une liste de courses ?

— Oui, c'est ce que la police a pensé. Vous êtes sûre que vous ne l'avez pas vue tenir une feuille de papier, une lettre, une enveloppe ?

— Oui. Sûre. Kieran le sait, que vous êtes venu m'alpaguer à l'hosto ?

— Oui, je lui ai dit que vous faisiez partie des gens à qui je voulais parler. Il m'a dit que vous habitiez au foyer St Elmo. »

Ces mots semblèrent lui faire plaisir.

« Vous habitez où, à présent ?

— Qu'est-ce que ça peut vous foutre ? demanda-t-elle, soudain hargneuse.

— Rien. Je m'intéresse à vous, c'est tout. »

Rochelle renifla dédaigneusement.

« J'ai mon studio, maintenant. À Hammersmith. »

Elle mastiqua quelques instants, puis, pour la première fois, lui fournit une information qu'il n'avait pas sollicitée :

« On écoutait souvent Deeby dans la voiture. Moi, Kieran et Lula. »

Et elle se mit à rapper :

« *Jacko, arrête l'hydroquinone, mets-toi au bras une Panerai comme Sly Stallone,*

Costume Gucci, méga-Ferrari, au cul les médocs et les Johari,

Fais chauffer l'Am-Ex et reste bien black, Deeby va passer à l'attaque,

Pour qu'ils te matent, tous les branleurs,

Et tu battras tous les Blancs, parce que toi, t'as des valeurs. »

Quand elle eut cessé de chantonner sur une seule note, elle parut toute fière, comme si elle venait de le remettre fermement à sa place.

« Ça s'appelle *Hydroquinone*, dit-elle. Et l'album, c'est *Jack On My Jack*.

— Qu'est-ce que c'est, l'hydroquinone ? demanda Strike.

— Un truc pour éclaircir la peau. On rappait ça dans la Mercedes, avec les vitres ouvertes. »

À l'évocation de ce souvenir, un sourire reparut sur son visage ingrat.

« Lula était impatiente de rencontrer Deeby Macc, n'est-ce pas ?

— Oh, oui ! dit Rochelle, que la pensée du rappeur semblait mettre de meilleure humeur. Elle savait qu'il l'aimait bien, ça lui faisait vachement, vachement plaisir qu'il ait parlé d'elle dans ses chansons. Kieran était tout excité, il arrêtait pas de demander à Lula de le présenter. Lui aussi, il voulait rencontrer Deeby. »

Son sourire disparut aussi vite qu'il avait surgi ; d'un air morose, elle mâcha une bouchée de son hamburger, puis demanda :

« C'est tout ce que vous vouliez savoir ? Parce qu'il faut que je parte. »

Et elle se mit à dévorer le reste de son repas, ingurgitant goulûment la nourriture.

« Lula a dû vous emmener dans beaucoup d'endroits, n'est-ce pas ?

— Oui, dit Rochelle, la bouche pleine de frites.

— Vous êtes allée au Magnum avec elle ?

— Oui. Une fois. »

Elle déglutit, puis, prise d'une soudaine loquacité, énuméra les lieux qu'elle avait visités dans les premiers mois de son amitié avec le top model. Son récit (bien qu'elle continuât de nier crânement toute fascination pour la vie d'une multimillionnaire) avait quelque chose d'un conte de fées. Lula Landry l'avait arrachée au monde lugubre du foyer St Elmo et de la thérapie de groupe pour l'entraîner, une fois par semaine, dans un tourbillon de divertissements dispendieux. Strike remarqua que Rochelle ne lui parlait pas beaucoup de Lula en tant que personne, alors qu'elle l'évoquait avec prolixité en tant que détentrice des petites cartes magiques qui servaient à acheter des sacs à main en peau, des vestes griffées et de luxueux bijoux, et à payer pour la grosse voiture dans laquelle Kieran Kolovas-Jones, tel un génie bienveillant, venait la chercher devant son affreux foyer. Elle décrivit dans le détail les cadeaux que Lula lui avait faits, les boutiques où elle l'avait emmenée, les restaurants et les bars où elles étaient entrées côte à côte, nommant les célébrités qu'elles y avaient régulièrement croisées. Au demeurant, aucun de ces personnages ne semblait avoir impressionné favorablement Rochelle, car chaque nom qu'elle prononçait était accompagné d'un commentaire désobligeant : « un gros con, celui-là » ; « refaite des pieds à la tête » ; « ils ont rien de spécial ».

« Vous avez rencontré Evan Duffield ? demanda Strike.

— Lui ? » Le monosyllabe était chargé de mépris. « Un sale type.

— Vraiment ?

— Oh, oui ! Demandez à Kieran. »

Elle donnait le sentiment que Kieran et elle avaient étudié ensemble, en observateurs raisonnables et dépassionnés, les énergumènes qui peuplaient le monde de Lula Landry.

« Pourquoi un sale type ?

— Il la traitait comme une merde, voilà pourquoi.

— Comment ça ?

— Il a vendu un tas d'histoires sur elle, dit Rochelle en engouffrant ses dernières frites. Une fois, elle a testé tout le monde. Elle nous a tous raconté une histoire différente, pour voir celle qui paraissait dans les journaux. Je suis la seule qui a fermé sa gueule, tous les autres ont causé aux paparazzi.

— Qui a-t-elle testé ?

— Ciara Porter. Lui, Duffield. Et même son copain Guy Somé, mais ensuite elle s'est rendu compte que c'était pas lui et elle s'est excusée. » Une brève pause. « N'empêche qu'il s'est servi d'elle comme tous les autres.

— Comment ?

— Il voulait pas qu'elle travaille pour d'autres. Seulement pour sa boîte, pour qu'elle lui rapporte toute la publicité.

— Et donc, après avoir vérifié qu'elle pouvait vous faire confiance…, dit le détective d'un ton encourageant.

— C'est ce jour-là qu'elle m'a payé mon portable. »
Un bref silence. « Pour pouvoir me joindre quand elle
voulait, vous comprenez ? »

Soudain, elle saisit le petit Nokia rose vif et l'enfonça dans la poche de son manteau mauve.

« Je suppose que maintenant, c'est vous qui réglez
l'abonnement ? », avança Strike.

Il pensa qu'elle allait lui dire de se mêler de ses
affaires, mais elle répondit :

« Sa famille s'est pas aperçue qu'elle continuait à
payer. »

Cette pensée sembla la remplir d'un plaisir malveillant.

« C'est Lula qui vous a offert ce manteau ? hasarda
le détective.

— Non ! se défendit-elle avec une brusque colère.
Le manteau, c'est moi. Je travaille, maintenant.

— Vraiment ? Vous travaillez où ?

— Qu'est-ce que ça peut vous foutre ?

— Je vous l'ai dit, je m'intéresse à vous. »

Un petit sourire se dessina un instant sur sa grande
bouche, et, une fois de plus, elle céda.

« Je fais les après-midi dans une boutique en haut
de la rue où j'habite.

— Le studio dont vous parliez, c'est dans un autre
foyer ?

— Non. »

Il sentit de nouveau qu'elle se repliait sur elle-même,
refusait d'aller plus loin, et il changea de sujet.

« Vous avez dû avoir un choc en apprenant la mort
de Lula ?

— Tu m'étonnes ! », s'exclama-t-elle étourdiment ;

puis, prenant conscience de ses mots, elle se corrigea :
« Je veux dire… Je savais qu'elle allait pas bien, mais on s'y attend jamais, à ce que quelqu'un finisse comme ça, hein ?

— Donc, vous diriez qu'elle n'était pas dans une humeur suicidaire quand vous l'avez vue ce matin-là ?

— J'en sais rien. Je l'ai pas vue assez longtemps.

— Où étiez-vous quand vous avez appris sa mort ?

— Au foyer. Tout le monde savait que je la connaissais. Janine m'a réveillée pour me le dire.

— Et vous avez tout de suite pensé à un suicide ?

— Oui. Mais faut que j'y aille, maintenant. Je vais être en retard. »

Visiblement, elle était décidée et Strike comprit qu'il ne la retiendrait pas plus longtemps. Après avoir enfilé son ridicule trois-quarts en fausse fourrure, elle prit son sac et le jeta par-dessus son épaule.

« Dites bonjour à Kieran de ma part.

— C'est promis, dit Strike.

— Au revoir. »

Elle sortit du McDo sans regarder derrière elle.

Strike la vit passer devant la fenêtre, tête penchée, sourcils froncés, puis disparaître de son champ de vision. Il avait cessé de pleuvoir. Il finit ses dernières frites distraitement. Puis il se leva si brusquement que la fille en casquette de base-ball qui s'approchait pour débarrasser la table fit un pas en arrière, avec un petit cri de surprise. Strike sortit et remonta Grantley Street.

Rochelle se tenait debout au coin de la rue, bien visible dans son manteau mauve, au milieu d'un groupe qui attendait le feu vert pour traverser. Elle parlait au téléphone. Autant que sa jambe douloureuse le lui permettait, Strike accéléra le pas pour s'insinuer dans la grappe de passants arrêtés, jouant des coudes pour que tout le monde s'écarte.

« … voulait savoir qui elle attendait la nuit de sa mort, oui, et… ».

Elle tourna la tête pour observer la circulation et s'aperçut que Strike se tenait à moins d'un mètre derrière elle. Écartant le portable de son oreille, elle appuya sur une touche et coupa la communication.

« Quoi ? demanda-t-elle agressivement.

— À qui téléphoniez-vous ?

— Occupez-vous de vos fesses ! », lança-t-elle avec fureur. Les piétons autour d'eux les dévisagèrent. « Vous me suivez, ou quoi ?

— Oui, dit Strike. Écoutez-moi… »

Le feu passa au vert. Ils furent les seuls à ne pas traverser, et la petite troupe de marcheurs les bouscula au passage.

« Vous voulez bien me donner votre numéro de portable ? »

Les yeux de taureau lui rendirent son regard, implacables, muets, secrets.

« Pour quoi faire ?

— C'est Kieran qui me l'a demandé, mentit-il. J'avais oublié. Il pense que vous avez oublié une paire de lunettes de soleil dans sa voiture. »

Il se douta qu'elle n'était pas convaincue, mais au bout d'un instant elle lui dicta un numéro, qu'il nota au dos d'une de ses cartes.

« C'est tout ? », demanda-t-elle avec impatience.

Sans attendre la réponse, elle s'engagea sur la chaussée et marcha jusqu'à un îlot bétonné au milieu, où le feu changea de nouveau. Strike claudiqua derrière elle. Elle semblait à la fois exaspérée et perturbée par sa présence insistante.

« Qu'est-ce que vous voulez encore ?

— Je crois que vous ne m'avez pas tout dit, Rochelle. »

De nouveau, elle lui lança un regard mauvais.

« Prenez ça, dit le détective en tirant une seconde carte de la poche de son pardessus. S'il y a quelque chose dont vous avez envie de me parler, appelez-moi, d'accord ? Sur mon portable. »

Elle ne répondit pas.

« Si Lula a été assassinée, dit Strike tandis que les voitures filaient devant eux et que l'eau de pluie courait dans le caniveau à leurs pieds, vous pourriez être en danger aussi. »

Ces mots déclenchèrent un petit sourire narquois. Rochelle Onifade ne pensait pas être en danger. Elle se croyait à l'abri.

Le petit bonhomme vert apparut et, secouant ses cheveux secs et rougeâtres, elle traversa l'autre moitié de la chaussée, silhouette boulotte, courte sur pattes et ordinaire, serrant toujours son portable dans une main et la carte de Strike dans l'autre. Celui-ci resta planté sur l'îlot en béton, la regardant s'éloigner vers la bouche de métro avec un sentiment d'impuissance et de malaise. Peut-être n'avait-elle jamais vendu son histoire aux paparazzi, mais il ne pouvait croire qu'elle ait acheté ce manteau d'un styliste célèbre, si criard qu'il lui parût, avec son salaire de vendeuse à mi-temps.

9

Le croisement de Tottenham Court Road et de Charing Cross Road était une scène de dévastation : une foule d'ouvriers casqués s'y agitait et d'énormes trous creusaient la chaussée, qu'on ne traversait que par des tunnels en plastique ou des passerelles. Cigarette aux lèvres, Strike s'engagea sur l'une d'elles, étroite et bordée de barrières en métal, laissant derrière lui le large fossé rempli de gravats, les manœuvres qui s'interpellaient et les marteaux-piqueurs.

Il se sentait très las et avait une conscience aiguë de sa douleur lancinante à la jambe, de son corps qu'il n'avait pas lavé, de la nourriture lourde et grasse qui lui pesait sur l'estomac. Sous l'effet d'une soudaine impulsion, il fit un crochet par Sutton Road, loin du vacarme du chantier, et composa le numéro de Rochelle. Ce fut la boîte vocale qui prit l'appel, mais la voix qu'il entendit était bien la sienne, basse et éraillée : elle ne lui avait pas donné un faux numéro. Il ne lui laissa pas de message, car il lui avait déjà dit tout ce qu'il avait à lui dire. Pourtant, il était inquiet et se demanda s'il n'aurait pas mieux fait de la suivre, sans se faire remarquer, pour découvrir où elle habitait.

De retour sur Charing Cross Road, boitillant vers son bureau dans l'ombre d'un tunnel pour piétons, il se rappela comment Robin l'avait réveillé ce matin : le tact avec lequel elle avait frappé à la porte, la tasse de thé, l'absence préméditée de toute allusion à son lit de camp. Cela n'aurait jamais dû arriver. Il y avait d'autres voies vers l'intimité d'une femme que d'admirer sa silhouette dans une robe ajustée. Strike n'avait aucune envie de lui expliquer pourquoi il dormait sur son lieu de travail, car il redoutait les questions personnelles, mais il avait laissé se créer une situation où elle l'appelait par son prénom et lui disait de se reboutonner. Il n'aurait jamais dû dormir si tard.

Montant les marches en métal et dépassant la porte fermée du graphiste Crowdy, Strike résolut de traiter Robin un peu plus froidement pour le reste de la journée, histoire de compenser l'aperçu qu'elle avait eu de son ventre poilu.

À peine eut-il pris cette décision qu'il entendit un rire aigu et deux voix de femmes qui parlaient en même temps. Le bruit venait de son bureau.

Strike s'immobilisa, l'oreille tendue, alarmé. Il n'avait pas répondu au texto de Charlotte et tenta de reconnaître son ton et ses inflexions ; ç'aurait été tout à fait son genre de débarquer en personne pour tenter de désamorcer la colère de son ex-compagnon en se livrant à une opération de séduction, de se faire de son alliée une amie et rebattre les oreilles de Robin avec sa version de la vérité. Les deux voix se mêlèrent de nouveau dans un rire, sans que Strike parvînt à les distinguer l'une de l'autre.

« Salut, Stick ! », entendit-il en poussant la porte en verre.

Assise dans le vieux sofa, les mains autour d'une tasse de café, entourée de sacs Marks & Spencer et John Lewis, sa sœur Lucy semblait d'excellente humeur.

Soulagé de découvrir que ce n'était pas Charlotte, Strike n'en était pas moins inquiet à l'idée que Robin et sa sœur aient pu discuter de sa vie privée. En embrassant Lucy, il remarqua que Robin, une fois de plus, avait fermé la porte de séparation sur le lit de camp et le sac de voyage.

« Robin me dit que tu es en pleine enquête. »

Lucy semblait tout excitée, comme souvent quand elle sortait seule, sans s'embarrasser de Greg ou des garçons.

« Oui, c'est ce que nous faisons de temps en temps, nous autres, dit Strike. Des enquêtes. Tu as fait des courses ?

— Oui, Sherlock Holmes !

— Tu veux sortir prendre un café ?

— J'en ai déjà un, Stick, dit-elle en lui montrant sa tasse. Tu n'es pas très observateur, aujourd'hui. Qu'est-ce que tu as ? Tu boites ?

— Pas que je sache.

— Tu as vu le docteur Chakrabati récemment ?

— Oui, mentit Strike.

— Si vous n'y voyez pas d'inconvénient, dit Robin, qui enfilait son trench-coat, je vais sortir déjeuner, Mr Strike. »

Son obstination à la traiter avec une froideur professionnelle semblait maintenant non seulement inutile, mais injuste. Elle avait plus de tact que toutes les femmes qu'il avait rencontrées.

« Oui, Robin, allez-y, je vous en prie, dit-il.

— Contente de vous avoir rencontrée, Lucy », dit Robin.

Et, agitant légèrement la main, elle disparut sur le palier, referma la porte derrière elle et ses pas s'éloignèrent dans l'escalier.

« Elle est vraiment très sympathique, dit Lucy avec enthousiasme. Tu devrais essayer de la garder définitivement.

— Oui, c'est une bonne recrue, dit Strike. Qu'est-ce qui vous faisait tant rire, toutes les deux ?

— Oh, son fiancé. Le même genre que Greg, on dirait. Aussi maladroit. Robin m'a dit que tu étais sur une affaire importante. Ne t'inquiète pas, se hâta-t-elle d'ajouter, elle est restée très discrète. Mais elle a parlé d'un suicide suspect. Ça ne doit pas être très gai. »

Et elle posa sur lui un regard chargé de sens, qu'il choisit de ne pas comprendre.

« Ce n'est pas la première fois. J'en ai eu deux ou trois dans l'armée. »

Mais Lucy ne semblait pas l'écouter. Elle avait pris une profonde inspiration, et il prévoyait ce qui allait venir.

« Stick, est-ce que vous avez rompu, Charlotte et toi ? »

Autant en finir.

« Oui, dit-il.

— *Stick !*

« — Ça ne fait rien, Lucy. Je vais bien, je t'assure. »

Mais la belle humeur de Lucy avait été emportée par un torrent de fureur et de déception. Strike, épuisé et endolori, attendit patiemment qu'elle ait fini de tempêter : elle le savait depuis le début, que Charlotte recommencerait ; elle l'avait éloigné de Tracey, et de sa magnifique carrière dans l'armée, l'avait jeté dans la précarité, l'avait persuadé de vivre avec elle, tout ça pour le laisser tomber et...

« C'est moi qui ai rompu, Lucy, interrompit Strike, et avec Tracey, c'était fini bien avant que... »

Mais il aurait aussi bien pu demander à une coulée de lave de remonter dans la bouche du volcan : comment n'avait-il pas compris que Charlotte ne changerait jamais, qu'elle n'était revenue vers lui que parce que sa situation était dramatique, attirée par sa blessure et sa médaille ? Cette ignoble créature avait joué les anges gardiens, puis tout cela l'avait ennuyée ; elle était dangereuse et mauvaise ; elle n'aimait rien tant que causer le malheur, et se réjouissait des souffrances qu'elle infligeait...

« C'est moi qui l'ai quittée, Lucy. C'était mon choix.

— Quand ? Et tu habites où, depuis ? Quelle *salope* ! Non, Stick, désolée, je n'ai plus envie de faire semblant. Toutes les années *calamiteuses* qu'elle t'a fait vivre... Oh, Stick, pourquoi tu n'as pas épousé Tracey ?

— Lucy, s'il te plaît... »

Il écarta quelques-uns des sacs John Lewis, pleins, vit-il au passage, de petits sous-vêtements et de chaussettes pour ses neveux, et s'assit lourdement sur le sofa. Il savait qu'il avait l'air négligé et malpropre.

Lucy semblait au bord des larmes ; sa joyeuse escapade dans le centre de Londres était gâchée.

« Je suppose que tu ne m'en as pas parlé parce que tu savais que je serais en colère ? dit-elle enfin, en déglutissant.

— Ça m'a traversé l'esprit.

— Je vois. Excuse-moi, dit-elle rageusement, les yeux mouillés. Mais cette *salope*, Stick ! Oh, mon Dieu, promets-moi que tu ne te remettras plus avec elle. Promets-le-moi.

— Je ne me remettrai plus avec elle.

— Tu habites où ? Chez Nick et Ilsa ?

— Non, j'ai loué un petit truc à Hammersmith. » Ce fut le premier quartier auquel il pensa, car, désormais, il était associé dans son esprit à la situation de sans-domicile-fixe. « Un studio.

— Oh, *Stick*… il faut absolument que tu viennes habiter avec nous ! »

Il eut une brève vision de la chambre d'amis bleue de la maison de Bromley, et du sourire forcé de Greg.

« Je suis très content là où je suis, Lucy. Tout ce que je veux, c'est travailler à mon enquête et être seul quelque temps. »

Il lui fallut encore une demi-heure pour la faire partir. Elle se sentait coupable de s'être laissé aller à la colère, se confondit en excuses, puis tenta de se justifier, ce qui déclencha une autre diatribe contre Charlotte. Quand elle se décida enfin à quitter les lieux, il l'aida à descendre ses sacs jusqu'au rez-de-chaussée, s'arrangeant pour détourner son attention des cartons empilés sur le palier, et il la fit monter dans un taxi au bout de Denmark Street.

Le visage strié de rimmel, elle le regarda par la vitre arrière. Il se força à sourire et à agiter la main, puis alluma une autre cigarette, songeant que l'idée que se faisait Lucy de la compassion n'était pas sans rapport avec les techniques d'interrogatoire que les militaires pratiquaient à Guantánamo.

10

Si Strike était au bureau à l'heure du déjeuner, Robin avait pris l'habitude de lui acheter des sandwiches en même temps que les siens et de se rembourser en puisant dans la boîte à bonbons en fer des notes de frais. Mais ce jour-là, elle ne se pressa pas de rentrer. Malgré l'insouciance de Lucy, elle avait bien vu que Strike était contrarié de les trouver toutes les deux en pleine conversation. Son expression, quand il était entré, avait paru aussi abattue que lors de leur première rencontre.

Robin espérait n'avoir rien dit à Lucy qui eut été de nature à fâcher son patron. Sa demi-sœur ne l'avait pas cuisinée à proprement parler, mais elle lui avait posé des questions auxquelles il était difficile de répondre.

« Vous avez déjà rencontré Charlotte ? »

Robin avait deviné qu'il s'agissait de la magnifique ex-épouse ou ex-fiancée qu'elle avait vue sortir de l'immeuble le premier matin. Mais une collision évitée de justesse ne constituait guère une rencontre, et elle avait répliqué :

« Non, jamais.

— Tiens ? C'est drôle, avait dit Lucy avec un petit sourire futé. J'aurais cru qu'elle aurait tenu à faire votre connaissance. »

Sans trop savoir pourquoi, Robin s'était hâtée d'ajouter :

« Je suis juste intérimaire, vous savez.

— Oui, mais tout de même », avait dit Lucy, qui semblait voir un double sens dans la réponse de Robin.

C'était seulement maintenant, en arpentant le rayon des chips sans vraiment faire attention aux variétés exposées, qu'elle percevait le sous-entendu. Elle supposa que Lucy avait voulu la flatter, mais c'était raté, car la simple idée que Strike pût se sentir tenté de lui faire des avances lui était désagréable.

(« Matt, honnêtement, si tu le voyais… c'est une espèce de mastodonte, avec une tronche de boxeur sonné. Il est très laid, je suis sûre qu'il a au moins quarante ans et… » Elle avait cherché d'autres commentaires désobligeants à faire sur le physique de Strike. « … et ses cheveux, on dirait une grosse touffe de poils pubiens ! »

Matthew n'avait cessé que depuis peu de protester contre sa décision de continuer à travailler pour Strike, et seulement parce que sa fiancée avait accepté l'emploi auprès du DRH dans la société de conseil aux médias.)

Robin choisit au hasard deux paquets de chips au sel et au vinaigre et se dirigea vers la caisse. Elle n'avait pas encore dit à Strike qu'elle le quitterait dans deux semaines et demie.

Lucy n'avait renoncé à parler de Charlotte que pour questionner Robin sur la quantité de travail qu'on venait proposer à son frère. La jeune secrétaire était restée aussi vague que possible, devinant que si la visiteuse ignorait dans quel état désastreux se trouvaient les finances de Strike, c'était parce que celui-ci ne souhaitait pas le lui dévoiler. Espérant qu'il se réjouirait si sa sœur pensait que les affaires étaient bonnes, elle avait cru judicieux de lui dire que son dernier client était de toute évidence un homme riche.

« Une affaire de divorce ? avait demandé Lucy.

— Non, c'est… Je ne peux pas vraiment vous en parler, parce que j'ai signé une clause de confidentialité. Tout ce que je peux vous dire, c'est qu'il lui a demandé de rouvrir une enquête sur un suicide.

— Oh, mon Dieu, ça ne doit pas être drôle pour Cormoran », avait dit Lucy avec une inflexion bizarre dans la voix.

Robin l'avait regardée avec perplexité.

« Il ne vous a rien dit ? Remarquez, en général, les gens sont au courant sans qu'il ait besoin de raconter quoi que ce soit. Notre mère était une célèbre… groupie, c'est comme ça qu'on dit ? » Le sourire de Lucy s'était soudain crispé, et le ton de sa voix, même si elle cherchait à donner une impression de détachement, avait pris une sorte de froideur. « Tout ça est expliqué en long et en large sur Internet. Personne n'y échappe de nos jours, pas vrai ? Elle est morte d'une overdose et l'enquête a conclu au suicide, mais Stick a toujours pensé que son ex-mari l'avait tuée. On n'a jamais rien prouvé, mais Stick était furieux. Toute cette affaire était sordide. J'imagine que c'est pour ça que ce client a choisi Stick. C'est un suicide par overdose ? »

Robin n'avait rien répondu, mais peu importait, car Lucy avait continué :

« C'est à cette époque-là que Stick a laissé tomber l'université et qu'il s'est engagé dans la Police militaire. Toute la famille était très déçue. C'était un étudiant brillant et personne de chez nous n'est jamais allé à Oxford. Mais il a fait ses bagages et il a tout planté là pour l'armée. Du reste, c'était une carrière qui lui convenait, il s'est très bien débrouillé, un excellent militaire. C'est dommage qu'il ait abandonné, franchement. Il aurait pu rester et monter encore en grade, même, vous savez, avec sa jambe… »

Robin n'avait pas montré, fût-ce par le plus petit battement de cils, que non, elle ne savait pas.

Lucy avait bu quelques gorgées de café.

« Vous êtes de quel coin du Yorkshire ? »

Ensuite, la conversation avait pris un tour plus léger, jusqu'au moment où Strike les avait surprises en train de rire du récit que faisait Robin de la dernière tentative de Matthew pour assembler un meuble en kit.

Mais en retournant vers le bureau avec ses sandwiches et ses chips, la jeune femme se sentait plus triste que jamais pour son employeur. Son mariage – ou, s'il ne s'était pas marié, sa vie avec une beauté brune prénommée Charlotte – s'était soldé par un échec, et il dormait dans son bureau ; il avait été gravement blessé à la guerre, assez pour décider de quitter l'armée ; et maintenant, elle venait de découvrir que sa mère était morte dans des circonstances douteuses et dramatiques.

Elle était trop honnête pour croire que sa compassion n'était pas teintée d'une forte curiosité, et savait déjà que dans un futur proche, elle ne manquerait pas de chercher sur Internet les détails de la mort de Leda Strike. Mais en même temps, elle se sentait coupable d'avoir eu un aperçu de Strike sur lequel elle n'était pas censée poser les yeux, comme ce triangle de ventre velu qu'il lui avait involontairement exposé ce matin. Elle le savait fier, courageux et surtout désireux de ne compter sur personne, et c'était ce qu'elle appréciait et admirait le plus chez lui, même si la façon dont ces qualités se révélaient – le lit de camp, les cartons sur le palier, les pots vides de nouilles déshydratées qu'elle trouvait dans la corbeille – suscitait la moquerie chez des gens comme Matthew, aux yeux de qui toute personne vivant dans la précarité devait être un panier percé ou un propre-à-rien.

Robin se demanda si elle se faisait des idées ou si l'atmosphère était réellement tendue dans le bureau au moment où elle rentra. Strike, assis devant son ordinateur, tapotait sur le clavier et la remercia pour les sandwiches, sans interrompre son travail (comme il en avait l'habitude) pour discuter quelques minutes avec elle de l'affaire Landry.

« J'en ai besoin pour un petit moment. Ça ne vous ennuie pas d'attendre sur le sofa ? », demanda-t-il en continuant à taper sur les touches.

Robin se demanda si Lucy lui avait rapporté la teneur de leur conversation. Elle espérait que non. Puis elle en voulut à Strike de se sentir coupable : après tout, elle n'avait rien fait de mal. Cet accès d'irritation lui fit oublier quelques instants son ardent désir de savoir si Strike avait trouvé Rochelle Onifade, et, si oui, ce qu'il avait réussi à en tirer.

« Ah ! », dit le détective.

Sur le site du styliste italien, il venait de repérer le manteau en fausse fourrure mauve que Rochelle portait ce matin. Il n'était en vente que depuis deux semaines, et coûtait mille cinq cents livres.

Robin attendit que le détective lui expliquât le sens de son exclamation, mais il n'en fit rien.

« Et Rochelle ? Vous l'avez trouvée ? », demanda-t-elle enfin, quand Strike détourna le visage de l'ordinateur pour déballer ses sandwiches.

Il lui raconta la rencontre, mais tout son enthousiasme du début de matinée, quand il l'avait qualifiée de « génie » à deux reprises, semblait s'être évanoui. Aussi Robin lui rapporta-t-elle le résultat de ses appels téléphoniques avec une égale froideur :

« J'ai appelé la Société juridique d'Oxford, pour le colloque du 7 janvier, dit-elle. Tony Landry était bien là, il a pris son badge de participant. Le secrétariat a vérifié. Je me suis fait passer pour quelqu'un qui l'avait rencontré dans la salle de conférences et qui avait égaré sa carte. »

Bien qu'il lui eût demandé cette information, elle ne sembla pas beaucoup l'intéresser, non plus qu'il ne la félicita pour son initiative. La conversation s'éteignit dans une insatisfaction mutuelle.

La confrontation avec Lucy avait épuisé Strike, et il avait envie de se retrouver seul. Il soupçonnait aussi qu'en l'attendant avec Robin, sa sœur lui avait parlé de Leda. Lucy déplorait que leur mère eût vécu et trouvé la mort dans des conditions qui avaient défrayé la chronique, mais, quand elle était dans une certaine humeur, elle n'en éprouvait pas moins le besoin paradoxal d'en discuter, surtout avec les étrangers. Peut-être était-ce une sorte de soupape, allégeant le poids du silence qu'elle s'obligeait à observer sur son passé en présence des petits-bourgeois qu'elle fréquentait dans sa banlieue, ou peut-être était-elle trop inquiète de ce que les gens en savaient déjà et tentait-elle de prévenir tout intérêt inquisiteur avant qu'il se manifeste. Mais Strike préférait que Robin ne sache rien de sa mère, ni de sa jambe, ni de Charlotte, ni des autres sujets pénibles que Lucy s'obstinait à mettre sur le tapis chaque fois qu'ils se rencontraient.

Dans sa fatigue et sa morosité, Strike étendait injustement à Robin l'irritation qu'il ressentait à l'égard des femmes en général, qui semblaient toutes incapables de laisser un homme tranquille. Il eut l'idée d'emporter ses notes au Tottenham pour l'après-midi : là, au moins, il pourrait réfléchir sans être interrompu et sans que personne lui demande d'explications.

Robin sentit le changement d'atmosphère. Tandis que le détective mâchonnait en silence, elle fit tomber de sa veste les miettes de son sandwich, puis, d'un ton bref et impersonnel, lui communiqua les messages de la matinée :

« La secrétaire de John Bristow a appelé pour vous donner le numéro de portable de Marlene Higson. Il a aussi parlé à Guy Somé, qui est d'accord pour vous recevoir jeudi prochain à dix heures dans son atelier de Blunkett Street. C'est à Chiswick, près de Strand-on-the-Green.

— Excellent. Merci. »

Ils n'eurent plus grand-chose à se dire de la journée, et Strike passa la plus grande partie de l'après-midi au pub, ne rentrant qu'à cinq heures moins dix. Le malaise entre eux ne s'était pas dissipé, et, pour la première fois, il fut content de voir Robin partir.

QUATRIÈME PARTIE

Optimumque est, ut volgo dixere, aliena insania frui.

Et le mieux, comme dit le dicton populaire, est de profiter
de la folie des autres.

PLINE L'ANCIEN, *Histoire naturelle*

1

Le jeudi suivant, Strike se rendit de bonne heure au syndicat des étudiants pour y prendre sa douche et s'habilla avec un soin inhabituel, car c'était le jour de son rendez-vous avec Guy Somé. Pour avoir parcouru le site du couturier, il savait que celui-ci proposait à sa clientèle des articles comme des pantalons en cuir vieilli, des cravates en maille de métal et des bandanas noirs qui semblaient découpés dans de vieux chapeaux melons. Avec un léger sentiment de défi, Strike enfila le costume bleu marine confortable et conventionnel qu'il avait porté au Cipriani.

L'atelier qu'il cherchait était installé dans un ancien entrepôt sur la rive nord de la Tamise. Le fleuve scintillant l'éblouissait tandis qu'il s'efforçait d'en trouver l'entrée : celle-ci n'était pas clairement marquée, et rien à l'extérieur n'indiquait à quel usage était désormais affecté le bâtiment. Enfin, il découvrit une sonnette discrète, et la porte s'ouvrit automatiquement. Le hall spacieux était sévère et refroidi par l'air conditionné. Un cliquetis précéda l'arrivée d'une jeune femme aux cheveux teints en rouge, vêtue de noir des pieds à la tête et portant de nombreux bracelets en argent.

« Oh…, dit-elle en découvrant Strike.

— J'ai rendez-vous avec Mr Somé à dix heures, dit-il. Cormoran Strike.

— Oh…, répéta-t-elle. Bon. Une minute. »

Et elle disparut par où elle était venue. Strike profita de cette attente pour appeler le numéro de Rochelle Onifade, comme il le faisait plusieurs fois par jour depuis qu'il l'avait rencontrée. Pas de réponse.

Une autre minute passa, puis un Noir de petite taille apparut et traversa le hall en direction de Strike. Ses semelles étaient en caoutchouc et sa démarche aussi silencieuse que celle d'un chat. Il se déhanchait exagérément, mais le haut de son corps restait immobile, à part une légère oscillation des épaules pour contrebalancer son tortillement des fesses, et ses bras étaient presque raides.

Guy Somé mesurait vingt-cinq centimètres de moins que Strike, et, à la différence du détective, pouvait se vanter de ne pas avoir une once de graisse. Le devant de son T-shirt était orné de centaines de petites têtes de clous en argent qui représentaient une image en trois dimensions du visage d'Elvis Presley. Son aspect était d'autant plus troublant que sous le Lycra moulant, la musculature était parfaitement dessinée et saillante. Somé portait un jean gris à coutures roses, et ses chaussures semblaient faites d'un mélange de cuir et de daim.

Son visage tout en rondeurs contrastait curieusement avec son corps mince et sculpté : ses yeux, globuleux comme ceux d'un poisson, sortaient de leurs orbites ;

ses joues étaient rondes et brillantes comme des pommes d'api ; sa bouche lippue formait un large ovale ; et sa petite tête était une sphère presque parfaite. Somé semblait avoir été taillé dans l'ébène par la main d'un maître qui s'était lassé de son propre savoir-faire et avait achevé son œuvre en lui donnant quelque chose de grotesque.

Il tendit la main à Strike en cassant légèrement le poignet.

« Oui, vous avez un petit air de Jonny », dit-il après avoir examiné le visage du détective. Sa voix était aiguë, théâtrale, avec un rien d'accent cockney. « Mais en beaucoup plus viril. »

Le détective lui serra la main, et fut surpris de la force de ses doigts. La fille aux cheveux rouges revint.

« J'en ai pour une heure, Trudie. Aucune communication, lui dit Somé. Apporte-nous du thé et des biscuits, chérie. »

Il virevolta sur lui-même à la façon d'un danseur, et fit signe à Strike de le suivre.

Le long d'un couloir blanchi à la chaux, ils dépassèrent une porte ouverte et une femme d'âge moyen de type oriental regarda Strike fixement à travers le pan de gaze dorée qu'elle était en train de draper sur un mannequin. Autour d'elle, la pièce était aussi éclairée qu'une salle d'opération, mais remplie d'établis encombrés de tissus, et les murs formaient un immense collage d'esquisses de modèles, de photos et de notes griffonnées. Une blonde menue, vêtue d'une espèce de grand bandage tubulaire noir, traversa le couloir devant eux et leur adressa le même regard froid et neutre que Trudie. Strike se sentait anormalement immense et velu, tel un mammouth tentant de trouver sa place dans un groupe de singes capucins.

Il suivit le couturier à la démarche ondulante jusqu'au bout du couloir, puis le long d'un escalier en colimaçon aux marches de métal au sommet duquel s'ouvrait un grand bureau blanc rectangulaire. Sur la droite, le mur était constitué d'une baie vitrée s'élevant du sol au plafond, qui offrait une vue spectaculaire sur la Tamise et la rive sud. Les autres murs, chaulés, étaient couverts de photos. Celle qui retint l'attention de Strike était un agrandissement de quatre mètres sur trois du fameux et controversé portrait des Anges déchus, juste en face du bureau de Somé. En l'examinant mieux, toutefois, il se rendit compte qu'il ne s'agissait pas du cliché connu du monde entier, mais d'une variante de la même mise en scène, où Lula riait à gorge déployée en rejetant la tête en arrière : son long cou semblait jaillir de ses cheveux ébouriffés, et Ciara Porter levait les yeux vers elle, une ébauche de sourire sur les lèvres. Comme dans la version la plus célèbre de la photo, l'attention du spectateur était immédiatement attirée vers le visage magnétique de la belle métisse.

Elle apparaissait ailleurs, ou plutôt partout : sur la gauche, au milieu d'un groupe de mannequins vêtus de fourreaux translucides aux couleurs de l'arc-en-ciel ; un peu plus loin, de profil, les lèvres et les paupières dorées ; et au fond de la pièce, en rouge, sa longue chevelure soulevée par le vent. Avait-elle appris à composer son visage pour le rendre le plus photogénique possible et exprimer l'émotion avec tant de force et de beauté ? Ou n'avait-elle été qu'une surface limpide à travers laquelle ses sentiments transparaissaient ?

« Posez votre cul quelque part », dit Guy Somé en
se laissant tomber derrière sa table de travail en acier
et en bois sombre, au plateau jonché de croquis.

Strike tira à lui une chaise composée d'un unique
tube de plexiglas tordu sur lui-même. Il remarqua près
de lui un T-shirt arborant le portrait de la princesse
Diana en madone mexicaine, brillant de verroterie et
complété d'un cœur en satin écarlate surmonté d'une
couronne de travers.

« Ça vous plaît ? demanda Somé, surprenant son
regard.

— Oh, oui ! mentit Strike.

— Le modèle est presque épuisé. J'ai reçu des protestations d'associations catholiques, et Joe Mancura
en a porté un pour le talk-show de Jools Holland. Dans
le même genre, je pensais faire le prince William en
Jésus-Christ, sur un truc à manches longues pour l'hiver. Ou Harry, qu'est-ce que vous en pensez ? Avec
un fusil d'assaut pour lui cacher la bistouquette ? »

Strike sourit vaguement. Somé croisa les jambes
avec un peu plus de grâce qu'il n'était nécessaire et
poursuivit, sur un ton de bravade inattendu :

« Donc, le Comptable pense que le Coucou a peut-
être été assassinée ? J'appelais toujours Lula "le Coucou", ajouta-t-il inutilement.

— Oui. Mais John Bristow est avocat.

— Je sais, mais le Coucou et moi, nous l'appelions
toujours le Comptable. Moi surtout, mais le Coucou
aussi, quand elle avait envie d'être méchante. Il n'arrêtait pas de fourrer son nez dans ses comptes et

d'essayer d'extorquer un max de fric à tout le monde. Je suppose qu'il vous paie le minimum syndical, s'il en existe un pour les détectives ?

— Non, il me paie double tarif.

— Ah oui ? Vous m'étonnez. Il est peut-être un peu plus généreux maintenant qu'il peut s'amuser avec l'argent du Coucou. »

Somé se mordilla un ongle, et ce geste rappela aussitôt à Strike celui de Kolovas-Jones. Le couturier et le chauffeur étaient d'ailleurs bâtis de la même façon : petits, mais parfaitement proportionnés.

« D'accord, d'accord, je fais ma salope, dit Somé en retirant le fragment d'ongle de sa bouche. Mais je n'ai jamais aimé John Bristow. Il était toujours sur le dos du Coucou. Fais ta vie, mec ! Fais ton coming-out ! Vous l'avez entendu s'extasier sur sa mère ? Vous avez rencontré sa copine ? C'est tout juste si elle n'a pas de la barbe. »

Il avait débité ces paroles à toute allure, en un flot nerveux et hargneux, ne s'arrêtant que pour ouvrir un tiroir de son bureau et en tirer un paquet de cigarettes mentholées. Strike avait déjà remarqué qu'il se rongeait les ongles jusqu'au sang.

« Sa famille, c'était l'unique raison de ses problèmes. Je lui disais : "Laisse-les tomber, chérie, passe à autre chose !" Mais elle ne voulait pas. C'était le Coucou tout craché, ça : le genre de fille qui s'accroche inutilement à des gens inutiles. »

Il offrit à Strike une de ses cigarettes à filtre blanc, que celui-ci déclina, puis en alluma une avec un Zippo gravé. En refermant le briquet, il poursuivit :

« Je regrette de ne pas avoir engagé un détective

moi-même. Mais je n'y ai jamais pensé. Je suis content que quelqu'un l'ait fait, parce que je n'arrive pas à croire qu'elle se soit suicidée. Mon psy prétend que je suis dans le déni. Je le vois deux fois par semaine, mais ça ne fait pas grande différence. Je me bourrerais de Valium comme Lady Bristow si j'arrivais à dessiner quand j'en prends, mais j'ai essayé la semaine après la mort du Coucou et j'étais comme un zombie. Enfin, ça m'a quand même aidé à supporter les obsèques. »

Un cliquetis de bracelets dans l'escalier annonça la réapparition de Trudie, qui entra et plaça sur la table un plateau en laque noire sur lequel étaient posés deux verres à thé russes filigranés d'argent, contenant une décoction vert pâle où flottaient des feuilles séchées. Il y avait aussi une assiette de biscuits fins comme des pelures d'oignon, qui semblaient faits avec du charbon. Strike se rappela avec nostalgie son *steak and kidney pie* et son thé couleur brou de noix du Phoenix Cafe.

« Merci, chérie. Et apporte-moi un cendrier. »

La fille hésita, semblant sur le point de protester.

« *Tout de suite !* s'agaça Somé. C'est moi le patron et je peux mettre le feu à cette putain de baraque si j'en ai envie. Enlève les piles des alarmes anti-incendie. Mais le cendrier *d'abord* !

« L'alarme s'est déclenchée la semaine dernière et les gicleurs ont inondé tout le rez-de-chaussée, expliqua-t-il à Strike. Du coup, maintenant, l'assurance ne veut plus qu'on fume dans le bâtiment. Mais je m'en contrefous. »

Il inspira une longue bouffée, puis exhala par les narines.

« Vous ne posez pas de questions ? Vous restez vissé sur votre chaise avec un air sinistre jusqu'à ce qu'on vous crache des aveux ?

— Nous pouvons passer aux questions, dit tranquillement Strike en tirant son carnet et son stylo. Vous étiez à l'étranger quand Lula est morte, n'est-ce pas ?

— Je suis rentré deux ou trois heures avant. » Les doigts de Somé s'agitèrent un peu sur le filtre de sa cigarette. « Je revenais de Tokyo, j'avais à peine dormi pendant huit jours. J'ai atterri à Heathrow vers dix heures et demie du soir, complètement déboussolé par le décalage horaire. Je ne peux pas dormir en avion, je préfère être éveillé s'il s'écrase.

— Comment êtes-vous rentré de l'aéroport ?

— En taxi. Elsa avait oublié de me louer une voiture. Normalement, un chauffeur aurait dû m'attendre.

— Qui est-ce, Elsa ?

— La fille que j'ai virée à coups de pied au cul parce qu'elle ne m'avait pas envoyé de bagnole. C'était la dernière chose dont j'avais envie, trouver un putain de taxi à une heure pareille.

— Vous vivez seul ?

— Non. À minuit, j'étais au pieu avec Gilbert et George. Mes deux chats, expliqua-t-il avec une ébauche de sourire. J'ai pris un Stilnox, j'ai dormi quelques heures, mais je me suis réveillé au petit matin. J'ai allumé SkyNews de mon lit, et j'ai vu un type avec un affreux bonnet en peau de mouton, debout dans la neige près de l'immeuble du Coucou, qui annonçait qu'elle était morte. Le déroulant en bas de l'écran confirmait. »

Somé inhala une longue bouffée de sa cigarette, et un nuage de fumée sortit de sa bouche quand il reprit :

« J'ai failli mourir sur place. J'ai cru que je dormais encore, ou que je m'étais réveillé dans une autre dimension, ou je ne sais quoi… Je me suis jeté sur mon téléphone et j'ai appelé tout le monde : Ciara, Bryony… Mais c'était occupé. Tout ça sans cesser de regarder l'écran, en pensant qu'il y aurait un flash pour annoncer qu'il y avait une erreur, que ce n'était pas elle. Je priais pour que ce soit la clocharde. Rochelle. »

Il se tut, comme s'il attendait un commentaire de Strike. Celui-ci, qui avait pris des notes en l'écoutant, lui demanda, sans cesser d'écrire :

« Vous connaissez Rochelle ?

— Oui. Une fois, le Coucou l'a même amenée ici. Une petite nana aux doigts très crochus.

— Qu'est-ce qui vous fait dire ça ?

— Elle détestait le Coucou. Jalouse à en crever. Je le voyais, même si le Coucou ne s'en rendait pas compte. Ce qu'elle voulait, c'était des fringues gratuites. Elle s'en foutait, que le Coucou soit vivante ou morte.

« Donc, plus je regardais les infos, plus il devenait évident qu'il n'y avait pas d'erreur. Je me suis effondré. »

Ses doigts tremblèrent sur le filtre blanc qu'il suçotait.

« Ils disaient qu'une voisine avait entendu une dispute. Alors, j'ai pensé tout de suite à Duffield. J'ai cru que c'était lui qui l'avait balancée du balcon. J'étais prêt à dire aux flics quel foutu salopard c'était, à témoigner devant le juge pour lui faire comprendre à quel genre d'ordure il avait affaire. Et si cette cendre tombe de ma cigarette, continua-t-il sur le même ton, je vire cette petite conne. »

Comme si elle l'avait entendu, les pas rapides de Trudie résonnèrent dans l'escalier, de plus en plus fort, et elle réapparut dans la pièce, haletante, tenant un lourd cendrier en verre.

« *Merci* d'avoir fait si vite ! dit Somé avec une lourde ironie tandis qu'elle le plaçait devant lui et ressortait de la pièce.

— Pourquoi avez-vous pensé que c'était Duffield ? demanda Strike quand il jugea que Trudie ne pouvait plus les entendre.

— Qui voulez-vous que le Coucou ait laissé entrer chez elle à deux heures du matin ?

— Vous le connaissez bien ?

— Bien assez, cette petite crevure. » Il prit son verre de thé à la menthe et en avala une gorgée. « Pourquoi les femmes sont-elles comme ça ? Même le Coucou… Elle n'était pas bête, pourtant. Elle était même d'une intelligence remarquable, vous pouvez me croire. Alors, qu'est-ce qu'elle pouvait trouver à un type comme Evan Duffield ? Je vais vous le dire, ajouta-t-il sans attendre la réponse. Ces conneries sur le poète maudit, l'âme tourmentée, le génie-trop-torturé-pour-penser-à-se-laver. Commence par te brosser les dents, pauvre minable. Tu n'es pas le nouveau Byron. »

Il reposa son verre en le faisant claquer sur la table et prit son coude dans sa main gauche, tout en continuant de tirer sur sa cigarette.

« Aucun homme ne supporterait une vermine comme Duffield. Seulement une femme. Par je ne sais quel instinct maternel dévoyé.

388

— Vous pensez qu'il aurait été capable de la tuer ?

— Bien sûr, dit Somé, l'air dédaigneux. Bien sûr qu'il en était capable. L'instinct de meurtre, nous l'avons tous en nous quelque part, alors pourquoi Duffield ferait-il exception ? Il a une mentalité de gamin vicieux. Je le vois très bien piquer une de ses rages, péter un câble, et puis, brusquement... »

De sa main libre, il mima un violent mouvement de poussée.

« Je l'ai vu lui crier dessus, une fois. Au cocktail après mon défilé, l'année dernière. J'ai dû m'interposer, je lui ai dit de s'en prendre plutôt à moi, s'il voulait la bagarre. Je suis peut-être une petite tarlouze, dit Somé, son visage rond durci par le dégoût, mais il ne me fait pas peur, surtout drogué jusqu'aux yeux comme il est. Même aux obsèques, il n'a pas été capable de se tenir.

— Vraiment ?

— Oui. Il titubait. Aucun respect. J'étais bourré de tranquillisants, sinon je ne me serais pas gêné pour lui dire ma façon de penser. Il faisait comme s'il était dévasté par le chagrin, cette petite crapule hypocrite.

— Vous n'avez jamais cru au suicide ? »

Les yeux globuleux du couturier se fixèrent sur Strike.

« Jamais. Duffield prétend qu'il était chez son dealer, déguisé en loup. C'est un alibi, ça ? J'espère que vous allez le cuisiner. Que vous ne vous laisserez pas éblouir par sa célébrité, comme les flics. »

Strike se rappela les commentaires de Wardle sur Duffield.

« Je ne crois pas qu'il les ait beaucoup éblouis.

— Alors, ils ont plus de bon sens que je pensais, dit Somé.

— Pourquoi êtes-vous si sûr que ce n'était pas un suicide ? Lula avait un passé de troubles psychiatriques, non ?

— Oui, mais nous avions un pacte, comme Marilyn Monroe et Montgomery Clift. Nous nous étions juré que si l'un de nous deux pensait sérieusement à en finir, il appellerait l'autre. Elle m'aurait appelé.

— Quand avez-vous eu de ses nouvelles pour la dernière fois ?

— Elle m'a téléphoné dans la nuit de mercredi à jeudi, quand j'étais encore à Tokyo, dit Somé. Cette idiote oubliait toujours qu'il y a huit heures de décalage avec le Japon. J'avais réglé mon téléphone en mode silencieux à deux heures du matin, donc je n'ai pas pris l'appel. Mais elle m'a laissé un message et elle n'était *pas* suicidaire ! Écoutez ça. »

De nouveau, il ouvrit son tiroir, y prit un iPhone à coque métallisée, appuya sur plusieurs touches et tendit l'appareil à Strike,

Et Lula Landry lui parla à l'oreille, proche et vivante, d'une voix un peu rauque, sur un ton de moquerie joyeuse :

« Ça va, chéri ? J'ai quelque chose à te dire. Je ne suis pas sûre que tu seras vraiment ravi, mais c'est une grande nouvelle et moi, je suis heureuse comme tu n'imagines pas ! Il faut que j'en parle à quelqu'un, alors appelle-moi dès que tu pourras, d'accord ? Je suis impatiente. Bisous bisous ! »

Strike rendit le téléphone au couturier.

« Vous l'avez rappelée ? Vous avez su ce que c'était, cette grande nouvelle ?

— Non. » Somé écrasa sa cigarette et en prit aussitôt une autre dans le paquet. « Les Japonais m'ont traîné de réunion en réunion, et chaque fois que je pensais à lui téléphoner, il y avait ce problème de décalage horaire. De toute façon… pour vous dire la vérité, j'étais presque sûr de savoir ce qu'elle allait m'annoncer, et ça ne me faisait pas particulièrement plaisir. J'ai cru qu'elle était enceinte. »

Sa nouvelle cigarette entre les dents, Somé hocha plusieurs fois la tête ; puis il l'ôta de sa bouche pour dire :

« Oui, j'ai vraiment cru qu'elle s'était fait faire un mouflet.

— Par Duffield ?

— Putain, j'espérais que non ! À ce moment-là, je ne savais pas encore qu'ils s'étaient remis ensemble. Elle n'aurait pas osé si j'avais été à Londres. Non, elle a attendu que je sois au Japon, cette petite sournoise. Elle savait que je ne pouvais pas l'encaisser, et ça comptait pour elle, ce que je pensais. Nous étions comme frère et sœur, le Coucou et moi.

— Qu'est-ce qui vous a fait croire qu'elle était enceinte ?

— Le ton de sa voix. Vous l'avez entendue : elle était surexcitée. Elle en aurait été capable, vous savez, et elle aurait voulu que je sois aussi content qu'elle de voir son ventre grossir. Tant pis pour sa carrière, tant pis pour *moi*, qui comptais sur elle pour lancer ma nouvelle ligne d'accessoires…

— C'était ça, le contrat à cinq millions de livres dont son frère m'a parlé ?

— Oui, et je suis sûr que le Comptable l'a poussée à réclamer le plus possible, dit Somé, avec un nouvel éclair de colère dans les yeux. Ce n'était pas le genre du Coucou d'essayer de me soutirer jusqu'au dernier penny. Elle savait que ce serait une campagne fabuleuse, et pas seulement pour l'argent. Tout le monde l'associait à mes créations, sa carrière avait explosé avec une photo dans *Vogue* où elle portait ma robe Jagged. Le Coucou adorait ce que je dessinais, et moi aussi, elle m'adorait, mais quand les gens atteignent un certain niveau de renommée, que tout le monde leur dit qu'ils valent plus que ce qu'on leur offre et qu'ils oublient qui les a lancés, tout finit par devenir une affaire de fric.

— Vous étiez prêt à miser beaucoup sur elle, observa Strike. Cinq millions, c'est un contrat énorme, non ?

— Oh, vous savez, j'avais dessiné cette nouvelle ligne en pensant à elle. Alors, devoir tout retarder à cause d'une foutue grossesse, ça ne me faisait pas rire. Et j'imaginais le Coucou devenir à moitié gâteuse après la naissance du bébé, envoyer promener tout le reste, refuser de s'éloigner de son marmot ne serait-ce qu'une journée. Ça ne m'aurait pas étonné, parce qu'elle cherchait tout le temps quelqu'un à aimer. Une nouvelle famille. Les Bristow lui avaient fait beaucoup de mal, ils l'avaient adoptée seulement parce que Yvette avait besoin d'un nouveau jouet, et c'est une bonne femme effrayante.

— En quoi ?

— Possessive. Morbide. Elle ne voulait pas laisser le Coucou vivre sa vie parce qu'elle avait tout le temps peur qu'elle meure, comme le gamin qu'elle avait remplacé. Avant de tomber malade, Lady Bristow venait à tous les défilés, à tous les shows télévisés, elle était dans les pattes de tout le monde. Et il y avait aussi un oncle, qui regardait le Coucou comme une merde jusqu'à ce qu'elle commence à gagner des millions. Ensuite, il s'est montré un peu plus respectueux. Ils ont la tête près du bonnet, les Bristow. Un sou est un sou.

— C'est une famille riche, pourtant ?

— Alec Bristow n'a pas laissé tant d'argent que ça. D'un point de vue relatif, bien sûr. Rien à voir avec certaines grosses fortunes. Rien à voir avec votre père, par exemple. Comment se fait-il, demanda Somé, changeant brusquement de sujet, que le fils de Jonny Rokeby gagne sa vie comme détective privé ?

— Parce que c'est son métier, dit Strike. Mais dites-m'en un peu plus sur les Bristow. »

Somé ne semblait pas s'offenser qu'on lui donne des ordres ; il paraissait même y prendre plaisir, sans doute parce que c'était une expérience inhabituelle.

« Tout ce que je me rappelle, c'est que le Coucou m'a dit que l'héritage d'Alec Bristow était presque entièrement constitué d'actions de son ancienne société, et je sais qu'Albris a pas mal périclité depuis le début de la récession. Ce n'est quand même pas Apple. Le Coucou avait gagné plus de blé que toute sa famille réunie avant d'avoir vingt ans.

— Est-ce que cette photo, demanda Strike en désignant l'énorme agrandissement des Anges déchus sur le mur, faisait partie du contrat à cinq millions ?

— Oui, dit Somé. Ces quatre sacs, c'était le début de la campagne. Celui qu'elle tient s'appelle Cashile. Pour lui faire plaisir, je leur ai donné des noms africains. Elle était obsédée par l'Afrique. Cette espèce de pute à la retraite qu'elle avait déterrée je ne sais où – vous savez, sa mère biologique – lui avait dit que son père était africain, et le Coucou ne pensait plus qu'à ça. Elle parlait d'aller faire des études là-bas, ou de l'humanitaire... et tant pis si cette vieille salope avait probablement couché avec une cinquantaine de racailles blacks de sa banlieue pourrie. » Somé écrasa sa cigarette dans le cendrier en verre. « Un Africain ? Mon cul, oui ! Elle a raconté au Coucou ce qu'elle avait envie d'entendre, un point c'est tout.

— Et vous avez décidé de vous servir de cette photo pour votre campagne, alors même que Lula venait de... ?

— Mais, bon sang, c'était un *hommage* ! coupa Somé d'une voix forte. Elle n'avait jamais été aussi belle. C'était censé être un hommage à elle, et à *nous* ! C'était ma muse. Si les cons n'ont pas compris ça, qu'ils aillent se faire foutre. La presse est ignoble dans ce pays. Le tribunal des abrutis.

— La veille de sa mort, Lula a reçu plusieurs sacs à main...

— Oui, c'étaient les miens. Je lui ai fait envoyer un exemplaire des quatre modèles que vous voyez là, dit Somé en indiquant la photo avec le bout d'une nouvelle cigarette. Et quelques fringues à Deeby Macc, par le même coursier.

— Il vous les avait commandées, ou... ?

394

— Cadeaux publicitaires, mon vieux ! Deux sweat-shirts customisés et quelques accessoires. C'est bon pour les affaires, si les célébrités portent ma marque, ajouta-t-il en se frottant théâtralement les mains.

— Et il les a portés, ces cadeaux ?

— Je ne sais pas, dit Somé d'un ton moins triomphant. Dans les jours qui ont suivi, j'avais autre chose en tête.

— J'ai vu une vidéo sur YouTube où il porte un sweat-shirt à capuche avec un dessin en têtes de clous sur la poitrine. Comme le vôtre, dit le détective en désignant le thorax de Somé, mais en forme de poing.

— Oui, c'est un des miens, dit le couturier. Quelqu'un a dû le lui faire suivre à son hôtel. Il y en avait un avec un poing et un autre avec un revolver, et quelques mots extraits de ses textes dans le dos.

— Lula vous a parlé de l'installation de Deeby au-dessous de chez elle ?

— Oui, et ça l'amusait, mais pas plus que ça. Je lui disais : "Chérie, s'il avait cité mon nom dans trois de ses chansons, je l'attendrais à poil derrière la porte et je lui sauterais dessus comme un affamé !" » Il souffla deux longs cônes blancs de fumée par les narines. « J'ai un faible pour les grands baraqués, confia-t-il en observant Strike avec un regard coquin. Mais pas le Coucou. Plutôt portée sur les chats écorchés. Regardez ce gringalet de Duffield ! Je lui disais : "Puisque tu fais toutes ces histoires sur tes fameuses racines noires, trouve-toi un beau grand Black bien costaud et fais ta vie avec lui." Deeby aurait été parfait, alors pourquoi pas ?

« Pour mon défilé de l'année dernière, je l'ai fait marcher sur le podium sur un titre de Deeby qui s'appelle *Butterface Girl* : "Pauv' conne blanche comme l'aspirine, regarde-toi dans la vitrine, tu seras jamais comme Lula la divine." Duffield n'a pas aimé ça, il était même furieux. »

Somé fuma quelques instants en silence, laissant son regard errer sur le mur de photos. Bien qu'il connût la réponse, Strike lui demanda :

« Où habitez-vous ? Près d'ici ?

— Non. Charles Street, à Kensington, dit Somé. Depuis l'année dernière. Un peu loin de la banlieue est, où j'habitais avant, mais il fallait que je parte. Tout le monde me harcelait, là-bas. J'ai grandi dans la banlieue est, à Hackney, expliqua-t-il. Dans le temps où je m'appelais tout bêtement Kevin Owusu. J'ai changé de nom quand je suis parti de chez moi. Comme vous.

— Je ne me suis jamais appelé Rokeby, dit Strike en tournant la page de son carnet. Mes parents n'étaient pas mariés.

— Tout le monde le sait, cher ami, dit Somé avec un nouvel éclair de malice. J'ai habillé Jonny pour une photo dans *Rolling Stone*, il y a sept ou huit mois. Costume en cuir et melon défoncé. Vous le voyez souvent ?

— Non, dit Strike.

— Ça lui ficherait un coup de vieux s'il se montrait avec vous, pas vrai ? », dit Somé avec un petit ricanement.

Il remua sur sa chaise, alluma une autre cigarette, la garda entre ses lèvres et observa Strike à travers la fumée.

« Dites, l'ami, pourquoi vous teniez tant à me parler ? demanda-t-il soudain. D'habitude, les gens vous racontent leur vie quand vous sortez votre carnet ?

— Parfois, oui.

— Vous ne voulez pas de votre thé ? Je vous comprends. Je ne sais pas pourquoi je bois cette saloperie. Mon père aurait une attaque s'il me demandait du thé et que je lui servais ce truc.

— Votre famille vit toujours à Hackney ?

— Je n'ai pas vérifié. On ne se parle plus, dit Somé. Je pratique ce que je prêche, vous voyez ?

— Pourquoi pensez-vous que Lula ait changé de nom ? s'enquit le détective.

— Parce qu'elle détestait sa putain de famille, comme moi. Elle ne voulait plus être associée aux Bristow.

— Alors, pourquoi avoir choisi le nom de son oncle Tony ?

— Il n'est pas célèbre. Et c'était un nom qui sonnait bien. Deeby n'aurait pas pu écrire *Double L U B Mine* si elle s'était appelée Lula Bristow, pas vrai ?

— Charles Street n'est pas très loin de Kentigern Gardens…

— Vingt minutes à pied. Je voulais que le Coucou s'installe avec moi quand elle m'a dit qu'elle ne supportait plus son ancien appartement, mais non, elle a préféré cette espèce de prison cinq étoiles pour mieux échapper aux paparazzi. Ces enfoirés portent une grande part de responsabilité. »

Strike se rappela la phrase de Deeby Macc : *C'est ces enculés de journalistes qui l'ont poussée de ce balcon.*

« Elle m'a emmené faire le tour du propriétaire. Mayfair. Plein de riches Arabes, de mafieux russes et de salauds comme Freddie Bestigui. Je lui ai dit :

"Chérie, tu ne peux pas habiter là, avec tout ce marbre partout ! Le marbre, c'est horriblement moche, et puis c'est comme vivre dans ta propre *tombe*…" »

Il hésita un instant, puis poursuivit :

« Mais depuis quelques mois, elle était totalement harcelée. Il y avait un maniaque qui lui apportait des lettres à trois heures du matin, elle était réveillée toutes les nuits par le claquement de la boîte aux lettres. Ce qu'il racontait là-dedans, ce qu'il voulait lui faire subir… c'était effrayant, et elle a pris peur. Ensuite, elle a rompu avec Duffield et les paparazzi faisaient le siège devant la porte de la maison jour et nuit. Elle a découvert que son téléphone était sur écoute. Et c'est le moment où elle a trouvé malin de se lancer sur les traces de sa salope de mère biologique, ce qui a rendu la presse encore plus enragée. C'était trop, vous comprenez ? Elle voulait échapper à tout ça, se sentir en sécurité. Je lui ai dit et redit de venir habiter chez moi, mais elle a choisi d'acheter ce foutu mausolée, parce qu'il lui faisait l'effet d'une forteresse, avec les gardiens en bas vingt-quatre heures sur vingt-quatre. Elle pensait qu'elle serait protégée, que personne ne pourrait plus la tourmenter.

« Mais elle a détesté cette baraque dès qu'elle s'y est installée. Je l'avais prévu. Elle était coupée de tout ce qu'elle aimait. Le Coucou adorait le bruit et la couleur. Être dans la rue, marcher, se sentir libre.

« Une des raisons pour lesquelles la police n'a pas voulu croire à un meurtre, c'était la fenêtre. Elle l'avait ouverte elle-même, il n'y avait que ses empreintes sur la poignée. Mais moi, je savais pourquoi. Elle ouvrait toujours les fenêtres, même par grand froid, parce qu'elle ne supportait pas le silence. Elle voulait entendre la rumeur de Londres. »

La voix de Somé avait perdu son ironie. Il se racla la gorge et reprit :

« Elle avait envie d'établir des liens avec des gens réels. Nous en parlions tout le temps, c'était notre grand sujet de conversation. C'est pour ça qu'elle s'est attachée à cette Rochelle. D'une certaine façon, elle s'identifiait à elle, elle se disait qu'elle aurait eu la même vie si elle n'avait pas été belle et si les Bristow ne l'avaient pas achetée pour distraire Yvette.

— Parlez-moi de ce maniaque.

— Oh, un type complètement détraqué. Il croyait qu'ils étaient mariés, ou je ne sais trop quoi. Il a reçu l'ordre de ne plus s'approcher d'elle à moins d'un kilomètre et une injonction de soins psychiatriques.

— Vous savez ce qu'il est devenu ?

— Je crois qu'il est retourné à Liverpool, dit Somé. La police a vérifié, il était hospitalisé la nuit où le Coucou est morte.

— Vous connaissez les Bestigui ?

— Je sais seulement ce qu'elle m'a dit : lui, c'est un type plutôt louche et elle, une poupée siliconée. Je n'ai pas besoin de la rencontrer, je connais par cœur ce genre de bonnes femmes : des mégères qui claquent le pognon de leur affreux mari. Elles viennent à mes défilés, elles veulent faire ami-ami avec moi, mais je préfère les vraies putes. Au moins, elles, elles sont honnêtes.

— Freddie Bestigui a passé un week-end à la campagne dans la même maison que Lula quelques jours avant sa mort.

— Oui, on m'en a parlé. Elle l'excitait, il avait la trique dès qu'il la voyait, dit Somé avec mépris. Et elle le savait, parce que ce genre de chose lui arrivait souvent. Mais à ce qu'elle m'a dit, il n'est jamais allé plus loin qu'essayer de monter avec elle dans l'ascenseur.

— Vous ne lui avez plus parlé après ce week-end chez Dickie Carbury ?

— Non. Pourquoi, il en a profité pour lui faire des avances ? Vous ne soupçonnez pas Bestigui, je suppose ? »

Somé se redressa sur sa chaise, les yeux grands ouverts.

« Putain... Freddie Bestigui ? Bon, d'accord, c'est une brute. Je le sais. Il y a une fille que je connais... enfin, l'amie d'une amie... elle travaillait dans ses studios, et il a carrément essayé de la violer. Non, je n'exagère pas, dit Somé. De la violer. Il avait bu, il l'a balancée sur une table, il a ouvert sa braguette et il s'est jeté sur elle. Un des employés avait oublié son portable, il est revenu et il a surpris la scène. Bestigui les a payés tous les deux pour qu'ils se taisent. Tout le monde a conseillé à la fille de porter plainte, mais elle a préféré prendre l'argent et s'en aller. On m'a aussi rapporté qu'il avait des rapports assez pervers avec sa deuxième femme : domination, fouet, ce genre de trucs. Elle est partie avec trois millions de livres, elle le menaçait de tout révéler à la presse. Mais le Coucou n'aurait jamais laissé Bestigui entrer chez elle à deux heures du matin. Comme je vous l'ai dit, c'était tout sauf une idiote.

— Qu'est-ce que vous savez de Derrick Wilson ?

— Qui ?

— Le gardien qui était de service la nuit où elle est morte.

— Rien du tout.

— Un grand costaud, avec l'accent jamaïcain, insista Strike.

— Je vais peut-être vous surprendre, mais tous les Blacks de Londres ne se connaissent pas entre eux.

— Je me demandais si vous lui aviez déjà parlé, ou si Lula vous avait parlé de lui.

— Non. Nous avions des sujets plus intéressants que les cerbères de son immeuble, répondit le couturier.

— Pareil pour son chauffeur, Kieran Kolovas-Jones ?

— Lui, je sais qui c'est, dit Somé avec un petit sourire ironique. Il prenait des poses chaque fois qu'il pensait que je le regardais. Mais pour être mannequin, il lui manque au moins trente centimètres.

— Lula vous parlait de lui ?

— Non, pourquoi voulez-vous qu'elle m'en ait parlé ? demanda Somé avec impatience. C'était son chauffeur.

— Il m'a dit qu'elle l'aimait bien. Qu'elle lui avait donné une veste dessinée par vous qui valait huit ou neuf cents livres.

— Et alors ? dit Somé avec dédain. Mes vraies créations coûtent au minimum trois ou quatre mille pour un manteau. Je fais coudre mon logo sur des vestes et des blousons de série et ils partent comme des petits pains, alors je serais bien bête de m'en priver.

— J'allais vous en parler, dit Strike. Votre ligne de... prêt-à-porter, c'est bien ça ? »

Somé parut amusé.

« Exact. Tout ce qui n'est pas fait sur mesure, vous voyez ? Ce qui s'achète tout fait dans les boutiques.

— Je vois. Vous en vendez beaucoup ?

— On en trouve partout. Il y a combien de temps que vous n'êtes pas entré dans un vrai magasin de vêtements ? demanda Somé, son regard s'arrêtant sur la veste bleu marine de Strike. Qu'est-ce que c'est que ce truc que vous avez sur le dos, d'ailleurs ? Un costume de flic en civil ?

— Quand vous dites "partout"…

— Dans n'importe quelle boutique de fringues un peu chic. Ou sur le Net. Pourquoi ?

— Un des deux hommes que la vidéo a filmés en train de s'enfuir du quartier où habitait Lula portait un sweat-shirt avec votre logo. »

Somé inclina la tête, dans un geste d'irritation dédaigneuse.

« Comme un million d'autres personnes, dit-il.

— Vous n'avez pas vu…

— Je n'ai pas regardé toute cette merde, coupa Somé d'un ton sec. Toute cette… cette couverture médiatique délirante. Je n'ai rien voulu lire, je ne voulais même pas y penser. J'ai dit à tout le monde de cacher les journaux. » Il fit un geste vers l'escalier et les vastes ateliers où travaillait son personnel. « Tout ce que je savais, c'est qu'elle était morte et que Duffield se comportait comme quelqu'un qui a des choses à cacher. Aucune envie d'en savoir plus.

— Bon. Toujours à propos de vêtements, sur la dernière photo de Lula, celle où on la voit rentrer chez

402

elle cette nuit-là, elle porte une robe rouge et un manteau…

— Oui, Maribelle et Faye, dit Somé. Maribelle, c'est le nom de la robe et…

— Oui, j'ai compris. Mais quand elle est morte, elle était habillée différemment. »

Somé sembla surpris.

« Vraiment ?

— Oui. Sur les clichés du corps… »

Mais Somé leva le bras dans un geste instinctif de refus, ou de protection ; puis il se dressa sur ses pieds, respirant très fort, et marcha jusqu'au mur de photos où Lula fixait le spectateur sur plusieurs portraits, malicieuse ou sereine. Quand il se retourna, ses étranges yeux exorbités étaient mouillés.

« Ne parlez pas d'elle comme ça, dit-il d'une voix sourde. "Le corps." Vous êtes froid comme un serpent, pas vrai ? Rien d'étonnant si ce vieux Jonny ne s'intéresse pas à vous.

— Je ne voulais pas vous blesser, dit Strike calmement. Je veux seulement savoir si vous avez une idée de la raison pour laquelle elle s'est changée en rentrant chez elle. À l'heure de sa mort, elle portait un pantalon noir et un haut pailleté.

— Mais comment voulez-vous que je le sache, pourquoi elle s'est changée ? s'écria Somé avec fureur. Parce qu'elle avait froid, peut-être ! Ou parce que… Mais c'est ridicule. Comment voulez-vous que je le sache ?

— Je vous pose seulement la question, dit Strike. Autre chose : j'ai lu quelque part que vous aviez déclaré à la presse que Lula était morte en portant une de vos robes.

— Ce n'était pas moi, je n'ai jamais rien dit de pareil ! Une de ces crapules qui bossent pour les tabloïds a téléphoné ici pour demander le nom de la robe. Une des couturières le lui a dit, et ce torchon, relayé par tous les autres torchons, a raconté que c'était ma porte-parole. Comme si j'avais essayé de me faire de la publicité avec toute cette horrible histoire. C'est dégueulasse. Absolument dégueulasse.

— Vous pourriez me mettre en contact avec Ciara Porter et Bryony Radford ? »

Somé sembla pris au dépourvu.

« Quoi ? Oui, je... »

Mais il s'était mis à pleurer. Non comme Bristow, avec des hoquets et des sanglots, mais en silence, de grosses larmes coulant sur ses joues lisses et rondes et tombant sur son T-shirt. Il déglutit et ferma les yeux, puis tourna le dos à Strike et appuya son front contre le mur, tremblant.

Sans mot dire, Strike attendit qu'il se soit essuyé le visage du revers de la main et qu'il se retourne pour le regarder de nouveau. Le couturier ne fit aucune allusion à ses larmes ; il revint vers sa chaise, s'assit et, une fois de plus, alluma une cigarette. Après deux ou trois profondes bouffées, il déclara, d'un ton pragmatique et sans émotion :

« Si elle s'est changée, c'est peut-être parce qu'elle avait rendez-vous avec quelqu'un. Le Coucou aimait s'habiller en fonction des gens qu'elle voyait. Même s'il était très tard, elle attendait sûrement un visiteur.

— C'est ce que j'ai pensé aussi, dit Strike. Mais les

femmes et leurs vêtements, je n'y connais pas grand-chose.

— En effet, on dirait bien, dit Somé avec un petit sourire malicieux. Vous voulez parler à Ciara et Bryony ?

— Oui, ça m'aiderait.

— Elles font une séance de photos pour moi mardi prochain. Au 1, Arlington Terrace, à Islington. Si vous passez vers cinq heures, elles auront fini et elles auront le temps de vous parler.

— C'est gentil à vous, merci.

— Ce n'est pas gentil à moi, dit Somé d'une voix sourde. Je veux savoir ce qui s'est passé. Et Duffield, vous comptez l'interroger quand ?

— Dès que je réussirai à lui mettre la main dessus.

— Il croit qu'il s'en est tiré, ce petit salaud. Elle a dû se changer parce qu'elle savait qu'il venait la rejoindre. Même s'ils s'étaient disputés, elle savait qu'il la suivrait. Mais il n'acceptera jamais de vous parler.

— Oh, si, il me parlera », dit Strike avec désinvolture. Il remit son carnet dans sa poche et regarda sa montre. « Je vous ai pris beaucoup de votre temps. Merci encore. »

Somé raccompagna Strike par l'escalier en colimaçon, puis par le couloir aux murs chaulés, de sa démarche chaloupée, et, quand ils se serrèrent la main dans le grand hall glacial, plus aucune trace de détresse n'était visible sur son visage.

« Perdez un peu de poids, dit-il à Strike comme s'il lui offrait un dernier verre avant de partir, et je vous enverrai quelque chose en XXL. »

Au moment où la porte de l'entrepôt se refermait sur lui, le détective entendit Somé lancer à la fille aux cheveux rouges : « Je sais à quoi tu penses, Trudie. Tu l'imagines en train de te prendre par-derrière, comme une grosse brute qu'il est, pas vrai, ma poulette ? Un grand militaire baraqué, ça fait rêver, non ? » Et là-dessus, le petit rire faussement choqué de Trudie.

Que Charlotte accepte le silence de Strike était un événement sans précédent. Ni coups de fil, ni textos : elle continuait d'entretenir l'illusion que leur dernière, horrible, volcanique altercation l'avait changée à jamais, vidée de tout amour et purgée de sa fureur. Mais Strike connaissait Charlotte aussi intimement qu'un microbe qui lui aurait empoisonné le sang depuis seize ans, et savait que sa réponse à la douleur consistait à blesser celui qui l'avait causée avec autant de force qu'elle en était capable, coûte que coûte. Que se passerait-il s'il refusait tout dialogue et s'obstinait à se taire ? C'était la seule stratégie qu'il n'eût pas essayée, et la seule qui lui restait.

De temps à autre, quand la résistance de Strike était au plus bas (tard le soir, seul sur son lit de camp), la vieille infection l'enfiévrait encore ; le regret et le manque lui brûlaient les entrailles et la peau, et il la revoyait comme si elle était devant lui, belle, nue, murmurant des mots d'amour, ou pleurant doucement, lui disant qu'elle savait qu'elle était impossible, invivable, abjecte, mais qu'il était la plus belle chose qui lui soit jamais arrivée. Dans ces moments-là, le fait que refuser d'appuyer sur quelques touches fût tout ce qui l'empêchait d'entendre de nouveau sa voix lui semblait une barrière terriblement fragile contre la tentation, et, parfois, il s'extrayait de son sac de couchage et sautillait dans la pénombre jusqu'au bureau abandonné de Robin, où il allumait la lampe et se penchait, parfois pendant des heures, sur les documents de l'affaire Lula Landry. À deux ou trois reprises, il appela en pleine nuit le numéro de Rochelle Onifade, mais jamais elle ne répondit.

Le jeudi matin suivant, Strike retourna devant l'entrée du département de psychiatrie de St Thomas et attendit trois heures dans l'espoir de voir apparaître Rochelle, mais en vain. À son retour, il demanda à Robin d'appeler l'hôpital, mais elle n'obtint aucun renseignement ni commentaire sur le fait que la patiente n'honorait plus ses rendez-vous, et on ne voulut pas lui donner son adresse.

Le vendredi matin, revenant du café Starbucks, le détective trouva Spanner assis non pas sur le sofa près du bureau de Robin, mais sur le bureau lui-même. Une cigarette roulée à la bouche, qu'il n'avait pas allumée, le jeune homme était penché sur la blonde secrétaire et se montrait apparemment d'une drôlerie que Strike n'aurait jamais soupçonnée, car Robin riait à la façon un peu gênée d'une femme qui s'amuse beaucoup, mais tient néanmoins à convaincre un baratineur qu'il n'a pas d'illusions à se faire.

« Salut, Spanner », maugréa Strike.

Mais la note de reproche que contenait ce salut ne modéra en rien les mimiques démonstratives de l'expert en informatique, ni son large sourire charmeur.

« Ça va, Cormie ? Je t'ai rapporté ton petit ordi rose.

— Parfait. Double déca au lait, dit le détective à Robin en posant le gobelet devant elle. Non, c'est pour moi », ajouta-t-il en la voyant tendre la main vers son sac.

Elle se refusait avec une bienveillance touchante à mettre le moindre petit luxe sur sa note de frais. Devant le visiteur, elle s'abstint de protester, mais remercia Strike et se remit au travail, faisant pivoter sa chaise vers son écran sans plus regarder les deux hommes.

Le craquement d'une allumette détourna l'attention de Strike de son double espresso, et il regarda le jeune homme, toujours assis sur le coin du bureau.

« C'est non fumeur ici, Spanner.

— Quoi ? Mais toi tu fumes comme un pompier !

— Jamais dans cette pièce. Suis-moi. »

Il le précéda dans son propre bureau et ferma la porte derrière lui.

« Elle est fiancée, dit-il à Spanner en s'asseyant.

— Je gaspille mes munitions, alors ? Bon. Mais dis-lui un mot pour moi si les fiançailles tournent au vinaigre. Elle est exactement mon type.

— Je ne crois pas que tu sois le sien. »

Spanner sourit d'un air entendu.

« Tu es déjà sur les rangs, c'est ça ?

— Non, dit Strike. Je sais juste que son fiancé joue au rugby. Un de ces types du Yorkshire bâtis comme des hercules, à la mâchoire carrée. »

Il s'était formé une image mentale étonnamment claire de Matthew, bien qu'il ne l'eût jamais vu, même en photo.

« On ne sait jamais. Un jour, elle aura peut-être envie d'un peu plus de finesse », dit Spanner, s'asseyant en face de Strike et retournant l'ordinateur portable de Lula Landry sur le bureau. Il portait une chemisette un tantinet fatiguée et était pieds nus dans ses sandales ; c'était le jour le plus chaud depuis le début du printemps. « Je l'ai fouillée de fond en comble, cette foutue bécane. Tu veux les détails techniques ?

— Non. Mais j'ai besoin de savoir si tu pourrais les développer devant un tribunal. »

Pour la première fois, Spanner parut vraiment intrigué.

« Tu es sérieux ?

— Très. Tu pourrais prouver à une équipe d'avocats que tu connais ton affaire ?

— Évidemment, je pourrais ! se rengorgea l'informaticien.

— Alors, dis-moi ce que tu as trouvé d'intéressant. »

Spanner hésita un instant, tentant de déchiffrer l'expression du détective. Puis il commença :

« Le mot de passe, c'est Agyeman. Elle l'a changé cinq jours avant sa mort.

— Tu peux épeler ? »

Le jeune homme s'exécuta, avant d'ajouter, à la surprise de Strike :

« C'est un nom de famille. Ghanéen. Et elle a rangé dans ses favoris la page d'accueil de la SOAS. *School for Oriental and African Studies.* La section d'études asiatiques et africaines de l'université de Londres. Regarde. »

Tandis qu'il parlait, les doigts agiles de Spanner s'activèrent sur le clavier et il fit apparaître la page d'accueil en question, bordée de vert vif et offrant des renseignements sur l'école, ses conditions d'admission, ses enseignants, sa bibliothèque et ainsi de suite.

« Mais à la date de sa mort, précisa-t-il, la page avait cet aspect. »

Et en quelques clics de plus, il lui montra une page presque identique, proposant, comme l'indiqua le curseur, un lien vers un article nécrologique à la mémoire d'un certain J. P. Agyeman, professeur émérite de science politique.

« C'est cette version de la page qu'elle a sauvegardée, dit Spanner. Et l'historique de ses recherches sur le Net montre que plusieurs fois dans le mois qui a précédé sa mort, elle est allée sur Amazon pour chercher les livres de ce bonhomme. D'ailleurs, pendant cette période, elle s'est intéressée à beaucoup de bouquins sur l'histoire et la politique africaines.

— Une trace quelconque qu'elle a cherché à s'inscrire à la SOAS ?

— Aucune sur l'ordi.

— Autre chose d'intéressant ?

— Tout ce que j'ai remarqué, c'est qu'un gros fichier de photos a été supprimé le soir du 3 avril.

— Comment sais-tu ça ?

— Il y a d'excellents logiciels pour récupérer des trucs que les gens croient avoir effacés. Même de leur disque dur, dit Spanner. Comment crois-tu que les flics s'y prennent pour arrêter tous ces pédophiles ?

— Et tu les as récupérées, ces photos ?

— Oui. Elles sont là-dessus. » Et il tendit à Strike une petite clef USB. « J'ai pensé que tu ne voudrais pas que je les remette sur la bécane.

— Bien vu. Et ces photos, on les avait… ?

— Rien de compliqué, juste effacées. Comme je te l'ai dit, l'usager de base ne sait pas qu'il faut beaucoup plus de boulot qu'un simple clic sur SUPPRIMER si on veut cacher quelque chose.

— Le 3 avril, répéta Strike.

— Oui. Le lundi de Pâques.

— Presque trois mois après sa mort.

— C'est peut-être la police ? suggéra Spanner.

— Non. Ce n'était pas la police », dit Strike.

Après le départ du jeune expert, le détective revint dans le bureau sur le palier et poussa Robin pour examiner les photos effacées de l'ordinateur de Lula. Il perçut l'impatience brûlante de la jeune femme tandis qu'il lui expliquait ce que Spanner avait découvert et ouvrait le fichier sur la clef USB.

L'espace d'une demi-seconde, alors que les premiers clichés apparaissaient sur l'écran, Robin craignit de voir des choses horribles : des scènes de crime ou de perversion, tout ce qui justifiait l'existence d'un contrôle parental sur les ordinateurs, car elle n'avait entendu parler de photos effacées que dans ce genre de contexte. Mais au bout de quelques instants, la voix de Strike exprima ce qu'elle ressentait :

« Seulement des gens qui s'amusent, on dirait. »

Pourtant, il ne semblait pas aussi désappointé que

Robin, et elle eut un peu honte d'elle-même : avait-elle désiré contempler des atrocités ? Strike fit défiler le fichier, révélant des groupes de jeunes femmes qui riaient, des top models connus, parfois une vedette de la scène ou de l'écran. Il y avait de nombreux clichés de Lula avec Evan Duffield, dont certains, de toute évidence, avaient été pris par l'un ou par l'autre, en tenant l'appareil à bout de bras. Parfois, ils semblaient drogués ou ivres. Somé apparaissait à diverses reprises, et, en sa compagnie, Lula semblait plus retenue, moins exubérante. On la voyait souvent avec Ciara Porter, dans les bras l'une de l'autre, buvant dans des bars à la lumière tamisée, dansant dans des boîtes de nuit ou riant sur un sofa dans un appartement grouillant d'invités.

« Voilà Rochelle », dit soudain Strike.

Il désignait du doigt un petit visage maussade qu'on apercevait sous l'épaule de Ciara sur une photo de groupe. Kieran Kolovas-Jones avait été admis à figurer sur l'instantané et se tenait sur le côté, rayonnant. Rochelle était de nouveau visible un peu plus loin, sortant d'un restaurant avec Lula et quelques autres.

« Rendez-moi un service, dit Strike quand il eut fini de parcourir les deux cent douze photos. Examinez-les toutes avec attention et arrangez-vous pour identifier au moins les gens célèbres, pour que nous puissions commencer à chercher qui a voulu faire disparaître ce fichier.

— Mais je n'ai rien vu d'incriminant ? objecta Robin.

— Il y a forcément quelque chose. »

Il retourna dans son bureau, où il tenta de téléphoner à John Bristow (en réunion, impossible de le déranger : « Qu'il veuille bien me rappeler le plus tôt possible ») ; au sergent Eric Wardle (sur messagerie : « J'ai une question à vous poser sur l'ordinateur de Lula Landry ») ; et à Rochelle Onifade (à tout hasard ; pas de réponse, impossible de laisser un message, « boîte vocale saturée »).

« Je n'ai toujours pas de chance avec Freddie Bestigui », dit Robin à Strike quand il reparut, la trouvant plongée dans une recherche sur une brune non identifiée qui posait avec Lula sur une plage. « J'ai retéléphoné ce matin, mais pas moyen qu'il me rappelle. J'ai tout essayé, je me suis fait passer pour toutes sortes de gens, j'ai dit et répété que c'était urgent, mais… Qu'est-ce qu'il y a de drôle ?

— Je me demandais pourquoi aucun des employeurs avec qui vous avez eu tous ces entretiens ne vous a proposé de travail, dit Strike.

— Oh…, dit Robin, rougissant un peu. Si, ils m'en ont proposé. Tous les trois. J'ai accepté le poste dans les ressources humaines.

— Ah ? Je vois, dit Strike. Vous ne m'en aviez pas parlé. Félicitations.

— Excusez-moi, je croyais vous l'avoir dit, mentit Robin.

— Et donc… vous partiriez quand ?

— Dans deux semaines.

— Ah. Je suppose que Matthew est content ?

— Oui, dit-elle, un peu prise au dépourvu. Très content. »

On aurait dit que Strike avait deviné combien Matthew désapprouvait le fait qu'elle continue de travailler pour lui ; pourtant, elle avait pris grand soin d'éviter la moindre allusion aux tensions avec son fiancé.

Le téléphone sonna et Robin répondit :

« Bureau de Cormoran Strike ?… Oui, qui est à l'appareil, s'il vous plaît ?… C'est Derrick Wilson, dit-elle en lui passant le combiné.

— Bonjour, Derrick. Quelles nouvelles ? demanda Strike.

— Mr Bestigui est absent pour deux jours, dit la voix du gardien. Si vous voulez passer pour jeter un coup d'œil à la maison…

— Je suis là dans une demi-heure », dit Strike.

Debout, il tâtait ses poches pour vérifier s'il avait son portefeuille et ses clefs, quand il remarqua l'air déçu de Robin, bien qu'elle continuât d'examiner les innocentes photos.

« Vous avez envie de venir ?

— Oui ! », dit-elle joyeusement, éteignant l'ordinateur et saisissant son sac à main.

3

La lourde porte peinte en noir du 18, Kentigern
Gardens donnait sur un vaste hall aux murs et au dallage de marbre. Juste en face de l'entrée se trouvait un
beau bureau en acajou massif, à la droite duquel l'escalier (marches en marbre, rampe en bois et en cuivre)
s'enroulait autour de l'ascenseur grillagé aux épais battants en chêne qui s'ouvrait dans le mur d'un blanc
immaculé. Entre l'escalier et la porte, sur une table
cubique, trônaient trois gros bouquets de lis orientaux
d'un rose profond dans de hauts vases tubulaires,
emplissant l'air tiède de cette fin de matinée de leur
lourde senteur. Le mur de gauche était couvert de
miroirs qui doublaient la taille du hall et où se reflétaient Strike et Robin ouvrant de grands yeux, le lustre
en cristal moderne à pendeloques rectangulaires et le
bureau des gardiens.

Strike se rappela les mots de Wardle : « On se croirait dans… dans un hôtel cinq étoiles ! » Près de lui,
Robin faisait de son mieux pour ne pas avoir l'air
impressionné. C'était donc cela, l'entrée d'une maison
de milliardaires. À Clapham, Matthew et elle

occupaient le rez-de-chaussée d'un pavillon, et leur salon était à peu près de la taille de la pièce réservée aux gardiens quand ils n'étaient pas de service, tout au fond du hall, celle que Wilson leur montra en premier : juste assez grande pour une table et deux chaises, avec un présentoir en bois contenant les passe-partout et d'autres clefs, et une autre porte, plus petite, conduisant aux toilettes.

Wilson portait un uniforme noir qui rappelait celui d'un agent de police, avec des boutons en cuivre et une cravate noire sur sa chemise blanche.

« Les écrans », fit-il à Strike quand ils ressortirent de la petite salle du fond, et il s'arrêta derrière le bureau, où une rangée de quatre petits écrans en noir et blanc était dissimulée aux regards des visiteurs. L'un d'eux montrait ce que captait la caméra au-dessus de la porte et offrait une vue circonscrite de la rue ; un autre, le parking souterrain, désert ; un troisième, le jardin de derrière, vide aussi, avec sa pelouse, quelques plantations et le haut mur de brique sur lequel Strike s'était hissé ; et le quatrième, l'intérieur de l'ascenseur immobile. Outre les écrans, il y avait derrière le bureau deux panneaux de contrôle pour les alarmes des parties communes, dont celles des portes de la piscine et du parking, et deux téléphones, l'un relié à une ligne extérieure, l'autre connecté seulement aux trois appartements.

« Cette porte, dit Wilson en indiquant le gros battant en chêne sur la droite, c'est pour descendre à la salle de gym, à la piscine et au parking », et, à la demande de Strike, il les y emmena.

La salle de gym était petite, mais couverte de miroirs comme le hall, de sorte qu'elle paraissait deux fois plus grande qu'en réalité. Elle n'avait qu'une fenêtre, qui donnait sur la rue, et elle contenait un tapis de course, plusieurs appareils de musculation et un assortiment de poids et haltères.

Une deuxième porte en bois s'ouvrait sur un étroit escalier de marbre, éclairé par des appliques cubiques, qui les conduisit à un palier inférieur où une porte en métal permettait d'accéder au parking souterrain. Wilson l'ouvrit avec deux clefs, une Chubb et une Yale, et pressa un interrupteur. L'espace qui s'éclaira était presque aussi long que la rue et rempli de Ferrari, d'Audi, de Bentley, de Jaguar et de BMW. Il y en avait certainement pour plusieurs millions de livres. Tous les huit ou dix mètres s'ouvraient des portes comme celle qu'ils venaient de franchir, et qui communiquaient avec chacun des immeubles de Kentigern Gardens. La double porte électrique par laquelle on entrait depuis Serf's Way se trouvait tout près du numéro 18, et un rai de lumière argentée passait dessous.

Robin se demanda à quoi pensaient les deux hommes silencieux à côté d'elle. Wilson était-il habitué à la vie extraordinaire des gens qui habitaient ici, aux parkings souterrains, aux piscines privées en pleine ville et aux Ferrari ? Et Strike se disait-il (comme elle) que toutes ces portes alignées représentaient autant de possibilités de fuite qu'elle n'avait pas prises en considération ? En passant par n'importe laquelle des maisons de la rue, on pouvait facilement s'évaporer dans la nature. Mais elle remarqua aussitôt les museaux noirs des caméras pointés à intervalles réguliers en haut des murs, qui transmettaient ce qu'ils filmaient à d'innombrables écrans d'ordinateurs pareils à ceux qu'ils avaient vus dans le hall. Se pouvait-il qu'un fuyard leur eût échappé en cette nuit de janvier ?

« C'est bon », dit Strike, et Wilson les précéda sur le palier en marbre avant de refermer la porte du parking derrière eux.

À mesure qu'ils descendaient une autre volée de marches, une odeur de chlore se mit à leur piquer les narines, plus forte à chaque pas, jusqu'à ce que Wilson ouvrît une porte tout en bas et qu'un flot d'air chaud et humide, chargé de produits chimiques, les assaillît tout à coup.

« C'est la porte qui n'était pas fermée cette nuit-là ? », interrogea Strike.

Le gardien acquiesça de la tête, pressa un nouvel interrupteur et la lumière se fit. Ils se trouvaient sur le large rebord en marbre de la piscine, protégée par une bâche en plastique. Une fois de plus, le mur en face était couvert de miroirs et Robin vit leur reflet à tous les trois, incongrus dans leurs tenues de ville, avec en arrière-plan un décor mural de plantes tropicales et de grands papillons battant des ailes qui s'élevait du sol au plafond. La piscine mesurait une quinzaine de mètres, et au bout se dressaient un jacuzzi hexagonal et trois cabines pour se changer, aux portes garnies de serrures.

« Pas de caméras ici ? », demanda Strike.

Wilson fit non de la tête.

Robin sentait des gouttes de sueur se former dans son dos et sous ses bras. L'air était oppressant au bord de la piscine, et elle fut contente de remonter l'escalier devant les deux hommes pour regagner le hall, qui, en comparaison, lui sembla accueillant et aéré. Une jeune femme blonde, jolie et menue, était apparue en leur absence, en T-shirt et salopette rose, portant un seau en plastique rempli de produits ménagers.

« Derrick, dit-elle avec un fort accent étranger quand elle vit le gardien réapparaître, je besoin clef pour 2.

— C'est Lechsinka, dit Wilson. La femme de ménage. »

Elle adressa à Robin et à Strike un gentil sourire. Wilson passa derrière le grand bureau en acajou, y prit une clef, la lui tendit et Lechsinka monta l'escalier, balançant son seau, son postérieur moulé par la salopette ondulant de la plus séduisante façon. Strike, conscient que Robin l'observait du coin de l'œil, détourna avec regret les yeux de ce charmant spectacle.

Prenant l'escalier à leur tour, le détective et sa secrétaire suivirent Wilson à l'appartement 1, qu'il ouvrit avec son passe. La porte sur le palier, remarqua Strike, était équipée d'un œilleton à l'ancienne.

« C'est là qu'habite Mr Bestigui, annonça le gardien, éteignant l'alarme en tapant le code sur un rectangle métallique à droite du battant. Lechsinka est déjà passée ce matin. »

Strike sentit une odeur d'encaustique et vit les traces d'un aspirateur sur la moquette blanche du hall, avec ses appliques en cuivre et ses cinq portes immaculées. Il observa un instant la discrète alarme sur le mur de droite, non loin d'un tableau où des chèvres et des paysans rêveurs semblaient flotter au-dessus d'un village en camaïeu de bleus. Un grand vase d'orchidées se dressait sur une table japonaise laquée de noir au-dessous du Chagall.

« Où est-il, Bestigui ? demanda-t-il à Wilson.

— Los Angeles. Il rentre dans deux jours. »

Le salon, vaste et clair, avait trois hautes fenêtres, donnant chacune sur un étroit balcon de pierre ; les murs étaient bleu Wedgwood et la plupart des objets blancs. Tout dans la pièce semblait neuf, élégant, parfaitement proportionné. Ici aussi se trouvait un superbe tableau : macabre, surréaliste, montrant un homme portant une lance et un masque d'oiseau noir, tenant par le bras un torse de femme sans tête de couleur gris pâle.

C'était de cette pièce que Tansy Bestigui soutenait avoir entendu des cris deux étages plus haut. Strike s'approcha des fenêtres, observant leurs serrures modernes, l'épaisseur du triple vitrage, l'absence du moindre bruit provenant de la rue bien que son oreille fût à deux centimètres des carreaux froids. Derrière, le balcon était encombré de buissons en pot, taillés en forme de cônes pointus.

Strike se dirigea vers la chambre principale. Robin resta dans le salon, tournant lentement sur elle-même, admirant le lustre en verre de Venise, le tapis discret en dégradé de bleu pâle et de rose, l'immense téléviseur plat à écran plasma, la table en verre et fer forgé, les chaises en fer à coussins de soie, les petits objets d'art en argent sur les tables basses en verre et la cheminée de marbre blanc. Elle pensa un peu tristement au canapé Ikea dont, jusqu'à ce matin, elle avait été si fière ; puis, avec un serrement de cœur, elle se rappela le lit de camp de Strike. Son regard croisa celui de Wilson et, sans le savoir, elle fit écho au commentaire de Wardle :

« C'est une vie qu'on n'imagine même pas, murmura-t-elle.

— Oui. Impossible d'élever des mômes là-dedans.

— C'est vrai », dit Robin, qui n'avait pas considéré le somptueux appartement de ce point de vue.

Son patron ressortit de la chambre, cherchant visiblement à vérifier un détail, et disparut dans le hall.

Strike, à vrai dire, voulait s'assurer que le chemin le plus logique de la chambre des Bestigui à leur salle de bains consistait à passer directement par le hall, sans entrer dans le salon. Au demeurant, il avait la certitude que le seul endroit d'où Tansy avait pu assister à la chute fatale de Lula Landry – et comprendre ce qu'elle voyait – était bien le salon. Quoique Eric Wardle eût prétendu le contraire, une personne se tenant dans la salle de bains n'aurait pu avoir qu'une vue partielle de la fenêtre devant laquelle Lula était tombée ; insuffisante, de nuit, pour avoir conscience que ce qui passait devant cette fenêtre était un être humain, et *a fortiori* pour l'identifier.

Le détective retourna dans la chambre. À en juger par le désordre de pilules, de lunettes et de livres empilés sur la table de chevet, Bestigui, maintenant qu'il était le seul occupant du domicile conjugal, dormait du côté du lit le plus proche de la porte et du hall. Strike se demanda si c'était déjà le cas quand il cohabitait avec sa femme.

La pièce était équipée d'un grand dressing aux portes couvertes de miroirs en pied, rempli de costumes italiens et de chemises Turnbull & Asser. Deux tiroirs contenaient des boutons de manchettes en or et en platine, et, derrière les râteliers à chaussures et un faux panneau, un coffre était fiché dans le mur.

« Je crois que c'est tout », dit Strike à Wilson en rejoignant les deux autres dans le salon.

Au moment où ils allaient quitter l'appartement, Wilson remit l'alarme en marche.

« Vous connaissez les codes pour les trois appartements ?

— Oui, dit le gardien. Il faut bien, s'il y en a une qui se déclenche. »

Ils montèrent au deuxième. La cage d'escalier tournait autour de l'ascenseur et formait une succession de coins sombres. La porte de l'appartement 2 était identique à celle du 1, à ceci près qu'elle était entrebâillée. À l'intérieur, on entendait ronronner l'aspirateur de Lechsinka.

« Maintenant, c'est Mr et Mrs Kolchak qui vivent ici, dit Wilson. Des Ukrainiens. »

Le hall avait la même forme que celui du dessous, avec le rectangle en métal de l'alarme positionné au même endroit par rapport à la porte ; mais le sol était dallé et non couvert de moquette. En entrant, on se trouvait face non à un tableau, mais à un grand miroir doré, et, de part et d'autre, des lampes Tiffany étaient posées sur de délicates tables en bois.

« Les roses de Bestigui étaient posées sur une table comme celles-ci ? demanda Strike.

— Oui, à peu près pareille, répondit Wilson. On l'a remise dans le salon maintenant.

— Et vous l'avez placée là, au milieu du hall, avec le bouquet dessus ?

— Oui. Mr Bestigui voulait que Macc les voie dès qu'il entrerait, mais il y avait toute la place pour marcher autour, comme vous voyez. Pas besoin de les renverser. Mais il était jeune, ce bobbie, dit Wilson avec indulgence.

— Où est le bouton pour déclencher l'alarme ?

— Ici, dit le gardien en l'entraînant dans la chambre. Il y en a un près du lit et un autre dans le salon.

— Pareil dans tous les appartements ?

— Oui. »

Les positions relatives des chambres, du salon et de la salle de bains étaient les mêmes que dans l'appartement 1, et beaucoup des finitions étaient similaires, comme les portes à miroirs du dressing, que Strike inspecta. Pendant qu'il ouvrait le double battant et observait les dizaines de milliers de livres de robes et de manteaux de femme, Lechsinka apparut, portant sur le bras une ceinture, deux cravates et plusieurs robes couvertes de plastique transparent, fraîchement rapportées de chez le teinturier.

« Rebonjour », dit Strike.

La jeune Polonaise leva la tête pour lui sourire et s'avança vers une porte derrière lui pour prendre un présentoir à cravates.

« Excusez, s'il vous plaît », dit-elle.

Il s'écarta. Elle était petite et vraiment très jolie, avec un charme mutin et juvénile, un nez retroussé et de beaux yeux bleu pâle de Slave.

« Je suis détective », dit-il.

Puis il se souvint que Wardle lui avait parlé de son « anglais de merde ».

« Comme… comme un policier ? hasarda-t-il.

— Ah. Police.

— Vous étiez ici, n'est-ce pas, la veille de la mort de Lula Landry ? »

Il lui fallut plusieurs tentatives pour lui faire comprendre le sens de sa question, mais, quand elle eut saisi, elle ne manifesta aucune objection à lui répondre, du moment qu'il la laissait continuer à ranger les vêtements du couple d'Ukrainiens tout en lui parlant.

« Je fais toujours escalier premier, dit-elle en roulant les r. Miss Landry, très très fort crier avec son frère. Devant porte. Lui crier fort aussi, qu'elle donne trop d'argent à petit ami, et elle très en colère. Ensuite, je fais ménage numéro 2. Vide. Déjà propre. Fini presque tout de suite.

— Est-ce que Derrick et l'homme de la sécurité étaient là pendant que vous faisiez le ménage au numéro 2 ?

— Derrick et… ?

— Le réparateur ? L'homme des alarmes ?

— Oui, homme alarmes et Derrick, oui. »

Strike entendait Wilson et Robin parler dans le hall de l'appartement, où il les avait laissés.

« Vous rebranchez les alarmes quand vous avez fini le ménage ?

— Alarmes ? Oui, dit-elle. Trente-neuf quarante-cinq. Comme l'entrée. Nouveau numéro pour Deeby Macc, Derrick m'a dit.

— Il vous a dit le numéro avant de partir avec l'homme des alarmes ? »

De nouveau, il lui fallut plusieurs essais pour se faire comprendre, et quand ce fut fait elle sembla impatiente.

« Oui, je déjà dit ça. Trente-neuf quarante-cinq, il me dit.

« — Donc, vous avez rebranché l'alarme avant de quitter cet appartement ?

— Branché alarme, oui.

— Et l'homme des alarmes ? Comment était-il ?

— Homme des alarmes ? Comment ? » Elle fronça gracieusement son petit nez, réfléchissant, puis haussa les épaules. « Dos tourné. Je vois pas son visage. Mais bleu… tout bleu…, ajouta-t-elle, et de sa main libre elle fit un geste sur le devant de son corps, de sa poitrine à ses cuisses.

— Un bleu de travail ? suggéra-t-il, mais elle réagit par un regard vide. Bon, peu importe. Où avez-vous fait le ménage ensuite ?

— Numéro 1, dit Lechsinka, recommençant de suspendre les robes et se déplaçant autour de lui pour trouver la bonne tringle. Nettoyé grandes fenêtres. Mrs Bestigui parle fort au téléphone pendant que je nettoie. Pas contente. En colère. Elle dit plus vouloir dire mensonges.

— Elle ne voulait plus dire de *mensonges* ? », répéta Strike.

Lechsinka fit oui de la tête, se hissant sur la pointe des pieds pour accrocher à la tringle une longue robe du soir.

« Vous l'avez entendue dire au téléphone, insista-t-il en articulant le plus clairement qu'il put, qu'elle ne voulait plus dire de *mensonges* ? »

De nouveau, la Polonaise hocha plusieurs fois la tête, le visage innocent.

« Ensuite, elle me voit et elle crie : "Allez-vous-en, allez-vous-en !"

— C'est vrai ? »

426

Lechsinka acquiesça énergiquement.

« Et Mr Bestigui, où était-il ?

— Mr Bestigui ? Pas là.

— Vous savez à qui elle parlait ? Au téléphone ?

— Non. » Puis, un peu sournoisement : « Une dame.

— Une voix de femme ? Comment le savez-vous ?

— Crier, crier au téléphone ! J'entends voix d'une dame.

— C'était une dispute ? Elles se criaient dessus ? Très fort, c'est ça ? »

Strike s'entendait tomber dans le langage absurde de tout Anglais confronté à un défi linguistique. Une fois de plus, la jeune Polonaise hocha la tête, tout en ouvrant les tiroirs du dressing pour trouver le bon endroit où ranger la ceinture, le seul objet qu'elle tînt encore sur son bras. Quand elle l'eut enroulée et mise à sa place, elle se redressa et passa dans la chambre. Il la suivit.

Quand elle eut fini de faire le lit et de débarrasser les tables de chevet, il était parvenu à lui faire dire que, ce jour-là, elle avait fait le ménage dans l'appartement de Lula en dernier, après que le top model avait quitté l'immeuble pour rendre visite à sa mère. Elle n'avait rien remarqué d'inhabituel, ni repéré une feuille de papier bleu, portant son écriture ou non. Les sacs à main de Guy Somé et les divers effets destinés à Deeby Macc avaient été livrés à Wilson au moment où elle venait de finir, et sa dernière tâche ce matin-là avait consisté à monter les cadeaux du couturier dans leurs appartements respectifs.

« Et vous avez rebranché les alarmes ?

— Alarmes, oui, oui.

— Celle de Lula ?

— Oui.

— Et celle de Deeby Macc ? Trente-neuf quarante-cinq ?

— Oui.

— Vous vous rappelez ce que vous avez monté dans l'appartement de Deeby Macc ? »

Elle dut avoir recours au mime, mais réussit à lui faire comprendre qu'elle se rappelait deux sweat-shirts à capuche, une écharpe, un bonnet, des gants et des boutons de manchettes. Après les avoir placés en évidence sur l'étagère vide du dressing, pour que Macc ne puisse les manquer, elle avait rebranché l'alarme avant de rentrer chez elle.

Strike la remercia copieusement et s'attarda juste le temps qu'il fallait pour admirer une fois de plus ses fesses fermes et rondes tandis qu'elle se baissait pour ajuster le couvre-lit ; puis il rejoignit Robin et Wilson dans le hall de l'appartement, et ils sortirent sur le palier.

Tandis qu'ils montaient la dernière volée de marches, le détective vérifia le récit de Lechsinka auprès de Wilson, qui reconnut avoir ordonné à l'homme de la sécurité de régler l'alarme sur trente-neuf quarante-cinq, comme le digicode de l'entrée.

« J'ai choisi un code dont elle pouvait se souvenir facilement, vous comprenez ? Deeby Macc aurait pu en choisir un autre plus tard, s'il voulait.

— Vous vous rappelez à quoi ressemblait l'homme de la sécurité ? Vous m'avez dit que c'était un nouveau.

428

— Oui. Très jeune. Des cheveux jusque-là. »

Wilson indiqua le bas de sa nuque.

« Blanc ?

— Oui, blanc. Encore trop gamin pour se raser, à mon avis. »

Ils avaient atteint la porte de l'appartement 3, l'ancien domicile de Lula Landry. Robin sentit un frisson lui parcourir l'échine (la peur, l'excitation ?) au moment où Wilson ouvrait cette troisième porte vernie et lisse, avec son œilleton en verre de la taille d'une balle de pistolet.

Par son architecture, l'appartement du troisième était différent des deux autres : plus petit et plus aéré. Il avait été récemment repeint en crème. Guy Somé avait dit à Strike que la dernière occupante des lieux avait la passion de la couleur ; mais son ancien domicile était maintenant aussi impersonnel que n'importe quelle suite d'hôtel haut de gamme. En silence, Strike précéda ses deux compagnons jusqu'au salon.

La moquette n'était pas en laine comme chez Freddie Bestigui, mais en jute, couleur sable. Strike tenta d'y enfoncer son talon, mais il ne laissa aucune trace.

« Le sol était comme ça quand Lula habitait ici ? demanda-t-il à Wilson.

— Oui. C'est elle qui avait choisi cette moquette. On l'a laissée, parce qu'elle était presque neuve. »

Au lieu des hautes fenêtres régulièrement espacées des autres appartements, chacune avec son balcon séparé, le salon du troisième n'en avait qu'une, plus large, avec une double porte s'ouvrant sur un balcon qui occupait presque toute la largeur de l'étage. Strike ouvrit en grand les deux battants et fit un pas dehors.

Robin, prise d'une sensation de vertige, jeta un coup d'œil au visage impassible de Wilson, puis se retourna pour regarder les coussins et les gravures en noir et blanc sur le mur, s'efforçant de ne pas penser à ce qui s'était passé dans cette pièce quatre mois plus tôt.

Strike observait la rue en contrebas, et Robin aurait été surprise de savoir que ses pensées n'étaient pas aussi froides et dépassionnées qu'elle le supposait. Il visualisait un individu fou de rage, qui avait perdu tout contrôle de lui-même et s'élançait brusquement vers Lula, debout dans toute sa beauté, portant la tenue qu'elle avait choisie pour recevoir un hôte attendu avec impatience ; le tueur, aveuglé par la haine, la traînait, la poussait, la portait peut-être à travers la pièce, et, avec la force d'un maniaque déchaîné, la faisait basculer par-dessus la balustrade. Les quelques secondes qu'il avait fallu à son corps pour atteindre le sol d'asphalte, trompeusement adouci par le manteau de neige, avaient dû sembler une éternité. Elle avait battu des bras, tentant de trouver une prise dans l'air impitoyablement vide ; puis, sans avoir le temps de rien expliquer, de s'excuser ou de transmettre le moindre message, sans aucun des luxes dont jouissent avant de partir pour l'au-delà ceux qui ont reçu l'annonce de leur fin imminente, elle s'était fracassé la tête près du trottoir.

Les morts ne pouvaient parler que par la bouche de ceux qu'ils laissaient derrière eux, et par les signes qu'ils avaient semés sur leur passage. Strike avait senti Lula vivante à travers les mails qu'elle avait envoyés à ses amis ; il avait entendu sa voix débordante de gaieté dans un téléphone pressé contre son oreille ;

mais à présent, en contemplant la dernière vision qu'elle avait eue avant de mourir, il se sentait, étrangement, encore plus proche d'elle. De la masse des détails épars, la vérité commençait à émerger peu à peu, à se faire jour, à se préciser. Ce qui lui manquait, c'était une preuve.

Il se tenait toujours sur le balcon, perdu dans ses réflexions, quand son portable sonna. Le nom et le numéro de John Bristow apparurent sur l'écran.

« Bonjour, John, c'est gentil à vous de me rappeler.

— Je vous en prie. Il y a du nouveau ? demanda l'avocat.

— Peut-être. J'ai demandé à un expert de fouiller l'ordinateur de Lula, et il a découvert qu'un gros fichier de photos en avait été effacé après sa mort. Vous êtes au courant ? »

Ses mots furent accueillis par un grand silence. La seule raison pour laquelle Strike savait qu'ils n'avaient pas été coupés était qu'il entendait un fond sonore indistinct au bout de la ligne.

Enfin, son client demanda, d'une voix altérée :

« Vous dites qu'elles ont été effacées *après* sa mort ?

— C'est ce qu'affirme l'expert. »

Strike baissa les yeux vers une voiture qui roulait lentement dans la rue et s'arrêtait en double file. Une femme en sortit, en manteau de fourrure.

« Je… excusez-moi, dit Bristow, très secoué. Je suis… je suis abasourdi, vous comprenez ? C'est peut-être la police qui a supprimé le fichier ?

— Quand vous a-t-elle rendu l'ordinateur ?

— Oh… courant février, si je me souviens bien. Début février, plutôt.

— Les photos ont été effacées le 3 avril.

— Mais… mais ça n'a pas de sens ! Personne ne connaissait le mot de passe !

— Quelqu'un le connaissait forcément. La police l'avait dit à votre mère, n'est-ce pas ?

— Ma mère n'aurait jamais supprimé…

— Ce n'est pas ce que je veux dire. Est-il possible qu'elle ait laissé l'ordinateur allumé ? Ou qu'elle ait confié le mot de passe à quelqu'un d'autre ? »

Bristow, pensa-t-il, devait être à son bureau. Il entendait des voix à l'autre bout du fil, et, à distance, une femme qui riait.

« Je suppose que c'est possible, dit l'avocat lentement. Mais qui aurait pu effacer ces photos ? À moins que… mais non, mon Dieu, ce serait horrible…

— Quoi ?

— Vous pensez qu'une des infirmières aurait pu les prendre ? Pour les vendre à la presse ? Mais ce serait abominable. Une infirmière…

— Tout ce que sait l'expert, c'est qu'elles ont été effacées. Il n'y a aucune preuve qu'elles aient été copiées ou volées. Mais, comme vous dites, tout est possible.

— Mais qui d'autre… C'est horrible de penser que ce pourrait être une infirmière, mais qui d'*autre* ? L'ordinateur n'a pas bougé de chez ma mère depuis que la police nous l'a rendu.

— John, connaissez-vous toutes les personnes qui sont passées la voir ces derniers mois ?

— Je pense. Naturellement, je ne peux pas en être sûr…

— Non. C'est bien le problème.

— Et pourquoi… pourquoi aurait-on supprimé des photos ? Qu'est-ce qu'on voyait dessus ? Vous le savez ?

— Oui. À première vue, rien d'important. Votre sœur et des amis qui font la fête.

— Alors, pourquoi ?

— Je vois deux ou trois raisons possibles. Mais ça me rendrait service si vous pouviez poser la question à votre mère, John. Si, vers le début avril, il lui est arrivé de laisser l'ordinateur allumé. Si un de ses visiteurs s'y est intéressé.

— Je… je vais essayer. » Bristow semblait tendu, au bord des larmes. « Elle est très, très faible maintenant.

— Je suis désolé, dit Strike poliment. Je vous rappelle dans quelques jours. Au revoir. »

Il fit deux pas en arrière et referma les portes vitrées, puis se tourna vers Wilson.

« Derrick, pourriez-vous me montrer comment vous avez fouillé l'appartement cette fameuse nuit ? Dans quel ordre vous êtes entré dans les pièces ? »

Le gardien réfléchit un moment, puis déclara :

« Je suis d'abord entré ici. Dans le salon. J'ai regardé autour de moi, j'ai vu la fenêtre ouverte. J'y ai pas touché, j'ai touché à rien. Ensuite, dit-il en faisant signe à Strike et à Robin de le suivre, j'ai regardé ici… »

Robin, marchant derrière les deux hommes, remarqua que le langage corporel de Wilson commençait à changer. Il reproduisait ses gestes de la nuit glacée de janvier où il avait parcouru l'appartement, montrant comment il s'était appuyé aux encadrements des portes et penché dans les pièces, comment il les avait inspectées. Quand il les précéda dans la chambre à coucher, il le fit au ralenti, comme si l'attention extrême de Strike était un projecteur qui le suivait. Il se laissa tomber à genoux pour refaire le geste de regarder sous le lit, et, sur un mot du détective, se rappela la robe rouge froissée qui gisait sur le sol entre ses jambes. Enfin, le visage concentré, il les conduisit à la salle de bains, pivotant sur lui-même pour indiquer comment il avait vérifié s'il n'y avait pas quelqu'un derrière la porte, puis était retourné à toute vitesse (il mima presque une course, balançant exagérément les bras) vers le palier.

« Donc, dit Strike, tenant la porte ouverte, vous êtes ressorti et… et ensuite ?

— Je suis ressorti, oui, confirma Wilson, et j'ai appuyé sur le bouton de l'ascenseur. »

Il fit semblant de le faire et d'ouvrir de force les portes de la cabine, anxieux de voir ce qu'il y avait à l'intérieur.

« Personne. Alors, j'ai couru au rez-de-chaussée.

— Qu'est-ce que vous avez entendu à ce moment-là ? », demanda Strike en le suivant.

Ni l'un ni l'autre ne prêtait plus attention à Robin, qui se chargea de refermer la porte de l'appartement.

« À distance, vaguement, les Bestigui qui criaient. Ensuite, j'ai tourné ici et… »

Juste avant d'arriver au palier du deuxième, Wilson s'immobilisa sur une marche. Strike, qui semblait avoir anticipé un geste de ce genre, s'arrêta aussi. Robin, qui arrivait derrière, le heurta et ouvrit la bouche pour s'excuser, mais, levant la main, le détective lui imposa silence, comme si, pensa-t-elle, Wilson était en transe.

« Et j'ai glissé », dit le vigile. Il semblait interloqué. « J'avais oublié. J'ai glissé. Ici. En arrière. Je suis tombé sur les fesses. Il y avait de l'eau. Des gouttes. Ici. »

Du doigt, il désignait les marches.

« Des gouttes d'eau ? insista Strike.

— Oui.

— Pas de la neige ?

— Non.

— Pas des empreintes mouillées ?

— Non. De grosses gouttes. Ici. Mon pied a dérapé dessus et j'ai glissé. Ensuite, je me suis relevé et j'ai continué à courir.

— Vous en avez parlé à la police, de ces gouttes d'eau ?

— Non. J'y ai plus pensé, dit Wilson. Jusqu'à maintenant. J'avais oublié. »

Quelque chose qui tracassait Strike depuis un bon moment venait enfin de s'éclaircir. Il poussa un long soupir satisfait et sourit. Les deux autres le regardèrent fixement.

4

Devant Strike s'étendait un long week-end printanier, mais vide. De nouveau assis près de la fenêtre ouverte, il fumait et regardait les hordes de passants du samedi qui faisaient des courses dans le quartier, ses notes sur l'affaire Landry ouvertes sur ses genoux, le dossier de la police sur son bureau, établissant une liste de points restant à éclaircir et triant la masse d'informations qu'il avait recueillie.

Durant plusieurs minutes, il examina une photo de la façade du numéro 18 telle qu'elle apparaissait le matin de la mort de Lula. Il y avait une différence – toute petite, mais, pour Strike, significative – entre l'aspect que présentait l'immeuble à cette date et ce qu'on voyait maintenant quand on l'observait de la rue. Deux fois, il alla s'asseoir devant l'ordinateur : la première, pour trouver le nom et l'adresse de l'agent de Deeby Macc ; la seconde, pour se renseigner sur la cote des actions de la société Albris. Son carnet était ouvert devant lui, à une page pleine de phrases tronquées et de questions sans réponse, le tout de son écriture dense et anguleuse. Quand son portable sonna au début de l'après-midi, il le pressa contre son oreille sans prendre la précaution de vérifier qui appelait.

« Ah, Mr Strike, dit la voix de Peter Gillespie. C'est aimable à vous de répondre.

— Oh, bonjour, Gillespie, dit Strike. Il vous fait travailler les week-ends, maintenant ?

— Parfois, on n'a pas d'autre choix que de travailler le week-end. Toutes les fois où je vous ai téléphoné en semaine, je suis tombé sur votre secrétaire et vous n'avez pas cru bon de me rappeler.

— J'étais très occupé. Beaucoup de travail.

— Je vois. Dois-je en conclure que nous pouvons espérer un règlement prochainement ?

— Oui, je suppose.

— Vous *supposez* ?

— Oui, dit Strike. Je devrais être en mesure de vous envoyer quelque chose dans les semaines à venir.

— Mr Strike, votre attitude me stupéfie. Vous vous êtes engagé à rembourser Mr Rokeby par échéances mensuelles, et vous avez accumulé un retard de…

— Je ne peux pas vous donner un argent que je n'ai pas, coupa Strike. Si vous patientez, je solderai bientôt ma dette. Peut-être même en une seule fois.

— Malheureusement, nous ne pouvons pas nous contenter de promesses. Si vous ne vous mettez pas à jour de vos arriérés…

— Gillespie, dit Strike, les yeux fixés sur le ciel bleu derrière la fenêtre, nous savons tous les deux que ce vieux Jonny n'osera jamais traîner en justice son fils mutilé de guerre et décoré de la médaille du courage, pour un prêt qui suffirait à peine à payer les sels de bain de son valet de chambre. Je lui rendrai son argent, avec les intérêts, d'ici à deux ou trois mois, et il pourra s'enfoncer mon chèque là où je pense et y mettre le feu si ça lui fait plaisir. Dites-le-lui de ma part et foutez-moi la paix. »

Strike raccrocha, curieux de remarquer qu'il ne s'était pas vraiment mis en colère et se sentait même assez gai.

Il continua de travailler sur la chaise qu'il appelait maintenant celle de Robin, jusqu'à une heure avancée de la soirée. La dernière chose qu'il fit avant d'éteindre la lampe fut de souligner trois fois les mots « Hôtel Malmaison, Oxford » et d'entourer avec un feutre épais le nom « J. P. Agyeman ».

Le pays se traînait mollement vers la date des élections. Le dimanche, dès son réveil, Strike alluma la télévision et regarda les comptes rendus des gaffes, des promesses et des palinodies du jour, que commentaient des analystes politiques sur l'écran de son petit poste portatif. Le ton de toutes les émissions était empreint de morosité. La dette publique atteignait de tels sommets que les chiffres n'avaient plus de sens. Quel que fût le vainqueur, des coupes dans tous les budgets s'annonçaient, profondes, douloureuses ; et, parfois, avec leurs formules toutes faites et leurs circonlocutions, les leaders des partis rappelaient à Strike les chirurgiens qui, jadis, l'avaient prévenu qu'il risquait de ressentir « un certain inconfort », tout en sachant qu'ils n'éprouveraient jamais dans leur propre chair la douleur qu'ils se disposaient à lui infliger.

Le lundi matin, Strike partit pour Canning Town, au fond de la banlieue est, où il avait rendez-vous avec Marlene Higson, la mère biologique de Lula Landry.

Organiser cette entrevue n'avait pas été sans difficulté. Alison Cresswell, l'assistante de Bristow, avait téléphoné à Robin pour lui donner le numéro de portable de Mrs Higson, et Strike l'avait appelée lui-même. Bien que clairement déçue que l'inconnu au bout du fil ne fût pas un journaliste, elle avait d'abord accepté de le rencontrer. Puis elle avait rappelé le bureau, deux fois : la première, pour demander à Robin si le détective serait disposé à lui payer un taxi jusqu'au centre de Londres, à quoi la jeune femme avait répondu par la négative ; la seconde, pour annuler avec irritation le rendez-vous. Sur un nouvel appel de Strike, elle s'était laissé convaincre de le rencontrer dans un pub de son quartier, puis un message sur la boîte vocale du détective avait annulé une fois de plus.

Strike lui avait alors téléphoné une troisième fois, pour lui dire que son enquête entrait dans sa phase finale et qu'il ne tarderait pas à en apporter les conclusions à la police, ce qui, à n'en pas douter, conduirait à un nouveau déferlement médiatique. Si elle ne pouvait pas l'aider, avait-il ajouté insidieusement, elle ferait mieux de se protéger contre un nouveau déluge de questions indiscrètes de la part de la presse. Marlene Higson avait immédiatement proclamé son droit de dire tout ce qu'elle savait à qui bon lui semblerait, à commencer par lui-même, et Strike avait condescendu à la retrouver, comme elle l'avait déjà proposé, à la terrasse de l'Ordnance Arms, lundi matin à onze heures.

La ligne de métro vers Canning Town traversait Canary Wharf, avec les récentes extensions de la City sur l'emplacement des anciens docks, dont les hautes tours de bureaux, élégantes et futuristes, se détachaient sur l'horizon comme d'immenses doigts métalliques. Leur taille, comme la dette du pays, était impossible à évaluer quand on passait à distance. Mais à quelques minutes de là, on avait l'impression d'être à mille lieues de ce monde des affaires scintillant, où l'on portait des costumes sur mesure pour brasser des masses d'argent. Entassés derrière les résidences de luxe sur les quais de la Tamise où vivaient de nombreux financiers dans des appartements aménagés par des décorateurs en vogue, les immeubles de Canning Town exsudaient la pauvreté et la déshérence. Strike le savait depuis longtemps, car c'était là qu'habitait jadis le vieil ami qui lui avait fourni l'adresse de Brett Fearney, pour l'aider à obtenir les confidences de Wardle. Tournant le dos à Canary Wharf, il s'engagea dans Barking Road, le long de murs gris barbouillés de tags agressifs.

Il trouva l'Ordnance Arms à côté d'une boutique de bookmaker : un grand pub peint en blanc qui s'étirait le long d'un trottoir sale. L'intérieur était banal et fonctionnel, avec, pour toute décoration, une série de pendules en bois sur un mur couleur de terre cuite et un bout de moquette rouge couvert de motifs blanchâtres. Pour l'essentiel, l'espace était occupé par deux grandes tables de billard et un long bar qui laissait beaucoup de place aux buveurs. Pour le moment, l'établissement venait d'ouvrir et était encore complètement vide, à l'exception d'un petit vieux dans un coin et de la serveuse souriante, qui indiqua à Strike que la terrasse se trouvait derrière.

Ce n'était qu'un bout de terrain sinistre, entouré de murs en ciment, contenant plusieurs poubelles et une seule table en bois, où une femme était assise sur une chaise en plastique, ses grosses jambes croisées, une cigarette collée aux lèvres. Le mur était surmonté de fil de fer barbelé et un vieux sac de supermarché s'y était accroché, qui s'agitait dans la brise. Au-delà s'élevait une tour d'habitation peinte en jaune pisseux, dont les balcons en béton encrassé portaient tous les signes de l'existence miséreuse que les occupants devaient y mener.

« Mrs Higson ?

— Appelez-moi Marlene, mon petit. »

Elle l'observa de la tête aux pieds, avec un regard d'experte et un sourire peu enthousiaste. Elle portait un débardeur en Lycra rose sous un blouson en acrylique vert bouteille ouvert sur ses gros seins pendants, et des leggings qui s'arrêtaient quelques centimètres au-dessus de ses chevilles nues et grisâtres. À ses pieds, des savates malpropres, et, à ses doigts, de nombreuses bagues dorées. Ses cheveux jaunes, aux racines d'un brun grisonnant, étaient retenus en une queue de cheval par un chouchou qu'elle n'avait pas dû souvent laver.

« Je peux vous offrir un verre ?

— Chuis pas contre une pinte de Carling, si vous insistez. »

Sa manière de tendre son corps vers lui, d'écarter quelques fils de cheveux de ses yeux aux poches marquées, et même de tenir sa cigarette, était d'une coquetterie grotesque ; mais peut-être ne connaissait-elle pas d'autre façon de se comporter en présence d'un homme. Strike la trouva à la fois pitoyable et répugnante.

« Un choc ? dit Marlene Higson quand il revint avec les deux pintes de bière et s'assit en face d'elle. Et comment, que ça m'a fait un choc ! Moi que je la croyais perdue… Sûr, ça m'a presque brisé le cœur, quand elle est partie avec l'assistante sociale, mais j'ai pensé que ça valait mieux pour elle, pas vrai ? Sinon, j'aurais jamais eu le courage. J'ai cru qu'elle aurait tout ce que j'avais jamais eu. J'ai grandi dans la misère, la vraie. On avait rien à la maison. Rien. »

Elle détourna les yeux, tirant très fort sur sa Rothmans ; quand ses lèvres se serraient autour du filtre de la cigarette, on aurait dit le trou du cul d'un chat.

« Et puis, y avait Dez. Mon copain. L'était pas très chaud pour la garder, parce qu'elle était black. Alors, c'était évident qu'elle était pas de lui, vous comprenez ? Ils ont la peau qui noircit, ces bébés. Quand elle est née, elle était presque blanche. Mais Dez ou pas Dez, je l'aurais pas abandonnée si j'avais pas été sûre qu'elle aurait une meilleure vie qu'avec moi, et j'ai pensé : elle me regrettera pas, elle est trop petite pour se souvenir. Je lui donne un bon départ dans la vie, et p't-êt' qu'un jour, quand elle sera grande, eh ben ! elle me retrouvera. Allez savoir, hein ? Et voilà, mon rêve s'est réalisé, ajouta-t-elle avec un pathos consternant. Elle est revenue. Elle m'a trouvée.

« Je vais vous dire un truc vraiment bizarre, d'accord ? poursuivit-elle sans reprendre son souffle. Un vieux pote à moi m'a dit, juste une semaine avant qu'elle m'appelle : "Marlene, tu sais à qui tu ressembles ?", qu'y m'a dit. J'y ai répondu : "Arrête tes conneries !", mais y m'a dit : "Si, je te jure ! Le haut de la figure. Juste là, au-dessus des yeux." » Elle joignit le geste à la parole. « Et la forme des sourcils, vous voyez ? »

Elle regarda Strike avec espoir, mais il ne trouva pas le courage de lui mentir. Il semblait impossible que le visage de Néfertiti fût issu de cette masse de chair grise et couperosée.

« Ça se voit mieux sur les photos de moi plus jeune, insista-t-elle d'un air piqué. Enfin, l'important, c'est ce que je disais : je voulais qu'elle ait une belle vie, ma petite fille. Sauf qu'y l'ont donnée à ces salauds. Excusez-moi si je dis ce que je pense. Si j'avais su, je l'aurais gardée. J'y ai dit, à Lula, et ça l'a fait pleurer, une fois. Je l'aurais gardée, je l'aurais jamais laissée partir.

« Sûr qu'elle m'en a raconté, des choses. Elle a tout déversé. Elle s'entendait pas mal avec son père, Sir Alec. Lui, je crois qu'il était pas méchant. Mais sa mère, c'est une fêlée ! Oh, oui. Complètement dérangée. Et bourrée de pilules. Une de ces radasses de la haute qui prennent des pilules pour leurs nerfs, vous voyez le genre ? Moi, elle pouvait me parler, Lula. Au naturel. Y avait un lien entre nous, pas vrai ? Les liens du sang, ça s'efface pas.

« Elle avait peur de ce qu'elle ferait, la rombière, si qu'elle s'apercevait qu'elle cherchait sa vraie mère. Ça l'inquiétait, comment qu'elle réagirait, cette vache, si les journalistes apprenaient pour nous deux. Seulement, voilà : quand on est célèbre comme Lula, y finissent toujours par tout savoir, ces charognes. Mais ce qu'ils peuvent raconter comme bobards ! s'indigna Marlene. Les trucs qu'ils ont dégoisés sur moi dans leurs canards ! À gerber. J'aurais dû porter plainte. D'ailleurs, c'est pas dit que je le ferai pas.

« Qu'est-ce que je disais ? Ah oui, sa mère. J'ai dit à Lula : "Pourquoi que tu te pourris la vie avec ça, chérie, de toute façon, moi je dis que moins tu les vois, mieux tu te portes. Laisse-les gueuler si ça les défrise qu'on se voye." Mais c'était une bonne fille, Lula. Elle a continué à aller les voir, par devoir.

« Seulement, elle avait sa vie et elle faisait ce qui lui plaisait, pas vrai ? Elle avait son Evan. Son chéri. J'y ai dit que j'étais pas d'accord, remarquez, dit Marlene Higson en prenant de grands airs vertueux. Oh, oui. La drogue, j'en ai trop vu se démolir avec ça. Mais je dois reconnaître, c'est un bon gars si qu'on creuse un peu sous les apparences. Et il était pour rien dans sa mort. Ça, je peux vous le dire.

— Vous l'avez rencontré ? demanda Strike.

— Non, mais elle l'a appelé une fois devant moi et je les ai entendus au téléphone, et c'était un gentil couple. Vraiment mimis, tous les deux. Non, on me fera pas dire du mal d'Evan. Il était pour rien dans sa mort, c'est prouvé. Si qu'il était devenu clean, j'y aurais donné ma bénédiction, même. J'y disais, à Lula : "Amène-le, que je voye s'y me plaît !" Mais non, jamais. Il avait toujours un truc à faire, qu'elle me disait. Un beau garçon, avec ça, on le voit sur les photos.

— Elle vous a parlé de ses voisins ?

— Ce Fred Beastigwee ? Oui, sûr qu'elle m'en a parlé. Qu'y la zieutait quand elle passait. Et qu'y lui proposait des rôles dans ses films. J'y disais, à Lula : pourquoi pas ? Ça sera peut-être marrant. Et même si ça l'est pas, ça ferait combien, un demi-million en plus dans la caisse, pas vrai ? »

Ses yeux injectés de sang fixèrent le vide et elle sembla momentanément fascinée, perdue dans la contemplation de sommes si énormes qu'elles dépassaient son imagination, telle une image de l'infini. Le seul fait d'en parler était comme goûter la puissance de l'argent, rouler dans sa bouche des rêves de richesse.

« Et Guy Somé, elle vous en parlait ?

— Oh, oui, elle l'aimait bien, il était gentil avec elle. Même si en matière de fringues, je préfère des trucs plus classiques. Ses frusques à la noix, c'est pas mon style. »

Elle se pencha pour écraser sa cigarette dans le cendrier, d'un geste exagérément délicat, et le débardeur en Lycra rose bonbon, serré sur les bourrelets de graisse que marquait la ceinture de ses leggings, se gonfla encore davantage.

« "C'est comme mon frère", qu'elle me disait. Et je répondais : "Qu'est-ce que t'en as à foutre, d'un frère qu'est même pas le vrai ? Ça serait pas mieux si tu rencontrais mes garçons ? Si qu'on les cherchait toutes les deux, hein ?" Mais non, ça l'intéressait pas.

— Vos garçons ?

— Mes fils, mes autres enfants. Oui, j'en ai eu encore deux après elle : un avec Dez, et un autre plus tard. Eux aussi, les services sociaux les ont placés, ces salauds, mais j'y disais, à Lula : "Avec ton argent, on pourrait les retrouver, donne-m'en un peu, chais pas, deux mille, trois mille, et je pourrai payer quelqu'un pour qu'y les trouve sans tout déballer à la presse, je m'en occuperai, personne viendra t'embêter." Sauf que Lula, ça l'intéressait pas, répéta Marlene.

— Vous savez où sont vos fils ?

— On me les a pris quand ils étaient encore bébés, chais pas où qu'ils sont maintenant. Je vais pas vous mentir : depuis toute petite, j'en ai pris plein la gueule. Une vie dure. Très dure. »

Et elle la lui raconta. Une histoire sordide peuplée d'hommes violents, chargée d'alcoolisme et d'ignorance, d'abandon et de pauvreté, et d'où l'instinct animal de survie avait évincé les enfants, car leur éducation demandait des talents que Marlene Higson n'avait jamais possédés.

« Donc, vous ne savez pas où se trouvent vos deux fils à l'heure actuelle ? répéta Strike vingt minutes plus tard.

— Mais non, putain ! Comment vous voulez que je le sache ? répondit Marlene, que son long récit avait rendue agressive et amère. De toute façon, ça l'intéressait pas, je vous dis. Un frère blanc, elle en avait déjà un, l'avocat, et ce qu'elle cherchait, c'était sa famille noire. C'est ça qu'elle voulait vraiment.

— Elle vous a posé des questions sur son père ?

— Ouais, et j'y ai dit tout ce que je savais. Un étudiant africain, c'était. Il habitait juste au-dessus de chez moi, un peu plus haut, là, dans Barking Road, avec deux potes à lui. Maintenant, y a un bookmaker au rez-de-chaussée. Un beau garçon, c'était. Il m'aidait à porter mes courses. »

À entendre Marlene Higson, la cour du jeune Africain s'était déroulée dans un climat de respectabilité presque victorienne, comme si, pendant des mois de

446

fréquentation, ils n'étaient pas allés au-delà de quelques sourires et quelques poignées de main.

« Alors, comme il m'aidait souvent, un jour – mais pour lui dire merci, pas plus, hein ? –, j'y ai dit : "Tu veux pas entrer boire une tasse de thé ?" J'ai pas de préjugés, moi, pour moi tout le monde est pareil. "Une tasse de thé ?", et c'est tout. Et puis, poursuivit Marlene, comme si la dure réalité reprenait le dessus parmi de vagues souvenirs de théières et de napperons, voilà qu'un jour je me suis rendu compte que j'étais en cloque.

— Vous le lui avez dit ?

— Sûr que j'y ai dit ! Et il arrêtait pas de répéter qu'il allait m'aider, et prendre ses responsabilités, et bosser dur pour le bébé, pour que j'aie pas de problèmes, et tout et tout. Et puis, patatras, les vacances sont arrivées. Y m'a dit qu'il allait revenir, maugréa Marlene, méprisante, mais vous connaissez la suite. J'en ai plus entendu parler. Comme tous les mecs. Tous pareils. Qu'est-ce que je pouvais faire, moi, prendre un bateau pour l'Afrique et aller le chercher ?

« Mais vous savez, pour moi, c'était pas la fin du monde. J'y tenais pas tant que ça, à ce garçon. Même qu'à ce moment-là, je sortais déjà avec Dez. Ça le dérangeait pas trop, Dez, que j'aie déjà le ballon. Alors, je me suis installée avec lui pas très longtemps après le départ de Joe.

— Joe ?

— C'est comme ça qu'y s'appelait. Joe. »

Elle débitait son récit avec conviction, mais peut-être, pensa Strike, parce qu'elle avait répété ces mensonges si souvent que l'histoire était devenue toute naturelle, automatique.

« Et son nom de famille ?

— Hmm… M'en souviens plus. Vous êtes comme elle, hein ? Mais c'était y a presque vingt-cinq ans, chéri ! Mumumba, dit Marlene avec désinvolture. Ou un nom comme ça.

— Ça ne pouvait pas être Agyeman ?

— Non.

— Ou Owusu ?

— Je viens de vous le dire, lança-t-elle sèchement. C'était Mumumba ou un truc dans ce genre.

— Pas Macdonald ? Ou Wilson ?

— Vous vous foutez de moi ? Macdonald ? Wilson ? Un Africain ? »

Strike conclut que sa relation avec le jeune homme n'était jamais allée jusqu'à l'échange des noms complets.

« Et il était étudiant, vous m'avez dit ? Qu'est-ce qu'il étudiait ?

— Chais pas. Des cours à l'université, dit Marlene vaguement.

— Laquelle, vous vous rappelez ?

— J'en sais rien, moi ! », s'impatienta-t-elle. Elle se tut quelques instants, puis reprit, d'un ton plus conciliant : « Ça vous embête pas si je vous taxe une clope ?

— Non, bien sûr, servez-vous. »

Elle alluma une cigarette avec son briquet en plastique, aspira avec enthousiasme, puis déclara, un peu amadouée par le tabac :

448

« C'était p't-êt' en rapport avec un musée. Comme un attaché, voyez ?

— Il était attaché à un musée ?

— Oui, parce que je me rappelle qu'y disait : "Je visite parfois le musée pendant mon temps libre." »

Son imitation donnait à l'étudiant africain les intonations d'un aristocrate de comédie. Elle souriait avec dédain, comme si ce genre de distraction était absurde, ridicule.

« Vous vous rappelez quel musée il visitait ? interrogea le détective.

— Le... le musée d'Angleterre, ou chais pas quoi », dit-elle. Puis, avec irritation : « Vous êtes comme elle. Comment vous voulez que je me rappelle après tout ce temps ?

— Et vous ne l'avez jamais revu après son départ pour l'Afrique ?

— Non. Et j'espérais rien. » Elle but une gorgée de bière. « Y doit être mort, maintenant.

— Pourquoi dites-vous ça ?

— L'Afrique, pas vrai ? Il a dû se faire descendre, ou mourir de faim. Vous savez comment c'est, là-bas. »

Strike le savait. Il se rappelait les rues grouillantes et bigarrées de Nairobi ; la vue aérienne de la forêt vierge en Angola, dans la brume suspendue au-dessus du faîte des arbres, et, depuis l'hélicoptère, la beauté soudaine, à couper le souffle, d'une chute d'eau dans un flanc de montagne luxuriant ; et une femme masaï, son bébé au sein, assise sur une caisse retournée pendant que Strike la questionnait laborieusement sur ses violeurs et que Tracey manœuvrait le caméscope à côté de lui.

« Vous savez si Lula a essayé de retrouver son père ?

— Ouais, elle a essayé, grommela Marlene en haussant les épaules.

— Elle s'y est prise comment ?

— Je crois qu'elle est allée à l'université. Fouiller dans les archives.

— Mais si vous me dites que vous ne savez plus laquelle…

— Chais pas, elle a cru qu'elle avait trouvé la bonne, ou quelque chose, mais lui, elle l'a pas trouvé, non. Peut-être que je me rappelais pas bien son nom. Mais elle en parlait tout le temps : à quoi qu'y ressemblait, où il étudiait. J'y ai dit : il était grand et maigre, et t'as de la chance d'avoir hérité de mes oreilles, pas des siennes, parce que t'aurais jamais été mannequin si t'avais eu ses oreilles d'éléphant.

— Lula vous parlait de ses amis ?

— Oh, oui. Y avait la petite salope noire, Raquelle ou chais pas quoi. Toujours à soutirer des cadeaux à Lula. Oh, elle s'est bien débrouillée : des fringues de marque, et des bijoux, et chais pas quoi d'autre. Une fois, j'ai dit à Lula : "Tu sais, chérie, ça serait pas du luxe si tu me payais un nouveau manteau." Mais c'est tout. Une seule fois. Chuis pas du genre à mendier, vous savez. Alors que cette Raquelle, elle se gênait pas pour demander. »

Elle renifla et finit sa bière.

« Vous avez rencontré Rochelle ?

— C'était ça, son nom ? Ouais, une fois. Elle a débarqué dans une grosse Mercedes avec chauffeur, pour chercher Lula qu'était chez moi. Elle me regardait par la fenêtre en prenant des airs de grande dame. Tout ça doit lui manquer maintenant. Affamée de fric, cette petite saleté.

« Et puis, y avait la Ciara Porter, poursuivit Marlene, avec, si c'était possible, encore plus de ressentiment. Celle qu'a couché avec Evan la nuit où Lula est morte. Dans le genre salope, elle est encore pire.

— Vous l'avez rencontrée ?

— J'ai vu ses photos dans les journaux. Et pour sûr que j'ai lu toute l'histoire. Il est allé chez elle, pas vrai, après s'être engueulé avec Lula dans cette boîte ? Chez la Ciara. Une de ces filles qu'ont le feu au cul. »

Plus Marlene Higson parlait, plus il devenait clair que Lula avait tenu sa mère biologique fermement à l'écart de son cercle d'amis, et que, à l'exception d'un bref aperçu de Rochelle dans une voiture, les opinions et les déductions de Marlene sur le milieu où évoluait sa fille se fondaient exclusivement sur les comptes rendus des tabloïds dont elle était une consommatrice assidue.

Strike alla commander deux autres pintes de bière, puis écouta Marlene lui décrire le choc et l'horreur qu'elle avait ressentis en apprenant (de sa voisine, qui était accourue chez elle avec la nouvelle au petit matin du 8 janvier) que sa fille avait fait une chute mortelle du haut de son balcon. Quelques questions précautionneuses lui révélèrent qu'au moment de sa mort, Lula n'avait pas vu Marlene depuis deux mois. Strike écouta ensuite une diatribe sur le traitement qu'elle avait reçu de la famille adoptive de la belle métisse à la suite de son décès.

« Ils voulaient pas de moi dans leurs pattes, surtout son salopard d'oncle Tony. Tony Landry, vous l'avez rencontré, celui-là ? J'y ai téléphoné pour qu'il me dise l'adresse, pour les obsèques, et tout ce que j'ai eu comme réponse, c'est des menaces. Oui, oui. Des menaces ! J'y ai dit : "Chuis sa mère, monsieur, j'ai le droit d'y aller !" Mais y m'a dit que non, j'étais pas sa mère, que sa vraie mère, c'était l'autre folle, là, *Lady* Bristow. C'est drôle, que j'y ai dit, parce que je me rappelle très bien qu'elle est sortie de *ma* foufoune. Pardon, mais c'est la vérité. Alors, y m'a dit que je faisais du tort à la famille, parce que je parlais à la presse, et gare à moi si je continuais à les emmerder.

« Mais c'est *eux* qui sont venus me trouver ! dit-elle à Strike avec fureur en désignant la tour d'habitation jaunâtre qui les surplombait. Les paparazzi ! Y m'ont trouvée et y sont venus sonner à ma porte. Alors, pour sûr que je leur ai raconté mon histoire ! Pourquoi que je l'aurais pas fait, vous pouvez me le dire ?

« Bon, je voulais pas de scène, pas aux obsèques de ma fille. Surtout pas de scandale. Mais pas question non plus qu'on m'écarte comme si j'existais pas ! J'y suis allée et je me suis assise dans le fond. J'ai vu cette salope de Rochelle, assise pas loin. Elle me jetait des regards comme si j'étais de la merde. Mais pour finir, personne m'a empêchée de venir.

« Ils ont eu ce qu'ils voulaient, sa putain de famille, hein ? Mais moi, rien ! Pas un kopeck. C'est pas ce que Lula aurait voulu, ça, j'en suis sûre. Elle aurait voulu que je touche quelque chose. C'est pas que son argent m'intéressait, dit Marlene avec un air de dignité. Pas du tout. Pour moi, c'était pas une question de fric. Elle est morte, ma fille, et maintenant rien la remplacera, même pas dix mille, même pas cent mille.

« Seulement, elle aurait été furieuse si elle avait su qu'on m'avait rien donné, insista-t-elle. Tout ce pognon à des gens qu'en ont pas besoin ! C'est pas une honte, ça ? Mes copines voulaient pas me croire quand je leur ai dit que j'avais touché bernique. Même pour mon loyer, j'ai du mal à payer tous les mois, et ma propre fille a laissé des millions. Mais c'est comme ça. Comme ça que les riches restent riches, pas vrai ? Ils en avaient pas besoin, mais pour ces gens-là, un peu plus, c'est jamais de refus. Je sais pas comment ce Landry arrive à se regarder dans la glace, mais c'est pas mon affaire.

— Lula vous avait dit qu'elle comptait vous laisser quelque chose ? Elle a parlé d'un testament ? »

Marlene sembla soudain flairer un effluve d'espoir.

« Oh, oui, elle m'a dit qu'elle s'occuperait de moi, oui. Que je serais plus dans le besoin, elle disait. Vous croyez que j'aurais dû le dire à quelqu'un ? En parler aux flics ? Ou aux journaux ?

— Je pense que cela n'aurait fait aucune différence, à moins qu'elle ait fait un testament et vous ait officiellement laissé un héritage », dit Strike.

Le visage de Marlene Higson reprit son expression morose.

« Sûr qu'ils l'ont détruit, ces salauds. Ils en sont capables, vous savez ? C'est des gens comme ça. Prêts à tout. Chuis sûre que son salaud d'oncle Tony aurait pas hésité une minute. »

5

« Je suis désolée qu'il ne vous ait pas répondu, dit Robin à son interlocutrice. Mr Strike est extrêmement occupé ces temps-ci. Donnez-moi votre nom et votre numéro, et je lui dirai de vous rappeler cet après-midi.

— Oh, ce n'est pas la peine », dit la femme. Sa voix était agréable, cultivée, un peu rauque, laissant imaginer un rire hardi et sensuel. « Je n'ai pas vraiment besoin de lui parler. Pourriez-vous simplement lui transmettre un message ? Je voulais le prévenir, c'est tout. C'est... c'est un peu embarrassant, et ce n'est pas de cette façon que je... Enfin, peu importe. Pourriez-vous lui dire que Charlotte Campbell a appelé, et que je viens de me fiancer à Jago Ross ? Je ne voudrais pas qu'il l'apprenne de quelqu'un d'autre, ou qu'il le lise dans la presse. Les parents de Jago ont déjà publié une annonce dans le *Times*. C'est très gênant.

— Oh. Très bien, dit Robin, l'esprit soudain aussi paralysé que son stylo.

— Merci beaucoup, euh... Robin, vous m'avez dit ? Merci. Au revoir. »

Charlotte raccrocha la première. Robin replaça lentement le combiné sur son socle, avec une profonde anxiété. Elle n'avait aucune envie d'annoncer une telle nouvelle. Peut-être n'était-elle qu'une intermédiaire, mais ce serait comme si elle s'en prenait à la volonté de Strike de garder le secret sur sa vie privée et d'éviter de parler des cartons sur le palier, de son lit de camp et des restes de ses repas du soir dans la corbeille.

Robin réfléchit aux options qui s'offraient à elle. Elle pouvait oublier de transmettre le message, se borner à dire que Charlotte avait téléphoné et laisser celle-ci se charger toute seule de sa sale besogne (ce fut l'expression qui lui vint à l'esprit). Mais si Strike se refusait à la rappeler et qu'une autre personne lui révélait ces fiançailles ? Robin n'avait aucun moyen de savoir si le détective et son ex (petite amie ? fiancée ? femme ?) avaient de nombreux amis en commun. Si un jour Matthew ne l'aimait plus, s'il décidait d'en épouser une autre (et cette seule idée lui serra le cœur), leurs deux familles et tous leurs amis proches se sentiraient concernés, et se feraient un devoir de la mettre en face de la réalité le plus vite possible ; or, elle préférerait sans aucun doute être informée de la manière la plus discrète et la moins publique qui soit.

Quand elle entendit Strike monter l'escalier une heure plus tard, parlant apparemment au téléphone avec bonne humeur, Robin sentit l'angoisse lui crisper le ventre comme avant un examen. Il poussa la porte et elle constata qu'il ne téléphonait pas, mais rappait entre ses dents. Elle se sentit encore plus mal à l'aise.

« *Au cul les médocs et les Johari* », marmonnait-il

sur un rythme binaire. Il portait sous son bras une grosse boîte en carton, dont le dessin indiquait qu'elle contenait un ventilateur électrique. « Bonjour ! lança-t-il avec allégresse en la voyant.

— Bonjour.

— J'ai pensé que nous pourrions installer ce truc dans un coin. Il fait trop chaud ici.

— Oui, bonne idée.

— Je viens d'écouter Deeby Macc dans la boutique, dit Strike, posant la boîte et ôtant sa veste. Je sais que le morceau s'appelle *Hydroquinone*. Quelque chose sur les Ferrari, les médocs et les Johari. Je me demandais qui c'étaient, les Johari. Des musiciens avec qui il est en bisbille ?

— Non, dit Robin, consternée de le voir si jovial. C'est un terme de psycho. Les fenêtres de Johari. En rapport avec la conscience que nous avons de nous-mêmes, et que les autres ont de nous. »

Strike était en train d'accrocher sa veste, et il s'immobilisa.

« Vous n'avez pas lu ça dans un magazine ?

— Non. J'ai fait psycho à l'université. Mais j'ai laissé tomber. »

Elle sentit obscurément qu'elle préparerait peut-être un peu le terrain en lui parlant d'un de ses échecs personnels avant de lui annoncer la mauvaise nouvelle.

« Vous avez laissé tomber l'université ? » Il semblait curieusement intéressé. « C'est une coïncidence. Moi aussi. Alors, pourquoi "au cul les Johari" ?

— Deeby Macc a suivi une thérapie en prison. Il s'est passionné pour la psycho et il a lu pas mal de livres sur le sujet. Ça, oui, je le tiens des magazines, ajouta-t-elle.

— Vous êtes une mine d'informations. »

Elle sentit son estomac se nouer de nouveau. Puis elle se décida :

« Quelqu'un a appelé tout à l'heure. Une certaine Charlotte Campbell. »

Il leva aussitôt les yeux, fronçant les sourcils.

« Elle m'a demandé de vous transmettre un message. » Le regard de Robin se détourna légèrement et s'arrêta sur le mur derrière l'épaule de Strike. « Elle m'a dit de vous dire qu'elle venait de se fiancer à Jago Ross. »

Elle ne put s'empêcher de le regarder en face, et fut glacée d'horreur.

Un des souvenirs d'enfance les plus anciens et les plus vifs de Robin était celui du jour où il avait fallu faire piquer le chien de la maison. Elle était trop jeune pour comprendre ce que disait son père et considérait que l'existence de Bruno, le labrador bien-aimé du plus âgé de ses frères, était comme l'alternance des saisons : une de ces choses qui ne finissent jamais. Déconcertée par l'expression solennelle de ses parents, elle s'était tournée vers Stephen pour tenter de comprendre ce qui se passait, et avait senti toute sa sécurité d'enfant heureuse se craqueler d'un coup, car, pour la première fois de sa courte vie, elle avait vu la belle humeur habituelle de son frère s'effacer de son visage rond et joyeux, puis ses lèvres blanchir et s'ouvrir en silence. L'espace d'un instant interminable, le désespoir le plus noir s'était installé dans la pièce, puis avait retenti sa terrible clameur de détresse. Robin avait ensuite beaucoup pleuré, non pour Bruno, mais pour la terrifiante douleur de son grand frère.

Strike ne parla pas tout de suite. Au bout de quelques secondes, il articula avec difficulté :

« Je vois. Merci. »

Puis il disparut dans son bureau et referma la porte.

Robin se rassit. Elle avait l'impression d'être un bourreau qui venait d'accomplir son œuvre, et ne put se concentrer sur rien. Elle eut l'idée de frapper à la porte pour proposer à son patron une tasse de thé, mais se ravisa. Durant cinq minutes, elle rangea les objets devant elle, jetant régulièrement des coups d'œil au battant de séparation, jusqu'à ce qu'il se rouvrît ; alors, elle sursauta et fit mine de taper quelque chose sur son clavier.

« Robin, je sors un moment, dit-il.

— Très bien.

— Si je ne suis pas rentré à cinq heures, je vous laisse fermer la porte.

— Bien sûr.

— À demain. »

Il prit sa veste et sortit d'un pas énergique dont elle ne fut pas dupe.

Le chantier de Charing Cross Road s'étendait comme une gangrène : chaque jour, le chaos se propageait un peu plus loin, avec les installations temporaires en bois et en plastique pour protéger les piétons et leur permettre de franchir la vaste surface dévastée par les pelleteuses. Mais Strike n'en remarqua rien. Il marcha automatiquement sur une passerelle de planches tremblantes jusqu'au Tottenham, le lieu qu'il associait à la fuite et au refuge.

Comme à l'Ordnance Arms, il n'y avait qu'un seul client dans le pub, un vieil homme à une table près de la porte. Strike se commanda une pinte de Doom Bar et s'assit sur une des banquettes basses en cuir rouge contre le mur, presque au-dessous de la demoiselle victorienne sentimentale qui répandait des pétales de rose, avec son air doux de nunuche bienheureuse. Il but comme si sa bière était un médicament, sans plaisir, attendant le résultat.

Jago Ross. Elle avait dû lui parler et probablement le revoir quand ils vivaient encore ensemble. Même Charlotte, malgré son pouvoir d'envoûtement sur les hommes, son stupéfiant talent pour les manipuler, n'avait pu passer du stade des retrouvailles à celui des fiançailles en trois semaines. Sans doute avait-elle rencontré Jago en douce, sans cesser de jurer à Strike un amour éternel.

Cette certitude jetait une lumière très différente sur la bombe qu'elle lui avait lancée un mois avant la fin de leur histoire, sur son refus de lui apporter des preuves, sur les dates changeantes et sur sa conclusion soudaine. Jago avait déjà été marié, et il avait des enfants. La rumeur avait appris à Charlotte qu'il buvait beaucoup, et elle en avait ri avec Strike en pensant au sort auquel elle avait échappé seize ans plus tôt. Elle avait exprimé de la compassion pour sa femme.

Strike prit une deuxième pinte, puis une troisième, puis une quatrième. Il voulait noyer son envie – brûlante et crépitante comme une décharge électrique – d'aller la retouver, de hurler et de tout casser, à commencer par la mâchoire de Jago Ross.

Il n'avait rien mangé à l'Ordnance Arms, ni depuis qu'il en était parti, et il y avait longtemps qu'il n'avait pas absorbé autant d'alcool en une fois. Il ne lui fallut qu'une heure de consommation solitaire, continue et déterminée pour être complètement saoul.

D'abord, quand une mince silhouette aux joues pâles s'approcha de sa table, il lui dit d'une voix pâteuse qu'elle se trompait de personne.

« Non, dit Robin fermement. Et je vais prendre un verre aussi, vous permettez ? »

Elle posa son sac sur le tabouret en face de lui et le laissa fixer le cuir noir d'un œil vitreux. C'était un objet familier, rassurant, plus tout neuf. D'habitude, elle l'accrochait à la patère près de son bureau. Il lui sourit amicalement et leva son verre dans sa direction comme si c'était une personne.

Au bar, le garçon, un jeune homme à l'air timide, dit à Robin :

« Je crois qu'il a son compte.

— Vous n'aviez qu'à ne plus le servir », répliqua-t-elle.

Elle avait cherché Strike à l'Intrepid Fox, le pub le plus proche du bureau, puis au Molly Moggs, au Spice of Life et au Cambridge. Enfin, elle avait tenté le Tottenham, prête à laisser tomber si elle ne l'y trouvait pas.

« Qu'est-ce qu'il y a ? demanda le détective affalé sur sa banquette quand elle revint s'asseoir.

— Rien, répondit Robin, buvant une gorgée de son demi de bière blonde. Je voulais m'assurer que vous alliez bien.

— Je vais très bien », dit Strike. Puis, avec un effort d'élocution : « Très bien.

— Tant mieux.

— Je voulais fêter les fiançailles de ma fiancée, dit-il, se redressant et soulevant sa onzième pinte d'un geste mal assuré. Elle aurait jamais dû le quitter. Jamais ! dit-il soudain haut et fort. L'Honorable Jago Ross. Qui est le roi des *connards* ! »

Il cria presque le dernier mot. Il y avait plus de clients dans le pub que lorsque Strike était arrivé, et la plupart semblèrent l'avoir entendu. Avant même qu'il ne crie, ils lui avaient jeté des regards par en dessous, et sa stature, avec ses paupières tombantes et son expression belliqueuse, avait provoqué la formation d'une sorte de *no man's land* autour de lui : les gens contournaient sa table pour se rendre aux toilettes comme si elle faisait plusieurs mètres de circonférence.

« Si nous marchions un peu ? proposa Robin. Pour aller manger quelque chose ?

— Vous savez quoi ? dit-il en se penchant vers elle, les coudes sur la table, manquant de renverser sa pinte. Vous savez quoi, Robin ?

— Quoi ? », dit-elle en retenant le verre vacillant.

Elle fut soudain prise d'une forte envie de pouffer de rire. La plupart des autres buveurs les observaient avec une curiosité à peine déguisée.

« Z'êtes une fille bien, dit Strike. Oui, oui. Une fille vachement bien. Je m'en suis aperçu, vous savez ? » Il hocha solennellement la tête. « Oui. M'suis aperçu.

— Merci », dit-elle, souriant et s'efforçant de ne pas rire.

Il s'appuya au dossier de la banquette et ferma les yeux.

« 'Scusez-moi. J'suis bourré.

— Je vois…

— Ça fait longtemps que ça m'était pas arrivé.

— Sûrement.

— Et puis, j'ai rien mangé.

— Si nous sortions manger un morceau, alors ?

— Oui, on pourrait », répondit-il, les yeux toujours fermés. Une pause de plusieurs secondes. Puis : « Elle m'a dit qu'elle était enceinte.

— Oh…, murmura Robin, tristement.

— Oui. M'a dit ça, ma fiancée. Puis, elle m'a dit qu'elle l'était plus. Ça ne pouvait pas être mon enfant. Les dates collaient pas. »

Robin ne dit rien. Elle ne voulait pas qu'il se rappelle lui avoir fait cette confidence une fois qu'il aurait dessaoulé. Il rouvrit les yeux.

« Elle m'a quitté pour lui, et maintenant elle l'a quitté pour… Non, c'est moi qu'elle a quitté pour lui.

— Je suis désolée.

— … quitté pour lui. Non, soyez pas désolée. Z'êtes une fille bien, Robin. »

Il tira son paquet de cigarettes de sa poche et en glissa une entre ses lèvres.

« Vous ne pouvez pas fumer ici », lui rappela-t-elle doucement.

Le barman, qui semblait avoir attendu cet instant, accourut vers la table en toute hâte, avec une expression tendue.

« C'est interdit de fumer à l'intérieur ! », lança-t-il d'une voix forte.

Strike leva vers lui ses yeux troubles, l'air surpris.

« Ne vous inquiétez pas, nous partons, dit Robin au jeune homme, en prenant son sac. Venez, Cormoran. »

Il se leva, massif, laid, titubant, dépliant son grand corps dans l'espace étroit entre la table et le mur et jetant au barman un regard mauvais. Robin ne s'étonna pas de voir celui-ci faire un pas en arrière.

« Pas la peine de crier, lui dit Strike. Pouvez rester poli, non ?

— C'est bon, Cormoran, allons-y, dit Robin en s'écartant pour le laisser passer.

— Une seconde, dit le détective, levant sa grosse main. Une seconde, Robin.

— Oh, Seigneur ! murmura Robin pour elle-même, les yeux au ciel.

— T'as déjà fait de la boxe ? demanda Strike au barman, qui sembla aussitôt terrifié.

— Cormoran ! Allons-nous-en.

— Parce que moi, j'ai été boxeur. Dans l'armée, mec. »

Du bar, un petit malin lança :

« Peut-être pas dans cet état.

— Allons-nous-en, Cormoran », répéta Robin.

Elle le prit par le bras, et, à sa surprise et à son soulagement, il la suivit avec une totale docilité. Elle se rappela l'énorme cheval Clydesdale que son oncle fermier conduisait autrefois par la bride.

Dehors, dans l'air frais, Strike s'appuya à une des fenêtres du Tottenham et tenta en vain d'allumer sa cigarette. Après plusieurs efforts, Robin dut lui tenir son briquet.

« Ce dont vous avez besoin, c'est de manger, lui dit-elle d'un ton sérieux, tandis qu'il fumait avidement, les yeux de nouveau fermés, penché si fort en avant qu'elle craignit qu'il ne tombe. Ça vous aidera à des-saouler.

— J'ai pas envie de dessaouler », marmonna Strike.

Soudain, il chancela et ne garda l'équilibre qu'en faisant plusieurs petits pas de côté.

« Venez », dit-elle.

Elle le guida sur la passerelle au-dessus du gouffre qui s'ouvrait dans la chaussée, où le vacarme assour-dissant des machines et des ouvriers qui s'interpel-laient avait enfin cessé.

« Robin, vous le saviez, vous, que j'avais été boxeur ?

— Non, je ne savais pas », dit-elle.

Son idée était de le ramener au bureau pour l'y faire manger et boire un café bien fort, mais il s'arrêta devant l'échoppe d'un marchand de kebabs au coin de Denmark Street et entra en titubant avant qu'elle eût le temps de l'arrêter. Assis à l'unique table sur le trot-toir, ils mangèrent leurs brochettes et il entreprit, labo-rieusement, de lui parler de sa carrière de boxeur dans l'armée, non sans lui répéter à intervalles réguliers qu'elle était « une fille bien ». Elle réussit à le persua-der de ne pas parler trop fort ; mais l'effet de tout l'al-cool qu'il avait ingurgité se faisait encore sentir, et la nourriture n'y changeait pas grand-chose. Quand il dis-parut pour aller aux toilettes, il y resta si longtemps qu'elle eut peur qu'il ne soit tombé dans un coma éthy-lique.

Regardant sa montre, elle vit qu'il était déjà sept heures et quart. Elle appela Matthew pour l'avertir qu'elle devait s'occuper d'une urgence, et il accueillit cette annonce avec mauvaise humeur.

464

Strike revint sur le trottoir en se cognant contre l'encadrement de la porte. Il se planta fermement devant la vitrine et tenta d'allumer une autre cigarette.

« Robin, dit-il, renonçant à ses efforts et baissant les yeux sur elle, Robin, vous savez ce que c'est, le *kairos* ? » Il fut pris d'un hoquet. « Le *k*... hic !... le *kairos* ?

— Le *kairos* ? répéta-t-elle, espérant qu'il ne s'agissait pas d'un terme sexuel, d'une salacité qu'elle ne pourrait oublier par la suite, d'autant que le vendeur de kebabs les écoutait et souriait d'un air suffisant derrière eux. Non, je ne sais pas. Nous remontons au bureau ?

— Vous savez pas ce que c'est ? insista-t-il en la regardant intensément.

— Non.

— C'est du grec. *Kairos*. Et ça veut dire, ajouta-t-il, allant puiser dans son cerveau embrumé des mots d'une surprenante clarté, le moment de vérité. Le moment unique. Suprême. »

Oh, par pitié, pensa Robin. *Par pitié, ne me dites pas que c'est le soir du* kairos *entre nous.*

« Et vous savez quand c'était, notre *kairos*, à Charlotte et à moi ? », demanda-t-il, le regard fixe, sa cigarette intacte à la main. Vous savez ? C'est la fois où elle est entrée dans ma chambre, à l'hôpital. J'étais à l'hôpital depuis des mois, et je ne l'avais pas vue depuis deux ans. Elle n'a pas prévenu, et elle est entrée, comme ça, et tout le monde s'est retourné, et je l'ai vue aussi, et elle n'a pas dit un mot, et... » Il s'interrompit pour reprendre son souffle et fut pris d'un nouveau hoquet. « Elle m'a embrassé, après deux ans, et c'est comme ça que tout a recommencé entre nous. Personne parlait. Elle était belle ! Mais belle ! La plus belle femme que j'aie jamais vue. Le plus beau moment de ma putain de vie. 'Scusez-moi, Robin, j'ai dit un gros mot, ajouta-t-il. 'Scusez moi. »

Robin hésitait entre le rire et les larmes, même si elle aurait été incapable de dire pourquoi elle se sentait si triste.

« Vous voulez que je vous allume votre cigarette ?

— Z'êtes une fille bien, Robin, vous savez ça ? »

Un peu plus loin dans Denmark Street, il s'immobilisa tout à coup, se balançant toujours comme un arbre dans le vent, pour lui dire d'une voix forte que Charlotte n'aimait pas Jago Ross, que tout cela était un jeu, un jeu cruel pour le blesser, lui, Strike, aussi profondément qu'elle le pouvait.

Devant la porte noire de l'immeuble, il s'arrêta de nouveau et leva les deux mains pour l'empêcher de le suivre dans l'escalier.

« Il faut rentrer chez vous, maintenant, Robin.

— Laissez-moi seulement m'assurer que vous arrivez à monter, d'accord ?

— Non. Non. Je me sens bien maintenant. Et je pourrais vomir. Hic ! C'est comme si j'avais plus de jambes. Et épargnez-moi les jeux de mots à la con ! Parce que me dites pas que vous avez pas compris, hein ? Vous savez tout maintenant, pas vrai ? Ou à peu près. Je vous l'ai dit, non ?

— Je ne sais pas de quoi vous parlez.

— Ça ne fait rien. Rentrez chez vous, maintenant, Robin. Z'êtes une fille bien, et moi je vais dégueuler.

— Vous êtes sûr que… ?

— Oui. Et excusez-moi, j'ai encore dit des gros mots. Z'êtes une fille bien, Robin. Bonne nuit. »

En atteignant le croisement avec Charing Cross Road, elle se retourna. Il marchait avec la résolution maladroite et têtue des personnes très saoules vers l'entrée de Denmark Place, sans doute pour vomir dans l'allée obscure, avant de monter en chancelant vers son lit de camp et sa bouilloire.

6

Il n'y eut pas de rupture nette entre le sommeil et l'état d'éveil. D'abord, il était couché sur le ventre dans un rêve de métal fracassé, de gravats et de hurlements, ensanglanté, incapable de parler ; puis il fut dans la même position, mais en sueur et le visage pressé contre la toile dure de son lit de camp, la tête comme une boule de douleur lancinante, la bouche sèche et pleine d'un goût de pourriture. Le soleil qui se déversait par la fenêtre au store ouvert brûlait ses rétines à travers ses paupières closes : il lui semblait voir un rouge cru, où les capillaires se déployaient comme un fin réseau sombre sur des lumières clignotantes et railleuses.

Il était tout habillé, sa prothèse encore attachée, gisant au-dessus de son sac de couchage comme s'il était tombé là. Les souvenirs lui revinrent comme des échardes se plantant dans ses tempes : le barman qu'il persuadait de lui servir une autre pinte, Robin qui lui souriait de l'autre côté de la table du pub. Avait-il vraiment mangé un kebab dans l'état où il était ? Il se rappela s'être battu avec sa braguette, torturé par le besoin de vider sa vessie mais incapable de retirer le bout de chemise qui s'était pris dans les crans de la fermeture Éclair. Il glissa la main sous son corps – un mouvement qui suffit à lui donner envie de geindre et de vomir – et constata, avec un vague soulagement, que sa braguette était fermée.

Lentement, comme un homme qui porte sur ses épaules un paquet fragile, Strike se redressa et regarda autour de lui la pièce éclairée, sans aucune idée de l'heure qu'il pouvait être, ni même du jour de la semaine.

La porte entre les deux bureaux était fermée, et il n'entendait rien de l'autre côté. Peut-être sa secrétaire intérimaire était-elle partie définitivement. Puis il vit un papier blanc glissé sous le battant. Strike se déplaça à quatre pattes, saisit le petit feuillet et vit que c'était un mot de Robin.

Cher Cormoran [il supposa qu'elle ne reviendrait plus à « Mr Strike » désormais],

J'ai vu en première page du dossier la liste des points que vous souhaitiez élucider en priorité et j'ai pensé que je pourrais m'occuper des deux premiers (J. P. Agyeman et l'hôtel Malmaison). Si vous préférez que je rentre au bureau, appelez-moi sur mon portable.

J'ai réglé le réveil à 14 heures et l'ai mis juste devant votre porte, pour que vous ayez le temps de vous préparer pour votre rendez-vous à 17 heures au 1, Arlington Terrace, pour rencontrer Bryony Radford et Ciara Porter.

Il y a de l'eau minérale, du paracétamol et de l'Alka-Selzer sur mon bureau.

Bonne journée.
Robin

P.-S. : Ne vous inquiétez pas pour hier soir. Vous n'avez rien dit ni rien fait dont vous devriez vous sentir gêné.

Il resta assis, immobile, sur son lit de camp pendant cinq bonnes minutes, le billet à la main, en se demandant s'il allait vomir, tout en goûtant la chaleur du soleil sur son dos.

L'absorption d'une bouteille d'un demi-litre d'eau, de quatre comprimés de paracétamol et d'un verre d'Alka-Selzer (qui régla la question des nausées) fut suivie d'un quart d'heure dans les toilettes, avec des résultats aussi désagréables à l'oreille qu'à l'odorat ; mais il était soulagé que Robin ne soit pas là, et cette solitude temporaire lui remonta un peu le moral. Revenu dans le bureau, il but encore de l'eau à grandes gorgées et pressa le bouton du réveil, qui avait fait vibrer douloureusement son cerveau dans sa boîte crânienne. Après un moment de réflexion, il choisit des vêtements propres, prit dans son sac de voyage des affaires de toilette et une serviette, trouva dans un des cartons sur le palier un caleçon de bain, puis descendit l'escalier en métal, une sacoche de sport dans une main, ses béquilles dans l'autre.

En route pour Malet Street, il s'acheta une grande tablette de chocolat à la noix de coco. Son ami Bernie Coleman, un médecin militaire, lui avait un jour expliqué que la plupart des symptômes associés à une grosse gueule de bois étaient dus à la déshydratation et à l'hypoglycémie, conséquences inévitables de vomissements prolongés. Strike croqua dans son chocolat, ses béquilles sous le bras, chaque pas réveillant les élancements dans sa tête qui lui faisait toujours l'effet d'être serrée dans un étau.

Pourtant, le dieu rieur des ivrognes ne l'avait pas abandonné. Agréablement détaché de la réalité et du reste de l'humanité, il descendit les marches menant à la piscine du syndicat des étudiants avec le sentiment d'être parfaitement dans son droit, et, comme d'habitude, personne ne lui posa de question, même le seul autre occupant du vestiaire, qui, après un regard curieux à la prothèse que Strike détachait, garda les yeux poliment détournés. Après avoir fourré sa fausse jambe dans un casier avec ses vêtements sales, et laissé la porte ouverte, faute de monnaie pour faire fonctionner la serrure, Strike se dirigea vers les douches, boitillant sur ses cannes, sa bedaine débordant lourdement de son caleçon.

En se savonnant, il remarqua que le paracétamol et le chocolat commençaient à soulager son mal de tête et sa nausée. Pour la première fois, il marcha jusqu'au grand bassin de la piscine, où ne se trouvaient que deux étudiants, l'un et l'autre du côté réservé aux nageurs rapides, portant des lunettes et ne prêtant attention qu'à leurs propres prouesses. Strike se dirigea de l'autre côté, posa ses cannes près de l'échelle et se laissa glisser dans l'eau.

Il avait rarement été en aussi mauvaise forme. Avec des gestes gauches, dénués de toute grâce, il nagea sans s'éloigner du bord, mais l'eau fraîche et propre eut un effet apaisant sur son corps et son esprit. Pantelant, il acheva une seule longueur et appuya ses bras épais au rebord carrelé, laissant l'eau soutenir et caresser son corps trop lourd, les yeux levés vers le haut plafond blanc.

Des vaguelettes soulevées par les jeunes athlètes de l'autre côté lui chatouillèrent la poitrine. Enfin, son terrible mal de tête diminuait ; il n'était plus qu'une lumière rouge qu'on voit à travers la brume. L'odeur de chlore, bien que forte, ne lui donnait plus envie de vomir. Délibérément, comme un homme qui arrache un bandage d'une blessure en train de se refermer, Strike concentra son attention sur ce qu'il avait tenté de noyer dans l'alcool.

Jago Ross. À tous égards, l'antithèse même du détective : beau à la manière d'un prince aryen, à la tête d'une grosse fortune, né pour occuper une place déterminée d'avance dans sa famille et dans le monde, avec toute la confiance en soi que peuvent donner douze générations de haut lignage. Il avait quitté plusieurs postes de haut vol, souffrait d'un problème d'alcoolisme tenace et se montrait méchant comme un animal soumis à un dressage intensif mais mal discipliné.

Charlotte et Jago appartenaient au réseau fermé des sang-bleu élevés dans les meilleures écoles privées : des gens dont les familles se connaissaient toutes entre elles, liées par des générations de mariages, d'alliances et de condisciplinarité. Tandis que l'eau léchait sa poitrine velue, Strike eut la sensation de les voir tous les trois – Charlotte, Jago et lui – par le petit bout d'un télescope, de sorte que l'arc de leur histoire lui devenait plus distinct : il observait l'impatience et l'insatisfaction permanentes de Charlotte, toujours en quête de sensations fortes au point de sombrer dans la destruction de soi-même et des autres. À dix-huit ans, elle avait conquis Jago comme on remporte un trophée : l'exemple le plus parfait qu'elle pût trouver de son type social, le paradigme du bon parti tel que le voyaient ses parents. Peut-être cette conquête avait-elle été trop facile, et certainement trop prévisible, car elle l'avait laissé tomber du jour au lendemain pour Strike, qui, malgré son intelligence, était un épouvantail pour la famille de Charlotte : un bâtard impossible à classer. Que restait-il d'autre, après toutes ces années, à une femme avide d'émotions intenses, sinon de quitter Strike encore et encore, jusqu'à ce qu'à la fin la seule chose qu'elle pût faire fût de l'abandonner avec éclat afin de boucler la boucle ?

Strike se laissa flotter un moment dans l'eau. De l'autre côté, les étudiants qui s'entraînaient continuaient de fendre l'eau à une cadence énergique.

Il connaissait Charlotte. Il savait qu'elle attendait qu'il courût à son secours. C'était le test final, et le plus cruel.

Strike ne retourna pas vers l'échelle en nageant et se contenta de sautiller dans l'eau sur son unique jambe, se tenant au rebord comme il l'avait fait durant sa rééducation à l'hôpital.

Sa seconde douche fut plus agréable que la première ; il régla l'eau chaude au maximum, se couvrit de savon, puis se rinça à l'eau froide.

Après avoir rattaché sa prothèse, il se rasa au-dessus d'un lavabo, une serviette nouée autour de la taille, puis s'habilla avec un soin tout particulier. Il n'avait encore jamais porté son costume le plus cher, ni sa chemise la plus luxueuse : c'étaient des cadeaux de

Charlotte pour son dernier anniversaire, la mise qui convenait au fiancé d'une jeune femme issue du grand monde. Il se rappela son expression rayonnante tandis qu'il se regardait dans la glace, vêtu avec une élégance inaccoutumée. Le costume et la chemise étaient ensuite restés plusieurs mois dans leur housse, car Charlotte et lui n'étaient pas beaucoup sortis après novembre, et cet anniversaire avait été leur dernier jour de bonheur partagé. Peu après, leur relation était retombée dans les querelles et les aigreurs, le bourbier émotionnel où elle s'était déjà enfoncée à maintes reprises par le passé, mais qu'ils s'étaient une fois de plus juré d'éviter.

Il aurait pu brûler ce costume ; mais, dans un esprit de défi, il avait choisi de le porter, d'en effacer toutes les associations avec son ex-compagne et de n'y voir qu'un vêtement convenant à certaines occasions. La coupe de la veste l'amincissait et flattait sa carrure. Il laissa le col de la chemise blanche ouvert.

Dans l'armée, Strike avait la réputation de se remettre très vite d'un excès de boisson ; et au vrai, l'homme qui le regardait dans le petit miroir avait encore les joues et le front pâles, avec des cernes mauves sous les yeux, mais, dans son costume italien de grand style, il semblait plus en forme qu'il ne l'avait été depuis des semaines. Plus aucune trace de son œil poché, disparues ses griffures au visage.

Un repas léger, beaucoup d'eau et une nouvelle halte dans les toilettes du restaurant, encore quelques antalgiques, et, à cinq heures précises, Strike arriva au 1, Arlington Terrace.

Il toqua une première fois à la porte, puis une seconde, et une femme vint lui ouvrir. Elle portait des lunettes cerclées de noir, une coupe grise au carré, et semblait de mauvaise humeur. Elle le laissa entrer avec réticence, puis traversa le vaste hall dallé de pierre d'où partait un magnifique escalier à rampe en fer forgé, en lançant :

« Guy ! Un certain Strike, ça vous dit quelque chose ? »

Des pièces s'ouvraient de part et d'autre du hall. À gauche, une petite troupe de personnes toutes vêtues de noir regardait fixement en direction d'une puissante source de lumière que le détective ne pouvait pas voir, mais qui éclairait leurs visages transportés.

Ce fut de cette salle que surgit Guy Somé. Lui aussi portait des lunettes, qui le faisaient paraître plus âgé, un jean baggy déchiré aux genoux et un T-shirt orné d'un œil semblant pleurer des larmes de sang brillant, qui, de plus près, s'avérèrent composées de paillettes rouges.

« Il va falloir que vous attendiez, dit-il avec une certaine brusquerie. Bryony est occupée et Ciara en a pour des heures. Installez-vous là si vous voulez, ajouta-t-il en lui désignant la salle sur la droite, où était visible le bord d'une table chargée de plateaux. Sinon, vous pouvez regarder comme cette bande de branleurs inutiles. »

Pour prononcer ces derniers mots, il avait élevé la voix et jeté un regard hargneux aux jeunes gens élégants qui fixaient la source lumineuse. Ils se dispersèrent aussitôt, sans protester, et certains traversèrent le hall pour entrer dans la salle d'en face. Somé regarda Strike avec un peu plus d'attention.

« Beaucoup mieux, votre costume », commenta-t-il avec son insolence coutumière, avant de retourner dans la pièce d'où il était apparu.

Strike le suivit et prit place à l'endroit que les curieux venaient d'évacuer. La salle – probablement une ancienne salle à manger – était longue et presque nue, mais ses corniches ouvragées, ses murs pâles et ses hautes fenêtres sans rideaux lui donnaient un air de grandeur funèbre. Un autre groupe de personnes, parmi lesquelles un photographe chevelu penché sur son appareil, se tenait entre le détective et la scène tout au fond, inondée de clarté par une série de lampes à arc et d'écrans lumineux. On avait installé là de vieilles chaises à coussins en loques, dont l'une était renversée sur le côté, et trois mannequins. C'étaient des créatures semblant appartenir à une race à part, avec des visages et des corps aux proportions atypiques, à la fois troublantes et d'une prodigieuse majesté. Leur ossature était fine, leur minceur presque effrayante ; Strike pensa qu'elles avaient sans doute été choisies en raison du contraste spectaculaire entre leurs traits et leur couleur de peau. Assise à califourchon sur une chaise à la manière de Marlene Dietrich dans *L'Ange bleu*, ses longues jambes moulées dans des leggings blancs, mais nue au-dessus de la ceinture, une jeune femme à la peau aussi sombre que celle de Somé, avec une coiffure afro et des yeux de chat, occupait le centre de l'estrade. Debout derrière elle dans un débardeur blanc décoré de chaînes qui lui couvrait à peine le pubis, une beauté eurasienne arborait des cheveux noirs et raides coupés en frange asymétrique. Et, un peu de côté, appuyée seule au dossier d'une autre chaise, Ciara Porter resplendissait de sa beauté d'albâtre, avec sa longue chevelure si blonde qu'elle en était presque blanche, comme celle de certains nouveau-nés, vêtue d'une sorte de longue chemise immaculée et presque transparente à travers laquelle ses mamelons pointus étaient clairement visibles.

La maquilleuse, presque aussi grande et mince que les mannequins, était penchée sur la Noire et pressait un tampon sur les ailes de son nez. Les trois jeunes femmes attendaient en silence, figées comme des statues, le visage impassible et vide. Les autres (le photographe semblait avoir deux assistants, et Somé, qui se rongeait les ongles, était accompagné de la femme à lunettes à l'air peu amène) parlaient en marmonnant à voix basse, comme s'ils craignaient que le son de leur voix ne brise un équilibre délicat.

Enfin, la maquilleuse se dirigea vers Somé, qui lui dit quelques phrases inaudibles avec des gestes exubérants. Elle retourna dans la lumière et, sans prononcer un mot, gonfla et rajusta l'abondante chevelure de Ciara Porter ; le top model blond ne semblait pas avoir conscience qu'on la touchait, et continua d'attendre patiemment. De nouveau, Bryony Radford recula dans l'ombre et demanda quelque chose à Somé ; il lui répondit en haussant les épaules, puis lui donna une instruction inintelligible, à la suite de quoi elle regarda autour d'elle et ses yeux s'arrêtèrent sur Strike.

Ils se retrouvèrent au pied du superbe escalier.

« Bonjour, murmura-t-elle. Venez, entrons par là. »

Elle le précéda dans la pièce d'en face, un peu plus petite que l'autre et encombrée d'une longue table couverte de nourriture pour un buffet. Plusieurs portants sur roulettes, chargés de créations pailletées, plissées ou emplumées, rangées selon leur couleur, se dressaient devant une cheminée en marbre. C'était là que se trouvaient les curieux que Somé avait chassés de la salle de pose, et dont aucun, visiblement, n'avait atteint la trentaine ; ils bavardaient à mi-voix, picorant négligemment dans les plateaux de mozzarella et de jambon de Parme, ou parlaient au téléphone, ou encore jouaient à des jeux en ligne sur leurs appareils. Au moment où Strike suivit Bryony dans une petite pièce adjacente transformée en loge de maquillage, certains l'observèrent d'un œil de connaisseur.

Deux tables surmontées de grands miroirs portatifs étaient placées devant l'unique fenêtre, qui donnait sur un jardin pimpant. Les boîtes en plastique noir posées un peu partout rappelèrent à Strike celles qu'oncle Ted emportait pour aller pêcher à la mouche, à ceci près que celles de Bryony étaient bourrées de poudres et de fards. Des tubes, des pinceaux et des brosses jonchaient de larges serviettes de toilette dépliées sur le plateau des tables.

« Mon Dieu ! soupira-t-elle. Une tension à couper au couteau, pas vrai ? Guy a toujours été perfectionniste, mais c'est sa première vraie séance de photos depuis la mort de Lula et il est sur les nerfs. »

Ses cheveux étaient sombres, mi-longs, coupés en dégradé, et, malgré sa peau un peu jaune, elle avait d'assez beaux traits. Elle portait un jean serré sur ses longues jambes légèrement arquées, un haut noir moulant sous une veste, noire aussi, plusieurs fines chaînes d'or autour du cou, des bagues à tous les doigts, même aux pouces, et ses pieds étaient chaussés de ce qui ressemblait à des chaussons de danse en cuir. Ce genre de chaussures avait toujours sur Strike un léger effet anaphrodisiaque, car elles lui rappelaient les pantoufles de voyage que tante Joan emportait dans son sac, et lui faisaient donc aussitôt penser à des cors et à des durillons.

Le détective voulut expliquer à la maquilleuse ce qu'il attendait d'elle, mais elle l'interrompit :

« Guy m'a déjà tout dit. Vous voulez une cigarette ? Ici, on peut fumer du moment qu'on aère. »

Elle ouvrit une porte qui donnait sur une partie pavée du jardin. Puis elle dégagea un petit espace sur une des tables de maquillage, s'y percha avec légèreté et alluma une Dunhill tandis que Strike s'asseyait sur une chaise et sortait son carnet.

« Allez-y, je vous écoute », dit-elle. Puis, sans lui laisser le temps de parler, elle ajouta : « Depuis que c'est arrivé, je n'ai plus cessé de penser à ce fameux après-midi. Pas un jour. Quelle triste fin !

— Vous connaissiez bien Lula Landry ? demanda Strike.

— Oui, assez bien. Je l'ai maquillée pour pas mal de séances de photos, et aussi, deux semaines avant sa mort, pour une soirée de collecte de fonds pour la protection de la forêt vierge. Quand je lui ai dit que je savais épiler les sourcils au fil...

— Épiler comment ?

— Au fil. Comme avec une pince, mais avec du fil de coton. Une technique orientale. »

Strike avait du mal à imaginer comment on s'y prenait.

« Bon, dit-il.

— Donc, quand elle l'a su, elle m'a demandé de venir faire les siens chez elle. Les paparazzi ne la lâchaient pas, elle n'avait pas un moment de tranquillité, même quand elle venait tout simplement à mon salon. De la pure folie. Du coup, j'étais contente de lui rendre service. »

Sa voix était un peu voilée, et elle avait la manie de rejeter la tête en arrière pour écarter sa frange qui lui tombait dans les yeux. Elle repoussa ses cheveux avec la main et regarda Strike.

« Je suis arrivée vers deux ou trois heures. Lula et Ciara étaient tout excitées à l'idée de voir débarquer Deeby Macc. Elles papotaient comme deux gamines dans une cour d'école. Jamais je n'aurais imaginé ce qui allait se passer. *Jamais*.

— Vous avez trouvé Lula tout excitée ?

— Oui, bien sûr, qu'est-ce que vous croyez ? Si quelqu'un avait écrit des chansons sur vous… Mais, dit-elle, partant d'un petit rire rauque, c'est peut-être un truc de fille. Il est tellement charismatique, Deeby ! Ciara et moi, nous en avons beaucoup ri pendant que je faisais les sourcils de Lula. Puis Ciara m'a demandé de lui faire une manucure, j'ai fini par leur en faire une à toutes les deux et je suis restée là près de trois heures. Oui, j'ai dû partir aux alentours de cinq heures.

— Donc, vous diriez que Lula était de bonne humeur ?

— Oui. Sauf qu'elle était un peu distraite : elle n'arrêtait pas de regarder son téléphone. Pendant que je l'épilais, elle l'avait posé sur ses genoux. Évidemment, je savais ce que ça voulait dire. Evan avait recommencé à la balader.

— Elle vous l'a dit ?

— Non, mais je sais qu'elle était en colère contre

lui. À votre avis, pourquoi a-t-elle parlé à Ciara de son frère en disant qu'elle voulait tout lui laisser ? »

Strike trouva cette interprétation un peu hardie.

« Vous l'avez entendue le lui dire ?

— Non, mais je l'ai su ensuite. Ciara l'a répété à tous ses amis. Il me semble que j'étais aux toilettes quand elle l'a dit. Mais cela me paraît tout à fait plausible.

— Pourquoi ? »

Elle parut un peu déconcertée.

« Eh bien… elle adorait son frère, ça sautait aux yeux. C'était sans doute la seule personne sur qui elle pouvait vraiment compter. Des mois plus tôt, vers l'époque où Evan et elle ont rompu la première fois, je la maquillais pour le défilé de Stella McCartney et elle avait dit à tout le monde que son frère lui tapait sur les nerfs à force de lui répéter qu'Evan était un minable et un parasite. Seulement, Evan l'avait menée en bateau une fois de plus cet après-midi-là, et elle se disait que James – c'est bien James qu'il s'appelle ? – avait raison depuis le début. Elle a toujours su qu'il avait ses intérêts à cœur, même s'il se montrait un peu autoritaire à l'occasion. L'industrie de la mode, c'est le royaume de l'exploitation. Tout le monde veut tirer profit de tout le monde.

— Qui voulait tirer profit de Lula ?

— Mon Dieu, mais *tout le monde* ! » Elle fit un grand geste avec la main qui tenait sa cigarette, embrassant toutes les pièces de la grande maison vide. « C'était le top model le plus recherché du pays, elle pouvait rapporter beaucoup et *tout le monde* se l'arrachait ! Comme des chiens qui se battent pour un os !

Par exemple, Guy… » Mais Bryony s'interrompit. « Non, Guy, c'est autre chose : c'est un homme d'affaires, mais il l'adorait. Après l'histoire du type qui la harcelait chez elle, il voulait même qu'elle vienne habiter avec lui, et il ne s'est toujours pas remis de sa mort. On m'a même raconté qu'il essayait d'entrer en contact avec elle par l'intermédiaire de je ne sais quel spirite. C'est Margo Leiter qui m'en a parlé. Il est encore dévasté de chagrin, c'est à peine s'il peut entendre son nom sans se mettre à pleurer. Voilà, conclut Bryony, c'est tout ce que je sais. Pas une seconde je n'ai pensé que c'était la dernière fois que je la voyais. Je veux dire… c'était tellement *impensable* !

— Elle vous a parlé de Duffield pendant que vous lui épiliez les sourcils ?

— Non, je ne crois pas, dit Bryony. Mais ça se comprend, si elle était en colère contre lui, non ?

— Donc, pour autant que vous vous souveniez, elle a surtout parlé de Deeby Macc ?

— Eh bien… c'est surtout Ciara et moi qui parlions de lui.

— Mais vous êtes sûre qu'elle était impatiente de le rencontrer ?

— Oui, naturellement !

— Dites-moi, avez-vous vu une feuille de papier bleu portant l'écriture de Lula quand vous étiez dans son appartement ? »

Bryony secoua de nouveau ses cheveux, puis les recoiffa en arrière avec ses doigts.

« Quoi ? Non. Non, je n'ai pas vu de papier. Pourquoi, qu'est-ce que c'était ?

« — Je ne sais pas, dit Strike. C'est ce que j'essaie de découvrir.

— Non, je n'ai rien vu. Bleu, vous dites ? Non.

— Aucune feuille de papier avec son écriture ?

— Non, je ne me rappelle pas. » Elle écarta sa frange. « Je veux dire, il est très possible qu'il y ait eu un papier qui traînait quelque part, mais je ne l'aurais pas forcément remarqué. »

La pièce était assez sombre, et peut-être Strike imaginait-il que ses joues se coloraient ; mais il la vit bel et bien poser son pied sur son genou pour examiner la semelle de son chausson de danse, comme si elle cherchait quelque chose qui n'y était pas.

« Le chauffeur de Lula, Kieran Kolovas-Jones…

— Ce garçon beau comme un dieu ? dit Bryony. Nous la taquinions souvent au sujet de Kieran. Il avait tellement le béguin pour elle ! Je crois que maintenant, il lui arrive de conduire Ciara, certains soirs. » Elle eut un petit rire plein de sous-entendus. « Elle a une certaine réputation, Ciara. Je veux dire, on ne peut pas s'empêcher de l'aimer, mais…

— Kolovas-Jones affirme qu'après avoir quitté la maison de sa mère ce matin-là, Lula écrivait quelque chose sur une feuille de papier bleu à l'arrière de sa voiture…

— Vous avez parlé à la mère de Lula ? Une femme un peu bizarre.

— … et j'aimerais savoir ce que c'était », poursuivit Strike, ignorant ces tentatives de diversion.

Bryony jeta son mégot par la porte ouverte et s'agita sur la table de maquillage, comme si elle n'arrivait pas à trouver une position confortable.

« Ça pouvait être n'importe quoi, je suppose. »
Strike attendit l'inévitable suggestion. « Une liste de
courses, ou quelque chose comme ça.

— Oui, c'est possible. Mais supposons qu'il se soit
agi d'une lettre qu'elle voulait laisser avant de se sui-
cider…

— Ce n'était pas ça. » Elle avait parlé un peu vite
et se reprit : « Je veux dire… c'est absurde, non ?
Comment voulez-vous qu'une personne qui pense à en
finir écrive une lettre avec douze ou quinze heures
d'avance, avant de se faire épiler et manucurer et d'aller passer la soirée en boîte de nuit ? Voyons, ça n'a
aucun sens !

— C'est peu vraisemblable, je suis d'accord, mais
ce serait intéressant de savoir ce que c'était.

— Ça n'avait peut-être aucun rapport avec sa mort.
Peut-être une lettre à Evan, pour lui dire qu'elle était
en colère ?

— Il ne semble pas qu'elle ait été en colère contre
lui avant leur dispute dans la boîte. Et puis, pourquoi
lui aurait-elle écrit, alors qu'elle avait son numéro de
téléphone et qu'ils devaient se voir dans la soirée ?

— Je ne sais pas, dit Bryony avec nervosité. Tout
ce que je veux dire, c'est qu'il n'aurait peut-être rien
changé, ce papier.

— Et vous êtes tout à fait sûre que vous ne l'avez
pas vu ?

— Oui, tout à fait sûre, affirma-t-elle, les joues
indéniablement empourprées. J'étais là pour du travail,
pas pour fouiner dans ses affaires. » Elle fit mine de
se lever. « C'est tout ce que vous vouliez savoir ?

— Oui, du moins au sujet de ce fameux après-midi, dit Strike, mais il y a encore un point sur lequel vous pourriez m'aider. Vous connaissez Tansy Bestigui ?

— Non, dit Bryony. Seulement sa sœur, Ursula. Je l'ai maquillée une ou deux fois avant des soirées importantes. Horrible bonne femme.

— En quoi ?

— Oh, une de ces garces trop riches et trop gâtées. Même si, ajouta Bryony en tordant un peu la bouche, elle est *loin* d'être aussi riche qu'elle le voudrait. Depuis leur jeunesse, les deux sœurs Chillingham ont tout fait pour séduire des messieurs mûrs avec de gros comptes en banque. Des *monstres* de rapacité, l'une comme l'autre ! Ursula a cru décrocher le gros lot quand elle s'est fait épouser par Cyprian May, mais elle a été déçue, parce qu'il est *loin* d'être assez friqué pour la satisfaire. Maintenant, elle approche de la quarantaine et les occasions se font plus rares. Je suppose que c'est pour ça qu'elle ne l'a pas encore quitté. »

Puis, sentant de toute évidence que son ton acrimonieux appelait une explication, elle continua :

« Je suis désolée si j'ai l'air de lui en vouloir, mais elle m'a accusée d'écouter sa boîte vocale. Tout le monde en a entendu parler. » La maquilleuse croisa les bras sur sa poitrine et regarda Strike avec un air de dignité outragée. « Comme si j'avais fait exprès ! En sortant de mon salon, elle m'a tendu son portable en me demandant d'appeler un taxi, sans même me dire s'il vous plaît ou merci. Je suis dyslexique, j'ai appuyé sur la mauvaise touche et quand elle a compris ce que j'entendais, elle s'est presque jetée sur moi, en hurlant comme une folle !

— À votre avis, pourquoi était-elle si furieuse ?

— Parce que j'ai entendu un homme qui n'était pas son mari lui dire qu'il était allongé dans une chambre d'hôtel et qu'il fantasmait en imaginant qu'il couchait avec elle, dit Bryony froidement.

— Donc, elle s'est peut-être trouvé un futur mari ?

— Ce n'était pas un message de futur mari, dit Bryony. Plutôt d'un type avec qui elle avait une histoire de cul. Pardonnez-moi si je suis crue, mais le message l'était davantage. » Elle jeta un coup d'œil à sa montre. « Dites, excusez-moi, mais il faut que je retourne à côté, sinon Guy va piquer une colère. »

Strike la laissa partir. Quand elle eut disparu, il remplit encore deux pages de notes. Bryony Radford s'était révélée un témoin fort peu fiable, aussi versatile qu'insincère, mais elle lui en avait dit beaucoup plus long qu'elle n'en avait conscience.

7

La séance de photos dura encore trois heures. Philosophe, Strike patienta dans le jardin, fumant, buvant des bouteilles d'eau et regardant le soir tomber. De temps à autre, il rentrait dans la maison pour voir où en étaient les choses, et elles ne semblaient avancer qu'avec une infinie lenteur. Deux ou trois fois, il vit ou entendit Somé, dont l'humeur semblait batailleuse, aboyer des instructions au photographe ou à l'un ou l'autre des larbins vêtus de noir qui flânaient près des portants à vêtements. Finalement, à presque neuf heures, après que Strike eut avalé quelques parts des pizzas commandées par l'assistante morose et épuisée du couturier, Ciara Porter descendit de l'estrade où elle avait posé avec ses deux consœurs et rejoignit le détective dans la loge de maquillage, que Bryony s'affairait à débarrasser.

Elle portait encore la minirobe argentée dans laquelle elle avait posé pour la dernière série de photos. De près, elle semblait un peu plus anguleuse, dans sa minceur languide ; sa peau était laiteuse, ses cheveux presque autant et ses yeux bleu pâle étaient très écartés. Elle tendit ses jambes interminables, étirant ses pieds chaussés de hautes sandales à semelle compensée que de longues lanières d'argent attachaient à ses mollets, et alluma une Marlboro Light.

« Mon *Dieu*, je n'arrive pas à *croire* que vous êtes le fils de Jonny, dit-elle dans un souffle, en écarquillant les yeux. C'est tellement *étrange* de vous rencontrer ! Je le connais : l'année dernière, il nous a invitées, Looly et moi, à la cérémonie des plus grands tubes du siècle. Et je connais vos frères, Al et Eddie ! Ils me l'ont dit, qu'ils avaient un grand frère dans l'armée. Mon *Dieu*. C'est *fou* ! Tu as fini, Bryony ? », ajouta Ciara un peu sèchement.

La maquilleuse semblait être à la peine pour rassembler ses outils de travail. En l'entendant, elle accéléra ses gestes, tandis que Ciara fumait et la regardait en silence.

« Voilà ! dit enfin Bryony d'un ton allègre, jetant une grande boîte par-dessus son épaule et en ramassant d'autres avec ses deux mains. À bientôt, Ciara. Au revoir », ajouta-t-elle à l'adresse de Strike.

Et elle partit.

« Elle est *tellement* curieuse et *tellement* cancanière ! », dit Ciara à Strike quand elle ne put plus les entendre. Elle rejeta ses longs cheveux pâles en arrière, croisa ses longues jambes et lui demanda : « Vous voyez souvent Al et Eddie ?

— Non, répondit le détective.

— Et votre *mère* ! poursuivit-elle, imperturbable, en soufflant de la fumée par le coin de sa bouche. Je veux dire… c'est une *légende* ! Vous avez vu la collection de Baz Carmichael, il y a deux saisons ? Celle qui s'appelait *Supergroupie* ? Votre mère et Bebe Bluebell l'avaient inspiré du début à la fin, vous savez ? Maxi-jupes, chemises sans boutons et sabots ?

— Je n'étais pas au courant, dit Strike.

— Oh, c'était… Vous connaissez cette citation sur les robes d'Ozzie Clark ? Les hommes les aimaient parce qu'ils pouvaient les ouvrir facilement et baiser les filles plus vite ? Voilà, ça résume l'époque de votre mère ! »

De nouveau, elle écarta ses cheveux et le regarda fixement, non avec la froideur et l'impudence de Tansy Bestigui, mais avec ce qui lui parut une franche per-plexité. Difficile de savoir si elle était sincère ou si elle jouait son propre personnage ; sa beauté brouillait tout, comme une épaisse toile d'araignée à travers laquelle il était malaisé de la distinguer avec netteté.

« Si vous n'y voyez pas d'inconvénient, je voudrais vous poser quelques questions sur Lula, dit-il.

— Oh, oui, bien sûr. *Oui.* J'ai vraiment envie de vous aider, vous savez ? Quand j'ai su que quelqu'un reprenait l'enquête, je me suis dit : *Tant mieux. Enfin.*

— Vraiment ?

— Oh, oui ! Toute cette histoire m'a fait un tel *choc* ! Je n'arrivais pas à y croire. Elle est encore sur mon téléphone, regardez. »

Elle fouilla dans son énorme sac et en tira un iPhone blanc. Faisant défiler la liste des contacts, elle se pen-cha vers lui et lui montra le nom de « Looly ». Son parfum était doux et poivré.

« J'ai *toujours* l'impression qu'elle va m'appeler, dit Ciara, d'une voix plus basse, en rangeant l'appareil dans son sac. Je n'ai pas le courage de l'effacer. J'ai régulièrement l'*intention* de le faire, et puis quelque chose me retient, vous comprenez ? »

Elle se redressa, replia une de ses longues jambes sous ses fesses, s'appuya au dossier et fuma quelques secondes en silence.

« Vous avez passé une grande partie de sa dernière journée avec elle, n'est-ce pas ? demanda Strike.

— Ne me le rappelez pas, dit Ciara, fermant les yeux. J'y ai repensé peut-être un *million* de fois ! En essayant de comprendre comment on peut passer du plus parfait bonheur à… à la *mort*, et en quelques *heures* !

— Elle était parfaitement heureuse ?

— Plus heureuse que je ne l'ai jamais vue, toute cette dernière semaine. Nous revenions d'un voyage à Antigua – des photos pour *Vogue* – et Evan et elle venaient de se remettre ensemble, et ils ont organisé une cérémonie de fiançailles. C'était *fantastique* pour elle, elle était au *septième ciel* !

— Vous y étiez, à cette cérémonie ?

— Oh, oui ! dit Ciara, en laissant tomber le bout de sa cigarette dans une canette de Coca où elle s'éteignit avec un léger crissement. Mon *Dieu*, c'était *tellement* romantique ! Une idée d'Evan, qu'il a réalisée un soir, dans la propriété de Dickie Carbury. Vous connaissez Dickie Carbury, le restaurateur ? Il a un manoir *fabuleux* dans les Cotswolds, et nous y étions tous pour le week-end. Evan avait acheté deux bracelets identiques chez Fergus Keane, *merveilleux*, en argent oxydé. Après le dîner, il nous a presque *forcés* à descendre jusqu'au lac, dans le froid et la neige, et là, il a récité un *poème* qu'il avait écrit pour elle et il lui a passé le bracelet au bras. Looly riait comme une folle, mais ensuite elle aussi lui a récité un poème qu'elle connaissait. Walt Whitman. C'était, dit Ciara avec une soudaine expression de sérieux, *tellement* impressionnant, qu'elle ait le poème parfait dans la tête et qu'elle puisse le lui sortir, *comme ça*, sur un claquement de doigts ! Les gens s'imaginent que les mannequins sont un ramassis d'idiotes, vous savez. » De nouveau, elle rejeta ses cheveux en arrière et offrit à Strike une cigarette avant d'en rallumer une. « J'en ai *par-dessus la tête* d'expliquer que j'ai une place qui m'attend pour étudier la littérature à Cambridge !

— Vraiment ? dit Strike, sans pouvoir dissimuler la surprise dans sa voix.

— Mais oui, dit-elle en soufflant gracieusement sa fumée. Seulement, vous comprenez, ma carrière dans la mode marche *si bien* ! Alors, j'ai décidé de lui consacrer encore un an ou deux. Elle m'ouvre beaucoup de portes, comme vous pouvez l'imaginer.

— Donc, cette cérémonie de fiançailles a eu lieu… une petite semaine avant la mort de Lula ?

— Oui, dit Ciara. Le samedi précédent.

— Et c'était seulement un échange de bracelets et de poèmes ? Pas d'engagement officiel, pas d'officiant ?

— Non, ce n'était pas une cérémonie *légale*. C'était seulement ce… ce moment *parfait* ! Enfin, si on oublie Freddie Bestigui, qui est venu nous casser les pieds. Mais au moins, son *épouvantable* femme n'était pas là. »

Elle tira avidement sur sa cigarette.

« Tansy ?

— Oui, Tansy Chillingham. Une horreur. C'était *si* prévisible qu'ils divorceraient ! Ils menaient des vies, comment dire, *totalement* séparées, on ne les voyait jamais ensemble. Mais pour être totalement honnête, Freddie ne s'est pas *trop* mal conduit pendant ce week-end, quand on pense à la réputation qu'il a. Seulement un peu enquiquinant, avec sa manie de venir faire du charme à Looly, mais pas *immonde* comme on m'a dit qu'il peut l'être. On m'a raconté une histoire sur une fille *totalement*, mais *totalement* naïve, à qui il avait promis un rôle dans un film… Bon, je ne sais pas si tout est vrai. » Ciara fixa un instant le bout de sa cigarette. « De toute façon, elle n'a jamais porté plainte.

— Vous dites que Freddie vous a cassé les pieds. Qu'est-ce qu'il a fait ?

— Oh, mon Dieu, il n'arrêtait pas d'*importuner* Looly, de lui dire qu'elle serait sublime à l'écran, et que son père était un type formidable.

— Sir Alec ?

— Oui, Sir Alec, bien sûr. Oh, mon *Dieu* ! dit Ciara en ouvrant de grands yeux. S'il avait su qui était son *vrai* père, Looly aurait été aux anges ! C'était le *rêve* de sa vie de le retrouver ! Mais non, il lui a seulement dit qu'il avait connu Sir Alec il y a longtemps, qu'ils venaient du même coin de la banlieue est, et qu'elle devrait le considérer comme son *parrain*, ou je ne sais quoi. Je crois qu'il essayait d'être drôle, mais *non* ! *Pas du tout* ! En tout cas, *tout le monde* voyait très bien qu'il cherchait seulement à la persuader de tourner dans un de ses films. C'est à la cérémonie de fiançailles qu'il a été le plus pénible. Il disait : "C'est moi qui tiendrai le bras de la mariée !" Il était saoul, il avait bu comme un trou pendant tout le dîner et il criait si fort que Dickie a dû le faire taire. Ensuite, après la cérémonie, nous sommes tous rentrés boire du champagne au salon et Freddie a dû en ingurgiter, je ne sais pas, deux bouteilles en plus de tout ce qu'il avait déjà sifflé. Il n'arrêtait pas de *brailler* à Looly qu'elle ferait une grande actrice si elle voulait. Mais elle n'y faisait pas attention. Elle l'a ignoré, pour tout dire. Elle était pelotonnée sur le sofa avec Evan, comme… »

Et soudain, des larmes coulèrent des yeux fardés de Ciara, qu'elle essuya avec les paumes de ses jolies mains blanches.

« … comme quelqu'un de *follement* amoureux, vous voyez ? Elle était tellement, tellement heureuse ! Je ne l'ai jamais vue aussi heureuse.

— Vous avez revu Freddie Bestigui, n'est-ce pas, le soir qui a précédé la mort de Lula ? Vous l'avez croisé dans le hall, au moment où vous sortiez toutes les deux ?

— Oui, dit Ciara en se tamponnant les yeux. Comment savez-vous ça ?

— Par Wilson, le gardien de l'immeuble. Il pense que Bestigui a dit quelque chose à Lula, et que ça ne lui a pas plu.

— Oui, il a raison. J'avais oublié. Il lui a dit quelque chose sur Deeby Macc, ou plutôt sur le fait qu'elle devait être excitée de voir arriver Deeby Macc. Il a parlé de les réunir dans un film. Je ne me rappelle pas exactement ses mots, mais dans sa bouche, ça sonnait comme… comme une cochonnerie, vous comprenez ?

— Lula savait que Bestigui et son père adoptif avaient été amis ?

— Elle m'a dit que c'était la première fois qu'elle en entendait parler. Elle restait le plus possible à l'écart de Freddie. Et elle n'aimait pas Tansy.

— Pourquoi ?

— Ça l'agaçait, toutes ces histoires, savoir le mari de qui a le plus grand *yacht* et tout ça. Elle ne voulait pas se mêler à ces gens-là. Elle valait *tellement* mieux que ça, elle était *tellement* différente des sœurs Chillingham !

— Je vois, dit Strike. Pourriez-vous me parler de l'après-midi et de la soirée que vous avez passés avec elle ? »

Ciara laissa tomber un deuxième mégot dans la canette de Coca, qui produisit un nouveau crissement, et alluma aussitôt une autre cigarette.

« Oui. Laissez-moi réfléchir. Je l'ai retrouvée chez elle en début d'après-midi, puis Bryony est arrivée pour lui épiler les sourcils, et elle a fini par nous faire une manucure à toutes les deux. Un après-midi entre filles, typique.

— Comment vous a semblé Lula ?

— Eh bien… » Elle hésita. « Je dirais, pas aussi heureuse que depuis le week-end chez Dickie. Mais pas d'humeur suicidaire. *Pas du tout !*

— Son chauffeur, Kieran, l'a trouvée abattue quand elle est partie de chez sa mère à Chelsea.

— Oh, certainement, oui, mais c'est normal, il me semble. Sa mère avait un *cancer* !

— Lula vous a parlé de sa mère quand vous étiez chez elle ?

— Non, pas vraiment. Je veux dire, elle m'a dit qu'elle lui avait rendu visite, parce qu'elle était un peu, comment dire, mal en point après son opération, mais à ce moment-là personne ne pensait que Lady Bristow allait *mourir* ! L'opération était censée la *guérir*, pas vrai ?

— Lula vous a-t-elle fait part d'une autre raison pour laquelle elle se sentait moins heureuse ?

— Non », dit Ciara en secouant lentement la tête, ce qui fit tomber ses cheveux blonds devant son visage. Une fois de plus, elle les rejeta et aspira la fumée de sa cigarette. « Oui, elle semblait un peu sombre, ou du moins un peu distraite, mais j'ai pensé que c'était parce qu'elle venait de voir sa mère. Elles avaient une relation bizarre. Lady Bristow est *terriblement* protectrice et possessive. Et Looly trouvait ça un peu... un peu étouffant.

— Vous l'avez vue téléphoner pendant que vous étiez ensemble ?

— Non, dit Ciara après un instant de réflexion. Je me rappelle qu'elle *regardait* tout le temps son téléphone, oui, mais elle n'a parlé à personne, pour autant que je me souvienne. Si elle a appelé quelqu'un, c'était, comment dire, en catimini. Elle est sortie pas mal de la fois de la pièce, brièvement. Je ne sais pas.

— Bryony m'a dit qu'elle était très excitée par l'arrivée de Deeby Macc.

— Oh, pour l'amour du *Ciel* ! s'exclama Ciara avec impatience. C'étaient *tous les autres* qui étaient excités : Guy, et Bryony, et... et même *moi*, un peu, ajouta-t-elle avec une franchise attendrissante. Mais Looly n'y attachait pas tant d'importance. Elle était *trop* amoureuse d'Evan ! Il ne faut pas croire tout ce que dit Bryony.

— Est-ce que vous vous rappelez si Lula avait une feuille de papier posée quelque part ? Un petit feuillet bleu, couvert de son écriture ?

— Non, répondit de nouveau Ciara. Pourquoi ? Qu'est-ce que c'était ?

— Je ne sais pas encore », dit Strike.

Ciara parut soudain frappée de stupeur.

« Mon *Dieu*… Vous n'êtes pas en train de me dire qu'elle a laissé une *lettre* ? Oh, mon *Dieu* ! Ce serait… ce serait *sidérant* ! Mais… non ! Parce que ça voudrait dire qu'elle avait déjà décidé de se tuer, et je n'y crois pas. *Non !*

— C'était peut-être autre chose, dit Strike. Vous avez déclaré pendant l'enquête que Lula avait manifesté son intention de tout laisser à son frère, n'est-ce pas ?

— Oui, c'est vrai, dit Ciara, en hochant plusieurs fois la tête. Ce qui s'est passé exactement, c'est que Guy lui avait envoyé ces *fabuleux* sacs à main de sa nouvelle ligne, et je *savais* qu'il ne m'en enverrait pas, même si j'étais aussi sur la photo. J'ai déballé le blanc, le Cashile, vous savez, et j'ai trouvé que c'était une *pure* merveille ! Il fait faire des doublures amovibles, et il avait customisé celle de Looly, avec un *magnifique* imprimé africain. Je lui ai dit, pour rire : "Looly, ma vieille, si tu me le laissais en héritage, celui-là ?" Et elle m'a répondu – mais *très* sérieusement : "Je lègue tout à mon frère, chérie, mais je suis sûre qu'il te laissera emporter tout ce que tu voudras." »

Strike l'observait, guettant un signe indiquant qu'elle mentait ou exagérait, mais les mots lui venaient avec aisance et elle semblait parler avec la plus grande franchise.

« C'est curieux qu'elle vous ait dit cela, vous ne trouvez pas ?

— Oui, peut-être, dit Ciara en écartant encore une fois ses cheveux de son visage. Mais vous savez, Looly était comme ça : elle pouvait devenir sombre et un peu… un peu *dramatique*, parfois. Guy lui disait : "Arrête de tant battre des ailes, Coucou !" En tout cas, soupira Ciara, elle n'a pas compris l'allusion, pour le sac Cashile. J'espérais qu'elle m'en ferait cadeau, parce qu'elle en avait reçu *quatre* le même jour !

— Diriez-vous que vous étiez intime avec Lula ?

— Oh, oui, *totalement* intime, elle me disait tout !

— Une ou deux personnes m'ont rapporté qu'elle n'accordait pas facilement sa confiance. Qu'elle craignait que ses confidences ne finissent dans les journaux. Et qu'elle avait même testé des gens de son entourage pour savoir si elle pouvait se fier à eux.

— Oui, elle est devenue un peu, disons, *paranoïaque*, après que sa mère biologique a vendu des histoires sur elle aux tabloïds. Elle m'a même demandé, dit le top model blond avec un mouvement aérien de sa cigarette, si j'avais dit à quelqu'un qu'elle était de nouveau avec Evan. Mais… *voyons*, un peu de bon sens ! C'était *impossible* qu'elle garde ça secret ! *Tout le monde* en parlait. Je lui ai dit : "Looly, il n'y a qu'une chose au monde qui soit pire que de faire parler de soi, c'est que personne n'en parle." Oscar Wilde, précisa-t-elle obligeamment. Mais Looly n'aimait pas ce côté-là de la célébrité.

— Guy Somé pense que Lula ne se serait pas remise avec Duffield s'il n'était pas parti pour l'étranger. »

Ciara jeta un coup d'œil vers la porte et baissa la voix.

« C'est tout à fait le genre de Guy de dire une chose comme ça. Il était hyperprotecteur avec Looly. Il l'adorait, il l'aimait vraiment très fort. Il pensait qu'Evan n'était pas l'homme qu'il lui fallait, plutôt quelqu'un qui lui faisait du mal, mais, *sincèrement*, il ne connaît pas le véritable Evan. Il est, comment dire, *complètement* cabossé, et drogué, et coléreux, mais c'est quand même un *très* gentil garçon, avec un grand cœur. Il n'y a pas longtemps, il est même allé voir Lady Bristow, et je lui ai dit : *"Pourquoi*, Evan, *pourquoi* tu es allé te jeter dans la gueule du loup ?"* Parce que, vous savez, la famille de Looly le détestait. Et vous savez ce qu'il m'a répondu ? "Je voulais seulement parler à quelqu'un d'aussi malheureux que moi qu'elle soit morte." Vous pouvez imaginer une phrase plus déchirante ? »

Strike se racla la gorge, sans faire de commentaire.

« Toute la presse s'en est prise à Evan, continuat-elle, et c'est *tellement* injuste ! Tout ce qu'il fait, c'est mal.

— Duffield est venu chez vous, n'est-ce pas, la nuit de la mort de Lula ?

— Oui, nous y voilà ! s'exclama Ciara avec indignation. Les journalistes ont prétendu que c'était pour coucher avec moi, vous vous rendez compte ? Il n'avait pas d'argent sur lui, son chauffeur avait disparu, et il a pratiquement fait du stop à travers tout Londres pour venir dormir chez moi. Il a passé la nuit sur le sofa.

Nous étions ensemble quand nous avons appris la nouvelle. »

Elle leva sa cigarette jusqu'à sa bouche pulpeuse et aspira profondément, les yeux au sol.

« C'était affreux. Vous n'imaginez pas. Affreux. Evan était… oh, mon *Dieu*, c'est indescriptible, l'état dans lequel il était. Et ensuite, poursuivit-elle d'une voix qui n'était guère plus qu'un murmure, on a raconté que c'était *lui* qui l'avait tuée ! Quand Tansy Bestigui a parlé des cris qu'elle avait entendus. La presse s'est déchaînée. Absolument atroce. »

Elle leva les yeux sur Strike, en tirant ses cheveux en arrière. La lumière crue du plafonnier ne faisait qu'illuminer l'ossature parfaite de son visage.

« Vous n'avez jamais rencontré Evan, n'est-ce pas ? demanda-t-elle.

— Non.

— Vous aimeriez faire sa connaissance ? Vous pourriez venir avec moi, là, tout de suite ! Il m'a dit qu'il passerait la soirée au Magnum.

— Avec grand plaisir, dit Strike.

— Formidable. Attendez une seconde. »

Elle se leva et lança par la porte ouverte :

« Guy, mon chéri, je peux garder cette robe pour la soirée ? S'il te plaît. Pour aller au Magnum. »

Somé entra dans la petite pièce, l'air épuisé derrière ses lunettes.

« D'accord, dit-il. Mais arrange-toi pour que les photographes ne la manquent pas. Et si tu l'abîmes, je te tue !

— Je ne l'abîmerai pas. J'emmène Cormoran pour lui présenter Evan. »

Elle fourra son paquet de cigarettes dans son énorme sac, qui semblait contenir les vêtements dans lesquels elle était arrivée, et le jeta par-dessus son épaule. Avec ses talons, elle était presque aussi grande que le détective. Somé regarda celui-ci en plissant les yeux.

« Faites-lui-en baver, à cette petite ordure.

— Guy ! protesta Ciara d'un air boudeur. Ne sois pas méchant.

— Et faites attention à vous, Rokeby Junior, ajouta le couturier de son habituel ton narquois. Ciara est une terrible mangeuse d'hommes, pas vrai, ma belle ? Et elle est comme moi. Il lui faut du costaud.

— *Guy !* cria Ciara avec une horreur feinte. Venez, Cormoran, mon chauffeur m'attend dehors. »

8

Prévenu, Strike fut beaucoup moins surpris de découvrir Kieran Kolovas-Jones que celui-ci de le voir apparaître. Le chauffeur tenait la portière arrière droite ouverte, et, à la lueur de l'éclairage intérieur de la Mercedes, Strike décela un bref changement dans son expression quand il posa les yeux sur le compagnon inattendu de sa cliente.

« Bonsoir, dit le détective en contournant la grosse voiture pour ouvrir sa propre portière et s'asseoir à côté de Ciara.

— Kieran, dit celle-ci en attachant sa ceinture, tu connais déjà Cormoran, n'est-ce pas ? »

Sa robe s'était relevée jusqu'au sommet de ses longues cuisses, et Strike ne pouvait être absolument certain qu'elle portait quelque chose en dessous. Tout à l'heure, dans sa chemise blanche transparente, il était évident qu'elle posait sans soutien-gorge.

« Ça va, Kieran ? », demanda Strike.

Le jeune homme se contenta de faire oui de la tête en regardant Strike dans son rétroviseur. Il avait adopté un comportement strictement professionnel dont Strike douta qu'il lui fût habituel en dehors de la présence d'un détective.

La voiture s'éloigna de la bordure. Ciara se mit à fouiller dans son grand sac ; elle y prit un vaporisateur et s'aspergea le visage et les épaules en décrivant un grand cercle avec sa main, puis se couvrit les lèvres d'une couche de gloss, sans cesser de parler :

« Voyons, j'ai besoin de quoi ? D'argent. Cormoran, voulez-vous être un amour et garder ça dans votre poche ? Je n'ai pas envie d'emporter ce gros machin à l'intérieur. » Elle lui tendit une liasse froissée de billets de vingt. « Merci. Oh, et puis il me faut mon téléphone. Vous avez une poche pour mon téléphone ? Mon *Dieu*, ce sac est un vrai fouillis ! »

Elle le laissa tomber sur le tapis de sol.

« Quand vous dites que ç'aurait été le rêve de Lula de retrouver son vrai père...

— Oh, oui ! coupa Ciara. Nous en parlions *tout le temps* ! Elle était tout excitée quand cette salope – sa mère biologique – lui a dit qu'il était africain. Guy a toujours pensé que c'était un bobard, mais il avait cette bonne femme en horreur.

— Il a rencontré Marlene Higson ?

— Non, mais c'était... c'était tout ce qu'elle *représentait* qu'il détestait. Il était sûr qu'elle lui mentait, qu'elle profitait de la situation, il voyait que Looly se faisait toutes sortes d'idées, et il voulait la protéger d'une déception. »

Décidément, se dit Strike tandis que la Mercedes tournait à gauche dans le noir, tout le monde avait eu à cœur de protéger Lula Landry. Était-elle donc si fragile ? Une chose était sûre : ces différents protecteurs ne lui avaient pas évité la mort. La nuque de Kieran Kolovas-Jones était raide, immobile ; mais ses yeux se déplaçaient plus souvent que nécessaire vers son rétroviseur pour observer le visage du détective.

« Et puis, Looly a cru qu'elle avait retrouvé sa trace – celle de son père biologique –, mais ça ne l'a menée à rien. Une impasse. Oui, c'était très triste. Elle pensait *vraiment* l'avoir trouvé, et au bout du compte, rien.

— C'était quoi, cette trace ?

— Quelque chose en rapport avec la fac qu'il avait fréquentée. Elle tenait ça de sa mère, des propos assez vagues, mais Looly a fait des recherches et elle a pensé qu'elle avait trouvé. Elle a consulté les archives, ou je ne sais quoi, avec cette drôle d'amie qu'elle avait. Cette fille qui s'appelait…

— Rochelle ? », suggéra Strike.

La Mercedes filait maintenant dans Oxford Street.

« Oui, Rochelle. Looly l'avait rencontrée en clinique, ou je ne sais où, cette pauvre petite. Elle s'est toujours montrée *incroyablement* généreuse avec elle. Elle l'emmenait faire du shopping, ou dans les bars. Mais elles ne l'ont jamais trouvé, ou ce n'était pas le bon endroit, ou autre chose. Je ne me souviens plus.

— Comment s'appelait-il, l'homme qu'elle cherchait ? Agyeman, peut-être ?

— Je ne crois pas qu'elle m'ait jamais dit son nom.

— Ou Owusu ? »

Ciara tourna vers lui ses beaux yeux clairs, d'un air interloqué.

« Ça, c'est le vrai nom de *Guy* !

— Je sais.

— Oh, mon *Dieu* ! pouffa-t-elle. Le père de Guy n'est jamais allé à l'université ! Il était chauffeur de bus. Et il le battait parce qu'il dessinait des robes tout le temps. C'est pour ça que Guy a changé de nom. »

La voiture ralentissait. Une longue queue s'étirait devant le bâtiment, jusqu'à l'entrée discrète qui aurait pu être celle d'une maison particulière. Un petit troupeau de silhouettes sombres s'entassait près du porche.

« Les paparazzi sont là, dit Kolovas-Jones, parlant pour la première fois. Attention en descendant, Ciara. »

Il quitta son siège et marcha jusqu'à la portière ; mais les paparazzi couraient déjà, menaçants, des hommes vêtus de sombre qui brandissaient leur appareil à long museau à mesure qu'ils s'approchaient.

Ciara et Strike sortirent de la voiture sous un tir de barrage de flashes, et les rétines du détective ne captèrent soudain plus que d'aveuglants éclats blanchâtres. Il pencha la tête en avant, et, d'instinct, sa main se posa sur le bras svelte de Ciara Porter pour la protéger et la guider vers la double porte derrière laquelle ils pouvaient espérer trouver refuge, car elle venait de s'ouvrir comme par magie pour les laisser entrer. La horde qui faisait la queue se récria et protesta en les voyant passer devant tout le monde, et quelques clameurs d'excitation s'élevèrent des premiers rangs, car certains avaient reconnu le célèbre top model ; puis les flashes cessèrent de les éblouir et ils se retrouvèrent à l'intérieur, où une tonitruante musique industrielle résonnait par-dessus une basse obstinée.

« Ouah ! Quel sens de l'orientation ! dit Ciara. En général, je rebondis d'un videur à l'autre et il faut qu'ils me poussent pour me faire entrer. »

504

Des stries de lumière jaune et pourpre brouillaient encore le champ de vision du détective. Il laissa tomber son bras. Ciara était si pâle qu'elle semblait presque phosphorescente dans la pénombre. Puis ils furent bousculés et forcés de s'enfoncer davantage à l'intérieur de la boîte, car une douzaine d'autres personnes venaient d'être admises derrière eux.

« Venez », dit la jeune femme.

Elle glissa sa main douce aux longs doigts fuselés dans celle de Strike et l'entraîna à sa suite.

Des visages se tournèrent tandis qu'ils fendaient la foule, tous les deux beaucoup plus grands que la plupart des clients. Strike distingua ce qui ressemblait à de longs aquariums insérés dans le mur, remplis non pas de poissons mais de grosses bulles de cire en suspension, qui lui rappelèrent les lampes à lave de sa mère. De longues banquettes en cuir noir s'étiraient sur les côtés, et, près de la piste de danse, il repéra des compartiments séparés par des cloisons. Il était difficile d'évaluer la taille des lieux, en raison des nombreux miroirs judicieusement placés ; un instant, Strike aperçut son reflet, qui semblait celui d'un plantigrade en costume italien derrière la sylphide blonde en mini-robe argentée qui le tenait par la main. La musique cognait dans tout son corps et faisait vibrer son cerveau. La foule sur la piste était si dense qu'il semblait miraculeux que chacun ait la place de se trémousser en rythme sans que la scène tourne à l'émeute et au chaos.

Ils étaient arrivés devant une autre porte, capitonnée de cuir et gardée par un vigile immense et chauve, qui darda un sourire étincelant sur Ciara, révélant deux couronnes en or. Il s'écarta et ouvrit l'entrée dérobée.

Ils pénétrèrent dans un bar à la lumière tamisée, plus tranquille bien qu'aussi peuplé, réservé de toute évidence aux célébrités et à leurs amis. Strike remarqua une présentatrice de télévision en minijupe, un acteur de feuilletons populaires, un comique bien connu pour ses frasques sexuelles ; puis, assis dans un coin tout au fond, Evan Duffield.

Une écharpe ornée d'une tête de mort autour du cou, il portait un jean noir moulant et était installé sur une banquette en cuir noir derrière une table basse, les bras tendus sur le dossier de part et d'autre, sous le regard de ses compagnons, pour la plupart des femmes, qui le dévoraient des yeux. Ses cheveux, longs jusqu'aux épaules, étaient teints en blond très clair, et son visage était pâle et osseux, avec des cernes profonds sous ses fascinants yeux turquoise.

Le groupe où se trouvait Duffield projetait sur le reste de la salle une sorte d'aura magnétique ; Strike le constata aux nombreux regards en coin qu'on lui jetait, à l'espace respectueux qu'on laissait autour de lui, tel l'orbite d'un astre. Duffield et sa petite cohorte semblaient ne pas s'en rendre compte, mais le détective eut tôt fait de saisir que cette indifférence relevait d'un habile artifice : tous avaient en réalité le regard pénétrant des prédateurs, combiné à l'arrogance désinvolte des despotes. Dans la chaîne alimentaire inversée de la notoriété, c'étaient les grands animaux qui étaient traqués et chassés, mais à présent ils recevaient leur dû.

Duffield parlait à une petite brune sexy, qui l'écoutait bouche bée, totalement absorbée par ce qu'il disait.

Tandis que Ciara et lui s'approchaient, le détective vit les yeux du rocker-acteur se détacher du visage de la brunette l'espace d'une fraction de seconde, pour (pensa Strike) prendre la mesure de l'attention qu'il suscitait et des autres opportunités qui pouvaient s'offrir à son appétit.

« Ciara ! », s'écria-t-il d'une voix rauque.

La petite brune parut vexée de voir Duffield se lever tout à coup, avec la souplesse d'un félin. Très mince, longiligne et pourtant bien musclé, il contourna sa table pour venir embrasser Ciara, qui devait mesurer quinze centimètres de plus que lui dans ses chaussures à semelle compensée. Elle lâcha la main de Strike pour le serrer dans ses bras et, durant quelques instants de flottement, tout le bar sembla les regarder avec de grands yeux, comme s'ils étincelaient ; puis les buveurs retournèrent à leurs conversations et à leurs cocktails.

« Evan, je te présente Cormoran Strike », dit Ciara. Elle avait approché sa bouche de l'oreille de Duffield, et Strike la vit plus qu'il ne l'entendit dire : « C'est le fils de Jonny Rokeby.

— Ça va, mec ? », demanda le jeune homme d'un ton familier, en tendant une main que Strike serra fermement, tout en l'observant avec attention.

Comme nombre des séducteurs que le détective avait rencontrés, la voix et les manières de Duffield avaient quelque chose d'efféminé. Peut-être les hommes comme lui finissaient-ils par se féminiser à force de côtoyer des femmes, à moins qu'il ne s'agît d'une façon de les désarmer pour mieux les conquérir ensuite. D'un geste gracieux de la main, l'acteur fit signe à ses compagnons de reculer sur la banquette pour faire de la place à Ciara, et la petite brune parut dépitée ; quant à Strike, il se chargea de trouver un tabouret, qu'il tira près de la table avant de demander à Ciara ce qu'elle voulait boire.

« Commandez-moi un Boozy-Magnum, mon cœur, dit tendrement le top model. Et payez avec mon argent. »

Son cocktail sentait très fort le Pernod. Strike prit une eau gazeuse pour lui et retourna vers la table, où Duffield et Ciara étaient maintenant presque nez à nez, parlant avec animation ; mais quand il s'assit avec les deux verres, le jeune homme regarda autour de lui, comme pour être sûr qu'on ne l'écoutait pas, puis demanda :

« Vous êtes musicien comme votre père, Cormoran ?

— Non, répondit Strike. Je suis détective.

— Pas possible ? Et je suis censé avoir tué qui, cette fois ? »

Le groupe autour de lui s'autorisa un sourire ironique, ou nerveux, mais Ciara fronça les sourcils.

« Ne plaisante pas, Evan, le gronda-t-elle.

— Je ne plaisante pas. Quand je plaisanterai, tu t'en apercevras, parce que tu seras pliée en deux de rire. »

La petite brune se mit à glousser.

« J'ai dit que je ne plaisantais pas ! », dit sèchement Duffield.

La fille donna l'impression d'avoir été giflée. Le reste du groupe recula imperceptiblement, même si l'espace était limité sur la banquette, et entama une conversation d'où Ciara, Strike et Duffield étaient pour le moment exclus.

« Evan, tu n'es pas gentil », protesta Ciara.

Mais son reproche semblait plus caressant que mordant, et Strike remarqua que le regard qu'elle lançait à la brunette était sans pitié.

Duffield tapota des doigts sur le bord de la table.

« Alors, vous êtes quel genre de détective, Cormoran ?

— Un privé.

— Evan chéri, Cormoran a été engagé par le frère de Looly... »

Mais Duffield avait apparemment repéré quelqu'un ou quelque chose d'intéressant au bar, car il bondit sur ses pieds et disparut dans la foule.

« Il se laisse facilement distraire. Et c'est un grand impulsif. C'est presque maladif chez lui, dit Ciara d'un ton d'excuse. Et puis, il est encore très ébranlé par la mort de Looly. *Très-très*, insista-t-elle, mi-fâchée, mi-amusée de voir Strike hausser les sourcils et jeter un regard vers la voluptueuse brunette, qui tenait maintenant son verre de mojito vide dans sa main et affichait un air maussade. Vous avez quelque chose sur votre jolie veste », ajouta Ciara.

Elle se pencha vers lui pour épousseter ce qui semblait être des miettes de pizza, et Strike respira les effluves puissants de son parfum, doux et épicé. Le tissu de sa robe argentée était si raide que, par l'effet de ce simple mouvement, il s'écarta de son corps comme le métal d'une armure et lui offrit un généreux aperçu de ses seins blancs et de ses mamelons pointus, roses comme des coquillages.

« Qu'est-ce que c'est, ce parfum que vous portez ? », lui demanda-t-il.

Elle lui mit son poignet sous le nez.

« Celui que Guy vient de lancer, dit-elle. Il s'appelle Éprise. »

Duffield revenait, un autre verre à la main, se frayant un chemin dans la foule, et des têtes se tournaient vers lui, magnétisées par son charme. Dans son jean serré, ses jambes étaient maigres comme des cure-pipes, et ses yeux cernés lui donnaient l'air d'un Pierrot malade, mais la séduction, nourrie par sa légende noire, agissait quand même.

« Evan, mon chéri, dit Ciara quand Duffield se fut rassis, Cormoran enquête sur…

— Il vous a entendue la première fois, l'interrompit Strike à mi-voix. Inutile de lui réexpliquer. »

Cela aussi, pensa-t-il, l'acteur devait l'avoir entendu. Mais il but son verre rapidement, puis s'adressa au reste du groupe. Ciara avala quelques gorgées de son cocktail, puis lui donna un coup de coude.

« Ça se passe comment, ton tournage ? demanda-t-elle.

— Bien. Enfin, pas mal. Un dealer d'héro suicidaire. Pas vraiment un rôle de composition. »

Tout le monde sourit, sauf Duffield lui-même. De nouveau, il tapota des doigts sur la table, ses genoux tressautant en cadence.

« J'en ai marre d'être ici », annonça-t-il.

Il fixa des yeux la porte capitonnée et le groupe l'observa, dans l'espoir, pensa Strike, qu'il les emmènerait ailleurs dans son sillage.

Duffield regarda Ciara, puis Strike.

« Un dernier verre chez moi, ça vous dit ?

— Ouiiiii ! », gazouilla Ciara, et, avec un regard de triomphe vers la petite brune, elle finit son cocktail d'un trait.

Quand ils sortirent de l'espace VIP, deux filles saoules coururent vers Duffield ; la première souleva son corsage et le supplia de lui signer un autographe sur les seins.

« Fais pas ta cochonne, ma belle ! dit Duffield en la repoussant. Tu as une bagnole, Cici ? cria-t-il par-dessus son épaule à Ciara, en fendant la foule à grands coups de coude, ignorant les cris et les doigts pointés sur lui.

— Oui, cria-t-elle en retour. J'appelle le chauffeur. Cormoran chéri, vous pouvez me passer mon télé-phone ? »

Strike se demanda ce que les paparazzi sur le pied de guerre à l'entrée feraient de l'image de Ciara Por-ter et d'Evan Duffield quittant le Magnum ensemble. Elle parlait très fort dans son iPhone. Quand ils eurent atteint tous les trois la sortie, elle dit :

« Attendez. Il m'envoie un texto dès qu'il est devant la porte. »

Duffield et elle semblaient légèrement nerveux, à la fois concentrés et combatifs comme des athlètes avant d'entrer dans un stade. Puis le téléphone de Ciara émit un petit bourdonnement.

« C'est bon, il est là », dit-elle.

Strike s'écarta pour la laisser sortir la première avec Duffield, puis marcha à grandes enjambées jusqu'au siège du passager pendant que l'acteur faisait le tour de la voiture en courant, sous un déluge de flashes et sous les cris de la foule, pour monter à l'arrière avec

Ciara, à qui Kolovas-Jones avait ouvert la portière. Strike claqua la sienne, forçant les deux hommes penchés pour photographier l'acteur et le top model assis côte à côte à faire un bond en arrière.

Kolovas-Jones sembla prendre tout son temps pour se remettre au volant. Strike eut l'impression que l'habitacle de la Mercedes était comme un scanner, à la fois hermétique et exposé aux flashes. Des objectifs étaient pressés frénétiquement contre les fenêtres et le pare-brise ; des visages agressifs flottaient dans l'obscurité, et des silhouettes sombres se ruaient et se bousculaient autour du véhicule immobile. Derrière les flashes, on entrevoyait la foule, curieuse et surexcitée.

« Putain, vous allez démarrer ? », gronda Strike à l'adresse de Kolovas-Jones.

Celui-ci fit vrombir le moteur. Les paparazzi qui bloquaient la chaussée reculèrent de quelques pas, sans cesser d'appuyer sur leur déclencheur.

« Salut, tas de connards ! », dit Duffield sur la banquette arrière tandis que la voiture s'éloignait du trottoir.

Mais les photographes se mirent à courir à côté de la grosse berline, dans une nouvelle explosion de flashes. Strike était en sueur : il était soudain de retour sur une piste d'Afghanistan, dans une Viking cahotante, tandis qu'un son pareil à celui de pétards de fête foraine faisait vibrer l'air brûlant ; il venait d'apercevoir un jeune homme s'éloignant de la voie au pas de course, traînant un petit garçon par la main. Sans même y penser, il avait hurlé : « *Freine !* », s'était jeté en avant et avait saisi Anstis, père d'un bébé de deux jours, qui était assis à côté du chauffeur ; la dernière

512

chose qu'il se rappelait était le cri de protestation de son ami, puis le bruit de son corps qui heurtait la porte arrière avant que la Viking ne se désintègre dans un fracas à faire éclater les tympans, et que le monde ne se transforme en un épais brouillard de sang, de souffrance et d'horreur.

La Mercedes avait tourné dans une rue presque déserte, et Strike se rendit soudain compte qu'il était si crispé que les muscles de ses bras et de ses cuisses lui faisaient mal. Dans le rétroviseur extérieur, il voyait deux motos qui les suivaient, chacune avec un chauffeur et un passager derrière. La princesse Diana et le tunnel de l'Alma à Paris, l'ambulance emportant le corps de Lula Landry, avec les appareils photo tendus vers ses vitres obscures : ces deux images le poursuivirent tandis que la Mercedes filait dans les rues nocturnes.

Duffield alluma une cigarette. Du coin de l'œil, Strike vit Kolovas-Jones froncer les sourcils en regardant l'acteur dans le rétroviseur, mais il s'abstint de protester. Au bout de quelques instants, Ciara se mit à murmurer dans l'oreille de Duffield, et le détective eut l'impression d'entendre son nom.

Cinq minutes plus tard, ils tournèrent de nouveau et virent, devant eux, une autre petite troupe de photographes en noir, qui déclenchèrent leurs flashes et se précipitèrent vers la Mercedes quand elle apparut. Les deux motos les rattrapèrent, et Strike vit les quatre hommes courir pour saisir l'instant où les portières s'ouvriraient. Il sentit une brusque montée d'adrénaline, et s'imagina bondissant de la voiture, se ruant sur ces hommes en noir, distribuant des coups de poing, envoyant de coûteux appareils valdinguer contre le ciment tandis que leurs propriétaires se recroquevillaient sur eux-mêmes, terrifiés. Comme s'il avait lu dans ses pensées, Duffield lui dit, la main posée sur la poignée :

« Sortez écrabouiller leurs putains de flashes, Cormoran, vous êtes bâti pour ça ! »

L'ouverture des portières ; l'air frais de la nuit ; d'autres flashes, encore et encore. Tel un taureau, Strike avança tête baissée, les yeux sur les talons cliquetants de Ciara, refusant de se laisser aveugler. Trois marches. Ils montèrent, Strike en dernier. Ce fut lui qui claqua la porte de l'immeuble au visage des paparazzi.

D'avoir été poursuivi avec cet acharnement, Strike se sentit pour un moment l'allié objectif des deux autres. Le petit hall faiblement éclairé lui sembla sûr et accueillant. Dehors, les vautours continuaient de s'interpeller de l'autre côté de la porte, et leurs cris faisaient penser à ceux d'un bataillon de soldats procédant à la reconnaissance d'un bâtiment. Duffield était planté devant une porte intérieure et essayait plusieurs clefs d'un trousseau.

« Je n'habite ici que depuis deux semaines », expliqua-t-il, poussant finalement le battant récalcitrant avec un coup d'épaule. Une fois passé le seuil, il ôta sa veste noire, la laissa tomber sur le sol près de la porte et les précéda dans l'appartement, en se déhanchant de manière à peine moins outrée que Somé, leur faisant signe de le suivre par un étroit couloir, puis dans un salon dont il alluma les lumières.

Le décor gris et noir, sobre et élégant, disparaissait presque dans le fouillis qui régnait, et l'air était empuanti par des odeurs de tabac froid, de cannabis et d'alcool. Strike ne put s'empêcher de penser aux squats de son enfance.

« Je vais pisser », annonça Duffield, et, avant de disparaître, il lança par-dessus son épaule, avec un geste de la main : « Les bouteilles sont dans la cuisine, Cici. »

Elle sourit à Strike, puis sortit par la porte que Duffield avait indiquée.

Strike observa la pièce autour de lui. Elle semblait avoir été laissée par des parents au goût impeccable à un garçon en pleine crise d'adolescence. Toutes les surfaces étaient couvertes de détritus, la plupart sous la forme de papiers gribouillés. Trois guitares étaient appuyées aux murs, la longue table basse en verre jonchée de débris divers, entre des sièges noirs et blancs tournés vers un énorme téléviseur à écran plasma. Le désordre avait débordé de la table sur la moquette noire à longs poils soyeux. De l'autre côté des hautes fenêtres, avec leurs rideaux transparents, Strike devinait la silhouette des paparazzi, qui rôdaient toujours sous le réverbère, aux aguets.

Duffield revint, remontant sa braguette. Se trouvant seul avec Strike, il partit d'un petit rire nerveux.

« Faites comme chez vous, mon gros. Je connais un peu votre vieux, vous savez ?

— Ah oui ? dit Strike, s'asseyant sur un des fauteuils cubiques.

— Oui. Je l'ai rencontré deux ou trois fois. Sympa. »

Il prit une guitare, improvisa un début de mélodie dansante, puis se ravisa et reposa l'instrument contre le mur.

Ciara reparut, apportant une bouteille de vin et trois verres.

« Tu ne pourrais pas engager une femme de ménage, chéri ? demanda-t-elle à Duffield d'un ton de reproche.

— Elles laissent tomber tout de suite », dit Duffield. Il prit une chaise et s'y assit à califourchon. « Elles n'ont pas l'énergie qu'il faut, avec moi. »

Strike fit un peu de place sur la table basse, pour que Ciara y pose la bouteille et les verres.

« Je croyais que tu devais t'installer avec Mo Innes, dit-elle en versant le vin.

— Oui. Ça n'a pas marché, dit Duffield, cherchant des cigarettes dans le fouillis. Ce vieux Freddie m'a loué cet appart', mais juste pour un mois, pendant que je tourne à Pinewood. Il veut que je reste à l'écart de mes tanières habituelles. »

Ses doigts sales écartèrent un long collier à grains pareil à un rosaire ; plusieurs paquets de cigarettes vides au carton arraché ; trois briquets, dont l'un était un Zippo gravé ; des feuilles de papier à cigarettes ; des fils électriques emmêlés ; un jeu de cartes ; un mouchoir crasseux ; des bouts de papier malpropres et griffonnés ; une revue de musique rock avec la photo noir et blanc de Duffield en couverture ; du courrier ouvert ou non ; une paire de gants en cuir noir froissés ; beaucoup de petite monnaie ; et, dans un cendrier en porcelaine étrangement propre, un seul bouton de manchette en forme de pistolet argenté. Enfin, il déterra un paquet de Gitanes sous le sofa, en alluma une, souffla un jet de fumée vers le plafond, puis s'adressa à Ciara, qui s'était assise à angle droit par rapport aux deux hommes et sirotait son vin :

« Ils vont de nouveau raconter qu'on baise ensemble, Cici, dit-il en désignant du menton les ombres derrière la fenêtre.

— Et Cormoran, il serait là pour quoi ? objecta Ciara avec un regard à Strike. Une partie à trois ?

— Non, la sécurité, dit Duffield, évaluant la carrure de Strike en plissant les yeux. On dirait un boxeur. Ou un catcheur. Vous ne buvez pas, Cormoran ?

— Non, merci, dit le détective.

— Qu'est-ce que vous avez ? Alcooliques Anonymes ? Ou raisons de service ?

— Service. Mais je prendrais bien un verre d'eau. »

Duffield haussa les sourcils et partit d'un bref gloussement. Il semblait nerveux, ne cessant de jeter à Strike des regards aigus et tapotant des doigts sur la table en verre. Ciara retourna dans la cuisine et revint avec une bouteille d'eau minérale. Quand elle demanda à l'acteur s'il avait de nouveau rendu visite à Lady Bristow, il sembla soulagé qu'on change de sujet.

« Putain, sûrement pas ! Une fois, ça m'a suffi. C'était horrible. Pauvre vieille, elle est sur son lit de mort.

— Mais c'était *tellement* gentil à toi d'aller la voir, Evan ! »

Strike devinait qu'elle tentait de lui montrer Duffield sous son meilleur jour.

« Vous connaissez bien la mère de Lula ? lui demanda-t-il.

— Non. Je ne l'avais rencontrée qu'une fois avant la mort de Lu. Elle n'était pas d'accord pour que Lu soit avec moi. Dans sa famille, personne n'était d'accord. Je ne sais pas pourquoi je suis allé la voir, ajouta-t-il en s'agitant sur sa chaise. Pour rencontrer quelqu'un qui se foute un peu moins que les autres qu'elle soit morte.

— Evan ! protesta Ciara d'un ton boudeur. Tu crois que je m'en fous, moi, qu'elle soit morte ?

— Non, pas toi, mais… »

Avec un de ses mouvements fluides et féminins, Duffield se pelotonna sur sa chaise dans une position presque fœtale, puis tira plusieurs bouffées de sa cigarette. Sur une étagère derrière sa tête, éclairée par une lampe conique, se trouvait une grande photo de Lula et de lui, de toute évidence prise au cours d'une séance de pose par un photographe de mode. Ils faisaient mine de lutter sur un arrière-plan d'arbres artificiels ; elle portait une robe rouge cerise qui lui tombait jusqu'aux pieds, lui un costume noir très cintré, avec un masque de loup remonté sur son front.

« Je me demande ce que dirait ma mère si c'était moi qu'on emportait les pieds devant. Mes vioques ont fait prononcer une injonction contre moi, dit Duffield en se tournant vers Strike. Enfin, c'était surtout l'idée de mon gros connard de père. Tout ça parce que je leur ai piqué leur foutue télé il y a deux ans. » Une pause. Puis : « Tu sais quoi ? ajouta-t-il en tendant le cou vers Ciara. Je suis clean depuis cinq semaines et deux jours.

— C'est formidable, chéri ! Fabuleux !

— Oui. » Il se redressa sur sa chaise. « Alors, vous ne posez pas de questions ? lança-t-il à Strike. Je croyais que vous enquêtiez sur le *meurtre* de Lu ! »

Son ton de bravade était démenti par le tremblement de ses doigts. Ses genoux se mirent à tressauter, comme ceux de Bristow.

« Vous aussi, vous pensez que c'était un meurtre ? demanda Strike.

— Non. » Duffield aspira de nouveau une longue bouffée. « Oui. Peut-être. Je ne sais pas. Un meurtre, ça aurait quand même plus de sens qu'un suicide. Parce qu'elle ne serait pas partie sans me laisser au moins un mot. J'attends toujours qu'on en trouve un, pour me dire que tout ça est réel. Ça ne me semble pas réel. Je ne me souviens même pas des obsèques. J'étais défoncé à mort, j'avais pris tellement de trucs que je pouvais à peine marcher. Je crois que si j'arrivais à me rappeler les obsèques, je pourrais m'enfoncer dans le crâne qu'elle est vraiment morte. »

Sa cigarette entre les lèvres, il tambourina des doigts sur le bord de la table en verre. Au bout d'un moment, gêné par le silence de Strike, il leva la tête vers lui et dit brusquement :

« Allez-y, demandez-moi quelque chose ! C'est qui, d'abord, les gens qui vous paient ?

— Le frère de Lula, John Bristow. »

Duffield cessa de tambouriner.

« Ce putain de rapace avec son balai dans le cul ?

— Rapace ?

— Putain, il était totalement *obsédé* par ce qu'elle faisait de son fric ! Comme si ça le regardait. Les gros richards croient toujours que les autres sont un ramassis de parasites, vous avez remarqué ? Toute sa famille de merde avait décidé que je l'exploitais, Lu, que j'étais une pompe à fric, et au bout d'un moment… » Il fit le geste de se tapoter la tempe avec l'index. « … ça a fini par lui rentrer dans la caboche, par lui donner des doutes, vous voyez ? »

Il saisit le Zippo sur la table et tenta à plusieurs reprises de faire jaillir la flamme, en vain. Strike regarda les minuscules étincelles bleues qui giclaient tandis qu'il parlait.

« Je suppose qu'il l'aurait plutôt vue avec un financier friqué. Comme lui.

— Il est avocat, rectifia Strike.

— M'en fous. C'est pareil. Tout ça, c'est pour aider tous les pourris pétés de thune à se faire un max de pognon, pas vrai ? Il a l'héritage de papa qui travaille pour lui, alors qu'est-ce qu'il en avait à secouer, de ce que sa sœur faisait avec son blé ?

— Ils lui reprochaient quel genre de dépenses, exactement ?

— L'herbe et l'héro pour moi. Tous les mêmes, dans cette famille de requins. Ça allait quand elle claquait son fric à *leur* façon, pas à la sienne. Lu le savait, qu'ils étaient tous rapiats à en crever, mais comme je vous ai dit, ça a quand même laissé des traces, ce qu'ils disaient. Ça lui a planté des idées dans la tête. »

Il jeta le Zippo à court de gaz sur la table, ramena ses genoux contre sa poitrine et lança à Strike un regard hargneux.

« Si je comprends bien, votre client, il pense toujours que c'est moi qui l'ai butée ?

— Non, je ne crois pas, dit Strike.

— Alors, il a changé d'avis dans sa petite tête de branleur coincé. Parce qu'il a raconté à tout le monde que c'était moi, même avant que l'affaire soit classée comme suicide. Seulement, j'ai un alibi en béton, alors qu'il aille se faire foutre. Qu'ils aillent tous se faire foutre. Tous. »

Énervé, agité, il se leva et versa du vin dans son verre, bien qu'il l'eût à peine touché, puis alluma une autre cigarette.

« Qu'est-ce que vous pouvez me raconter sur le jour de la mort de Lula ? demanda Strike.

— La nuit, vous voulez dire ?

— Le jour qui a précédé pourrait être important aussi. Il y a quelques points que j'aimerais éclaircir.

— Ah oui ? Allez-y, je vous écoute. »

Duffield se laissa retomber sur sa chaise et, de nouveau, ramena ses genoux sous son menton.

« Lula vous a téléphoné un grand nombre de fois entre midi et six heures environ, mais vous n'avez pas répondu.

— Non », dit Duffield. D'un geste enfantin, il enfonça son doigt dans un trou au genou de son jean. « J'étais occupé. Je bossais sur une chanson, je n'avais pas envie de m'arrêter. L'inspiration, comme on dit.

— Donc, vous ne vous êtes pas rendu compte qu'elle vous appelait ?

— Oh, si. J'ai vu son nom et son numéro sur l'écran. » Il se frotta le nez, tendit ses jambes maigres et posa ses pieds sur la table, puis croisa les bras et expliqua : « J'avais envie de lui donner une petite leçon, pour tout dire. La faire mariner un peu. Qu'elle se demande ce que je foutais pour ne pas vouloir lui parler.

— Pourquoi pensiez-vous qu'elle avait besoin d'une leçon ?

— À cause de ce gros con de rappeur. Je voulais qu'elle vienne chez moi pendant qu'il était dans la baraque. "Sois pas bête, Evan, t'as pas confiance ?" »

Son imitation de la voix et de l'expression de Lula faisait penser à une petite fille sournoise. « Je lui ai dit : "C'est à *toi* de pas être bête. Montre-moi que j'ai aucune raison de m'inquiéter, en venant t'installer chez moi tant qu'il est là !" Mais elle n'a pas voulu. J'ai pensé : on peut être deux à jouer à ce jeu, ma belle. On va voir si ça va te plaire ! Alors, j'ai invité Ellie Carreira et on a écrit et composé ensemble. Ensuite, j'ai emmené Ellie au Magnum. Lu ne pouvait pas se plaindre, c'était le boulot. Mes chansons. Entre copains, comme elle et son rappeur-gangster.

— Je ne crois pas qu'elle ait jamais rencontré Deeby Macc.

— Non, mais il n'avait pas caché ses intentions, pas vrai ? Vous avez entendu ces trucs qu'il a écrits sur elle ? Ça la faisait mouiller, cette petite conne.

— *Tu seras jamais comme Lula la divine*, cita obligeamment Ciara, mais un regard mauvais de Duffield la fit taire.

— Elle ne vous a pas laissé de message sur votre boîte vocale ? s'enquit Strike.

— Si, un ou deux. "Evan, rappelle-moi s'il te plaît. Il y a un truc que je ne peux pas te dire au téléphone, mais c'est urgent." C'était toujours urgent quand elle voulait savoir avec qui j'étais. Elle savait que j'avais grave les boules, pour Deeby Macc. Elle avait peur que je fasse venir Ellie, parce qu'elle savait qu'on avait déjà baisé ensemble.

— Elle a dit que c'était urgent, et qu'elle ne voulait pas en parler au téléphone ?

— Oui, mais c'était juste une feinte pour que je rappelle. Une de ses petites ruses. Putain, ce qu'elle pouvait être jalouse, Lu, quelquefois ! Et manipula-trice, aussi.

— Cet après-midi-là, elle a aussi appelé de nom-breuses fois son oncle. Pourquoi, à votre avis ?

— Quel oncle ?

— Tony Landry. Un autre avocat du cabinet.

— *Lui* ? » Duffield semblait interloqué. « Elle n'a pas pu l'appeler, il la dégoûtait encore plus que son frère.

— Pourtant, elle lui a téléphoné, à de nombreuses reprises, et dans le même créneau horaire. En lui lais-sant à peu près le même message. »

Duffield gratta son menton mal rasé avec ses ongles sales, en regardant Strike fixement.

« Aucune idée. Au sujet de sa mère, peut-être ? La vieille Lady B., qui devait retourner à l'hôpital, quelque chose comme ça ? Je ne sais pas.

— Vous ne pensez pas qu'il a pu se passer autre chose ce matin-là ? Un événement qui vous concernait tous les deux, vous et son oncle ?

— Il n'y a rien qui pourrait nous concerner en même temps, moi et son salopard d'oncle Tony ! dit Duffield. Je ne l'ai jamais rencontré. Le cours des actions et toutes ces conneries, c'est tout ce qui l'intéresse.

— Alors, quelque chose qui la concernait *elle* ? Un sujet personnel ?

— Un truc perso, elle n'aurait jamais appelé ce connard pour lui en parler. Ils se détestaient.

— Ah oui ? Qu'est-ce qui vous fait dire ça ?

— Elle avait à peu près les mêmes sentiments pour lui que moi pour mon gros enfoiré de père. Il me voit comme une merde, et Tony Landry était pareil avec Lu.

— Elle vous en a parlé ?

— Oh, oui. Il pensait que ses problèmes mentaux, c'était juste un truc pour se rendre intéressante, ou une excuse pour traîner avec la racaille. Il disait qu'elle faisait tout ça pour emmerder sa mère. Il l'a un peu moins méprisée quand elle a commencé à gagner beaucoup de pognon, mais elle n'a jamais oublié.

— Et elle ne vous a pas dit pourquoi elle vous avait téléphoné quand vous vous êtes retrouvés au Magnum ?

— Non », dit Duffield. Il alluma une autre cigarette. « Elle était d'une humeur de pitbull, parce que Ellie était avec moi. Ça ne lui a pas plu, mais alors pas du tout. Furax, pas vrai ? »

Pour la première fois, il s'adressait à Ciara, qui hocha mélancoliquement la tête.

« Elle m'a à peine adressé la parole, continua-t-il. Elle a surtout discuté avec toi, non ?

— C'est vrai, dit Ciara, mais elle ne m'a parlé de rien qui la *tracassait*, ou qui lui était arrivé.

— Une ou deux personnes m'ont dit que sa ligne était sur écoute… », commença Strike.

Mais Duffield ne le laissa pas finir.

« Oh, oui, les mecs des tabloïds ont écouté nos messages pendant des semaines. Ils savaient où nous avions rendez-vous, et tout le reste, ces ordures. Lu a changé de numéro, et moi aussi, quand nous avons compris ce qui se passait, et ensuite, nous faisions hyper-attention à ce que nous disions.

— Donc, si Lula avait quelque chose d'important à vous dire, ce n'est pas très étonnant qu'elle n'ait pas voulu s'en expliquer au téléphone ?

524

— Exact, sauf que si c'était si important, elle m'en aurait parlé en arrivant à la boîte.

— Mais elle n'a fait allusion à rien ?

— Non. Comme je disais, elle ne m'a presque pas parlé de la soirée. » Un muscle se crispa dans la mâchoire ciselée de Duffield. « Elle n'arrêtait pas de regarder l'heure sur son putain de portable. Mais je savais pourquoi. C'était pour me narguer. Pour faire comme si elle était impatiente de rentrer à Mayfair et de rencontrer son foutu rappeur. Elle a attendu qu'Ellie aille aux toilettes, puis elle s'est levée pour venir me dire qu'elle partait. C'est là que j'ai commencé à partir en vrille : je lui ai dit de me rendre mon bracelet, celui que je lui avais offert à notre cérémonie de fiançailles. Elle l'a balancé sur la table devant moi, comme ça, devant tout le monde. Je l'ai pris et j'ai gueulé : "Quelqu'un en veut ? Il ne sert plus !" Elle m'a planté là et elle s'est tirée. »

Il ne parlait pas comme si Lula était morte quatre mois plus tôt, mais comme si la scène s'était produite la veille et qu'il y eût encore une possibilité de réconciliation.

« Vous avez essayé de la retenir, n'est-ce pas ? demanda Strike.

— La retenir ?

— Selon des témoins, vous l'avez saisie par les bras.

— Ah oui ? Je ne me souviens pas.

— Mais elle s'est dégagée, et vous êtes resté. Je me trompe ?

— J'ai attendu cinq ou dix minutes, parce que je ne voulais pas lui donner la satisfaction de la poursuivre devant tous ces gens. Ensuite, j'ai quitté la boîte et j'ai dit à mon chauffeur de m'emmener à Kentigern Gardens.

— En portant votre masque de loup, dit Strike.

— Oui, pour échapper à ces chacals. » De nouveau, il fit un geste du menton en direction de la fenêtre. « Pour les empêcher de vendre des photos de moi dans l'état de rage où j'étais. Ils détestent ça, quand on se couvre le visage. On les prive de leur sale boulot de parasites. Il y en a un qui a essayé de me l'arracher, mais il n'a pas réussi. Je suis monté dans la bagnole et tout ce qu'ils ont pu photographier, c'est le loup qui leur faisait un bras d'honneur par la fenêtre. Je suis arrivé au coin de Kentigern Gardens, mais il y avait des paparazzi partout. Je savais qu'elle était sûrement déjà rentrée.

— Vous connaissiez le code ?

— Oui. Trente-neuf quarante-cinq. Mais j'étais sûr qu'elle avait dit au garde de ne pas me laisser monter. Je n'allais pas entrer devant tous ces fumiers pour qu'ils me voient me faire foutre dehors deux minutes plus tard. J'ai essayé de l'appeler de la voiture, mais elle n'a pas répondu. J'ai pensé qu'elle était descendue à l'étage au-dessous pour souhaiter la bienvenue à Londres à son trou du cul de rappeur. Alors, je suis reparti chez un copain qui avait de quoi me calmer. »

Il écrasa sa cigarette sur une carte à jouer gisant sur le coin de la table et chercha un autre paquet. Strike, qui ne voulait pas que la conversation s'interrompe, lui tendit le sien.

« Merci. Qu'est-ce que je disais ? Oui, j'ai dit au chauffeur de me déposer et je suis monté chez mon ami Whycliff, qui a fait à la police une déposition *dans ce sens*, comme dirait l'oncle Tony. Ensuite, j'ai marché et il y a une vidéo de la station-service pour le prouver. Et puis, vers… je ne sais plus. Trois heures ? Quatre heures ?

— Quatre heures et demie, dit Ciara.

— Oui. Je suis allé m'écrouler chez Ciara. »

Duffield aspira quelques bouffées de sa cigarette, louchant sur la braise rouge, puis, en exhalant, dit d'un ton allègre :

« Donc, alibi en béton armé, pas vrai ? »

Strike ne trouva pas sa satisfaction très sympathique.

« Quand avez-vous appris que Lula était morte ?

— Ciara m'a réveillé pour me le dire. Je ne pouvais pas… j'étais… Enfin, vous voyez. Putain de merde. »

Il joignit ses mains sur sa tête et regarda le plafond.

« Je n'arrivais pas à y croire. Putain, ça ne pouvait pas être vrai. »

Et Strike, en le regardant, eut le sentiment qu'il prenait brutalement conscience que la jeune femme dont il parlait avec tant d'arrogance, et qu'il reconnaissait avoir provoquée, narguée et aimée, ne reviendrait jamais ; qu'elle s'était fracassé le crâne sur l'asphalte couvert de neige, et que sa personne et leur relation appartenaient définitivement au passé. L'espace d'un instant, tandis qu'il fixait la blancheur neutre du plafond, le visage de Duffield prit une expression grotesque : il donna l'impression de sourire jusqu'aux oreilles, mais c'était une grimace de douleur, causée par l'effort qu'il faisait pour retenir ses larmes. Ses bras retombèrent et il plongea son visage dans ses mains, le front sur les genoux.

« Oh, *chéri* ! dit Ciara, posant son verre et tendant la main vers son genou osseux.

— Ça… ça m'a démoli, articula péniblement Duffield, le visage toujours enfoui dans ses mains. Détruit. Je voulais qu'on se marie. Je l'aimais, je l'aimais vraiment. Et puis merde, je n'ai plus envie d'en parler. »

Il se leva d'un bond et quitta la pièce, reniflant et s'essuyant le nez avec sa manche.

« Je vous l'avais dit, murmura Ciara à Strike. Il est *ravagé* par le chagrin !

— Oh, je ne sais pas, dit le détective. Il n'a pas l'air d'aller si mal. Il a même arrêté l'héroïne depuis plus d'un mois.

— Je *sais*, mais je ne voudrais pas qu'il retourne à ses vieux démons parce que vous le tourmentez.

— Je suis beaucoup plus aimable qu'un policier, objecta Strike. Nous avons une conversation polie.

— Mais vous faites une tête horrible. *Sévère*, comme si vous ne croyiez pas un mot de ce qu'il dit !

— Vous pensez qu'il va revenir ?

— Oui, bien sûr. Mais *s'il vous plaît*, essayez d'être un peu plus gentil avec lui… »

Elle s'appuya au dossier de son fauteuil, car Duffield venait de réapparaître. Son visage était sombre et son déhanchement un peu plus discret. Il se laissa retomber sur la chaise qu'il occupait un moment plus tôt et dit à Strike :

« J'ai plus de clopes. Je peux vous en prendre une autre ? »

Avec réticence, car il ne lui en restait plus que trois, Strike lui en tendit une, l'alluma avec son briquet, puis demanda :

« Nous pouvons continuer à parler ?

— De Lula ? Parlez si vous voulez. Je ne vois pas ce que je pourrais vous dire d'autre. Je n'ai pas de tuyau sur sa mort.

— Pourquoi avez-vous rompu ? La première fois, je veux dire. Pour la soirée au Magnum, j'ai compris. »

Du coin de l'œil, il vit Ciara faire un petit geste indigné ; apparemment, elle jugeait qu'il ne se montrait pas « plus gentil ».

« Quel rapport avec sa mort ? demanda Duffield, agressif.

— Tout est important. Cela dresse un tableau de ce qui se passait dans sa vie. Ça aide à comprendre ce qui aurait pu la pousser à se tuer.

— Je croyais que vous cherchiez un meurtrier ?

— Je cherche la vérité. Alors, *pourquoi* avez-vous rompu, la première fois ?

— Putain, quelle importance ? », explosa Duffield. Son tempérament, comme Strike l'avait perçu, était violent et éruptif. « Quoi, vous essayez de prouver que c'est ma faute si elle s'est jetée de son foutu balcon ? Qu'est-ce que ça vient faire là-dedans, notre première rupture, connard ? C'était deux mois avant sa mort ! Moi aussi, je pourrais me bombarder détective si c'est pour poser des questions débiles ! J'imagine que ça rapporte, quand on peut balader un client plein aux as ?

— Evan, ne te fâche pas ! dit Ciara d'un ton désolé. Tu as dit que tu voulais aider…

— Aider, oui, mais est-ce que je mérite qu'on m'oblige à déballer ma vie ?

— Ça ne fait rien si vous ne voulez pas répondre, dit Strike. Nous sommes entre nous, vous n'êtes soumis à aucune obligation.

— Je n'ai rien à cacher, mais c'est ma vie privée, non ? Nous avons rompu, cria-t-il, à cause de la drogue, et de sa famille, et de ses amis, qui lui empoisonnaient le cerveau en bavant sur moi, et parce qu'elle n'avait plus confiance en personne à cause de la presse, à cause de ces charognes ; ça vous va ? À cause de toute la *pression* ! »

Et Duffield fit de ses mains deux serres tremblantes qu'il pressa comme un casque sur ses oreilles.

« La pression, cette putain de *pression* ! C'est pour ça que nous avons rompu.

— Vous preniez beaucoup de drogues à l'époque, n'est-ce pas ?

— Oui.

— Et Lula n'aimait pas ça ?

— Ce sont les gens autour d'elle qui lui fourraient dans la tête qu'elle n'aimait pas ça.

— Qui, par exemple ?

— Sa famille. Ou ce con de Guy Somé. Sale petite tafiole.

— Quand vous dites qu'elle n'avait plus confiance en personne à cause de la presse... Qu'est-ce qui se passait au juste ?

— Putain, c'est évident, non ? Tous ces papiers dégueulasses... Votre père vous a pas expliqué ?

— Je ne sais rien de la vie de mon père, dit froidement Strike.

— Ils l'écoutaient même au *téléphone*, mec ! Et ça fait une drôle d'impression, si vous avez un peu d'imagination. Elle devenait complètement parano, elle croyait que tout le monde vendait des histoires sur elle. Toujours à se demander ce qu'elle avait dit ou non en téléphonant, et qui avait pu le répéter aux journaux. Ça la rendait cinglée.

— Elle vous a accusé d'avoir monnayé des confidences ?

— Non », dit Duffield. Puis, avec la même véhémence : « Oui. C'est arrivé. "Comment veux-tu qu'ils aient su que tu venais, que j'ai fait ceci ou cela, etc., etc. ?" Je lui disais que c'était la rançon de la célébrité, mais elle voulait tout avoir.

— Et vous n'avez jamais rien vendu à la presse ? »

Il entendit Ciara bloquer sa respiration.

« Non ! dit Duffield, soutenant le regard de Strike sans ciller. Non. Jamais. Vous êtes content ?

— Combien de temps êtes-vous restés séparés ?

— Deux mois, plus ou moins.

— Mais vous vous êtes réconciliés, quoi, une semaine avant sa mort ?

— Oui. À la soirée chez Mo Innes.

— Et vous avez fait cette cérémonie de fiançailles quarante-huit heures plus tard ? Au cours du week-end chez Mr Carbury, dans les Cotswolds ?

— Oui.

— Qui savait que vous prépariez cette cérémonie ?

— Personne. C'était spontané. J'ai acheté les bracelets, et voilà. C'était beau.

— Vraiment très beau, dit Ciara en écho, tristement.

— Donc, pour que la presse ait su si vite que vous étiez de nouveau ensemble, il faut qu'une des personnes présentes ait vendu la mèche ?

— Oui, je suppose.

— Vos téléphones n'étaient plus sur écoute à ce moment-là, n'est-ce pas ? Vous aviez changé de numéro.

— J'en sais rien, s'ils étaient sur écoute ! Demandez aux salopards des tabloïds qui s'en occupent.

— Elle vous a parlé de ses recherches pour retrouver son père ?

— Il était mort… Quoi, vous voulez dire le vrai ? Oui, ça la travaillait, mais à quoi ça servait ? Même sa mère ne savait pas qui c'était.

— Elle ne vous a jamais dit si elle avait découvert quelque chose à son sujet ?

— Elle a cherché, mais ça n'a rien donné. Alors, elle a décidé de prendre des cours de civilisation africaine. Son père, c'était devenu tout le continent. Et Somé était derrière tout ça, foutant son bordel comme d'habitude.

— En quel sens ?

— Tout ce qui l'éloignait de moi était bon. Tout ce qui les rapprochait. Possessif à en crever, dès qu'il s'agissait de Lu. Il était amoureux d'elle. Je sais qu'il est pédé, ajouta-t-il avec impatience en voyant Ciara s'apprêter à protester, mais ce n'est pas la première grande folle à flasher sur une fille. Il est prêt à tendre son cul à n'importe quel mec qui lui tombe sous la main, mais elle, il ne la lâchait pas. Toujours à piquer des crises si elle restait trois jours sans le voir. Ou si elle osait travailler pour quelqu'un d'autre.

« Moi, il m'étriperait vivant, s'il pouvait. Et inversement, sale petite ordure. Ça l'aurait excité, si Lu avait couché avec Deeby Macc. Pour me mettre à l'écart. Et pour se faire raconter tous les détails. Il se serait fait présenter, il aurait fait photographier ses fringues de merde sur le dos d'un gangster. Il n'est pas fou, Somé ! Il l'a utilisée pour se faire un max de fric. En essayant de la faire bosser pour rien, ou trois fois rien, et elle était assez conne pour se laisser faire.

— C'est Somé qui vous a donné ça ? », interrogea le détective en montrant la paire de gants en cuir noir gisant sur la table.

Il avait reconnu un petit logo GS imprimé en doré sur le revers.

« Quoi ? »

Duffield se pencha et saisit un des gants, qu'il balança au bout de son index devant ses yeux, pour l'examiner.

« Merde, c'est vrai ! Allez, à la poubelle », décida-t-il. Il jeta le gant dans un coin, et il heurta la guitare abandonnée, dont les cordes émirent un son grave et caverneux. « Je les ai gardés après cette séance, ajouta Duffield en montrant la couverture en noir et blanc du magazine. Somé ne me donnerait même pas un seau d'eau si j'étais en train de cramer ! Vous avez une autre clope ?

— Non, mentit Strike. Vous allez me dire pourquoi vous m'avez invité chez vous, Evan ? »

Un long silence. Duffield regardait Strike d'un air malveillant, et il comprit que l'acteur savait qu'il mentait au sujet des cigarettes. Ciara le regardait aussi, les lèvres entrouvertes, l'image même de la beauté perplexe.

« Qu'est-ce qui vous fait croire que j'ai quelque chose à vous dire ? fit enfin Duffield d'un ton sarcastique.

— Je ne crois pas que vous m'ayez invité pour le plaisir de ma compagnie.

— Je ne sais pas, dit Duffield, d'une voix pleine de fiel. J'ai dû penser que vous seriez marrant, comme votre vieux.

— Evan ! protesta Ciara.

— Bon, puisque vous n'avez rien à me dire... », commença Strike.

Il se leva de son fauteuil, et, à sa surprise et à l'évident déplaisir de Duffield, Ciara posa son verre vide et déplia ses longues jambes pour l'imiter.

« D'accord, d'accord, dit le jeune homme. Il y a bien quelque chose. »

Strike se rassit. Ciara jeta une de ses cigarettes à Duffield, qui l'attrapa au vol en marmonnant un remerciement, puis elle se rassit à son tour et se tourna vers Strike.

« Je vous écoute, dit le détective tandis que Duffield se battait avec son briquet.

— D'accord, répéta l'acteur. Mais je ne sais pas si c'est important. Et je ne veux pas que vous racontiez qui vous en a parlé.

— Je ne peux pas vous le promettre », dit Strike.

Duffield fronça les sourcils et ses genoux se remirent à tressauter. Il resta un moment silencieux, fumant, les yeux fixés au sol. Du coin de l'œil, Strike vit Ciara ouvrir la bouche pour parler et lui imposa silence en levant la main.

« Voilà, dit enfin Duffield. Il y a deux jours, je déjeunais avec Freddie Bestigui. Il est allé au bar et il a laissé son BlackBerry sur la table. » Il souffla un jet de fumée et s'agita sur sa chaise. « Je ne voudrais pas qu'il me vire, dit-il, regardant Strike durement. J'en ai besoin, de ce boulot.

— Continuez, dit Strike.

— Il a reçu un mail. J'ai vu le nom de Lula. Alors, je l'ai lu.

— Et ?

— Le mail venait de sa femme. Il disait : "Je sais que nous sommes censés communiquer par avocats interposés, mais si tu en restes à un million et demi, je dirai à tout le monde où j'étais exactement quand Lula Landry est morte, et comment j'ai atterri là, parce que j'en ai ma claque de mentir pour te protéger. Ce n'est pas une menace en l'air. De toute façon, je commence à penser que je ferais mieux de tout dire à la police." Ou quelque chose comme ça », dit Duffield.

De la fenêtre voilée par les rideaux leur parvint le bruit étouffé de deux des paparazzi qui riaient dans la rue.

« Voilà une information très utile, dit Strike au jeune homme. Merci.

— Mais je ne veux pas que Bestigui sache que c'est moi qui ai lâché le morceau.

— Je ne crois pas qu'il sera nécessaire de citer votre nom, dit Strike, se levant de nouveau. Merci pour l'eau minérale.

— Attendez, dit Ciara, son téléphone pressé contre l'oreille. Kieran ? Nous sortons, Cormoran et moi. Tout de suite. Au revoir, Evan chéri. »

Elle se pencha et l'embrassa sur les deux joues. Duffield, à demi levé, semblait pris au dépourvu.

« Tu peux dormir ici si…

— Non, chéri. J'ai une autre séance demain après-midi. J'ai besoin d'une bonne nuit pour être belle », dit-elle.

De nouveaux flashes éblouirent Strike quand il sortit de la maison ; mais cette fois, les paparazzi semblèrent désorientés. Tandis qu'il aidait Ciara à descendre le perron, puis montait derrière elle à l'arrière de la Mercedes, l'un d'entre eux cria à Strike :

« Hé ! T'es qui, toi ? »

Strike claqua la portière en souriant. Kolovas-Jones était de nouveau au volant, et ils s'éloignèrent sans être poursuivis.

Après une vingtaine de mètres parcourus en silence, le chauffeur regarda dans son rétroviseur et demanda à Ciara :

« Chez vous ?

— Oui. Kieran, tu veux bien allumer la radio ? J'ai envie d'un peu de musique. Un peu plus fort. Oh, j'*adore* cette chanson ! »

Telephone de Lady Gaga emplit l'habitacle.

Elle se tourna vers Strike tandis que les lueurs orange de la rue balayaient son visage extraordinaire. Son haleine sentait l'alcool, sa peau exhalait son parfum doux et poivré.

« Vous n'avez pas autre chose à me demander ?

— Si, encore une chose, dit Strike. À quoi sert une doublure amovible dans un sac à main ? »

Elle le fixa des yeux plusieurs secondes, puis pouffa

de rire et s'appuya contre son épaule. Souple, légère, elle se laissa aller contre lui, en disant :

« Vous êtes *vraiment* un drôle de type !

— Alors, pourquoi ces doublures ?

— Oh, c'est seulement pour… pour *personnaliser* le sac, vous comprenez ? Une façon de le customiser. On peut acheter plusieurs doublures et en changer, ou les enlever et s'en servir comme écharpe. Certaines sont très belles. En soie, avec de magnifiques imprimés. Et la fermeture Éclair qui les borde est très rock'n'roll.

— Intéressant », dit Strike tandis que la jambe de la jeune femme venait effleurer la sienne et qu'elle partait d'un autre petit rire rauque.

Appelle qui tu veux, chez moi il n'y a personne, chanta Lady Gaga.

La musique noyait leur conversation, mais les yeux de Kolovas-Jones passaient sans arrêt de la route à son rétroviseur. Une autre minute s'écoula, puis Ciara confia :

« Guy a raison, j'aime bien les costauds. Vous avez l'air d'une grande brute. C'est très sexy. »

Un pâté de maisons plus loin, elle murmura :

« Tu habites où ? »

Et elle frotta sa joue soyeuse contre la sienne, comme une chatte.

« Je dors sur un lit de camp dans mon bureau. »

Une fois de plus, elle pouffa. De toute évidence, elle était un peu saoule.

« Tu es sérieux ?

— Oui.

— Nous allons chez moi, alors ? »

Sa langue était fraîche et douce, et avait le goût de Pernod.

« Tu as couché avec mon père ? parvint-il à lui demander, tandis qu'elle pressait ses lèvres pulpeuses contre les siennes.

« Non… mon *Dieu*, non ! » Un autre petit rire. « Il se teint les cheveux… Ils sont presque *pourpres* quand on le voit de près… Je l'appelais le pruneau du rock ! »

Dix minutes plus tard, une voix lucide l'exhorta à ne pas laisser le désir conduire à l'humiliation, et, reprenant ses esprits, il murmura :

« Je n'ai qu'une jambe.

— Arrête tes conneries !

— C'est pas des conneries. Une bombe me l'a arrachée quand j'étais en Afghanistan.

— Pauvre chéri…, murmura-t-elle. Je la caresserai encore plus.

— Oui… Non, ça, ce n'est pas ma jambe. Mais ça fait du bien… »

9

Robin monta l'escalier en métal dans les mêmes chaussures à talon plat que celles qu'elle portait la veille. Vingt-quatre heures plus tôt, elle les avait choisies en vue des kilomètres qui l'attendaient, en se disant que c'était ainsi que se chaussait un détective privé en mission ; et aujourd'hui, dans l'excitation de ce qu'elle avait accompli dans ses vieux mocassins noirs, ceux-ci lui semblaient avoir pris l'éclat des pantoufles de verre de Cendrillon. Folle d'impatience d'annoncer à Strike ce qu'elle avait découvert, ce fut presque en courant qu'elle s'engagea dans Denmark Street et contourna le chantier inondé de soleil. Elle était sûre que le malaise causé par l'escapade alcoolisée de Strike deux jours plus tôt serait entièrement effacé par leur allégresse commune au vu de ce qu'elle avait appris au fil de ses recherches en solo de la veille.

Mais quand elle arriva au palier du deuxième étage, elle s'arrêta brusquement. Pour la troisième fois, la porte en verre était verrouillée, et le bureau obscur et silencieux.

Elle entra et constata rapidement l'évidence. La porte de séparation était ouverte, le lit de camp plié dans un coin. Aucune trace d'un repas du soir dans la corbeille. L'écran de l'ordinateur était éteint, la bouilloire froide. Robin en conclut que Strike n'avait pas (comme elle se le formula) passé la nuit « chez lui ».

Elle suspendit son manteau à la patère, puis tira un carnet de son sac, alluma l'ordinateur, et, après quelques minutes d'attente vaine, commença à taper sur son clavier un résumé de ses découvertes. La perspective d'en faire le récit à son patron l'avait presque empêchée de dormir, et elle était amèrement déçue de devoir l'écrire. Où était-il ?

Tandis que ses doigts cliquetaient sur les touches, une explication se présenta à son esprit, qui ne lui plut pas beaucoup. Dévasté par la nouvelle des fiançailles de son ex-compagne, était-il allé la supplier de ne pas épouser cet autre homme ? N'avait-il pas claironné partout que Charlotte n'aimait pas Jago Ross ? Et c'était peut-être vrai ; peut-être Charlotte, repentante, s'était-elle jetée dans les bras de Strike, et étaient-ils maintenant réconciliés, couchés, enlacés, dans la maison ou l'appartement d'où il avait été chassé quatre semaines plus tôt. Robin se souvint des insinuations de Lucy au sujet de Charlotte, et se dit que de telles retrouvailles ne présageraient rien de bon pour l'avenir de son emploi. *Même si ça n'a aucune importance*, se rappela-t-elle, tapant furieusement et sans s'occuper des fautes de frappe, *puisque tu pars dans une semaine*. Cette réflexion l'agita encore davantage.

Bien sûr, il se pouvait aussi que Strike soit allé trouver Charlotte et que celle-ci l'ait repoussé. Dans ce cas, la question de savoir où il avait échoué était à la fois moins personnelle et plus pressante. Et s'il était ressorti sans personne pour s'inquiéter de lui, décidé à s'enivrer de nouveau, cette fois jusqu'à rouler dans le ruisseau ? Les doigts de Robin ralentirent et s'arrêtèrent au milieu d'une phrase. Elle fit pivoter sa chaise pour regarder le téléphone silencieux.

Elle était peut-être la seule personne au monde à savoir que Cormoran Strike ne se trouvait pas là où il aurait dû. Peut-être devrait-elle l'appeler sur son portable ? Mais s'il ne répondait pas ? Combien d'heures devrait-elle laisser s'écouler avant de prévenir la police ? L'idée lui vint d'appeler Matthew à son bureau pour lui demander conseil, mais elle l'écarta aussitôt.

Son fiancé et elle s'étaient disputés l'avant-veille au soir, quand elle était rentrée avec plusieurs heures de retard après avoir raccompagné le détective ivre mort. Une fois de plus, Matthew l'avait accusée de naïveté, lui reprochant de se laisser impressionner par des histoires à dormir debout. Tout ce que cherchait Strike, avait-il affirmé avec animosité, c'était une secrétaire qui ne lui coûterait pas cher, et, pour arriver à ses fins, il recourait au chantage affectif ; le plus probable était que cette prétendue Charlotte n'existait pas, et que toute cette histoire n'était qu'une fable extravagante pour s'attirer la compassion de Robin et la faire travailler sans avoir à la payer. Robin s'était alors mise en colère et lui avait rétorqué que si quelqu'un exerçait un chantage sur elle, c'était plutôt lui, en lui rebattant les oreilles avec l'argent qu'elle devrait rapporter dans le ménage et ses remarques culpabilisantes. N'avait-il pas compris qu'elle était *heureuse* de travailler pour Strike, et son esprit d'expert-comptable était-il trop obtus pour voir qu'elle *redoutait* le moment où il lui faudrait affronter l'ennui pesant de ce poste dans les ressources humaines ? Matthew, dans un premier temps, s'était montré horrifié, puis (tout en se réservant le droit de déplorer l'attitude de Strike) il s'était longuement excusé. Mais Robin, pourtant de nature conciliante, était restée distante et d'humeur irritable, et ils s'étaient couchés en se tournant le dos. La trêve conclue le lendemain matin n'était pas exempte de rancune, surtout de la part de Robin.

Maintenant, dans le silence, les yeux rivés sur le téléphone, une bonne partie de sa colère se déversait sur Strike. Où était-il ? Que faisait-il ? Pourquoi confirmait-il les accusations de Matthew quand celui-ci le traitait de bon à rien irresponsable ? Il la laissait seule pour garder la forteresse, parcourant sans doute la ville à la recherche de son ex-fiancée, et tant pis pour leur affaire…

Pour *son* affaire.

Des pas dans l'escalier. Robin crut reconnaître la légère claudication du détective. Elle attendit, scrutant d'un œil furieux la porte, jusqu'à être sûre que les pas avaient dépassé le premier étage ; puis elle fit pivoter sa chaise pour fixer son écran et se remit à taper son rapport, le cœur battant à un rythme accéléré.

« Bonjour !

— Bonjour. »

Elle continua de maltraiter le clavier, sans accorder à Strike plus qu'un regard fugace. Il semblait fatigué, ne s'était pas rasé, mais portait des vêtements d'une élégance inhabituelle. Aussitôt, elle pensa avoir vu juste : il avait tenté une réconciliation avec Charlotte, et, à voir sa mine allègre, avait atteint son but. Les deux phrases qu'elle écrivit furent truffées de fautes de frappe.

« Ça va ? demanda Strike en remarquant la mâchoire serrée de Robin et son attitude fermée.

— Très bien », dit-elle sèchement.

Elle était décidée à déposer devant lui un rapport parfaitement dactylographié, puis, avec un calme glacial, à discuter avec lui des formalités de son départ. Elle lui suggérerait d'engager dès cette semaine une nouvelle intérimaire, qu'elle puisse expliquer à sa remplaçante le fonctionnement au jour le jour du bureau avant de partir.

Strike, pour qui l'enchaînement des méchants coups du sort s'était miraculeusement interrompu quelques heures plus tôt, et qui ne s'était jamais senti en aussi bonne forme depuis des mois, avait attendu avec impatience de retrouver sa secrétaire. Certes, il ne souhaitait pas la régaler du récit de ce qu'il avait fait pendant la nuit (ou du moins de ses dernières heures, qui avaient tant contribué à restaurer son ego malmené), car il était instinctivement enclin à rester bouche cousue sur ce genre de sujet, et espérait préserver les quelques barrières qui restaient entre la jeune femme et lui après sa copieuse consommation de Doom Bar au Tottenham. Mais il avait prévu un éloquent discours d'excuse pour ses excès de l'avant-veille et des paroles de gratitude pour son aide ; après quoi, il lui exposerait les conclusions intéressantes qu'il avait tirées de ses entretiens de la veille.

« Du thé ? proposa-t-il.

— Non merci. »

Il regarda sa montre.

« Je n'ai que onze minutes de retard.

— C'est à vous de décider à quelle heure vous arrivez. Je veux dire, tenta-t-elle de corriger, car elle sentait que le ton de sa voix avait été trop ouvertement hostile, ça ne me regarde pas si... si vous avez été retenu. »

Robin avait répété toute une série de phrases indulgentes et magnanimes pour répondre aux probables excuses du détective quand ils reparleraient de son intempérance de l'avant-veille, si bien qu'elle trouva son attitude singulièrement dénuée de honte et de remords.

Strike s'affaira avec la bouilloire et les sachets, et, quelques minutes plus tard, posa sur le bureau une tasse de thé fumant.

« J'ai dit que je ne...

— Pourriez-vous laisser de côté cet important document quelques instants, pour que je vous explique deux ou trois choses ? »

Elle sauvegarda le rapport de quelques coups agressifs sur les touches et se tourna vers lui, les bras croisés sur la poitrine. Strike s'assit sur le vieux sofa.

« D'abord, je voudrais m'excuser pour lundi soir.

— Inutile, dit-elle d'une petite voix pincée.

— Oh, si. Je ne me rappelle pas grand-chose de ce que j'ai fait. J'espère que je ne me suis pas montré trop pénible.

— Non.

— Vous avez sans doute compris l'histoire. Mon ex-compagne vient de se fiancer à son ancien petit ami.

Il ne lui a pas fallu un mois pour se faire passer une autre bague au doigt. Façon de parler, parce que je ne lui ai jamais acheté de bague. Faute d'argent. »

Au ton de sa voix, Robin comprit qu'il n'y avait pas eu de réconciliation ; mais dans ce cas, où avait-il passé la nuit ? Elle décroisa les bras et, sans y penser, but une gorgée de thé.

« Rien ne vous obligeait à venir me chercher comme vous l'avez fait, mais vous m'avez probablement évité de m'écrouler dans un caniveau ou de me battre avec quelqu'un. Alors, merci beaucoup.

— De rien, dit Robin.

— Et merci pour l'Alka-Selzer.

— Ça vous a fait du bien ? demanda la jeune femme, d'un ton détaché.

— J'ai failli couvrir ce vieux truc de vomi, dit Strike en donnant un coup de poing dans les coussins du sofa, mais ensuite, oui, beaucoup de bien. »

Robin se mit à rire, et, pour la première fois, le détective se rappela le mot qu'elle lui avait laissé sous la porte pendant qu'il dormait et le prétexte qu'elle avait allégué pour s'absenter avec tact.

« Bon. J'étais impatient de savoir comment vous vous êtes débrouillée hier, mentit-il effrontément. Ne prolongez pas le suspense. »

Robin s'épanouit comme un nénuphar au printemps.

« J'étais en train de taper le rapport…

— Dites-le-moi de vive voix, vous pourrez finir de taper plus tard, dit Strike, en se disant qu'il serait facile d'effacer son compte rendu s'il se révélait inutile.

— Comme vous voudrez. » Robin semblait tout à coup mi-excitée, mi-inquiète. « Comme je vous l'ai écrit, j'ai vu que vous vouliez en savoir plus sur le professeur Agyeman et l'hôtel Malmaison à Oxford. »

Strike hocha la tête, soulagé qu'elle le lui rappelle, car il ne se souvenait pas des détails du billet, lu alors qu'il était encore plongé dans les profondeurs de sa terrible gueule de bois.

« Donc, dit Robin en haletant un peu, j'ai commencé par faire un saut à la SOAS. L'École d'études asiatiques et africaines, sur Russell Square. D'après vos notes, c'est ce que vous comptiez faire, n'est-ce pas ? ajouta-t-elle. J'ai vérifié sur un plan, c'est à quelques centaines de mètres du British Museum. Ce n'est pas ce que voulaient dire tous vos griffonnages ? »

De nouveau, Strike fit oui de la tête.

« Je me suis présentée à l'accueil, j'ai dit que j'écrivais un mémoire sur la politique africaine et que j'avais besoin de renseignements sur le professeur Agyeman. J'ai fini par discuter avec une secrétaire très aimable du département de science politique, une femme qui avait travaillé pour lui et qui m'a donné des tas d'informations, dont une bibliographie et une brève biographie. Il a bien fait ses études à la SOAS jusqu'à sa licence, avant de revenir y enseigner plus tard.

— Ah oui ?

— Oui, dit Robin. J'ai même une photo. »

De l'intérieur de son carnet, elle tira un cliché photocopié et le lui tendit.

Strike vit un homme de couleur au visage long, aux pommettes saillantes, avec des cheveux grisonnants, coupés ras, et un collier de barbe, gris aussi. Ses lunettes cerclées d'or reposaient sur de très grandes oreilles. Il l'examina durant plusieurs longues secondes, et quand il parla, ce fut pour s'exclamer entre ses dents :

« Bon Dieu ! »

Robin attendit, tout heureuse.

« *Bon Dieu*, répéta Strike. Quand est-il mort ?

— Il y a cinq ans. D'une maladie dégénérative. La secrétaire était tout émue en parlant de lui. Elle me l'a décrit comme un homme très brillant, et qui était la bonté même. Un chrétien convaincu.

— De la famille ?

— Oui, il a laissé une veuve et un fils.

— Un fils, répéta Strike.

— Oui, dit Robin. Il est dans l'armée.

— Dans l'armée, dit Strike en écho. Ne me dites pas…

— Il est en Afghanistan. »

Strike se leva et se mit à faire les cent pas, la photo du professeur Agyeman à la main.

« Cette femme ne vous a pas donné le nom de son régiment ? Mais aucune importance. Je peux le trouver.

— Je lui ai posé la question, dit Robin, consultant ses notes, mais je n'ai pas vraiment compris. Il y a un régiment qui s'appelle les Sapeurs, ou…

— Les Royal Engineers. C'est leur surnom, expliqua Strike. Je peux vérifier tout ça. »

Il s'arrêta devant le bureau de Robin et scruta de nouveau le visage du professeur Josiah Philip Agyeman.

« Il était originaire du Ghana, poursuivit la jeune femme, mais il a habité Clerkenwell avec sa famille jusqu'à sa mort. »

Strike lui rendit la photo.

« Ne la perdez pas. Vous avez fait du bon boulot, Robin.

— Ce n'est pas tout, dit-elle, rougissante, euphorique et tentant de se retenir de sourire. L'après-midi, j'ai pris le train pour Oxford et je suis allée faire un tour à l'hôtel Malmaison. Vous saviez que c'est une ancienne prison ?

— Vraiment ? dit Strike, se laissant retomber dans le sofa défoncé.

— Oui. Mais c'est très joli, très confortable. Enfin, peu importe. J'ai eu l'idée de me faire passer pour Alison Cresswell et de prétendre que Tony Landry avait oublié quelque chose. »

Strike but une gorgée de thé, songeant combien il était peu plausible qu'une secrétaire soit envoyée en personne chercher un objet quatre mois après le départ du propriétaire.

« Seulement, c'était une mauvaise idée, poursuivit la jeune femme.

— Ah oui ? dit-il d'un ton volontairement neutre.

— Oui, parce que la vraie Alison s'est bel et bien présentée à l'hôtel le 7 janvier, en demandant Tony Landry. J'étais horriblement gênée, parce qu'une des filles de la réception était là quand elle est venue, et qu'elle s'en souvenait. »

Strike posa sa tasse sur le sol.

« Très, très intéressant, dit-il.

— Je sais ! Du coup, j'étais dos au mur et j'ai dû réfléchir à toute vitesse.

— Vous leur avez dit que vous vous appeliez Annabel ?

— Non, dit-elle avec un petit rire. Je leur ai dit :

bon, d'accord, je dois vous avouer la vérité. Je suis la petite amie de Mr Landry. Et j'ai pleuré.

— Vous avez *pleuré* ?

— Ce n'était pas si difficile, dit Robin d'un air surpris. Je me suis mise dans la peau du personnage. J'ai dit que je le soupçonnais de me tromper.

— Pas avec Alison ? S'ils l'ont vue, ils n'ont pas pu croire que…

— Non. J'ai dit que je pensais qu'il n'était jamais descendu dans leur hôtel. Bref, j'ai fait toute une scène et la fille qui avait parlé avec Alison m'a emmenée à l'écart, pour me calmer. Elle m'a dit qu'elle ne pouvait rien révéler sur les allées et venues de la clientèle, que l'établissement avait des règles de confidentialité, etc., etc., vous voyez. Mais pour que je cesse de pleurer, elle a fini par me dire qu'il avait rempli sa fiche le 6 au soir et qu'il avait payé sa note le 8 au matin. Au moment de partir, il a même fait toute une histoire parce qu'on ne lui avait pas monté le bon journal. C'était pour ça qu'elle s'en souvenait. Donc, aucun doute : il était bien là ! Je lui ai même demandé, en sanglotant, comment elle était sûre que c'était lui, et elle l'a décrit très précisément. Je sais à quoi il ressemble, ajouta-t-elle sans même que Strike n'ait besoin de lui poser la question, parce que avant de partir j'ai regardé sa photo sur le site du cabinet.

— Vous êtes fantastique ! dit Strike. Et tout ça est assez louche. Qu'est-ce qu'elle vous a dit au sujet d'Alison ?

— Qu'elle avait demandé à le voir, mais qu'il n'était pas là. Ils lui ont confirmé qu'il était arrivé la veille et elle est repartie.

— Très curieux. Elle devait savoir qu'il était au colloque, non ? Pourquoi n'a-t-elle pas commencé par y aller ?

— Je ne sais pas.

— Est-ce que cette sympathique employée d'hôtel vous a dit qu'elle l'avait vu à d'autres moments qu'à son arrivée et à son départ ?

— Non, dit Robin. Mais nous savons qu'il était au colloque, n'est-ce pas ? J'ai vérifié, vous vous rappelez ?

— Nous savons qu'il s'y est présenté et qu'il a pris son badge de participant. Ensuite, il est reparti et est allé voir sa sœur à Chelsea. Lady Bristow. Pourquoi ?

— Eh bien... elle était malade.

— Malade ? Elle sortait d'une opération censée la guérir.

— Une hystérectomie, dit Robin. J'imagine qu'on ne se sent pas en pleine forme après une intervention pareille.

— Sans doute, mais nous avons un homme qui n'aime pas beaucoup sa sœur – il me l'a dit lui-même –, qui sait qu'elle vient de subir une opération qui doit lui sauver la vie, et qu'elle a ses deux enfants pour veiller sur elle. Pourquoi était-il si pressé de la voir ? »

Robin semblait plus hésitante.

« Je suppose que... puisqu'elle venait de sortir de l'hôpital...

— Il le savait certainement avant de partir pour Oxford. Alors, pourquoi ne pas être resté à Londres, lui rendre visite puisqu'il y tenait tant, puis aller assister au colloque l'après-midi ? Pourquoi faire presque cent kilomètres, passer la nuit dans cette prison de luxe, prendre son badge et *ensuite* revenir à Londres ?

— On lui a peut-être téléphoné pour lui dire qu'elle se sentait mal ? C'est peut-être John Bristow qui l'a appelé pour lui demander de venir ?

— Bristow ne m'en a jamais parlé. J'ai l'impression qu'ils étaient en mauvais termes à l'époque. Ils deviennent tous les deux fuyants quand on leur parle de cette visite de Landry. Ils n'aiment pas s'y attarder, ni l'un ni l'autre. »

Strike se leva et recommença de faire les cent pas, en boitillant, mais sans remarquer que sa jambe lui faisait mal.

« Non. Que Bristow ait demandé à sa sœur de passer – parce que, de toute évidence, Lady Bristow considérait sa fille comme la prunelle de ses yeux –, oui, c'est vraisemblable. Mais demander à son oncle, alors qu'il était à Oxford, de faire ce long aller-retour pour venir la voir… Non, ça ne tient pas debout. Et en plus, vous m'apprenez qu'Alison est venue trouver Landry à son hôtel. C'était un jour de semaine, elle était censée travailler. Elle l'a suivi de sa propre initiative, ou c'est quelqu'un qui l'a envoyée ? »

Le téléphone sonna, et Robin décrocha le combiné. À la surprise de Strike, elle prit aussitôt un fort accent australien.

« Je suis désolée, elle n'est pas là… Non… Non… Je ne sais pas où elle est… Je m'appelle Annabel… »

Strike riait sous cape, et Robin lui jeta un regard d'angoisse feinte. Après presque une minute de son numéro de fille des antipodes, elle raccrocha.

« Temporary Solutions, dit-elle.

— J'avais compris, mais j'ai l'impression qu'il y a plusieurs Annabel. Par moments, celle-ci sonnait plus sud-africaine qu'australienne.

— Maintenant, je veux tout savoir de votre journée d'hier, dit Robin, incapable de contenir plus longtemps sa curiosité. Vous avez pu parler à Bryony Radford et à Ciara Porter ? »

Strike lui raconta tout, n'omettant que la suite de sa visite chez Evan Duffield. Il insista sur quelques faits qui avaient particulièrement retenu son attention : Bryony affirmait que c'était à cause de sa dyslexie qu'elle avait écouté la boîte vocale d'Ursula May ; Ciara continuait à soutenir que Lula lui avait confié son intention de tout laisser à son frère ; Duffield avait été exaspéré de voir Lula regarder constamment l'heure pendant qu'ils étaient au Magnum ; et Tansy Bestigui avait envoyé un mail de menace à son (bientôt) ex-mari.

« Alors, où elle était, Tansy ? demanda Robin, suspendue aux lèvres de Strike.

— Oh, je suis à peu près sûr de le savoir, répondit le détective. Le problème, ce sera de le lui faire admettre, parce que cela pourrait compromettre ses chances d'obtenir plusieurs millions de livres de Freddie. Mais vous pouvez le deviner aussi. Il suffit de bien regarder les photos de la police.

— Mais...

— Observez celles de la façade du bâtiment le matin où Lula est morte, et pensez à l'aspect qu'elle avait quand nous l'avons vue. Ce sera un bon exercice pour une apprentie détective. »

Robin sentit monter en elle une vague d'excitation et de bonheur, aussitôt tempérée par un serrement de cœur, car elle se rappela qu'elle devait partir bientôt travailler dans un service de ressources humaines.

« Il faut que je me change, dit Strike en se levant. Pouvez-vous réessayer de joindre Freddie Bestigui ? »

Il disparut dans son bureau, ferma la porte derrière lui et remplaça son costume porte-bonheur (comme il pensait pouvoir l'appeler désormais) par une vieille chemise confortable et un pantalon moins serré à la taille. Quand il repassa devant Robin pour aller aux toilettes, elle était au téléphone, avec l'expression d'ennui d'une personne à qui l'on a demandé de rester en ligne. Strike se brossa les dents au-dessus du lavabo craquelé, se disant que ses rapports avec sa secrétaire seraient plus simples maintenant qu'il avait tacitement reconnu qu'il vivait dans son bureau. Puis il revint et vit qu'elle avait raccroché et semblait exaspérée.

« Je crois qu'ils ne prennent même plus la peine de transmettre mes messages, dit-elle à Strike. Ils m'ont dit qu'il était aux studios de Pinewood et qu'on ne pouvait pas le déranger.

— Ah ! Au moins, nous savons qu'il est de retour à Londres », dit Strike.

Il prit sur l'étagère le rapport d'intérim, se laissa retomber sur le sofa et commença d'ajouter ses notes sur ses entretiens de la veille, en silence. Robin le regardait du coin de l'œil, fascinée par la méticulosité avec laquelle son patron couchait par écrit la moindre de ses découvertes, en précisant quand, comment et de la bouche de qui il avait obtenu chaque information.

« Je suppose, avança-t-elle après un long moment de silence, durant lequel elle avait partagé son attention entre l'observation de Strike au travail et l'examen d'une photo de la façade du 18, Kentigern Gardens sur Google Earth, je suppose que vous devez prendre soin de tout noter dans le détail, au cas où vous oublieriez quelque chose ?

— Ce n'est pas seulement ça, dit Strike, écrivant toujours et sans lever les yeux. Je ne veux pas offrir de prise aux avocats de la défense. »

Il avait parlé d'un ton si calme, si raisonnable, que Robin réfléchit plusieurs secondes à la signification de ses mots, de crainte de se méprendre.

« Vous voulez dire… en général ? demanda-t-elle enfin. Par principe ?

— Non, dit Strike, stylo toujours en main. Je veux dire que dans ce cas précis, je ne veux pas laisser les avocats qui défendront au procès la personne qui a tué Lula Landry avoir le dessus sur l'accusation parce qu'ils auront pu démontrer que je ne sais pas construire un dossier correctement, et donc auront mis en question ma fiabilité en tant que témoin. »

Strike fanfaronnait de nouveau, et le savait ; mais il ne pouvait s'en empêcher. Il jubilait. Certains auraient pu trouver de mauvais goût qu'il prenne du plaisir à une enquête sur un meurtre, mais il s'était amusé dans des circonstances plus dramatiques encore.

« Vous pourriez sortir acheter quelques sandwiches, Robin ? », ajouta-t-il pour avoir une raison de lever les yeux et d'observer son expression éberluée.

Il finit de rédiger ses notes pendant son absence, et s'apprêtait à téléphoner à un vieux collègue en Allemagne quand la jeune femme reparut, avec deux sandwiches et un journal.

« Votre photo est en première page du *Standard* !
annonça-t-elle, haletante.

— Quoi ? »

C'était une photo de Ciara Porter entrant avec Duffield dans sa maison. Ciara était superbe, comme toujours, et, l'espace d'une demi-seconde, Strike fut
transporté dans le temps, à deux heures et demie ce
matin, quand elle était couchée au-dessous de lui,
blanche et nue, ses longs cheveux soyeux répandus sur
l'oreiller comme ceux d'une sirène, tandis qu'elle murmurait et gémissait à son oreille.

Il examina plus attentivement le cliché ; il y apparaissait à moitié hors cadre, un bras levé pour écarter
les paparazzi.

« Ça n'a pas d'importance, dit-il en rendant le journal à Robin avec un haussement d'épaules. Ils m'ont
pris pour son gorille.

— L'article dit, insista Robin en tournant la page,
qu'elle est partie de chez Duffield avec son garde du
corps à deux heures.

— Vous voyez… »

La jeune femme le regarda fixement. Son récit de
sa soirée s'était terminé par la conversation qu'il avait
eue avec Duffield, en présence de Ciara Porter, dans
l'appartement de l'acteur. Elle s'était tellement passionnée pour les différentes découvertes dont il lui
avait fait part qu'elle en avait oublié de se demander
où il avait dormi, supposant qu'il avait laissé ses deux
compagnons ensemble.

Mais il était arrivé au bureau ce matin habillé comme
sur la photo.

Elle se détourna, lisant l'article en page 2. Il sous-entendait que le mannequin et l'acteur s'étaient offert une partie de plaisir pendant que le garde du corps supposé attendait dans le hall la fin de leurs ébats.

« Elle est vraiment belle à couper le souffle quand on la voit en chair et en os ? demanda Robin d'une voix qui se voulait désinvolte, en repliant le *Standard*.

— Oh, oui ! » répondit Strike, et il se demanda s'il avait rêvé ou s'il n'y avait pas eu une pointe de vantardise dans sa façon de prononcer ces deux syllabes. « Vous préférez fromage-cornichons ou œuf mayonnaise ? »

Robin choisit au hasard et retourna manger sur sa chaise pivotante. Sa nouvelle hypothèse sur l'endroit où Strike avait passé la nuit avait éclipsé toute son exaltation devant les progrès de l'enquête. Il serait désormais difficile de réconcilier l'image qu'elle se faisait de lui, en amant romantique et désespéré, avec le fait qu'il venait, si incroyable que cela pût paraître, de coucher avec un top model. Néanmoins elle avait bel et bien perçu sa tentative pathétique pour cacher sa fierté.

Le téléphone sonna de nouveau. Strike, la bouche pleine, leva la main pour arrêter Robin, déglutit et prit la communication lui-même.

« Cormoran Strike.

— Strike, c'est Wardle.

— Salut, Wardle ! Comment ça va ?

— Hmm… Pas trop bien, dit le sergent. On vient de repêcher un cadavre dans la Tamise, avec votre carte dans sa poche. Je me demandais comment vous pourriez nous l'expliquer. »

10

C'était le premier taxi que Strike jugeait nécessaire de prendre depuis le jour où il avait rapporté ses affaires de chez Charlotte. Avec détachement, il regarda le compteur tourner (la facture irait sur sa note de frais), tandis que la voiture l'emmenait vers la morgue de Wapping. Le chauffeur semblait décidé à lui expliquer pourquoi Gordon Brown était une catastrophe pour le pays. Strike garda le silence pendant tout le trajet.

Ce ne serait pas la première morgue qu'il visiterait, et encore moins le premier cadavre qu'il examinerait, loin de là. L'expérience l'avait presque immunisé contre les dégâts causés par les bombes et les armes à feu : corps éventrés, déchiquetés, démembrés, avec les entrailles exposées comme à l'étal d'un tripier, encore luisantes et sanglantes. Strike n'avait jamais été impressionnable : même les cadavres les plus mutilés, froids et blancs dans leur tiroir réfrigéré, devenaient des objets cliniques et interchangeables pour un homme qui avait son passé. C'étaient les corps qu'il avait vus en dehors de son travail, ou hors de tout cadre officiel et procédural, qui lui faisaient l'effet de se relever d'entre les morts et, la nuit, peuplaient ses rêves. Sa mère au funérarium, dans sa robe préférée, longue jusqu'aux chevilles, avec ses manches cloche, émaciée mais encore jeune, sans traces d'aiguilles. Le sergent Gary Topley gisant dans la poussière éclaboussée de sang de la fatale piste afghane, le visage intact, mais le corps pulvérisé au-dessous de la cage thoracique. Étendu sur la piste brûlante, Strike s'était efforcé de ne pas regarder le visage vide de Gary, redoutant de baisser les yeux et de voir quelles parties de son propre corps avaient été arrachées... mais il avait sombré si vite dans le gouffre de l'inconscience qu'il ne l'avait découvert qu'à son réveil, sur un lit d'hôpital.

Une reproduction d'un tableau impressionniste était suspendue au mur de brique nue de la petite antichambre. Strike l'examina un moment, se demandant où il l'avait déjà vu, et finit par se rappeler que le même était accroché au-dessus de la cheminée, chez Lucy et Greg.

« Mr Strike ? dit l'employé aux cheveux gris, passant la tête par la porte intérieure, en blouse blanche et gants en latex. Entrez, s'il vous plaît. »

C'étaient le plus souvent des hommes sympathiques et presque gais, ces veilleurs de cadavres. Strike le suivit dans la lumière froide de la vaste salle sans fenêtre, avec ses grandes portes en acier tout le long du mur de droite. Le sol carrelé descendait en pente douce jusqu'à une rigole d'évacuation creusée au centre ; les lampes au plafond étaient aveuglantes. Chaque son éveillait des échos sur les surfaces dures et brillantes, et l'on aurait cru que tout un groupe d'hommes s'avançait dans la grande pièce.

Un lit roulant en métal était déjà tout prêt devant une des portes du réfrigérateur géant, et près de lui se tenaient deux officiers de la Brigade criminelle, Wardle et Carver. Le premier salua Strike d'un murmure, en hochant la tête ; le second, ventru, le visage rougeaud, les épaules de son costume couvertes de pellicules, se borna à un grognement.

L'employé fit tourner l'épaisse poignée en métal du réfrigérateur. Trois têtes anonymes apparurent, l'une au-dessus de l'autre, chacune enveloppée d'un drap blanc usé par des lavages répétés. L'homme vérifia l'étiquette accrochée au linge couvrant la tête centrale ; elle ne portait pas de nom, seulement la date griffonnée de la veille. Il fit glisser le corps, tout en douceur, et le déposa sur le lit roulant. Au moment où il poussait celui-ci pour l'éloigner du grand frigo, Strike vit la mâchoire de Carver se serrer. La porte se referma, les autres corps disparurent.

« Pas besoin d'une salle d'examen, puisque nous sommes seuls ici, dit l'employé avec bonne humeur. C'est au milieu que l'éclairage est le meilleur. »

Et il plaça le lit roulant juste à côté de la rigole centrale, avant de soulever le drap.

Le cadavre était celui de Rochelle Onifade, boursouflé et distendu, le visage définitivement vidé de son expression soupçonneuse, qu'avait remplacée une sorte de stupeur. À la brève description de Wardle au téléphone, Strike savait qui il verrait apparaître quand on ôterait le drap, mais la terrible vulnérabilité des morts le frappa une fois de plus au moment où il baissa les yeux vers le corps, beaucoup plus petit, semblait-il, que le jour où Rochelle lui avait fait face dans le fast-food près de l'hôpital, avalant des frites et dissimulant des informations.

Strike annonça son nom aux trois hommes, l'épelant pour que Wardle et l'employé puissent le transcrire sans faire de faute, l'un sur son carnet, l'autre sur son clipboard, et leur dit en quelques phrases ce qu'il savait de Rochelle. Il leur fournit aussi la seule adresse qu'il connaissait à la jeune femme : celle du foyer St Elmo pour les sans-abri, à Hammersmith.

« Qui l'a découverte ?

— La police fluviale l'a repêchée hier en fin de soirée », dit Carver, ouvrant la bouche pour la première fois. Sa voix, avec son fort accent des faubourgs du sud de Londres, était teintée d'animosité. « Il faut en général trois semaines à un cadavre pour remonter à la surface, pas vrai ? », ajouta-t-il, adressant ce commentaire, qui était plus une affirmation qu'une question, à l'employé de la morgue.

Celui-ci toussota prudemment.

« C'est une moyenne, mais je ne serais pas surpris si, dans le cas présent, l'immersion avait été moins longue. Il y a certaines indications…

— Oui, bon, le légiste nous expliquera tout ça, coupa Carver avec dédain.

— Elle n'a pas pu rester dans l'eau trois semaines, dit Strike, et l'employé lui lança un petit sourire de connivence.

— Pourquoi ? demanda Carver d'un ton sec.

— Parce que je lui ai offert un hamburger et des frites il y a exactement treize jours.

— Ah ! dit l'employé, hochant la tête vers Strike par-dessus le corps. J'allais dire qu'une grande quantité d'hydrates de carbone ingérée avant la mort peut affecter la flottaison du corps. On peut constater un certain gonflement…

— C'est le jour où vous lui avez donné votre carte ? demanda Wardle à Strike.

— Oui. Je m'étonne qu'elle soit encore lisible.

— Elle l'a rangée avec sa carte de transports en commun, dans la poche arrière de son jean. Le plastique l'a protégée.

— Qu'est-ce qu'elle portait ?

— Un manteau trois-quarts en fausse fourrure mauve. Comme si elle avait écorché un Muppet. Un jean, des chaussures de sport.

— C'est ce qu'elle portait quand je l'ai invitée au fast-food.

— Dans ce cas, le contenu de son estomac pourrait nous dire précisément…, commença l'employé.

— Vous savez si elle avait de la famille ? interrompit de nouveau Carver, se tournant vers Strike.

— J'ai entendu parler d'une tante à Kilburn. Je ne connais pas son nom. »

Entre les paupières presque fermées de Rochelle transparaissaient les prunelles, brillantes ; elles avaient l'éclat caractéristique des yeux des noyés. Un peu d'écume sanglante était resté au coin de ses narines.

« Comment sont ses mains ? demanda Strike à l'employé, car il n'avait découvert Rochelle que jusqu'à la poitrine.

— Peu importent ses mains, grommela Carver. Nous avons fini, merci », dit-il à l'employé d'une voix forte, et ses mots se réverbérèrent dans la salle. Puis, d'un ton dur, à Strike : « Nous avons des questions à vous poser. La voiture est dehors. »

Il allait aider la police dans son enquête. Strike se rappela avoir entendu cette expression aux informations, quand il était petit, obsédé par tous les aspects des investigations policières. Sa mère avait toujours reproché cet intérêt précoce à son frère Ted, ancien de la Police militaire et, pour Strike, source de fascinantes histoires de voyages, de mystères et d'aventures. *Aider la police dans son enquête* : à cinq ans, Strike avait imaginé s'engager dans une mission de service civique, noble et désintéressée, offrir son temps et son énergie pour assister les forces de l'ordre, qui lui remettraient une grosse loupe et une matraque et lui permettraient d'agir dans un exaltant anonymat.

Un moment plus tard, ce fut la réalité qui s'imposa : celle d'une petite salle d'interrogatoire sans fenêtre, avec un gobelet de mauvais café sorti d'un distributeur que lui avait apporté Wardle. L'attitude du sergent était exempte de l'antipathie qu'exsudaient tous les pores de la peau de Carver, mais il n'y avait plus trace de sa cordialité passée. Strike soupçonna que le supérieur de Wardle ne savait pas jusqu'où était allée sa collaboration.

Un petit plateau sur la table toute rayée contenait dix-sept pence en petite monnaie, une clef Yale et une carte de transports en commun, sous plastique. La carte de Strike était décolorée et crevassée, mais encore lisible.

« Et son sac ? demanda le détective à Carver, assis en face de lui pendant que Wardle restait appuyé à un grand fichier dans le coin. Gris. En skaï, un truc bon marché. On ne l'a pas retrouvé ?

— Elle a dû le laisser dans son squat, ou dans je ne sais quel endroit où elle habitait, dit Carver. Les suicidaires n'emportent pas de sac pour se jeter à l'eau.

— Je ne pense pas qu'elle se soit jetée à l'eau, dit Strike.

— Ha ha ! ricana l'inspecteur. Vraiment ?

— Je voulais voir ses mains. Elle détestait avoir de l'eau sur le visage, elle me l'a dit. Quand les gens se débattent dans l'eau, la position de leurs mains…

— Merci pour votre avis d'expert, dit Carver avec ironie. Je sais qui vous êtes, Mr Strike. »

Il s'appuya au dossier de sa chaise, les mains derrière la tête, révélant les auréoles aux aisselles de sa chemise. Une odeur aigre et forte de vieille sueur parvint aux narines du détective.

« Un ancien de la Brigade spéciale d'investigation, hasarda Wardle de son coin.

— Je sais ! aboya Carver, fronçant ses sourcils méfiants mouchetés de pellicules. Anstis m'a tout raconté. La jambe arrachée, la médaille du courage. Un CV bien rempli. »

L'inspecteur ramena ses mains devant lui, se pencha au-dessus de la table et joignit les doigts. Son teint cramoisi et les poches pourpres sous ses yeux durs étaient soulignés par l'éclairage au néon.

« Je sais qui est votre père, et tout le reste. »

Strike se gratta le menton, sentant la barbe sous ses ongles, et attendit.

« On aimerait bien être riche et célèbre comme papa, pas vrai ? C'est ça, le fond de l'histoire ? »

Carver avait les yeux bleus injectés de sang que Strike associait depuis toujours (surtout depuis sa rencontre à Paris avec un major qui avait ces yeux-là, et qui avait ensuite été radié de l'armée pour actes de brutalité) aux tempéraments colériques et violents.

« Rochelle ne s'est pas suicidée. Et Lula Landry non plus, dit-il tranquillement.

— Arrêtez vos conneries ! cria Carver. Vous parlez aux deux hommes qui ont *prouvé* que Landry avait sauté de son balcon. Nous avons tout passé au crible. Le moindre putain d'indice. Je sais ce que vous cherchez. Vous essayez de soutirer son fric à ce pauvre con de Bristow. On peut savoir pourquoi vous souriez ?

— Je pense à la tête que vous ferez quand cet entretien sera reproduit dans la presse.

— Je vous interdis de me menacer, connard ! »

Le gros visage obtus de Carver était crispé par la colère ; ses yeux bleus aux veinules rouges brillaient au milieu de sa face violacée.

« Vous êtes dans la merde, mon vieux. Et ce n'est pas un père célèbre, une jambe en moins et une bonne guerre qui vous sortiront de là. Qu'est-ce qui nous prouve que vous n'avez pas foutu une telle trouille à cette petite conne qu'elle s'est flanquée à l'eau ? Elle était malade mentale, non ? Qu'est-ce qui nous prouve que vous ne lui avez pas fourré dans le crâne qu'elle avait fait quelque chose de mal et qu'elle allait se faire coffrer ? Vous êtes la dernière personne à l'avoir vue en vie. Et je n'aimerais pas être assis à votre place.

— J'ai vu Rochelle traverser Grantley Road et partir vers le métro, aussi vivante que vous et moi. Vous trouverez forcément quelqu'un qui l'a vue ensuite. Ce manteau mauve, on l'oublie difficilement. »

Wardle s'écarta du fichier, tira une chaise en plastique et s'y assit.

« Dites-nous tout, alors. Votre théorie, dit-il à Strike.

— Rochelle faisait chanter l'assassin de Lula Landry.

— Et puis quoi encore ? braïla Carver d'un ton scandalisé, et Wardle renifla d'un air théâtral.

— La veille de sa mort, poursuivit Strike, Lula a rencontré Rochelle pendant un quart d'heure dans une boutique de Notting Hill, Vashti. Elle l'a entraînée jusque dans la cabine d'essayage, d'où elle a téléphoné pour supplier quelqu'un de venir la retrouver chez elle, dans la nuit. La conversation a été entendue par une des vendeuses, qui se trouvait dans la cabine d'à côté. Elles ne sont séparées que par un rideau. La fille s'appelle Mel. Une petite boulotte avec un piercing dans le nez.

— Les gens sont prêts à raconter n'importe quelles conneries pour se faire mousser, dit Carver.

— Si elle a appelé quelqu'un de cette cabine, dit Wardle, c'était Duffield, ou son oncle. Ses relevés téléphoniques montrent que ce sont les seules personnes qu'elle a essayé de joindre, tout l'après-midi.

— Pourquoi voulait-elle que Rochelle soit avec elle quand elle a passé ce coup de fil ? demanda Strike. Pourquoi l'avoir fait venir dans la cabine ?

— Des trucs de gonzesse, maugréa Carver. Même pour pisser, elles ne peuvent pas se quitter.

— Servez-vous un peu de votre cervelle, si vous en avez une. Elle a téléphoné du portable de Rochelle ! dit Strike, exaspéré. Elle avait testé tout son entourage pour savoir qui racontait sa vie privée aux médias, et Rochelle était la seule à se taire. Elle en a conclu qu'elle pouvait lui faire confiance, elle lui a acheté un téléphone, au nom de Rochelle mais en payant l'abonnement. Sa propre ligne était restée plusieurs semaines sur écoute, vous vous rappelez ? Elle devenait parano à l'idée qu'on puisse répéter à la presse ce qu'elle avait dit au téléphone, et elle a donc acheté ce petit Nokia qu'elle a enregistré au nom de quelqu'un d'autre, pour avoir un moyen de communication complètement sûr quand elle en avait besoin.

« Je vous l'accorde, ça n'exclut pas la possibilité qu'elle ait appelé son oncle, ou Duffield, parce que leur téléphoner de ce numéro pouvait être un signal dont ils étaient convenus entre eux. Ou alors, elle se servait du portable de Rochelle pour appeler quelqu'un d'autre, quelqu'un dont elle ne voulait pas que la presse connaisse l'existence. J'ai le numéro de Rochelle. Trouvez chez quel opérateur elle était enregistrée, et vous pourrez vérifier ce que je vous dis. L'appareil lui-même est un Nokia à la coque incrustée de verroterie rose, mais vous ne le retrouverez pas.

— En effet, parce qu'il est au fond de la Tamise, dit Wardle.

— Bien sûr que non. C'est l'assassin qui l'a gardé. Il a dû le lui prendre avant de la jeter à l'eau.

— Tout ça, c'est du vent ! », vociféra Carver, railleur, et Wardle, qui avait semblé intéressé malgré lui, secoua la tête.

« Pourquoi Lula Landry avait-elle besoin de Rochelle quand elle a téléphoné ? insista Strike. Pourquoi ne pas avoir appelé de la voiture ? Et pourquoi Rochelle, qui était sans domicile fixe et pratiquement indigente, n'a-t-elle jamais vendu l'histoire de son amitié avec Lula ? La presse l'aurait grassement payée. Pourquoi n'a-t-elle pas eu envie de passer à la caisse, une fois que Lula était morte et que plus rien ne pouvait lui nuire ?

— Par décence ? suggéra Wardle.

— Oui, c'est une possibilité, admit Strike. L'autre hypothèse, c'est qu'elle se faisait déjà assez de fric en faisant chanter l'assassin.

— *Fou-taises !* gronda Carter.

— Ah oui ? Ce manteau de Muppet qu'elle portait coûtait mille cinq cents livres. »

Un bref silence.

« C'est probablement Lula qui le lui a acheté, dit Wardle.

— Dans ce cas, elle s'est arrangée pour lui offrir quelque chose qui n'était pas en vente en janvier. J'ai vérifié.

— Landry était mannequin, elle avait des contacts dans le milieu… oh, et puis vous faites chier avec vos conneries ! beugla Carver comme s'il s'était irrité lui-même.

— Pourquoi, demanda Strike en se penchant en avant, s'exposant aux miasmes d'odeurs corporelles qui entouraient Carver, Lula a-t-elle fait un détour par chez Vashti pour n'y rester qu'un quart d'heure ?

— Pourquoi ? » L'inspecteur haussa les épaules. « Parce qu'elle était pressée, j'imagine.

— Dans ce cas, elle pouvait ne pas y aller du tout, non ?

— Elle ne voulait pas poser un lapin à cette fille.

— Elle a fait traverser la moitié de Londres à

Rochelle – cette pauvre fille sans un sou, sans domicile fixe, qu'elle raccompagnait à son foyer chaque fois qu'elles s'étaient vues, dans sa grosse Mercedes avec chauffeur –, elle l'a traînée dans une cabine d'essayage, et un quart d'heure plus tard elle l'a plantée là, en la laissant rentrer toute seule ?

— Pfff ! C'était une petite peste capricieuse, votre Landry. Pas besoin de chercher plus loin.

— Alors, pourquoi a-t-elle pris la peine de venir ? Je suis sûr que c'était parce qu'elle avait une bonne raison, quelque chose qui lui tenait à cœur. Et Lula n'était pas une petite peste capricieuse, mais elle était dans un état émotionnel qui l'a poussée à traiter Rochelle d'une manière qui ne lui ressemblait pas. Je vous le répète, il y a un témoin qui pourra vous confirmer qu'elle a supplié quelqu'un de venir la rejoindre chez elle, après une heure du matin. Il y a aussi ce papier bleu qu'elle avait à la main avant d'entrer chez Vashti, et que personne ne reconnaît avoir vu ensuite. Qu'est-ce qu'elle en a fait ? Qu'est-ce qu'elle écrivait à l'arrière de la voiture avant de retrouver Rochelle ?

— C'était peut-être…, commença Wardle.

— Ce n'était pas une putain de liste de courses ! s'emporta Strike en frappant du poing sur la table. Et personne n'écrit une lettre pour expliquer son suicide quinze heures à l'avance, avant de se faire épiler par une maquilleuse et d'aller passer la soirée en boîte ! Elle rédigeait un *testament*, vous n'avez pas compris ? Et il faut un témoin pour qu'un testament soit valable. Alors, elle l'a emporté chez Vashti pour le faire contresigner par Rochelle…

— *Fou-taises !* », cria de nouveau Carver.

Mais Strike l'ignora et s'adressa à Wardle :

« ... ce qui colle avec le fait qu'elle a déclaré plus tard à Ciara Porter qu'elle comptait tout laisser à son frère ! Elle venait de légaliser les choses, et elle y pensait encore.

— Mais pourquoi a-t-elle voulu subitement faire son testament ? »

Strike hésita et s'adossa à sa chaise. Carver lui lança, goguenard :

« À court d'imagination, hein ? »

Strike poussa un long soupir et ferma les yeux. Une nuit sur son lit de camp à cuver, les plaisants excès de la nuit suivante, et un demi-sandwich fromage-cornichons en douze heures : il se sentait épuisé, vidé.

« Si j'avais une preuve, je vous l'aurais apportée, marmonna-t-il.

— Les chances pour que les proches d'un suicidé se tuent eux-mêmes sont plus élevées, vous ne saviez pas ? dit Carver. Cette Raquelle était une malade, une dépressive et une maboule. Elle passe une sale journée, elle repense à sa grande copine qui s'est balancée du balcon, et elle fait pareil en sautant tête la première dans la Tamise. Ce qui nous ramène directement à *vous*, mon salaud, avec votre manie de persécuter les gens et de les pousser...

— ... par-dessus bord, c'est ça ? Les gens n'arrêtent pas de me le dire. C'est d'assez mauvais goût, compte tenu des circonstances. Et le témoignage de Tansy Bestigui, qu'est-ce que vous en faites ?

— Combien de fois faut-il vous le répéter, Strike ? Nous avons prouvé qu'elle n'avait rien pu entendre, dit Wardle. Sans l'ombre d'un doute.

— Non, bande de nuls, vous n'avez rien prouvé du tout ! explosa Strike, perdant enfin patience au moment où il s'y attendait le moins. Vous avez fondé vos foutues conclusions sur du boulot bâclé ! Si vous aviez pris Tansy Bestigui au sérieux, si vous l'aviez poussée dans ses retranchements pour qu'elle vous dise toute la vérité, Rochelle Onifade serait encore vivante ! »

Écumant de rage, Carver garda Strike dans la petite pièce sans fenêtre encore une heure. Son dernier acte de mépris consista à ordonner à Wardle de flanquer sans ménagement « Rokeby Junior » à la porte.

Le sergent reconduisit Strike vers la sortie, sans un mot.

« J'ai besoin d'un petit service, dit le détective en s'arrêtant sur le seuil, sous un ciel qui avait commencé à s'assombrir.

— J'en ai déjà trop fait pour vous, mon vieux, dit Wardle avec un sourire ironique. Maintenant, je vais devoir subir ça pendant des jours… » Il fit un geste du pouce par-dessus son épaule, vers le couloir où Carver avait disparu en râlant. « … à cause de vous et de vos élucubrations. Je vous l'avais dit, que c'était un suicide !

— Wardle, si personne n'arrête ce salaud, deux autres personnes risquent d'y passer.

— Strike…

— Si je vous apportais la preuve que Tansy Bestigui n'était pas là où elle prétend au moment où Lula est morte ? Qu'elle était à un endroit d'où elle pouvait tout entendre ? »

Wardle regarda le plafond, puis ferma les yeux.

« Si vous en avez la preuve…

570

« — Pas encore, mais je l'aurai dans les deux jours qui viennent. »

Deux hommes passèrent à côté d'eux, bavardant et riant. Wardle secoua la tête d'un air exaspéré, mais ne s'en alla pas.

« Si vous avez besoin de l'aide de la police, adressez-vous à Anstis, dit-il. C'est lui qui vous doit une fière chandelle. Pas moi.

— Anstis ne peut rien faire pour moi, il n'a rien à voir avec cette affaire. Ce que je voudrais, c'est que vous téléphoniez à Deeby Macc. »

Un bref silence, puis le sergent, ahuri, s'exclama :

« Quoi !?

— Vous m'avez bien entendu. Moi, il ne me répondra pas. Mais Scotland Yard, c'est l'autorité, et à vous, il parlera. D'autant qu'il vous a trouvé sympa, non, quand vous l'avez vu au Claridge ?

— Vous êtes en train de me dire que… que Deeby Macc sait où était Tansy Bestigui quand Lula Landry est morte ?

— Non, bien sûr que non, puisqu'il était au Barrack's. Mais je voudrais savoir quels vêtements on lui a fait suivre de Kentigern Gardens au Claridge. Les cadeaux qu'il a reçus de Guy Somé. »

Wardle le regarda en écarquillant les yeux.

« Vous voulez… mais pourquoi ?

— Parce qu'un des Coureurs sur la vidéo portait un des sweat-shirts de Deeby. »

Le visage de Wardle, un instant figé, reprit son expression exaspérée.

« On voit ces trucs partout, dit-il au bout d'un

instant. Ces fringues avec un logo GS. Blousons. Même des survêtements.

— C'était un sweat-shirt à capuche customisé, il n'en existe qu'un modèle au monde. Appelez Deeby et demandez-lui ce que Somé lui a envoyé. C'est tout ce que j'ai besoin de savoir. De quel côté voulez-vous être, s'il est prouvé que c'est moi qui ai raison ?

— Ne me menacez pas, Strike...

— Je ne vous menace pas. Je pense à un assassin récidiviste qui se promène dans la nature en planifiant son prochain crime. Mais si c'est la presse qui vous inquiète, je ne crois pas qu'elle sera très charitable pour les gens qui se sont accrochés à la théorie du suicide une fois qu'on aura découvert un autre cadavre. Appelez Deeby Macc, Wardle, avant de vous retrouver avec un nouveau meurtre sur les bras. »

11

« Non ! tonna Strike avec force ce soir-là au téléphone. Tout cela devient trop dangereux. Et la surveillance n'entre pas dans le cadre d'une mission de secrétariat.

— Aller m'informer à la SOAS non plus, objecta Robin. Ou à l'hôtel Malmaison. Pourtant, vous étiez plutôt content que je le fasse.

— Vous ne suivrez personne, Robin ! D'ailleurs, je doute fort que Matthew approuverait votre idée. »

Il était amusant, pensa Robin, assise en peignoir sur son lit, son téléphone pressé contre l'oreille, que Strike eût retenu le prénom de son fiancé sans jamais l'avoir rencontré. Dans son expérience, les hommes ne prenaient d'ordinaire pas la peine d'enregistrer ce genre d'information. Matthew oubliait souvent comment s'appelaient les gens, même sa nièce nouveau-née ; mais elle supposa que Strike était entraîné à se rappeler de tels détails.

« Je n'ai pas besoin de la permission de Matthew, dit-elle. Et ce ne sera pas dangereux. Vous n'imaginez pas qu'*Ursula May* ait tué quelqu'un... »

(Il y avait un « n'est-ce pas ? » inaudible à la fin de la phrase.)

« Non, mais je ne veux pas qu'on sache que je m'intéresse à ses allées et venues. Ça pourrait alerter le tueur, et je n'ai pas envie que quelqu'un d'autre se fasse balancer d'un balcon ou d'un pont. »

Robin entendait son cœur battre à travers la mince étoffe de son peignoir. Elle savait que Strike ne lui dirait pas qui il soupçonnait d'être l'assassin, et elle avait même un peu peur de l'apprendre, bien qu'elle fût incapable de penser à autre chose.

C'était elle qui avait appelé Strike. Des heures s'étaient écoulées depuis qu'elle avait reçu un texto l'informant qu'il s'était vu contraint de suivre la police dans les locaux de Scotland Yard, et lui demandant de fermer le bureau en partant à cinq heures. Robin s'était inquiétée.

« Téléphone-lui, si ça doit t'empêcher de dormir », avait suggéré Matthew.

Son ton, pour une fois, n'était pas trop sec, et il s'était abstenu de laisser entendre que même sans connaître les détails, il était du côté de la police.

« Écoutez, il y a autre chose que j'aimerais que vous fassiez pour moi, dit Strike. Dès votre arrivée demain matin, appelez John Bristow et dites-lui, pour Rochelle.

— Si vous voulez. » Les yeux de Robin s'arrêtèrent sur le gros éléphant en peluche que Matthew lui avait offert pour leur première Saint-Valentin, huit ans plus tôt. En ce moment, l'auteur du cadeau regardait le journal du soir dans le salon. « Et vous, qu'est-ce que vous comptez faire ?

— Un saut aux studios de Pinewood pour avoir une petite conversation avec Freddie Bestigui.

— Mais comment ? demanda Robin. On ne vous laissera jamais l'approcher.

— Oh, si », dit Strike placidement.

Quand Robin eut raccroché, il resta un moment assis sans bouger dans le bureau obscur. La pensée du repas à moitié digéré dans le corps gonflé d'eau de Rochelle ne l'avait pas empêché d'avaler deux Big Mac, une grande portion de frites et un sundae avant de rentrer de Scotland Yard, et des bruits de gargouillement provenant de son estomac se mêlaient à présent aux martèlements de la basse montant du Bar 12, que, ces derniers jours, le détective avait presque cessé de remarquer, comme si c'étaient ceux de son propre pouls.

L'appartement rose, désordonné, ultraféminin de Ciara Porter, sa grande bouche gémissante, ses longues jambes serrées autour de lui appartenaient à un passé révolu. Toutes ses pensées se concentraient maintenant sur la courtaude et disgracieuse Rochelle Onifade. Il la revoyait parlant précipitamment au téléphone, moins de cinq minutes après l'avoir quitté, portant exactement la même tenue qu'au moment où on l'avait repêchée du fleuve.

Il était sûr de savoir ce qui s'était produit. Rochelle avait appelé l'assassin pour l'avertir qu'elle venait de déjeuner avec un détective privé ; rendez-vous avait été pris sur le petit Nokia rose, et, ce soir-là, après un verre ou un repas, le tueur l'avait emmenée flâner vers les bords de la Tamise. Strike pensa au pont de Hammersmith, vert et or, dans le quartier où Rochelle lui avait affirmé avoir un nouveau studio : un endroit idéal pour les suicides, avec ses parapets bas et le courant rapide du fleuve qui coulait juste en dessous. Elle ne savait pas nager, et il faisait noir. Deux amants jouant à se battre, une voiture qui passait, un cri, un bruit de chute dans l'eau sombre. Quelqu'un avait-il pu s'apercevoir de quelque chose ?

Pas si le meurtrier avait des nerfs d'acier, et aussi pas mal de chance ; or, il avait montré qu'il possédait les premiers, et savait tirer profit de la seconde avec une redoutable détermination. Ses avocats plaideraient sans doute l'altération des facultés mentales, en raison de la folle audace mégalomaniaque qui faisait de cette enquête un cas unique dans l'expérience de Strike ; et peut-être, pensa-t-il, les actes d'un tel criminel relevaient-ils d'une pathologie, d'une démence identifiable ; mais Strike ne s'intéressait guère à la psychologie : comme John Bristow, il voulait la justice.

Dans la pénombre du bureau, ses pensées remontèrent soudain (et bien inutilement) dans le temps, vers la mort la plus personnelle à laquelle il eût été confronté ; celle dont Lucy s'imaginait, à tort, qu'elle hantait toutes les investigations de son frère, colorant en secret chacune de ses affaires ; le meurtre qui avait scindé sa vie et celle de Lucy en deux époques, de sorte que leurs souvenirs étaient clairement partagés entre ce qui était arrivé avant la mort de leur mère, et après. Lucy était convaincue que si Strike avait tout plaqué pour s'engager dans la Police militaire, c'était à cause de la mort de Leda ; qu'il y avait été conduit par sa croyance dans la culpabilité de leur beau-père ;

que tous les cadavres que sa profession lui mettait sous les yeux lui rappelaient celui de leur mère ; que tous les assassins qu'il rencontrait lui semblaient une image en miroir du dernier mari de celle-ci ; qu'il se sentait poussé à enquêter sans fin sur toutes les morts violentes par un sentiment éternel d'expiation et de réparation.

Mais Strike aspirait à cette carrière bien avant que la dernière aiguille se fût enfoncée dans la chair de Leda ; bien avant qu'il eût compris que sa mère (comme tous les êtres humains) était mortelle, et que les meurtres étaient autre chose que des énigmes à résoudre. C'était Lucy qui n'avait jamais oublié, Lucy qui vivait dans un essaim de souvenirs pareils à des mouches autour d'un cercueil, qui projetait sur toute mort non naturelle les émotions conflictuelles éveillées en elle par la disparition prématurée de leur mère.

Ce soir-là, pourtant, il se surprit à céder à la tentation : il se remémora Leda et rapprocha son sort tragique de son affaire. *Leda Strike, supergroupie* : c'était la légende qu'on lisait toujours sous sa photo la plus célèbre, la seule où figuraient ensemble ses deux parents. On l'y voyait en noir et blanc, avec son visage en forme de cœur, ses cheveux brillants et ses yeux d'enfant ; séparé d'elle par un marchand d'art, un play-boy de la haute société (le premier s'était suicidé par la suite et le second était mort du sida) et Carla Astolfi, la deuxième femme de son père, Jonny Rokeby en personne occupait la droite du cliché, androgyne et farouche, les cheveux presque aussi longs que ceux de Leda. Verres de dry martini, cigarettes, volutes s'élevant de la bouche de la rock star ; mais la mère de

Strike avait plus de style et de classe que tous les autres.

Tout le monde, à part Strike, avait voulu voir dans la mort de Leda l'issue déplorable mais prévisible d'une vie conduite avec un goût permanent du danger, en dehors des normes sociales. Même ceux qui l'avaient connue le mieux et le plus longtemps s'étaient contentés de la théorie selon laquelle elle s'était administré elle-même la dose d'héroïne qui l'avait tuée. Sa mère, de l'avis unanime, avait marché trop près des précipices de l'existence, et la chute mortelle, au terme de laquelle on l'avait retrouvée sur un lit aux draps crasseux, n'avait rien pour étonner.

Pourquoi elle avait attenté à ses jours, personne n'était capable de l'expliquer vraiment, même oncle Ted (silencieux, accablé, penché sur l'évier pour cacher ses larmes) ou tante Joan (les yeux rouges, mais en colère à la table de la cuisine, serrant dans ses bras la jeune Lucy qui sanglotait sur son épaule). Une mort par overdose semblait en cohérence avec la vie de Leda : les squats, les rockers, les soirées tumultueuses ; la misère sordide de sa dernière union, de son dernier domicile ; la présence constante de drogues à sa portée ; sa quête incessante d'excitation et d'états seconds. Strike avait été le seul à demander si quelqu'un avait su que sa mère se shootait ; le seul à faire une distinction entre son goût avéré pour le cannabis et une soudaine addiction à l'héroïne ; le seul à soulever des questions sans réponse et à nourrir des doutes sur les circonstances de sa fin. Mais à l'époque, il n'était qu'un étudiant de vingt ans et personne ne l'avait écouté.

Après l'enquête et le verdict, Strike avait plié bagage et tout abandonné derrière lui : le bref emballement médiatique ; la déception amère de tante Joan, consternée qu'il interrompît ses belles études à Oxford ; Charlotte, affligée et furieuse de son départ, qui couchait déjà avec quelqu'un d'autre ; les cris et les scènes de Lucy. Avec le soutien du seul oncle Ted, il s'était réfugié dans les rangs de l'armée pour y retrouver la vie qu'il avait apprise avec Leda : les déracinements constants, la nécessité de ne compter que sur soi, l'appel de la nouveauté.

Mais ce soir, il ne pouvait s'empêcher de voir dans sa mère une sœur spirituelle de la jeune femme si belle et si fragile dont le corps s'était brisé sur une chaussée gelée par une nuit de janvier, et aussi de la marginale sans grâce et sans domicile qui gisait maintenant dans un tiroir réfrigéré de la morgue de Wapping. Leda, Lula et Rochelle n'avaient jamais été des femmes comme Lucy ou tante Joan : elles ne s'étaient pas prémunies contre la violence et les hasards de la vie ; elles ne s'étaient pas ancrées à l'existence par des devoirs domestiques et des traites immobilières, du bénévolat de quartier, des maris sûrs et des enfants proprets. Aussi leur mort n'était-elle pas considérée comme « tragique » au sens où l'aurait été celle d'une mère de famille sérieuse et respectable.

Comme il était facile de dénigrer quelqu'un en raison de sa tendance à se faire du mal à soi-même, de le pousser vers le néant et de reculer en haussant les épaules, considérant que cette fin était le résultat inévitable d'une vie chaotique courant à la catastrophe…

Presque toutes les preuves matérielles du meurtre de Lula Landry avaient été effacées, piétinées, recouvertes d'une neige épaisse, de sorte que l'indice le plus convaincant dont Strike disposait était une vidéo graineuse, en noir et blanc, montrant deux hommes s'enfuyant du lieu du crime : un indice que la police avait regardé distraitement, puis écarté, certaine que personne n'avait pu pénétrer dans le bâtiment, que Lula s'était suicidée et que cette vidéo ne montrait que deux vagabonds, peut-être venus dans ce riche quartier pour voler, mais sans aucune intention criminelle.

Strike se redressa et regarda sa montre. Dix heures et demie : pas encore assez tard pour que l'homme auquel il souhaitait parler fût déjà couché. Il alluma la lampe de bureau, prit son portable et composa un numéro en Allemagne.

« Oggy ! s'écria une voix métallique à l'autre bout du fil. Comment ça va ?

— Besoin de ton aide, mon vieux. »

Et Strike demanda au lieutenant Graham Hardacre de lui fournir toutes les informations qu'il pourrait découvrir sur un militaire du nom d'Agyeman, des Royal Engineers, prénom et grade inconnus, et en particulier les dates de ses périodes de service en Afghanistan.

12

C'était seulement la deuxième voiture dont Strike s'aventurait à prendre le volant depuis qu'il avait eu la jambe arrachée. Il avait tenté de conduire la Lexus de Charlotte, mais aujourd'hui, déterminé à regagner un peu de sa virilité, il avait loué une Honda Civic automatique.

Le trajet jusqu'à Iver Heath lui prit un peu moins d'une heure. L'entrée dans l'enceinte des studios de Pinewood s'effectua sans trop de difficulté, moyennant la présentation de documents militaires périmés, mais authentiques ; le vigile, d'abord impassible, se laissa convaincre par l'assurance du détective, par les mots « Brigade spéciale d'investigation » et par le laissez-passer portant sa photo.

« Vous avez rendez-vous ? demanda-t-il à Strike du haut de sa guérite à côté de la barrière électrique, sa main couvrant le haut-parleur du téléphone.

— Non.

— C'est à quel sujet ?

— Mr Evan Duffield », dit Strike.

Il vit le vigile froncer les sourcils, puis se détourner et parler au téléphone. Au bout d'une minute, il reçut des indications et la barrière se souleva. Il emprunta une route sinueuse parmi les dépendances du bâtiment central, réfléchissant aux avantages utiles qu'on pouvait tirer de la réputation sulfureuse de certaines personnes.

Il se gara non loin d'une Mercedes avec chauffeur qui occupait un espace marqué par une pancarte indiquant FREDDIE BESTIGUI PRODUCTEUR ; puis il descendit sans hâte de sa voiture, sous le regard du chauffeur de Bestigui qui l'observait dans son rétroviseur, et marcha jusqu'à une porte en verre donnant sur un escalier banal comme celui d'un service administratif. Un jeune homme, qui ressemblait à Spanner en un peu moins négligé, descendait rapidement les marches.

« Où puis-je trouver Mr Freddie Bestigui ? lui demanda Strike.

— Deuxième étage, premier bureau à droite. »

Avec son cou de taureau et sa peau grêlée, il était aussi laid que sur ses photos. Strike le découvrit assis à une longue table de travail de l'autre côté d'une cloison en verre, fronçant les sourcils devant un écran d'ordinateur. La pièce était précédée d'une vaste antichambre remplie de séduisantes jeunes femmes à leurs propres bureaux ; des affiches de films étaient collées à des piliers, et des photos d'animaux alternaient sur les murs avec des horaires de tournage. La jolie brune assise le plus près de la porte, qui portait des écouteurs et un micro devant la bouche, leva les yeux vers Strike et dit :

« Bonjour ! Que puis-je pour vous ?

— Je viens voir Mr Bestigui. Inutile de m'accompagner, merci. »

Il était dans le bureau de Bestigui avant qu'elle ait eu le temps de réagir.

Le producteur leva la tête. Ses yeux minuscules disparaissaient sous les replis de chair et sa peau basanée était constellée de loupes noires.

« On peut savoir qui vous êtes ? »

Déjà, il se levait, ses mains aux doigts épais saisissant le bord de la table.

« Cormoran Strike. Je suis détective privé, j'ai été engagé…

— *Elena !* »

Bestigui renversa son café, qui se répandit sur le bois poli et sur ses papiers.

« Sortez d'ici ! Dehors ! DEHORS !

— … par le frère de Lula Landry, John Bristow…

— *ELENA !!* »

La jolie fille mince au casque et au micro apparut en courant derrière Strike et s'immobilisa, terrifiée.

« Appelez la sécurité, petite conne ! »

Elle ressortit comme une fusée. Bestigui, qui mesurait tout au plus un mètre soixante-cinq, s'était extrait de derrière son bureau, aussi peu effrayé par l'énorme Strike qu'un pitbull dont l'espace a été envahi par un rottweiler. Elena avait laissé la porte ouverte et les occupantes de l'antichambre observaient ce qui se passait à l'intérieur, à la fois apeurées et fascinées.

« Il y a plusieurs semaines que j'essaie de vous joindre, Mr Bestigui…

— Et vous vous êtes mis dans une sacrée merde,

dit Bestigui, la mâchoire serrée, avançant en redressant ses larges épaules.

— … pour vous parler de la nuit où Lula Landry est morte. »

Deux hommes en costume noir et chemise blanche, portant des talkies-walkies, accouraient le long de la cloison en verre. Jeunes, athlétiques, l'air tendu.

« Virez-moi ce connard ! vociféra Bestigui en désignant Strike tandis que les deux vigiles se cognaient l'un contre l'autre dans l'encadrement de la porte.

— En particulier, poursuivit Strike le plus calmement du monde, de l'endroit où se trouvait votre épouse Tansy au moment de la chute de Lula…

— Virez-moi ça et appelez la police ! Qui l'a laissé entrer ?

— … parce qu'on m'a montré quelques photographies qui corroborent le témoignage de votre femme. Ne me touchez pas, ajouta Strike à l'adresse du plus jeune des deux vigiles, qui l'avait saisi par le haut du bras, ou je vous balance par la fenêtre. »

L'homme ne lâcha pas prise, mais regarda Bestigui, dans l'attente de ses instructions.

Les yeux sombres et brillants du producteur fixaient Strike avec intensité. Il serrait et desserrait ses grosses mains de brute. Au bout de plusieurs longues secondes, il dit :

« Vous bluffez. »

Mais il n'ordonna pas aux vigiles d'entraîner Strike hors de la pièce.

« Le photographe se trouvait sur le trottoir d'en face aux alentours d'une heure quarante-cinq du matin, dans la nuit du 7 au 8 janvier. Il n'a pas bien compris ce qu'il avait filmé. Si vous ne voulez pas en discuter, tant pis. Police ou presse, ça m'est égal. Au bout du compte, le résultat sera le même. »

Strike fit quelques pas vers la porte. Les vigiles, qui le tenaient toujours par les bras, furent pris par surprise et, l'espace d'un instant, se virent contraints de le retenir.

« Dégagez, dit abruptement Bestigui à ses sous-fifres. Je vous appellerai si j'ai besoin de vous. Fermez la porte en partant. »

Ils disparurent. Quand la porte se fut refermée, Bestigui dit :

« D'accord, monsieur je ne sais quoi, vous avez cinq minutes. »

Strike s'assit, sans y être invité, dans un des grands fauteuils en cuir noir en face du bureau où le producteur alla reprendre sa place, soumettant le détective à un regard différent de celui qu'il avait reçu de sa femme : le regard dur et glacé d'un joueur professionnel. Bestigui tira vers lui un cendrier en verre noir, prit un paquet de cigarillos et en alluma un avec un briquet en or.

« Bon, écoutons ce qu'elles vous racontent, ces prétendues photos, dit-il, louchant à travers un nuage d'épaisse fumée telle l'image même d'un mafioso de cinéma.

— Elles montrent, dit Strike, la silhouette d'une femme recroquevillée sur le balcon de votre salon. On a l'impression qu'elle est nue, mais comme vous et moi le savons, elle est en nuisette. »

Bestigui aspira plusieurs fois, puis ôta le cigarillo de ses lèvres et dit :

« Foutaises. On ne peut rien voir de la rue. Le sol du balcon est en pierre. De cet angle, on ne voit rien. Vous essayez de m'enfumer.

— La lumière était allumée dans le salon. Entre les balustres, on distingue clairement sa silhouette accroupie. À cette date, il y avait de la place, parce que vous n'aviez pas fait installer les buissons taillés, n'est-ce pas ? Les gens ne peuvent pas s'empêcher de jongler avec les faits après coup, même si personne n'est dupe. » Strike ajouta, sur le ton de la conversation : « Vous avez voulu donner l'impression qu'il n'y avait jamais eu assez de place pour qu'une personne se blottisse sur ce balcon, pas vrai ? Mais on ne peut pas revenir sur ce qui s'est passé et changer la réalité en quelques coups de Photoshop. Votre femme était parfaitement placée pour entendre ce qu'on criait à la fenêtre du troisième juste avant la mort de Lula Landry.

« Voici ce qui s'est passé, poursuivit Strike, tandis que Bestigui continuait de l'observer à travers la fumée de son cigarillo. Votre femme et vous vous êtes disputés pendant qu'elle se déshabillait avant de se coucher. Peut-être avez-vous trouvé sa réserve de coke dans la salle de bains, ou l'avez-vous surprise en train d'en sniffer une ou deux lignes. Alors, vous avez pensé qu'une bonne punition serait de l'enfermer sur le balcon, dans le froid glacial de cette nuit-là.

« On pourrait se demander comment les paparazzi massés dans la rue n'ont pas remarqué qu'on poussait une femme à moitié nue sur le balcon au-dessus de leurs têtes, mais il neigeait très fort, il gelait à pierre fendre et ils devaient taper des pieds pour faire circuler leur sang dans leurs jambes ; et surtout, leur attention était concentrée sur les deux extrémités de la rue, d'où ils attendaient de voir arriver Lula et Deeby Macc. Et Tansy n'a pas fait de bruit, n'est-ce pas ? Elle s'est recroquevillée sur elle-même et s'est cachée du mieux qu'elle a pu. Elle n'avait pas envie de se montrer en petite tenue devant une trentaine de photographes. Il se peut même que vous l'ayez poussée dehors au moment même où la voiture de Lula tournait le coin de la rue. Personne n'aurait levé les yeux vers votre balcon si Lula Landry était apparue à ce moment-là dans sa petite robe rouge.

— Vous bluffez, répéta Bestigui. Vous n'avez aucune photo.

— Je n'ai jamais dit que j'en avais. J'ai dit qu'on me les avait montrées. »

Bestigui ôta son cigarillo de ses lèvres pour parler, mais se ravisa et aspira de nouveau une longue bouffée. Strike laissa s'écouler plusieurs secondes, puis, quand il fut clair que le producteur resterait bouche cousue, il continua :

« Tansy a dû commencer à tambouriner à la fenêtre juste après avoir vu Lula tomber. Vous ne vous attendiez pas à ce que votre femme se mette à crier et à cogner contre les carreaux, n'est-ce pas ? Mais naturellement, vous n'aviez aucune envie que quelqu'un soit témoin de votre accès de violence conjugale, et vous lui avez ouvert. Elle est passée devant vous en courant, hurlant comme une folle, elle s'est précipitée hors de l'appartement et elle est descendue dans le hall pour alerter Derrick Wilson. C'est à ce moment-là que vous vous êtes penché par-dessus la balustrade et que vous avez vu Lula Landry gisant près du caniveau. Morte. »

Bestigui exhala lentement un nuage de fumée, sans détacher son regard du visage de Strike.

« Ce que vous avez fait ensuite risque de paraître des plus suspects à un jury. Vous n'avez pas appelé la police. Vous ne vous êtes pas rué derrière votre femme frigorifiée et en pleine crise de nerfs. Vous n'avez même pas – ce que le jury trouverait plus compréhensible – couru effacer les traces de cocaïne dans la salle de bains.

« Non, ce que vous avez fait, avant de suivre votre femme ou d'appeler la police, c'est nettoyer la fenêtre. Pour qu'il n'y ait aucune empreinte montrant que Tansy avait posé les mains sur le côté extérieur des vitres, pas vrai ? Votre priorité absolue, c'était de faire le nécessaire pour que personne ne sache que vous aviez enfermé votre femme sur le balcon par une température de moins dix. Avec votre détestable réputation de violence, et le risque de poursuites de la part d'une de vos employées que vous avez agressée, vous n'alliez pas apporter sur un plateau une autre histoire sordide à un procureur ou à la presse, n'est-ce pas ?

« Une fois sûr d'avoir effacé toute trace des mains de Tansy sur la vitre, vous avez couru au rez-de-chaussée et vous l'avez obligée à remonter. Dans le court laps de temps dont vous disposiez avant l'arrivée de la police, vous l'avez forcée à vous promettre de ne pas dire où elle se trouvait au moment de la chute de Lula. Je ne sais pas ce que vous lui avez fait miroiter, ou de quoi vous l'avez menacée, mais elle a accepté.

« Seulement, vous ne vous sentiez pas encore complètement en sécurité, parce qu'elle était dans un tel état de choc et d'égarement que vous aviez peur qu'elle ne tienne pas sa promesse et lâche le morceau aux premières questions insistantes. Alors, vous avez tenté de distraire la police en faisant tout un drame au sujet des fleurs renversées dans l'appartement de Deeby Macc, en espérant que Tansy se reprendrait pendant ce temps-là, et qu'elle respecterait sa parole.

« Et elle l'a respectée, n'est-ce pas ? Dieu sait combien ça vous a coûté, mais elle s'est laissé traîner dans la boue par la presse, elle a supporté qu'on la traite d'affabulatrice cocaïnée, et elle a maintenu contre vents et marées son histoire à dormir debout, en répétant qu'elle avait entendu Lula et son meurtrier crier à travers deux étages et un triple vitrage.

« Seulement voilà : quand elle saura qu'il existe une preuve photographique de l'endroit où elle se trouvait en réalité, je pense qu'elle sera soulagée d'admettre enfin la vérité. Votre femme croit sans doute aimer l'argent plus que tout, mais elle a quand même une conscience qui la travaille. À mon avis, elle craquera sans qu'il soit besoin de beaucoup insister. »

Bestigui avait fumé son cigarillo jusqu'au dernier centimètre. Lentement, il l'écrasa dans le cendrier. De longues secondes passèrent, et les bruits de l'antichambre filtrèrent à travers la porte : des voix, la sonnerie d'un téléphone.

Le producteur se leva et baissa les stores en toile sur la cloison en verre, pour qu'aucune des filles à côté ne puisse les voir. Il se rassit et passa ses gros doigts sur son visage grêlé, s'attardant sur son menton, posant le regard sur Strike, puis le détournant vers l'écran de toile opaque qu'il venait de créer. Strike voyait presque de ses yeux les différentes options qu'il soupesait, comme s'il observait ses cartes dans sa main.

« Les rideaux étaient tirés, dit finalement Bestigui. Il n'y avait pas assez de lumière pour qu'on voie une femme se cacher sur le balcon. Tansy ne changera pas de version.

— À votre place, je ne parierais pas là-dessus, dit Strike, étendant les jambes, car sa prothèse lui faisait mal. Quand je lui dirai que l'expression officielle pour désigner ce que vous avez fait tous les deux est "complot dans le but d'entraver la justice", et qu'une coopération, même tardive, pourrait lui éviter la prison ; quand je lui parlerai de la sympathie de l'opinion et des médias qu'elle s'attirera en tant que victime de violence conjugale, et de l'argent qu'elle pourra gagner en échange des droits exclusifs pour son histoire ; quand elle comprendra qu'elle aura son mot à dire au tribunal ; que, cette fois, on la croira et qu'elle pourra faire condamner l'homme qu'elle a entendu assassiner sa voisine… Mr Bestigui, si riche que vous soyez, je pense que vous ne pourrez pas lui offrir assez d'argent pour la faire taire. »

La peau autour de la bouche de Bestigui se plissa davantage. Il saisit son paquet de cigarillos, mais sans se décider à en allumer un. Suivit un long silence, au cours duquel il fit tourner plusieurs fois le paquet entre ses doigts. Enfin, il lâcha :

« Je n'ai rien à vous dire. Foutez le camp. »

Strike ne bougea pas.

« Je sais que vous êtes pressé d'appeler votre avocat, dit-il, mais je pense que vous n'entrevoyez pas encore l'aspect positif des choses.

— Je vous ai assez entendu. Foutez-moi le camp, je vous dis.

— Même si c'est désagréable de devoir reconnaître ce qui s'est réellement passé cette nuit-là, ce sera mieux que de devenir le suspect numéro un dans une affaire de meurtre. À partir de maintenant, il va vous falloir choisir le moindre des deux maux. Si vous racontez ce que vous faisiez vraiment à l'heure du drame, on ne peut plus vous soupçonner du meurtre. »

Cette fois, il avait capté l'attention de Bestigui.

« Vous n'avez pas pu tuer Lula, continua Strike, parce que si vous l'aviez jetée de son balcon deux étages plus haut, vous n'auriez pas pu ouvrir à Tansy quelques secondes après sa chute. Je crois que vous avez enfermé votre femme sur *votre* balcon, que vous êtes allé vous coucher, que vous avez pris vos aises dans votre lit – la police a pu constater que les draps étaient en désordre – et que vous avez gardé un œil sur votre réveil. Je ne crois pas que vous vouliez vous endormir. Si vous aviez laissé Tansy trop longtemps dehors, vous risquiez une condamnation pour homicide. Wilson m'a dit qu'elle tremblait comme une feuille. Pas étonnant : elle était déjà en hypothermie. »

Un autre silence, bientôt interrompu par les gros doigts de Bestigui martelant le bord de son bureau. Strike prit son carnet.

« Vous êtes prêt à répondre à quelques questions, maintenant ?

— Allez vous faire foutre ! »

Le producteur semblait tout à coup submergé par la rage qu'il avait contenue jusque-là : sa mâchoire était saillante, sa tête rentrée dans les épaules, jusqu'aux oreilles. Strike l'imagina avec la même expression tandis qu'il se jetait sur sa femme émaciée et droguée, tendant en avant ses mains puissantes.

« Vous êtes dans la merde, Mr Bestigui, dit-il calmement, mais c'est à vous de décider jusqu'où vous voulez vous y enfoncer. Vous pouvez tout nier, batailler avec votre femme au tribunal et par journalistes interposés, et finir en taule pour faux témoignage et entrave à la justice. Ou décider de coopérer, tout de suite, et gagner la reconnaissance de la famille de Lula. Ce sera votre façon de manifester des remords, ce qui ne sera pas inutile quand votre avocat demandera la clémence. À mon avis, si votre témoignage aide à confondre l'assassin de Lula, vous ne risquez guère plus qu'une réprimande et un rappel à la loi. C'est la police qui se fera lyncher par l'opinion et par la presse. »

Bestigui respirait bruyamment, mais semblait soupeser chacun des mots de Strike. Enfin, il grommela :

« Il n'y a jamais eu d'assassin. Wilson n'a trouvé personne là-haut. Elle s'est jetée toute seule dans le vide. » Il eut un geste dédaigneux du menton. « C'était une camée à moitié cinglée, comme ma connasse de femme.

— Oh si, il y avait un assassin, dit Strike simplement, et jusqu'ici vous l'avez aidé à s'en tirer. »

Quelque chose dans l'expression du détective tua dans l'œuf l'évidente envie de ricaner de Bestigui. Tandis qu'il ruminait ce qu'il venait d'entendre, ses yeux se réduisirent à deux fentes d'onyx.

« On m'a dit que vous désiriez faire tourner Lula dans un film ? »

Le producteur sembla déconcerté par cette nouvelle question.

« C'était juste une idée, marmonna-t-il. Elle était belle à tomber, cette petite imbécile.

— Et votre idée, c'était de la réunir à Deeby Macc ?

— Ces deux-là ensemble à l'écran, ç'aurait été le jackpot.

— Et cet autre film que vous avez projeté après sa mort ? Comment appelle-t-on ça, un biopic ? J'ai cru comprendre que Tony Landry trouvait cette perspective plutôt choquante. »

À la surprise de Strike, un sourire de satyre se dessina sur le visage bosselé de Bestigui.

« Qui vous a dit ça ?

— Ce n'est pas vrai ? »

Pour la première fois, Bestigui parut se sentir en position de force.

« Non, ce n'est pas vrai. Tony Landry m'a laissé entendre assez clairement qu'il ne verrait aucun inconvénient à en discuter une fois que Lady Bristow serait morte.

— Il n'était pas en colère contre vous quand il vous a téléphoné ?

— Du moment que le film respecte la mémoire de ma nièce, etc., etc.

— Vous connaissez bien Tony Landry ?

— Hmm… On m'a parlé de lui.

— Dans quel contexte ? »

Bestigui se gratta le menton, souriant pour lui-même.

« Bien sûr, reprit Strike, c'est lui qui défend les intérêts de votre femme…

— Pour le moment, dit Bestigui.

— Vous pensez qu'elle va s'en séparer ?

— Elle sera peut-être obligée. » Le sourire du producteur se transforma en un rictus de satisfaction. « Conflit d'intérêt. Nous verrons. »

Strike baissa les yeux vers son carnet, calculant, tel un joueur de poker, le risque qu'il y avait à pousser son interlocuteur sur ce sujet, sans aucune preuve.

« Dois-je comprendre, demanda-t-il en levant les yeux, que vous avez dit à Landry que vous saviez qu'il couchait avec la femme de son associé ? »

Après un moment de surprise interloquée, Bestigui s'esclaffa grossièrement.

« Vous savez ça, hein ?

— Et vous, comment l'avez-vous su ?

— J'ai fait bosser un de vos collègues. Je croyais que c'était Tansy qui me faisait cocu, mais non, elle fournissait des alibis à sa salope de sœur pendant qu'Ursula se faisait troncher par Tony Landry. Ce sera hilarant de voir les May divorcer. Grands avocats des deux côtés. Vieux cabinet de famille déchiré. Cyprian May n'est pas aussi mollasson qu'il en a l'air. J'en sais quelque chose, c'est lui qui représentait ma deuxième femme. Je sens que je vais bien rigoler d'assister à tout ça. Les avocats qui se bouffent entre eux, pour une fois.

— Un bon moyen de pression sur celui de votre femme, alors ? »

Bestigui avait allumé un autre cigarillo et sourit méchamment à travers la fumée.

« Ils ne savent pas encore que je suis au courant, ni l'un ni l'autre. J'attends le bon moment pour lâcher ma petite bombe. »

Mais Bestigui sembla se souvenir tout à coup que Tansy pourrait maintenant disposer d'une arme encore plus forte dans leur bataille juridique, et le sourire s'effaça de son visage, y laissant une expression amère.

« Une dernière chose, dit Strike. La nuit où Lula est morte, après avoir suivi Tansy dans le hall et l'avoir ramenée chez vous, avez-vous entendu du bruit hors de l'appartement ?

— Je croyais que vous étiez venu m'emmerder justement parce qu'on n'entend rien de chez moi avec les fenêtres fermées ? dit Bestigui, sarcastique.

— Je ne vous parle pas du bruit de la rue. Je parle de bruit sur votre palier, ou dans l'escalier. Tansy criait peut-être trop fort pour qu'on entende quoi que ce soit, mais je me demandais si, une fois rentrés dans votre hall, pendant que vous essayiez de la calmer, vous aviez entendu quelque chose de l'autre côté de la porte.

— Pfff ! Tansy gueulait comme un putois, grommela Bestigui. Je n'ai rien entendu.

— Rien du tout ?

— Rien de suspect. Seulement Wilson qui courait dans l'escalier.

— Wilson ?

Oui.

— C'était quand ?

— Au moment dont vous parlez. Quand nous sommes remontés dans l'appartement.

— Aussitôt après avoir refermé la porte ?

— Oui.

— Mais Wilson était *déjà* monté au troisième pendant que vous étiez dans le hall, non ?

— Euh… oui, exact. »

Les plis sur le front et autour des lèvres de Bestigui s'approfondirent.

« Donc, poursuivit Strike, quand vous êtes remontés chez vous au premier, Wilson devait être occupé à chercher s'il y avait quelqu'un au troisième ?

— Oui.

— Et pourtant, vous avez entendu des bruits de pas dans l'escalier, immédiatement après avoir refermé votre porte ? »

Bestigui ne répondit pas. Strike comprit qu'il considérait le problème pour la première fois.

« J'ai entendu... oui... presque tout de suite, des pas. Qui couraient dans l'escalier.

— Je vois, dit Strike. Et pouvez-vous me dire si c'était une personne, ou deux ? »

Bestigui fronça les sourcils, le regard vague, son attention fixée sur un passé aux contours incertains.

« Je pense... oui, une seule. Donc, j'ai cru que c'était Wilson, mais... » Il semblait réfléchir tout haut. « Non, ce n'est pas possible. Wilson était encore au troisième, il fouillait l'appartement... parce que je l'ai entendu redescendre un peu plus tard. Après avoir appelé la police... oui... je l'ai entendu courir derrière la porte. J'avais oublié, dit Bestigui qui, l'espace d'un instant, parut penaud et presque vulnérable. Il se passait beaucoup de choses. Tansy n'arrêtait pas de brailler.

— Et bien sûr, vous pensiez à vos fesses, parce qu'il y avait le feu, dit Strike d'un ton presque allègre, enfonçant son carnet et son stylo dans sa poche avant de s'extraire du fauteuil en cuir. Bon, je ne vous retarde pas plus longtemps, vous devez être impatient d'appeler votre avocat. Merci, Mr Bestigui, vous m'avez beaucoup aidé. Je suppose que nous nous reverrons au tribunal. »

13

Eric Wardle téléphona à Strike le lendemain.

« J'ai appelé Deeby, dit-il sans préambule.

— Et ? », demanda Strike, faisant signe à Robin de lui passer de quoi écrire.

Ils étaient assis ensemble à son bureau, buvant du thé et grignotant des biscuits tout en discutant de la dernière menace de mort de Brian Mathers, dans laquelle il promettait d'éventrer Stike à coups de couteau et de pisser sur ses entrailles.

« Somé lui a bien envoyé un sweat-shirt à capuche customisé. Un poing fermé en têtes de clous sur le devant et quelques mots extraits de ses textes dans le dos.

— Un seul ?

— Oui.

— Quoi d'autre ? demanda Strike.

— Il se rappelle une ceinture, un bonnet et des boutons de manchettes.

— Pas de gants ? »

Wardle se tut, consultant probablement ses notes.

« Non, il n'a pas parlé de gants.

— C'est bien ce que je pensais », dit Strike.

Wardle ne fit aucun commentaire. Strike attendit qu'il raccroche ou lui fournisse d'autres informations.

« L'enquête a lieu jeudi, dit le policier sèchement. Sur la mort de Rochelle Onifade.

— Bon, dit Strike.

— Vous n'avez pas l'air très intéressé.

— En effet.

— Je croyais que vous étiez sûr que c'était un meurtre ?

— Oui, mais l'enquête ne prouvera rien ni dans un sens ni dans l'autre. Vous savez où auront lieu les obsèques ?

— Non, dit Wardle d'un ton irrité. Qu'est-ce que ça peut faire ?

— Je pense y aller.

— Pour quoi faire ?

— Elle avait une tante, vous vous souvenez ? », dit Strike.

Wardle coupa brusquement la communication, sans doute exaspéré une fois de plus.

Bristow téléphona à Strike plus tard dans la matinée, pour lui communiquer le lieu et l'heure des obsèques de Rochelle.

« C'est Alison qui a trouvé tous les détails, dit-il au détective. Elle est très efficace.

— C'est ce que je vois, dit Strike.

— J'y serai. Pour représenter Lula. J'aurais dû l'aider, cette petite.

— Je pense que les choses ne pouvaient guère finir autrement, John. Vous comptez amener Alison ?

— Elle dit qu'elle veut venir, dit Bristow, sans grand enthousiasme.

— Je vous y verrai tous les deux, alors. J'espère parler à la tante de Rochelle, si elle se montre. »

Quand Strike annonça à Robin que la petite amie de son client avait trouvé le lieu et l'heure des obsèques, elle sembla déconfite. Elle-même avait cherché ces renseignements, à sa demande, et parut regretter qu'Alison l'ait battue sur le fil.

« Je n'avais pas compris que vous étiez en compétition, dit Strike, amusé. Ne vous inquiétez pas. Elle avait peut-être de l'avance sur vous.

— Quel genre d'avance ? »

Mais Strike la regardait d'un air pensif.

« Quoi ? demanda-t-elle, sur la défensive.

— Je voudrais que vous veniez aux obsèques avec moi.

— Ah ? dit Robin. Oui, si vous voulez. Pourquoi ? »

Elle s'attendait à ce qu'il lui réponde qu'il serait plus naturel d'assister à la cérémonie en couple, comme il avait semblé plus naturel qu'il se présente chez Vashti avec une femme à ses côtés. Mais il dit :

« J'ai une petite mission à vous confier. »

Quand il lui eut expliqué ce qu'il attendait d'elle, Robin parut déconcertée.

« Mais pourquoi ?

— Je ne peux pas vous le dire.

— Qu'est-ce qui vous en empêche ?

— Ça aussi, je préférerais le garder pour moi. »

Robin ne voyait plus Strike par les yeux de Matthew ; elle ne se demandait plus s'il plastronnait, faisait l'intéressant ou essayait de paraître plus intelligent qu'il n'était. Pour l'heure, elle lui fit la grâce de ne plus le soupçonner de s'entourer délibérément de mystère par goût du cabotinage, mais répéta pourtant, comme si elle n'était pas sûre de l'avoir bien entendu :

« *Brian Mathers*.

— Oui.

— L'homme qui vous envoie des menaces de mort.

— Oui.

— Mais enfin, dit Robin ahurie, quel rapport voulez-vous qu'il ait avec la mort de Lula Landry ?

— Aucun, dit Strike. Pour le moment. »

Le crématorium du nord de Londres où se tinrent les obsèques de Rochelle Onifade le lundi suivant était froid, anonyme et déprimant. Tout avait été fait pour que le lieu ne porte la marque d'aucune confession particulière, des bancs en bois sombre ordinaires aux murs blanc cassé, dépourvus de tout ornement religieux, et au vitrail abstrait, simple mosaïque de formes géométriques colorées. Assis sur le bois inconfortable, tandis qu'un pasteur à la voix geignarde rendait hommage à « Roselle » et qu'une pluie fine ruisselait sur le verre criard au-dessus de lui, Strike comprenait, comme souvent auparavant, le charme et la force mystérieuse des chérubins dorés, des saints de plâtre et des gargouilles médiévales, des anges de l'Ancien Testament et des crucifix en or incrustés de pierreries ; de tout ce qui pouvait donner une aura de majesté et de grandeur à une telle cérémonie, contenir la promesse d'un au-delà ou, au moins, conférer une valeur rétrospective à une vie comme celle de la pauvre Rochelle. La jeune défunte avait eu un aperçu de son paradis terrestre, fait de vêtements et d'accessoires griffés, de lieux courus par des célébrités à dénigrer, de beaux chauffeurs avec qui s'amuser ; et avoir aveuglément désiré le perpétuer l'avait amenée à cette fin : sept personnes à ses funérailles, et un pasteur qui ne connaissait pas son nom.

Le rituel fut expédié dans une ambiance lugubre, impersonnelle, rudimentaire, avec un sentiment d'embarras, et dans la dénégation de ce qu'avait été l'existence de Rochelle. Personne ne sembla se sentir le droit de s'asseoir au premier rang. Même la Noire plantureuse, aux épaisses lunettes et au béret de laine, dont Strike supposa qu'elle était sa tante, avait choisi de prendre place quelques bancs en arrière, gardant ses distances avec le cercueil bon marché. L'employé chauve que le détective avait rencontré au foyer St Elmo était présent, en blouson de cuir et chemise ouverte ; derrière lui se tenait un homme d'une trentaine d'années, de type indien, bien habillé et bien rasé, dont le détective pensa qu'il devait s'agir du psychiatre qui animait le groupe de thérapie de Rochelle à St Thomas.

Strike, dans son vieux costume bleu marine, et Robin, dans le strict tailleur noir qu'elle portait pour ses entretiens d'embauche, s'étaient assis tout au fond. De l'autre côté de l'allée centrale se trouvaient Bristow, pâle et l'air malheureux, et Alison, dont l'imperméable noir luisait dans la lumière froide.

Des rideaux rouges s'ouvrirent, le cercueil disparut et le corps de la noyée fut consumé par le feu. Silencieux, les membres de l'assistance échangèrent des sourires peinés et gênés sur le seuil du crématorium, s'attardant sans raison particulière, sinon celle de ne pas ajouter une hâte inconvenante à la médiocrité de la cérémonie. La tante de Rochelle, qui donnait une impression d'excentricité, voire d'instabilité mentale, se présenta sous le nom de Winifred, puis annonça d'une voix forte, avec un ton accusateur :

« J'ai commandé des sandwiches au pub du coin. Je pensais qu'il y aurait plus de monde. »

D'un air d'autorité, elle précéda les autres dans la rue, jusqu'à un modeste établissement en brique rouge appelé le Red Lion. Le reste de la petite assemblée la suivit, la tête rentrée dans les épaules.

Les sandwiches promis, déjà racornis et peu appétissants, attendaient sur des plateaux en aluminium protégés par du film transparent, posés sur une table dans un coin du pub défraîchi. Au cours du trajet, tante Winifred avait compris qui était John Bristow et semblait décidée à ne plus le lâcher, le coinçant contre le bar et le saoulant de paroles. Bristow répondait chaque fois qu'elle lui laissait le temps de placer un mot, mais ses regards vers Strike, qui s'entretenait avec le psychiatre de Rochelle, devenaient plus fréquents et plus désespérés à mesure que les minutes passaient.

Le jeune psy éluda toutes les tentatives de Strike pour le faire parler du groupe de thérapie qu'il animait, et finit par répondre à une question sur les confidences que Rochelle avait pu lui faire en invoquant avec un sourire aimable mais ferme le respect du secret professionnel.

« Vous êtes surpris qu'elle se soit suicidée ? demanda le détective.

— Non, pas vraiment. C'était une fille très perturbée, vous savez, et la mort de Lula Landry a été un grand choc pour elle. »

Peu après, saluant poliment la compagnie, il partit.

Robin, qui avait tenté d'engager la conversation avec une Alison plus monosyllabique que jamais à une petite table près de la fenêtre, déclara forfait et se dirigea vers les toilettes.

Strike traversa la salle et s'assit sur la chaise abandonnée par sa secrétaire. Alison lui lança un regard peu amène, puis se remit à observer Bristow, toujours soumis au flot de paroles de la tante de Rochelle. Alison n'avait pas déboutonné son imperméable mouillé. Un petit verre de porto était posé devant elle, et ses lèvres dessinaient un sourire légèrement méprisant, comme si elle trouvait l'environnement vulgaire et indigne d'elle. Strike cherchait encore comment entamer le dialogue quand elle dit sans préambule :

« John était censé rencontrer les exécuteurs testamentaires de Conway Oates ce matin. Il a laissé Tony s'en occuper, et Tony est furieux. »

Son ton semblait sous-entendre que, d'une manière ou d'une autre, Strike en était responsable, et qu'il méritait d'être informé des problèmes qu'il avait causés. Elle but une petite gorgée de porto. Ses cheveux tombaient sur ses épaules et ses grandes mains faisaient paraître le verre minuscule. Malgré une absence de charme qui aurait fait de n'importe quelle femme une reine de beauté, elle semblait imbue du sentiment de son importance.

« Vous ne trouvez pas que c'était gentil de la part de John de venir à la cérémonie ? », demanda Strike.

En guise de rire, Alison poussa un petit grognement ironique.

« Il ne la connaissait même pas, cette fille.

— Et vous, alors, pourquoi êtes-vous venue ?

— C'est Tony qui me l'a demandé. »

Strike remarqua le ton plus doux et presque timide sur lequel elle prononçait le nom de son patron.

« Pourquoi ?

— Pour garder un œil sur John.

— Tony pense que John a besoin d'être surveillé ? » Elle ne répondit pas.

« Tony et John se partagent vos services, n'est-ce pas ?

— Quoi ? », dit-elle, l'air soudain dérouté.

Il fut satisfait de lui avoir fait perdre contenance.

« Vous travaillez pour eux deux ? Comme assistante ?

— Oh… Oh, non ! protesta-t-elle en fronçant ses épais sourcils. Je travaille pour Tony et Cyprian. Je suis l'assistante des patrons du cabinet.

— Ah. Je me demande ce qui m'a fait croire que vous étiez aussi celle de John…

— Je travaille à un niveau différent, dit Alison avec hauteur. John utilise les services de l'équipe de secrétaires intérimaires, au premier.

— Et pourtant, l'amour a fleuri à travers les étages et les hiérarchies ? »

Sa plaisanterie fut accueillie par un autre silence dédaigneux. Elle semblait considérer Strike comme un adversaire ne méritant aucun égard ni aucun crédit.

L'employé du foyer St Elmo se tenait seul dans un coin, mangeant des sandwiches et tuant visiblement le temps en attendant le moment où il pourrait partir sans paraître impoli. Robin ressortit des toilettes et fut aussitôt hélée par Bristow, qui semblait chercher du secours pour se débarrasser de tante Winifred.

« Il y a combien de temps que vous êtes avec John ? », demanda Strike.

Elle sembla hésiter à lui répondre, puis dit avec réticence :

« Quelques mois.

— Vous avez commencé à sortir ensemble avant la mort de Lula, n'est-ce pas ?

— Non, rectifia-t-elle. La première fois qu'il m'a invitée, c'était quelques jours après.

— Il devait être très affecté ?

— Oui, maugréa-t-elle. Accablé. »

Sa voix était moins compatissante que méprisante.

« Il vous faisait la cour depuis quelque temps ? »

Il s'attendait à ce qu'elle l'envoie paître, mais il se trompait. Bien qu'elle s'efforçât de n'en rien laisser paraître, il y eut dans sa réponse une note de fierté et de satisfaction qui n'échappa pas au détective.

« Il est monté au quatrième pour voir Tony, mais Tony était occupé et il l'a attendu dans mon bureau. Il m'a parlé de sa sœur qui venait de mourir, et il s'est mis à pleurer. Je lui ai donné mes mouchoirs en papier, et il m'a invitée à dîner. »

En dépit de l'évidente tiédeur de ses sentiments pour Bristow, Strike eut l'impression qu'elle était très fière qu'il eût voulu la séduire : elle en parlait comme d'un trophée. Il se demanda si Alison, avant qu'un John Bristow désespéré ne débarque, avait jamais été invitée à dîner dans sa vie. Ç'avait été la rencontre de deux personnes en manque de quelque chose : *Je lui ai*

donné mes mouchoirs en papier, et il m'a invitée à
dîner.

L'employé du foyer reboutonnait son blouson. Remarquant le regard de Strike, il lui fit un signe d'adieu et partit sans avoir parlé à personne.

« Et qu'est-ce qu'il en pense, le grand patron, que vous sortiez avec son neveu ?

— Tony n'a rien à dire sur ce que je fais de ma vie privée, dit-elle sèchement.

— Très juste. Et puis, il serait mal placé pour protester, pas vrai, alors qu'il couche avec la femme de Cyprian May. »

Un instant trompée par le ton désinvolte de Strike, Alison ouvrit la bouche pour répondre ; puis le sens de ses mots sembla la percuter, et elle perdit d'un coup son assurance.

« Ce n'est pas vrai ! dit-elle, le visage soudain empourpré. Qui vous a dit ça ? C'est un mensonge. Un mensonge absolu ! »

Derrière les protestations de la femme, il entendit une enfant terrifiée.

« Vraiment ? Alors, pourquoi Cyprian May vous a-t-il envoyée à Oxford pour vérifier si Tony y était, le 7 janvier ?

— Je… c'était juste… il avait oublié de faire signer certains documents à Tony, c'est tout.

— Il ne pouvait pas les faxer ? Ou envoyer un coursier ?

— C'étaient des documents sensibles.

— Alison, dit Strike, content de constater sa fébrilité, nous savons tous les deux que ce n'est pas la vérité. Cyprian pensait que Tony passait la journée quelque part avec Ursula, n'est-ce pas ?

— Non ! Jamais de la vie ! »

Près du bar, tante Winifred agitait les bras comme un moulin à vent en continuant de pérorer avec entrain, tandis que Robin et Bristow arboraient des sourires figés.

« Vous ne l'avez pas trouvé à Oxford ?

— Non, parce que…

— À quelle heure vous êtes-vous présentée au Malmaison ?

— Vers onze heures, mais il était…

— Cyprian a dû vous envoyer à sa recherche dès votre arrivée au cabinet, n'est-ce pas ?

— Les documents étaient urgents.

— Mais vous n'avez pas trouvé Tony, ni à son hôtel, ni à la salle de conférences ?

— Je l'ai manqué, dit-elle, mi-furieuse, mi-désespérée, parce qu'il venait de repartir pour Londres. Pour rendre visite à Lady Bristow.

— Ah, dit Strike. Un peu curieux qu'il ne vous ait pas prévenus de son retour, ni vous, ni Cyprian, vous ne trouvez pas ?

— Non, je ne trouve pas ! répliqua-t-elle, avec un vaillant effort pour recouvrer sa superbe. Il était joignable. On pouvait l'appeler sur son portable. Ça n'avait pas d'importance qu'il nous prévienne ou non.

— Et vous l'avez appelé ? »

Elle ne répondit pas.

« Vous l'avez appelé, mais il n'a pas répondu ? »

Elle but une gorgée de son porto, dans un silence électrique.

« Franchement, ça casserait l'ambiance de prendre un appel de sa secrétaire pendant qu'on est au lit avec une femme, pas vrai ? »

Il était sûr que sa phrase la choquerait, et ne fut pas déçu.

« Vous êtes dégoûtant. Vraiment dégoûtant », dit-elle, les joues en feu, avec une pruderie qu'elle tentait de cacher sous un air de supériorité.

« Vous vivez seule ? demanda Strike.

— Quel rapport avec… ? »

Elle était complètement désarçonnée à présent.

« Oh, juste une question que je me posais, dit Strike. Donc, vous ne voyez rien de bizarre au fait que Tony ait pris une chambre d'hôtel à Oxford, qu'il soit revenu à Londres le lendemain matin, puis soit reparti pour Oxford à temps pour payer sa note le jour d'après ?

— Il est retourné à Oxford pour assister à la session de l'après-midi du colloque, affirma-t-elle avec obstination.

— Ah oui ? Vous êtes restée pour vérifier ?

— Il était là, dit-elle, évasive.

— Vous en avez la preuve ? »

De nouveau, elle se tut.

« Dites-moi, Alison, demanda Strike, préférez-vous penser que Tony a passé cette journée au lit avec Ursula May, ou qu'il a eu une altercation avec sa nièce ? »

Au bar, tante Winifred rajustait son béret de laine et bouclait sa ceinture. De toute évidence, elle se disposait à rentrer chez elle.

Durant quelques secondes, Alison se battit contre elle-même ; puis, comme si elle laissait libre cours à quelque chose de longtemps réprimé, elle dit dans un murmure féroce :

« Il n'y a rien entre Tony et Ursula. *Je le sais*. C'est impossible ! Tout ce qui intéresse Ursula, c'est l'argent, et Tony en a moins que Cyprian. Elle ne voudrait pas de lui. Jamais.

— Oh, allez savoir. La passion physique peut l'emporter sur la cupidité, dit Strike en regardant attentivement Alison. Ce sont des choses qui arrivent. C'est difficile pour un autre homme de juger, mais Tony n'est pas vilain à regarder, n'est-ce pas ? »

Il vit la crudité de sa douleur, sa fureur. Quand elle parla, sa voix était rauque et étouffée.

« Tony a raison, vous êtes prêt à tout. Totalement sans scrupule. John a perdu le nord, Lula s'est suicidée. *Suicidée !* Elle a toujours été déséquilibrée. John est comme sa mère, hystérique. Il imagine des choses. Lula se droguait, c'était le genre de fille qui cause toujours des problèmes, qui cherche toujours à être au centre de l'attention. Incontrôlable. Gâtée. Jetant l'argent par les fenêtres. Elle pouvait avoir tout ce qu'elle voulait, tous les hommes qu'elle voulait, mais rien ne lui suffisait jamais.

— Je ne savais pas que vous la connaissiez.

— Je… c'est Tony qui m'a tout raconté.

— Décidément, il ne l'aimait pas, n'est-ce pas ?

— Il la voyait pour ce qu'elle était. Une peste. Certaines femmes, dit-elle, sa poitrine se soulevant sous son imperméable informe, sont comme ça. »

Un souffle de brise fraîche agita l'air confiné du petit pub, car la tante de Rochelle venait d'ouvrir la porte pour partir. Bristow et Robin continuèrent de sourire jusqu'à ce qu'elle se fût refermée, puis échangèrent un regard de soulagement.

Le barman avait disparu, et ils n'étaient plus que quatre à l'intérieur de la salle. Strike, pour la première fois, prit conscience qu'une ballade des années quatre-vingt passait en fond sonore : Jennifer Rush, *The Power of Love*. Bristow et Robin s'approchèrent.

« Je croyais que vous vouliez parler à la tante de Rochelle ? dit l'avocat, l'air contrarié comme s'il venait de subir une épreuve pour rien.

— Pas assez pour oser l'affronter, répondit Strike gaiement. À vous de me raconter ce qu'elle vous a dit. »

À l'expression de Robin et de Bristow, le détective voyait qu'ils trouvaient son attitude un tantinet nonchalante. Alison cherchait quelque chose dans son sac, le visage baissé.

Ils quittèrent le pub. La pluie avait cessé, mais les trottoirs étaient glissants et le ciel gris et bas laissait présager une nouvelle averse. Les deux femmes marchèrent en tête, silencieuses, tandis que Bristow relatait à Strike tout ce qu'il se rappelait des propos de tante Winifred. Mais celui-ci n'écoutait pas. Il regardait le dos des deux femmes, toutes deux en noir, et, pour des yeux distraits, presque interchangeables. Il se rappela les sculptures de part et d'autre du portail de la Reine, à Hyde Park : nullement identiques, quoi que pût en penser un observateur distrait ; un mâle et une femelle, de la même espèce, oui, mais très différents.

Quand il vit Robin et Alison s'arrêter à côté d'une BMW qui devait appartenir à Bristow, lui aussi ralentit et interrompit le récit décousu que lui faisait l'avocat des relations orageuses de Rochelle avec sa famille :

« John, j'aurais besoin que vous me confirmiez quelque chose.

— Allez-y.

— Vous m'avez dit que vous aviez entendu votre oncle entrer chez votre mère le matin qui a précédé la mort de Lula ?

— Oui, c'est exact.

— Êtes-vous absolument sûr que l'homme que vous avez entendu était Tony ?

— Oui, naturellement.

— Pourtant, vous ne l'avez pas vu ?

— Je… » Le visage de Bristow prit soudain une expression de profonde perplexité. « Non, je… je ne me rappelle pas l'avoir vu. Mais je l'ai entendu entrer. J'ai entendu sa voix dans le hall.

— Vous ne pensez pas que, peut-être, parce que vous vous attendiez à une visite de Tony, vous avez simplement *cru* que c'était lui ? »

Un autre silence. Puis, d'une voix changée :

« Vous êtes en train de me dire que Tony n'était pas là ?

— Je voulais juste savoir si vous êtes certain qu'il y était.

— Eh bien… Jusqu'à cet instant, j'en étais absolument certain. Personne n'a la clef de l'appartement de ma mère. Ça ne pouvait être personne d'autre que Tony.

— Donc, vous avez entendu quelqu'un entrer. Puis une voix masculine. Est-ce que cette voix parlait à votre mère, ou à Lula ?

— Euh… » Les longues incisives de Bristow parurent plus proéminentes que jamais tandis qu'il réfléchissait à la question. « Je l'ai entendu entrer, puis, si je me souviens bien, il a parlé à Lula.

— Et vous l'avez entendu repartir ?

— Oui. Je l'ai entendu retraverser le hall. Puis la porte s'est refermée.

— Quand Lula est venue vous dire au revoir, elle vous a dit qu'elle venait de voir Tony ? Elle a parlé de ce qu'ils s'étaient dit ? »

Encore un silence. L'avocat mit sa main devant sa bouche, se creusant visiblement la tête.

« Je… elle m'a serré dans ses bras, c'est tout ce que je… Oui, je pense qu'elle m'a dit qu'elle avait parlé avec Tony. À moins que… Est-ce que j'ai *supposé* qu'elle lui avait parlé, parce qu'il me semblait… ? Mais si ce n'était pas mon oncle, qui voulez-vous que ce soit ? »

Strike attendit. Bristow fixait le trottoir, plongé dans ses pensées.

« Non, ça ne pouvait être que lui. Lula a forcément vu qui était là, et n'a pas trouvé sa présence anormale. Et qui ça pouvait-il être, sinon Tony ? Qui d'autre aurait eu la clef ?

— Combien existe-t-il de clefs ?

— Quatre. Trois doubles.

— C'est beaucoup.

— Une pour moi, une pour Lula et une pour Tony. Ma mère préfère que nous puissions entrer et sortir comme nous voulons, surtout depuis qu'elle est si malade.

— Et aucune de ces clefs ne manque ?

— Non… enfin, je ne crois pas. Je suppose que celle de Lula a été rendue à ma mère avec le reste de ses affaires. Tony a toujours la sienne, j'ai la mienne, et celle de maman… elle doit être sur son trousseau, quelque part dans l'appartement.

— Donc, aucune clef perdue ?

— Non.

— Et aucun de vous n'a jamais prêté la sienne à personne ?

— Mon Dieu, pourquoi voulez-vous que nous la prêtions ?

— Vous savez, dit Strike, je n'arrête pas de penser à ce fichier de photos qui a été effacé de l'ordinateur de Lula alors qu'il était déjà dans l'appartement de votre mère. S'il y a une clef qui se promène…

— Impossible, dit l'avocat. Tout ça est… je ne… pourquoi imaginez-vous que Tony n'était pas là ? Il y était forcément. Il dit qu'il m'a vu par la porte du bureau.

— Ce matin-là, vous êtes passé au cabinet en partant de chez Lula, n'est-ce pas ?

— Oui.

— Pour emporter des dossiers ?

— Oui. Je n'ai fait qu'entrer et sortir, c'était très rapide.

— Donc, vous êtes arrivé chez votre mère à… ?

— Je ne sais plus, mais pas plus tard que dix heures.

— Et l'homme qui est venu, à quelle heure est-il arrivé ?

— Peut-être… peut-être une demi-heure plus tard ? Honnêtement, je ne me rappelle plus. Je travaillais, je

ne regardais pas ma montre. Mais pourquoi Tony pré-
tendrait-il qu'il est venu si ce n'est pas vrai ?

— Ma foi, s'il savait que vous travailliez chez votre
mère, il pourrait facilement dire qu'il est venu, qu'il
n'a pas voulu vous déranger et qu'il s'est contenté de
passer un moment avec Lady Bristow. Elle a probablement confirmé sa présence à la police ?

— Je suppose. Oui, je pense qu'elle l'a fait.

— Mais vous n'en êtes pas sûr ?

— Je ne me souviens pas que nous en ayons parlé.
Maman souffrait, elle était sous calmants, elle a beaucoup dormi ce jour-là. Et puis, le lendemain matin,
nous avons appris que Lula...

— Mais vous n'avez jamais trouvé curieux que
Tony ne soit pas entré dans le bureau pour vous dire
au moins quelques mots ?

— Non, pas du tout, dit Bristow plus fermement. Il
était d'une humeur massacrante à cause de l'affaire
Conway Oates. Il aurait été beaucoup plus surprenant
qu'il ait envie de bavarder.

— John, je ne veux pas vous alarmer, mais je pense
que votre mère et vous pourriez être en danger. »

Le couinement de rire nerveux de l'avocat rendit un
son grêle et peu convaincant. Strike vit Alison debout
une trentaine de mètres plus loin, les bras croisés, ignorant Robin et les regardant avec impatience.

« Vous... vous n'êtes pas sérieux ? dit Bristow.

— Si. Très sérieux.

— Mais... est-ce que... Cormoran, êtes-vous en
train de me dire que vous savez qui a tué Lula ?

— Oui, je pense que je le sais. Mais avant de

boucler mes conclusions, j'ai besoin de parler à votre mère. »

Bristow semblait vouloir boire la moindre des pensées de Strike. Ses yeux myopes scrutèrent son visage, avec une expression mi-effrayée, mi-implorante.

« Il faut que je sois présent, dit-il enfin. Elle est très faible.

— Bien sûr. Demain matin, c'est possible ?

— Tony sera fou furieux si je prends encore du temps sur mes heures de travail. »

Strike attendit.

« D'accord, dit Bristow. D'accord. Demain, dix heures et demie. »

14

Le lendemain était un mardi frais et lumineux. Strike prit le métro pour le quartier huppé et verdoyant de Chelsea, une partie de Londres qu'il connaissait à peine, car Leda, même dans ses périodes de relative aisance, n'avait jamais réussi à habiter dans le voisinage du Royal Chelsea Hospital, pâle et gracieux sous le soleil de printemps.

Franklin Row était une jolie rue presque provinciale, aux maisons de brique rouge, bordée de platanes et agrémentée d'un jardin fermé par des grilles, où, en ce milieu de matinée, une petite troupe d'enfants jouait dans la tenue de sport de leur école primaire, chemisette blanche et short bleu marine, sous la surveillance de moniteurs en survêtement. Leurs cris joyeux étaient le seul son venant troubler la tranquillité du voisinage, avec le chant des oiseaux. Aucune voiture ne passa tandis que Strike marchait sur le trottoir, les mains dans les poches, en direction de la maison de Lady Yvette Bristow.

Sur le mur à côté de la porte vitrée, en haut de quatre marches de pierre blanche, se trouvait un panneau de sonnettes en bakélite, à l'ancienne. Strike vérifia que le nom d'Yvette Bristow était clairement indiqué à côté de celle de l'appartement E, puis recula et attendit dans la douce fraîcheur de ce jour d'avril, observant la rue cossue.

Dix heures et demie passèrent, mais John Bristow n'apparut pas. En face, dans le jardin, la petite vingtaine d'enfants continuait de faire rouler des cerceaux entre des cônes colorés.

Peu après onze heures moins le quart, le portable de Strike bourdonna dans sa poche. Le texto venait de Robin :

Alison vient d'appeler pour prévenir que JB a un empêchement. Il ne veut pas que vous parliez à sa mère s'il n'est pas présent.

Strike rédigea aussitôt un message pour Bristow :

Combien de temps pensez-vous être retardé ? Possible de reporter le RDV à plus tard dans la journée ?

Il venait d'envoyer le texto quand son téléphone sonna.

« Oui, allô ?

— Oggy ? dit la voix métallique de Graham Hardacre, de son bureau en Allemagne. J'ai ce que tu m'as demandé, sur le nommé Agyeman.

— Tu as fait vite. » Strike sortit son carnet et son stylo. « Je t'écoute.

— Ton homme est le lieutenant Jonah Francis Agyeman, des Royal Engineers. Vingt et un ans, célibataire, engagé depuis sa majorité. Sa période de service en cours a commencé le 11 janvier, et il rentre début juin. Parente la plus proche : sa mère. Ni frère, ni sœur, ni enfant. »

Strike griffonna ces renseignements sur son carnet, coinçant son téléphone entre son menton et son épaule.

« Je te revaudrai ça, Hardy, dit-il. Tu n'aurais pas une photo, par hasard ?

— Si. Je peux te l'envoyer par mail. »

Strike donna à Hardacre l'adresse mail de son bureau, et, après quelques questions de routine sur la vie de l'un et de l'autre et un échange de saluts amicaux, mit fin à la communication.

Il était onze heures moins cinq. Strike attendit patiemment dans la rue paisible, son portable à la main, observant d'un œil distrait le jardin où les enfants gambadaient derrière leurs cerceaux et leurs balles, tandis qu'un avion argenté traçait une ligne blanche dans le ciel couleur pervenche. Enfin, avec un nouveau bourdonnement clairement audible sur le trottoir désert, la réponse de Bristow arriva :

Impossible aujourd'hui. J'ai été appelé à Rye. Demain même heure ?

Strike soupira.

« Désolé, John », murmura-t-il, et il monta les quatre marches et sonna.

Le hall d'entrée, spacieux, silencieux et clair, avait néanmoins l'aspect un peu déprimant de toutes les parties communes d'immeubles résidentiels, que ne dissipait pas la présence d'un gros vase de fleurs séchées

618

sur une crédence et d'un tapis d'un vert terne, probablement choisi en raison de sa banalité. Comme dans
la maison de Kentigern Gardens, il y avait un ascenseur, mais les portes de celui-ci étaient en bois. Strike
préféra monter à pied. Le bâtiment semblait un peu
vétuste, ce qui ne diminuait en rien son air de tranquille prospérité.

La porte de l'appartement au dernier étage lui fut
ouverte par l'infirmière qui avait répondu à son coup
de sonnette, une Jamaïcaine replète et souriante.

« Vous n'êtes pas Mr Bristow ? dit-elle d'un ton
enjoué.

— Non, je suis Cormoran Strike. John ne devrait
pas tarder. »

Elle s'écarta pour le laisser entrer. Le vestibule de
Lady Bristow était agréablement encombré, les murs
couverts d'un papier peint d'un rouge passé et ornés
d'aquarelles dans des cadres dorés ; d'un porte-para-
pluie dépassaient plusieurs cannes à pommeau ouvragé,
et des manteaux pendaient à une rangée de patères.
Strike regarda à droite et aperçut une partie du bureau
par la porte entrouverte au bout du couloir : un lourd
secrétaire en chêne et une chaise pivotante qui tournait
le dos à la porte.

« Vous voulez bien attendre au salon pendant que
je demande à Lady Bristow si elle est prête à vous
recevoir ?

— Oui, bien sûr. »

Il franchit la porte qu'elle lui indiquait et pénétra
dans une pièce charmante, aux murs couleur bouton-
d'or, où des rayonnages portaient de nombreuses
photographies dans des cadres d'argent. Un ancien

téléphone à cadran des années cinquante était posé sur une table basse à côté d'un confortable sofa en chintz. Strike vérifia que l'infirmière avait disparu dans les profondeurs de l'appartement avant de décrocher le combiné de son socle en métal et de le replacer discrètement de travers.

Près de la baie vitrée, sur un bonheur-du-jour, était placée une grande photo du mariage de Sir Alec et Lady Yvette Bristow. Le marié semblait nettement plus âgé que sa femme ; c'était un homme barbu, tout en rondeurs, à l'expression débonnaire et joyeuse. La mariée était mince, blonde et d'une joliesse un peu fade. Admirant ostensiblement le cliché, Strike resta dos à la porte et ouvrit sans faire de bruit le tiroir du délicat petit meuble en cerisier. À l'intérieur se trouvait une provision de minces feuillets bleu pâle, avec des enveloppes assorties. Il referma le tiroir.

« Mr Strike ? Vous pouvez venir. »

Strike ressortit dans le vestibule rouge, suivit l'infirmière dans un couloir et entra dans une grande chambre, dont les couleurs dominantes étaient le blanc et un subtil gris bleuté. Tout ici n'était qu'élégance et raffinement. Deux portes sur la gauche, entrouvertes, donnaient sur une salle de bains et ce qui ressemblait à un spacieux dressing. Les meubles étaient gracieux, dans le style français du dix-huitième siècle, et les signes tangibles de la maladie – la potence à perfusion, le bassin propre et brillant sur la commode, à côté d'une foule de flacons de médicaments – juraient cruellement avec la sérénité ambiante.

La mourante portait une épaisse liseuse couleur ivoire et sa tête, qui semblait toute petite dans le grand lit ouvragé, reposait sur plusieurs oreillers immaculés. Il ne subsistait plus aucune trace du joli visage de Lady Bristow dans sa jeunesse. Les os de son squelette saillaient sous sa peau mince et translucide, qui brillait d'un éclat malsain et se desquamait au front. Ses yeux étaient enfoncés dans leurs orbites, ternes et brouillés, et ses cheveux rares et gris, fins comme ceux d'un bébé, laissaient apparaître le blanc rosâtre de son cuir chevelu. Ses bras émaciés gisaient sur les couvertures, et un cathéter dépassait de son coude gauche. Sa mort prochaine faisait l'effet d'une présence presque palpable, comme si elle attendait avec patience derrière les rideaux à demi tendus.

Une légère odeur citronnée flottait dans la pièce, sans dissiper celles du désinfectant et de la corruption corporelle : des effluves écœurants qui rappelaient à Strike les hôpitaux où il avait passé de longs mois d'immobilité impuissante. Une des fenêtres était ouverte de quelques centimètres, laissant entrer l'air frais et l'écho des cris des enfants. De l'autre côté, on voyait le sommet des grands platanes inondés de soleil.

« Vous êtes le détective ? »

Sa voix était frêle et fêlée, ses mots légèrement traînants. Strike, qui se demandait si Bristow lui avait dit la vérité sur sa profession, fut content qu'elle soit déjà au courant.

« Oui. Je suis Cormoran Strike.

— Où est John ?

— Il a été retenu au cabinet.

— Une fois de plus », murmura-t-elle. Puis : « Tony l'oblige à travailler très dur. Ce n'est pas juste. » Elle le regarda entre ses paupières mi-closes et, levant un doigt maigre, lui désigna une petite chaise peinte. « Je vous en prie, asseyez-vous. »

Il y avait des lignes crayeuses dans ses iris décolorés. En s'asseyant, Strike remarqua deux autres photos dans des cadres en argent sur la table de chevet. Comme s'il était secoué par une décharge électrique, il s'aperçut qu'il plantait ses yeux dans ceux de Charlie Bristow à dix ans, avec son visage dodu et ses cheveux qui lui descendaient sur la nuque, sa chemise au col long et pointu et son énorme nœud de cravate : des yeux à jamais figés dans les années quatre-vingt, qui le fixaient comme s'il venait de dire au revoir à son meilleur ami, Cormoran Strike, en attendant de le retrouver après Pâques.

À côté du portrait de Charlie s'en trouvait un autre, plus petit, celui d'une magnifique petite fille aux longues boucles noires et aux grands yeux bruns espiègles, dans un uniforme d'école bleu marine : Lula Landry, à cinq ou six ans.

« Mary, dit Lady Bristow sans élever la voix, et l'infirmière s'approcha du lit. Pourriez-vous apporter à Mr Strike… du thé ? Du café ? » lui demanda-t-elle.

L'espace d'un instant, Strike fut transporté deux décennies et demie plus tôt, dans le jardin ensoleillé de l'immense maison de Charlie, où sa gracieuse mère blonde lui offrait des citronnades glacées.

« Un café avec deux sucres, ce serait parfait. Merci beaucoup.

— Excusez-moi de ne pas vous le préparer moi-même, dit Lady Bristow tandis que l'infirmière ressortait de la pièce, mais comme vous voyez, je dépends maintenant entièrement de la bonne volonté des étrangers. Comme cette pauvre Blanche DuBois. »

Elle ferma les yeux un moment, comme pour se concentrer sur sa souffrance. Il se demanda jusqu'à quel point elle était assommée par les médicaments. Sous sa courtoisie parfaite, il devina une légère amertume dans ses mots, comme l'odeur de maladie que ne dissipait pas le parfum citronné, et cela le surprit, tant il savait que Bristow passait le plus clair de son temps à veiller sur elle.

« Pourquoi John n'est-il pas là ? demanda-t-elle de nouveau, les yeux toujours fermés.

— Il a été retenu au cabinet, répéta Strike.

— Ah, oui. Oui, vous me l'avez dit.

— Lady Bristow, j'aimerais vous poser quelques questions, et je vous présente d'avance toutes mes excuses si elles vous semblent indiscrètes ou blessantes.

— Quand on a vécu ce que j'ai vécu, dit-elle à mi-voix, il n'y a plus grand-chose qui puisse vous blesser. Appelez-moi Yvette.

— Merci. Ça ne vous ennuie pas si je prends des notes ?

— Non, pas du tout », dit-elle.

Elle le regarda sortir son carnet et son stylo, ne manifestant qu'un très vague intérêt.

« J'aimerais commencer, si vous n'y voyez pas d'inconvénient, par l'arrivée de Lula dans votre famille. Saviez-vous quelque chose de sa petite enfance quand vous l'avez adoptée ? »

Couchée dans ce grand lit, ses bras sans force étendus sur les couvertures, elle était l'image même de l'impuissance et de la passivité.

« Non, dit-elle. Je ne savais rien. Alec, oui, peut-être, mais s'il savait quelque chose, il ne m'en a jamais parlé.

— Qu'est-ce qui vous fait penser que votre mari disposait d'informations ?

— Mon mari ne laissait jamais rien au hasard, dit-elle avec un léger sourire de réminiscence. C'est ce qui a fait son succès dans les affaires.

— Mais il ne vous a jamais rien dit sur la première famille de Lula ?

— Oh, non ! C'est quelque chose qu'Alec n'aurait jamais fait. » Elle semblait trouver cette suggestion incongrue. « Il voulait qu'elle soit à moi, rien qu'à moi, vous comprenez ? S'il avait su quelque chose, il aurait d'abord eu à cœur de me protéger. Je n'aurais pas pu supporter l'idée que quelqu'un puisse venir la réclamer un jour. J'avais déjà perdu Charlie, et je désirais tellement une fille ! L'idée de la perdre aussi… »

L'infirmière revint, portant un plateau avec deux tasses et une assiette de biscuits fourrés au chocolat.

« Un café, dit-elle joyeusement en plaçant la tasse près de Strike, sur la table de chevet, et une camomille. »

L'air affairé, elle ressortit. De nouveau, Lady Bristow ferma les yeux. Strike avala une gorgée de café noir et dit :

« Dans l'année qui a précédé sa mort, Lula s'est lancée à la recherche de sa famille biologique, n'est-ce pas ?

— Oui, dit-elle, les yeux toujours clos. Juste au moment où on venait de diagnostiquer mon cancer. »

Un silence. Strike reposa sa tasse, qui fit un petit cliquetis contre la soucoupe, et les cris lointains des enfants qui jouaient entrèrent comme une brise par la fenêtre ouverte.

« John et Tony lui en ont beaucoup, beaucoup voulu, continua Lady Bristow. Ils trouvaient qu'elle n'aurait jamais dû se mettre en quête de sa mère biologique alors que j'étais si malade. La tumeur était déjà développée quand j'ai passé mon premier scanner. J'ai dû être mise sous chimio tout de suite. John a été parfait : il m'a accompagnée et raccompagnée de l'hôpital, et il est venu habiter ici pendant les moments les plus difficiles. Même Tony s'est occupé de moi. Mais la seule chose qui semblait préoccuper Lula… » Elle soupira et rouvrit ses yeux sans éclat, cherchant le visage de Strike. « Tony a toujours dit qu'elle était trop gâtée. Je reconnais que c'est ma faute. J'avais perdu Charlie, vous comprenez, et j'avais l'impression de ne jamais en faire assez pour elle.

— Vous savez ce que Lula est parvenue à découvrir sur sa famille de naissance ?

— Non, je l'ignore. Je crois qu'elle savait combien tout cela m'attristait, et elle ne m'a pas dit grand-chose. Je savais qu'elle avait retrouvé sa mère, bien sûr, à cause de toute cette affreuse publicité. Elle était tout à fait comme Tony l'avait prévu. Elle n'avait jamais désiré Lula. Une horrible, horrible femme, murmura Lady Bristow. Mais Lula la voyait régulièrement. J'étais sous chimio pendant toute cette période, j'ai perdu mes cheveux… »

Sa voix s'éteignit. Strike, en enfonçant le clou, eut l'impression de se conduire en brute :

« Et son père biologique ? Vous a-t-elle jamais dit si elle avait trouvé des renseignements à son sujet ?

— Non, dit Lady Bristow, d'une voix faible. Mais je ne lui ai jamais posé la question. Je pensais qu'elle avait laissé tomber toute cette affaire après avoir retrouvé cette affreuse mère. Je n'avais pas envie d'en discuter. Tout cela me faisait trop de peine, et je crois qu'elle le voyait.

— Elle n'a pas parlé de son père biologique la dernière fois que vous l'avez vue ? insista Strike.

— Oh, non, dit-elle de sa voix assourdie. Non. Elle n'est pas restée très longtemps, vous savez… Dès qu'elle est arrivée, je m'en souviens, elle m'a dit qu'elle ne pouvait pas rester. Elle avait rendez-vous avec son amie Ciara Porter. »

Son sentiment d'avoir été injustement traitée arriva jusqu'à Strike comme un souffle, ou comme l'odeur de grabataire qu'elle exhalait : celle d'un fruit légèrement gâté. Quelque chose en elle rappelait Rochelle ; même si elles étaient aussi différentes que deux femmes peuvent l'être, ni l'une ni l'autre ne pouvait s'empêcher de manifester le ressentiment de ceux qui estiment avoir été bafoués, ou négligés.

« Vous vous rappelez de quoi vous a parlé Lula ce matin-là ?

— Ma foi, on m'avait administré une telle dose d'antalgiques, vous savez… Je venais de subir une très grave opération. Je ne me rappelle pas tous les détails.

— Mais vous vous souvenez de sa visite ? demanda Strike.

— Oh, oui, dit-elle. Je dormais, et elle m'a réveillée.

— Vous vous rappelez de quoi vous avez parlé ?

— De mon opération, bien sûr, dit-elle avec un soupçon d'âpreté. Et puis, un peu de son grand frère.

— Son grand… ?

— Charlie, dit Lady Bristow d'une voix triste. Je lui ai raconté le jour où il est mort. Je ne lui en avais jamais parlé jusque-là. Le pire, vraiment le pire jour de ma vie. »

Strike l'imaginait, prostrée, un peu groggy, mais fâchée malgré tout, cherchant à retenir sa fille à son chevet pour lui parler de son fils mort, de son chagrin.

« Comment aurais-je pu savoir que c'était la dernière fois que je la voyais ? dit Lady Bristow dans un souffle. Je n'aurais jamais cru que j'étais sur le point de perdre un deuxième enfant. »

Ses yeux injectés de sang se mouillèrent. Elle cligna des paupières, et deux grosses larmes roulèrent sur ses joues creuses.

« Pourriez-vous ouvrir ce tiroir, murmura-t-elle, désignant la table de chevet de son doigt décharné, et me passer mes comprimés ? »

Strike s'exécuta et vit plusieurs boîtes blanches, de formes variées et avec des étiquettes différentes.

« Laquelle… ?

— Ça n'a pas d'importance. Ce sont tous les mêmes. »

Il prit une des boîtes, et lut sur l'étiquette que c'était du Valium. Dans ce tiroir, elle en avait assez pour se tuer dix fois par overdose.

« Vous pouvez m'en donner deux ? demanda-t-elle. Je vais les prendre avec ma camomille, si elle n'est pas trop chaude. »

Il lui tendit les comprimés et la tasse. Ses mains tremblèrent et il dut tenir la soucoupe ; incongrûment, il se fit l'effet d'un prêtre donnant la communion.

« Merci, dit-elle, se laissant retomber sur ses oreillers tandis qu'il replaçait la tasse sur la table, et le fixant avec des yeux plaintifs. Est-ce que je me trompe, ou John m'a dit que vous aviez connu Charlie ?

— Oui, je l'ai connu, dit Strike. Je ne l'ai jamais oublié.

— Non, bien sûr. Qui pourrait l'oublier ? C'était l'enfant le plus adorable de la terre. Tout le monde le disait. Le plus gentil petit garçon qu'on puisse imaginer. Et si gai ! Il me manque tous les jours. »

De l'autre côté de la fenêtre, les écoliers s'interpellaient de leurs voix aiguës et les frondaisons des platanes bruissaient. Strike tenta de se représenter l'aspect de la chambre quelques mois plus tôt, par un matin d'hiver, alors que les branches des arbres étaient nues et que Lula Landry était assise là où il était assis, ses beaux yeux peut-être fixés sur la photo de Charlie pendant que sa mère somnolente lui racontait la terrible histoire.

« Je n'en avais jamais vraiment parlé à Lula. Les deux garçons étaient sortis à bicyclette. Nous avons entendu John pousser un hurlement, puis la voix de Tony, qui criait, criait… »

Le stylo de Strike n'était pas encore entré en contact avec le papier. Il observait le visage de la mourante tandis qu'elle parlait.

« Alec n'a pas voulu me laisser sortir de la maison, il ne voulait pas que je m'approche de la carrière. Quand il m'a dit ce qui s'était passé, je suis tombée évanouie. J'ai cru que j'allais mourir, et je *voulais* mourir. Je ne comprenais pas comment Dieu avait pu permettre une chose pareille.

« Mais depuis, au fil du temps, j'y ai beaucoup réfléchi et j'ai pensé que, peut-être, je le méritais, poursuivit Lady Bristow d'une voix lointaine, ses yeux voilés fixant le plafond. Je me suis demandé si je n'étais pas punie. De les avoir trop aimés. De les avoir gâtés. Je ne savais pas dire non. Ni à Alec, ni à Charlie, ni à Lula. Et je les ai perdus tous les trois. Je pense que ce que j'ai vécu doit être un châtiment juste, sinon ce serait trop… trop cruel, n'est-ce pas ? M'obliger à revivre la même chose, encore et encore… »

Strike n'avait pas de réponse. Elle inspirait la pitié, mais il sentit qu'il ne pouvait s'apitoyer sur elle autant qu'elle le méritait sans doute. Elle gisait, moribonde, enveloppée dans la robe invisible du martyre, offrant aux regards son impuissance et sa passivité comme des ornements, et le sentiment qui le dominait était un vague dégoût.

« J'ai tellement désiré Lula ! reprit Lady Bristow. Mais je ne crois pas qu'elle ait jamais… C'était un amour. Tellement jolie. J'aurais fait n'importe quoi pour elle. Mais elle ne m'a jamais aimée comme John et Charlie m'ont aimée. C'était peut-être trop tard. Nous l'avons peut-être accueillie trop tard.

« À son arrivée chez nous, John s'est d'abord montré très jaloux. Il avait été dévasté par la mort de Charlie… mais avec le temps, ils ont fini par devenir très proches. Vraiment très proches. » Un léger froncement de sourcils plissa la peau de son front, mince comme du papier. « Ce qui prouve que Tony s'était trompé, dit-elle.

— À quel propos ?

— Eh bien, il pensait que nous n'aurions jamais dû adopter Lula.

— Pourquoi ? demanda Strike.

— Tony n'a jamais aimé aucun de mes enfants, dit Yvette Bristow. Mon frère est un homme très dur. Très froid. Il m'a dit des choses... des choses affreuses après la mort de Charlie. Alec l'a frappé et jeté dehors. Ce n'était pas vrai. Ça ne pouvait pas être vrai, ce que... ce que Tony disait. »

Son regard laiteux se posa sur le visage de Strike, et il pensa deviner la femme qu'elle avait été quand elle était encore jeune et jolie : un peu collante, un peu infantile, adorablement dépendante ; une « faible femme » à l'ancienne, protégée et choyée par Sir Alec, qui faisait en sorte que le moindre de ses désirs, le moindre de ses caprices fût satisfait.

« Qu'est-ce que Tony vous a dit ?

— Des choses atroces sur John et Charlie. Vraiment épouvantables. Je ne veux pas les répéter, dit-elle de sa voix faible. Et par la suite, quand il a su que nous adoptions une petite fille, il a téléphoné à Alec pour lui dire que c'était une énorme erreur. Alec était furieux, murmura-t-elle. Il a interdit à Tony de remettre les pieds chez nous.

— Avez-vous parlé de tout cela à Lula quand elle vous a rendu visite ce matin-là ? demanda Strike. De Tony, et de ce qu'il vous a dit après la mort de Charlie, et quand vous l'avez adoptée ? »

Elle sembla sentir du reproche dans sa voix.

« Je ne me rappelle pas exactement ce que je lui ai dit. Je sortais d'une opération éprouvante, j'étais sous antalgiques, et je ne me souviens pas… » Puis, changeant soudain de sujet : « Ce garçon m'a rappelé Charlie. Le petit ami de Lula, vous savez ? Ce garçon très beau. Comment s'appelle-t-il ?

— Evan Duffield ?

— Oui. Il est venu me voir il n'y a pas très longtemps. Tout récemment, même. Je ne sais pas quand… je perds la notion du temps. Je prends tant de médicaments maintenant ! Mais il est venu me voir, oui. C'était si gentil de sa part. Il avait envie que nous parlions de Lula. »

Strike se rappela ce que lui avait dit Bristow : sa mère n'avait pas compris qui était Duffield. Il se demanda si Lady Bristow n'avait pas joué un petit jeu avec son fils, feignant d'avoir les idées plus confuses qu'elles ne l'étaient en réalité, pour stimuler son instinct protecteur.

« Charlie aurait été beau comme lui, s'il avait vécu. Il aurait pu être chanteur, ou acteur. Il adorait amuser son petit public, vous vous souvenez ? Je me suis sentie très triste pour ce jeune homme, Evan. Il a pleuré avec moi. » Elle dodelina de la tête. « Il m'a dit qu'il pensait que Lula voyait un autre homme.

— Quel autre homme ?

— Le chanteur, dit Lady Bristow. Celui qui avait écrit des textes sur elle. Quand on est jeune et beau, on est parfois très cruel. J'étais vraiment triste pour lui. Il m'a dit qu'il se sentait coupable, mais je lui ai répondu qu'il n'avait aucune raison de s'en vouloir.

— Pourquoi se sentait-il coupable ?

— Parce qu'il ne l'avait pas suivie jusque chez elle. Qu'il n'était pas là pour l'empêcher de mourir.

— Yvette, pouvons-nous revenir à la veille de la mort de Lula ? »

Elle sembla contrariée.

« Malheureusement, je ne me souviens de rien d'autre. Je vous ai dit tout ce que je me rappelais. Je venais de sortir de l'hôpital, je n'étais plus moi-même. On m'avait administré tant de médicaments contre la douleur…

— Oui, j'ai compris, mais je voulais savoir si vous vous rappeliez la visite de votre frère, ce jour-là. »

Un silence. Strike vit quelque chose se durcir sur le visage de la mourante.

« Non, je ne me rappelle pas que Tony m'ait rendu visite, dit-elle enfin. Je sais qu'il dit être passé ce matin-là, mais je ne m'en souviens pas. Je m'étais peut-être endormie.

— Il prétend être arrivé alors que Lula était à votre chevet », dit Strike.

Lady Bristow haussa faiblement ses frêles épaules.

« Il est peut-être venu, mais je ne m'en souviens pas. » Puis, d'une voix un peu moins éteinte : « Mon frère se montre beaucoup plus attentionné depuis qu'il sait que je vais mourir. Il prend souvent du temps pour venir me voir. Sans pouvoir s'empêcher de cracher du venin sur John, naturellement. C'est pareil depuis toujours. Mais John est très bon pour moi. Il a fait tant de choses pour m'aider et me soulager depuis que je suis malade… des choses qu'aucun fils ne devrait avoir à faire. Il aurait été plus normal, de la part de Lula…

mais c'était une enfant gâtée. Je l'adorais, mais elle pouvait se montrer égoïste. Très égoïste.

— Donc, ce matin-là, le dernier jour où vous avez vu votre fille… », commença Strike, revenant avec obstination au point qui le tracassait.

Mais Lady Bristow l'interrompit :

« Après le départ de Lula, j'étais bouleversée, dit-elle. Vraiment bouleversée. C'est toujours ce qui m'arrive, quand je parle de Charlie. Elle a vu à quel point j'étais triste, mais elle est quand même partie retrouver son amie. J'ai dû prendre des comprimés, et j'ai dormi. » Elle soupira de façon imperceptible. « Non, je n'ai pas vu Tony. À part Lula, je n'ai vu personne. Il dit peut-être qu'il est venu, mais moi, je ne me rappelle rien jusqu'au moment où John m'a réveillée en m'apportant le plateau de mon dîner. Il était fâché, il m'a grondée.

— Pourquoi ?

— Il trouve que je prends trop de cachets, dit Lady Bristow, presque malicieuse comme une petite fille. Je sais qu'il ne veut que mon bien, ce pauvre John, mais il ne comprend pas… J'ai tant souffert dans ma vie. Ce soir-là, il est resté assis près de moi très longtemps. Nous avons parlé de Charlie, jusque tard dans la nuit. Et pendant que nous parlions, ajouta-t-elle d'une voix à peine audible, au moment même où nous parlions, Lula… Lula se tuait en tombant de son balcon.

« C'est John qui a dû m'annoncer la nouvelle le lendemain matin. La police a sonné à la porte dès le lever du jour. Il est entré dans la chambre pour me le dire, et… » Elle secoua la tête, mollement, à peine vivante. « Et c'est à ce moment-là que mon cancer est reparti, je le sais. Il y a une limite à la souffrance qu'un être peut supporter. »

Sa voix se faisait de plus en plus monocorde, de plus en plus traînante, et, la voyant fermer les yeux d'un air ensommeillé, le détective se demanda combien de comprimés de Valium elle avait pris depuis ce matin.

« Yvette, vous permettez que j'utilise un instant votre salle de bains ? »

Elle répondit par un vague hochement de tête.

Strike se leva et, se déplaçant sans faire de bruit et avec une célérité à laquelle on ne se serait pas attendu d'un homme de sa stature, entra dans le dressing.

Il y trouva une rangée de portes en acajou montant jusqu'au plafond. Strike en ouvrit une : l'intérieur était bourré de robes et de manteaux suspendus à des tringles, avec un compartiment au-dessus pour les chapeaux et les sacs. Ses narines furent chatouillées par l'odeur de moisi des vieilles étoffes et des vieux cuirs, qui, bien que tous les effets entreposés fussent de grande qualité et coûteux, évoquaient une boutique de charité. Silencieusement, il ouvrit une porte après l'autre, jusqu'à ce que, à sa quatrième tentative, il découvre une série de quatre sacs flambant neufs, tous de couleur différente, serrés sur l'étagère du haut.

Il prit le bleu, en cuir brillant, qui portait le logo GS. À l'intérieur, la doublure était amovible grâce à une discrète fermeture Éclair. Il fit courir ses doigts dans tous les coins, puis remit adroitement le sac vide à sa place.

Il saisit ensuite le blanc, dont la doublure était un imprimé stylisé à motifs africains. De nouveau, il fit courir ses doigts à l'intérieur, puis ouvrit la fermeture

Éclair. La soie se détacha comme Ciara l'avait dit, pareille à une écharpe bordée de crans de métal, révélant le cuir blanc et nu. D'abord, il ne vit rien ; puis il regarda plus attentivement, et ce fut alors qu'il aperçut un lé de bleu clair dépassant de l'armature au fond du sac. Il souleva celle-ci avec deux doigts et découvrit en dessous une feuille de papier à lettres bleu pâle, pliée, couverte sur toute sa surface d'une écriture rapide.

Strike replaça le sac sur l'étagère, la doublure chiffonnée à l'intérieur, et prit dans la poche de sa veste une pochette en plastique transparent, dans laquelle il glissa la feuille de papier sans prendre le temps de la lire. Puis il referma la porte en acajou et ouvrit les autres, une par une. Derrière l'avant-dernière se trouvait un coffre-fort à combinaison numérique.

Il prit une autre pochette en plastique, la glissa sur sa main et commença d'appuyer sur les touches, mais au bout de quelques instants il entendit du bruit dans la chambre. Fourrant en hâte la pochette dans sa veste, il ferma la porte en acajou et ressortit du dressing, pour trouver l'infirmière penchée sur Yvette Bristow. En l'entendant, elle leva la tête.

« Je me suis trompé, je pensais que c'était la salle de bains », dit Strike.

Il y entra, et là, aussitôt la porte fermée, avant de tirer la chasse et de faire couler quelques secondes les robinets pour ne pas éveiller les soupçons de l'infirmière, lut les dernières volontés de Lula Landry, griffonnées sur le papier à lettres de sa mère et contresignées par Rochelle Onifade.

Quand il revint dans la chambre, Yvette Bristow n'avait pas bougé et gisait toujours sur son lit, les yeux clos.

« Elle s'est endormie, dit l'infirmière avec douceur. Elle dort beaucoup, vous savez.

— C'est ce que j'ai compris, dit le détective. Mais il faut que je parte. Puis-je vous demander de lui dire au revoir pour moi quand elle se réveillera ? »

Ils parcoururent le couloir ensemble, jusqu'au vestibule.

« Lady Bristow semble vraiment très mal, commenta Strike.

— Oh, oui, dit l'infirmière. Elle peut passer d'une heure à l'autre maintenant. C'est la fin.

— Je crois que j'ai laissé mon... », marmonna Strike, et il entra dans le salon jaune où il avait attendu, se penchant au-dessus du sofa pour empêcher l'infirmière de voir ce qu'il faisait. Il replaça soigneusement le combiné du téléphone qu'il avait décroché sur son support. « Voilà, je l'ai, dit-il, faisant mine de glisser un petit objet dans sa poche intérieure. Occupez-vous bien d'elle. Et merci pour le café. »

La main sur la poignée de la porte, il se retourna pour la regarder.

« Elle est toujours aussi accro au Valium, n'est-ce pas ? »

Sans rien soupçonner, confiante, l'infirmière sourit, d'un sourire tolérant.

« Oui, mais ça ne peut plus lui faire de mal, maintenant. Remarquez, ajouta-t-elle, je dirais volontiers à ces médecins le fond de ma pensée. D'après les étiquettes sur les boîtes, elle en a trois qui lui font des ordonnances depuis des années.

— Hmm… Pas très professionnel, dit Strike. Merci encore pour le café. Au revoir. »

Il descendit l'escalier rapidement, son portable déjà à la main, si euphorique qu'il ne fit pas attention où il mettait les pieds. Sa chaussure se prit dans le tapis et il laissa échapper un cri de douleur quand le pied au bout de sa prothèse dérapa ; son genou se tordit et il tomba, dévalant toute une volée de marches et atterrissant en boule sur le palier, avec une douleur terrible dans l'articulation et au bout de son moignon, comme s'il venait d'être sectionné et que le tissu cicatriciel était encore à vif.

« Merde. *Merde !*

— Vous vous êtes fait mal ? demanda l'infirmière, le regardant par-dessus la rampe, le visage comiquement renversé.

— Ça va, ça va ! cria-t-il en retour. J'ai glissé ! Ne vous inquiétez pas ! *Merde, merde, merde* », gronda-t-il entre ses dents, en se tenant à la rampe pour se hisser sur ses pieds, craignant de faire peser tout son poids sur sa prothèse.

À grand-peine, il boitilla jusqu'au rez-de-chaussée, en s'agrippant autant qu'il pouvait à la rampe, puis il sautilla sur un pied à travers le hall et s'accrocha à la lourde porte pour sortir sur le perron.

Les enfants s'éloignaient du terrain de jeux, en rang par deux, dans leurs uniformes blanc et bleu marine, retournant vers leur école pour déjeuner. Strike s'appuya au mur de brique tiède, s'invectivant avec fureur et se demandant s'il ne s'était pas cassé quelque chose.

La douleur était cuisante, et sa peau déjà enflammée par ses pérégrinations dans Londres lui faisait l'effet d'avoir été arrachée ; elle brûlait sous le manchon censé la protéger, et l'idée de marcher jusqu'au métro n'avait rien de réjouissant.

Il s'assit sur les marches blanches et appela un taxi ; après quoi, il passa trois autres coups de fil : d'abord à Robin, puis à Wardle, et enfin au cabinet Landry, May & Patterson.

La voiture apparut au coin de la rue. Pour la première fois, tandis qu'il se remettait péniblement debout et claudiquait à travers le trottoir, en proie à une douleur qui ne cessait de croître, il songea que ces taxis noirs londoniens ressemblaient de manière troublante à de petits corbillards.

CINQUIÈME PARTIE

Felix qui potuit rerum cognoscere causas.

Heureux celui qui a pu connaître les causes des choses.

VIRGILE, *Géorgiques*, Livre II

1

« J'aurais cru, dit lentement Eric Wardle, les yeux baissés sur le testament dans sa pochette en plastique, que vous auriez commencé par montrer ça à votre client.

— J'aurais bien voulu, dit Strike, mais il est occupé pour la journée à Rye, et c'est terriblement urgent. Je vous l'ai dit, j'essaie d'empêcher deux autres meurtres. Nous avons affaire à un maniaque, Wardle. »

Il transpirait de douleur. Assis près de la fenêtre ensoleillée du Feathers, pressant le policier de passer à l'action, Strike se demandait s'il ne s'était pas disloqué le genou ou fracturé le bout de tibia qui lui restait en tombant dans l'escalier de la maison d'Yvette Bristow. Il n'avait pas voulu toucher à sa prothèse dans le taxi, qui l'attendait maintenant près du trottoir. Minute par minute, le compteur dévorait les honoraires que Bristow lui avait payés et dont il ne recevrait jamais d'autre versement, car aujourd'hui aurait lieu une arrestation… pourvu que Wardle voulût bien se bouger.

« Je vous l'accorde, ce papier pourrait nous fournir un mobile…

— Pourrait ? répéta Strike. *Pourrait* ? Dix millions de livres, Wardle ! Pour l'amour du...

— ... mais j'ai besoin d'une preuve capable de convaincre un tribunal, et vous ne me l'avez pas apportée.

— Je viens de vous dire où vous pouvez la trouver ! Est-ce que je me suis trompé une seule fois jusqu'ici ? Je vous ai dit que c'était un testament, ajouta-t-il en tapant du doigt sur la pochette en plastique, et vous l'avez sous les yeux. Demandez un mandat de perquisition ! »

Wardle frotta un côté de son beau visage comme s'il avait mal aux dents, regardant le testament en fronçant les sourcils, sans mot dire.

« Bon Dieu ! s'exclama Strike, exaspéré. Combien de fois faut-il vous le répéter ? Tansy Bestigui était sur son balcon, elle a entendu Lula crier "Je l'ai déjà fait"...

— Vous vous êtes beaucoup avancé, mon vieux, dit Wardle. La défense se régale des mensonges aux suspects. Quand Bestigui apprendra que vous n'avez aucune photo, il niera tout...

— Qu'il nie tant qu'il veut. Sa femme ne niera pas. Elle est déjà mûre pour tout dire, de toute façon. Mais si vous êtes trop froussard pour intervenir, Wardle, dit Strike, sentant une sueur froide couler dans son dos et des élancements de plus en plus insupportables dans ce qui restait de sa jambe droite, et qu'un autre proche de Lula Landry est retrouvé mort, j'irai tout droit trouver la presse. Je dirai que je vous ai transmis toutes les informations que j'avais réunies, et donné toutes les chances de mettre le tueur hors d'état de nuire. Je compenserai mon manque à gagner en vendant les droits de mon histoire, et vous pouvez passer le message à Carver.

« Tenez, dit-il en tendant au sergent un papier déchiré sur lequel il avait inscrit plusieurs numéros à six chiffres. Essayez ceux-ci d'abord. Demandez un putain de mandat ! »

Il poussa le testament sur la table, vers Wardle, et descendit du haut tabouret. Marcher du pub jusqu'au taxi fut un vrai calvaire. Chaque fois qu'il s'appuyait sur sa jambe, la douleur s'intensifiait, le mettant au supplice.

Depuis une heure de l'après-midi, Robin n'avait cessé d'appeler Strike toutes les vingt minutes, mais pas une fois il n'avait décroché. Elle lui téléphona de nouveau au moment où il gravissait à grand-peine les marches en métal, agrippé à la rampe, se hissant à la force des bras. Elle entendit la sonnerie de son portable dans la cage d'escalier, et se hâta de sortir sur le palier.

« Vous voilà enfin ! J'essaie de vous joindre depuis des heures. J'ai des tas de choses à vous… Qu'est-ce qu'il y a, vous n'êtes pas bien ?

— Ça va, mentit-il.

— Non, ça ne… Qu'est-ce qui vous est arrivé ? »

Elle descendit précipitamment les marches pour l'aider. Il était blême, en sueur, et semblait sur le point de vomir.

« Vous avez bu ?

— Mais non, je n'ai pas bu ! répliqua-t-il sèchement. J'ai… excusez-moi, Robin, mais j'ai très mal. Il faut que je m'assoie.

643

— Qu'est-ce qui s'est passé ? Laissez-moi…

— Je vais y arriver. Pas de problème. »

Il se traîna jusqu'au palier du deuxième et franchit la porte en boitant lourdement jusqu'au vieux sofa. Quand il s'y laissa choir de tout son poids, Robin crut entendre quelque chose craquer dans le châssis. Elle pensa : il faudra en acheter un nouveau. Puis : mais je serai partie à la fin de la semaine.

« Qu'est-ce qui s'est passé ? répéta-t-elle.

— Je suis tombé dans un escalier, dit Strike, haletant un peu, sans ôter son pardessus. Comme un idiot.

— Quel escalier ? D'où venez-vous ? »

Des profondeurs de son supplice, Strike ne put s'empêcher de sourire en voyant son expression : mi-horrifiée, mi-excitée.

« Je ne me suis battu avec personne, Robin. J'ai glissé, c'est tout.

— Mais vous êtes… vous êtes pâle comme la mort ! Vous croyez que vous vous êtes fait quelque chose de grave ? Je pourrais appeler un taxi, vous avez peut-être besoin d'un médecin.

— Inutile. Vous avez encore des antidouleurs ? »

Elle lui apporta de l'eau et du paracétamol, et il en avala quatre comprimés. Puis il tendit la jambe, tressaillit et demanda :

« Qu'est-ce que vous aviez à m'annoncer ? Graham Hardacre vous a envoyé une photo ?

— Oui, dit-elle, retournant en hâte à son ordinateur. La voilà. »

Après quelques clics, le portrait en pied du lieutenant Jonah Agyeman emplit l'écran.

En silence, ils contemplèrent le visage d'un jeune homme de haute taille dont l'indéniable et virile beauté était à peine diminuée par les trop grandes oreilles qu'il avait héritées de son père. Son uniforme de parade, écarlate et noir à parements dorés, mettait en valeur sa silhouette athlétique. Son sourire était un peu de travers, ses pommettes hautes et saillantes, et sa peau sombre avait une nuance légèrement cuivrée, comme le thé fraîchement infusé. Il dégageait quelque chose du charme sauvage et désinvolte qu'avait possédé Lula Landry : ce magnétisme indéfinissable qui forçait presque le regard à s'attarder sur son image.

« Il lui ressemble, dit Robin à mi-voix.

— Oui. D'autres nouvelles ? »

Robin sembla revenir sur terre.

« Oh, oui, plusieurs. John Bristow a téléphoné il y a une demi-heure pour dire qu'il n'arrivait pas à vous joindre. Et Tony Landry a appelé trois fois.

— Je m'y attendais. Qu'est-ce qu'il voulait ?

— Il était complètement… Enfin, la première fois, il a juste demandé à vous parler. Je lui ai dit que vous n'étiez pas là, et il a raccroché avant que j'aie le temps de lui donner votre numéro de portable. La deuxième fois, il a exigé que vous le rappeliez tout de suite, mais quand je lui ai dit que vous n'étiez pas rentré, il a raccroché de nouveau. Et la troisième fois, il était… il semblait dans une colère insensée. Il hurlait au téléphone.

— J'espère qu'il n'a pas été insultant, dit Strike en fronçant les sourcils.

— Contre moi, non. C'est après vous qu'il en avait.

— Qu'est-ce qu'il a dit ?

— Ce n'était pas très cohérent, mais il a traité John Bristow de "tête de nœud stupide", puis il a hurlé quelque chose au sujet d'Alison, qui apparemment a quitté le cabinet. Il pense que c'est votre faute, parce qu'il a parlé de vous traîner en justice, de diffamation et je ne sais quoi encore.

— Alison a quitté son travail ?

— Oui.

— Est-ce qu'il vous a dit où… non, évidemment non, comment le saurait-il ? », finit-il à mi-voix, plus pour lui-même que pour Robin.

Il baissa les yeux vers son poignet. Sa montre bon marché semblait avoir heurté quelque chose dans sa chute, car elle s'était arrêtée à une heure moins le quart.

« Quelle heure est-il ?

— Cinq heures moins dix.

— Déjà ?

— Oui. Vous avez besoin de quelque chose ? Je peux rester plus tard, si vous voulez.

— Non, je préfère que vous partiez. »

Il avait parlé d'un tel ton qu'au lieu d'aller prendre son manteau et son sac, Robin resta immobile en face de lui, le fixant des yeux.

« Vous pensez qu'il va se passer quelque chose ? »

Strike frottait avec précaution sa jambe, juste au-dessous du genou.

« Non, rien. Mais vous avez fait pas mal d'heures supplémentaires ces derniers temps. Je suppose que Matthew sera content de vous voir rentrer de bonne heure, pour une fois. »

Impossible de rajuster sa prothèse à travers la jambe de son pantalon.

« S'il vous plaît, Robin, rentrez chez vous », insista-t-il, levant les yeux.

Elle hésita, puis décrocha son trench-coat et son sac de la patère.

« Merci, dit-il. À demain. »

Elle partit. Il attendit que le son de ses pas résonne sur les marches pour relever sa jambe de pantalon, mais n'entendit rien. La porte en verre se rouvrit, et elle reparut.

« Vous attendez quelqu'un, dit-elle, la main serrée sur le bord du battant. Pas vrai ?

— Peut-être, dit Strike, mais ça n'a pas d'importance. »

Devant son expression anxieuse, il réussit à sourire.

« Ne vous en faites pas pour moi », dit-il. Voyant que son visage restait tendu, il ajouta : « J'ai fait pas mal de boxe à l'armée, vous savez ? »

Robin eut un petit rire sans gaieté.

« Oui, vous m'en avez parlé.

— Ah oui ?

— Longuement. Le soir où… vous savez.

— Oh. Je vois. Eh bien, c'est la vérité.

— Mais qui… ?

— Matthew ne serait pas content que je vous le dise. Rentrez chez vous, Robin. Je vous expliquerai tout demain matin. »

Cette fois, bien qu'avec réticence, elle partit pour de bon. Il attendit d'entendre claquer la porte sur la rue, puis remonta sa jambe de pantalon, détacha sa prothèse et examina son genou enflé et le bout de son moignon, enflammé et violacé. Il se demanda ce qu'il risquait au juste, mais il n'avait pas le temps de consulter un médecin ce soir.

Soudain, il regretta de n'avoir pas demandé à Robin d'aller lui acheter quelque chose à manger avant de partir. Gauchement, sautillant d'un point à un autre, se tenant au bureau, au fichier et à l'accoudoir du sofa pour garder son équilibre, il parvint à se préparer du thé. Il le but assis sur la chaise de Robin et mangea un demi-paquet de biscuits, sans cesser de contempler le portrait de Jonah Agyeman sur l'écran de l'ordinateur. Le paracétamol ne faisait quasiment aucun effet sur sa douleur à la jambe.

Quand il eut fini ses biscuits, il regarda son portable. Beaucoup d'appels manqués de Robin, deux de John Bristow.

Des trois personnes dont Strike pensait qu'elles pourraient se présenter à son bureau ce soir, c'était Bristow qu'il espérait voir arriver le premier. Si la police voulait une preuve concrète qu'il y avait eu meurtre, et même meurtres au pluriel, seul son client (bien qu'il n'en eût probablement pas conscience) était en mesure de la lui fournir. Si c'étaient Tony Landry ou Alison Cresswell qui apparaissaient, il devrait… Seul dans son bureau vide, Strike eut un petit rire, car l'expression qui lui était venue à l'esprit était qu'il lui faudrait savoir sur quel pied danser.

Mais six heures passèrent, puis six heures et demie, et personne ne sonna à la porte. De nouveau, Strike enduisit de crème le bout de son moignon et rattacha sa prothèse, ce qui le fit atrocement souffrir. Il entra en boitant dans le bureau sur la rue, poussant des grognements de douleur, se laissa tomber sur sa chaise, et, n'en pouvant plus, ôta de nouveau sa jambe artificielle puis il se pencha en avant, la tête posée sur les bras, sans autre intention immédiate que de reposer ses yeux fatigués.

2

Des pas dans l'escalier. Strike se redressa d'un coup, sans savoir s'il avait dormi cinq minutes ou une heure. On frappa à la porte en verre.

« Entrez, c'est ouvert ! », cria-t-il, vérifiant si sa prothèse détachée était couverte par sa jambe de pantalon.

À son immense soulagement, ce fut John Bristow qui entra dans la pièce, clignant des yeux derrière ses épaisses lunettes, l'air agité.

« Bonsoir, John. Asseyez-vous. »

Mais Bristow s'avança, le visage couvert de taches de fièvre, aussi furieux que le matin où Strike avait refusé de s'occuper de son affaire, et resta debout, les mains crispées sur le dossier de la chaise.

« Je vous avais dit, lança-t-il, son visage maigre blêmissant comme de la cire tandis qu'il tendait un doigt osseux vers Strike, je vous avais dit *tout à fait clairement* que je ne voulais pas que vous parliez à ma mère si je n'étais pas présent !

— Je sais, John, mais…

— Elle est totalement bouleversée ! Je ne sais pas ce que vous lui avez dit, mais tout à l'heure elle pleurait et sanglotait au téléphone !

— J'en suis désolé. Elle ne m'a pas semblé perturbée par mes questions quand…

— Elle est dans un état de nerfs épouvantable ! coupa Bristow d'une voix forte, ses dents proéminentes luisant dans la lumière du crépuscule. Comment avez-vous *osé* aller la trouver alors que je n'étais pas là ?

— John, comme je vous l'ai dit après les obsèques de Rochelle, je pense que nous avons affaire à un meurtrier qui pourrait tuer de nouveau, répondit Strike. La situation est dangereuse, et je veux que tout cela finisse au plus vite.

— *Vous* voulez que tout cela finisse ? Et moi, vous y pensez ? », cria Bristow. Sa voix craqua et tourna au fausset. « Avez-vous la moindre idée des dégâts que vous avez causés ? Ma mère est dévastée, et maintenant mon amie semble s'être évaporée dans la nature, ce qui, d'après Tony, est entièrement de votre faute ! Qu'avez-vous fait à Alison ? Où est-elle ?

— Je ne sais pas. Vous avez essayé de l'appeler ?

— Elle ne répond pas. Bon sang, qu'est-ce qui s'est passé depuis ce matin ? J'ai couru derrière du vent toute la journée, et à mon retour…

— Derrière du vent ? », répéta Strike, déplaçant discrètement sa jambe pour maintenir sa prothèse en position droite.

Bristow se laissa tomber sur la chaise, respirant très fort et fixant Strike dans la clarté du coucher de soleil.

« Quelqu'un, dit-il rageusement, a appelé mon secrétariat ce matin, en se faisant passer pour un de nos plus importants clients, qui a une villa à Rye et qui exigeait de me rencontrer au plus vite. J'ai fait cent cinquante kilomètres en voiture, pour découvrir qu'il est à l'étranger et que personne ne m'a téléphoné. Pouvez-vous baisser le store ? ajouta-t-il en levant la main pour protéger ses yeux. Je n'y vois rien. »

Strike tendit la main pour tirer sur le cordon et le store tomba avec un claquement, les plongeant tous deux dans une pénombre fraîche et striée de rais de lumière.

« Drôle d'histoire, dit-il. À croire que quelqu'un a voulu vous éloigner de Londres pour la journée. »

Bristow ne répondit pas. Il observait Strike d'un œil glacial, la poitrine soulevée par sa respiration haletante.

« J'en ai assez, dit-il. Je vous demande formellement d'arrêter cette enquête. Vous pouvez garder tout l'argent que je vous ai versé. Il faut que je m'occupe de ma mère. »

Strike tira son portable de sa poche, appuya sur quelques touches et le posa sur ses genoux.

« Vous n'avez pas envie de savoir, demanda-t-il, ce que j'ai trouvé aujourd'hui dans le dressing de votre mère ?

— Vous êtes… *vous êtes entré dans le dressing de ma mère ?*

— Oui. Je voulais jeter un coup d'œil à ces magnifiques sacs à main signés Guy Somé que Lula a reçus le jour de sa mort. »

Bristow se mit à bégayer :

« Vous… vous…

— Ils ont une doublure amovible, ces sacs. Curieuse idée, vous ne trouvez pas ? Mais sous celle du blanc, il y avait un testament, écrit de la main de Lula sur le papier à lettres bleu de votre mère, et contresigné par Rochelle Onifade. Je l'ai remis tout à l'heure à la police. »

La bouche de Bristow s'ouvrit. Durant plusieurs secondes, il parut incapable de prononcer un mot. Puis il murmura :

« Et... qu'est-ce qu'il disait ?

— Qu'elle léguait tous ses biens, mobiliers et immobiliers, à son frère, le lieutenant Jonah Agyeman, des Royal Engineers.

— Jonah... qui ?

— Regardez l'écran de l'ordinateur dans le bureau d'à côté. Vous verrez sa photo. »

Bristow se leva et marcha comme un somnambule jusqu'à l'appareil. Strike vit l'écran s'éclairer quand il déplaça la souris. Le portrait du jeune militaire apparut, avec son sourire un peu de travers sur son beau visage, impeccable dans son uniforme.

« Oh, mon Dieu ! », dit Bristow.

Il revint et se laissa retomber sur sa chaise, fixant le détective avec de grands yeux égarés.

« Je... je n'arrive pas à y croire.

— C'est lui, l'homme qu'on voit sur la vidéo, dit Strike. Lui qui s'enfuyait du quartier de Lula la nuit où elle est morte. Il habite Clerkenwell avec sa mère veuve entre ses périodes de service. C'est la raison pour laquelle on le retrouve dans Theobold Road vingt minutes plus tard. Il rentrait chez lui. »

Bristow prit bruyamment sa respiration.

« Tout le monde a dit que je délirais, cria-t-il presque. Mais vous voyez bien que non ! »

— Non, John, vous ne déliriez pas, dit Strike. Pas le moins du monde. Ce qui n'empêche que vous êtes un authentique frappadingue. »

Par la fenêtre cachée par le store arrivaient les bruits de Londres, bruissant d'activité à toute heure du jour. Mais on n'entendait rien dans le bureau, à part la respiration irrégulière de Bristow.

« Je vous demande pardon…, dit-il avec une politesse incongrue. De quoi m'avez-vous traité ? »

Strike sourit.

« D'authentique frappadingue. Vous avez tué votre sœur, vous vous en êtes tiré sans éveiller les soupçons, et pourtant vous m'avez demandé de rouvrir l'enquête. »

Un instant de silence. Puis l'avocat articula avec peine :

« Vous… vous n'êtes pas sérieux ?

— Oh, si. Très sérieux. Voyez-vous, depuis le début, il m'est apparu avec évidence que la personne qui profite le plus de la mort de Lula, c'est vous, John. Dix millions de livres, une fois que votre mère aura rendu le dernier soupir. De quoi exciter la convoitise, n'est-ce pas ? Surtout maintenant que vous ne disposez plus guère que de votre salaire, malgré vos vantardises au sujet de votre fameux patrimoine en fonds fiduciaires. Les actions d'Albris valent à peine le papier sur lequel elles sont imprimées, pas vrai ? »

Bristow le scruta un long moment à travers ses lunettes. Puis, se redressant un peu, il jeta un coup d'œil au lit de camp plié dans un coin.

« Venant d'un demi-clochard qui dort dans son bureau, permettez-moi de vous dire que cette affirmation me semble hautement ridicule. »

Sa voix était calme et railleuse, mais sa respiration se faisait de plus en plus rapide et saccadée.

« Oh, je sais que vous êtes encore beaucoup plus riche que moi, dit Strike. Mais comme vous le soulignez vous-même, tout est relatif. Et au moins, je peux dire que moi, je n'en suis pas encore à détourner l'argent des clients. Quel pourcentage de l'héritage de Conway Oates aviez-vous escroqué avant que Tony s'aperçoive de vos malversations ?

— Ah, parce que, en plus, je suis un escroc ? dit Bristow avec un rire forcé.

— Oui, je pense, dit Strike. Mais à vrai dire, peu m'importe. Je ne cherche pas à savoir si vous avez tué Lula parce que vous deviez remplacer l'argent que vous aviez volé, ou parce que vous convoitiez ses millions, ou parce que vous la haïssiez assez pour vouloir sa mort. Mais les jurés, eux, voudront le savoir. Ils sont toujours curieux de connaître le mobile. »

Une fois de plus, le genou de Bristow s'était mis à tressauter.

« C'est vous, le grand délirant, dit-il avec un autre rire forcé. Vous avez trouvé un testament où elle laisse tous ses biens non pas à moi, mais à *cet homme*. » Il fit un geste de la main vers le bureau voisin, où il avait vu le portrait de Jonah. « Vous me dites que c'est lui qui marchait vers chez Lula la nuit où on l'a tuée, et que la caméra l'a filmé en train de courir à toutes jambes dans l'autre sens, dix minutes plus tard. Et c'est moi que vous accusez. *Moi !*

— John, vous saviez avant de venir me voir que c'était Jonah sur la vidéo. Rochelle vous l'avait dit. Elle était avec Lula chez Vashti quand votre sœur a appelé Jonah pour le supplier de passer chez elle dans la nuit, et lui annoncer qu'elle lui léguait tout. Elle est venue vous trouver, elle vous a tout raconté et elle a commencé à vous faire chanter. Elle voulait de l'argent pour se payer un studio et des vêtements griffés, et en retour elle vous a promis de ne dire à personne que vous n'étiez plus l'héritier de Lula.

« Rochelle n'a pas compris que vous étiez l'assassin. Elle a cru que c'était Jonah qui avait poussé votre sœur de son balcon. Et elle était assez amère, après avoir vu un testament où elle ne figurait pas et s'être fait planter là toute seule dans cette boutique, le dernier matin de la vie de Lula, pour se moquer que le meurtrier s'en sorte du moment que ça lui rapportait de l'argent.

— Pures élucubrations. Vous avez perdu la tête !

— Vous avez dressé tous les obstacles possibles pour m'empêcher de retrouver Rochelle, poursuivit Strike comme s'il n'avait pas entendu Bristow. Vous avez prétendu ne pas connaître son nom, ni savoir où elle habitait ; vous avez joué les incrédules quand je vous ai dit estimer qu'elle pourrait être utile à l'enquête ; et vous avez effacé les photos de l'ordinateur de Lula pour que je ne puisse pas voir à quoi elle ressemblait. Bien sûr, elle aurait pu me désigner tout de suite l'homme que vous essayiez de faire accuser du crime ; mais d'un autre côté, elle connaissait l'existence d'un testament qui vous privait de votre héritage, et votre objectif numéro un était que personne n'en entende parler tant que vous ne l'auriez pas trouvé et détruit. C'est presque drôle, franchement, de penser qu'il était chez votre mère depuis des mois. Depuis que la police lui avait rendu les affaires de votre sœur.

« Mais même si vous l'aviez détruit, John, qu'est-ce qui se serait passé ensuite ? Rochelle vous avait révélé que Jonah lui-même savait qu'il était l'héritier de Lula. Et il y avait un autre témoin qui avait vu ce testament, même si vous n'en saviez rien : Bryony Radford, la maquilleuse. »

Strike vit l'avocat passer sa langue sur ses lèvres sèches. Il sentait sa peur.

« Bryony est une femme terriblement curieuse. Elle ne veut pas reconnaître qu'elle a fureté dans les affaires de Lula, mais elle a vu le document dans son appartement avant que votre sœur ait le temps de le cacher. Le problème, c'est qu'elle est dyslexique. Elle a lu "Jonah" et elle a cru lire "John". Elle a rattaché ce nom au fait que Ciara Porter racontait à tout le monde que Lula lui avait dit vouloir tout laisser à son frère, et elle en a conclu qu'elle n'avait pas besoin de parler à qui que ce soit de ce qu'elle avait lu en douce, puisque de toute façon c'est vous qui encaisseriez l'argent. Par moments, vous avez eu une chance du diable, John.

« Mais je comprends que pour un esprit vicieux comme le vôtre, la meilleure solution était que Jonah soit condamné pour le meurtre. S'il prenait perpétuité, peu importait que le testament refasse un jour surface, ou que quelqu'un mentionne son existence, parce que les millions de Lula vous reviendraient quand même.

— Ridicule, dit Bristow d'une voix pantelante. Vous devriez changer de métier et vous mettre à la science-fiction, Strike. Vous n'avez pas l'ombre d'une preuve de ce que vous avancez…

— Si, j'en ai une, coupa Strike, et Bristow se tut aussitôt, sa pâleur visible dans l'obscurité de la pièce. La vidéo.

— Tout ce que montre ce film, c'est Jonah Agyeman s'enfuyant du lieu du crime. Vous venez de le dire vous-même !

— Mais la caméra a aussi filmé un autre homme.

— Ce qui veut dire qu'il avait un complice. Un guetteur.

— Je me demande quel genre de trouble mental les psychiatres trouveront chez vous, John, dit Strike doucement. Délire narcissique ? Complexe de toute-puissance ? Vous vous croyez intouchable, n'est-ce pas ? Un génie auprès duquel le reste de l'humanité n'est qu'un ramassis d'imbéciles ? Le second homme qui courait n'était pas le complice de Jonah, ni son guetteur, ni un voleur de voitures. Il n'était même pas noir, contrairement à ce que tout le monde a cru. C'était un homme blanc avec des gants noirs. C'était vous.

— Non », dit Bristow. Ce petit mot tremblant trahissait sa panique, mais, avec un effort perceptible, il parvint à ramener un sourire méprisant sur son visage. « Comment voulez-vous que ce soit moi ? J'étais à Chelsea avec ma mère. Elle vous l'a dit. Et Tony m'y a vu. Je n'ai pas bougé de Chelsea.

— Votre mère est une grabataire bourrée de Valium, qui a passé la plus grande partie de la journée à dormir. Vous n'êtes retourné à Chelsea qu'après avoir assassiné Lula. Je pense que vous avez pénétré dans la chambre de votre mère en rentrant, au milieu de la nuit, que vous avez retardé l'heure à son réveil, puis que

vous l'avez tirée de son profond sommeil en préten-
dant que c'était l'heure du dîner. Vous vous prenez
pour un génie du crime, John, mais c'est une ruse
qu'on a employée des milliers de fois avant vous,
même si on l'a rarement fait avec autant d'aplomb.
Votre mère sait à peine quel jour de la semaine on est,
avec la dose de sédatifs qu'elle a dans l'organisme.

— J'ai passé toute la journée à Chelsea, répéta Bristow, son genou tressautant de plus en plus fort. Toute
la journée, après ma courte visite au cabinet pour
prendre des dossiers.

— Vous avez trouvé un sweat-shirt à capuche, une
écharpe et une paire de gants dans l'appartement au-
dessous de celui de Lula. C'est ce que vous portez sur
la vidéo, dit Strike, ignorant l'interruption de l'avocat,
et c'était une grave erreur. Ce sweat-shirt est un modèle
unique au monde, parce que Guy Somé l'avait customisé pour Deeby Macc. Il ne pouvait provenir que de
l'appartement du deuxième. Ce qui nous indique où
vous vous trouviez.

— Vous n'avez strictement aucune preuve, dit Bristow. J'attends une preuve.

— Je le sais, que vous l'attendez, dit Strike. Un
homme innocent ne resterait pas assis à m'écouter, il
serait déjà parti en claquant la porte. Mais soyez tranquille, j'ai une preuve.

— Impossible, dit Bristow d'une voix rauque.

— Le mobile, les moyens d'action et l'opportunité.
Vous aviez tout. Mais commençons par le commence-
ment. Vous ne niez pas vous être rendu chez Lula au
début de la matinée…

— Non, bien sûr que non.

— ... parce que des gens vous y ont vu. Mais je ne crois pas que Lula vous ait jamais confié le contrat avec Somé que vous avez déclaré lui rapporter. Je pense que vous l'aviez emporté sans qu'elle le sache dans les jours qui ont précédé, tant vous étiez fasciné par ses gains. Wilson vous a laissé monter, et quelques minutes plus tard vous vous disputiez violemment avec Lula sur le pas de sa porte. Vous ne pouvez pas prétendre le contraire, parce que la femme de ménage polonaise vous a entendus. Heureusement pour vous, l'anglais de Lechsinka est si mauvais qu'elle a confirmé votre version de cette dispute : vous étiez furieux que Lula se soit remise avec son petit ami junkie, qui lui coûtait trop cher à votre goût.

« Mais je pense que la vraie raison de cette altercation, c'est que Lula refusait de vous donner de l'argent. Tous ses amis un peu sagaces m'ont dit que vous convoitiez sa fortune, mais vous deviez avoir désespérément besoin d'un gros chèque ce jour-là, pour vous être introduit par la ruse dans la maison et être monté lui faire une telle scène. Tony avait remarqué que des fonds avaient disparu du compte de Conway Oates ? Vous deviez rembourser d'urgence ?

— Spéculation totalement sans fondement, dit Bristow, le genou toujours agité de soubresauts.

— Nous verrons. Ce sera au tribunal d'en juger, dit Strike.

— Je n'ai jamais nié que Lula et moi nous étions disputés.

— Après qu'elle vous a refusé une aide financière, et claqué la porte au nez, vous êtes redescendu et vous avez remarqué que la porte de l'appartement du deuxième était ouverte. Wilson et le technicien des alarmes se trouvaient dans le hall, occupés à régler le code, et Lechsinka devait y être aussi, peut-être en train de passer l'aspirateur, ce qui a couvert le bruit de vos pas quand vous vous êtes glissé à l'intérieur en profitant de ce que les deux hommes étaient concentrés sur l'alarme derrière la porte.

« À vrai dire, vous ne couriez pas grand risque. S'ils s'étaient retournés et vous avaient vu entrer, vous pouviez toujours prétendre que vous étiez venu remercier Wilson de vous avoir laissé monter. Vous avez traversé le hall pendant qu'ils étaient absorbés par leur travail, et vous vous êtes caché quelque part dans ce grand appartement. Ce n'est pas la place qui manque. Dans un placard vide, ou sous un lit. »

Bristow secouait la tête, dans un geste de dénégation silencieuse. Strike continua sur le même ton pragmatique :

« Vous devez avoir entendu Wilson dire à Lechsinka que le nouveau code de l'alarme était trente-neuf quarante-cinq. Ensuite, Wilson, Lechsinka et le jeune homme de Securibell sont partis et vous ont laissé seul dans l'appartement. Mais entre-temps, malheureusement pour vous, vous aviez entendu Lula descendre l'escalier pour aller rendre visite à votre mère, et vous ne pouviez pas remonter chez elle pour tenter de la rudoyer jusqu'à ce qu'elle accepte de casquer.

— Tout ça est de la pure fantaisie, dit l'avocat. De toute ma vie, je n'ai jamais mis les pieds dans cet appartement. Je suis allé tout droit de chez Lula au cabinet…

— Pour y prendre des dossiers préparés par Alison, si je me rappelle bien ce que vous m'avez dit ? », demanda Strike.

Des plaques roses apparurent de nouveau sur le cou de Bristow. Après une brève hésitation, il s'éclaircit la voix et dit :

« Je ne me rappelle plus si… Tout ce que je sais, c'est que je ne suis resté que quelques instants. J'étais pressé de retourner chez ma mère.

— Quel effet pensez-vous que cela produira sur le tribunal, John, quand Alison sera appelée à la barre et expliquera au juge que vous lui avez demandé de mentir ? Vous avez joué devant elle la comédie du frère dévasté par son deuil, puis vous l'avez invitée à dîner, et la pauvre a été si heureuse d'être traitée comme une femme désirable devant Tony, dont elle est folle, qu'elle n'a pas hésité un instant à accepter. Au bout de deux ou trois rendez-vous, vous l'avez persuadée de dire qu'elle vous avait vu au cabinet le matin de la mort de Lula. Elle a cru que vous étiez seulement rongé par une angoisse irrationnelle qu'on vous soupçonne, n'est-ce pas ? Un peu paranoïaque, en somme. D'autant qu'elle pensait que vous aviez déjà un alibi en béton pour plus tard dans la matinée, grâce à son Tony adoré. Et elle s'est dit que ce n'était pas grave de faire un petit mensonge si cela pouvait vous tranquilliser.

« Seulement, John, ce matin-là, Alison n'était pas là pour vous remettre vos dossiers. Cyprian May l'avait envoyée à Oxford dès son arrivée au cabinet, pour vérifier si Tony y était. Vous vous êtes un peu alarmé, après les obsèques de Rochelle, quand vous avez compris que je le savais, n'est-ce pas ?

— Alison n'est pas très maligne, dit Bristow lentement, frottant ses mains l'une contre l'autre comme s'il les lavait sous un robinet. Elle a dû confondre les jours. Et de toute évidence, elle a mal interprété mes paroles. Je ne lui ai jamais demandé de dire qu'elle m'avait vu au cabinet. C'est sa parole contre la mienne. Et je ne serais pas étonné qu'elle veuille se venger de moi, parce que j'ai mis un terme à notre relation. »

Strike se mit à rire.

« Oh, je suis sûr qu'elle ne vous porte plus beaucoup dans son cœur, John. Après que mon assistante vous a appelé ce matin pour vous attirer à Rye…

— *Votre assistante ?*

— Oui, naturellement. Je ne voulais pas vous avoir dans les jambes pendant que je fouillais l'appartement de votre mère. Donc, après que Robin a fait le nécessaire pour que vous soyez occupé loin de Londres, j'ai téléphoné à Alison et je lui ai dit toute la vérité, y compris le fait que j'ai la preuve que Tony couche avec Ursula May, que vous vous êtes servi d'elle sans scrupule et que vous êtes sur le point d'être arrêté pour meurtre. Tout cela a semblé la convaincre qu'elle ferait bien de se chercher un nouveau petit ami et un nouveau travail. J'espère qu'elle est partie pour quelque temps chez sa mère, dans son village du Sussex ; en tout cas, c'est ce que je lui ai conseillé.

« Vous avez entretenu cette liaison avec Alison parce que vous pensiez qu'elle vous fournissait un excellent alibi, et parce qu'elle pouvait vous renseigner sur ce que pensait Tony, car vous avez peur de lui. Mais ces derniers jours, j'ai craint qu'elle ne vous semble plus encombrante qu'utile, et qu'elle aussi soit poussée d'une fenêtre ou d'un pont. »

Bristow s'efforça d'émettre un autre rire dédaigneux, mais qui ne rendit qu'un son creux.

« Donc, il s'avère que personne ne vous a vu au cabinet ce matin-là, que ce soit pour chercher des dossiers ou pour autre chose, poursuivit Strike. Pourquoi ? Parce que vous étiez caché dans l'appartement numéro 2 du 18, Kentigern Gardens.

— Jamais de la vie. J'étais à Chelsea chez ma mère, dit Bristow.

— Je ne crois pas qu'à ce moment-là, vous aviez déjà décidé de tuer Lula, continua Strike en l'ignorant. Le plus probable, c'est que vous comptiez seulement remonter la harceler dès qu'elle serait de retour, dans l'espoir de l'avoir à l'usure. Personne ne vous attendait au cabinet, puisque vous étiez censé travailler chez Lady Bristow et lui tenir compagnie. Le frigo était plein et vous saviez comment entrer et sortir sans déclencher l'alarme. Vous voyiez clairement la rue par la fenêtre, de sorte que si Deeby Macc et son entourage s'étaient montrés, vous auriez eu tout le temps de sortir et de descendre dans le hall sous un prétexte quelconque. En racontant, par exemple, que vous aviez attendu le retour de votre sœur sur le palier du troisième. Le seul risque, c'étaient les éventuelles livraisons ; mais cet énorme bouquet de roses est arrivé sans que personne s'aperçoive de votre présence, n'est-ce pas ?

« J'imagine que l'idée du meurtre a commencé à germer au fil de toutes ces heures que vous avez passées seul dans l'appartement, au milieu de tout ce luxe.

Vous êtes-vous représenté combien il serait merveilleux que Lula, dont vous étiez sûr qu'elle n'avait pas fait de testament, quitte brusquement ce monde ? Vous saviez que votre mère malade serait beaucoup plus facile à manipuler, surtout quand vous seriez son seul enfant survivant. Ce qui, en soi, devait être un sentiment grisant, n'est-ce pas, John ? Être enfin l'unique enfant. Ne plus jamais rester dans l'ombre d'un frère ou d'une sœur plus gâtés par la nature, et inspirant plus d'amour. »

Dans la pénombre qui s'épaississait, il distinguait les incisives proéminentes de Bristow, et l'intensité de son regard de myope.

« Vous avez eu beau ramper devant votre mère et jouer le fils dévoué, vous n'avez jamais occupé la première place dans son cœur, pas vrai ? C'est toujours Charlie qu'elle a préféré. Comme tout le monde, même votre oncle Tony. Et quand Charlie est mort, que vous avez pu espérer être enfin au centre de l'attention, qu'est-ce qui s'est passé ? Lula est arrivée, et tout le monde s'est mis à s'inquiéter pour Lula, à se démener pour Lula et à adorer Lula. Votre mère n'a même pas votre photo près d'elle sur son lit de mort, seulement celles de Charlie et de Lula. Seulement les deux qu'elle aimait vraiment.

— Allez vous faire foutre, lança Bristow avec une rage sourde. Allez vous faire foutre, Strike. Qu'est-ce qu'on peut connaître à l'amour maternel quand on a été élevé par une putain ? De quoi est-elle morte, la syphilis ?

— Très élégant, dit Strike d'un ton élogieux. J'allais justement vous demander si vous vous étiez renseigné sur ma vie personnelle quand vous vous êtes mis en quête d'un crétin à manipuler. Je parie que dans votre tête, je devais me montrer particulièrement compatissant pour le pauvre John Bristow endeuillé, moi dont la propre mère est morte avant l'heure et dans des circonstances suspectes. Vous avez pensé que vous pourriez vous jouer de moi comme on joue du violon, n'est-ce pas ?

« Mais peu importe, John. Si votre équipe d'avocats n'arrive pas à plaider un trouble de la personnalité, je suppose qu'elle mettra tout sur le compte de votre éducation. L'enfant mal aimé. Négligé. Éclipsé. Vous vous êtes toujours senti maltraité, n'est-ce pas ? Je l'ai remarqué le premier jour où je vous ai rencontré, quand vous avez versé ces grosses larmes émouvantes au souvenir de Lula à quatre ans, que votre père portait dans l'allée pour la faire entrer dans votre maison et dans votre vie. Vos parents ne vous avaient même pas emmené pour aller la chercher, pas vrai ? Ils vous ont laissé à la maison comme un chien, vous, le fils qui ne leur suffisait pas maintenant que Charlie était mort. Le fils destiné à passer en second tout au long de sa vie.

— Rien ne m'oblige à écouter de telles conneries, murmura Bristow d'une voix étranglée.

— Vous êtes libre de partir. » Strike regarda les yeux de l'avocat, presque invisibles derrière ses épaisses lunettes, à présent que le soir était tombé. « Allez-vous-en, si vous voulez. Pourquoi ne partez-vous pas ? »

Mais Bristow resta assis, son genou continuant de tressauter, ses mains l'une sur l'autre, attendant que Strike lui apporte enfin une preuve.

« C'était plus facile la deuxième fois ? demanda calmement le détective. Plus facile de tuer Lula que de tuer Charlie ? »

De nouveau, il vit briller les longues dents blanches de lapin, car Bristow avait ouvert la bouche pour répliquer ; mais aucun son n'en sortit.

« Tony sait ce que vous avez fait, n'est-ce pas ? Vous n'avez pas cessé de mentir à propos des paroles cruelles qu'il aurait dites après la mort de Charlie. Tony était là, il vous a vu partir sur votre bicyclette de l'endroit où vous aviez poussé Charlie dans la carrière. L'aviez-vous mis au défi de rouler près du bord ? J'ai connu votre frère, c'était le genre de garçon qui disait toujours "chiche", il était incapable d'y résister. Tony a vu Charlie mort au fond de la carrière, et il a dit à vos parents qu'il était sûr que vous l'aviez fait, n'est-ce pas ? C'est pour cette raison que votre père l'a frappé. Que votre mère s'est évanouie. Que Sir Alec a interdit à Tony de remettre les pieds chez vous. Non parce qu'il avait dit que votre mère élevait un voyou, mais parce qu'il lui avait dit qu'elle élevait un psychopathe.

— Ce que vous dites est… Non ! croassa Bristow. Non !

— Mais Tony n'a pas voulu provoquer un scandale, qui aurait éclaboussé toute la famille. Il a gardé le silence. Même s'il s'est un peu alarmé quand il a su que vos parents adoptaient une petite fille, n'est-ce pas ? Il leur a téléphoné, pour tenter de les en dissuader. Et il avait raison d'être inquiet, pas vrai ? Je pense que vous avez toujours eu un peu peur de Tony. Vous saviez qu'il savait, pour Charlie. Quelle ironie qu'il se soit vu forcé de vous fournir un alibi pour le meurtre de Lula ! »

Bristow ne dit rien. Il respirait très vite.

« Tony avait besoin de faire croire qu'il était quelque part ce jour-là, n'importe où sauf caché dans un hôtel à batifoler avec la femme de Cyprian May. Il a donc déclaré qu'il était revenu d'Oxford pour rendre visite à sa sœur malade. C'est alors qu'il a compris que vous étiez tous deux censés vous trouver chez Lady Bristow en même temps.

« Sa nièce était morte, elle ne pouvait plus le contredire ; mais il n'avait pas d'autre choix que d'affirmer vous avoir vu par la porte du bureau, sans entrer pour vous parler. Et vous avez confirmé. Vous avez menti tous les deux, en vous demandant ce que l'autre avait vraiment fait, mais trop effrayés pour oser vous questionner. Je pense que Tony a décidé d'attendre que votre mère soit morte pour vous interroger. Sa façon de garder la conscience tranquille, peut-être. Mais il nourrissait quand même assez de soupçons pour demander à Alison de garder un œil sur vous, au cas où vos agissements viendraient confirmer ses craintes. Et pendant ce temps, vous me serviez vos bobards sur Lula entrant dans le bureau pour vous serrer dans ses bras, et votre touchante réconciliation avant qu'elle reparte chez elle.

— Non. J'étais là, dit Bristow dans un murmure rauque. Dans le bureau, chez ma mère. Si Tony n'est pas venu à Chelsea, c'est son affaire. Vous ne pouvez pas prouver que je n'y étais pas.

— Je ne cherche pas à établir des faits par la négative, John. Tout ce que je dis, c'est que vous n'avez plus aucun alibi, sauf celui que vous fournit votre mère bourrée de Valium. Supposons plutôt qu'au moment où Lula rendait visite à Lady Bristow somnolente, et où Tony s'envoyait en l'air avec Ursula dans un hôtel quelconque, vous étiez caché dans l'appartement 2, commençant à imaginer une solution plus audacieuse à vos pressants problèmes d'argent. Vous attendez. À un moment ou un autre, vous enfilez les gants noirs en évidence dans l'armoire à l'intention de Deeby Macc, pour éviter de laisser des empreintes. C'est déjà louche. Comme si vous commenciez à envisager un acte violent.

« En début d'après-midi, Lula rentre enfin chez elle. Mais malheureusement pour vous, comme vous l'avez sûrement vu en regardant par l'œilleton, des amies la suivent dans son appartement.

« À partir de là, dit Strike d'une voix plus dure, je pense que les chefs d'accusation contre vous deviennent beaucoup plus graves. La thèse du simple homicide involontaire – c'était un accident, nous nous sommes un peu bousculés à la fenêtre et elle est tombée du balcon – aurait pu tenir la route si vous n'étiez pas resté toutes ces heures dans l'appartement du dessous, pendant que vous saviez que votre sœur avait de la visite. Un homme qui ne pense à rien de plus criminel que d'obliger sa sœur à lui signer un gros chèque aurait pu, à la rigueur, attendre qu'elle soit seule pour la harceler, mais vous aviez essayé en début de matinée et elle n'avait pas cédé. Alors, pourquoi ne pas monter à un moment où elle était peut-être de meilleure humeur, en profitant de la présence de ses amies dans la pièce à côté, qui l'aurait empêchée de se mettre trop en colère ? Elle vous aurait peut-être donné quelque chose, ne serait-ce que pour vous faire débarrasser le plancher. »

Strike sentait presque sur sa peau les ondes d'effroi et de haine émanant de la silhouette indistincte dans la pénombre de l'autre côté du bureau.

« Au lieu de quoi, dit-il, vous avez attendu. Toute la journée et, ensuite, toute la soirée, après l'avoir vue quitter la maison. Vous deviez être passablement surexcité après toutes ces heures à ruminer, seul dans cet appartement. Mais vous aviez eu le temps de manigancer un plan approximatif. Vous aviez regardé dans la rue, vous saviez exactement qui était dans l'immeuble et qui n'y était pas, et vous avez conclu qu'il y avait peut-être moyen de passer à l'acte et de disparaître sans que personne s'en aperçoive. Et puis, n'oublions pas : vous aviez déjà tué. Ce qui fait une grande différence. »

Le corps de Bristow fut agité d'un mouvement rapide, presque un sursaut ; Strike se tendit, mais l'avocat resta assis. Le détective avait une conscience aiguë de sa prothèse détachée, en équilibre sous son genou.

« Vous guettiez par la fenêtre et, vers une heure et demie du matin, vous avez vu Lula qui rentrait seule, mais les paparazzi montaient encore la garde. À ce moment-là, vous avez dû désespérer, n'est-ce pas ?

« Mais ensuite, miraculeusement, comme si l'univers entier ne voulait rien d'autre qu'aider John Bristow à parvenir à ses fins, ils se sont tous dispersés et la rue est restée vide. Je suis presque sûr que c'est le chauffeur habituel de Lula qui les avait prévenus qu'il était inutile d'attendre Deeby Macc. C'est un jeune homme très soucieux de se forger de bonnes relations avec la presse.

« Plus personne dans les parages, donc. Le moment était venu. Vous avez enfilé le sweat-shirt de Deeby. Grosse erreur. Mais avec toute la chance que vous aviez eue cette nuit-là, il fallait bien que quelque chose dérape.

« Alors – et vous méritez un beau dix sur dix pour cette idée, parce qu'elle a longtemps semé le doute dans mon esprit –, vous avez pris quelques-unes des roses blanches de Freddie Bestigui dans leur vase, et vous les avez emportées hors de l'appartement, en laissant la porte entrouverte. Puis vous êtes monté chez votre sœur. Vous aviez probablement secoué les tiges mouillées, mais pas assez, parce que des gouttes sont tombées sur les marches. Plus tard, Wilson a glissé dessus.

« Vous montez au troisième, et vous frappez à la porte de Lula. Quand elle regarde par l'œilleton, qu'est-ce qu'elle voit ? Des roses blanches. En rentrant, elle a ouvert sa fenêtre toute grande et guetté son frère Jonah du haut du balcon, mais d'une manière ou d'une autre il semble être arrivé au 18, Kentigern Gardens sans qu'elle l'ait vu approcher dans la rue. Dans sa joie, elle ouvre la porte et vous vous ruez à l'intérieur. »

Bristow était complètement immobile. Même son genou avait cessé de tressauter.

« Et vous l'avez tuée, exactement comme vous aviez tué Charlie, et Rochelle un peu plus tard : vous l'avez poussée, très vite, très fort. Peut-être même soulevée.

Elle a été prise au dépourvu, n'est-ce pas, comme les deux autres ?

« Vous lui avez hurlé dessus parce qu'elle vous refusait son argent, parce qu'elle vous privait, comme vous vous êtes toujours senti privé de votre part d'amour parental, pas vrai, John ?

« En retour, elle vous a crié que vous ne toucheriez jamais le moindre penny, même si vous la tuiez. Vous l'avez rudoyée, vous l'avez poussée à travers le salon, vers la fenêtre ouverte, pendant qu'elle vous disait qu'elle s'était découvert un autre frère, un vrai. Qu'il allait arriver d'un moment à l'autre, et qu'elle avait rédigé un testament en sa faveur. "C'est trop tard, je l'ai déjà fait !" Alors, vous l'avez traitée de salope et de menteuse, et vous l'avez précipitée du haut de son balcon. »

Bristow respirait à peine.

« Je pense que vous aviez laissé tomber les roses sur le palier. Vous êtes sorti en courant, vous les avez ramassées, vous avez redescendu l'escalier à toutes jambes et vous êtes rentré dans l'appartement 2, où vous les avez remises dans lc vase. Bon sang, vous avez eu une sacrée chance : un flic a renversé ce vase un peu plus tard, alors que ces roses étaient la seule trace que quelqu'un avait séjourné dans cet appartement. Vous n'avez pas pu les remettre en place comme les avait arrangées le fleuriste, sachant que vous n'aviez que quelques instants pour vous enfuir de l'immeuble.

« La suite a demandé beaucoup de cran. Je doute que vous ayez prévu que quelqu'un donnerait l'alarme tout de suite, mais Tansy Bestigui était sur le balcon du premier. Vous l'avez entendue hurler, et compris qu'il vous faudrait jouer très serré pour partir sans qu'on vous voie. Wilson est sorti dans la rue, pour constater que Lula était morte ; puis, debout derrière la porte et guettant par l'œilleton, vous l'avez vu monter à toute vitesse au troisième.

« Vous avez rebranché l'alarme, vous êtes sorti en catimini et vous avez descendu l'escalier. Tansy et son mari criaient dans leur appartement. Vous avez couru jusqu'au rez-de-chaussée – Freddie Bestigui vous a entendu, mais il avait d'autres soucis à ce moment-là –, vous avez trouvé le hall vide et vous avez détalé dans la rue déserte, sous la neige qui tombait de plus en plus fort.

« Vous avez couru de toutes vos forces, n'est-ce pas ? La capuche du sweat-shirt relevée, les mains gantées, le visage couvert de l'écharpe, jusqu'au bout de Kentigern Gardens. Et là, vous avez vu un autre homme courir, courir comme si sa vie en dépendait. S'enfuyant de la rue où il venait de voir sa sœur faire une chute mortelle. Vous ne vous connaissiez pas. Et, vu les circonstances, je ne crois pas que vous aviez le temps de vous demander qui c'était, pas à ce moment-là. Vous avez couru aussi vite que vous pouviez, vous dans les vêtements empruntés à Deeby Macc, devant la caméra de surveillance qui vous a filmés tous les deux, et tandis que Jonah filait pour rentrer chez lui, vous, John, vous avez tourné dans Halliwell Street, où, une fois de plus, vous avez eu de la chance, parce que c'est une rue sans caméra.

« Je suppose que vous avez jeté le sweat-shirt, les gants et l'écharpe dans une poubelle et que vous avez pris un taxi, pas vrai ? La police n'a jamais cherché un homme blanc en costume élégant qui circulait dans le quartier cette nuit-là. Vous êtes rentré chez votre mère à Chelsea, vous lui avez préparé à dîner, vous avez changé l'heure à son réveil et vous l'avez tirée de son sommeil. Encore aujourd'hui, elle est persuadée que vous parliez de Charlie – charmante idée, John ! – au moment où Lula se fracassait la tête sur la chaussée.

« Vous vous en êtes sorti, John. Vous aviez les moyens de payer Rochelle toute votre vie s'il fallait. Et avec votre chance, Jonah Agyeman aurait même pu se faire tuer au cours d'une mission en Afghanistan : c'est ce que vous avez espéré chaque fois que vous avez vu la photo d'un soldat noir dans les journaux, n'est-ce pas ? Mais vous ne vouliez pas compter sur la chance. Vous êtes un type à l'esprit pervers, gonflé d'arrogance et d'orgueil, et vous avez préféré régler la situation de manière définitive. En faisant condamner Jonah. »

Un long silence s'installa. Puis :

« Zéro preuve », dit enfin Bristow. Il faisait maintenant si sombre dans le bureau que Strike ne le voyait plus qu'en ombre chinoise. « Vous n'avez pas la moindre preuve.

— Je crois que vous vous trompez, John, dit Strike. À l'heure qu'il est, la police doit avoir obtenu un mandat de perquisition.

— Pour quoi faire ? demanda Bristow, soudain assez sûr de lui pour rire avec une lourde ironie. Fouiller les poubelles de Londres à la recherche d'un sweat-shirt dont vous dites qu'on l'a jeté il y a quatre mois ?

— Non. Pour ouvrir le coffre-fort de votre mère, bien sûr. »

Strike se demanda s'il pourrait relever le store assez vite. Il était loin des interrupteurs et le bureau était plongé dans le noir, mais il ne voulait pas quitter des yeux la silhouette de Bristow, car il était sûr qu'un triple meurtrier ne pouvait être venu le trouver sans rien avoir préparé.

« J'ai donné au sergent Wardle quelques combinaisons à essayer, poursuivit Strike. Si elles ne marchent pas, ses collègues et lui devront appeler un expert. Mais si j'étais parieur, je miserais mon argent sur 310384. »

Un bruissement d'étoffe, la forme d'une main pâle, et Bristow se jeta en avant. La pointe du couteau érafla la poitrine de Strike au moment où il repoussait l'avocat. Celui-ci tomba, roula sur lui-même, se redressa et repassa à l'attaque ; cette fois, Strike tomba en arrière sur sa chaise, Bristow au-dessus de lui, le coinçant entre le bureau et le mur.

Strike tenait un des poignets de son agresseur, mais ne voyait pas où était le couteau : tout était sombre autour de lui, et il lança un coup de poing dans la direction de Bristow, qui l'atteignit sous le menton, lui renversant la tête et envoyant valser ses lunettes. Puis le détective cogna de nouveau, et son adversaire heurta le mur. Strike tenta de se rasseoir, mais le corps de Bristow tomba sur sa demi-jambe endolorie, enfonçant le bout de sa prothèse dans le sol, et le couteau se planta dans le haut de son bras, lui transperçant la chair ; il sentit un flot de sang brûlant et une douleur violente.

Il vit Bristow lever le bras, silhouette floue qui se dessinait contre la fenêtre obscure ; s'efforçant de se relever malgré le poids du corps de son adversaire, il évita le deuxième coup de couteau, et, dans un effort surhumain, parvint à repousser l'avocat, mais sa prothèse glissa hors de son pantalon au moment où il tentait de le bloquer à terre, tandis que son sang giclait partout autour de lui, et sans qu'il sache où était passé le couteau à présent.

Les cent dix kilos de Strike renversèrent le bureau, puis, tandis qu'il posait son genou valide sur la maigre poitrine de Bristow, tâtonnant avec sa main pour trouver l'arme, la lumière lui fendit brusquement la rétine en deux et il entendit une femme crier.

Ébloui, Strike vit le couteau se lever vers son ventre ; il saisit sa jambe artificielle à côté de lui, la brandit en l'air et l'abattit sur la tête de Bristow, une fois, deux fois…

« Arrêtez, Cormoran ! ARRÊTEZ ! VOUS ALLEZ LE TUER ! »

Strike s'écarta de Bristow, qui à présent ne bougeait plus, laissa tomber sa prothèse et s'allongea sur le dos, serrant son bras sanglant à côté du bureau renversé.

« Je crois me souvenir, dit-il d'une voix haletante, sans distinguer Robin, que je vous avais demandé de rentrer chez vous ? »

Mais elle avait déjà saisi le téléphone :

« La police et une ambulance !

— Appelez aussi un taxi, gronda Strike sur le sol, la gorge sèche d'avoir tant parlé. Je n'irai pas à l'hôpital à côté de ce déchet humain. »

Il tendit le bras et trouva son portable à un mètre de lui. L'écran était fissuré, mais il marchait encore.

Dix jours plus tard

Épilogue

Nihil est ab omni parte beatum.

Rien n'est jamais un bonheur sans mélange.

HORACE, *Odes*, Livre II

L'armée britannique exige de ses soldats une subordination totale qui est presque incompréhensible à un civil. Elle ne reconnaît pour ainsi dire aucune demande susceptible d'entraver le cours de la vie militaire, et les crises imprévisibles de l'existence – les naissances et les morts, les mariages, les divorces et les maladies – ont en général aussi peu d'influence sur son fonctionnement habituel que des cailloux giclant sous la carapace d'un blindé. Pourtant, il existe des situations exceptionnelles, et c'est en vertu de celles-ci que la période de service en Afghanistan du lieutenant Jonah Agyeman fut abrégée.

Sa présence au Royaume-Uni avait été réclamée de toute urgence par Scotland Yard, et, bien qu'habituellement l'armée ne considère pas les impératifs de la police comme plus importants que les siens, elle voulut bien cette fois se montrer accommodante. Les circonstances entourant la mort de la sœur d'Agyeman suscitaient une attention nationale et internationale, et une tempête médiatique autour d'un Sapeur jusque-là inconnu fut jugée préjudiciable tant pour le jeune gradé lui-même que pour le régiment qu'il servait. Aussi Jonah fut-il embarqué dans un avion à destination de Londres, à bord duquel l'armée déploya des moyens impressionnants pour le protéger de l'avidité des journalistes.

Une proportion considérable de la population tint pour une évidence que le lieutenant serait enchanté de rentrer chez lui pour échapper un temps aux combats, et de revenir au pays plus riche sans doute que dans ses rêves les plus fous. Mais le jeune militaire que Strike rencontra au Tottenham un vendredi à l'heure du déjeuner, dix jours après l'arrestation de l'assassin de sa sœur, semblait déboussolé et presque en état de choc.

À différentes périodes, les deux hommes avaient vécu la même vie et risqué la même mort. C'était un lien qu'aucun civil n'aurait pu comprendre, et pendant une demi-heure ils ne parlèrent de rien d'autre que de l'armée.

« Vous étiez dans la Police militaire ? dit Jonah. On peut faire confiance à un type comme vous pour foutre une vie en l'air. »

Strike sourit. Il ne voyait aucune ingratitude dans l'attitude du jeune homme, bien que sa blessure suturée en haut du bras lui fît mal chaque fois qu'il soulevait sa pinte de bière.

« Ma mère veut que je quitte l'armée, poursuivit le soldat. Elle n'arrête pas de me dire que ce sera la seule bonne chose à sortir de tout ce bordel. »

C'était la première allusion au vrai motif de leur rendez-vous, et au fait que Jonah ne se trouvait pas là où il aurait dû être : avec son régiment, menant sous les drapeaux la vie qu'il s'était choisie.

Puis, soudain, il se mit à parler avec volubilité, comme s'il attendait de rencontrer Strike depuis des mois :

« Maman n'a jamais su que mon père avait un autre enfant. Il ne lui en a jamais parlé. Il n'était même pas sûr que cette dénommée Marlene lui disait la vérité quand elle lui a annoncé qu'elle était enceinte. Juste avant sa mort, quand il savait qu'il ne lui restait plus que quelques jours, c'est à moi qu'il s'est confié. "Ne tourmente pas ta mère avec ça, il m'a dit, mais il se pourrait que tu aies un demi-frère ou une demi-sœur quelque part." Il a ajouté que la mère était blanche, mais qu'il ne savait pas ce qu'elle était devenue. Elle avait peut-être avorté. Putain, vous vous rendez compte ? Si vous aviez connu mon père ! Il ne manquait jamais la messe du dimanche, et il a réclamé les derniers sacrements quand il s'est senti mourir. Jamais je n'aurais imaginé une histoire pareille, jamais.

« Je ne comptais pas parler à ma mère de papa et de cette femme. Et puis, un jour, complètement à l'improviste, j'ai reçu ce coup de téléphone. Grâce à Dieu, j'étais là, en congé. Mais Lula… » Il prononça son prénom d'une voix hésitante, comme s'il n'était pas sûr d'en avoir encore le droit. « … Lula m'a dit qu'elle aurait raccroché si elle était tombée sur maman. Elle m'a juré qu'elle ne voulait surtout blesser personne. J'ai eu l'impression que c'était une fille bien.

— Oui, je pense, dit Strike.

— Sûrement… seulement, c'était si bizarre ! Vous le croiriez, vous, si un top model vous téléphonait en vous annonçant qu'elle est votre sœur ? »

Strike songea un instant à sa propre histoire familiale.

« Probablement, dit-il.

— Oui, bon, je suppose. Pourquoi aurait-elle menti ? En tout cas, c'est ce que j'ai pensé. Alors, je lui ai donné mon numéro de portable et nous nous sommes parlé quatre ou cinq fois, quand elle pouvait appeler du téléphone de sa copine Rochelle. Elle avait tout arrangé pour que la presse ne sache rien. J'aimais mieux ça. Je ne voulais pas que ma mère soit sens dessus dessous en lisant cette histoire dans un torchon quelconque. »

Agyeman avait tiré de sa poche un paquet de cigarettes Lambert & Butler et le tripotait nerveusement. Il avait dû les avoir pour pas cher, pensa Strike avec un serrement de cœur nostalgique. C'était un des petits privilèges de la vie de soldat.

« Début janvier, elle m'a téléphoné. C'était un matin, la veille du jour où… où c'est arrivé, continua Jonah, et elle voulait absolument que je vienne la voir chez elle. Je lui avais dit que je ne pouvais pas la rencontrer pendant ce congé, mais c'était parce que la situation me donnait le tournis. Ma grande sœur le top model ! Et puis, maman était horriblement inquiète, parce que je devais être envoyé dans le Helmand. Pas le moment de lui causer un choc en lui disant que papa avait eu un autre enfant. Alors, j'ai dit à Lula que je ne pouvais pas.

« Mais elle m'a supplié de venir la voir avant de partir. Elle m'a dit que c'était urgent, elle semblait dans tous ses états. Alors, je lui ai dit que je pourrais peut-être passer tard dans la soirée, quand maman serait couchée. Je lui dirais que je sortais prendre un verre avec un copain, quelque chose comme ça. Elle m'a demandé de venir dans la nuit, pas avant une heure et demie du matin. Puisqu'elle y tenait tant, j'ai fini par accepter, dit Jonah en se grattant la nuque d'un air gêné. J'ai pris un bus de nuit jusqu'à Mayfair, j'ai marché jusqu'au coin de la rue et… et là, je l'ai vue tomber. »

Il s'essuya la bouche avec le dos de la main.

« Je suis reparti en courant, j'ai couru comme un fou. Putain, je ne savais pas quoi penser. Tout ce que je savais, c'est que je ne voulais pas être là, je ne voulais pas qu'on me demande de m'expliquer. Je savais qu'elle avait eu des problèmes psychologiques, et je me rappelais sa voix au téléphone. Stressée, angoissée. Alors, je me suis demandé : est-ce qu'elle m'a attiré dans sa rue pour que je la voie se jeter dans le vide ?

« Je n'ai pas pu dormir. J'ai été content de reprendre l'avion, pour tout vous dire. Pour être à des milliers de kilomètres de ce foutu déchaînement médiatique. Pour essayer de penser à autre chose. »

Le pub bourdonnait autour d'eux, grouillant de clients venus déjeuner.

« Je pense que si elle tenait tellement à vous voir, c'était à cause de ce que sa mère venait de lui dire, dit Strike. Lady Bristow avait pris beaucoup de Valium. Je crois qu'elle était prête à tout pour retenir sa fille à son chevet, faire en sorte qu'elle se sente trop mal pour la quitter. Alors, elle a répété à Lula ce que Tony lui avait dit au sujet de John, toutes ces années plus tôt. Qu'il avait poussé son petit frère Charlie au fond de la carrière, et qu'il l'avait tué.

« Voilà pourquoi Lula était si bouleversée quand elle est partie de chez sa mère, et pourquoi elle a tenté tout l'après-midi de joindre son oncle, pour qu'il lui dise si cette histoire était vraie. Et je pense qu'elle voulait vous voir parce qu'elle avait besoin d'en parler à quelqu'un en qui elle puisse avoir confiance. Sa mère était un peu folle et gravement malade, son petit ami ne répondait pas, elle détestait son oncle, et elle venait d'apprendre que son frère adoptif était un assassin. Elle a dû se sentir complètement désemparée. Et j'imagine qu'elle avait peur, aussi. Dans les dernières vingt-quatre heures, son frère avait essayé à deux reprises de lui soutirer de l'argent, en lui faisant des scènes très violentes. Elle devait se demander jusqu'où il serait prêt à aller. »

La salle du Tottenham retentissait du bruit des conversations et du cliquetis des verres et des fourchettes, mais la voix de Jonah s'éleva clairement au-dessus de tout ce tapage :

« Je suis content que vous lui ayez cassé la mâchoire, à ce salaud.

— Le nez aussi, dit Strike d'un ton joyeux. Une chance pour lui qu'il ait réussi à me planter un couteau dans le bras, sinon je l'aurais probablement massacré.

— Il est venu armé…, dit Jonah pensivement.

— Bien sûr ! Aux obsèques de Rochelle, j'avais demandé à ma secrétaire de lui parler des menaces de mort que je reçois régulièrement d'un dingue. C'est comme ça que son idée a germé. Il avait peur, parce que j'en savais trop. Il a pensé que s'il le fallait, il pouvait faire accuser ce pauvre vieux Brian Mathers de mon assassinat à coups de couteau. Après m'avoir tué, il serait rentré chez sa mère, il aurait retardé son réveil et il aurait joué la même comédie que la première fois.

Il n'est pas sain d'esprit, vous savez ? Ce qui ne veut pas dire qu'il n'est pas malin. »

Ils n'avaient plus grand-chose à se dire. En quittant le pub, Agyeman, qui avait insisté pour payer les bières, fit une timide offre d'argent au détective, dont la situation financière s'était nettement améliorée depuis tout le tapage médiatique autour de l'affaire. Strike refusa, sans se sentir néanmoins froissé par sa proposition. Il voyait que le jeune Sapeur avait encore du mal à prendre la mesure de sa richesse inespérée, qu'il courbait un peu les épaules sous cette responsabilité, les exigences qu'elle créait, les convoitises qu'elle attirait, les décisions qu'elle imposait, et qu'il était encore beaucoup plus intimidé que réjoui. Il y avait aussi, bien sûr, la façon horrible dont ces millions lui étaient tombés dessus. Strike devinait que les pensées de Jonah Agyeman passaient à toute allure de ses camarades en Afghanistan à des visions de voitures de sport et à celle de sa demi-sœur gisant dans la rue enneigée. Qui mieux qu'un soldat pouvait avoir conscience des caprices de la fortune, du roulement aléatoire des dés ?

« Il ne s'en tirera pas, j'espère ? demanda soudain le jeune lieutenant, au moment où ils allaient se séparer.

— Non, bien sûr que non, répondit Strike. La presse ne le sait pas encore, mais comme je m'y attendais, la police a retrouvé le portable de Rochelle dans le coffre-fort de sa mère. Il n'a pas osé le jeter au fond de la Tamise. Il avait changé la combinaison du coffre pour que personne ne puisse l'ouvrir : 310384. Le dimanche de Pâques 1984, le jour où il a tué mon copain Charlie. »

C'était le dernier jour de Robin. Strike lui avait proposé de l'accompagner au pub pour y rencontrer Jonah Agyeman, qu'elle l'avait tant aidé à retrouver, mais elle avait décliné l'invitation. Le détective avait le sentiment qu'elle prenait délibérément ses distances par rapport à l'affaire, à son travail et à lui. En milieu d'après-midi, il avait rendez-vous au Centre des amputés de l'hôpital Queen Mary, et elle serait partie quand il reviendrait de Roehampton. Matthew l'emmenait dans le Yorkshire pour le week-end.

Tandis que Strike boitillait vers son bureau à travers le chaos du chantier de Charing Cross Road, il se demanda si, après cette dernière entrevue, il reverrait un jour sa secrétaire intérimaire. C'était peu probable. Il n'y avait pas si longtemps, le fait que leur collaboration fût extrêmement provisoire était ce qui lui avait fait apprécier sa présence ; mais à présent, il savait qu'elle lui manquerait. Dix jours plus tôt, elle était montée avec lui dans le taxi qui l'emmenait à l'hôpital, et avait étanché son sang avec l'étoffe de son trench-coat.

La publicité qu'avait déclenchée l'arrestation de Bristow n'avait pas fait de mal aux affaires de Strike, loin de là, et sans doute aurait-il bientôt vraiment besoin d'une secrétaire ; de fait, en montant péniblement les marches en métal, il entendit la voix de Robin au téléphone :

« … un rendez-vous, oui, mais pas avant mardi, malheureusement, parce que Mr Strike est occupé toute la journée de lundi… Oui… Exactement… Je vous inscris pour onze heures trente, alors. Oui. Merci. Au revoir. »

Quand Strike entra, elle fit pivoter sa chaise vers lui.

« Alors, il est comment, Jonah ? demanda-t-elle.

— Un gentil garçon, dit Strike, se laissant tomber sur le sofa. La situation lui donne un peu le vertige. Mais l'alternative, c'était que Bristow empoche dix millions, alors il faudra bien qu'il s'y fasse.

— Trois autres clients potentiels ont téléphoné pendant que vous étiez sorti, dit-elle, mais je m'inquiète un peu au sujet du dernier. Ça pourrait être un autre journaliste. Vous l'intéressiez beaucoup plus que le problème qu'il était censé vous confier. »

De tels appels n'avaient pas manqué. La presse s'était emparée avec volupté d'une histoire qui présentait de nombreux angles narratifs, et regorgeait de tous les éléments sensationnels qu'elle affectionnait. Strike lui-même avait été largement mis en vedette. La photo de lui le plus souvent publiée (et il s'en réjouissait) remontait à plusieurs années et avait été prise quand il était encore dans la Police militaire ; mais les journaux avaient aussi déterré des portraits de sa rock star de père et de sa groupie de mère.

On avait beaucoup écrit et glosé sur l'incompétence de la police, et Carver avait été photographié alors qu'il se hâtait de quitter Scotland Yard en cachette, enfilant sa veste, les habituelles taches de sueur visibles sous ses aisselles ; mais Wardle, le beau Wardle, qui avait aidé Strike à faire tomber Bristow, avait jusqu'ici été traité avec indulgence, surtout par les journalistes de sexe féminin. Au demeurant, les médias avaient surtout recommencé à faire leurs choux gras du cadavre de Lula Landry : toutes les nouvelles versions de l'histoire s'agrémentaient du sublime visage du top model et de son long corps sculptural.

Robin parlait, mais Strike ne l'écoutait pas, trop absorbé par sa jambe et son bras douloureux.

« … un résumé de tous vos dossiers et de toutes vos notes. Parce que vous aurez besoin de quelqu'un, vous savez ? Avec tout ce travail, vous ne pourrez plus vous débrouiller tout seul.

— Non », reconnut Strike, se remettant debout avec effort.

Il avait décidé de lui parler plus tard, juste avant de partir ; mais au fond, le moment n'était pas plus mal choisi qu'un autre et c'était une excuse pour se lever du sofa, de plus en plus inconfortable. Il dit :

« Écoutez, Robin, je ne vous ai pas encore vraiment remerciée…

— Bien sûr que si, se hâta-t-elle de protester. Dans le taxi, en route pour l'hôpital. Et de toute façon, ce n'est pas la peine. C'était un plaisir. Pour tout dire, j'ai adoré travailler avec vous… »

Il claudiquait vers son bureau sur la rue, et n'entendit pas sa voix s'étrangler sur le dernier mot. Le cadeau était caché au fond de son sac de voyage, très maladroitement emballé.

« Tenez, dit-il. C'est pour vous. Sans votre aide, je ne serais arrivé à rien.

— Oh…, dit Robin d'une voix étranglée, et Strike fut ému et un peu alarmé de voir deux larmes couler sur ses joues. Vous n'auriez pas dû…

— Vous l'ouvrirez en rentrant chez vous », dit Strike.

Mais c'était trop tard : le paquet se désintégrait littéralement entre ses mains. Du papier qui se déchirait glissa sur le bureau une étoffe vert poison. Robin ouvrit tout grand la bouche.

« Vous… oh, mon Dieu, Cormoran… »

Elle souleva la robe qu'elle avait essayée chez Vashti, et trouvée si belle, et le regarda, les joues rouges, les yeux brillants.

« Vous ne pouvez pas m'offrir quelque chose d'aussi cher !

— Si, je peux, dit-il, s'appuyant contre le mur, parce que cette position était un peu moins inconfortable que de s'affaler sur le sofa. Les propositions de travail affluent depuis quelques jours. Et vous avez été fantastique. Votre nouveau patron a de la chance. »

Elle s'essuyait les yeux avec les manches de son chemisier. Un sanglot et quelques mots incompréhensibles lui échappèrent. À l'aveuglette, elle tendit la main vers la boîte de mouchoirs en papier qu'elle avait achetée en prévision des visites d'autres clients comme Mrs Hook, se moucha, se tamponna encore les yeux et dit, la robe verte étalée sur ses genoux :

« Je ne veux pas partir !

— Vous êtes au-dessus de mes moyens, Robin », dit Strike d'un ton pragmatique.

Non qu'il n'y eût pas réfléchi : la nuit précédente, il était resté éveillé sur son lit de camp, additionnant et soustrayant dans sa tête, tentant d'aboutir à une offre qui n'aurait pas l'air insultante comparée au salaire assuré par la boîte de conseil aux médias. Mais c'était impossible. Il ne pouvait différer plus longtemps les remboursements du plus important de ses prêts, et devait faire face à une augmentation de son loyer, ainsi qu'à la nécessité de se trouver un autre domicile que son bureau. Si ses perspectives à court terme s'étaient incomparablement améliorées, l'horizon plus lointain demeurait incertain.

« Je n'attends pas que vous me payiez autant que les autres, dit Robin d'une voix pâteuse.

— Je ne pourrais même pas m'en approcher », dit Strike.

(Mais elle connaissait l'état des finances de Strike presque aussi bien que lui et avait déjà calculé le maximum qu'il pourrait lui offrir. La veille au soir, quand Matthew l'avait trouvée en larmes à l'idée de changer de travail, elle lui avait dit le chiffre le plus élevé qu'elle pourrait espérer.

« Mais il ne t'a rien proposé du tout, avait dit Matthew. Je me trompe ?

— Non, mais s'il le faisait…

— Ce serait à toi de décider, avait dit son fiancé avec raideur. Ce serait ton choix. »

Elle savait que Matthew ne voulait pas qu'elle reste. Il avait patienté des heures aux urgences pendant qu'on recousait le bras de Strike, en attendant de ramener Robin chez eux. Il lui avait dit, d'un ton solennel, qu'elle avait fait du bon travail et fait preuve d'un remarquable sens de l'initiative, mais, depuis lors, s'était montré distant et vaguement désapprobateur, surtout quand leurs amis réclamaient des détails plus précis sur tout ce qui avait paru dans la presse.

Mais s'il rencontrait Strike, Matthew le trouverait sûrement sympathique, n'est-ce pas ? Et il lui avait dit lui-même que c'était à elle de décider…)

Robin reprit contenance, se moucha de nouveau, et,

d'une voix entrecoupée de petits hoquets, dit à Strike pour quel salaire elle serait heureuse de rester.

Il fallut quelques secondes au détective pour répondre. Il avait tout juste les moyens – tout juste – de lui payer ce qu'elle demandait ; la somme ne dépassait que de quelques centaines de livres celle qu'il avait pensé pouvoir débourser. Et, en tout état de cause, elle était un atout qu'il serait impossible de remplacer pour le même prix. Le seul problème…

« Oui, c'est faisable, dit Strike. Je peux y arriver. »

Le téléphone sonna. Rayonnante, elle décrocha, et parla avec une telle jubilation qu'on aurait dit qu'elle attendait cet appel depuis des jours :

« Oh, bonjour, Mr Gillespie ! Comment allez-vous ? Mr Strike vient justement de vous envoyer un chèque, je l'ai posté moi-même ce matin… Tous les arriérés, oui, et même un peu plus… Oh, non, Mr Strike tient beaucoup à rembourser son prêt… Ma foi, c'est très aimable de la part de Mr Rokeby, mais franchement, Mr Strike préfère payer. Il espère pouvoir solder l'intégralité de sa dette dans les mois qui viennent… »

Une heure plus tard, alors que Strike était assis sur une chaise en plastique dans la salle d'attente du Centre des amputés, sa jambe mutilée tendue devant lui, il se dit que s'il avait su que Robin resterait, il ne lui aurait pas acheté la robe verte. Son cadeau, il en était sûr, ne serait guère apprécié de Matthew, surtout quand il apprendrait qu'elle l'avait déjà enfilée pour parader devant Strike.

Avec un soupir, il tendit la main vers un exemplaire de *Private Eye* posé sur la table basse devant lui. Quand le praticien en blouse blanche l'appela une première fois, Strike ne répondit pas : il était penché sur une page intitulée *Landryconneries*, où étaient recensés les nombreux délires et bourdes journalistiques en rapport avec l'affaire que Robin et lui venaient de résoudre. Tant d'échotiers avaient parlé de Caïn et Abel que l'hebdomadaire en avait fait un article satirique.

« Mr Strick ? dit le médecin d'une voix plus forte. Monsieur Cameron Strick ? »

Il leva les yeux en souriant.

« Strike, dit-il clairement. Je m'appelle Cormoran Strike.

— Oh, je vous prie de m'excuser... Par ici... »

Tandis que Strike claudiquait à la suite du praticien, une courte phrase émergea de son subconscient, une phrase qu'il avait lue bien avant de voir son premier cadavre, ou de s'être émerveillé devant une chute d'eau sur un flanc de montagne africaine, ou d'avoir observé le visage d'un assassin qui s'affaissait au moment où il comprenait qu'il ne s'en tirerait pas.

Je suis devenu un nom.

« Sur la table, s'il vous plaît, Mr Strike. Et enlevez votre prothèse. »

D'où venait-elle, cette phrase ? Strike s'allongea sur la table et fixa le plafond en fronçant les sourcils, ignorant le médecin maintenant penché sur ce qui restait de sa jambe, marmonnant entre ses dents tandis qu'il observait et palpait délicatement du bout des doigts le tissu cicatriciel.

Il fallut plusieurs minutes à Strike pour faire resurgir du fond de sa mémoire les vers de Tennyson qu'il avait appris tant d'années plus tôt :

Je ne puis me reposer des voyages ; je boirai
La vie jusqu'à la lie ; car j'ai goûté chaque moment
Immensément, et immensément souffert, tant avec
ceux
Qui m'aimaient, que dans la solitude ; sur les
rivages
Et quand, en rapides dérives, les pluvieuses Hyades
Tourmentaient la mer troublée : je suis devenu un
nom...

Découvrez les deux premiers chapitres
du nouveau roman de Robert Galbraith:

Le Ver à soie

TRADUIT DE L'ANGLAIS PAR FLORIANNE VIDAL

Titre original :
THE SILKWORM

Chapitre 1

« QUESTION
De quoi donc te nourris-tu ?
RÉPONSE
De mes insomnies. »

Thomas Dekker, *The Noble Spanish Soldier*

« J'espère au moins que c'est pour m'annoncer la mort d'une superstar, Strike », dit la voix rauque au bout du fil.

Il faisait encore nuit. Le téléphone collé à sa joue mal rasée, Strike promenait son imposante silhouette à travers les rues de Londres. La sortie de son interlocuteur lui arracha un sourire.

« Non, mais c'est dans cet ordre d'idées.

— Enfin bordel, il est six heures du mat' !

— Six heures et demie. Mais si tu veux savoir ce que j'ai trouvé, tu vas devoir te déplacer, répliqua Cormoran Strike. Je suis près de chez toi. Il y a un...

— Et comment tu sais où j'habite ?

— C'est toi qui m'as donné ton adresse, répondit-il en étouffant un bâillement. Tu vends ton appart'.

— Ah, c'est vrai. Quelle mémoire !

— Il y a un bar ouvert la nuit...

— Je m'en fous. On se verra plus tard, à ton bureau.

— Culpepper, je reçois un client ce matin, un type plus généreux que toi. Et j'ai bossé toute la nuit. Si tu as l'intention d'utiliser cette info, je te conseille de ne pas traîner. »

Strike perçut un grognement suivi d'un froissement de draps.

« T'as intérêt à m'offrir un truc bien juteux.

— Le Smithfield Café sur Long Lane », dit Strike avant de raccrocher.

Quand il s'engagea dans la rue qui montait vers Smithfield Market, sa légère claudication devint plus visible. Édifiée à l'ère victorienne, l'immense bâtisse rectangulaire se dressait dans la pénombre hivernale, comme un temple voué au culte de la viande. Depuis des siècles, chaque jour de la semaine, dès quatre heures du matin, on y déversait des tonnes de barbaque qui finissaient, une fois dûment découpées et emballées, dans les multiples boucheries et restaurants de la capitale. Des voix résonnaient dans la nuit. Les livreurs s'interpellaient, lançaient des ordres. On entendait gronder le moteur des camions qui reculaient lentement jusqu'aux quais de déchargement en émettant des blps sonores. Sur Long Lane, Strike se mêla aux travailleurs emmitouflés qui grouillaient dans le quartier. On était lundi.

Sous le griffon de pierre montant la garde au coin de la grande halle, un petit groupe de coursiers en gilets fluorescents serraient des tasses de thé entre leurs mains gantées. Sur le trottoir d'en face, le Smithfield Café brillait comme un brasier dans la pénombre. Dans ce refuge à peine plus grand qu'un placard, on pouvait trouver de jour comme de nuit un peu de chaleur et de friture.

Il n'y avait pas de toilettes, mais les clients pouvaient utiliser celles des bookmakers à deux pas de là. Malheureusement, ils n'ouvraient que dans trois heures. Strike fit donc un détour par une ruelle et s'arrêta sous un porche, le temps de soulager sa vessie. Il avait passé la nuit à boire du mauvais café. Fatigué et affamé, le détective ressentit, en poussant la porte du bar, le genre de plaisir que seul peut éprouver un homme au bord de l'épuisement. L'odeur entêtante du bacon rissolé et des œufs frits l'accueillit dès l'entrée.

Deux hommes en veste polaire et imperméable venaient de quitter leur table. Strike parvint à se faufiler dans l'espace vacant et, avec un grognement de satisfaction, s'affala sur une chaise en bois aux montants en acier. À peine avait-il commandé que l'Italien qui tenait le troquet posa devant lui une grande tasse de thé et des triangles de pain de mie beurré, bientôt suivis d'un vrai petit déjeuner anglais, servi dans une grande assiette ovale.

Physiquement, rien ne distinguait Strike des armoires à glace qui entraient ou sortaient du café à grand bruit. Un colosse brun, aux cheveux épais, bouclés et courts, le front bombé et légèrement dégarni, le nez épaté et les sourcils broussailleux d'un boxeur. Un début de barbe lui ombrait les joues et des cernes bleuâtres soulignaient ses yeux sombres. Tout en mangeant, il contemplait d'un air rêveur le marché couvert de l'autre côté de la rue. Les contours de l'entrée la plus proche apparaissaient peu à peu dans le petit jour : gravés sur l'arche de pierre, le chiffre 2 et la statue d'un vieux sage barbu qui lui renvoyait son regard. Le dieu des carcasses peut-être, à supposer qu'il existât ?

Il venait d'attaquer les saucisses quand Dominic

Culpepper fit irruption dans le café. Presque aussi grand que Strike mais beaucoup plus mince, le journaliste avait une gueule d'enfant de chœur, les traits délicats, presque féminins, n'était l'étrange asymétrie qui déformait son visage, comme une torsion exercée dans le sens contraire des aiguilles d'une montre.

« Alors, de quoi s'agit-il ? » dit Culpepper en s'asseyant. Il retira ses gants et jeta un regard méfiant autour de lui.

« Tu as faim ? demanda Strike, la bouche pleine.

— Non, lâcha Culpepper.

— Tu préfères attendre l'heure des croissants ? insista Strike avec un sourire ironique.

— Je t'emmerde, Strike. »

Cet étudiant attardé s'énervait pour un oui pour un non ; c'en était presque pitoyable. D'un air méprisant, il commanda du thé en donnant du « mon vieux » au serveur qui faisait semblant de ne pas le voir (détail qui amusa Strike).

« Alors ? » répéta Culpepper. La tasse fumait entre ses longues mains blanches.

Strike sortit de la poche de son pardessus une enveloppe qu'il glissa sur la table. Culpepper l'ouvrit et se mit à lire.

« Nom de Dieu », murmura-t-il. D'une main fébrile, il passa d'une page à l'autre. Sur certaines, on reconnaissait l'écriture de Strike. « Où est-ce que tu as déniché ce truc ? »

Tout en mastiquant, Strike planta son doigt sur l'un des feuillets. L'adresse d'un bureau y était griffonnée.

« Sa propre secrétaire, dit-il dès qu'il eut fini d'avaler. Il la faisait marcher, comme les deux autres.

Elle vient tout juste de comprendre qu'elle ne sera jamais la prochaine Lady Parker.

— Pas croyable. Tu peux me dire comment tu as fait ? s'écria Culpepper en dévisageant Strike par-dessus les feuilles qui frémissaient entre ses doigts.

— C'est mon boulot, marmonna Strike entre deux bouchées. Il me semble qu'autrefois, c'étaient les journaleux qui se coltinaient ce genre d'enquêtes. Mais maintenant, c'est fini. Vous préférez déléguer aux types comme moi. Enfin bref, cette femme doit songer à son avenir professionnel. Alors pas question de la citer dans ton papier, Culpepper. Tu m'as bien compris ? »

Culpepper grommela : « Elle aurait dû y penser avant de piquer... »

D'un geste adroit, Strike récupéra les documents des mains du journaliste.

« Elle n'a rien volé. C'est lui qui lui a demandé d'imprimer ces pages. Bon, d'accord, elle n'aurait pas dû me les montrer. Mais à part ça, elle n'a rien à se reprocher. Alors, que les choses soient claires, Culpepper, si tu comptes étaler sa vie privée à la une des journaux, je les reprends aussi sec.

— Fais pas chier, marmonna Culpepper en tentant d'attraper les preuves de la fraude fiscale. D'accord, on la laisse en dehors de ça. Mais il n'est pas idiot, il saura d'où ça vient.

— Et alors, il fera quoi ? Je le vois mal porter plainte contre elle. Si elle est poursuivie en justice, elle ne se gênera pas pour tout déballer. Depuis cinq ans qu'elle travaille pour lui, elle en a vu passer des dossiers louches.

— Ouais, bon, d'accord, soupira Culpepper après un instant de réflexion. Donne-les-moi. Je ne parlerai pas d'elle dans mon article mais j'ai besoin de la rencontrer, histoire de vérifier si elle est fiable.

— Ces documents le sont. Et elle n'a rien à te dire de plus », déclara Strike d'un ton sans réplique.

Il n'avait aucune envie de laisser seule face à Culpepper la femme désemparée qui s'était confiée à lui. Tout à l'heure, quand il l'avait quittée, elle tremblait encore de rage et ne pensait qu'à se venger du type qui lui avait promis monts et merveilles. Avec Culpepper, elle risquait de compromettre son avenir, et de façon irrémédiable. Strike, lui, l'avait vite mise en confiance. À bientôt quarante-deux ans, elle s'était imaginée mariée à Lord Parker, mère de ses futurs rejetons. D'où la sainte fureur qui la possédait à présent. Strike avait passé des heures à l'écouter. En versant toutes les larmes de son corps, la pauvre femme lui avait raconté comment elle était tombée amoureuse de Parker. Strike la voyait encore arpenter son salon comme un fauve en cage, n'interrompant ses déambulations que pour s'asseoir sur le canapé, en se balançant d'avant en arrière, la tête dans les mains. Au bout du compte, elle avait accepté de le dénoncer, faisant ainsi le deuil de toutes ses illusions

« Tu la laisses en dehors de cette histoire », répéta Strike sans lâcher prise. Sa main était deux fois plus volumineuse que celle de Culpepper. « D'accord ? Même sans son témoignage, cette affaire fera l'effet d'une bombe. »

Après une seconde d'hésitation assortie d'une grimace, Culpepper s'avoua vaincu.

« Ouais, ça marche. File-les-moi. »

Le journaliste glissa les papiers dans la poche intérieure de son manteau puis avala une gorgée de thé. À l'idée de détruire la réputation d'un pair du

Royaume, il jubilait, oubliant l'agacement qu'il avait ressenti tout à l'heure envers Strike.

« Lord Parker de Pennywell, murmura-t-il d'un ton guilleret. Tu vas l'avoir dans l'os, mon vieux.

— Je suppose que c'est ton patron qui régale ? dit Strike quand l'addition arriva.

— Ouais, ouais… »

Il jeta un billet de dix sur la table. Les deux hommes sortirent ensemble du café et, dès que la porte eut claqué derrière eux, Strike alluma une cigarette.

« Comment tu t'y es pris pour la faire parler ? » demanda le journaliste pendant qu'ils avançaient dans le froid, louvoyant entre les coursiers à moto et les camions de livraison.

— J'ai écouté », répondit Strike.

Culpepper lui lança un regard en coin.

« Les autres privés que je connais préfèrent espionner les conversations téléphoniques.

— C'est illégal, dit Strike en soufflant un nuage de fumée vers le ciel blêmissant.

— Alors comment… ?

— Tu protèges tes sources, je protège les miennes. »

Ils marchèrent en silence sur une cinquantaine de mètres. Le boitement de Strike s'accentuait à chaque pas.

« Ça va être énorme. Énorme, répéta Culpepper. Quand je pense que ce sale hypocrite n'arrête pas de râler contre les grandes entreprises qui s'en mettent plein les poches et que, par-derrière, il a réussi à planquer vingt millions aux îles Caïmans…

— Ravi que tu sois satisfait, dit Strike. Tu recevras ma note par mail. »

De nouveau, Culpepper lui jeta un regard. « Tu as vu le fils de Tom Jones dans le journal, la semaine dernière ?

— Tom Jones ?

— Le chanteur gallois, précisa Culpepper.

— Ah, lui ! fit Strike d'un ton blasé. J'ai connu un Tom Jones à l'armée.

— Tu as lu l'article ?

— Non.

— Il a donné une longue interview où il dit qu'il n'a jamais rencontré son père. Ils n'ont aucun contact. Je parie qu'il a touché largement plus que ce que tu vas nous réclamer.

— Tu n'as pas encore vu la facture.

— Entre nous, il te suffirait de répondre à quelques petites questions et après, tu pourrais te payer un peu de bon temps, au lieu de te fatiguer à cuisiner des secrétaires.

— Change de disque, Culpepper. Sinon, je te préviens, je mets un terme à notre collaboration.

— Entendu. Mais je pourrai quand même publier un truc. Imagine : un détective privé, héros de guerre, fils d'un célébrissime chanteur de rock qui ne l'a jamais reconnu et refuse de le voir...

— À ma connaissance, demander à mettre quelqu'un sur écoute est illégal aussi. »

Au bout de Long Lane, ils ralentirent l'allure et se tournèrent l'un vers l'autre. Culpepper eut un petit rire gêné.

« Bon, alors j'attends tes honoraires.

— Ça marche. »

Chacun partit de son côté, Strike en direction du métro.

« Strike ! » La voix du journaliste retentit dans la pénombre derrière lui. « Tu l'as baisée ?

— Patience, tu liras tout ça dans la presse », lui cria Strike d'une voix lasse sans se retourner.

Culpepper le vit entrer en boitant dans la station de métro et se fondre dans l'obscurité.

Chapitre 2

« Combien de temps devons-nous lutter ?
Car je ne peux
Ni ne veux m'attarder ! J'ai fort à faire. »

Francis Beaumont et Philip Massinger,
The Little French Lawyer

Malgré l'heure matinale, le métro était déjà bondé. Têtes du lundi matin : visages moroses, crispés, résignés. Strike trouva une place en face d'une jeune femme blonde aux yeux bouffis de sommeil. De temps à autre, elle piquait du nez et se réveillait en sursaut, jetant des regards inquiets aux panneaux des stations qui défilaient, craignant sans doute de rater son arrêt.

Produisant son habituel vacarme métallique, le train ramenait Strike vers le misérable deux-pièces cuisine où il avait installé ses pénates. Un logement mal isolé, perché sous les toits. Malgré sa fatigue, observant les faces inexpressives, les mines soumises des autres voyageurs, il songeait à l'incroyable série de coïncidences qui avaient abouti à leur arrivée sur cette Terre. Tout bien considéré, chaque naissance était le fruit du hasard. Sur cent millions de spermatozoïdes nageant à l'aveugle dans les ténèbres, quel était le taux de probabilité pour que l'un d'entre eux ait abouti à la création de tel ou tel de ces

individus? Parmi les centaines de passagers circu-
lant dans cette rame, combien avaient été désirés?
se demanda-t-il en défaillant presque d'épuisement.
Combien étaient nés par accident, comme lui?

À l'école primaire, il avait connu une petite fille
au visage marqué d'une tache de vin. Strike se sentait proche d'elle, comme s'ils faisaient partie de la
même famille. L'un comme l'autre étaient porteurs
d'un signe distinctif, d'une trace indélébile et totalement imméritée. Au quotidien, ils ne la remar-
quaient même pas, mais les autres autour d'eux ne
se gênaient pas pour le leur rappeler. Jusqu'à l'âge
de cinq ans, il avait cru que les gens s'intéressaient
à lui pour des raisons liées à sa petite personne. Par
la suite, il comprit qu'ils ne voyaient en lui que le
rejeton du célèbre chanteur, la preuve incarnée de
ses écarts de conduite. Strike n'avait croisé son père
biologique que deux fois dans sa vie. Jonny Rokeby
n'avait reconnu sa paternité que contraint et forcé
après une analyse ADN.

À part quelques fouille-merde comme Dominic
Culpepper qui venaient ranimer les sempiternelles
interrogations du public, presque plus personne
aujourd'hui ne faisait le lien entre l'ancien soldat mal
embouché et le vieux rocker sur le retour. Les rares
fois où cela arrivait encore, les gens s'imaginaient
aussitôt des fonds fiduciaires, des pensions mirobo-
lantes, des jets privés, des salons VIP, des cadeaux
somptueux. Et quand ils découvraient avec stupé-
faction que Strike tirait le diable par la queue et
devait se tuer au travail pour gagner sa vie, ils se
demandaient ce qu'il avait bien pu faire pour que
son père le renie. Faisait-il semblant d'être pauvre
pour mieux soutirer de l'argent à Rokeby? Où

étaient passés les millions que sa mère avait sûrement extorqués à son richissime amant?

Dans ces moments-là, Strike se consolait en pensant à sa carrière militaire. À l'armée, il avait joui d'un relatif anonymat. Pour peu que vous fassiez correctement votre boulot, on ne vous interrogeait ni sur votre passé ni sur vos parents. Lorsqu'il avait intégré la Brigade spéciale d'investigation, la question la plus personnelle à laquelle il avait dû répondre n'avait rien eu de bien méchant. On lui avait juste demandé son nom et de répéter le prénom peu banal dont sa mère, une femme d'une excentricité frisant l'extravagance, l'avait gratifié.

À la sortie du métro, les véhicules avançaient pare-chocs contre pare-chocs sur Charing Cross. L'aube grisâtre de novembre s'étendait sans grande conviction sur la ville encore baignée d'ombres persistantes. En tournant péniblement sur Denmark Street, Strike se réjouissait à l'avance de la petite sieste qu'il comptait s'offrir avant son rendez-vous de neuf heures et demie. D'un geste de la main, il salua la fille du magasin de guitares, avec qui il s'accordait souvent une pause cigarette sur le trottoir, puis il franchit la porte noire à côté du Bar 12 et s'engouffra dans l'escalier métallique. L'ascenseur était en panne. Au premier étage, il passa devant le local de son voisin graphiste et, quand il arriva au deuxième, au lieu de pousser la porte en verre dépoli de son propre bureau, il continua jusqu'au dernier palier, le plus petit des trois, qui donnait chez lui.

Après plusieurs mois passés à camper dans son bureau, Strike avait appris que le locataire du troisième, le patron du Bar 12, déménageait pour s'installer dans un appartement plus salubre. Il avait donc sauté sur l'occasion pour le louer, ravi d'avoir trouvé une solution bien pratique à son problème de logement. Son deux-pièces mansardé était exigu, surtout pour un homme d'un mètre quatre-vingt-douze. Strike devait se contorsionner pour changer de position dans la douche, la cuisine et le salon étaient mal disposés l'un par rapport à l'autre, et son lit double tenait à peine dans la chambre. Au grand dam du propriétaire, il entreposait une partie de ses affaires dans des cartons sur le palier.

Ses étroites fenêtres donnaient sur les toits et Denmark Street en contrebas. Les basses qui pulsaient dans le bar du rez-de-chaussée étaient assourdies et souvent noyées sous les décibels de sa propre musique.

Naturellement ordonné, Strike gardait son intérieur dans un état impeccable. Le lit était fait, la vaisselle propre, rien ne traînait. Une douche chaude et un bon rasage ne lui auraient pas fait de mal mais il verrait cela plus tard. Après avoir suspendu son pardessus sur un cintre, il régla l'alarme du réveil sur neuf heures vingt, s'étendit tout habillé sur le lit et s'endormit presque aussitôt pour ouvrir les yeux quelques secondes plus tard – du moins lui sembla-t-il – en entendant frapper à sa porte.

« Je suis désolée, Cormoran, vraiment désolée… »

De fait, la jeune femme élancée aux longs cheveux blond vénitien qui lui servait de secrétaire semblait vraiment navrée de le déranger. Mais quand elle vit la tête de son patron, elle eut soudain l'air atterré.

« Vous allez bien ?

— Mmm… dormi… Pas fermé l'œil… depuis deux jours. »

— Désolée, répéta Robin, mais il est neuf heures quarante, William Baker est arrivé et il commence à...

— Merde, marmonna Strike. J'ai dû me tromper en mettant le réveil – accordez-moi cinq min...

— Ce n'est pas tout, renchérit Robin. Il y a une dame. Elle n'avait pas rendez-vous. J'ai eu beau lui dire que vous ne preniez plus de nouveaux clients, elle n'a pas voulu partir. »

Strike se frotta les yeux en bâillant.

« Cinq minutes. Faites-leur donc du thé ou un truc dans le genre. »

Six minutes plus tard, il n'était toujours pas rasé mais avait enfilé une chemise propre. Laissant dans son sillage une odeur de dentifrice et de déodorant, Strike pénétra dans la pièce tenant lieu de bureau et de vestibule qu'occupaient Robin et son ordinateur.

« Eh bien, mieux vaut tard que jamais, lança William Baker avec un sourire pincé. Vous avez de la chance d'avoir une secrétaire aussi charmante, sinon je me serais sans doute lassé de vous attendre. »

Strike vit Robin rougir de colère. Elle se détourna et, pour s'occuper les mains, se mit à classer le courrier avec de grands gestes nerveux. Dans la bouche de Baker, un chef d'entreprise vêtu d'un costume rayé à la coupe impeccable, le mot « secrétaire » prenait une connotation insultante à dessein. Il avait engagé Strike pour enquêter sur deux collègues siégeant comme lui au conseil d'administration de sa société.

« Salut, William, dit Strike.

— Pas la moindre excuse ? » souffla Baker, les yeux collés au plafond.

Strike ignora sa mine compassée. « Bonjour, qui êtes-vous ? » demanda-t-il à la femme assise sur le canapé, une personne menue, entre deux âges, vêtue d'un manteau marron qui avait connu des jours meilleurs.

« Leonora Quine, répondit-elle avec un accent dont l'oreille exercée de Strike identifia la provenance : le sud-ouest de l'Angleterre.

— J'ai une matinée très chargée en perspective, Strike », intervint Baker et, sur ces mots, il entra de son propre chef dans le deuxième bureau. Voyant que Strike ne le suivait pas, il crut bon de lui lancer une pique.

« J'imagine que dans l'armée, vos supérieurs n'appréciaient guère votre manque de ponctualité. Mettons-nous au travail, je vous prie. »

Strike fit mine de ne rien entendre.

« Mrs Quine, qu'attendez-vous de moi exactement ? demanda-t-il à la petite femme effacée.

— Eh bien, c'est au sujet de mon mari...

— Mr Strike, j'ai un autre rendez-vous dans une heure, tonna William Baker.

— ... Votre secrétaire m'a dit que vous n'étiez pas disponible mais ça m'est égal, je patienterai.

— Strike ! » gueula William Baker comme s'il s'adressait à son chien.

C'en était trop. « Robin, s'il vous plaît, fit Strike d'un ton exaspéré. Préparez la note de Mr Baker et remettez-lui le dossier. Il est à jour.

— Quoi ? Comment ? lâcha Baker en revenant sur ses pas.

— Il vous vire, traduisit Leonora Quine avec une nuance de satisfaction dans la voix.

— Vous n'avez pas fini le boulot, dit Baker à l'intention de Strike. Vous disiez qu'il y avait encore d'autres...

— Adressez-vous à un confrère. J'en connais qui acceptent n'importe quels clients, même les emmerdeurs dans votre genre. »

Une vague de stupeur s'abattit sur l'assistance. Le visage impavide, Robin récupéra le dossier de Baker dans l'armoire et le tendit à Strike.

« Comment *osez*-vous...

— Vous trouverez là-dedans bon nombre d'infos susceptibles d'intéresser les juges, dit Strike en remettant la chemise à son ex-client. Vous en avez pour votre argent.

— Ce n'est pas fini...

— Pour vous, si, intervint Leonora Quine.

— Oh, vous, fermez-la, espèce de... » William Baker s'arrêta au milieu de sa phrase et recula vivement d'un pas en voyant Strike esquisser un mouvement dans sa direction. Un ange passa. Soudain, on aurait dit que le vétéran de l'armée britannique occupait deux fois plus d'espace qu'avant.

« Installez-vous dans mon bureau, Mrs Quine », dit tranquillement Strike.

La femme s'exécuta.

« Vous croyez peut-être qu'elle a les moyens de s'offrir vos services ? ricana William Baker en amorçant un repli stratégique vers la sortie, la main déjà posée sur la poignée.

— Mes honoraires sont négociables, dit Strike, si le client me plaît. »

Strike rejoignit Leonora Quine dans le bureau et claqua la porte derrière lui.

Le Livre de Poche s'engage pour
l'environnement en réduisant
l'empreinte carbone de ses livres.
Celle de cet exemplaire est de :
650 g éq. CO_2
Rendez-vous sur
www.livredepoche-durable.fr

PAPIER À BASE DE
FIBRES CERTIFIÉES

Composition réalisée par PCA

Achevé d'imprimer en août 2014 en France par
CPI BRODARD ET TAUPIN
La Flèche (Sarthe)
N° d'impression : 3006428
Dépôt légal 1re publication : octobre 2014
LIBRAIRIE GÉNÉRALE FRANÇAISE
31, rue de Fleurus – 75278 Paris Cedex 06